Jorge Amado

Dona Flor und ihre zwei Ehemänner

SERIE PIPER
Band 666

Zu diesem Buch

Dona Flor, die schöne junge Hauptfigur des Romans, versteht sich so meisterhaft auf Gaumenreize wie Vadinho, ihr erster Liebhaber und Ehemann, auf Spiel- und Liebesfreuden. Als diesen liebenswerten Tauge- und Habenichts, Schnorrer und Hochstapler im übermütigen Taumel des brasilianischen Karnevals ein plötzlicher Tod ereilt, kann sie sich nur zögernd zu einer zweiten Ehe mit dem Apotheker Dr. Teodoro Madureira entschließen. Diese ist das Gegenteil der ersten: dort Zügellosigkeit, Leidenschaft und Boheme, hier Ordnung, Pedanterie, ein Anstand, hinter dem sich ein Anflug von Langeweile verbirgt. Da meldet sich, o Wunder, eines Tages der Geist des verstorbenen Vadinhos, um Dona Flor zum zweiten Male zu verführen. Wie sie das Leben zwischen zwei Ehemännern meistert, erzählt Jorge Amado mit heiterer Ironie.

Dieses amüsante, phantastische Schelmenstück sprüht vor vitaler Sinnenfreude und barocker Lebensfülle. »Ein großer humoristischer Roman, eine köstliche Mischung von Satire und Poesie.«
Neue Zürcher Zeitung

Jorge Amado, 1912 als Sohn eines Kakaoplantagenbesitzers im brasilianischen Staat Bahia geboren. Journalistische Tätigkeit ab 1927, 1931 Studium der Rechtswissenschaften in Rio de Janeiro. War als engagierter Sozialist mehrfach inhaftiert, 1941–1945 im Exil in Argentinien. 1945 Parlamentsabgeordneter in Brasilien, 1948–1952 in Europa und in Asien im Exil. Lebt heute in Salvador, Bahia.

Amados Bücher wurden in 35 Sprachen übersetzt; in Deutschland wurde er bekannt durch die Romane »Gabriela wie Zimt und Nelken«, »Die Abenteuer des Kapitäns Vasco Moscoso«, »Tieta aus Agreste« und andere.

Jorge Amado

Dona Flor und ihre zwei Ehemänner

Eine Geschichte von Moral und Liebe

Roman

Aus dem Brasilianischen von
Curt Meyer-Clason

Piper
München Zürich

Die Originalausgabe erschien 1966 unter dem Titel
»Dona Flor e seus dois maridos. História moral e de amor«
bei Livraria Martins Editôra, São Paulo.

Von Jorge Amado liegen in der Serie Piper außerdem vor:
Nächte in Bahia (411)
Viva Teresa (454)

ISBN 3-492-10666-8
Neuausgabe November 1986
4. Auflage, 24.–29. Tausend Januar 1988
(2. Auflage, 9.–14. Tausend dieser Ausgabe)

Umschlag: Federico Luci,
unter Verwendung des Gemäldes
»Copacabana – Rio« (1975) von Reuther
Satz: Friedrich Pustet, Regensburg
Druck und Bindung: Clausen & Bosse, Leck
Printed in Germany

Esoterische und ergreifende Geschichte,
erlebt von Dona Flor,
der erfahrenen Lehrerin der Kochkunst,
und von ihren beiden Ehemännern –
dem ersten, Vadinho mit Spitznamen,
mit Namen Dr. Teodoro Madureira
und Pharmazeuten dem zweiten
oder
Der schreckliche Kampf zwischen
Geist und Materie

Erzählt von Jorge Amado, öffentlicher Schreiber,
wohnhaft im Stadtteil Rio Vermelho
der Stadt Salvador da Bahia von Allen Heiligen,
in der Nachbarschaft des Platzes Sant'Ana,
wo Yemanjá wohnt,
die Herrin der Wasser

MCMLXVIII

Für Zélia am stillen Garten- und Katzenabend,
in der warmen Zärtlichkeit dieses April;
für João und Paloma,
am Morgen der ersten Lektüren
und der ersten Träume

Für meine Gevatterin Norma dos Guimarães Sampaio,
einer zufälligen Gestalt dieses Buches,
deren Gegenwart diesen blassen Text ehrt und belebt.
Für Beatriz Costa,
deren aufrichtiger Verehrer Vadinho war.
Für Eneida, die das Vorrecht hatte,
die Nationalhymne von Dr. Teodoro Madureira
auf dem Fagott zu hören.
Für Giovanna Bonino,
die ein Ölbild des Malers José de Dome besitzt –
das Porträt der jungen Dona Flor in Ocker und Gelb.
Diesen hier vereinten vier Freundinnen
die Zuneigung des Autors

Für Diaulas Riedel und
Luiz Monteiro

»Gott ist fett«

Offenbarung Vadinhos bei seiner Wiederkehr

»Die Erde ist blau«

Bestätigte Gagarin nach seiner ersten Raumfahrt

»Einen Platz für jedes Ding
und jedes Ding an seinem Platz«

Leitspruch an der Wand der Apotheke des
Herrn Dr. Teodoro Madureira

»Ach!«

Seufzte Dona Flor

Lieber Freund Jorge Amado!

Für den Mandiokakuchen, den ich backe, gibt es im Grunde kein Rezept. Ich habe es mir von Dona Alda, der Frau von Seu Renato vom Museum, erklären lassen, habe es dann durch Übung gelernt und mir so lange den Kopf zerbrochen, bis ich es heraushatte. (Habe ich die Liebe nicht durch lieben, habe ich das Leben nicht durch leben gelernt?)
Zwanzig oder mehr beliebig große Klößchen aus Mandiokateig. Ich rate Dona Zélia, gleich einen großen zu backen, denn Mandiokakuchen ißt jedermann gerne, jedermann verlangt immer noch ein zweites Stück. Sogar die beiden, die doch sonst so verschieden sind, stimmen in diesem einen Punkt überein: sie sind versessen auf Mandiokakuchen oder Mandiokatörtchen. Auf etwas anderes auch? Lassen Sie mich damit in Frieden, Seu Jorge, machen Sie mir bitte keinen Ärger, und reden Sie mir nicht mehr davon. Zucker, Salz, geriebener Käse, Butter, Kokosmilch, von der dünnen und von der dicken, man braucht beides. (Sie, der Sie in den Gazetten schreiben, sagen Sie mir eines: warum braucht man immer zwei Lieben, warum genügt unserem Herzen nicht eine allein?) Die Mengen je nach Geschmack des einzelnen, jeder hat seinen eigenen Gaumen und bevorzugt ihn süßer oder salziger, ist's nicht so? Das Gemisch gut zerreiben. Heißer Backofen.
Ich hoffe, ich habe damit Ihre Anfrage beantwortet, Seu Jorge, hier ist also das Rezept, das ja kein richtiges Rezept ist, sondern höchstens eine kurze Auskunft. Kosten Sie den Kuchen,

den ich mitschicke, wenn er Ihnen schmeckt, lassen Sie es mich wissen. Wie geht es den Ihren? Bei uns ist alles wohlauf. Wir haben einen weiteren Anteil an der Apotheke erworben, haben für die Sommerferien ein Haus in Itaparica genommen, sehr schick. Im übrigen geht alles seinen gewohnten Gang, was einmal krumm ist, wird nicht mehr gerade. Von meinem Erwachen am Morgen will ich nicht reden, es wäre Mangel an Respekt. Wer aber wirklich und wahrhaftig den Saum des Morgens über dem Meer entzündet, ist Ihre Dienerin, Florípedes Paiva Madureira, Dona Flor dos Guimarães.

Ein kürzliches Briefbillet Dona Flors an den Romancier

I

Vom Tod Vadinhos, des ersten Ehemanns der Dona Flor, von der Totenwache und der Beerdigung seines Leichnams

Auf der Mandoline der erhabene
Carlinhos Mascarenhas

KOCHSCHULE GESCHMACK UND KUNST

Was bei einer Totenwache anzubieten ist und wann

Antwort Dona Flors auf die Frage einer Schülerin

Wenn es auch ein aus den Fugen geratener Tag der Klage, Trauer und Tränen ist, darf die Totenwache dennoch nicht in weißen Wolken verrinnen. Wenn die Hausfrau schluchzt, außer sich oder ohnmächtig ist, wenn sie sich in Schmerzen windet oder tot im Sarg liegt, wenn sie kurzum zu allem unfähig ist, muß eine Verwandte oder Freundin sich um die Totenwache kümmern, denn man überläßt die Trauergäste nicht die ganze Nacht ihrem Schicksal, ohne sie mit Speise und Trank zu versorgen, zumal dann nicht, wenn es Winter ist und kalt.

Damit eine Totenwache lebhaft verläuft, damit sie den Toten, der bei ihr den Vorsitz führt, wahrhaft ehrt und ihm die erste verwirrte Nacht seines Todes erleichtert, muß man die Trauergemeinde betreuen und für ihr seelisches und leibliches Wohl sorgen.

Was bietet man ihr also an und wann?

Die ganze Nacht hindurch, vom ersten bis zum letzten Augenblick. Kaffee ist unerläßlich, und zwar für die Dauer der Wache, Mokka, wohlbemerkt. Frühstückskaffee mit Milch, Brot, Butter, Käse, Keks, Mais- und Mandiokakuchen, Cuscuz-Scheiben mit Spiegeleiern darauf erst gegen Morgen, und zwar für den, der bis zum Morgengrauen beim Toten ausgehalten hat.

Am besten stellt man immer kochendes Wasser bereit, damit der Kaffee nicht ausgeht, denn meistens kommen noch spät neue Gäste. Mit dem Mokka bietet man Keks und Biskuits an;

dann und wann sollte ein Tablett mit Salzigem herumgehen, etwa mit Sandwichs, belegt mit Käse, Schinken, Bierwurst, kurz: mit einfachen Bissen, denn der Tote bringt schon genug Mühe und Plage ins Haus.
Hat die Totenwache Niveau, handelt es sich um eine reiche Totenwache, muß um Mitternacht unbedingt eine Tasse heißer, sämiger Schokolade gereicht werden oder aber eine dicke Hühnersuppe. Außerdem Stockfischklößchen, kalte Platte, Fleischkroketts, verschiedene Süßigkeiten, getrocknete Früchte.
Zum Trinken, sofern es ein reiches Haus ist, kann außer Kaffee auch Bier oder Wein angeboten werden, und zwar glasweise mit der Hühnersuppe oder der kalten Platte. Nie Champagner, das wäre schlechter Stil.
Mag es nun eine reiche oder eine arme Totenwache sein, immer ist, und zwar die ganze Nacht hindurch, guter Zuckerrohrschnaps vonnöten. Alles darf fehlen, sogar Kaffee; nur der Zuckerrohrschnaps ist unentbehrlich. Ohne seinen Trost gibt es keine Totenwache, die etwas taugt. Eine Totenwache ohne Schnaps ist eine Rücksichtslosigkeit gegen den Verstorbenen und gleichbedeutend mit Gleichgültigkeit und Lieblosigkeit.

1

Vadinho, Dona Flors erster Mann, starb an einem Karnevalssonntag gegen Morgen, als er auf dem Platz Zum Zweiten Juli unweit seines Hauses im Kostüm einer Bahianerin ausgelassen Samba tanzte. Er gehörte nicht zu dieser Gruppe; in Gesellschaft von vier gleichfalls als Bahianerinnen verkleideten Freunden hatte er sich kurz zuvor dazwischengeschmuggelt; man kam aus einer Bar am *Kopf*, wo der Whisky in Strömen geflossen war, und zwar auf Kosten eines gewissen Moysés Alves, eines reichen, leichtsinnigen Kakao-Fazendeiros.
Den *Bloco* begleitete ein kleines, gut eingespieltes Orchester von Gitarren und Flöten; die Fiedel strich Carlinhos Mascarenhas, ein in Frauenhäusern berühmtes Lattengestell; ach, welch göttliche Fiedel! Die jungen Männer waren als Zigeuner, die jungen Mädchen als ungarische oder rumänische Bäuerinnen verkleidet; doch nie hatte sich eine Ungarin oder Rumänin oder gar eine Bulgarin oder Slowakin so im Tanze gewiegt wie sie, brünette Geschöpfe in der Blüte ihrer Jugend und Anmut.
Als Vadinho, der lustigste von allen, die Tanzgruppe um die Ecke biegen sah und den klapperdürren Mascarenhas auf seiner erhabenen Fiedel den Takt angeben hörte, stellte er sich vor der besonders dunkelhäutigen Rumänin auf, einem Mordsstück von Weib, monumental wie eine Kirche – und zwar die Kirche von São Francisco, denn sie schimmerte vor Goldgeflimmer –, und verkündete:

»Jetzt komme ich, meine Russin von Tororó . . .«
Der Zigeuner Mascarenhas, der gleichfalls von Glasperlen und -röhrchen prangte und festliche Ohrringe trug, beugte sich leidenschaftlich über seine Fiedel, die Flöten und Gitarren seufzten, und Vadinho fiel ein in den Samba mit jener beispielhaften Begeisterungsfähigkeit, die er in allem außer der Arbeit walten ließ. Er wirbelte mitten in der Gruppe, steppte vor der Mulattin, tänzelte auf sie zu mit zierlichen Verbiegungen und Nabelstübern, als er plötzlich ein dumpfes Röcheln ausstieß, schwankte, Schlagseite bekam und auf den Boden stürzte, während gelblicher Speichel über seine Lippen trat, auf denen der Tod nicht ganz das zufriedene Lächeln des ausgepichten Schwerenöters zu löschen vermochte, der er ein Leben lang gewesen war.
Noch glaubten die Freunde, es sei der Zuckerrohrschnaps und nicht der Whisky des Fazendeiros: die vier oder fünf Gläschen konnten einen Zecher vom Schlage Vadinhos nicht zur Strecke gebracht haben; es mußte der gesamte seit dem Vortag vertilgte Branntwein gewesen sein – als der Karneval zur Mittagsstunde in der *Bar Triunfo* an der Praça Municipal offiziell eröffnet worden war –, der ihm nun auf einmal hochkam. Doch die mächtige Mulattin ließ sich nicht täuschen: als berufstätige Krankenschwester hatte sie im Hospital täglich mit dem Tod zu tun. Freilich nicht auf so intime Weise, daß er ihr Nabelstüber gab, ihr zuzwinkerte, mit ihr Samba tanzte. Sie beugte sich über Vadinho, legte die Hand auf seinen Hals, begann zu zittern und fühlte einen Kälteschauder im Bauch und im Rückgrat:
»Tot, mein Gott!«
Auch andere berührten den Leib des jungen Mannes, fühlten ihm den Puls, hoben seinen blondschopfigen Kopf hoch, suchten sein Herz nach Schlägen ab. Vergeblich, es war nichts zu machen, Vadinho hatte für immer den Karneval von Bahia verlassen.

2

Es gab ein Durcheinander im Block und auf der Straße, Gerenne in der Nachbarschaft, ein »Herr hilf!« schüttelte die Karnevalisten – und zu allem Überfluß nutzte die ärgerliche Annette, eine romantisch-übergeschnappte kleine Lehrerin, die gute Gelegenheit für einen Anfall, den sie mit schrillen Schreien und Ohnmachtsandrohungen würzte. Und dies ganze Schauspiel zu Ehren des geschmeidigen Carlinhos Mascarenhas, nach dem die zimperliche Hysterikerin schmachtete – und die sich selber als überempfindlich ausgab, weil sie sich wie eine Katze sträubte, wenn er auf seiner Fiedel herumstrich. Nun aber war die Fiedel still und hing nutzlos an der Hand des Künstlers, als hätte Vadinho seine letzten Akkorde mitgenommen in die andere Welt.

Von allen Seiten kamen Leute gerannt, die Nachricht ging wie ein Lauffeuer um, gelangte nach São Pedro, zur Avenida Sieben, zum Campo Grande und trieb Neugierige zusammen. Rund um den Leichnam versammelten sich Leute, die drängelten und tuschelten. Ein in Sodré wohnhafter Arzt wurde angefordert, ein Verkehrspolizist zog seine Pfeife und blies darauf ohne Unterlaß, als wollte er die ganze Stadt, den ganzen Karnevalsbetrieb von Vadinhos Ende in Kenntnis setzen.

»Das ist ja Vadinho, der Ärmste!« stellte ein Zerrgesicht mit seiner Strumpfmaske entzaubert fest. Alle erkannten den Toten, er war allgemein beliebt gewesen mit seiner funkelnden Fröhlichkeit, seinem gestutzten Bärtchen, seinem Stolz des Tagediebs und besonders gerne gesehen an Orten, wo getrunken, gespielt und gefeiert wurde; und hier, so nahe bei seiner Wohnstätte, gab es kaum einen, der ihn nicht erkannt hätte.

Ein anderer Maskierter, in Rupfen eingenäht und von einem Bärenschädel gekrönt, zwängte sich durch den dicht geschlossenen Ring, trat heran und sah. Riß sich die Maske ab, entblößte ein bekümmertes Gesicht mit Hängebart und Kahlkopf und murmelte:

»Vadinho, Brüderchen, was haben sie dir getan?«
»Was ist mit ihm passiert, woran ist er gestorben?« fragten die einen die anderen, und ein dritter antwortete: »Am Zuckerrohrschnaps ...« – eine für einen so unerwarteten Tod viel zu leichte Erklärung. Auch eine gebeugte Alte blieb stehen, sah und stellte fest:
»Noch so modern, warum dann so jung sterben?«
Fragen und Antworten kreuzten sich, während der Arzt das Ohr an Vadinhos Brust legte, zwecks endgültiger, überflüssiger Feststellung.
»Er tanzte quietschfidel Samba, und ohne noch ein Wörtchen zu flüstern, klappte er zusammen, vollgeladen mit Tod«, erläuterte einer der vier Freunde, völlig geheilt vom Schnaps, mit einemmal nüchtern und ergriffen, halb befangen in seiner Bahianer Frauentracht, die Backen karminrot bemalt, tiefe schwarze, mit rußigem Kork gezogene Augenschatten.
Daß die fünf jungen Männer als Bahianerinnen kostümiert waren, darf nicht zu böswilligen Vermutungen verleiten, denn alle waren von bewährter Männlichkeit. Sie hatten sich als Bahianerinnen aufgeputzt, um sich besser amüsieren zu können, aus Lausbuberei und Narrenlust, und nicht etwa aus einer Neigung zum Weibischen, zur fragwürdigen Ausgefallenheit. Es war kein Jüngelchen unter ihnen, Gott sei Dank. Vadinho hatte übrigens unter dem weißen gestärkten Unterrock eine gewaltige Maniokwurzel befestigt, hob bei jedem Schritt seine Röcke und ließ die ungewöhnliche pornographische Trophäe sehen, was die Frauen veranlaßte, Gesicht und Gelächter mit maliziöser Schamhaftigkeit hinter den Händen zu verbergen. Nun hing die Wurzel verlassen auf dem entblößten Schenkel und brachte niemanden mehr zum Lachen. Einer der Freunde trat näher und band sie ab von Vadinhos Gürtel. Doch auch so war der Verblichene weder anständig noch ehrbar, er war eben ein Karnevalstoter und stellte nicht einmal das über die Brust rinnende Blut von einer Kugel oder einem Messer zur Schau, das sein Maskenkleid hätte entschuldigen können.
Dona Flor, der naturgemäß Dona Norma vorausging, die An-

weisungen erteilte und den Weg bahnte, kam fast zur gleichen Zeit wie die Polizei. Als sie, gestützt auf die mitfühlenden Arme der Gevatterinnen, um die Ecke bog, errieten alle die Witwe, denn sie kam seufzend und stöhnend in Tränen aufgelöst daher, ohne sich zu beherrschen. Im übrigen trug sie ihren ziemlich schäbigen Arbeitskittel, in dem sie ihr Haus sauberhielt; ihre Füße steckten in Katzengesichtpantoffeln, und ihr Haar war unfrisiert. Doch auch so war sie hübsch und eine Augenweide: klein und mollig, von einer specklosen Fülle, die Haut bronzefarben wie die Kreuzung aus Mestize und Indio, das glatte Haar so schwarz, daß es bläulich schimmerte, Schmachtaugen und die vollen Lippen halb geöffnet über den blankweißen Zähnen. Appetitlich, wie Vadinho sie in seinen – seltenen, wiewohl unvergeßlichen – Tagen der Zärtlichkeit gerne genannt hatte. Wer weiß, vielleicht hatte Vadinho dank der kulinarischen Tätigkeit seiner Gattin während jener idyllischen Stunden »mein Maisklößchen, mein duftender *Acarajé*, mein fettes Hühnchen« zu ihr gesagt, gaben derartige gastronomische Vergleiche doch die richtige Vorstellung von Dona Flors bestimmtem sinnlich-häuslichem Reiz, der sich unter einer still-gefügigen Natur verbarg. Vadinho kannte ihre Schwächen und gab sie der Sonne preis, jene verdrängte Ängstlichkeit einer Schüchternen, jener geheime Wunsch, in der Befreiung des Betts hemmungslos, ja gewalttätig zu werden. Wenn Vadinho in Laune war, gab es keinen bezaubernderen Menschen als ihn und keine Frau, die ihm widerstanden hätte. Nie hatte Dona Flor sich seinem betörenden Wesen zu entziehen vermocht, selbst wenn sie in ihrer jüngst so häufigen Empörung und Wut darauf abzielte. Denn zu wiederholten Malen hatte sie den Bohemien sogar gehaßt und den Tag verflucht, an dem sie ihr Schicksal an das seine gekettet hatte.

Doch nun, auf dem Wege zu Vadinhos unerwarteter Todesstätte, schritt Dona Flor betäubt, gedankenleer, sie erinnerte sich an nichts, nicht an die Augenblicke inniger Zärtlichkeit und noch weniger an die grausamen Tage von Angst und Einsamkeit, als hätte ihr Gatte mit dem letzten Atemzug alle

Mängel abgestreift oder sie »während seines kurzen Wallens durch dieses Tränental« überhaupt nicht besessen.
»Kurz war sein Wallen durch dieses Tränental«, verkündete der ehrwürdige Professor Epaminondas Souza Pinto geziert und atemlos, während er die Witwe zu begrüßen und ihr sein Beileid zu übermitteln versuchte, noch bevor sie zur Leiche ihres Gatten gelangt war. Dona Gisa, gleichfalls Lehrerin und gleichfalls bis zu einem gewissen Grade ehrwürdig, versagte sich die Atemlosigkeit ihres Kollegen und das eigene Lachen. Denn wenn Vadinhos Erdenwallen in der Tat kurz gewesen war – er hatte unlängst das dreißigste Jahr beendet –, so war es für ihn, das wußte Dona Gisa sehr genau, keineswegs ein Tränental gewesen, sondern eine Bühne der Possen, der Verlockungen, der Schwindeleien und Verfehlungen. Gewiß, etliche davon hatten Kummer und Verwirrung im Gefolge gehabt und sein Herz herben Prüfungen, Schmerzen und Aufregungen unterworfen: da galt es Schulden zu zahlen, Tratten zu diskontieren, Wechselbürgen zu überzeugen; es gab eingegangene Verpflichtungen, unaufschiebbare Zahlungsziele, Proteste und Notariate, Banken und Börsenspekulationen, abweisende Mienen, Freunde, die ihm aus dem Weg gingen, ganz zu schweigen von Dona Flors körperlichen und seelischen Leiden. Denn, so dachte Dona Gisa in ihrem vertrackten Portugiesisch – sie war auf unbestimmte Weise Nordamerikanerin, hatte sich naturalisieren lassen und fühlte sich als Brasilianerin, aber den Teufel von einer Sprache, ach, den hatte sie nicht bewältigt –, wenn es in Vadinhos kurzem Erdenwallen Tränen gegeben hatte, so waren sie von Dona Flor im Überfluß geweint worden und reichten somit weitgehend für das Ehepaar aus.
Angesichts des so jähen Todes dachte Gisa nur mit Sehnsucht an Vadinho: trotz allem war er ihr sympathisch gewesen, er hatte eine liebenswerte, einnehmende Seite gehabt. Doch deshalb und nur weil er hier, auf dem Platz Zum Zweiten Juli, als Bahianerin drapiert tot ausgestreckt lag, würde sie ihn nicht plötzlich heiligsprechen, sie würde die Wirklichkeit nicht verdrehen und nicht etwa einen neuen Vadinho aus einem Guß

erfinden. So wenigstens äußerte sie sich Dona Norma, ihrer Nachbarin und Busenfreundin, gegenüber, erhielt jedoch von der Mitspielerin keine Unterstützung. Dona Norma hatte Vadinho oftmals beschimpft, hatte sich mit ihm gezankt, hatte ihm denkwürdige Leviten verlesen, eines Tages hatte sie ihm sogar mit der Polizei gedroht. In der letzten kummervollen Stunde jedoch wünschte sie nicht die vorherrschenden unangenehmen Facetten des Verstorbenen zu erwähnen, sie wollte lieber nur seine guten Seiten rühmen: seine natürliche Liebenswürdigkeit, sein stets bereites Solidaritätsgefühl, seine Treue zu seinen Freunden, seine unbestreitbare Großzügigkeit (besonders, wenn es sich um fremdes Geld handelte), seine unbekümmerte, grenzenlose Lebensfreude. Überdies war sie so beschäftigt, Dona Flor zu begleiten und zu stützen, daß sie kaum Ohren hatte für Dona Gisa und ihre harten Wahrheiten. So war Dona Gisa: die Wahrheit über alles, in einem Maße, daß sie selbst bisweilen rauh und unerbittlich wirkte; vielleicht war dies auch eine Art der Selbstverteidigung gegen ihren guten Glauben, denn sie lieh Ungereimtheiten ein leichtgläubiges Ohr und vertraute aller Welt. Nein, sie rief sich nicht Vadinhos Untaten ins Gedächtnis zurück, um sie zu kritisieren oder etwa zu verdammen, sie hatte ihn gern, so daß die beiden sich mitunter in ausgedehnte Unterhaltungen gestürzt hatten, wobei Dona Gisa sich für die Psychologie der Unterwelt interessierte, in der Vadinho sich bewegte, während er ihr allerlei Fälle erzählte und dabei in ihrem Ausschnitt den Ansatz zweier schwellender sommersprossiger Brüste bespähte. Vielleicht verstand ihn Dona Gisa besser als Dona Norma, doch im Gegensatz zu dieser übersah sie keinen seiner Mängel und beabsichtigte nicht zu lügen, nur weil er gestorben war. Dona Gisa belog nicht einmal sich selber, es sei denn, wenn es sich als unvermeidlich erwies. Und dies war offensichtlich nicht der Fall.

Dona Flor durchschritt die Menge im Schlepptau Dona Normas, die mit ihren Ellenbogen und ihrer großen Beliebtheit den Weg bahnte:

»Aus dem Weg, Leute, laßt die Ärmste durch . . .«
Da lag Vadinho auf den Pflastersteinen mit lächelndem Mund, fahl und blond, voller Frieden und Unschuld. Eine Sekunde stand Dona Flor unbeweglich und betrachtete ihn, als fiele es ihr schwer, ihren Gatten zu erkennen oder vielleicht, was wahrscheinlicher war, die nunmehr unbestreitbare Tatsache seines Todes hinzunehmen. Aber nur eine Sekunde lang. Mit einem aus ihrem Innersten hervorbrechenden Schrei warf sie sich auf Vadinho, klammerte sich an seinen reglosen Leib, küßte sein Haar, das karminrot bemalte Gesicht, die offenen Augen, den verwegenen Schnurrbart, den toten, für immer toten Mund.

3

Es war Karnevalssonntag: wer beabsichtigte an jenem Abend nicht am Autokorso teilzunehmen, wer war nicht zu einem Fest eingeladen, wer hatte nicht ein bis ins Morgengrauen reichendes Programm vor sich? Dennoch: Vadinhos Totenwache war ein Erfolg. »Ein echter Erfolg«, wie Dona Norma stolz feststellte und verkündete.
Die Leichenträger legten den Leib erst auf das Bett des Schlafzimmers, nachdem die Nachbarn ihn ins Wohnzimmer getragen hatten. Die Leute vom Leichenschauhaus hatten es eilig, im Karneval nahm ihre Arbeit zu. Während alle anderen sich vergnügten, gingen sie mit Toten um, mit den Opfern von Verkehrsunglücken und Schlägereien. Sie zogen das schmutzige Leintuch weg, das den Leichnam umhüllt hatte, und übergaben der Witwe den Totenschein.
Nackt, wie Gott ihn in die Welt gesetzt hatte, lag Vadinho auf dem Ehebett, einem Eisenbett mit gedrehtem Kopf- und Fußende, das Dona Flora vor sechs Jahren für den Hochzeitstag gebraucht bei einer Möbelversteigerung erstanden hatte. Allein im Zimmer, öffnete Dona Flor den Umschlag, studierte das Gutachten der Ärzte. Wiegte ungläubig den Kopf. Wer hätte

das gedacht? Allem Anschein nach so stark und gesund, und noch so jung!
Vadinho hatte sich immer etwas darauf zugute gehalten, daß er nie krank und immer dazu imstande gewesen war, acht Tage und acht Nächte ohne Schlaf auszukommen und währenddessen zu spielen, zu trinken und mit Weibern zu hantieren. Und hatte er nicht auch manchmal acht Tage außer Haus verbracht und Dona Flor zu Verzweiflung und Wahnsinn getrieben? Und doch hielt sie den Schiedsspruch der Doktoren von der Fakultät in Händen: er war ein aufgegebener Mann gewesen, untaugliche Leber, verdorbene Nieren, ein Herz in Fetzen. Er hätte jeden Augenblick sterben können, wie er denn auch gestorben war. Einfach so und ganz plötzlich. Der Schnaps, die Nächte in den Kasinos, das Luderleben, die wahnsinnige Hetzjagd nach dem Spielgeld hatten den schönen starken Organismus ruiniert und ihm nur den äußeren Anschein von Gesundheit gelassen. Ja, wer denn, der ihn nur von außen sah, hätte ihn für so unwiderruflich erledigt gehalten?
Dona Flor betrachtete den Leib des Gatten, bevor sie die hilfsbereiten ungeduldigen Nachbarn zu der heiklen Aufgabe des Einkleidens rief. Da lag er, nackt, wie er im Bett zu liegen liebte, goldener Flaum bedeckte Arme und Beine, ein Buschwerk blonder Haare auf der Brust, die Narbe des Messerstichs an der linken Schulter. So schön und männlich, so allwissend im Vergnügen! Wieder traten der jungen Witwe die Tränen in die Augen. Sie versuchte nicht zu denken. Was sie dachte, paßte nicht zur Totenwache.
Als sie ihn so nackt ausgestreckt auf dem Bett liegen sah, konnte Dona Flor trotz aller Anstrengungen nicht umhin, sich seiner zu erinnern, wie er in der Stunde der erblühten Begierde war: Vadinho duldete kein Kleidungsstück auf den Körpern, kein verschämtes Leintuch durfte sie bedecken, Scham war nicht seine Stärke. Wenn er sie ins Bett rief, sagte er: »Wir wollen bummeln, mein Kind«; für ihn war die Liebe wie ein Fest unendlicher Fröhlichkeit und Freiheit, dem er sich hingab mit seiner bekannten Begeisterungsfähigkeit, gepaart mit einer von

zahlreichen Frauen verschiedener Lebensart und Herkunft verbürgten Erfahrung. In der ersten Zeit ihrer Ehe war Dona Flor ganz verdattert und befangen gewesen, denn er wollte sie splitternackt:
»Wo hat man je im Hemd gebummelt? Warum versteckst du dich? Bummeln ist etwas Heiliges, Gott hat es im Paradies erfunden, wußtest du's nicht?«
Und er entkleidete sie nicht nur vollständig, sondern, weil ihm das zu wenig war, spielte er mit den Einzelheiten ihres Körpers von ausladenden Kurven und tiefen Buchten, in denen Schatten und Licht sich in geheimnisvollem Spiel überschnitten. Dona Flor versuchte sich zu bedecken, lachend entriß ihr Vadinho das Leintuch, entblößte ihre harten Brüste, das wohlgeformte Gesäß, den fast haarlosen Bauch. Wie ein Spielzeug oder eine geschlossene Rosenknospe, die er in jeder Nacht des Vergnügens aufbrechen ließ, nahm er sie in Besitz. Langsam verlor Dona Flor ihre Scheu und überließ sich dem unzüchtigen Fest, sie wurde kühner, gewagter und verwandelte sich in eine lebhafte und übermütige Geliebte. Doch nie gab sie Schamhaftigkeit und Züchtigkeit ganz auf; jedesmal mußte er sie wieder erobern, denn kaum aus jenen wahnsinnigen Kühnheiten und seufzenden Ohnmachten erwacht, wurde sie wieder die schüchterne, schamhafte Ehefrau.
In jener Stunde allein mit Vadinhos Tod, wurde Dona Flor sich jäh ihrer Witwenschaft bewußt und der Tatsache, daß sie ihn nie mehr besitzen, noch daß sie in seinen Armen verlöschen würde. Denn seit dem Augenblick des von Mund zu Mund weitergetragenen traurigen Ereignisses bis zur abendlichen Ankunft des Leichenwagens hatte die Lehrerin der Kochkunst eine Art bösen und zugleich aufregenden Traum erlebt: den Schlag der Nachricht, den tränenvollen Gang zum Platz Zum Zweiten Juli, die Begegnung mit dem Leichnam, die sie umringende, umsorgende, die ihr Mitgefühl und Trost spendende Menge, ihren Heimweg, auf dem sie fast getragen worden war von Dona Norma und Dona Gisa, von Herrn Professor Epaminondas und von Mendez, dem Spanier der

Kneipe. Alles war so schnell und hastig gegangen und hatte ihr keine Zeit gelassen, nachzudenken und Vadinhos Tod in seiner ganzen Tragweite zu begreifen.

Die Leiche war vom Platz zum Leichenschauhaus befördert worden, doch auch so war ihr kein Augenblick der Ruhe vergönnt. Plötzlich war sie Mittelpunkt des Lebens geworden, und zwar nicht nur ihrer eigenen Straße, sondern auch der angrenzenden Verkehrswege, und das an einem Karnevalssonntag. Bis er, in ein Leintuch gewickelt, mitsamt seinem zu einem bunten Bündel verschnürten Bahianerkostüm zurückgebracht wurde, empfing Dona Flor von einer unaufhörlichen Pilgerschar von Nachbarn, Bekannten und Freunden Beileidsbekundungen, Freundschafts- und Ergebenheitsbeweise. Dona Norma und Dona Gisa ließen beide ihre häuslichen Obliegenheiten im Stich, die infolge des Karnevalsbetriebs und der von ihren Herrinnen hastig improvisierten Mittag- und Abendessen ohnehin ziemlich vernachlässigt waren. Sie wichen nicht von Dona Flors Seite und überboten einander in Fürsorge und Trostbereitschaft.

Draußen wogte der Karneval mit seinen Maskengesichtern, seinen Tanz- und Folkloregruppen, seinen üppigen oder lustigen Kostümen. Es tönte die Musik der verstärkten Orchester, die Trommelrhythmen, die Paukenschläge, die *Blocos,* die *Ranchos,* die Negerreigen mit ihren Tamburinen und *Atabaques.* Dann und wann vermochte Dona Norma der Versuchung nicht zu widerstehen und lief zum Fenster, beugte sich hinaus, wagte ein Auge, tauschte Zwinkerblicke mit einem maskierten Bekannten, gab die Nachricht von Vadinhos Tod weiter, klatschte einem eigenwilligen Kostüm oder einem farbenprächtigen Block Beifall. Von Zeit zu Zeit rief sie Dona Gisa, wenn ein besonders lebhafter *Rancho* um die Ecke bog. Und wenn der *Afochê* der Meeressöhne mit seinem Figurenreichtum, begleitet von einer großen sambatanzenden Menge, gegen Nachmittag durch die Straße zog, näherte sich Dona Flor mit kaum zurückgehaltenen Tränen dem Fenster und warf einen verstohlenen Blick auf den von den Zeitungen begeistert gefeierten Negerreigen, das herrlichste Schauspiel des Bahianer Karnevals. Sie spähte hinaus, ohne sich zu zeigen, beschirmt von Dona Gisas breiten Schultern. Dona Norma, die den Toten und die Schicklichkeit vergaß, klatschte hingerissen in die Hände.

So war der ganze Tag seit dem Eintreffen der Nachricht verlaufen. Sogar Dona Nancy, eine zurückhaltende, kürzlich in die Straße gezogene Argentinierin, verheiratet mit dem Besitzer der Keramikfabrik, einem verqueren Bernabó, stieg von ihrem prachtvollen zweistöckigen Haus die Treppe und von ihrem Stolz herunter, um Dona Flor ihr Beileid und ihre Hilfe zu entbieten, wobei sie sich als sympathischer, wohlerzogener Mensch entpuppte und mit Dona Gisa philosophische Betrachtungen über die Kürze des Lebens und seine Unsicherheit austauschte.

Wie man sieht, hatte Dona Flor keine Zeit gefunden, über ihren neuen Zustand und die zwangsläufigen Veränderungen in ihrem Dasein nachzusinnen. Erst als man ihr Vadinho vom Leichenschauhaus brachte und ihn nackt auf das Ehebett legte, wo die beiden so viele Male der Liebe gepflegt hatten, nun erst und erst jetzt stand sie allein dem Tod des Gatten gegenüber und empfand sich als Witwe. Nie würde er sie wieder aufs Eisenbett zerren, ihr Kleid und Kombination herunterreißen, die intimste Wäsche mit dem Bettuch auf den Frisiertisch werfen, um anschließend Stück für Stück ihres Körpers in Besitz zu nehmen und sie bis zum Wahnsinn zu treiben.

Ach, nie mehr, dachte Dona Flor und fühlte einen Kloß im Hals, ein Zittern in den Beinen, nun begriff sie, daß alles aus war. Nun stand sie da, wie gelähmt, wort- und tränenlos, bar jeder Erregung, fern jeder Verstellung, mit der sie dem Tod hätte begegnen mögen. Nur sie war da und der nackte Leichnam, sie und Vadinhos endgültige Abwesenheit. Sie würde ihn nicht mehr bis ins Morgengrauen hinein erwarten, nie mehr das Schulgeld ihrer Schülerinnen vor ihm verstecken oder seine Beziehungen zu den Hübschesten überwachen, nicht an seinen Tagen des Schnapses und der üblen Laune Schläge von ihm beziehen und auch nie mehr die bissigen Bemerkungen der Nachbarn anhören müssen. Sie würde sich aber auch nicht mehr mit ihm im Bett wälzen, sich ganz seiner Begierde ergeben, sich ihrer Kleider, des Leintuchs und der Zurückhaltung für das Liebesfest, das unvergeßliche Fest, entblößen. Der Kloß in der Gurgel erstickte sie fast, ein Schmerz, ein scharfer, stechender Schmerz, saß in ihrer Brust.

»Flor, ist es nicht an der Zeit, ihn anzuziehen?« Dona Normas mahnende Stimme drang durch die Wohnzimmertür herein. »Bald werden Besucher kommen . . .«

Die Witwe öffnete die Tür, nun war sie ernst, stumm, ohne Schluchzen, ohne Seufzen, kalt und gefaßt. Allein auf der Welt. Die Nachbarn kamen und halfen. Seu Vivaldo vom Bestattungsgeschäft ›Paradies in Blüte‹ kam höchstpersönlich und lieferte den billigen Sarg – er hatte einen beträchtlichen Abschlag eingeräumt; er war Vadinhos Kumpan am Roulett- und Bakkarat-Tisch gewesen, an dem er Särge und Grabsteine verspielt hatte – und gab all sein Können und seine Erfahrung, um aus dem Bohemien einen ehrenwerten Toten zu machen. Dona Flor wohnte dem ohne ein Wort und ohne eine Träne bei, sie war allein auf der Welt.

4

Vadinhos Leib wurde in den Sarg gebettet und ins Besuchszimmer getragen, wo ein Podium aus Stühlen errichtet worden war. Seu Vivaldo hatte als kostenlosen Beitrag seines Betriebs Blumen mitgebracht. Dona Gisa steckte eine violette Skabiose zwischen Vadinhos gefaltete Hände. Seu Vivaldo bedachte bei sich das Sinnlose dieser Geste: man hätte dem Toten eher ein Kartenspiel in die Hand geben sollen. Und eine Spielmarke statt einer violetten Skabiose; und wären statt Karnevalsmusik und -lachen in der Nähe die Geräusche von Roulettischen laut geworden, die belegte Stimme des Croupiers, das Klappern der Jetons, die nervösen Ausrufe der Spieler, womöglich hätte man Vadinho dem Sarg entsteigen und den Tod von den Schultern schütteln sehen, so wie er zeitlebens mit der ihm eigenen Gebärde alle Komplikationen abgeschüttelt und sich aufgemacht hatte, um seine Spielmarke auf Nummer siebzehn, seine Lieblingszahl, zu legen. Was sollte er mit einer violetten Skabiose anfangen? Bald würde sie verblüht sein und welk, und kein Roulett würde sie je mehr annehmen.

Seu Vivaldo blieb nicht lange; als verschworener Karnevalsanhänger hatte er sein Leichenbestattungsgeschäft an jenem Sonntag nur aufgemacht, um einen Freund wie Vadinho zu bedienen. Wäre es ein anderer Toter gewesen, der hätte sich sonstwo schadlos halten müssen, er, Vivaldo, hätte sich ihm zuliebe nicht in seinem Karnevalsvergnügen stören lassen.

Viele störten seine Karnevalspläne. Die ganze Nacht zogen Menschen an der Leiche des Bohemiens vorüber. Einige waren gekommen, weil Vadinho von armer Herkunft und der uneheliche Sohn einer bedeutenden Familie, der Guimarães, war. Einer seiner Vorfahren war Staatssenator gewesen und Regenmacher bei der Polizei. Ein Onkel von ihm mit Zunamen Chimbo hatte etliche Monate hindurch den Posten eines Hilfskommissars bekleidet. Dieser Onkel, einer der seltenen Guimarães, der Vadinho als rechtmäßigen Verwandten anerkannte, hatte ihm eine Stellung in der Stadtverwaltung besorgt: als Parkaufseher, eine erzbescheidene Stelle mit erbärmlichem Gehalt, das nicht einmal für eine üppige Nacht im ›Tabaris‹ ausreichte. Die völlige Unzuverlässigkeit des jungen Stadtbeamten braucht nicht hervorgehoben zu werden: er hatte nie die geringste Parkanlage überwacht und erschien nur im Amt, um seine mageren Monatskröten zu kassieren. Oder um die unwahrscheinliche Bürgschaft seines Vorgesetzten zu erlangen, um damit die Kollegen um zwanzig oder fünfzig Mil-Réis zu erleichtern. Die städtischen Gärten interessierten ihn nicht, er hatte keine Zeit übrig für Pflanzen und Blumen, seinetwegen konnten alle Parks der Stadt verschwinden. Er war ein Nachtvogel, seine Beete waren die Spieltische und seine Blumen, wie Vivaldo es so treffend sah, Jetons und Spielkarten.

Die, welche dem Namen Guimarães zuliebe gekommen waren, lauter unbestimmte und eilige Verwandte, hätte man an den Fingern abzählen können. Alle übrigen, jenes zahllose Defilee, kamen, um sich von Vadinho zu verabschieden, um noch einmal sein Gesicht zu sehen, um ihm bei einer angenehmen Erinnerung zuzulächeln, um ihm Lebewohl zu sagen. Denn sie hatten ihn gerne, sie sahen ihm seine Verrücktheiten nach, sie wußten seine guten Seiten zu schätzen.

Einer der ersten abendlichen Trauergäste im Gesellschaftsanzug, denn er wollte anschließend seine Töchter, drei prachtvolle Mädchen, auf den Ball eines großen Klubs führen, war der Herr Komtur Celestino, gebürtiger Portugiese, Bankier und Exporteur. Er überstürzte nichts wie jemand, der sich einer lästigen Verpflichtung entledigt. Er ließ sich Zeit, plauderte ausgiebig im Wohnzimmer und erinnerte an Vadinhos Erfolge, nachdem er Dona Flor umarmt und ihr seine Beileidsbezeugungen ausgesprochen hatte. Woher stammte seine Wertschätzung für den kleinen Stadtbeamten, den Stammgast zweitklassiger Kabaretts, für den stets hereingelegten Spieler?

Vadinho hatte eine Zunge, und was für eine! Einmal war es ihm doch tatsächlich gelungen, dem wohlhabenden Lusitanier die Unterschrift auf einen Wechsel von etlichen Contos de Réis zu entlocken. Er vergaß nicht, daß er zahlen mußte, denn er vergaß nie die Fälligkeitsdaten der verschiedenen von ihm unterzeichneten und in Banken sowie in Wucherhänden verstreuten Wechsel. Zahlen freilich konnte er dann nicht, das war etwas anderes. Gemeinhin konnte er nicht zahlen und zahlte auch nicht; dennoch wuchs täglich die Zahl der Akzepte, es wuchs die Zahl der Wechselbürgen. Wie brachte er das zuwege?

Celestino bürgte kein zweites Mal, er fiel kein zweites Mal auf den Schmus herein. Dafür machte er Scheine von hundert, von zweihundert und sogar bis zu fünfhundert Mil-Réis locker, wenn Vadinho verzweifelt, ohne einen Tostão in der Tasche, gelaufen kam mit der Beteuerung, dies sei der Tag, an dem er die Bank sprengen würde. Andere dagegen bürgten für ihn zwei- oder dreimal, als wäre Vadinho der gewissenhafteste Zahler mit den besten Bankauskünften. Alle fielen auf seine Schliche, auf seine dramatisch-überzeugende Rednergabe herein.

Selbst Zé Sampaio, Dona Normas Mann, Besitzer eines Schuhgeschäfts in der Unterstadt, ein wortkarger, mürrischer Mann, der wenig auf Besuche, Beziehungen und Vertraulichkeiten mit Nachbarn gab, mithin das genaue Gegenteil seiner Ehefrau, selbst er war von Vadinho etliche Male hereingelegt worden und hatte ihm trotzdem weder seine Hochachtung noch seinen Kredit im Laden entzogen.

Auch dann nicht, als er folgende unglaubliche Lumperei entdeckte: eines Morgens kaufte Vadinho in seinem Schuhgeschäft auf Pump mehrere Paar Schuhe der feinsten, teuersten Machart und verkaufte sie unmittelbar darauf fast unter den entsetzten Augen von Sampaios Verkäufern zu einem Spottpreis an einen neuen, jüngst in der unmittelbaren Nachbarschaft eröffneten Laden. Natürlich gegen bar – denn Vadinho brauchte verfügbare Mittel, um im *Bicho* zu spielen.

Sicherlich zog der Kaufmann trotz der Verantwortlichkeit des Gauners bestimmte Milderungsgründe in Betracht, dazu geeignet, die Entgleisung zu erklären und zu entschuldigen.

An jenem Nachmittag nämlich erzählte ihm ein fröhlich-sorgloser Vadinho, er habe die ganze Nacht von der in einen Vogel Strauß verwandelten Dona Gisa geträumt, und die habe ihn auf endloser Flur verfolgt, er wußte nicht genau, ob in der Absicht, mit ihm auf den grünen Weiden zu bummeln – es war ein weiblicher Vogel Strauß, in dessen Augen ein durchtriebenes Licht funkelte –, oder ob er vorhatte, ihn unter Schnabelhieben zu verschlingen, denn er verfolgte ihn mit riesigem, drohend aufgerissenem Schnabel. Er erwachte gepeinigt, schüttelte den Traum ab und versuchte im Gedanken an erfreulichere Dinge von neuem einzuschlafen, doch wieder kam die aufsässige Lehrerin und rannte mit liederlichem Blick und angriffslustigem Schnabel hinter ihm her. Wäre Dona Gisa in ihrer fleischlichen

Tageshülle aufgetreten, Vadinho hätte nicht Reißaus genommen, sondern sich ihr gestellt, er hätte die Teufelin von einer Ausländerin mitten im Gestrüpp geschwängert, mit allem Nachdruck und seinen Kenntnissen von Psychologie. Da sie jedoch ein Federkleid trug und sich in einen ungewöhnlichen Vogel Strauß verwandelt hatte, blieb ihm nur die Schande, den Rückzug anzutreten. Vier-, fünfmal wiederholte sich der Alptraum, aber dafür sah Vadinho sich am nächsten Morgen, zwar erschöpft von der Hetzjagd und in Schweiß gebadet, im Besitz der todsichersten Tips, wiewohl ohne einen Tostão in der Tasche. So ging er aus in der Hoffnung, ein paar Bekannte anhauen zu können, doch fand er nur geringen Widerhall; Vadinho hatte in letzter Zeit seinen spärlichen Kredit ziemlich strapaziert. Erst als er an der ›Casa Stella‹, dem wohlsortierten Schuhgeschäft Zé Sampaios, vorbeiging, kam ihm der glänzende Einfall, sich für eine kurze Zeitspanne dem ehrlichen Geschäft des Schuhhandels zu widmen – die einzige Art, rasch zu etwas Kleingeld zu kommen.

Hätte er die kommerzielle Transaktion nicht durchgeführt, die dem Anschein nach unehrlich und verhängnisvoll, in Wahrheit jedoch feinsinnig und gewinnbringend war, er würde es sich nie verziehen haben, denn im Tierlotto kam der Vogel Strauß heraus – nicht einmal in ihren Träumen log Dona Gisa –, so daß Vadinho einen hohen Gewinn erzielte. Dankbar und würdig suchte er unverzüglich Zé Sampaio in seinem Ladengeschäft auf und zahlte ihm vor seinen verdutzten Angestellten den Wert der am Vormittag gekauften Ware, erwähnte lachend den fabelhaften Coup und lud zu einem Feierumtrunk ein. Zé Sampaio lehnte dankend ab, er war Vadinho jedoch nicht böse, kündigte ihm auch nicht die Freundschaft und verkaufte ihm weiterhin Schuhe gegen Preisermäßigung und Abzahlung. Zehn Prozent Nachlaß auf den Rechnungswert, Kreditbeschränkung jeweils auf ein Paar Schuhe und erst, wenn der ausstehende Kauf beglichen war.

Ein noch eindrucksvollerer Beweis für den Ruf, den Vadinho bei Zé Sampaio genoß: dieser erschien bei der Totenwache.

Freilich nur für wenige Minuten, doch war dies die erste Totenwache des Kaufmanns in den letzten zehn Jahren. Er hatte einen Horror vor jedweder gesellschaftlichen Verpflichtung, besonders vor Totenwachen, Friedhöfen, Totenmessen, was Dona Norma zum Zetern brachte, als er sich weigerte, sie auf eine ihrer zahlreichen wöchentlichen Beerdigungen zu begleiten:

»Wenn du eines Tages stirbst, Sampaio, werden nicht mal Leute da sein, die den Sarg tragen ... Wir werden uns vor lauter Schande verkriechen müssen.«

Zé Sampaio beschoß sie mit einem grimmigen Blick, antwortete nicht und steckte den Mittelfinger der rechten Hand zwischen die Zähne, in einer ihm eigenen Gebärde der Entsagung vor der unablässigen Erregbarkeit seiner Frau.

Es erschienen die gewichtigen Personen wie Celestino und Zé Sampaio, wie der Verwandte Chimbo, der Architekt Chaves, Dr. Barreiros, hervorragende Figur des Rechtslebens, sowie der Dichter Godofredo Filho. Es kamen geschlossen die Kollegen vom Amt, ihnen allen schuldete Vadinho kleinere Summen. Als ihr Anführer kam, redegewandt und feierlich, der illustre Direktor der Park- und Gartenanlagen, ganz in Schwarz. Es kamen die Nachbarn, die reichen und die armen, aber auch die wohlbestallten. Es kamen all jene, die in Bahia zu dieser Zeit Spielkasinos besuchten und Kabaretts, Wettbüros und die fröhlichen Frauenhäuser: Mirandão, Curvelo, Maultierfuß, Waldomiro Lins und sein jüngerer Bruder Wilson, Anacreon, Cardoso Pereba, Arigof, Pierre Verger mit seinem Vogelprofil und seinen *Ifá*–Mysterien. Einige, wie der Doktor Giovanni Guimarães, Arzt und Journalist, gehörten beiden Gruppen an, sie waren Vertraute der Großen wie der Kleinen, der Achtbaren wie der Verantwortungslosen.

Die bedeutenden Personen erinnerten sich lachend an Vadinho, an seine Geschichten voller Streiche und Boshaftigkeit, seine lustigen Coups, seine gewagten Gaunereien, seine Ratlosigkeiten und Verwirrungen, aber auch an sein gutes Herz, sein liebenswertes Wesen, seine widerspruchsvolle Lustigkeit. Auch die Nachbarn sahen ihn so: als Bohemien ohne Stundenplan und Schranken. Die einen wie die anderen vergrößerten die Wirklichkeit, erfanden Einzelheiten, unterstellten ihm Fälle und Abenteuer; neben seiner Leiche, noch fast in seiner Todesstunde, begann Vadinhos Legende zu entstehen. Der erwähnte Doktor Giovanni Guimarães ließ sich ganze Abschnitte von Geschichten einfallen, schmückte die Geschehnisse aus und tischte so ein kleines, von Daten und genauen Ortsangaben sorgfältig untermauertes Lügengespinst auf:

»Eines Tages, es ist vier Jahre her, traf ich Vadinho im Monat März im ›Haus der drei Herzöge‹, als er auf Nummer Siebzehn setzte. Er trug einen Gummimantel, darunter war er splitternackt. Er hatte alles versetzt, hatte Hose und Jacke, Hemd und Unterhemd verpfändet, um spielen zu können. Ramiro, der spanische Geizkragen von *Siebenundsiebzig*, wollte nur Hose und Jacke annehmen; was zum Teufel sollte er mit einem am Kragen abgewetzten Hemd anfangen, mit einer alten Unterhose, einer völlig zerschlissenen Krawatte? Doch Vadinho drängte ihm sogar ein Paar Socken auf und behielt nur die Schuhe. Und hatte dabei so viel Honig auf der Zunge, daß Ramiro, dieser Halsabschneider, den ihr alle kennt, ihm obendrein einen praktisch neuwertigen Gummimantel lieh, denn er konnte ja nicht nackt auf die Straße gehen Richtung ›Haus der drei Herzöge‹ . . .«

»Und hat er gewonnen?« wollte der junge Artur, Sohn von Seu Sampaio und Dona Norma, wissen, Gymnasiast und Bewunderer Vadinhos, der offenen Mundes dem Bericht des Journalisten lauschte.

Doktor Giovanni blickte den jungen Mann an, machte eine Pause und lächelte übers ganze Gesicht:

»Sonst noch was . . . Gegen Morgen verspielte er mit seiner Siebzehn auch noch den Regenmantel des Spaniers und wurde in Zeitungen gewickelt nach Hause gebracht . . .« Sein Lächeln wurde zu einem wohltönenden, ansteckenden Lachen, niemand verstand es, eine Totenwache so heiter zu gestalten wie Doktor Giovanni.

Und da in diesem Augenblick der unbeschreibliche Robato das Zimmer betrat, fügte der Zeitungsmann noch mit lachfeuchten Worten den endgültigen Beweis dafür hinzu:
»Hier ist jemand, der mir keine Lüge nachsieht ... Erinnerst du dich noch, Robato, an den Abend, als Vadinho in Zeitungen verpackt nach Hause schlich?«
Robato war kein Mann des Zauderns: er ließ den Blick kreisen und prüfte blitzschnell die in einer Ecke des Eßzimmers sitzende Gruppe; zwar fürchtete er weibliche, indiskrete Ohren, fürchtete, derartige Erinnerungen könnten der untröstlichen Witwe hinterbracht werden; dennoch zauderte er nicht, er wich Herausforderungen nicht aus, er war schlagfertig und fing das Stichwort in der Luft auf:
»Nackt, in eine Zeitung verpackt? Und ob ich mich erinnere ...« Er räusperte sich, um die barocke Stimme zu stimmen und seine Phantasie in Bewegung zu bringen. »Die Zeitung gehörte ja mir ... Es war im Lustschloß der Eunice Einzahn; außer uns beiden und Vadinho sehe ich noch Mascarenhas, Jenner und Viriato Schneideameise ... Wir hatten die ganze Nacht gepichelt, es war eine Sauferei ohnegleichen ...«
Dieser Robato war ein Nachtschwärmer vom Schlage Vadinhos, jedoch von anderer Art. Denn weder lockte ihn das Spiel, noch floh er die Arbeit; im Gegenteil, er war ein Mann der sieben Instrumente, er galt als aktiv und kompetent. Er fabrizierte Gebisse, reparierte Radios und Grammophone, machte Photos für Pässe und Personalausweise, verstand sich auf alles, was nach Maschine aussah, und strotzte von gerissener Neugier. Für ihn war das Roulett Poesie, eine gutbemessene, gutgereimte (mit reichen Reimen), sein Kasino waren Bars und Kabaretts, in denen er die Morgenröte in der heiteren Gesellschaft von anderen beflissenen Literaten und musen- und musenjüngerfreundlichen Dirnen erlebte und Oden, Freiheitsgesänge, lyrisch-lüsterne Gedichte und Liebessonette aufsagte – die samt und sonders seiner Feder entstammten. Er selbst hatte sich zum »Weltkönig des Sonetts« ausgerufen, er hatte alle bekannten Rekorde geschlagen, bis zu jenem Tag war er der Verfasser

von zwanzigtausendachthundertundfünfundsiebzig Sonetten zwischen Zehnsilbern und Alexandrinern von reinen, unreinen und anazyklischen Versen. Ein Anflug von Kahlköpfigkeit bedrohte seinen schwarzen Prophetenschopf, nahm ihm aber nichts von seinem strahlend sympathischen Wesen.

Er brauchte nur das Wort zu ergreifen, und schon wanderte Vadinho, eingewickelt in Zeitungen, von neuem durchs Zimmer, der junge Artur würde ihn nie vergessen, würde sich immer an ihn erinnern: eingepackt in die Seiten des ›Abendblatts‹, Vadinho, Held einer verbotenen, betörenden Welt.

Nun löste eine Geschichte die andere ab, während Dona Norma, Dona Gisa und andere Frauen Kaffee und Kuchen, Kelchgläser mit Zuckerrohrschnaps und Fruchtlikör herumreichten. Die Nachbarschaft hatte das Ihre beigesteuert, damit es bei der Totenwache an nichts mangele.

Die bedeutenden Personen, die im Eßzimmer, auf dem Flur, in der Haustür saßen, gedachten Vadinhos mit Anekdoten und Gelächter. Die anderen, seine ehemaligen Partner beim Spiel und Tagdiebstahl, dachten an ihn in Stille, ernst und ergriffen, und blieben im Besuchszimmer zu Füßen des Leichnams stehen. Beim Eintreten gingen sie zuerst auf Dona Flor zu, drückten ihr befangen die Hand, als wären sie verantwortlich für Vadinhos Untaten. Viele von ihnen kannten seine Frau nicht einmal, hatten sie nie gesehen, wußten aber vom vielen Hörensagen, daß Vadinho sogar von ihrem Haushaltsgeld geklaut hatte, um im ›Palace‹, im ›Tabaris‹, im ›Abaixadinho‹ zu spielen, in der Höhle von Zézé Hirnhautentzündung, in der von Abílio Dörrfleisch, in den zahlreichen gesetzwidrigen Rouletthäusern der Stadt, einschließlich der übelbeleumdeten Jeu-Bude des Negers Paranaguá Ventura, wo prinzipiell nur der Bankhalter gewinnen durfte.

Eine grimmige, furchterregende Gestalt, dieser Neger Paranaguá Ventura, mit seinen ungezählten Polizeibesuchen, seinem Register nie vollständig erwiesener Vergehen, seinem Ruf eines Diebs, Einbrechers und Totschlägers. Er war bereits einmal des Mordes angeklagt gewesen, aber freigesprochen worden, und zwar eher mangels Mut der Geschworenen als wegen mangelnder Beweise. Er galt als Urheber zweier weiterer Morde, ohne die am hellichten Mittag an der Sankt-Michel-Steige angeblich erstochene Frau zu rechnen, weil sie noch mit dem Leben davongekommen war. In Paranaguás Spelunke verkehrten nur durchtriebene Berufsspieler mit gezinkten Karten, schwere Jungs, Taschendiebe, Schwindler und Zeitgenossen, die nichts zu verlieren hatten. Nun gut: auch dort trat Vadinho mit seinem spärlichen Betriebskapital und seinem fröhlichen Lächeln auf, und vielleicht durfte er sich als einer der wenigen Erwählten rühmen, mit Paranaguás Schlagseitewürfeln auch gewonnen zu haben. Es verlautete nämlich, der Neger gestatte dann und wann einem seiner Lieblingsmitspieler einen Glückswurf.

Es kamen auch Dona Flors Schülerinnen, fast alle. Schülerinnen und ehemalige Schülerinnen, einstimmig im Wunsch, ihre vielgeschätzte, fähige Lehrerin, die gute, ärmste, zu trösten! Alle drei Monate beendeten die Schulklassen einen Morgenkurs der allgemeinen Kochkunst und einen Nachmittagskurs der Bahianer Küche, legten ihre Prüfung für Herd und Backofen ab und erhielten ihr gedrucktes Diplom, während die Namen der Prüflinge auf einer Tafel im Schaufenster eines Ladengeschäfts der Avenida Sieben ausgestellt wurden, und zwar seit einer alten Kochschulklasse, der Dona Oscarlinda angehört hatte, eine treffliche Krankenschwester, Angestellte des Portugiesischen Krankenhauses, eine schlanke, forsche, klatschsüchtige Person. Sie hatte einst Diplom und Bekanntmachung gefordert, hatte die Kolleginnen angestachelt, alles in Aufruhr versetzt, Beiträge gesammelt, einen kostenlosen Zeichner besorgt, kurz: die Drahtzieherin hatte einen Mordstanz veranstaltet. Dergestalt bedrängt, willigte Dona Flor ein, auch was den Zeichner, einen Bekannten von Dona Oscarlinda, betraf, freilich nicht ohne die Fähigkeiten ihres Bruders Heitor herauszustreichen, der das Namensschild der damals an der Weißen Steige gelegenen Schule entworfen hatte, jetzt aber leider in Nazareth-vom-Mehl wohnte. Jedenfalls hatte es ihrer

Eitelkeit geschmeichelt, auf dem Diplom und der Abschlußprüfungsliste in großen Buchstaben zu lesen:

KOCHSCHULE GESCHMACK UND KUNST

Und gleich darunter in Zierschrift:

Leiterin – Florípedes Paiva Guimarães

An den seltenen Tagen, an denen er früher erwachte, blieb Vadinho zu Hause, umschlich die Schülerinnen, mischte sich in die Kochstunden und verwirrte die jungen Mädchen. Lebhaft und anmutig um ihre Lehrerin geschart, schrieben sie die Rezepte mit, die genauen Mengen der Krabben, des Dendê-Öls, der geschabten Kokosnuß, dazu eine Prise Pfeffer; sie lernten, wie man mit Fisch umgeht, wie man Fleisch zubereitet, wie man Eier schlägt. Vadinho unterbrach mit einem zweideutigen Scherz über Eier, und die Schamlosen lachten. Schamlose Geschöpfe, durch die Bank. Zwar schenkten sie Dona Flor viel Freundschaft und Lob, schielten aber neugierig nach dem Taugenichts. Da war er mit seiner verschlagenen, überheblichen Miene und lümmelte entweder auf einem Stuhl oder räkelte sich auf einer Stufe der Küchentreppe und maß sie dabei von oben bis unten; sein Blick blieb lange an den Beinen haften, an den Knien, fuhr die Schenkel hinauf, machte an den Brüsten halt. Sie senkten den Blick, aber der Teufelsstrick senkte nicht den seinen.

Dona Flor verfertigte in den praktischen Unterrichtsstunden salzige Gerichte und Kuchen, Torten und Süßspeisen. Vadinho gab Meinungen zum besten, rülpste Witzeleien, aß die Leckerbissen, spazierte um die Mädchen herum, sprach die hübschesten an und wagte sich mit seiner dreisten Hand vor, wenn eine Vorlaute auf ihn einging.

Dann wurde Dona Flor nervös und verhaspelte sich so sehr, daß sie sich in dem für den schwierigen Maiskuchen benötigten Maß zerlassener Butter irrte, sie flehte Gott an, Vadinho möge sich zu seinem verwünschten Spielerleben auf die Straße scheren und endlich ihre Schülerinnen in Frieden lassen.

Nun, bei der Totenwache, umringten sie Dona Flor und trösteten sie, doch eine von ihnen, die kleine Ieda mit ihrem spröden Katzengesichtchen, konnte kaum die Tränen zurückhalten und wandte nicht den Blick vom Antlitz des Toten. Dona Flor bemerkte den Gefühlsüberschwang und spürte sogleich einen Stich in der Brust. Ob zwischen den beiden etwas gewesen war? Sie hatte nie etwas Verdächtiges bemerkt, doch wer garantierte ihr, daß das Paar sich nicht außerhalb der Schule getroffen und schließlich in einem Frauenhaus gelandet war? Seit dem Zwischenfall mit der anmaßenden Noêmia hatte er es unterlassen, ihre Schülerinnen zu beschwatzen. Andrerseits war er ein gerissener Bursche gewesen und hatte die Charakterlose vielleicht auf der Straße abgepaßt, sie angesprochen, und welche Frau widerstand Vadinhos Zungenfertigkeit? Dona Flor folgte Iedas Blick und entdeckte das zitternde Kinn des jungen Mädchens. Nun war kein Zweifel mehr möglich, ach, dieser unmögliche Vadinho . . .

Von allem Kummer, den ihr Mann ihr bereitet hatte, war keiner schlimmer gewesen als der Fall mit der jungen Noêmia, einem Hürchen aus ehrbarer Familie, und dazu noch verlobt, welch Skandal! Dona Flor wollte nicht in der Nacht der Totenwache, wo sie zum letzten Mal Vadinhos Antlitz betrachten konnte, die alte Trauer wachrufen. All das war vorbei, lag weit zurück, die Dingsda war verheiratet und mit ihrem Mann verzogen, einem Großsprecher von Zeitungsschreiber, einem frühreifen, aber bereits frühgehörnten Talent mit Namen Alberto. Im übrigen hatte die Wichtigtuerin sich mit der Hochzeit auf einmal verhäßlicht und war ein hemmungsloses Flittchen geworden.

Als zu jenem Zeitpunkt alles wie durch ein Wunder mit einemmal aus und vorbei war, sagte Vadinho ihr in der Hitze des Betts und der Versöhnung: »Als Dauerfrau bist du die einzig wahre. Alles andere ist Schlorum zum Zeitvertreib.« Hier, während der Totenwache, umgeben von so vielen Menschen und Anhänglichkeitsbeweisen, hatte Dona Flor nur den Wunsch, sich nicht an jene vergessene Geschichte zu erinnern und nicht die Gebärden und Blicke der kleinen Ieda mit ihrem kaum verborgenen Weinen, mit ihrem durch Tränen preisgegebenen Geheimnis anschauen zu müssen. Nun, da Vadinho tot war, spielte all das keine Rolle mehr, warum aufklären, ans Tageslicht zerren, anklagen und sich beklagen wollen? Er war tot, hatte alles bezahlt, und zwar mit Zinsen, eben weil er so früh hatte dahingehen müssen. Dona Flor fühlte sich mit ihrem Mann in Frieden, sie hatte keine Rechnungen mehr mit ihm zu begleichen.

Sie senkte den Kopf und ließ davon ab, des Mädchens Regungen zu betrachten. Sie sah nur beim Bücken, wie Vadinho ihr im Eisenbett mit der Hand über den Leib strich und ihr ins Ohr sagte: »Alles nur Schlorum zum Zeitvertreib, meine Dauerfrau bist du, Flor, meine Majoranblüte, du einzige von allen.« Was zum Teufel sollte nur Schlorum bedeuten? wollte Dona Flor mit einemmal wissen. Schade, sie hatte ihn nicht danach gefragt, etwas Gutes konnte es nicht sein. Sie lächelte. Alles Schlorum, nur sie war die Dauerfrau, Flor, Vadinhos Blütenflor in seiner entlaubten Hand.

5

Am nächsten Morgen um zehn Uhr setzte sich der Trauerzug unter großer Beteiligung in Bewegung. An jenem Karnevalsmontagmorgen hätte sich keine Tanz- oder Folkloregruppe mit Vadinhos Beerdigung an Ausmaß und Ausgelassenheit vergleichen können. Nicht im entferntesten.

»Schau ... schau wenigstens einmal zum Fenster hinaus ...«, sagte Dona Norma zu Zé Sampaio, als sie es aufgegeben hatte, ihn zum Friedhof zu schleifen. »Schau und sieh, wie ein Mensch beerdigt wird, der wußte, wie man seine Beziehungen pflegt, er war kein Einsiedlerkrebs wie du ... Er war allerdings ein Aufschneider, ein Spieler, ein Lotterkerl ohne Hab und Gut, und doch, sieh nur ... Wieviel Leute und wieviel gute Leute ... Und das an einem Karnevalstag ... Wenn du einmal stirbst, Seu Sampaio, wirst du kaum einen finden, der deinen Sarg am Griff packt ...«

Zé Sampaio antwortete nicht und blickte auch nicht aus dem Fenster. Mit den Vortagszeitungen in einem roten Pyjama im Bett liegend, stöhnte er nur einmal kurz auf und schob den Mittelfinger in den Mund. Er war ein eingebildeter Kranker, hatte eine Heidenangst vor dem Tode, einen Horror vor Krankenhausbesuchen, vor Totenwachen und Beerdigungen und schwebte immer gleich am Rande des Herzinfarkts. In diesem Zustand befand er sich seit dem vergangenen Vormittag, seit seine Frau ihm erzählt hatte, daß Vadinhos Herz plötzlich geborsten war. Er hatte eine Hundenacht verbracht in der Erwartung, daß seine Herzkranzgefäße platzen würden, hatte sich unter eisigen Schweißausbrüchen hin- und hergewälzt und die linke Brust mit der Hand gepreßt.

Dona Norma, die über ihr herrliches kastanienbraunes Haar einen für diese Gelegenheit passenden schwarzen Schleier breitete, fügte erbarmungslos hinzu:

»Wenn bei meiner Beerdigung nicht mindestens fünfhundert Personen mitgehen, werde ich mein Leben als Fiasko ansehen. Erst von fünfhundert Personen aufwärts ...«

Von diesem Grundsatz ausgehend, durfte Vadinho sich als Sieger und Erfüller seines Lebens betrachten. Denn halb Bahia hatte sich zu seiner Beerdigung eingestellt, und sogar der Neger Paranaguá Ventura hatte seine finstere Butike verlassen und war zugegen; sein weißer Anzug schimmerte von Walrat, er hatte eine schwarze Krawatte umgebunden, eine schwarze Binde um den linken Ärmel geschlungen und rote Rosen in der Hand. Schon schickte er sich an, einen Griff des Sargs zu fassen, und als er Dona Flor sein Beileid aussprach, faßte er den Gedanken aller in der kürzesten und schönsten Leichenrede auf Vadinho zusammen:

»Er war ein Mordskerl!«

II

Von der Anfangszeit ihrer Witwenschaft,
Zeit des Lebensekels, der tiefen Trauer,
mit ihren Erinnerungen an Hoffnungen und
Täuschungen,
an Werbung und Eheschließung.
Von Vadinhos und Dona Flors Eheleben
mit Spielmarken und Würfeln
und dem nunmehr hoffnungslosen harten Warten
(sowie den unbequemen Wünschen
Dona Rozildas)

Mit Edgard Cocô auf der Geige, Caymmi auf der Gitarre
und Doktor Walter da Silveira
mit seiner Zauberflöte

KOCHSCHULE GESCHMACK UND KUNST

Dona Flors Rezept: Krabbenragout

Theoretischer Unterricht:

ZUTATEN (für acht Personen): eine Tasse reine Kokosmilch ohne Wasser; eine Tasse Dendê-Öl; ein Kilo weiche Krabben. Für die Tunke: drei Zehen Knoblauch; Salz nach Bedarf; der Saft einer Zitrone; Koriander; Petersilie; Schnittlauch; zwei Zwiebeln; eine halbe Tasse Olivenöl; eine Pfefferschote; ein halbes Kilo Tomaten. Als Zugabe: vier Tomaten, eine Zwiebel, eine Pfefferschote.

Praktischer Unterricht:

Reibt zwei Zwiebeln, zerstampft den Knoblauch im Mörser;
Zwiebel und Knoblauch verpesten nicht die Luft, meine Damen,
Sie sind Früchte der Erde und duften.
Schneidet recht fein den Koriander, die Petersilie, einige Tomaten,
Den Schnittlauch und eine halbe Pfefferschote.
Vermengt alles mit Olivenöl und stellt
Diese saftige, aromatische Sauce beiseite.
(Diese törichten Hühner finden, daß Zwiebel stinkt,
Was wissen sie von reinen Gerüchen?
Vadinho aß ums Leben gern rohe Zwiebeln,
Und dann brannte sein Kuß.)

Wascht die ganzen Krabben in Zitronenwasser,
Wascht sie gut, noch ein bißchen,

Damit zwar der Schmutz weicht, aber der Meergeruch bleibt.
Und nun würzt sie mir: taucht sie eine nach der anderen
In die Sauce, legt sie sodann Stück für Stück
In die Bratpfanne, die Krabben in ihrer Würze.
Schüttet den Rest der Sauce über die Krabben,
Aber langsam, denn dies Gericht ist sehr empfindlich.
(Ach, Vadinhos Lieblingsgericht!)
Nehmt vier ausgesuchte Tomaten, eine Pfefferschote,
Eine Zwiebel, garniert das Ganze in Ringen darüber,
Damit es schön aussieht. Laßt es zwei Stunden ziehen.
Stellt sodann die Bratpfanne aufs Feuer.
(Er selbst kaufte immer die weichen Krabben
Auf dem Markt, er hatte dort einen alten Lieferanten . . .)
Erst wenn es fast gar ist, gießt die
Kokosmilch darüber und ganz zum Schluß
Das Dendê-Öl, kurz bevor ihr die
Pfanne vom Feuer nehmt.
(Eine bessere Feinschmeckerzunge gab es nicht).

Fertig ist dies feine, erlesene Gericht der besten Küche,
Wer es zustande bringt, darf sich mit gutem Grund
Als erstklassige Köchin rühmen.
Wer aber hierfür keine Begabung hat, lasse lieber die Finger davon;
Nicht jeder ist ein geborener Künstler des Küchenherds.
(Das war Vadinhos Lieblingsgericht,
Nie mehr werde ich ihn an meinem Tisch bedienen.
Seine Zähne bissen in die weichen Krabben,
Seine Lippen gelb vom Dendê-Öl.
Ach, nie mehr seine Lippen,
Seine Zunge, nie mehr
Sein von roher Zwiebel brennender Mund!)

1

Als nun die Totenmesse von Dom Clemente Nigro in der Santa-Tereza-Kirche verlesen wurde und das prachtvolle Schiff im bläulich durchsichtigen, vom Meer hereindringenden Morgenlicht schwamm, als wäre das Gotteshaus ein zur Ausfahrt bereites Seefahrzeug, ging eine murmelnde Welle der Sympathie und des Mitgefühls aus zu Dona Flor, die ganz in Schwarz in der ersten Bank vor dem Altar kniete; die Dona Norma entliehene Spitzenmantille verbarg ihr Haar und ihre Tränen, und sie hielt den Rosenkranz zwischen den Fingern. Doch die flüsternden Frauen bedauerten sie nicht etwa, weil sie ihren Mann verloren, sondern weil sie ihn besessen hatte. Auf dem Betstuhl vorgebeugt, hörte Dona Flor nichts, als befände kein Mensch sich im Gotteshaus, nur sie, der Priester und Vadinhos Abwesenheit.

Ein Geraune von Betschwestern, von alten Sakristeiratten, von ranzigen Feindinnen des Scherzens und Lachens stieg in säuerlichem Gemurmel mit dem Weihrauch auf:

»Der war keinen Gebetsfünfer wert, der Lotterhahn.«

»Wäre sie keine Heilige, gäb's jetzt statt einer Messe ein Freudenfest. Mit Tanz und allem . . .«

»Für sie ist es ein Freilassungsbrief . . .«

Vor dem Altar für Vadinhos Seele zelebrierend, spürte der durch nächtliches Studium alter Folianten kasteite Dom Clemente in der kaum erwachten zaubrischen Morgenluft gewisse Störungen, eine verhexte Aura, als triebe ein Dämon, Luzifer

oder auch *Exu*, wahrscheinlich *Exu*, im Kirchenschiff sein Unwesen. Warum ließen sie Vadinho nicht in Frieden? Warum gestatteten sie ihm nicht die ewige Ruhe? Gut hatte Dom Clemente ihn gekannt: Vadinho kam gerne zu einer Plauderei in den Klosterhof, setzte sich auf das Mäuerchen und erzählte Geschichten, die zwar nicht immer in die ehrwürdigen Mauern paßten, jedoch von dem neugierigen, mit jeder menschlichen Erfahrung vertrauten Pater aufmerksam angehört wurden.
Im Gang, zwischen Schiff und Sakristei, stand eine Art Altar, darauf ein holzgeschnitzter Engel, ein anonymes, volkstümliches, möglicherweise aus dem siebzehnten Jahrhundert stammendes Bildwerk, und es war, als hätte der Künstler Vadinho zum Vorbild gewählt; die gleiche harm- und schamlose Physiognomie, die gleiche Unbekümmertheit, die nämliche Zärtlichkeit. Die Gestalt kniete vor dem viel späteren barocken Bildnis einer heiligen Clara und streckte die Hände nach ihr aus. Bei einer bestimmten Gelegenheit hatte Dom Clemente Vadinho vor Altar und Engel geführt, um zu sehen, ob die Ähnlichkeit dem Bohemien auffallen würde. Kaum wurde Vadinho der Bildnisse ansichtig, brach er auch schon in schallendes Gelächter aus.
»Warum lachst du so?« fragte der Pater.
»Gott möge mir verzeihen, Pater ... aber sieht es nicht so aus, als ob der Engel die Heilige chartert?«
»Daß er sie was? Was sind das für Ausdrücke, Vadinho!«
»Verzeihung, Dom Clemente, aber dieser Engel hat eine Gigolofratze ... Er sieht gar nicht aus wie ein Engel ... Sehen Sie sich mal sein Auge an ... Charterauge ...«
Als er zum Altar zurückging, um mit erhobenen Händen den Segen zu erteilen, sah der Priester die Betschwestern tuscheln: das war die Störung, der böse Geist, ah, Schlamm- und Schmutzmäuler, ah, stinkende Altjungfernbande, angeführt von Dona Rozilda –: »Gott vergib ihnen, denn unendlich ist Seine Güte!«
»Die Ärmste hat bei ihm nichts zu lachen gehabt. Sie hat das Brot essen müssen, das der Teufel gebacken hat ...«

»Sie hat's nicht anders gewollt. Nicht, daß ich ihr nicht abgeraten hätte ... Wäre sie nicht so besessen gewesen, hätte sie auf mich gehört ... Ich hab' getan, was in meiner Macht stand ...«
So salbaderte Dona Rozilda, Dona Flors Mutter, die geborene Stiefmutter, und suchte ihre Berufung mit Ungestüm zu erfüllen.
»Aber sie hatte den Holzwurm, sie hatte Blut geleckt, Gott sei mir gnädig, sie wollte nicht hören, sie rebellierte ... Und sie fand jemanden, der ins selbe Horn blies, fand ein Haus, um sich zu verstecken ...«
Sprach's und schielte seitwärts, wo Dona Lita, ihre Schwester, kniend betete, und schloß:
»Eine Messe für einen Lumpen wie den lesen zu lassen heißt, das Geld zum Fenster hinausschmeißen, den Wanst des Fraters füllen ...«
Dom Clemente ergriff das Weihrauchfaß und schwenkte Weihrauch gegen den Pestatem des Teufels, der dem Mund der Betschwestern entströmte. Er stieg von den Altarstufen herunter, blieb vor Dona Flor stehen, legte ihr liebevoll die Hand auf die Schulter und sagte so laut, daß ihn auch der finstere Chor der alten Giftschlangen hörte:
»Selbst die verirrten Engel sitzen zu Füßen Gottes in Seiner Glorie.«
»Engel ... Gott bewahre ... Er war ein Teufel der Hölle ...«, brummte Dona Rozilda.
Dom Clemente durchschritt mit leicht gebeugtem Rücken das Kirchenschiff, auf dem Wege zur Sakristei. Im Gang blieb er stehen und betrachtete das seltsame Schnitzbild, in dem der unbekannte Künstler zu gleicher Zeit Anmut und Schamlosigkeit festgehalten hatte. Welche Empfindungen hatten ihn veranlaßt, dieses Werk zu schaffen? Welche Art der Botschaft hatte er damit vermitteln wollen? Von menschlichen Leidenschaften besessen, verzehrte der Engel mit liederlichen Augen die Heilige. Charteraugen, wie Vadinho in seiner farbigen Sprache behauptet hatte, ein unanständiges Lächeln, eine unverschämte, haltlose Visage. Genau wie Vadinho, eine so große

Ähnlichkeit hatte er noch nie gesehen. Hatte Dom Clemente nicht übertrieben, hatte er da nicht eine übereilte Bemerkung gemacht, wenn er Vadinho neben Gott in seiner Glorie stellte?
Er näherte sich dem in den Stein gehauenen Fenster und blickte in den Klosterhof hinaus. Dort hatte Vadinho immer auf dem Mäuerchen gesessen, und ihm zu Füßen das von Fischseglern durchpflügte Meer. Vadinho sagte:
»Pater, wenn Gott wirklich seine Fähigkeiten beweisen wollte, würde er die Siebzehn zwölfmal hintereinander kommen lassen. Das wäre mal ein Wunder, wie's im Buch steht. Dann würde ich hergehen und die ganze Kirche mit Blumen füllen . . .«
»Gott hat nichts mit dem Glücksspiel zu schaffen, mein Sohn . . .«
»Dann, Pater, weiß er nicht, was gut ist und was böse. Diese Qual, die kleine Kugel kreisen zu sehen, kreisen im Roulett, und man riskiert seine letzte Spielmarke, und das Herz klopft zum Zerspringen . . .«
Und in einem Ton der Vertraulichkeit, der Heimlichkeit, die nur ihn und den Priester anging:
»Wie sollte Gott so etwas nicht wissen, Pater?«
Im Vorhof erhob Dona Rozilda ihre Stimme:
»Hinausgeschmissenes Geld . . . Den rettet keine Messe. Gott ist gerecht!«
Im Hintergrund, gestützt auf Dona Gisa und Dona Norma, tauchte Dona Flor in ihrem Kopftuch auf, das ihr schmerzentstelltes Gesicht verbarg. In der morgenblauen Helligkeit glich die Kirche einem Steinschiff auf See.

2

Erst am Karnevalsdienstagabend hatte die Nachricht von Vadinhos Tod Nazareth-vom-Mehl erreicht, wo Dona Rozilda in Gesellschaft ihres verheirateten Sohnes, eines Eisenbahnbeamten, wohnte und das Leben ihrer Schwiegertochter, Sklavin ihres Diktatorenzepters, zur Hölle machte. Ohne Zeit zu verlieren, reiste sie am Aschermittwoch nach Bahia, einem ihr haargenau ähnelnden Tag, falls man einem anderen Schwiegersohn, Antônio Morais, Glauben schenken wollte: »Das ist keine Frau, das ist ein Aschermittwoch, der die Freude eines jeden ersticken läßt.« Der Wunsch, die größtmögliche Entfernung zwischen sein Haus und das seiner Schwiegermutter zu legen, war fraglos einer der Gründe, warum dieser Morais seit mehreren Jahren in einer Vorstadt von Rio de Janeiro wohnte. Als geschickter Mechaniker hatte er die Einladung eines Freundes angenommen und sein Glück im Süden versucht, wo es ihm nun recht gut ging. So weigerte er sich denn auch, selbst für eine Ferienfahrt nach Bahia zurückzukehren, solange »die Megäre die Luft verpestete«.

Dona Rozilda indessen haßte weder Antônio Morais noch die Schwiegertochter. Sie haßte nur Vadinho und hatte ihrer Flor nie die Heirat verziehen, Ergebnis einer hinterhältigen Verschwörung gegen ihre Autorität und ihre Entscheidungen. Wenn ihr die Ehe zwischen Morais und Rosália, ihrer ältesten Tochter, auch nicht behagt hatte, so hatte sie doch dessen Werbung nichts in den Weg gelegt und die Verlobung nicht vereitelt. Sie vertrug sich nur nicht mit ihm oder mit der Schwiegertochter, einfach weil Dona Rozildas Natur dazu bestimmt war, das Leben ihres Nächsten zur Hölle zu machen. Konnte sie niemanden anfeinden, fühlte sie sich leer und unglücklich.

Mit Vadinho war das anders: sie hatte eine Abneigung gegen ihn seit der Zeit seines ersten Geplänkels mit Flor, als sie das Netz der Köder und Verlockungen entdeckt hatte, mit dem der unerwünschte Anwärter sie umgarnt hatte. Seitdem haßte sie ihn abgründig und ging bei der bloßen Nennung seines Namens in die Luft. »Gäb's bei uns eine richtige Polizei, die Kanaille säße längst im Kittchen«, sagte sie jedesmal, wenn von ihrem Schwiegersohn die Rede war, wenn man sie nach dem Strolch fragte oder ihr Grüße für ihn ausrichtete.

Wenn sie Dona Flor besuchte, was selten genug vorkam, so nur, um ihr den Tag zu vergällen, da sie keinen anderen Gesprächsstoff fand als Vadinhos Gaunereien, sein Wüstlingsdasein, seine schamlose Chronik, die ein unablässiges alltägliches Ärgernis war.

Schon von der Schiffsreling aus geiferte ihr Mund Gift und Galle zu Dona Norma auf den Kai-der-Bahianerin hinunter, die sie auf Dona Flors Bitten abholte:

»Hat der verfluchte Hund endlich das Paraplü zugemacht, wie?«

Das Passagierschiff legte an, überladen mit einer ungeduldigen Menge Reisender, vollbepackt mit Paketen, Körben, Tragtaschen und den verschiedenartigsten Bündeln, die Obst, Maniokmehl, Süßwurzel, Sellerie, Trockenfleisch, Chuchu und Kürbis enthielten. Dona Rozilda stieg an Land und zeterte: »Der hatte es faustdick hinter den Ohren, der hätte längst abkratzen sollen!«

Dona Norma fühlte sich geschlagen, Dona Rozilda besaß die Fähigkeit, den anderen lahmzulegen und ihm jeden Wind aus den Segeln zu nehmen. Die hilfreiche Nachbarin war in aller Herrgottsfrühe zu dem kleinen Kai aufgebrochen – ihr gutes Gesicht schwitzte Trost, sie war mehr als bereit, eine trauer- und tränenvolle Schwiegermutter zu ermuntern und im Duett mit ihr die Mißlichkeit der Dinge dieser Welt zu beweinen: heute lebendig und quietschfidel, morgen schon im Sarg. Sie hätte Dona Rozildas Jammer zu dem ihren gemacht, sie hätte ihr das einzig brauchbare Milderungsmittel empfohlen, sich in Gottes Willen zu fügen – denn Er weiß, was Er tut. Gemeinsam hätten Mutter und Busenfreundin über Dona Flors neues Leben beraten, über das Los der noch so jungen und nunmehr alleinstehenden Witwe. Für dergleichen war Dona Norma gewappnet: sie hielt Gebärden bereit, Worte, eine entsprechende Haltung und war dabei ganz aufrichtig und erfüllt von ihrer Mission; nie haftete die geringste Verstellung an ihrer Art zu sein und zu handeln. Dona Norma fühlte sich verantwortlich für die ganze Welt, sie war gewissermaßen die Vorsehung des Stadtviertels, eine Art erste Hilfe für die nächste Umgebung. Aus der ganzen Nachbarschaft klopften Bittsteller an die Tür ihres Hauses – des besten Hauses der Straße, mit dem sich nur das vielleicht etwas luxuriösere Wohnhaus des argentinischen Keramikfabrikbesitzers Bernabós messen konnte. Die Leute liehen sich bei ihr alles mögliche aus, von Salz und Pfeffer bis zu Porzellan fürs Mittag- und Abendessen sowie Kleidungsstücke für Festlichkeiten:

»Dona Norma, Mama läßt fragen, ob Sie uns mit einer Tasse Weizenmehl aushelfen könnten, weil sie gerade einen Kuchen bäckt. Sie zahlt es später ...«

Das war Aninha, jüngste Tochter von Doktor Ives, ihrem unmittelbaren Nachbarn, dessen Frau, Dona Êmina, sich zu arabischen Liedern auf dem Klavier begleitete.

»Aber mein Kind, war deine Mutter nicht gestern auf dem Markt? Was für eine vergeßliche Frau ... Genügt eine Tasse? Sag ihr, wenn sie mehr benötigt, braucht sie's nur zu sagen ...«

Oder es war Dona Amélias schwarzer Hausbursche mit seiner Kreischstimme:

»Dona Norma, die Herrin bittet um eine schwarze Krawatte von Seu Sampaio, die Schmetterlingsfliege von Seu Ruas haben die Motten zerfressen ...«

Sofern nicht Dona Risoleta dramatisch mit ihrer Märtyrermiene ankam:

»Norminha, komm um der Liebe des Himmels willen ...«

»Wo brennt's, Weib?«

»Ein Betrunkener hat sich vor meiner Haustür aufgepflanzt und weicht nicht von der Stelle, was soll ich nur tun?«

Und Dona Norma eilte zu Hilfe und erkannte lächelnd den Bösewicht:

»Nanu, das ist ja Bastian Schnaps, somit mein Mann ... Los, Bastian, verschwinde, mach ein Nickerchen in der Garage ...«

Und so ging es den ganzen Tag. Kurzbriefchen baten um eine Leihgabe Geld, jemand rief für einen Verrückten um Hilfe, man brauchte Krankendienste, es kamen die Einspritzungsurkunden – Dona Norma machte Ärzten und Apotheken kostenlose Konkurrenz, von den Veterinären gar nicht zu reden, denn alle Katzen der Nachbarschaft warfen ihre Jungen im Hinterhof ihres Hauses, wo es ihnen nie an Beistand und Nahrung gebrach. Dona Norma verteilte Arzneiproben – die Dr. Ives ihr lieferte –, sie schnitt Kleider und Schnittmuster zu – sie war eine geprüfte Näherin und Zuschneiderin –, sie schrieb Briefe für ihr Hauspersonal, erteilte Ratschläge, hörte Klagen an, leistete Vorschub bei Heiratsplänen, wusch Liebespärchen den Kopf, löste, immer fröhlich, die verschiedensten Probleme und veranlaßte Zé Sampaio zu der Schlußfolgerung:

»Sie ist eine fliegende Scheißerin, sie hat nicht mal die Geduld, sich aufs Klo zu setzen . . .«, und er schob resigniert den Mittelfinger in den Mund.

Nun hatte die gute Nachbarin sich darauf vorbereitet, die beklagenswerte Dona Rozilda gebührend zu empfangen, sie an ihren Busen zu betten und zu trösten. Und diese überfiel sie mit der widersinnigen Erklärung, der Tod des Schwiegersohns sei eine erfreuliche Nachricht. Da stieg sie nun das Fallreep herunter, in einer Hand das bereits klassische Paket mit Mehl aus Nazareth, gut geröstet und duftend, außerdem einen Korb, in dem sich ungefügig ein an Bord erstandener Knäuel Krebse regte; in der anderen den Sonnenschirm und ihr Köfferchen. Das ging, dachte Dona Norma, es war kein auf einen ausgedehnten Aufenthalt deutender großer Koffer, sondern der kleine Holzkasten für kurze Reisen, für einen Besuch von wenigen Tagen – und dann bis zum nächsten Mal! Sie trat näher, um ihr behilflich zu sein und ihr die zeremonielle Kondolenzumarmung zu geben; um nichts auf der Welt hätte sie die traurige Pflicht der Beileidsbezeigung unterlassen.

»Meine tiefe Anteilnahme . . .«

»Anteilnahme? Mir? Nein, meine Liebe, vergeuden Sie nicht Ihre Höflichkeit. Meinetwegen hätte er längst in die Nüsse gehen können, mir fehlt er nicht. Jetzt kann ich mir wenigstens auf die Brust schlagen und von neuem sagen: in meiner Familie gibt es keinen Deklassierten. Und wie schandbar dieser Tod! Hat sich zum Sterben den Karneval ausgesucht, maskiert ... und zwar absichtlich ...«

Sie stand vor Dona Norma, hatte Koffer, Korb und Paket auf dem Boden abgestellt, um die andere besser mustern, sie von Kopf bis Fuß messen und ihr ein niederträchtiges Kompliment machen zu können:

»Jawohl, meine Dame ... Nicht um Ihnen zu schmeicheln, aber Sie haben zugenommen ... Sie sind hübsch, modern, füllig und füllen das Auge, Gott segne dich und bewahre dich vor dem bösen Blick ...«

Sie stellte den Korb so, daß die Krebse nicht entweichen konnten, und fuhr widerborstig fort:

»So laß ich mir's gefallen: eine Frau, die sich aus modischen Idiotien nichts macht ... Wer sich kasteit, um dünner zu werden, kriegt am Ende die Schwindsucht ... Sie hingegen ...«

»Sagen Sie das nicht, Dona Rozilda. Und ich dachte, ich hätte schon abgenommen ... Sie müssen nämlich wissen, daß ich mir eine ziemlich saftige Diät verschrieben habe ... Ich habe das Abendessen gestrichen und weiß seit einem Monat nicht mehr, wie Bohnen schmecken ...«

Wieder prüfte Dona Rozilda sie mit kritischem Auge:

»Man sieht's Ihnen nicht an ...«

Mit Dona Normas Hilfe nahm sie ihre Gepäckstücke wieder auf, und sie machten sich zum Lacerda-Aufzug auf den Weg, während Dona Rozilda weiterstichelte:

»Und Seu Sampaio? Liegt er noch immer im Bett? Habe nie einen ulkigeren Menschen gesehen. Er sieht aus wie ein altersschwacher Köter ...«

Dona Norma mißfiel der Vergleich, und sie lächelte einspruchерhebend:

»Er ist eben so veranlagt ... Er ist etwas abgewirtschaftet ...«

Dona Rozilda war nicht die Frau, die menschliche Schwächen durchgehen ließ:

»Aber ich bitte Sie ... Ein aufgeblasener Mann wie der Ihre muß eine Strafe sein. Meiner ... der verstorbene Gil ... Schön, ich will nicht behaupten, daß er allzuviel wert war, ein Heiliger war er kaum ... Aber im Vergleich zu Ihrem ... Mein Kind, ich will Ihnen mal was sagen: an Ihrer Stelle würde ich das nicht dulden ... Ein Mann, der nicht den Fuß auf die Straße setzt, nirgendwo hingeht und verbiestert zu Hause hockt ...«
Dona Norma versuchte, die Unterhaltung wieder in ihr logisches Geleise zu lenken: schließlich hatte Dona Rozilda einen Schwiegersohn verloren und war daher in die Staatshauptstadt gereist, man sollte lieber dieses fesselnde, dramatische Thema anschneiden, dafür war Dona Norma gerüstet:
»Flor sieht traurig und niedergeschlagen aus. Es hat sie doch sehr mitgenommen ...«
»Weil sie eine Trantüte, eine lahme Ente ist. Das ist sie immer gewesen, darin ist sie überhaupt nicht meine Tochter. Sie ist ganz ihr Vater, Sie haben ja den verstorbenen Gil nicht gekannt. Nicht, daß ich mich herausstreichen will, aber der Mann im Hause war ich. Der tat keinen Muckser, wer bestimmte, was zu geschehen hatte, war ich. Flor ist nach ihm geschlagen, eine Transuse, lasch; wie hätte sie sonst den Mann aushalten können, den sie sich zugelegt hat?«
Dona Norma bedachte insgeheim: wäre der verstorbene Gil nicht eine Banane, ein willenloser Schlappschwanz gewesen, dann hätte er sicherlich nicht lange eine Ehefrau wie diese ausgehalten, und bedauerte das Geschick von Dona Flors Vater. Und überdies das von Dona Flor, die nun mit den dauernden Besuchen der Mutter rechnen mußte, die, wer weiß, vielleicht zu ihrer verwitweten Tochter ziehen und damit die herzliche Atmosphäre in Sodré und Umgebung verderben würde.
Solange Dona Rozilda zu Vadinhos Lebzeiten aufgetaucht war, hatte sie es stets eilends, für kurze Besuche getan, gerade lange genug, um den Schwiegersohn schlechtzumachen und die Rückreise anzutreten, bevor der Verwünschte sie mit seinen unpassenden Witzeleien überraschen konnte. Denn bei

Vadinho zog Dona Rozilda fast immer den kürzeren, sie hatte ihn nie unterzukriegen und noch nicht mal leicht aus der Fassung zu bringen vermocht. Kaum sah er sie tuscheln, befiel ihn auch schon Gelächter, was seiner tiefen Befriedigung Ausdruck geben sollte, als wäre die Schwiegermutter sein Lieblingsbesuch, und der Haderlump rief aus:

»Schau, wer da gekommen ist: meine heilige kleine Schwiegermama, meine zweite Mutter, dieses Herz aus Gold, diese Taube ohne Falsch! Und die kleine Zunge, wie geht es ihr denn, ist sie gut geschliffen? Setz dich, meine Heilige, neben dein liebes Schwiegersöhnchen, wir wollen mal den Kehricht von Bahia durchwühlen . . .«

Und er lachte sein wohlklingendes, fröhliches Lachen eines durchtriebenen und mit seinem Leben zufriedenen Menschen: wenn so viele verfallene Wechsel und so hohe ringsum verstreute Schulden lasten, wenn so große finanzielle Nöte und solcher Mangel an Wettgeld ihn weder betrübten noch verbitterten, wie konnte dann Dona Rozilda Hoffnungen nähren? Denn darum haßte sie ihn, überdies auch für das, was er ihr in der ersten Zeit seiner Brautwerbung angetan hatte.

Und getroffen von Vadinhos Lachen, räumte sie mit einem wütenden Ausschlagen des Schwanzes die Walstatt, rächte sich an Dona Flor und beschimpfte sie die ganze Straße entlang mit einer privaten aufgeregten Volkskundgebung:

»Nie mehr setze ich den Fuß über diese Schwelle, du mißratene Tochter. Behalte den Hund von deinem Mann, laß ruhig zu, daß er deine Mutter beleidigt, vergiß die Milch, die dich genährt hat . . . Ich gehe fort, bevor er die Hand gegen mich erhebt . . . Ich bin nicht wie du, der es Spaß macht, Prügel zu beziehen . . .«

Und während Vadinhos Lachsalven sie um die Ecken verfolgten und in den Sackgassen als Spottgaudium erschallten, verlor Dona Rozilda den Kopf. Einmal verlor sie ihn ganz, vergaß ihren Stand der beherrschten verwitweten Dame, blieb in der menschenvollen Straße stehen, wandte sich nach dem Fenster um, aus dem ihr Schwiegersohn sich vor Lachen bog, und

drehte ihm mit dem nackten Arm eine Banane. Und ihre erstickte Stimme begleitete die derbe Gebärde mit Flüchen und Schmähungen:
»Da, Herr Abtritt, Herr Dreckfink, wohl bekomm's . . .«
Die Passanten nahmen Anstoß, darunter Herr Professor Epaminondas und die liebenswürdige Dona Gisa:
»Eine Frau ohne das geringste Benehmen . . .«, kritisierte der Professor.
»Hysterisch, weiter nichts . . .«, befand die Lehrerin.
Obgleich sie Dona Rozilda gut kannte, manchen ihrer Wutausbrüche miterlebt hatte und mit ihrem schwierigen Charakter, mit ihrer angeborenen Säuerlichkeit vertraut war, verwunderte sich Dona Norma in der Warteschlange des Aufzugs doch wieder von neuem. Sie hätte nie gedacht, daß der Zwist zwischen Schwiegermutter und Schwiegersohn über das Grab hinaus anhalten könnte, denn Dona Rozilda gönnte dem Verstorbenen nicht eine wenn auch gefühlsleere Bemerkung des Bedauerns, kein noch so förmliches Wort des Nachtrauerns. Nicht einmal das!
»Sogar die Luft, die man hier einatmet, ist leichter geworden, seit der Himmelhund das letzte Brötchen gefressen hat . . .«
Dona Norma konnte sich nicht länger halten:
»Herrschaft nochmal! Sie hatten weiß Gott eine Wut auf Vadinho, wie?«
»Na und? Hatte ich keinen Grund dazu? Ein Vagabund ohne einen Fünfer auf der Naht, ein Saufbruder, ein Spieler, der keinen Schuß Pulver wert war . . . Und ausgerechnet der mußte sich in meine Familie einnisten, meiner Tochter den Kopf verdrehen und die Unglückliche aus ihrem Elternhaus locken, um von ihrer Tasche zu leben . . .«
Spieler, Schnapspichler, Herumtreiber, schlechter Ehemann, all das traf zu, sann Dona Norma nachdenklich. Aber wie konnte man über den Tod hinaus hassen? Muß man im Andenken an die Toten nicht Groll und Zank aufgeben und begraben? Doch das schien nicht Dona Rozildas Meinung zu sein.
»Er nannte mich eine alte Schnüffelbase, hat mich nie geach-

tet, hat mir ins Gesicht gelacht ... Hat mich an der Nase herumgeführt, sobald er mich kennenlernte, hat mich zum Narren gehalten, hat mir das Leben vergällt ... Warum soll ich ihn jetzt plötzlich vergessen, nur weil er tot auf dem Friedhof liegt, nur deshalb?«

3

Als der vielbedachte Gil, jener willenlose Weichling, in eine bessere Welt verschied, hinterließ er die Familie in ernsten Mißlichkeiten, in bedenklicher Lage. In seinem Fall jedoch handelte es sich nicht um eine Redensart, um einen Gemeinplatz, wenn man sagte: »Er verschied in eine bessere Welt«, sondern um die volle Wahrheit. Was ihn auch in den Geheimnissen des Jenseits erwarten mochte – ein lichtes Paradies voll von Musik und leuchtenden Engeln, ein düstere Hölle mit siedenden Öfen, eine feuchte Vorhölle, eine lange Pilgerschaft durch die Sternkreise oder etwa das Nichts, nur das Nicht-Sein – jedenfalls war es etwas Besseres im Vergleich zu einem gemeinsamen Leben mit Dona Rozilda.

Hager und wortkarg, jeden Tag hagerer und wortkarger, ernährte Seu Gil seine Sippe mittels bescheidener Handelsvertretungen von wenig gekauften Produkten, deren Einkünfte gerade für die spärlichste Haushaltung ausreichten: für das karge tägliche Brot, für die Miete der Wohnung im ersten Stock an der Alvo-Steige, für die Bekleidung der Kinder, für die bürgerlichen Rülpser Dona Rozildas mit ihrer Großtuerei und ihrem Ehrgeiz, mit bedeutenden Familien zu verkehren und sich in wohlhabenden Kreisen Einlaß zu verschaffen. Dona Rozilda war mit der Mehrzahl ihrer vom Glück weniger begünstigten Nachbarn verstritten – mit Verkäufern in Läden und Warenhäusern, mit Büroangestellten, mit Handlungsreisenden und Näherinnen. Sie verachtete all das kleine Volk, das unfähig war, seine Armut zu verbergen; sie spielte sich auf, prahlte und übte Höflichkeit nur gegenüber einigen

Bewohnern der Steige, den »Repräsentationsfamilien«, wie sie es immer wieder wütend dem mittlerweile verstorbenen Gil vorhielt, wenn sie ihn in flagranti ertappte, wie er in der wenig empfehlenswerten Gesellschaft von Wespe Trichter, Tierlotto-Einnehmer, Messerstecher und Amateurphilosoph, einem der fragwürdigsten Mieter der Alvo-Steige, ein Bierchen zischte. Trichter war kein Familienname – muß das erklärt werden? Nur ein bedeutsamer Spitzname, der seine stets geöffnete Kehle, seinen unstillbaren Durst, veranschaulichen soll.
Warum verkehrte Gil nicht mit Dr. Carlos Passos, dem Arzt seiner Kundschaft, dem Ingenieur Vale, Regenmacher im Verkehrsministerium, dem Telegraphisten Peixoto, einem altersmäßig fortgeschrittenen, auf der Höhe seiner Laufbahn und kurz vor der Versetzung in den Ruhestand stehenden Herrn, dem Journalisten Nacife, einem zwar jüngeren Menschen, der aber mit seiner eifrigen Publikation ›Der moderne Ladenbesitzer‹ schönes Geld verdiente, wenn man seiner Fixigkeit Glauben schenken durfte, sowie »seiner unnachgiebigen Verteidigung der Bahianer Geschäftskreise«; warum verkehrte er nicht mit all diesen, die gleichfalls Steigennachbarn waren und zu den »Repräsentationsfamilien« gehörten? Der Kindskopf von einem Ehemann verstand nicht einmal seine Freundschaften zu wählen; und wenn er nicht mit Trichter im ›Feinen Treffpunkt‹ an der Schustersteige pichelte, verschwand er in Antenor Limas Haus und setzte sich zu einem Spielchen Würfelbrett oder Dame hin, möglicherweise die einzige wahre Freude, die er im Leben erfuhr. Antenor Lima, ein an der Großplanke etablierter Geschäftsmann und einer von Gils besten Kunden, hätte in die Liste der repräsentativen Nachbarn aufgenommen werden können, wäre nicht seine öffentlich berüchtigte wilde Ehe mit der Negerin Juventina, seiner früheren Köchin, gewesen. Nun saß sie am Fenster des dem Ladenbesitzer gehörenden Hauses, ließ von Dienstmädchen fegen und saubermachen; sie war unverschämt und um keine Antwort verlegen, und ihre Wortgefechte mit Dona Rozilda machten an der Alvo-Steige Furore. Nun gut: Gil setzte sich nach

einem Angebot von Kratzfüßen auf den Gehsteig dieses Abschaums und behandelte das ordinäre Weibsstück, als wäre es eine kirchlich und standesamtlich getraute Ehefrau.
Doch Dona Rozildas Bemühungen um einflußreiche Freundschaften fruchteten nichts: nicht bei der Familie Costa, den Nachfahren eines alten Politikers, Eigentümern riesiger Besitzungen in Matatu – nach dem Politiker war sogar eine Straße benannt worden, und ein Enkel Nilson war Bankier und Industrieller; nicht bei den Marinho Falcãos aus Feira de Sant' Ana, in deren Kaufhaus Gil als junger Bursche seine Lehrlingszeit abgedient hatte – João Marinho hatte ihm sogar Geld geliehen, damit er seine Berufstätigkeit in der Hauptstadt beginnen konnte; nicht bei Dr. Luis Henrique Tavares, Direktor einer Ministerialabteilung, ein Kopf aus reinem Gold, der Leitartikel in der Zeitung schrieb, ein wohlklingender Name, der ihr mit einem Geschmack von Verwandtschaftlichkeit über die Lippen kam: »Er ist mein Gevatter und hat meinen Heitor getauft.«
Wenn sie diese erstklassigen Beziehungen erwähnte und dabei die von Gil ins Lächerliche zog, fragte sie dramatisch ihre Gesprächspartner, die Nachbarschaft, die Steige, die Stadt und die Welt: was hatte sie Gott angetan, um einen solchen Ehemann als Strafe erdulden zu müssen, der außerstande war, ihr ein ihrer Herkunft und ihrem Gesellschaftskreis angemessenes Leben zu bieten? Jeder Handelsvertreter kam vorwärts, vergrößerte seine Kundschaft und sein Büro, sah seinen Monatsumsatz steigen und gewann neue und wertvolle Maklergeschäfte. Viele Leute legten sich ein eigenes Haus zu oder wenigstens ein Grundstück, um später darauf zu bauen. Etliche leisteten sich sogar den Luxus eines Autos wie ein Bekannter von ihnen, Rosalvo Medeiros, ein aus Maceió in Bahia gelandeter Alagoaner. Einst hielt er eine Hand vor der Brust, die andere hinter dem Rücken, nunmehr hielt er mit beiden das Steuer seines Studebaker fest. So lordhaft war dieser Rosalvo geworden, daß er eines Tages, als er durch die Rua Chile fuhr, Dona Rozilda nicht mehr erkannte und sie fast über-

fuhr, während sie, liebenswürdige Fußgängerin, sich vor das Auto warf, um solcherart den wohlhabenden Kollegen ihres Mannes zu begrüßen. Der Kerl hatte ihr mit seiner wie wahnsinnig bellenden Hupe nicht nur einen Mordsschrecken eingejagt, sondern beschimpfte sie auch noch und warf ihr Unverschämtheiten an den Kopf.
»Willst du verrecken, Schlangenlaus?«
Im Verlauf von drei oder vier Jahren hat dieser Rohling mit pharmazeutischen Produkten, mittels Zungenfertigkeit und Sympathie ein Automobil erworben, nun war er Mitglied des Bahianer Tennisklubs, Busenfreund von Politikern und Geldsäcken, ein Edelmann, meine Herren, voller Dünkel, ein König des Bauchs! Dona Rozilda knirschte mit den Zähnen. Und ihr Dummbart von Gil?
Ach, Gil, der pilgerte zu Fuß oder mit der Straßenbahn mit seinen Mustern von Bändern, Hosenträgern, steifen Kragen und Manschetten von Laden zu Laden und bot hauptsächlich Erzeugnisse an, die völlig aus der Mode waren; seine Kundschaft war zu einer mageren Schar von Ladenbesitzern der Vororte, von veralteten Kurzwarenhandlungen geschrumpft. Von dieser Tätigkeit ließ er nicht ab, sie bestimmte den Rhythmus seines Lebens. Niemand glaubte an seine Fähigkeit, nicht einmal er selbst.
Eines Tages war er all der Klagen und Vorwürfe, aller Mühsal ohne Erfolg und Freude überdrüssig. Pôrto, Schwager seiner Frau, Mann von Lita, Rozildas Schwester, tat gleichfalls das Unmögliche, um zu leben, indem er in einem staatlichen Institut für Kunstgewerbe im fernen Paripe Zeichnen und Mathematik lehrte. Jeden Tag stand er mit den Hühnern auf, fuhr mit der Eisenbahn hin und her und kehrte erst spät abends heim. An Sonntagen schlenderte er durch die Straßen der Stadt mit einem Kasten voll Farben und Pinsel, malte die bunten Häuser ab und bezog aus dieser Beschäftigung so viel Freude, daß er kaum jemals übelgelaunt oder melancholisch gesehen wurde. Freilich hatte er auch Lita geehelicht und nicht Rozilda; und Lita, das genaue Gegenteil ihrer Schwester, war

eine herzensgute Frau, deren Mund sich nie öffnete, um übel von Mensch oder Tier zu sprechen.
Gil machte weder im Dame- noch im Würfelspiel jemals Fortschritte, und Antenor Lima nahm ihn nur als Partner auf, wenn kein stärkerer Spieler auf den Plan trat; was Seu Zeca Serra, den Meisterspieler der Steige, betraf, der ließ ihn nicht einmal als Lückenbüßer zu, es machte keinen Spaß, die Zeit mit einem so mittelmäßigen, so fahrlässigen und unaufmerksamen Brettspieler zu vergeuden. Dona Rozilda hatte zu allem Überfluß noch seinen endgültigen Bruch mit Wespe Trichter gefordert, obwohl der Freund doch – am Boden zerstört, kürzlich dem Knast entkommen, als Straffälliger verfolgt und verurteilt – mehr denn je des Zusammengehörigkeitsgefühls bedurfte. Und Gil, ein verächtliches Subjekt, verschwand hinter einer Straßenecke, um ihm, den Befehlen seiner Frau hörig, aus dem Wege zu gehen.
So schloß er denn, sein aufopferndes selbstloses Schuften bringe nichts ein, nutzte ein paar feuchte Wintertage, um sich eine billige Schwindsucht zuzulegen – »noch nicht mal eine doppelseitige Lungenentzündung«, bemerkte Dr. Carlos Passos ironisch –, und wanderte vondannen zu den Sternen. Ganz still, mit verschwiegen-schüchternem Husten. Wäre er ein anderer gewesen, er wäre davongekommen, hätte die Krankheit, die kaum mehr als eine Grippe war, bezwungen. Doch Gil war müde, so müde! Er hatte keine Lust, eine schwere schleichende Krankheit abzuwarten. Überdies gab er sich keinen Täuschungen hin: eine bedeutende Krankheit, ein kostspieliges, in der Presse erörtertes Modeleiden war nichts für ihn; daher schien es ihm das empfehlenswerteste, sich mit der kleinlichen Lungenschwindsucht zufriedenzugeben. Und so geschah es, und ohne sich zu verabschieden, gab er nach und verschied.

4

Seit langem verwaltete Dona Rozilda mit eiserner Hand die kargen Kommissionseingänge und schüttete dem Handelsvertreter wöchentlich sein streng rationiertes Taschengeld für Straßenbahn und seine Päckchen *Aromáticos*-Zigaretten aus: alle zwei Tage ein Päckchen. Denn auch so reichte das gesparte Geld knapp für die Beerdigungskosten, für die Trauerkleidung, für die Tage der Trauer. Ausstehende Kommissionen standen kaum zu Buch, nur minimale Beträge, und Dona Rozilda saß sozusagen ohne Mittel und Einkommen da, mit einem halbwüchsigen Gymnasiasten und zwei kleinen Mädchen auf der Tasche, von denen die eine, Flor, kaum ein Backfisch war.

Wenn sie auch war, wer sie war – eine herbe, barsche, unleidige Person, mit der man schwer auskam –, dürfen wir doch nicht ihre positiven Eigenschaften leugnen: ihre Entschluß- und Willenskraft und all das, was sie tat, um die Erziehung ihrer Kinder zu vervollständigen und um zumindest ihre Stellung, die sie beim Tod ihres Gatten eingenommen hatte, aufrechtzuerhalten und nicht gleich von der Alvo-Steige in die Straßenwinkel oder in die schmutzigen Löcher der Mietsblöcke am *Pranger* abzusinken.

So klammerte sie sich denn mit aller Verbissenheit an ihr zweistöckiges Haus. In eine billigere Wohnung zu ziehen hätte das Ende aller Hoffnungen in bezug auf gesellschaftlichen Aufstieg bedeutet. Sie mußte Heitor in der Oberschule lassen, ihm anschließend eine Stellung besorgen und die Mädchen verheiraten – und zwar gut verheiraten. Zu diesem Zweck durfte sie nicht absteigen, sich nicht von der Armut mitreißen lassen, die keine Maske trug, die nackt war, hemmungslos, ohne Scheu noch Scham. Dona Rozilda schämte sich der Armut wie eines strafwürdigen Vergehens.

Sie mußte in der Alvo-Steige wohnen bleiben, koste es was es wolle. Das erklärte sie ihrem Schwager, als dieser zu ihr kam, um ihr Dona Litas Ersparnisse zu leihen (die später von Dona Rozilda Tostão auf Tostão zurückgezahlt wurden, das sei zu ihrer Ehre gesagt). Sie wünschte weder ein erschwingliches Haus am Ende der Welt von *Plattform* noch ein bewohnbares Untergeschoß in *Lapinha,* auch nicht Schlaf- und Wohnzimmer in Untermiete an den Toren von *Carmo;* sie blieb an der Alvo-Steige wohnen, in dem verhältnismäßig teuren Mietshaus, insbesondere für jemanden wie sie, die über keinerlei Besitz verfügte.

Daher konnte sie von dem breiten Balkon des ersten Stockwerks vertrauensvoll in die Zukunft blicken: noch war nicht alles verloren. Sie würde einfach ihre früheren Pläne ändern, ohne dabei ihre Ansprüche aufzugeben. Wenn sie nämlich sofort nachgab, auf ihr gut eingerichtetes, mit Teppichen und Vorhängen ausgestattetes Haus verzichtete und in irgendein Massenquartier zog, mußte sie alle Hoffnungen und Illusionen fahrenlassen. Heitor würde im Bestellkontor eines Lebensmittelhandels, im höchsten Fall hinter einem besseren Ladentisch stehen und sein Leben lang den Heringsbändiger spielen: ihren Töchtern würde es nicht viel anders ergehen, sofern sie nicht als Barmädchen oder Kaffeekellnerinnen enden, somit die Beute der Chefs und Kunden werden würden, was unweigerlich in die Schrecknisse des Strichs münden müßte. Von hier, von der Höhe ihres zweistöckigen Hauses aus, konnte sie all diesen Drohungen die Stirn bieten. Diese aufgeben kam einer kampflosen Übergabe gleich.

Daher lehnte sie das ihr von Antenor Lima übermittelte Angebot eines Ladenverkäufers für Heitor ab. So wie sie sich auch mit Rosália auf keine Diskussion einließ, als ihre Tochter vorschlug, sie wolle als eine Art Empfangsdame und Sekretärin bei *Foto Elegante,* einem florierenden Etablissement an der Schustersteige, arbeiten, wo Andrés Gutiérrez, ein dunkelhäutiger Spanier mit getrimmtem Schnurrbart, die Fotokunst in ihren verschiedenen Ausdrucksformen betrieb: angefangen bei Momentaufnahmen drei auf vier für Kennkarten und Berufsausweise (»Lieferung innerhalb von vierundzwanzig Stunden«)

bis zu den »unvergleichlichen« Farbvergrößerungen, wahren Wunderwerken in allen Formaten, von Tauf- und Hochzeitsbildern bis zu Schnappschüssen der Ersten Kommunion und anderer festlicher Ereignisse, würdig der vergilbenden Ewigkeit von Familienalben. Wo immer es eine Aufnahme zu machen galt, tauchte Andrés Gutiérrez mit seiner Kamera und einem Adjutanten auf, einem alterslos alten, verhutzelten und verdächtigen Chinesen. Der stets auf derlei Geschwätz lauernden Dona Rozilda waren nämlich Gerüchte über Andrés, sein *Foto Elegante*, seinen Gehilfen und die Ausdehnung des Geschäfts zu Ohren gekommen. So hieß es, gewisse von dem Chinesen in geschlossenen Umschlägen verkaufte Postkarten, Nonplusultra-Supersaft einer naturalistischen Kunst, »künstlerische Akte« von garantiertem Erfolg, stammten aus seinem Atelier. Für diese Fotos posierten laut Aussage von Gevatterinnen arme, leichtfertige Mädchen gegen ein spärliches Entgelt. Im Vorübergehen nützte Andrés und, wer weiß, auch der Chinese sie aus; die Betschwestern wußten über das Fotoatelier schreckliche Dinge zu erzählen. Kein Wunder also, wenn Dona Rozilda ihre Tochter, als diese ihr begeistert und einfältig von dem Angebot des Spaniers sprach, rechtschaffen zurechtwies:

»Wenn du mir noch mal damit kommst, reiss' ich dir das Fell runter und versohle dich, daß du nicht mehr weißt, ob du Weibchen oder Männchen bist . . .«

Den Andrés hingegen bedrohte sie mit Verhaftung und schleuderte ihm alle Namen ihres hochgestochenen Bekanntenkreises ins Gesicht: sollte er sich an ihre Tochter heranzumachen wagen, würde er sehen, was geschähe, schweinischer Galicier von einer Feige mit seinem Gossendreck, seiner Ludrigkeit; sie, Dona Rozilda, würde zur Polizei gehen . . .

Andrés, auch er mit fliegender Mähne, Spanier mit ungehobeltem Maul, zahlte ihr mit gleicher Münze heim. Zunächst erklärte er ihr, Galicier sei Dona Rozildas gehörnter Vater: aus reinem Mitleid mit der prekären Lage der Familie nach dem Tod von Seu Gil, einem wohlerzogenen, grundguten Menschen, der eine bessere Ehefrau verdient hätte, habe er dem jungen Mädchen, das er kaum kannte, eine Stellung angeboten in der einzigen Absicht, ihr zu helfen, und als Lohn dafür komme nun diese hysterische Kuh, krakeele vor den Türen seines Unternehmens und bedrohe dabei Gott und die Welt, erfinde Räubergeschichten und erbärmliche Verleumdungen. Wenn sie nicht auf der Stelle ihre Latrine, die sie als Mund gebrauche, zum Schweigen bringe, so solle sie in der Hölle platzen, und zwar sofort. Wer die Behörden rufen werde, sei er, ein angesehener Bürger, der die Gesetze erfülle, mit seinen Steuerzahlungen auf dem laufenden sei, er, ein Andalusier verbürgten Rebstocks, und da glaube diese Hexe, ihn einen Galicier schimpfen zu können ... Unbekümmert des Wortstreits säuberte der Chinese mit einem Streichholz seine krallenlangen Fingernägel, Nägel, die bösen Zungen zufolge ...

Mochten nun diese aufregenden Histörchen wahr sein oder nicht, Dona Rozilda hatte ihre Töchter nicht in die Welt gesetzt, diesen nicht allzu begabten liebenswerten Geschöpfen eine Ausbildung angedeihen lassen, damit sie von einem hergelaufenen Andalusier namens Andrés Gutiérrez, einem Galicier, oder auch einem Chinesen vernascht würden ... Nun waren ihre Töchter der Hebel, mit dem sie die Richtung ihres Schicksals zu verändern gedachte, ihre Treppe zu Aufstieg und Vorwärtskommen. Auch andere, ehrlicher gemeinte Stellenangebote schlug sie für Rosália und Flor aus, sie wollte ihre Töchter nicht den Gefahren der Öffentlichkeit ausgesetzt sehen. Der Platz eines jungen Mädchens ist ihr Heim, ihr Ziel die Ehe, so dachte Dona Rozilda. Schickte man seine Töchter hinter den Ladentisch einer Posamenterie, hinter den Schalter eines Kinos, in das Wartezimmer eines praktischen Arztes oder einer Zahnpraxis, immer lieferte man sich aus, man bekannte seine Armut und stellte sie zur Schau, diese widerwärtigste, peststinkende Schwäre! Sie würde ihre Kinder arbeiten lassen, aber zu Hause, mit den durch sie selbst erworbenen häuslichen Gaben, in der Absicht, künftige Verlobte und Ehemänner anzuziehen. Wenn bisher häusliche Tugenden und Ehe wichtige Einzelheiten in

Dona Rozildas Plänen gewesen waren, so verwandelten sie sich nunmehr zum Grundstock ihrer Projekte.
Zu Gils Lebzeiten hatte Dona Rozilda vorgehabt, ihren Sohn studieren und Arzt, Anwalt oder Ingenieur werden zu lassen, um mit Hilfe seiner Doktorwürde und seines Fakultätsdiploms zur gesellschaftlichen Elite aufzusteigen und unter den Mächtigen der Welt zu glänzen. Der funkelnde Akademikerring an Heitors Finger hätte ihr Schlüssel zu den Türen der Oberschicht, jener geschlossenen, fernen Welt von Vitória, Canela, Graça, sein sollen. Daneben und als Folge davon hätten sich vorteilhafte Heiraten für ihre Töchter mit Studienkollegen ihres Sohnes, mit Doktoren von Rang und Zukunft ergeben.
Gils Tod setzte diesen auf lange Sicht gehegten Plan außer Kraft. Heitor war noch im Gymnasium, noch fehlten ihm die zwei letzten Jahre der Oberstufe – wenn er hinterherhinkte, so, weil er verschiedene Prüfungen nicht bestanden hatte. Wie sollte sie ihn fünf oder sechs Jahre während eines langen kostspieligen Hochschulstudiums ernähren? Mit aller Opfermühe würde sie ihn durch die Schule – er besuchte das Gymnasium von Bahia, eine kostenlose, staatliche Lehranstalt – bis zum Abitur durchfüttern können. Mit einer abgeschlossenen Schulausbildung würde er dem erbärmlichen Dasein eines Handlungsgehilfen entgehen, der öden Ochsentour eines zentimeterweise abgezirkelten Lebens. Vielleicht konnte man eine Bankstelle für ihn beschaffen oder – warum nicht? – eine offizielle Sinekure, eine öffentliche Anstellung mit Sicherheiten und Rechten, Gratifikationen und Gehaltserhöhungen, Beförderungen, Zulagen und sonstigen Vergünstigungen. Und dafür zählte Dona Rozilda auf ihre einflußreichen Beziehungen.
So rechnete sie denn nicht mehr mit dem Doktortitel – mit einem Abschlußprüfungsring, der smaragdgrün, rubinrot oder saphirblau glänzte –, um die von ihr erträumten Höhen zu erklimmen. Ein Jammer! Wieder einmal hatte das Miststück von einem Ehemann mit seinem idiotischen Tod alle ihre Pläne durchkreuzt.
Und doch konnte er jetzt nicht mehr ihre mittlerweile neufor-

mulierten, in den Tagen der Trauer gereiften Entwürfe vereiteln. Der Hauptschlüssel zu ihren neuen Vorhaben, der die Tore zu Wohlstand und Wohlbefinden erschließen sollte, war die Ehe, Rosálias und Flors Ehe. Sie bestmöglich, und das heißt mit namhaften jungen Männern aus distinguierten Familien, mit Söhnen von Gutsbesitzer-Obersten oder Sprößlingen von Handelsherren – vorzüglich aus dem Großhandel –, von wohlbestallten Persönlichkeiten mit Bar- und Kreditguthaben bei den Banken, zu verheiraten (»sie zu plazieren«, sagte Dona Rozilda). Wenn das ihr erstrebenswertes Ziel war, wie konnte sie dann ihre heranwachsenden Töchter dem öffentlichen Auge in untergeordneten Stellungen als arme Kirchenmäuse preisgeben, deren schlechtgekleidete Armut und Jugend in der reichen, angesehenen Männerwelt nur die niederen Instinkte, die sündigen Begierden wecken und ihnen zwar Anträge, jedoch nicht gerade ehrenhafte Verlobungs- und Heiratsanträge einbringen würde?

Dona Rozilda wünschte ihre Töchter im Hause zu behalten, ehrbar, als Hilfe, arbeitswillig und sittsam, um den Anschein von Behaglichkeit aufrechterhalten und die Maske von wenn nicht reichen, so doch wohlsituierten, wohlerzogenen Menschen fester vors Gesicht binden zu können. Wenn die jungen Mädchen zu Besuchen bei bekannten Familien, zu sonntäglichen Matinees, zu einer kleinen Festlichkeit in befreundeten Häusern gingen, putzten sie sich fein heraus und gaben sich so den trügerischen Anschein von hochherrschaftlichen Erbinnen. Dona Rozilda war sparsam, sie drehte die Zwanziger herum im Bemühen, das häusliche Budget nicht zu überziehen und voranzukommen; nicht einmal zu Hause gestattete sie ihren Töchtern Nachlässigkeit in der Kleidung. Sie wünschte sie makellos und würdig, um jeden Augenblick den Zauberprinzen empfangen zu können, sollte dieser plötzlich auf der Schwelle erscheinen. Dafür war Dona Rozilda keine Mühe zu gering.

Einmal wurde Rosália zu einer kleinen Geburtstagstanzerei der ältesten Tochter des Herrn Dr. João Falcão, eines Großkopfs, eingeladen: Stadtpalais, Kristallüster, silbernes Besteck, befrackte Dienerschaft. Die anderen Gäste waren durch die Bank feine Herrschaften, stinkreich, aus der besten Gesellschaft, man mußte sie gesehen haben. Nun gut: Rosália machte Furore, sie war am vorteilhaftesten herausgebracht, die Schickste, so daß Dona Detinha, die gütige Gastgeberin, ihr Loblied sang:

»Die Schönste von allen ... Rosália, eine Perle, eine Puppe ...«

Ja, sie sah aus wie die Reichste und Aristokratischste. Dabei waren die vom Schicksal Begünstigsten und Edelsten des Ortsadels versammelt, das blaue Blut der Bakkalaurier und Ärzte, der Beamten und Bankiers, der Kaufhausbesitzer und Großhändler. Mit ihrer matten Stirn eines Mischlings, sanft und bleich, war sie die echteste der Weißen unter all den in allen Tönen von Brünett schimmernden weißen Töchtern Bahias – doch unter uns, es darf niemand hören: in Wahrheit waren sie alle Mestizinnen der pikfeinsten und schönsten Mulatterie!

Keiner, der sie so elegant gesehen hätte, würde gesagt haben, ihr Kleid, das gefeiertste des Abends, sei ihr und Dona Rozildas eigenes Werk, das Abendkleidchen und alles übrige, einschließlich der Verwandlung von einem alten Paar Schuhe in ein Meisterwerk aus Satin. Denn worauf Rosália sich am besten verstand, war das Nähhandwerk, sie schnitt zu und nähte, stickte und strickte.

Ja, sie, die Töchter mit ihren Gaben, waren unter Dona Rozildas Anleitung die Urheber dieses Wunders vom Überleben: Heitor absolvierte im Gymnasium seinen Oberschulgang, die Miete des ersten Stocks wurde pünktlich bezahlt, ebenso die Raten des Rundfunkgeräts und des neuen Herdes, und daneben wurde noch etwas für die Fertigstellung der Aussteuern beiseite gelegt: für die Hochzeitskleider, die Schleier, die Rüschen, und langsam füllten Leintücher und Kopfkissenbezüge, Nachthemden und Kombinationen die Truhen.

Rosália trat das Pedal der Nähmaschine und nähte flottweg, schnitt Kleider zu, stickte feine Blusen. Flor übte sich in der Bereitung von salzigen und süßen Leckerbissen für intime Familienfestlichkeiten, für kleine Gedenkfeiern wie Geburtstage, Erste Kommunion. Wenn das Nähgewerbe Rosálias Stärke war, so war die Küche die Schwäche der jüngeren Schwester: sie war mit dem Wissen um das ›gerade richtig‹, mit der Begabung für die angemessene Würze geboren. Seit ihrer Kinderzeit backte sie Kuchen und Aufläufe, immer schlich sie um den Herd und erlernte bei der anspruchsvollen Tante Lita die Geheimnisse der höchsten Kunst. Onkel Pôrto frönte außer der Sonntagsmalerei keinem anderen Laster als dem einer schmackhaften Tafel. Er war Liebhaber von Dünstgerichten und Eintöpfen, er verkaufte seine Erstgeburt für einen Bohnentopf oder eine mit Gemüse reichlich garnierte Siedfleischplatte. Von den Arrangements mit Pasteten und Schmalzgebackenem, den kalten Lunchplatten ging Flor über zur Rezepterteilung und privatem Kochunterricht und schließlich zu ihrer selbstgegründeten Kochschule.

Die eine Tochter an der Nähmaschine beim Schneidern, die andere in der Küche an Herd und Backofen, Dona Rozilda am Steuer, so segelten sie durchs Leben. Bescheiden, mittelmäßig, in der Hoffnung auf fahrende Ritter, die, behangen mit Geld und Titeln, sich bei einem Fest oder einem Spaziergang einfinden würden. Der erste würde Rosália entführen, der zweite Flor heimführen, beide zu den Klängen des Hochzeitsmarsches zum Altar und hinein in die fröhliche Welt der Mächtigen. Aber zuerst Rosália, sie war die ältere.

Hartnäckig bespähte Dona Rozilda die Straßenwinkel in Erwartung des geschilderten Schwiegersohns aus Gold und Silber, bestückt mit Diamanten. Gelegentlich befiel sie Mutlosigkeit; wenn der Zauberprinz zur guter Letzt doch nicht käme? Es war an der Zeit, daß er auftauchte, man konnte unmöglich das ganze Leben warten, die jungen Mädchen kamen langsam ins Alter der Unruhe. Rosália, die ihre zwanzig Jahre seufzend zum Fenster hinauslehnte, überdrüssig des Pedals der Nähmaschine, forderte dringend diesen Fürsten, diesen Grafen, diesen Baron – wann würde er sie endlich loskaufen? Allzu lange ließ er auf sich warten – plötzlich würde Rosália sich auf dem Grund des

Fasses sehen, als Jungfer, behaftet mit jenem säuerlichen Geruch von hartgesottenen Jungfrauen, die der gute Onkel Pôrto belächelte, wenn er über die aristokratischen Gelüste seiner Schwägerin witzelte.
Dann und wann sah Rosália ihn vor sich, den ängstlich erflehten Anwärter: bei Tanzfesten, den seltenen, bei Spaziergängen zum Haus der Tante in Rio Vermelho, bei Kino-Matinees oder am Steuer eines kleinen Sportwagens, ganz in Weiß an einem Regattensonntag, den akademischen Spötter oder den wissenschaftliche Wälzer schulternden Studiosus, den phantasievoll verrenkten Tangotänzer oder auch den Romantiker zu den Klängen einer Mitternachtsserenade.
Auch Dona Rozilda wartete auf ihn und wurde immer ungeduldiger: wann, wann würde er sich einstellen, der angekündigte Schwiegersohn, der Millionär, der Lord, der Edelmann, der Doktor mit Hut und Ornat, der Großkaufmann aus der Unterstadt, der Eigentümer einer Kakao- oder Tabakpflanzung, der Laden- oder notfalls Kurzwarenhändler oder im äußersten Fall auch nur der verschwitzte Gringo aus einem Lebensmittelgeschäft, wann?

5

So lange warteten sie, Wochen, Monate und Jahre, so gepflegt und gut herausgebracht – und dennoch erschien kein Edelmann; weder ein junger Aristokrat aus Barra oder aus Graça noch der Sohn eines Kakao-Obersten, kein junger Herr aus dem Großhandel, nicht mal ein in der Fron der Lebensmittelgeschäfte oder Bäckereien reich gewordener Galicier. Wer kam, war Antônio Morais mit seiner mechanischen Werkstatt, seinen selbsterlernten Fähigkeiten, seinem ehrenwerten, schmierölschwarzen Monteurkittel. Er kam in der richtigen Stunde und wurde daher gut empfangen. Schon weinte Rosália Tränen einer zur Einsamkeit und Betschwesternschaft verurteilten Jungfer; Dona Rozilda hatte keine Kräfte mehr, sich zur Wehr zu setzen. Es war nicht der Schwiegersohn, den sie sich in langen Arbeitsnächten am Pedal der Nähmaschine oder in der Hitze des Küchenherds vorgestellt hatte. Auch konnte sie das gegeißelte Ungestüm Rosálias, deren zwanzig (und zusätzliche) saftstrotzende Jahre nach einem Mann verlangten, nicht länger mit Betrachtungen, Beweisführungen oder gar mit drohendem Zorn beschwichtigen.

Überdies war Antônio Morais, wenn er weder reich noch bedeutend war, zumindest nicht der Angestellte eines Arbeitgebers, er besaß eine kundenreiche kleine Werkstatt und verdiente genug, um Frau und Kinder ernähren zu können. Dona Rozilda beugte sich vor dem Schicksal, zwar mit halbem Willen, aber sie beugte sich; was sollte sie anders tun?

Zu jener Zeit hatte Heitor bereits durch Vermittlung seines Patenonkels, Dr. Luís Henrique, eine Anstellung bei der Eisenbahn in Nazareth erhalten und sich in dem Städtchen Recôncavo niedergelassen, so daß er nur noch selten in die Hauptstadt kam. Sein Posten bot Zukunft, und Dona Rozilda brauchte sich keine Sorgen mehr um ihn zu machen. Auch Flor hatte begonnen, jungen Mädchen und Damen Kochkurse zu erteilen, verdiente Geld und erwarb den Ruf einer fähigen Lehrerin. Nun kam sie für den größten Teil der Haushaltskosten auf, um so mehr, als Rosália, von der enteilenden Zeit verängstigt, ihren Verdienst für Flitterkram, für Kleider und Schuhe, Parfums und Spitzen ausgab.

Antônio Morais hatte Rosália während einer Matinee der Olympia-Lichtspiele am ›Tag der Bühne‹ kennengelernt, als Seu Mota, der Impresario, außer den beiden Filmen und Fortsetzungsstreifen etliche sich auf der Durchreise in Bahia befindende Künstler vorstellte, abgetakelte Mimen, die sich auf Tourneen durchs Landesinnere aufgerieben hatten, hungrige Sterne des trüben Rampenlichts. Während ›Mirabel, der sinnliche Traum von Warschau‹, eine verehrungswürdige Polin, müde von Krieg und Lustschloßbetten, zum Entzücken der bildungsbeflissenen Kinderschar mit einem gealterten, geschrumpften Hintern wackelte, gewahrte Antônio Morais ganz in seiner

Nähe Dona Rozilda mit ihren beiden Töchtern: Rosália in aufgeregter Erwartung und die in Busen und Hüften knospende Flor.

Und schon hatte der Mechaniker kein Auge mehr für das abgenutzte Geschunkel des ›Traums von Warschau‹. Rosálias hochmütiges Auge traf seinen flehenden Blick. Beim Fortgehen folgte der junge Mann in gebührendem Abstand Mutter und Töchtern und stellte auf diese Weise die bürgerliche Wohnstätte der Alvo-Steige fest. Einen Augenblick lang erschien Rosália auf dem Balkon und sandte ein Geflatter von Gelächter hinunter.

Am nächsten Tag nach dem Abendessen quälte Morais sich die Steilstraße hinan und hinunter und machte immer wieder auf dem dem Haus gegenüberliegenden Gehsteig halt. Vom Fenster aus spähte ermunternd Rosália hinab. Der Mechaniker stieg bergan und bergab, die Augen an den Balkon geheftet, und pfiff Schlager. Kurz darauf trat Rosália in Begleitung von Flor durch die Haustür. Im Schritt eines Gaunergeiers schob Morais sich näher.

Die immerwache Rozilda hatte schon bei der Matinee das Geplänkel bemerkt. Und als sie Rosália so entflammt und ungefügig sah, ging sie aus, um Erkundigungen über das Subjekt einzuziehen; Antenor Lima kannte ihn und lieferte ihr greifbare und günstige Einzelheiten: hervorragender Mechaniker mit eigener Werkstatt in Galés, ein Ungeheuer bei der Arbeit. Antônio Morais hatte als neunjähriges Kind Vater und Mutter bei einem Omnibusunglück verloren und lag mit einemmal auf der Straße, aber anstatt sich den ›Sandkapitänen‹ zuzugesellen und sich dem Abenteuer der Landstreicherei und des üblen Lebenswandels zu verschreiben, ging er in die Werkstatt von Stampferfuß, einem domlangen Neger, Mechaniker und braver Haut. Dort entpuppte der kleine Kerl sich als Mädchen für alles, der es mit allem und jedem aufnahm. Ohne festes Gehalt, aber mit dem Recht, dort zu übernachten, nicht zu reden von den – bisweilen fetten – Trinkgeldern. Allein hatte er sich Schreiben und Lesen beigebracht, bei Stampferfuß erlernte er

das Handwerk und begann jung auf eigene Rechnung und Gefahr Sonderaufträge anzunehmen. Er hatte geschickte Hände und einen wachen Kopf: bald barg kein Automotor mehr ein Geheimnis für ihn. Gewiß war er kein gelehrter Mensch und auch kein Mann von Besitz. Doch wenige Mechaniker konnten sich mit ihm messen. Er hatte ein sicheres Einkommen, würde einen prächtigen Ehemann abgeben. Was zum Teufel wollte Rosália mehr, wenn sie weder eine Prinzessin war noch eine Kakao-Pflanzung besaß? So fragte der schlechterzogene Lima seine hochnäsige und brummige Nachbarin Rozilda.
Andere Bekannte bestätigten die ausführliche Chronik des Kaufmanns, so daß Dona Rozilda nach eingehender Beratung mit ihrem Gevatter, Dr. Luís Henrique, einem Ruy Barbosa der Weisheit von unschätzbarer Ratgeberschaft, und nach ausgiebigem Abwägen des Für und Wider sich zugunsten des Mechanikers entschloß.
Er war nicht – das wiederholte sie mehrmals – der Schwiegersohn ihrer Träume, der Prinz von edlem Geblüt und goldgefüllten Truhen. Adelsblut hatte Morais nur von einem fernen Ahnen ererbt, von Obitikô, dem als Sklaven nach Bahia eingeführten afrikanischen Stammesfürsten, dessen blaues Blut sich mit dem Plebejerblut niederer Lusitanier und holländischer Söldner vermischt hatte. Und diese Paarung hatte einen schwarzbraunen Mischling mit leutseligem Lächeln, eine sympathische Dunkelhaut ergeben. Was die Goldbarrentruhen betraf, so erlaubten die Ersparnisse des Mechanikers nicht, sofort einen eigenen Hausstand zu gründen. Doch Rosália versteifte sich auf ihre stammelnd hervorgebrachte Leidenschaft, sie lehnte es ab, ein Wort zu verlieren über die obskure Herkunft, das ehrbare Handwerk und die magere Barschaft des jungen Mannes, und angesichts der widerborstigen Rosália, ihrer anmaßenden Widerworte und ihrer übertriebenen Reizbarkeit gab Dona Rozilda klein bei. Und so, nach Morais' fünftem oder sechstem nächtlichen Auftritt – ganz in gestärktem Weiß, den Hut übers Auge gestülpt, die Schuhe zweifarben, einfach unwiderstehlich! –, richtete sie das Wort an ihn.

Die beiden Verliebten standen gerade dicht beieinander, Auge in Auge, Hand in Hand, als dem halbdunklen Treppenhaus jäh Dona Rozilda enttauchte und mit terroristischer Stimme sprach:

»Rosália, meine Tochter, möchtest du mir den jungen Herrn vorstellen?«

Nach gebührender Vorstellung, während Rosália sich verhaspelte und Morais ein Abbild der Befangenheit darstellte, ging Dona Rozilda ohne Umschweife und Bedenken auf ihr Ziel los:

»Eine Tochter von mir poussiert nicht auf der Treppe und auch nicht an Straßenecken, sie geht auch nicht allein mit einem Verehrer spazieren, ich erziehe meine Töchter nicht zum Vergnügen für irgendwelche Straßenstreuner . . .«

»Aber ich . . .«

»Wer mit meiner Tochter reden will, muß vorher seine Absichten bekanntgeben.«

Antônio Morais beteuerte die Lauterkeit seiner Heiratsabsichten, er war kein Kerl, der die Töchter anderer Leute mißbraucht. Prompt und bescheiden antwortete er auf das ausführliche Verhör, durch das Dona Rozilda die Richtigkeit ihrer über das Einkommen des Werkstattbesitzers eingeholten Auskünfte prüfen wollte.

Der Mechaniker wurde gutgeheißen, und offiziell zugelassen wurde seine Gegenwart an der Haustür, an der seit dieser Unterredung Rosália ihn allabendlich auf einem Stuhl erwartete. Vom Fenster aus überwachte Dona Rozilda die Familienmoral; ihre Tochter war kein Spielzeug für irgendeinen hergelaufenen Tunichtgut. Wenn also Morais' zärtliche Hand nach des Mädchens zärtlicher Hand griff, ließ sich Dona Rozildas zurechtweisendes Räuspern von oben vernehmen:

»Rosália!«

Damit beschleunigte sich die Verlobung, denn Morais begehrte größere Freiheit und eine weniger bewachte Vertraulichkeit. Als Verlobter war er im Hause zugelassen, durfte sonntags Rosália zur Matinee ausführen, während Flor als Gegengewicht mitgeschickt wurde, ausgerüstet mit speziellen Anweisungen, das Liebespaar zu beobachten, Küsse und Zärtlichkeiten zu unterbinden; Dona Rozilda forderte äußersten Respekt. Doch Flor war nicht zum Polizeiaufseher geboren; verständnisvoll und mitfühlend kehrte sie der Schwester und dem künftigen Schwager den Rücken, vertiefte sich in den Film, kaute Konfekt und ließ das Pärchen in Frieden mit seinen eifrigen Mündern und Händen.

Während der Verliebten- und Verlobungszeit der beiden zeigte Dona Rozilda sich so liebenswürdig, wie es ihr nur möglich war, und verbarg tunlich die rauhen Seiten ihrer Natur. Sie mußte ihre Töchter verheiraten, Rosália war nahe an der Altersgrenze; es gab übergenug junge Mädchen auf der Jagd nach einem Mann, während an heiratswilligen jungen Männern Mangel herrschte. Ein harter Kampf, Töchter unter die Haube zu bringen, Dona Rozilda wußte es nur zu gut. Alle ihre Bekannten hielten den Mechaniker für eine gute Partie. Eine von ihnen, eine Dona Elvira, Mutter von drei schmuddeligen, verschwiemelten Mädchen, unfehlbar zur Jungfernschaft verdammten Töchtern, hetzte die drei Schlampen auf den Anwärter los, und sie überboten sich im Lächeln und vielversprechenden Augenrollen; es fehlte nur, daß sie, fade, übermütige Speichelleckerinnen, ihn ins Bett gezerrt hätten. Überdies war Morais arbeitsam und ehrbar, es würde seiner Schwiegermutter nicht schwerfallen, ihn nach der Hochzeit zu beherrschen und unter ihren Willen zu beugen.

Die vollständige Wahrheit über Rozilda lernte er erst als Ehemann kennen. Man hatte beschlossen, gemeinsam den ersten Stock der Alvo-Steige zu bewohnen, eine wirtschaftliche wie gleichermaßen gefühlsbedingte Lösung, denn ohne getrennte Haushalte würde das Leben aller Beteiligten billiger zu stehen kommen. Überdies schienen Morais und Dona Rozilda nur den einen Wunsch zu haben: für immer zusammenzubleiben. Zunächst hatte Rosália diesen kühnen Plänen Widerstand geleistet; doch wie sollte sie sich gegen diesen Honigmond zwischen Mutter und Schwiegersohn wehren?

Der Honigmond dauerte keine sechs Monate, die Vereinbarung ging in die Brüche, denn wie der Schwiegersohn seinen Bekannten anvertraute: »Nur Christus würde es mit Dona Rozilda aushalten, und auch das ist nicht sicher, man müßte zuerst prüfen, ob der Nazarener den Nerv dazu hätte.«
So verzog das Paar ans Ende der Welt von Cabula, in eine schon fast ländliche Gegend. Morais fand sich lieber mit der langweiligen Straßenbahn ab, die endlos unterwegs war, alle Augenblicke aus den Schienen sprang und dauernd Verspätung hatte; er zog es vor, im Morgengrauen aufzustehen, um rechtzeitig in seine in nächster Nähe der Galeeren-Steige gelegene Werkstatt zu gelangen; er vergrub sich lieber im Versteck des Buschs, wo giftige Klapperschlangen pfiffen und die *Exus* der zahlreichen Candomblés aus der Umgebung auf den Wegen ihr Unwesen trieben – als das tägliche Zusammenleben mit der Schwiegermutter länger zu ertragen.
Im ersten Stock der Alvo-Steige verblieben lediglich die herangewachsene, zum hübschen jungen Mädchen erblühte Flor – zartes Gesichtchen, hohe Brüste und hochgemute Hüften – sowie Dona Rozilda, eine immer säuerlichere Dona Rozilda, die nunmehr auf die Gnade und die Gaben dieser Tochter angewiesen war: sie war ihr allerletzter Trumpf im Kampf um den gesellschaftlichen Aufstieg, in einem so viele Male verlorenen Kampf.
Noch hatte sie ihre Widerstandskraft nicht eingebüßt, noch war ihr Wille zum Aufstieg, zum Erklimmen der Stufen, die sie zur Welt der Reichen emporführen sollten, nicht erlahmt. In ihren von Schlaflosigkeit gepeinigten Nächten (sie schlief wenig und käute unablässig Projekte wieder) hatte sie beschlossen, ihr Nesthäkchen keinem zweiten Morais auszuliefern. Für Flor hatte sie eine bessere Partie ausersehen, einen jungen Mann von Qualitäten, von feinem Weiß, einen diplomierten Herrn Doktor oder einen finanzkräftigen Kaufmann. Sie würde ihren letzten Schützengraben mit Zähnen und Krallen verteidigen; das, was Rosália passiert war, sollte sich nicht wiederholen. Flor war nicht nur gefügiger, vernünftiger, wie

sie auch keine Angst hatte, Jungfer zu bleiben, sie faselte nicht vom Heiraten und rebellierte nicht gegen die Mutter, wenn diese ihr verbot, sich die Zeit mit kleinen Büroangestellten, Kurzwarenverkäufern, Bäckerladengaliciern zu vertreiben. Sie gehorchte ohne Murren, lehnte sich nicht zeternd auf, schloß sich nicht unter Selbstmordandrohungen in ihr Zimmer ein, widerspenstig wie einst Rosália, als die eifersüchtig um ihre Zukunft besorgte Dona Rozilda ihr die geringste harmlose Liebschaft untersagt hatte. Ergebnis: sie hatte den Topfgucker Morais geheiratet, einen Jupp-Niemand, nicht einmal einen Handlungsreisenden, sondern einen simplen Handwerker, einen Arbeiter – welcher Horror! Gesellschaftlich noch unbedeutender als sie selbst. Mochte er ein Koloß der Arbeit sein, mochte er Geld verdienen und sich als tadelloser Ehemann bewähren: wahr indes blieb, daß ihre Tochter, anstatt aufzusteigen, auf der gesellschaftlichen Stufenleiter abgestiegen war; und das verbitterte Dona Rozilda, die ihre Tochter für Höheres bestimmt geglaubt hatte.

Während Dona Rozilda Pläne schmiedete, gewann Flor den Ruf einer bekannten, auf die Bahianer Küche spezialisierten Kochlehrerin. Sie war mit der Gabe für Gewürze geboren, schon in ihrer Kinderzeit hatte sie mit Rezepten und Tunken hantiert und die Zubereitung von Leckerbissen an Hand von Salz und Zucker erlernt. Seit geraumer Zeit erhielt sie Bestellungen für Bahianer Gerichte, wurde unablässig gerufen, bei der Bereitung von *Vatapás* und *Efós*, von *Moquecas* und *Xinxins* Hilfestellung zu leisten, einschließlich der berühmten *Carurus* von Cosme und Damião wie jene im Haus ihrer Tante Lita und der Dona Dorothy Alves, wo Dutzende von Gästen zusammenkamen und noch genügend Essen für ebenso viele übrigblieb. Jährliche Carurus, Gelübde für die Zwillingsheiligen, für die *Ibejes*. Mit der Zeit wuchs ihr Ruf, man bat sie um Rezepte, man holte sie in die Häuser reicher Leute, um das Kochen und Braten ›à point‹ und das Abschmecken dieses oder jenes besonders schwierigen Gerichtes zu lehren. Dona Detinha Falcão, Dona Lígia Oliva, Dona Laurita Tavares,

Dona Ivany Silveira, andere »Senhoras von Repräsentation«, auf deren Freundschaft Dona Rozilda so stolz war, empfahlen sie ihren Freundinnen; Flor hatte alle Hände voll zu tun. Ja, eine dieser versnobten, geldprallen Damen lieferte ihr die Idee zu der Schule, denn da sie Flor um theoretische Rezepte und deren praktische Darstellung gebeten hatte, erklärte sie ihr beim Bezahlen ihrer Arbeit ausdrücklich, sie belohne die hervorragende Lehrerin und gute Freundin und bezahle nicht etwa eine Köchin. Eine zartfühlende Unterscheidung Dona Luísa Silveiras, einer adligen Sergipanerin von Zimperlichkeit und Rühr-mich-nicht-an.

Richtig jedoch, in eigener Schule, begann Flor erst nach der Übersiedlung Rosálias und Morais' nach Rio de Janeiro zu unterrichten. Der Mechaniker war zu dem Schluß gekommen, die Entfernung zwischen der Höhe von Cabula und der Alvo-Steige sei nicht groß genug, er müsse das Meer zwischen sein Haus und die Schwiegermutter legen; heiliger Widerwillen hatte ihn gegen Dona Rozilda, die »Megäre«, gepackt, wie er sagte: »Sie ist wie Pest, Hunger und Krieg!«

Bald blühte die Schule, sogar Damen aus Canela und Garcia, ja aus Barra kamen, um bei Flor die Geheimnisse des süßen Öls und des Dendê-Öls zu entschleiern; eine von Flors ersten Schülerinnen war Dona Magá Paternostro, eine stinkreiche Dame mit Beziehungen, die Flors Gaben begeistert bekanntmachte.

Die Zeit verging, die Jahre flohen, Flor hatte keine Eile, sich einen Bräutigam zuzulegen; nun war es Dona Rozilda, die unruhig wurde, schließlich war ihre Jüngste kein Kind mehr. Flor zuckte nur mit den Achseln, sie interessierte nur ihre Schule. Ihr Bruder hatte bei einem seiner Besuche aus Nazareth ihr mit farbiger Tinte ein Schild gemalt – seine Zeichengabe wurde hoch gerühmt –, und Flor hängte es an den Balkon:

KOCHSCHULE GESCHMACK UND KUNST

Heitor hatte in den Zeitungen einen ausführlichen Bericht über eine Schule mit Namen GESCHMEIDE UND KUNST gelesen, über die

Erfahrung eines gewissen Anísio Teixeira, der aus den Vereinigten Staaten zurückgekommen war. So paßte er den Titel durch Veränderung weniger Buchstaben den Zwecken seiner Schwester an. Die kunstvoll ausgeführten Lettern umrankte ein zierlicher Dreifuß aus Löffel, Gabel und Messer. (Geschähe dies heute, Heitor könnte an eine eigene Ausstellung und den Verkauf einiger teurer Bilder denken, doch es war zu jener Zeit, und der Eisenbahnbeamte begnügte sich mit dem Lob der Schwester, der Mutter und einer bestimmten Schülerin von Flor, einer mit feuchten Augen, die auf den Namen Celeste hörte.)

Das mit dem Kochunterricht verdiente Geld reichte für den Unterhalt des Hauses, für die spärlichen Ausgaben von Mutter und Tochter und ermöglichte Flor sogar, etwas davon für die etwaigen Unkosten einer künftigen Verheiratung zurückzulegen. Doch vor allem füllte er Flors Zeit, befreite sie ein wenig von Dona Rozilda, die ihr immer wieder einhämmerte, welches Opfer es sie gekostet hatte, ihre Kinder aufzuziehen, und wie lebensnotwendig es war, einen reichen Mann zu finden, der sie aus ihrem Dasein an der Alvo-Steige und vom Kochherd erlöse, hinüber in die Lebensgenüsse von Barra, Graça und Vitória.

Flor indessen schien nicht an Verliebtheiten oder Verlobungen zu denken. Bei kleinen Festlichkeiten tanzte sie mit dem einen oder anderen, ließ sich Galanterien gefallen, lächelte dankbar, aber weiter ging sie nicht. Sie erwiderte nicht einmal ein Wort auf die leidenschaftlichen Appelle eines Doktoranden der Medizin, eines leutseligen Paraensers, eines Genießers und Stutzers. Sie ging nicht auf ihn ein, trotz Dona Rozildas Aufregung: endlich war ein Student, fast ein Doktor erschienen, der um die Hand ihrer Tochter anhalten wollte!

»Ich mag ihn nicht . . .«, erklärte Flor unerbittlich. »Er ist häßlich wie der Teufelshund . . .«

Kein Ratschlag, keine Zurechtweisung von seiten der aufgebrachten Dona Rozilda vermochte sie umzustimmen. Panik packte die Mutter: würde Rosálias Fall sich wiederholen, war

Flor wie ihre Schwester entschlossen, Verlobung und Heirat selber zu entscheiden? Wenn sie daran dachte, daß in ihrer jüngeren Tochter die ihrem Willen untertane Natur ihres verstorbenen Gatten Gil sich wiederholte, wurde ihr der kleine Fast-Doktor mit einemmal unsympathisch, der Sohn eines Latifundienbesitzers aus dem hohen Pará, Eigentümer von Schiffen und Inseln, von Gummiplantagen, von Kastanienwäldern, von wilden Indio-Stämmen und gewaltigen Strömen. Schwimmend in Gold. Dona Rozilda war ausgegangen, um sich über ihn zu erkundigen, und nach Einholung einiger Meinungen sah sie sich bereits im Amazonasgebiet über Léguas von Land herschen und beim Erteilen von Befehlen an Caboclos und Indios über die Stränge schlagen. Endlich war der Zauberprinz erschienen, ihr Warten war nicht vergeblich, ihr Opfer nicht umsonst gewesen. In einem Flußdampfer des Amazonas würde sie vor den vornehmen Häusern von Barra anlegen, vor den verschlossenen Stadtpalais von Graça, und die Eigentümer würden heraustreten und sie mit Kratzfüßen und Lobhudeleien umschmeicheln.

Flor lächelte mit ihrem zarten, runden, mattbraunen Gesichtchen, sie lächelte mit ihren berühmten Grübchen, mit ihren verwunderten Augen, sie wiederholte mit ihrer müden Stimme, mit ihrer schmachtend-trägen Stimme:

»Ich mag ihn nicht . . . Er ist häßlich wie die Not . . .«

Was zum Teufel denkt sie sich? Dona Rozilda stieg auf die Serra. Flor benahm sich, als wäre Heiraten eine Frage von Mögen oder Nicht-Mögen, als gäbe es hübsche und häßliche Männer, als wüchsen Anwärter von der Klasse eines Pedro Borges wie die Pflastersteine der Alvo-Steige.

»Die Liebe kommt mit dem Zusammenleben, meine Vogelmistprinzessin, mit den gemeinsamen Interessen, mit den Kindern. Es genügt, wenn keine Antipathie vorhanden ist. Was hast du gegen ihn?«

»Nichts, Gott bewahre. Er ist ein guter Junge. Aber ich heirate nur einen, den ich liebe . . . Dieser Pedro ist ein häßlicher Vogel . . .« Flor verschlang die Romane der Jungmädchenbiblio-

thek, sie verlangte nach einem armen, hübschen, nach einem verwegenen und blonden jungen Mann.
Dona Rozilda kochte vor Zorn und Erregung; ihre kreischende Stimme flog über die Straße und trug das Echo des Streits zu allen Nachbarn:
»Häßlich! Wo hat man schon einen häßlichen oder hübschen Mann gesehen? Die Schönheit des Mannes, du Unglückswurm, steht nicht im Gesicht zu lesen, sie liegt im Charakter, in der gesellschaftlichen Stellung, im Vermögen. Wo hat man schon einen reichen Mann gesehen, der häßlich ist?«
Was sie betraf, so gab sie den mordshäßlichen Borges (der im übrigen gar nicht so übel war, sondern groß und stark, das Gesicht allerdings etwas pickelig) nicht her für die ganze Horde frecher vorlauter Buben von Rio Vermelho, die keinen Fünfer in der Tasche hatten, keine Bretterbude, in der sie tot umfallen konnten, und nichts waren als Landstreicher. Der Doktor Borges indes – sie nahm seinen Titel bereits voraus – war ein junger Mann aus gutem Hause, das sah man sofort an seinen Manieren, er stammte aus einer distinguierten Familie Parás, distinguiert und mordsreich. Sie, Dona Rozilda, hatte sich erkundigt: ihr Wohnhaus in Belém war ein Palast, schon Dienstboten hatten sie mehr als ein Dutzend. Ein Dutzend, hast du gehört, du mißratene, launische und törichte, eingebildete und wirrköpfige Tochter. Alle Stockwerke mit Marmorböden, das Treppenhaus aus Marmor. Theatralisch streckte sie die Arme aus:
»Wo hat man schon einen reichen Mann gesehen, der häßlich sein soll?«
Flor lächelte, ihre Grübchen waren zum Auffressen, sie hatte keine Eile zu heiraten. Sie legte der Mutter die Hand auf den Mund:
»Sie reden, als wäre ich ein Freudenmädchen, das die Männer nach ihrem Geld abschätzt ... Ich mag ihn nicht, und damit Schluß ...«
Der Kampf zwischen Dona Rozilda, gereizt und aufreizend, von einer fast krankhaften Nervosität, und Flor, heiter, als

wäre nichts geschehen, ein Streit, dessen Gegenstand und Preis Pedro Borges war, erreichte seinen Höhepunkt um die Zeit des Abschlußballs der Universität, gegen Ende jenes Jahres. Der Doktorand hatte beide zur Schlußfeier und zum Ball eingeladen.

Für die Feierstunde im Festsaal der Fakultät erschien Dona Rozilda schwiegermütterlich ganz in Taft, majestätisch wie ein radschlagender Truthahn mit lächerlichen Ärmelverzierungen, den Kamm einer spanischen Tänzerin durch den Haarknoten gespießt. Beim Abschlußball glänzte Flor in Tüllspitzen und kam kaum zum Atemholen. Keinen einzigen Kontertanz setzte sie aus, so viele Kavaliere bewarben sich um sie. Doch damit machte sie dem neugebackenen Doktor keine Hoffnungen.

Auch nicht, als er am Vorabend seiner Rückreise ins ferne Amazonien die beiden Damen aufsuchte und den Vater mitbrachte, des besseren Eindrucks halber. Ricardo hieß der mächtige Paraenser, ein Riese, Donnerstimme, juwelenbedeckte Finger – angesichts so vieler Edelsteine fiel Dona Rozilda fast in Ohnmacht. Darunter war ein Mordsbrillant, der zumindest fünfzig Contos wert war, Herr des Himmels!

Der Alte sprach von seinen Ländereien, von den zahmen Indios und vom Gummi, von den Geschichten des Amazonas-Stroms. Er sprach auch von seiner Freude darüber, daß sein Sohn des Abschlußexamen bestanden hatte und nun den Ring eines Doctoris medicinae am Finger trug. Nun wünschte er ihn nur noch verheiratet zu sehen mit einem anständigen, bescheidenen und aufrichtigen Mädchen, auf Geld legte er keinen Wert, Geld besaß er genügend – und er bewegte die Finger, die Brillanten funkelten und erleuchteten das Wohnzimmer. Er wünschte sich eine Schwiegertochter, die ihm Enkel und Enkelinnen schenkte, um sein strenges Marmorhaus mit Trubel und Wärme zu füllen, oben in Belém, wo der alte Ricardo als Witwer während Pedros Studienjahren allein und verlassen war. Er sprach und blickte dabei auf Flor in Erwartung eines Worts, einer Gebärde, eines Lächelns: wenn das kein Auftakt zu einem Heiratsantrag war, verstand Dona Rozilda überhaupt nichts mehr. Sie zitterte vor Erregung und Erwartung, die gesegnete Stunde war da, nie hatte sie sich ihren Zielen so nahe gesehen, sie musterte ihr Dummerchen von Kind und wartete auf ihr schüchternes, wiewohl festes Jawort. Aber Flor sagte nur mit träger Stimme:

»An hübschen, anständigen Mädchen für Pedro wird's nicht mangeln, er hat es verdient. Ich wünschte nur, er fände eine hier in Bahia, damit ich das Hochzeitsbankett zusammenstellen kann.«

Pedro Borges steckte ohne Groll den bereits gekauften Verlobungsring wieder ein, der alte Ricardo räusperte sich und wechselte den Gesprächsstoff. Dona Rozilda fühlte sich plötzlich schwach, ihr Atem ging schwer, ihr Herz begann zu hämmern. Entrüstet stand sie auf und verließ den Raum, sie fürchtete einen Anfall zu bekommen, sie wünschte ihre Tochter tot und begraben, die Undankbare, die Rindviechin, die Idiotin, Feindin ihrer eigenen Mutter, die Verwünschte! Wie konnte sie es wagen, die Hand des Herrn Doktor – der jetzt wahrhaft Doktor war – auszuschlagen, des reichen jungen Mannes, des Erben von Inseln, von Flüssen und Indios, von all dem Marmor und funkelnden Geschmeide, ach, wie hatte die unglückselige Bastardin es wagen können?

Ach, welche Mauer des Hasses, der Feindschaft und des Unverständnisses, welche aus Groll unüberwindliche Mauer hätte sich zwischen die für immer zusammengepferchten und gleichzeitig auf immer voneinander getrennten beiden Frauen, zwischen Mutter und Tochter geschoben, wäre nicht zu Beginn jenes Jahres gleich nach der Abreise des verschmähten Borges Vadinho aufgetaucht! Ach, angesichts von Vadinhos Titel, Stellung und Vermögen – Dona Rozilda war von Vadinho selbst und einigen seiner Freunde eingehend aufgeklärt worden – war der Paraenser kaum mehr als ein armer Schlucker trotz seines Marmorpalastes und seiner zwölf Dienstboten, eine arme Kirchenmaus trotz seiner Ländereien und Gewässer.

6

Mit einer kurzen, höflichen Verbeugung, einem vor Sympathie strahlenden Gesicht sagte Mirandão: »Mit Verlaub« und setzte sich neben Dona Rozilda. Die korbbespannten, längs der Wand aufgestellten Stühle umrahmten das Wohnzimmer. Der chronische Student (der »beharrliche«, berichtigte er, wenn man ihm seine sieben Jahre Landwirtschaftshochschule ins Gedächtnis rief) streckte seine Beine aus, zupfte seine Bügelfalten zurecht, musterte die Paare, die einen argentinischen Tango mit schwierigen Figuren und kunstvollen, fast akrobatischen Schritten tanzten, und lächelte zustimmend: kein Tänzer konnte sich mit Vadinho, keiner mit seiner Klasse vergleichen, Gott segne und schütze dich gegen den bösen Blick, ich beschwöre dich! Mirandão war abergläubisch. Ein hellhäutiger, geckenhafter Mulatte von achtundzwanzig Jahren, die beliebteste Figur in Bahias Lustschlössern und Spielkasinos.

Als er Dona Rozildas Blick dem seinen folgen fühlte, wandte er sich zu ihr um, lächelte noch entwaffnender und prüfte sie mit kritisch abwägendem Blick. Lasches, unbrauchbares Besteck, schloß er bedauernd. Jedoch nicht angesichts ihres Alters. Seit langem hatte er in seinen Umgangskodex mit dem weiblichen Geschlecht einen Paragraphen aufgenommen, der besagte, keine Frau sei nur wegen ihrer Reife oder ihres Alters zu verschmähen, da man sonst verhängnisvollen Irrtümern verfallen könne. Gab es doch Frauen, die im Alter von weit über fünfzig mitunter noch in bewunderungswürdiger, jugendlicher Form waren und mit den überraschendsten Leistungen, den unvermutetsten Rekorden aufwarteten. Er wußte es aus lebendigster Erfahrung, und noch jetzt, als er Dona Rozildas Wrack musterte, erinnerte er sich an den Dämmerglanz von Célia Maria Pia dos Wanderley e Prata, ein Namenaufgebot, das ein dralles, pralles Weibchen bedeutete, eine Dame der ersten Gesellschaft, ein zungenfertiger, teufelsflinker Weiberbraten. Sie war eingestandenermaßen über sechzig Lenze alt und hatte, unersättlich wie sie war, ihrem Mann wie ihren Geliebten einen ganzen Wald von Hörnern aufgesetzt. Trotz balzakianischer Enkelinnen und heiratsfähiger Urenkel ließ sie ihre Nächstenliebe – und was für eine, sie war ein feuriges, großherziges Weib! – jungen, bedürftigen Studenten angedeihen. Mirandão schloß die Augen zu Schlitzen: einmal, um die Nachbarin nicht sehen zu müssen, dieses Gerippe ohne Mittel und Ausweg, insbesondere aber, um sich besser an die unvergeßliche Gebärmutterwut von Célia Maria Pia dos Wanderley e Prata erinnern zu können sowie an die Fünfzig- und Hundert-Milréis-Scheine, die sie, dankbar, reich und verschwenderisch, ihm verstohlen in die Rocktasche steckte. Ach, was waren das für Zeiten gewesen, damals wurde Mirandão, Student im ersten Hochschulsemester, Neuling des Nachtlebens, in die ersten Geheimnisse der Landwirtschaftslehre und des Lebens eingeweiht, und Maria Pia dos Wanderley gebrauchte echt französisches Parfüm für ihre Halsfalten und Niederungen.

Wieder öffnete er die Augen, blickte in den Raum und spürte in den Nüstern den Duft der unvergeßlichen Urgroßmama; neben ihm saß die hexenfratzige alte Scharteke – ausgemergelter Seetang, fleischlose, schlaffe Wangen, Knoten auf dem Kopf – und blickte ihn unverwandt mit ihren Knopfäuglein an. Sie war eine Vogelscheuche, stinken mußte sie unter den Unterröcken, einen Hautgout von zu lange gelagertem Fleisch verströmen; eilig sog Mirandão die Überreste des französischen Parfums aus der Erinnerung ein – ach! Edle derer von Wanderley, wo bist du, Siebzigjährige? Die Alte auf dem Stuhl, was für ein erbarmungswürdiges Reff!

Indessen, wohlerzogen wie er zu sein beanspruchte, unterließ es der ewige Student der Landwirtschaftslehre nicht, Dona Rozilda zuzulächeln. Wiewohl eine alte Eule, ein Kuppelluder, ein Rest von eingesalzenem Dörrfisch, ungeeignet für jeden geilen Gedanken oder Vorstoß, verdiente sie dennoch Achtung und Aufmerksamkeit: sie schien eine erschöpfte Familienmutter, dem Aussehen nach Witwe, und Mirandão war im Grunde ein in Spielhöllen verirrter Moralist. Überdies war sein Moment der Euphorie gekommen.

»Stimmungsvolles kleines Fest, finden Sie nicht?« fragte er Dona Rozilda als Auftakt für den historischen Dialog.

So war es immer, bei jeder seiner häufigen Zechereien. Zunächst erlebte er die Phase überschwenglichen Jubels. Da schien ihm die Welt vollkommen und gut, das Leben fröhlich und leicht, in dieser Stunde verstand Mirandão alles, er wußte alles zu schätzen, zwischen ihm und den übrigen Geschöpfen stellte sich eine Atmosphäre vollkommener Gemeinschaft ein, sogar zwischen ihm und der stinkenden Plebspinkelöse, seiner Stuhlnachbarin.

Dann wurde er zartfühlend, gesprächig, und seine Phantasie quoll über, grenzenlos. Die Figur »des ewig durstigen ewigen Studenten«, ein von ihm geschaffenes Leitbild, von dem er lebte, wich dem jungen, bedeutenden und siegreichen, zum Agronom-Ingenieur beförderten, wo nicht zum Privatdozenten aufgerückten Mann, der seine Vorzüge aufzählte, der Posten übersprang und Frauen eroberte. Keiner verstand wie er Geschichten zu erzählen, und wie er sie erzählte! Er war ein Meister des Stegreiffabulierens, ein Schöpfer originellster spannungsreicher Typen, ein Klassiker des guten Gesprächs. Ging die Pichelei aber weiter und verrauchten gegen Ende des Abends Optimismus und Euphorie, erging Mirandão sich am Ende der Sauferei in Kummer und Klage, und dann geißelte er sich mit unerbittlicher Selbstkritik, rief sich seine Frau, das Opfer seiner Entwürdigung, wach und seine vier hungrigen Kinder, plötzlich war seine ganze Familie vom Räumungsbefehl bedroht, und er saß in Spielhöllen und Bordellen. »Ich bin ein Wicht, ein Lump, eine Kanaille«, prahlte ein weinerlicher Mirandão, reuig und ohne Hinterlist, ein Moralist. Doch diese zweite, jammervolle Phase trat nur selten ein und nur anläßlich monumentaler Saufgelage.

Um dreiundzwanzig Uhr dreißig aber, beim Hausball des Majors im Ruhestand Pergentino Pimentel von der Militärstaatspolizei, war Mirandão mit sich und der Welt zufrieden und durchaus bereit zu einem herzlich-ergiebigen Gedankenaustausch mit Dona Rozilda. Man hatte soeben im Eßzimmer nach Herzenslust gegessen und getrunken, hatte alle Gerichte durchgekostet und sich von einigen zweimal auftragen lassen. Fast brach die Tafel unter der Überfülle von Bahianer Leckerbissen: Vatapá und Efó, Abará und Caruru, Ragout aus weichen Krabben, aus Krebsen, aus Fisch, Acarajé und Acaça, Hühner-Xinxim und Haussá-Reis, abgesehen von Pyramiden aus Hähnchen, gebratenem Puter, Schweineschinken, Bratfischfilet für Nichtkenner, die das Dendê-Öl nicht zu schätzen wußten (denn wie Mirandão mit vollem verächtlichem Mund erläuterte, gab es alle Arten von Rohlingen auf dieser Welt, Subjekte, die jeder Niedertracht fähig waren). Und all diese Fressalien wurden reichlich begossen mit Aluá, mit Zuckerrohrschnaps, mit Bier, mit portugiesischem Wein. Seit über zehn Jahren gab der Major alljährlich dieses Fest und erfüllte damit eine strenge Candomblé-Verpflichtung, seitdem die Orixás ihm seine von Nierensteinen tödlich bedrohte Frau gerettet hatten. Er sah nicht auf die Kosten, er sparte das ganze Jahr, um höchst zufrieden alles an einem einzigen Abend auszugeben. Mirandão, ein respektabler Esser und ein noch respektablerer Becherer, hatte sich bei Tisch nur allzu gütlich getan; und nun, prallbäuchig und erhitzt von so viel Speise und Trank, kam ihm ein kleiner Schwatz als Verdauungshilfe nur gelegen.

Im Salon entfalteten die Tanzpaare ihre Künste beim Tango; am Klavier wirkte Joãozinho Navarro. Wenn der Name Joãozinho Navarro fiel, wußten die Kenner Bescheid, in Bahia gab es keinen begehrteren Klavierspieler, und bestimmte Leute wie der musikverständige Richter Coqueijo schalteten stets ihr Rundfunkgerät ein, nur um ihn im Programm beliebter Lieder klimpern zu hören. War nicht er es, der im *Tabaris* gegen Morgen die Stimmung auf Hochtouren brachte? Für Privatveranstaltungen freilich war er schwer zu haben, da ihm für diese Art der Amateurbelustigung kaum Zeit verblieb. Beim Hausball des Majors, dem Joãozinho nicht nein sagen konnte, da er ihm Gefälligkeiten schuldete, durfte er jedoch nicht fehlen und fehlte auch nicht.

Beifällig schaute Mirandão beim Tanzen zu, spendete Joãozinhos Spiel mit dem Kopf Beifall – fabelhaft! –, lächelte seine Nachbarin an und stellte fest, daß sich außer ihm und Vadinho kein einziger Festschnorrer eingeschlichen hatte. Kein weiterer Held! Sich beim Fest des Majors Tiririca (wie die Straßenjungen von Rio Vermelho den braven Pergentino getauft hatten) einzuschmuggeln war eine unwahrscheinliche Leistung, ein Anlaß zu Wetten und Herausforderungen. Mirandão betrachtete sich als erfolgreich: denn endlich war es ihnen, ihm und Vadinho, gelungen, die vom Major errichtete Schranke zu überwinden und zu erreichen, daß die mit einem Schlüssel verriegelte schwere Eichentür, der einzige Eingang für die Geladenen und nur für die Geladenen – denn sie alle waren der Herrschaft bekannte Gesichter –, daß dieses Portal ihm und Vadinho Eingang gewährte. Und nicht nur das; die beiden waren vom Major und von Dona Aurora, seiner Gattin, mit einem ›Abraço‹ begrüßt worden, obwohl diese über die gesellschaftliche Eignung ihrer Gäste noch eifersüchtiger wachte als ihr Mann. Draußen, im Trubel der taufeuchten Straße, beklagten die Eckensteher ihre eigene Niederlage, als sie das Zweigespann nach kurzem Wortwechsel mit Major Tiririca unter Dona Auroras geräuschvollen Beifallsrufen die unüberschreitbare Schwelle bezwingen sahen. Wie hatten sie das nur geschafft?

Mirandão seufzte glücklich lächelnd, mit prallem Wanst. Dort strich Vadinho übers Parkett, die schöne junge Dame, eine füllige, fleischige Brünette, im Arm – nur ein Hund zieht Knochen vor –, eine hüft- und busenprunkende Morena mit öligen Augen und einer tee- und bronzefarbenen Haut.

»Die Kleine dort wäre mir drei Sünden wert!« pries Mirandão und deutete auf das Paar. Das Reff zuckte zusammen, reckte die magere Brust und quietschte mit kriegslustiger Stimme:

»Sie ist meine Tochter . . .«

Mirandão ließ sich nicht aus der Ruhe bringen:

»Dann kann ich Ihnen nur gratulieren, meine Senhora. Man sieht sofort, daß es ein anständiges Mädchen aus gutem Hause ist. Mein Freund . . .«
»Der junge Mann, der mit ihr tanzt, ist Ihr Freund?«
»Und ob er es ist! Busenfreund, meine Dame, und ein brüderlicher . . .«
»Und wer ist er, wenn man fragen darf?«
Mirandão zog sich auf seinem Stuhl in die Länge, zupfte das parfümierte Tuch aus der Brusttasche und wischte mit immer lächelnderem glücklichem Gesicht ein paar Schweißtropfen von der breiten Stirn; nichts behagte ihm mehr als aufzuschneiden, als jemandem einen faustdicken Bären aufzubinden.
»Erlauben Sie mir, daß ich mich zuerst vorstelle: Doktor José Rodrigues de Miranda, Landwirtschaftsingenieur, amtierend im Kabinett des Hilfs-Delegierten . . .« Und streckte ihr mit goldenem Herzen die Hand entgegen.
Mit einem letzten Anflug von Mißtrauen maß Dona Rozilda den Sprecher feindseligen Auges. Doch Mirandas Großsprechermiene und sein freimütiges Lächeln verscheuchten jeden Verdacht, brachen jeglichen Widerstand, entwaffneten und eroberten jeden Gegner, selbst einen so bösartigen und zänkischen wie Dona Rozilda.

7

Zwischenspiel mit Chimbo

An jenem Tag gegen Abend, als der Föhndunst und die zähe Betonluft zunahmen, saßen Vadinho und Mirandão in São Pedro in der Bar Alamêda, genehmigten sich die ersten Gläschen Zuckerrohrschnaps und schmiedeten Pläne für den Festabend in Rio Vermelho, als die Kneipentür aufging und das feuerrote Gesicht Chimbos auftauchte, jenes bedeutenden Verwandten Vadinhos, der zur gleichen Zeit als Hilfsdelegado, das heißt als zweiter Mann der Polizei, amtierte.
Standesbeamter und Sohn eines angesehenen Regierungspoli-

tikers, jedoch ohne Respekt gegen die althergebrachte strenge Lebensführung des Vaters, Feind jeglicher Konvention, war dieser entfernte Vetter Vadinhos, ein Guimarães von den echten, reichen, ein Leichtfuß, ein eingefleischter Bummelant, gut im Würfeln, Saufen, Huren – kurz, ein Mordskerl. In letzter Zeit hatte er seiner ungezwungenen Natur mit Rücksicht auf sein Amt Zurückhaltung auferlegt und war kürzer getreten. Übrigens ein Amt, in dem er aus diesem Grunde vermutlich nicht lange ausharren würde, da er seine Freiheit jeder offiziellen Stellung vorzog und sie nicht für die höchste Gunst, für keinen Titel hergab.

Chimbo schätzte Vadinho, nicht nur wegen ihrer entfernten unbestimmbaren Verwandtschaft, sondern auch dank der Eigenschaften des jungen Gefährten am Roulettisch und in Tingeltangels. Als er daher bei einer bestimmten Gelegenheit hörte, daß Vadinho als Straßenbummler und berufsloser Hallodri bezeichnet wurde, besorgte er ihm den bescheidenen Posten eines Parkaufsehers der Stadtverwaltung, denn ein »Guimarães muß eine scharfumrissene Stellung in der Gesellschaft haben«.

»Kein Guimarães ist Straßenbummler . . .«

Widersprüche dieses sympathischen Chimbo, der so wenig an Konventionen und Protokolle gebunden war, dabei aber einen tiefen Familiensinn besaß und eifersüchtig über den mächtigen Klan der Guimarães wachte.

An jenem Abend begegneten Vadinho und Mirandão Chimbo in São Pedro, als der Hilfsdelegierte seine Schritte zur Hauptpolizei lenkte. Ein erzgelangweilter Chimbo, ganz in zeremoniellem glutheißem Schwarz, gleichviel ob für eine Beerdigung oder für eine Hochzeit – hoher Vatermörder, Plastron, Weste, Gamaschen, Stock mit goldenem Knauf –, ein hochoffizieller Chimbo an jenem bratofenheißen Februartag mit stickiger Föhnluft, einem tödlichen Hundstag, an dem alle Münder nach einem eisgekühlten Bier lechzten.

»Heute kann uns nur ein Gläschen *Brahma* retten . . .«, sagte Vadinho, seinen Verwandten und Beschützer umarmend.

Chimbo verwünschte sein Los in kräftig-plastischer Sprache und ließ eine bittere Flut von Schimpfworten los: »Scheißhodenleben, Hurensohnstellung, jetzt muß ich den Gouverneur an alle Ecken und Enden begleiten, zu allen Festlichkeiten, zu allen diesen Sauereien und Schweinereien . . .« Sah er in seinem Aufzug nicht wie ein portugiesischer Komtur aus? An jenem Abend sollte er kraft seines Amtes der Eröffnung eines wissenschaftlichen Kongresses beiwohnen – dem »Nationalkongreß für Geburtshilfe« –, und zwar in der medizinischen Fakultät mit Ansprachen und Thesen, Debatten und Referaten über Entbindungen und Frühgeburten, eine Mordsbelämmerung. Chimbo leerte rasch sein Glas Bier im Versuch, Hitze und Wut darüber zu stillen, daß sein Vater ihn unablässig für seine politischen Machenschaften herumschubste.
Zu allem Überfluß – man höre sich die Idiotie an! – habe der Kongreß beschlossen, genau an dem Abend zu tagen, an dem Major Pergentino, der Major Tiririca von Rio Vermelho, sein Fest gab – sicherlich wüßten sie, von wem er sprach. Er hatte dem Offizier einen Gefallen erwiesen und auf dessen Bitte einen Störenfried freigelassen, und nun ließ der Major ihn nicht mehr los, wollte ihn unter allen Umständen auszeichnen und ihm eine besondere Ehre erweisen. Tiriricas Tanzerei, so hieß es, sei eine fabelhafte Sache, etwas Außergewöhnliches, wo es zu essen und zu trinken gab, soviel man wollte. Und er, Chimbo, sollte der Ehrengast sein, man stelle sich den Heidenspaß vor!
»Statt dessen muß ich Ärzte anhören, die sich über das Niederkommen verbreiten . . . Mein Vater brockt mir vielleicht Suppen ein . . .«
Wie sollte man den Herrn Senator überreden, daß er seinen Sohn ruhig in seinem Winkel ließ, wenn der Alte ein Satrap war, vor dem sogar der Herr Gouverneur zitterte? Vadinhos Augen glänzten, es lächelte Mirandão, Chimbo hatte ihnen soeben die Tore des Ruhms und des majorlichen Hauses geöffnet.

8

Später am Abend wetteten die beiden Schwindler mit anderen Tagdieben vor dem festlich erleuchteten Stadtpalais: sie würden zu dem Ball gehen und wie Ehrengäste empfangen werden. Und sie gingen zu dem Ball, wurden mit allen Ehren empfangen und wie Prinzen behandelt, denn Vadinho gab sich dem Herrn Major und Dona Aurora als Neffe des verhinderten Hilfsdelegierten zu erkennen, während er Mirandão mit dem nicht vorhandenen Amt von Chimbos Privatsekretär bekleidete.

»Dr. Airton Guimarães, mein Onkel, mußte den Gouverneur zum Kongreß für Geburtshilfe begleiten und hat mich und seinen Sekretär, Dr. Miranda, als Stellvertreter entsandt. Mein Name ist Dr. Waldomiro Guimarães. . .«

Der Major äußerte sich gerührt über die Liebenswürdigkeit des Delegierten, der sich entschuldigen und vertreten ließ. Er bedauerte, ihn nicht persönlich begrüßen zu können, sein Wunsch war gewesen, ihn zu ehren, doch gleichzeitig seien er und seine Gattin entzückt, die Vertreter seines hochgeschätzten Freundes mit offenen Armen empfangen zu dürfen. Schon streckte er Vadinho die Hand entgegen, als Mirandão begeistert und überschwenglich eingriff und die Dinge richtigstellte:

»Verzeihen Sie meine Einmischung, Herr Major: Vertreter des Herrn Dr. Hilfsdelegierten ist meine bescheidene Wenigkeit: ich, Dr. José Rodrigues de Miranda, Privatdozent der Landwirtschaftshochschule, in Sondermission bei Herrn Dr. Airton . . . Mein Freund, Dr. Waldomiro, wenngleich Neffe des Delegierten, vertritt nicht ihn, sondern den Herrn Gouverneur . . .«

»Den Gouverneur?« rief der Major aus, überwältigt von soviel Ehre.

»Ja«, lenkte Vadinho ein. »Als der Gouverneur hörte, wie der Hilfsdelegierte seinen Sekretär und seinen Neffen bat, das Fest des Herrn Major zu besuchen, wies er diesen an (denn

er arbeitet im Kabinett Seiner Exzellenz), seinen guten Freund Pergentino zu umarmen und seiner würdigen Gemahlin seine ehrerbietigsten Grüße zu übermitteln.«
Der Major und Dona Aurora, von Eitelkeit gebläht, gaben den Weg frei, stellten die beiden Herrn vor, ließen die Gläser füllen, das Essen anrichten, nichts war für Vadinho und Mirandão gut genug.
Draußen auf der Straße sperrten die verdutzten Strolche Mund und Augen auf. Was für eine Gaunerei hatten die beiden Witzbolde sich nur ausgedacht, um zugelassen zu werden? Sie konnten sich nicht erinnern, daß je einer von ihresgleichen die Türflügel des Herrn Majors durchschritten hatte, für den es Ehrensache war, das Fest auf Geladene, auf persönliche Freunde zu beschränken, die diesem Stil und Ruf verliehen. Bei seinen ruhmreichen Tressen schwörend, prahlte er: »Zu meinem Fest kommt ein Hochstapler nur über meine Leiche!« Und die gerissensten Einschleicher der Stadt, denen es gelang – und gelungen war –, sich in die von der Polizei streng bewachten, geschlossensten, großartigsten Festlichkeiten, ja in Feierlichkeiten des Gouverneurspalastes und ins Haus des Herrn Dr. Clemente Mariani einzuschmuggeln, Veranstaltungen, neben denen die des Majors ein bescheidener Lämmerhupf, ein Vorstadtschwof, eine ärmliche Samstagsabendbierrunde war, diese berüchtigsten Schwarzgäste erlitten samt und sonders jedes Jahr von neuem Schiffbruch bei ihrem Versuch, sich in den Majorsball einzuschleusen. Keiner von ihnen hatte je die eifersüchtig verteidigte Türschwelle des Herrenhauses zu überschreiten vermocht.
Keiner – wäre übertrieben. Édio Gantois, ein schlauer Student, im Verband mit einem anderen nicht weniger gerissenen, dem wohlbekannten Lev Silberzunge, der damals noch Akademiker war, diese beiden hatten es bei einer bestimmten Gelegenheit fertiggebracht, sich in das Haus einzuschwindeln und sich bei dem Fest etwa eine halbe Stunde lang zu halten, um freilich alsbald entlarvt und mittels Rippenstößen und Kinnhaken auf die Straße gesetzt zu werden, wobei der muskulöse

Édio mit den Gästen handgreiflich wurde, während der Hüne Lev mit dem Major Fußtritte austauschte.
Wie aber konnte dieser Zweierverband triumphieren, wenn er unmittelbar nach seinem Triumph so kläglich scheiterte? Wenngleich dies eigentlich eine Geschichte für sich ist, lohnt es sich, sie zu erzählen, damit Vadinhos und Mirandãos Leistung noch deutlicher zur Geltung kommt. Zu jener Zeit war in Bahia für zwei einzige, unter beträchtlichem Presselärm angekündigte Konservatoriumskonzerte ein extravaganter Konzertist gelandet, der ein höchst ausgefallenes Instrument spielte: einen Fuchsschwanz, ebenso melodiös wie das bestgestimmte Klavier. Es handelte sich um einen Russen mit absonderlichem Namen, den »Russen mit dem bezaubernden Fuchsschwanz«, wie er auf Konzertplakaten und in Pressenotizen gepriesen wurde. Édio besaß einen alten Zimmermannsfuchsschwanz und Lev, Sohn eines Russen, den absonderlichen Namen. Erpicht auf einen ausgewachsenen Streich, wickelten die beiden die Säge in braunes Packpapier, kippten zur Aufmunterung ein paar Gläschen Schnaps hinter die Binde und stellten sich am Portal des Majors als der »Russe mit dem Fuchsschwanz« und sein Impresario vor.
Major Tiririca hatte den sechsten Sinn, wenn es sich um Ballschmarotzer handelte: er witterte sie auf weite Entfernungen. So heftete er einen raschen Blick auf Lev und Édio, und schon schlug seine innere Stimme Alarm. Als aber die Gäste von der Anwesenheit des »Russen mit der Zaubersäge« hörten, gerieten sie bei der Aussicht, ihn spielen zu hören, in Ekstase. Wortlos und argwöhnisch öffnete der Major die Tür und gewährte den beiden Schelmen Einlaß. Doch er behielt sie im Auge. Das Paar stellte den Fuchsschwanz hinter ein Möbelstück, und der Major sah die Hast, mit der die beiden, gierig auf Speise und Trank, dem Eßzimmer zustrebten. Nun forderte der Major nach einem raschen Blickwechsel mit Dona Aurora, welcher der Auftritt auch nicht sehr katholisch vorkam, und mit Unterstützung sämtlicher ungeduldigen Geladenen unverzüglich eine musikalische Darbietung. Zuerst das Konzert, dann der

Schmaus. Mochte Édio sich mit beschönigendem Geschwafel noch sosehr bemühen, den Augenblick des Verhängnisses hinauszuzögern, es gelang ihm nicht, er erhielt weder Aufschub noch Nachsicht.
Lev fühlte sich dank irgendeiner seltsamen Metamorphose mit einemmal inspiriert und lebte plötzlich in seiner Rolle so wirklichkeitsnah, daß er sich als der echte Konzertrusse vorkam. So ergriff er denn, ohne sich noch eine Minute bitten zu lassen, unter Beifallsklatschen und Bravorufen die alte Säge. Er agierte so vollendet – verbog seine lange hagere Anatomie in einen rechten Winkel, den Blick sternenwärts gerichtet, ein echter Maestro –, daß er alle täuschte und sogar den Major und Dona Aurora zweifeln ließ, solange er den Bauch der Säge nicht mit seinem Kaffeelöffel berührte. Doch kaum hatte er ihr den ersten Streich versetzt, begriffen alle Anwesenden ohne Ausnahme – wie Édio später erzählte –, daß hier ein Possenreißer am Werk war. Nur Lev, immer echter und besessener, bestand darauf, Löffelschläge auf der Säge erklingen zu lassen, ohne daß freilich der Major, seine Gemahlin und ihre Gäste die geringste Sympathie für soviel Aufwand und Kunst aufzubringen vermochten.
So schritt der Major, unterstützt von einigen Freunden, die auf einen so üblen Scherz besonders empfindsam reagierten, zur Tat. Der Marsch durch den Gang auf dem Weg zum Ausgang war lang und episch, wahrhaft unvergeßlich, Édio und Lev würden sich ihr Leben lang daran erinnern. Nackenhiebe, Fußtritte, Stöße und Stolpern. Dona Aurora hätte den beiden jungen Leuten am liebsten die Augen ausgekratzt; der Major begnügte sich jedoch damit, sie auf die Straße zu werfen, mitten hinein in das im Abenddunst ausharrende Volk, und auf die beiden hingestürzten Körper warf er die immer leiser klingende Säge.
Bei Vadinho und Mirandão ereignete sich nichts dergleichen; weder der Major noch Dona Aurora nährten den leisesten Verdacht. Der Zweierbund aß und trank vom Besten, Vadinho schwang ein Walzerbein nach dem anderen durch den Tanz-

saal, Mirandão fragte sich, ob er vielleicht aufstehen und in Chimbos Namen einen Trinkspruch auf den Herrn Major und Dona Aurora ausbringen solle. Er lächelte auf seinem Stuhl und hörte Dona Rozilda fragen, wer denn der junge Herr, der Tänzer ihrer Tochter, sei. Um eine größere Wirkung zu erzielen, antwortete er mit einer Frage:

»Hat der Herr Major ihn Ihnen nicht vorgestellt?«

»Nein, ich war im anderen Raum und sah ihn nicht ankommen.«

»Dann, verehrte Senhora, habe ich das Vergnügen, Sie aufzuklären. Es handelt sich um Dr. Waldomiro Guimarães, Neffen des Herrn Dr. Airton Guimarães, des Hilfsdelegierten, Neffen des Senators ...«

»Wollen Sie damit sagen, daß er der Neffe des Senators Guimarães, des so oft erwähnten ...?«

»Eben dieser, meine Verehrte. Der Regenmacher, die Meisterhand, der Meisterkopf, das Jesuskind der Politik, haargenau dieser, mein Patenonkel ...«

»Ihr Patenonkel?«

»Der Firmung. Und Großvater Vadinhos ...«

»Vadinho?«

»Das ist sein Spitzname, seit seiner Kindheit. Er ist der Lieblingsenkel des Senators.«

»Ist er Student?«

»Erwähnte ich nicht bereits, daß er Doktor ist? Diplomiert, meine gnädige Senhora, Rechtsanwalt, Beamter im Gouverneurskabinett, hoher Beamter der Stadtverwaltung, Kontrollbeamter ...«

»Der Konsumsteuer?« Diese Information übertraf Dona Rozildas kühnste Träume.

»Kontrollbeamter des Glücksspiels, meine Illustre.« Und fügte flüsternd hinzu: »Keine Kontrolle bringt mehr ein, ein Vermögen monatlich, von den Annehmlichkeiten gar nicht zu reden, hier und da ein Jetonchen ... Und überdies hat er sein Schäfchen im Kabinett des Gouverneurs längst ins trockene gebracht ...«

Eine Anwandlung von Großmut befiel ihn:
»Haben Sie nicht vielleicht einen armen Verwandten, der eine Stellung sucht? Gegebenenfalls brauchen Sie es nur zu sagen und mir seinen Namen zu nennen ...« Grundzufrieden mit sich selbst, atmete er tief auf und war nicht länger zu halten: »Sehen Sie, dort, wie er tanzt! Es würde mich nicht wundern, wenn er aus der nächsten Wahl als Abgeordneter hervorginge ...«
»Und dabei noch so jung ...«
»Was wollen Sie, Senhora? Er wurde in eine goldene Wiege hineingeboren, er hat einen silbernen Löffel gefunden, seine Schritte sind auf Rosen gebettet.« Mirandão fühlte sich in jener Ruhmesnacht als Dichter, am liebsten wollte er eine grandiose Stegreifrede vom Stapel lassen, die sogar Dona Aurora, dem Biest von Rio Vermelho, Tränen entlocken sollte.
Dona Rozilda preßte die winzigkleinen Augen zu, die gelbe Flamme des Ehrgeizes leuchtete auf ihrer Stirn, Joãozinho Navarro entlockte den Tasten einen kunstvoll verzierten Tango, Vadinho und Flor lächelten einander zu. Dona Rozilda erzitterte vor Erregung: so hatte sie nie das Gesicht der Tochter gesehen, und sie kannte es doch so gut. Und der junge Mann – so fragte sie sich –, war auch er getroffen und für immer geprägt? Auf Vadinhos Gesicht lag ein Anflug von Unschuld, von Arglosigkeit, Aufrichtigkeit; Dona Rozilda war ergriffen. Ah, wundertätiger Herr Jesus von Bonfim, war das etwa der reiche, bedeutende Schwiegersohn, den die Himmel ihr bestimmt hatten? Noch reicher und bedeutender als der Paraenser Pedro Borges mit seinen Léguas Ländereien und Flüssen, seinen Dutzenden von Untergebenen. Ein Schwiegersohn, der der Enkel eines Senators war und der Regierung nahestand: »Ach, meine Unsere Heilige Jungfrau von Capistóla, hilf mir! Schenke mir, lieber Herr Jesus von Bonfim, die Gnade dieses Wunders, und ich will barfuß die Prozession der Waschung begleiten, will Blumen und ein Krüglein frisches Wasser mitnehmen.«
Der Major näherte sich, Dona Rozilda dankte Mirandão, ging

auf den Hausherrn zu, deutete auf die Gruppe, die, bestehend aus Vadinho und Flor, Dona Lita und Pôrto, in einer Ecke des Saales stand. Mirandão beobachtete das Manöver der alten Hippe, gab sich einen Ruck, stand gleichfalls auf und schritt zum Buffet, um sich ein Glas Bier zu genehmigen. Dona Rozilda bat den Major:

»Herr Major, stellen Sie mir doch bitte jenen jungen Mann vor ...«

»Kennen Sie ihn noch nicht? Er ist doch ein Verwandter von Dr. Airton Guimarães, des Hilfsdelegierten, meines Busenfreundes ...« Er lächelte eitel und fügte hinzu: »Chimbo für die Eingeweihten ... Er hat selbst zu mir gesagt: ›Pergentino, nenn mich Chimbo, wir sind doch Freunde, oder nicht?‹ Ein Mensch ohne Torheiten, ein Mann von echtem Schrot und Korn. Er hat mir einen Riesengefallen getan ...« Er sprach zu allen und brüstete sich mit der Freundschaft des Delegierten.

Dona Flor drückte die Hand des jungen Mannes.

»Mutter, Dr. Waldomiro ...«

»Vadinho für Freunde ...«

»Dr. Waldomiro lebt im Schatten unseres hervorragenden Chefs, des Gouverneurs. Er arbeitet in seinem Kabinett ...«

»Der Herr Gouverneur schätzt Sie über alles, Herr Major. Noch heute sagte er zu mir: ›Geben Sie meinem Freund Pergentino ein *Abraço*, er ist mein Busenfreund‹ ...«

Der Major blickte glückselig drein:

»Vielen Dank, Herr Doktor ...«

Pôrto, den soviel Palastvertrautheit ein wenig einschüchterte, bemerkte:

»Ein Haufen Verantwortung ... Aber zugleich viel Ansehen ...«

Vadinho tat bescheiden:

»Unsinn ... Ich weiß noch gar nicht, ob ich im Palast bleiben werde ...«

»Und warum nicht?« wollte Dona Lita wissen.

»Mein Großvater ...«, sagte Vadinho vertraulich. »Der Senator ...«

»Senator Guimarães . . .«, betete leise Dona Rozilda.

Vadinho lächelte ihr zu, eine Aura der Lauterkeit umstrahlte sein Gesicht, schwermütig lächelte er Flor, die Wunderschöne, an:

»Mein Großvater wünscht, daß ich nach Rio gehe, dort hat er mir einen Posten angeboten . . .«

»Und werden Sie annehmen?« Flor verging mit öligen Augen.

»Hier hält mich nichts . . . Niemand . . . Ich bin so allein . . .«

Flor seufzte:

»So allein wie ich . . .«

Vom Eßzimmer aus wurde der Major verlangt, er hatte keine ruhige Minute, er mußte sich seinen Gästen widmen, er war ein vollkommener Gastgeber. Gleich darauf erschien jemand und schlug in die Hände, bat um Stillschweigen, Herr Dr. Miranda wollte ein Wohl auf die Dame und den Herrn des Hauses ausbringen. Man hörte eine Flasche Champagner knallen, der Korken sprang an die Zimmerdecke.

Lächelnd näherten Vadinho und Flor sich dem Festredner. »Eine Rede von Mirandão«, meinte Vadinho, »darf man nicht verpassen.« Als Dona Rozilda die beiden jungen Leute abziehen sah, sagte sie klopfenden Herzens zu Dona Lita und Thales Pôrto:

»Ist das nicht ein vollkommenes Paar? Sehen sie nicht aus wie füreinander geboren? Wenn es nur Gott gefiele . . .«

»Na hör doch mal, meine Beste! Die beiden haben sich erst vor einer Stunde kennengelernt, und schon willst du eine Ehe stiften!« Lita wiegte den Kopf, ihre Schwester drehte wirklich langsam durch mit ihrer Sucht nach einem reichen Anwärter.

Dona Rozilda drückte die magere Brust heraus, anmaßend musterte sie die Pessimistin. Vom Eßzimmer tönte voll und bierschwanger die Stimme des Redners herüber, wie er seinen Gruß und Trinkspruch ausbrachte. Dorthin lenkte hoffnungsvoll die Witwe ihre Schritte. Beifallsklatschen begrüßte einen glücklichen Satz Mirandãos, und unerschrocken fuhr er fort:

»In die unsterblichen Seiten der Geschichte, meine Damen und Herren, wird in goldfunkelnden Lettern der ehrwürdige Name des Herrn Majors Pergentino eingeschrieben stehen. Der Name eines Bürgers von exponentiellen Tugenden (seine Stimme bebte beim Aussprechen des hübschen Eigenschaftswortes) und der Name seiner edelsten Frau Gemahlin, diese Zierde der Gesellschaft unserer guten Erde, Dona Aurora, ein Engel ... Ja, meine Herren und meine Damen, ein Engel von makellosen (und er wiederholte mit singender Stimme ›makellosen‹) Eigenschaften, eine ergebene Gattin, eine Jungfrau aus Bronze ...«

Im Mittelpunkt des Saales schlug Mirandão, der Schwarzgast, mit erhobener Hand, die den Kelch mit Champagner hielt, Gäste und Hausherrn in Bann, alle waren gefesselt von seiner Beredsamkeit. Der Major lächelte glückselig; seine ergebene Gattin, die Jungfrau aus Bronze, senkte ergriffen die Augen, nie hatte ihr Fest solche Höhen des Triumphes erklommen.

»... Dona Aurora, liebenswürdiges Wesen, Heilige, heiligstes Geschöpf ...«

Tränen brannten in ihren Augen.

9

Flors und Vadinhos Liebelei mündete unmittelbar in die Ehe, denn eine Verlobungszeit gab es nicht, wie man alsbald feststellen wird, anhand von Ursache und Wirkung dieser Anomalie, die das übliche Ritual aller selbstbewußten Familien durchbrach. Eine übrigens in zwei verschiedene Etappen aufgeteilte Liebelei, von denen jede ihre eigenen Merkmale aufwies. Die erste friedlich und heiter, ganz blau und rosafarben, weit geöffneter Himmel, ein wahres Fest, allgemeine Harmonie. Die zweite wirr und verfolgt, heimlich, vitriol- und haßfarben, die Hölle auf Erden, Böswilligkeit, Abscheu, die offene Kriegserklärung. Während der ersten Phase war Dona Rozilda vor lauter Liebenswürdigkeit nicht wiederzuerkennen; tätig und ergeben tat sie das Ihre zum Gelingen des Idylls. Dann aber erlebte man eine Dona Rozilda, die Schmähungen schäumte, Groll und Rache – ein vielleicht malerisches, aber wenig einnehmendes Schauspiel –, bereit, alle Mittel einzusetzen, um die Ehe ihrer Tochter mit jenem abscheulichen Subjekt – »ein Wurm, eine Pustel, eine Eiterlache« – zu vereiteln. All diese Fäulnis war nun Vadinho, noch kurz vorher der vollkommenste Junggeselle Bahias, der ideale Anwärter, schön und sympathisch, ein großzügiges Herz, eine Perle von jungem Mann, ein makelloser diamantener Charakter.

Zwei Monate lang lebte Dona Rozilda glücklich in der fröhlichen Täuschung, die aus Mirandãos beim Majorsfest in Szene gesetzter und dank unvorhergesehener Umstände gelungener und glücklich entwickelter Mär entstanden war, zwei denkwürdige Monate, während deren sie die ganze Steilgasse des Alvo und der Umgebung, angefangen bei der Negerin Juventina mit ihrem Getue einer Dame bis zum Doktor Carlos Passos mit seinen wohlhabenden Klienten, mit Füßen trat. Sie protzte mit ihrer einflußreichen Stellung, mit ihrer nahen Beziehung zu Regierungskreisen, den gehobenen Schichten, mit ihrem vertraulichen Umgang mit der von Vadinho verkörperten Macht. Vor allem aber stellte sie den jungen Verehrer ihrer Tochter zur Schau mit seiner windigen Eleganz, seiner Zungenfertigkeit, seinem Geschwafel, seiner Angeberei. Vadinho kam ihr wie ein Jesuskind vor, er war ihr ein und alles. Für ihn war nichts gut genug, und Dona Rozilda überbot sich im Eifer, ihm zu Gefallen zu sein, den jungen Mann zu gewinnen, ihn an sich zu ketten.

Um Dona Rozilda in völliger Blindheit und Ahnungslosigkeit zu wiegen, trug ein sonderbares Mißverständnis maßgebend bei. Zu Flors Freundinnen zählte eine arme Schulfreundin namens Célia, die nicht nur arm, sondern auch verkrüppelt war. Unter harten Entbehrungen, »am Rande des Nachttopfes nagend«, wie Dona Rozilda zusammenfaßte, absolvierte sie die Oberschule und bestand die Lehrerinnenprüfung. Anwärterin auf eine Stelle im staatlichen Volksschuldienst, kämpfte sie monatelang um eine solche, ohne überhaupt vom Schuldirektor vorgelassen zu werden. Dona Rozilda schätzte sie und nahm sich ihrer an. Vielleicht deshalb, weil Flor und sie neben dem Mädchen in seinem Unglück und seiner Bescheidenheit vornehm und wohlhabend wirkten. Aufmerksam hörte sie zu, als die Lahme über das Leben und die Großen der Welt klagte, kein gutes Haar an den Beamten ließ und schmutzige Einzelheiten jener »Blutsauger der Erziehung« zwischen ihren verfärbten faulen Zähnen hervorzischte. Dort wurden nur die zu Lehrerinnen ernannt, die sich anboten, die bereit waren, abends nach Amarelina, Pituba, Itapoã zu intimen kleinen Festen mitzufahren – die reinsten Bordellschwestern! Ein anständiges junges Mädchen hatte keine Chance, die konnte auf den Lederstühlen der Vorzimmer vermuffen. Vor lauter Vermuffen war Célia ein pikantes Lexikon bösartiger Anekdoten über Beamte und Abteilungsleiter geworden, nicht zu reden vom Direktor des Unterrichtswesens, einer Art unsichtbaren grauen Eminenz, über welche die abgewiesene Bittstellerin indessen alles wußte: Gewohnheiten, Besitz, Gelüste, Gattin, Kinder, Geliebte; nichts war ihr verborgen geblieben. Und doch war sie nie von ihm empfangen worden, nie hatte sie ihm ihren traurigen Fall vortragen können.

Nun ergab es sich, daß die verzweifelte Lehrerin in den allerersten Tagen von Flors Liebelei an einem bestimmten Abend – der Termin für die Ernennung neuer Erzieherinnen lief in jener Woche ab – Vadinho im Hause Flors traf und ihm vorgestellt wurde. Dona Rozilda hätte das junge Mädchen gerne beschäftigt gesehen und noch lieber vor der Nachbarschaft das Prestige des jungen Mannes, ihres zukünftigen Schwiegersohns, herausgestrichen, der Stellungen besorgen konnte und in der Staatsverwaltung mitzureden hatte. Eine Geltung, die sie, Dona Rozilda, nach Belieben nutzen konnte.

Zweifelsohne war die Witwe in ein Netz von Irrtümern über die Persönlichkeit des ihre Tochter umgarnenden Taugenichts verstrickt, aber einen Irrtum beging sie nicht, als sie bei der

Schilderung seines makellosen Charakters vor ihren Bekannten sein gutes Herz rühmte: Vadinho fand jedes Leiden ungerecht und widerwärtig. Kaum hatte daher Dona Rozilda ihm Célias Geschichte erzählt und dabei Einzelheiten dramatisiert, ihre Verkrüppelung hervorgehoben (»Selbst wenn sie gewollt hätte, sie hätte die lüsternen Einladungen der Ministeriums-Kanaillen nicht annehmen können, dafür fehlten ihr die Vorbedingungen«), die ihr zugestoßenen Ungerechtigkeiten übertrieben, den Hunger des jungen Mädchens und ihrer fünf Geschwister, ihrer rheumatischen Mutter und ihres Nachtwächtervaters vervielfältigt, als Vadinho Mitleid bekam und sich zu ihrem Fürsprecher machte. Ehrlich entschlossen, das Problem bei seinen Spielkumpanen, von denen etliche über einigen Einfluß verfügten, zur Sprache zu bringen, schwor er Dona Rozilda und Flor glühend, gleich am kommenden Vormittag werde er beim Gouverneur während der Stunde der Erlässe und Unterschriften durchsetzen, daß die unberücksichtigte Lehrerin vom Direktor des Schulwesens unverzüglich ein Lehramt zugewiesen bekomme. Es sollte kein zweiter Tag vergehen: Célia sollte am Nachmittag beim Verwaltungsamt vorsprechen und den Direktor verlangen, Lehrauftrag und Lehrantritt seien eine ausgemachte Sache.
»Überlassen Sie alles mir . . .«
»Überlasse alles ihm . . .«, wiederholte Dona Rozilda.
Flor sagte nichts und lächelte nur, es war ihr gleichgültig, ob Vadinho den Ruf zu Recht genoß oder nicht, sie hätte vorgezogen, er wäre weniger einflußreich und daher weniger beschäftigt gewesen. Denn er ließ sich tagelang nicht blicken, kam nicht zum Plaudern an den Hauseingang, und wenn er kam, brachte er ein übernächtigtes, verschwiemeltes Gesicht mit von den schlaflosen Nächten, in denen er mit dem Gouverneur Erlässe bearbeitet hatte. Vadinho ließ sich den vollständigen Namen der Kandidatin und alle notwendigen Daten geben. Wieder einmal schrieb Célia all die kalte Literatur auf ein Stück Papier, und zwar ohne große Hoffnung: allzu oft hatte sie das schon getan. Sie hatte zahllose Anträge ge-

stellt, zahllose Empfehlungen bekommen und nie einen Erfolg gesehen. Warum sollte ausgerechnet der ihr plötzlich eine Anstellung besorgen können? Hatte doch sogar Pater Barbosa ihr eine Visitenkarte für den Herrn Direktor mitgegeben, und wenn ein Priester nichts erreichte, dann konnte es Flors Stutzer noch viel weniger; hatte der erste sein Prestige einbüßen müssen, damit dieses Filou es gewinnen konnte? Dieser Bursche kam ihr nicht geheuer vor, sie sah es gleich an seiner übernächtigten Visage. Célia hatte Skepsis und Bitterkeit angesammelt in der Zeit, als sie ihr lahmes Bein durch die feindseligen Amtszimmer der Unterrichtsverwaltung schleppte. Das Glück der anderen hatte sie nicht weicher gemacht, nicht einmal das jener seltenen Kolleginnen, die ihr aus Mitleid mit ihrem Los helfen wollten. Ihr Herz war trocken und dürr, und als sie die Namen von Vater und Mutter niederkritzelte, das Datum ihrer Geburt und das ihrer Abschlußprüfung, tat sie es in der Gewißheit, nur Zeit und Mühe zu vergeuden, der Lump würde sicherlich nichts unternehmen, sie war diese aufgeblasenen Schwächlinge leid: leere Versprechungen machen war allzu leicht. Doch was sollte sie tun? Dona Rozilda war aus dem Häuschen über den Angeber, Dr. Waldomiro hin, Dr. Waldomiro her, und sie, Célia, würde sich an die alte Aufschneiderin halten müssen. Was diesen Knaben betraf, so genügte ein Blick auf sein Gesicht, um zu wissen, worauf er abzielte: Flors unberührte Reize auszukosten und dann das Weite zu suchen, zu verschwinden ohne gute Wünsche und Wiedersehen.

Célia war ungerecht gegen Vadinho, denn ihr zuliebe klapperte er in jener Nacht sämtliche Spielhöllen ab, und zwar mit doppeltem Pech: er verlor alles, was er in der Tasche hatte, und traf keinen einzigen wichtigen Bekannten, dem er das Drama der Lehrerin hätte vortragen und den er um Hilfe für sie hätte angehen können. Nicht einmal Giovanni Guimarães, nicht mal Mirabeau Sampaio, nicht seinen Namensvetter Waldomiro Lins, keiner von ihnen trat in Erscheinung, als hätten sich alle seine einflußreichen Bekannten zurückgezogen und Roulett, Bakkarat, das ›Große‹ und das ›Kleine‹, ›Ronde‹, ›Einundzwanzig‹ aufgegeben. Vadinho trieb sich die ganze Nacht umher, und die einzige illustre Figur, die sich blicken ließ, war Mirandão, mit dem er eine fabelhafte Sarapatél-Fleischsuppe im Hause Andrezas, der Tochter Oxuns und Gevatterin des Landwirtschaftsstudenten, zu Abend aß.

»Die Dingsda ist wirklich ein Pechvogel ...«, warf Vadinho hin, während er den Fall Mirandão auf dem Weg zur Baracke der Oxun-Negerin erzählte. »Erstens hat sie ein kurzes Bein, zweitens ist sie knochendürr und zu allem Überfluß von einer einzigen Pechsträhne verfolgt.«

Mirandão empfahl Vadinho, sich nicht zu grämen: es gab eben Menschen, die waren mit dem Pech verschwägert, es lohnte sich nicht, ihnen zu Hilfe zu eilen. Überdies raubten Sorgen einem den Appetit, und Andrezas Fleischsuppe war eine Wucht und wurde sogar gepriesen von Dr. Godofredo Filho, einer Autorität auf diesem Gebiet. Vadinho sollte die leidige Sache auf den nächsten Tag verschieben. Schließlich habe der Quälgeist schon so lange gewartet, wegen eines Tages mehr oder weniger würde sie sich auch nicht gleich umbringen. Was aber die Fleischsuppe seiner Gevatterin Andreza betraf, wie lautete noch der Vers von Meister Godofredo?

Wen sie am Tisch der Heiligentochter trafen, war niemand anderes als der Dichter Godofredo, der Andrezas Gericht alle Ehre erwies, ohne mit Lob auf die Würze und die Köchin zu geizen; sie war ein Prachtstück von einer Negerin, eine Königspalme, Morgenbrise, ein Schiffsbug. Andreza lächelte mit all ihrem Stolz und ihrer Königinnenwürde und zerstampfte Pfeffer für die Sauce.

»Sieh mal an, wer da sitzt!« grüßte Mirandão. »Mein unsterblicher Meister, betrachte mich als einen Knienden vor deiner Geistigkeit!«

»Wir knien alle vor diesem göttlichen Sarapatél«, lachte der Poet und drückte den beiden jungen Männern die Hand.

Man setzte sich, und sogleich fiel Andreza Vadinhos bedrückte

Miene auf. Er, immer so fröhlich und schelmisch, voller Fürwitz und Schläue, was für eine Laus war ihm über die Leber gelaufen? Erzähl, mein Heiliger, wasch deine Seele, spuck deinen Verdruß aus. Andreza, ganz in Gelb, mit Spangen an Armen und Hals, war Oxun in Person und überbot sich selbst an Geschmeidigkeit und Herrlichkeit. Erzähl, mein Weiser, sei nicht so verstört, deine Negerin ist da, um zu hören und zu trösten.

Sie saßen an der mit einer nach Patschuli duftenden Tischdecke geschmückten Tafel, der Fußboden roch nach Pitangablättern, beim Sarapatél und dem reinsten Zuckerrohrschnaps von Santo Amaro. Vadinho spulte den Rosenkranz all der Mißlichkeiten ab, an denen die Volksschullehrerin, das ärmste Huhn, litt. Am Kopfende des Tisches fühlte Andreza sich ergriffen von dem Bericht und preßte die Hand auf die keuchende Brust – das ärmste Kindchen mit seinem verkrüppelten Bein und seinem Hunger, mit seinem Arbeitsdrang und dabei arbeitslos! Ob Godo, dessen Name ständig in den Zeitungen stand, ob dieser hohe Staatsbeamte nicht ein Wörtchen für die Ärmste einlegen konnte? Andrezas Lippen zitterten, als sie so flehte; Vadinho hatte recht, wie konnte man fröhlich sein, wenn jemand litt und ein so hartes Leben hatte? Warum mußte sie diese häßliche Geschichte mit anhören? Nun konnte sie nicht wieder lächeln, bevor sie nicht das Mädchen im Schuldienst wußte. Der Dichter Godofredo versprach, etwas zu unternehmen, vielleicht würde er bereits etwas erreicht haben, wenn die junge Lehrerin wieder in die Schulverwaltung pilgerte. Gleich am nächsten Tag ... Nein, noch am selben Nachmittag, denn es war fast Morgen, so hatte Vadinho ihr aufgetragen. Sie sollte ruhig hingehen, Godofredo würde sich für sie verwenden. Dabei erzählte er nicht, daß er ein naher Verwandter und Busenfreund des Direktors des Schulwesens war, für den seine Bitte Befehl sein würde. Der Poet machte ungern Aufhebens von sich und veröffentlichte auch seine Gedichte nur von Zeit zu Zeit. Er wollte Andreza nur ihr Lächeln zurückschenken.

Als am darauffolgenden Nachmittag Célia betrübt, aber beharrlich ihr kurzes Bein die Stufen hinaufschleppte und das Vorzimmer des Direktors betrat, wie groß war ihre Überraschung, als sie von dem früher so wortkargen, spröden Sekretär seiner Exzellenz mit warmer Ungeduld begrüßt wurde:

»Dona Célia, ich erwarte Sie. Meinen Glückwunsch, Ihre Ernennung ist bereits erfolgt und unterzeichnet . . .«

»Wie?« Die Lehrerin begann zu zittern. »Was?«

Der Sekretär wurde immer liebenswürdiger, ja vertraulich:

»Ich sage es Ihnen . . . Es war das erste, was der Herr Direktor heute morgen erledigt hat . . . Jemand sehr Hohes hat sicherlich Order gegeben. Eine der letzten Freistellen, und alle bereits reserviert . . . Wollen Sie meinen Rat? Stellen Sie sich gleich vor und verlieren Sie keine Minute.«

Sie stellte sich vor, trat ihren Dienst an, versammelte ihre magere Familie und pilgerte in den ersten Stock der Alvo-Steige, um sich zu bedanken. »Jemand sehr Hohes«, erzählte sie; und Dona Rozilda wiederholte die Worte und ließ sie über die Zunge gleiten, sie hatten einen köstlichen Geschmack, sie füllten den Mund, sie schmeckten nach Macht. Célia zitterte vor Genugtuung: eine so rasche Ernennung, ein so überwältigendes Ergebnis hatte sie nicht erwartet. So eilig und prompt konnte nur die unmittelbare Anweisung des Gouverneurs gewirkt haben. Des Gouverneurs, mein Kind, und keines anderen, Vadinho war wirklich der Mann, der in der Regierung Befehle erteilte und widerrief.

Die Nachricht eilte wie ein Feuerwerk durch die Steilgasse, und als Vadinho abends erschien in der Hoffnung, Auge in Auge mit Flor zu sein, im dunklen Treppenhaus, wurde er von der Nachbarschaft fast jubelnd begrüßt. Er war überrascht von dem Dank, den Umarmungen und Preisungen. Dona Rozilda überbot sich hysterisch in Lobeshymnen. Der junge Mann hatte den ganzen Tag verschlafen und das Mißgeschick der erfolglosen Anwärterin so gut wie vergessen. »Oh!« sagte er, »das ist nicht der Rede wert, Sie schulden mir wirklich keinen Dank, ich bitte Sie!«

Der Dichter hatte sein Versprechen gehalten, und zwar eher Andreza zuliebe als ihm, Vadinho. Doch wie soll man die Wahrheit erklären, den Faden der Handlung entwirren? Nie würden Dona Rozilda und ihre Nachbarn, nie würde die verbitterte Lehrerin und ihre ausgedörrte, unappetitliche Sippe je die verschlungenen Pfade begreifen, welche die Welt und die Menschen einschlagen, nie würden sie glauben, daß Célia ihre Ernennung einer schwarzen Köchin verdankte, die noch viel ärmer war als sie, die fröhlich in einer Holzhütte am Meeressaum von Bubenwasser hauste und Mittagessen für Fischsegler und Stauer kochte, die schwarze Andreza von Oxun.

Der Ruhm reiste, und es regnete Bittgesuche. Ernennung zur Volksschullehrerin erflehten nicht weniger als acht in weniger als einer Woche. Vom Straßenbahner bis zum Einkommensteuereinnehmer fehlte es nicht an Anwärtern, die Dona Rozilda Honig um den Bart schmierten, die an der Haustür des zweistöckigen Hauses der Alvo-Steige in die Hände klatschten. Selbst für einen Sakristan an der Empfängnis-Kirche-am-Strand, sogar für diesen kamen Bittsteller. Nicht einmal wenn Vadinho zugleich Erzbischof und Gouverneur gewesen wäre, hätte er all den Gesuchen gerecht zu werden vermocht.

10

Dona Rozilda berührte die Gipfel der Macht, sie kostete den unvergleichlichen Geschmack des Ruhms, Vadinho befühlte im dunklen Treppenhaus Flors harte Brüste, er kostete den unvergleichlichen Geschmack des scheuen, durstigen Mädchenmundes und biß in ihre Lippen. Eine kaum geahnte Welt verbotener Freuden enthüllte sich ihm, an jedem Abend eroberte er eine neue Parzelle ihres Widerstandes und ihres Körpers, ihrer Scham und ihrer verborgenen Erregung. Begierde verzehrte sie wie loderndes Feuer, Glut brannte in ihrem Leib, doch Flor versuchte sich zu beherrschen und zu bezwingen. Trotzdem fühlte sie sich von Tag zu Tag weniger Herrin ihres Willens, ihre Sicherheit ließ nach, ihre Beherrschung erlahmte, und sie wurde die gefügige Sklavin des verwegenen jungen Mannes, der sich fast ihres ganzen in heillosem Fieber glühenden Körpers bemächtigt hatte.

Unverschämter Vadinho! Er hatte ihr nicht seine Liebe erklärt, hatte sie nicht mit leidenschaftlichen Gefühlen bestürmt, hatte sie nicht einmal um die Erlaubnis gebeten, ihr den Hof machen zu dürfen. Statt poetischer Worte, statt liebenswerter Wendungen vernahm sie nur anzügliche Andeutungen. Als er mit Flor die Alvo-Steilgasse hinaufging und das Schild der Kochschule las, murmelte der Schamlose ihr mit dem Unterton eines Romantikers, der eine harmlose Artigkeit sagt, ins Ohr:

»Kochschule Geschmack und Kunst ...« Er wiederholte: »Geschmack und Kunst ...« Dann senkte er die Stimme und ließ sein Bärtchen über das Mädchenohr streifen: »Ah! Ich will Geschmackundkunst ...« Das war nicht nur ein geschmackloses Wortspiel, sondern auch die freimütige Ankündigung seiner Absichten, eine unverblümte Erklärung, ein eindeutiges Programm.

Flor hatte nie eine von allen anderen so verschiedene Liebschaft erlebt, sie hatte sich auch nie eingebildet, daß man so lieben könne. Warum hatte sie ihm nicht auf der Stelle den Laufpaß gegeben?

Flor war keine jener verdorbenen Fenstersteherinnen, keine von denen, die an Straßenecken oder auf Treppenvorplätzen hinter Haustüren poussierten. Keiner der jungen Lümmel hatte bei ihr mehr erreicht als einen flüchtigen Kuß. Pedro Borges hatte ihr sogar nur das Gesicht gestreichelt; Vertraulichkeiten ließ sie sich nicht gefallen. Es brauchte ein Verwegener nur die Hand auszustrecken und sie berühren zu wollen, und Flor empörte sich und wies ihn ab, wie um sich ganz für den aufzusparen, den sie wahrhaft lieben würde. Dem, ja, dem würde sie nichts verweigern, und dieser einzige war Vadinho; das war auch der Grund, warum sie ihm nicht unverzüglich den Laufpaß gegeben hatte wie den anderen.

Sie wies ihn nicht einmal beim ersten Vorstoß ab, obgleich sie sich nur wenige Stunden kannten, denn dieses erste Mal geschah am Sonntag des Karnevalsbeginns, am Tag nach dem Majorsfest. Mit einer Gruppe von Freundinnen war Flor ausgegangen, um die Karnevalsblocks anzusehen; plötzlich stand Vadinho vor ihr und sprach sie an. Die anderen zogen sich kichernd zurück, sicherlich war die Stunde der unerläßlichen Erklärung gekommen (einer mehr oder minder heftigen und zugleich blumigen Erklärung in Übereinstimmung mit Ader und Gemütsart des Anwärters; schüchterne Bewerber unternahmen dergleichen lieber in Briefen und griffen notfalls auf die Hilfe des Handbuchs *Sekretär für Liebende* zurück). Sie hatten sich sogar über das Ungestüm des jungen Mannes ausgelassen: dieser war den ganzen Abend nicht mehr von Flors Seite gewichen und ihr dauernder Tanzpartner gewesen. Nun würde er sich erklären, es war ein ernster Augenblick: es galt für das Mädchen entweder sofort ›ja‹ zu sagen oder sich Bedenkzeit zu erbitten, vierundzwanzig Stunden im allgemeinen. Flor hatte den Freundinnen ihre Absicht mitgeteilt, Vadinho einige Tage zappeln zu lassen, aber die anderen meldeten Zweifel an: würde sie soviel Mut aufbringen? Er ließ sich jedoch zu keiner wie auch immer gearteten Erklärung herbei, unbeschwert kreiste die Unterhaltung um verschiedene Belanglosigkeiten, dieser Vadinho war wahrhaftig ein Schaumschläger. Zwei einander herausfordernde Karnevalsblocks standen sich vor der Sankt-Anna-Kirche gegenüber, und das Gedränge der herbeieilenden Menschenmenge nutzend, drückte er sie von hinten an sich, legte die Hände auf ihre Brüste und küßte sie begehrlich auf den Nacken. Sie zitterte nur, schloß halb die Augen und ließ, halbtot vor Angst und Seligkeit, alles geschehen. Die ersten Tage dieser Verliebtheit ohne formelle Erklärung und ohne formelle Einwilligung waren unvergeßlich.

Jedes Jahr im Sommer anläßlich der Festlichkeiten des Stadtviertels verbrachte Flor einige Zeit bei Onkel und Tante, denen sie innig zugetan war. Im Februar war die Kochschule geschlossen.

Am 2. Februar nahm sie an der Yemanjá-Geschenk-Prozession teil, wenn die Fischsegler, beladen mit Blumen und Gaben für Dona Janaína, die Mutter der Gewässer, des Sturms, der Fischerei, des Lebens und des Todes auf dem Meer, die Wellen durchpflügten. Sie schenkte ihr einen Kamm, ein Fläschchen mit Parfüm, einen Phantasiering. Yemanjá wohnt in Rio Vermelho, ihr Pejí steht auf einer Landzunge, die ins Meer vorstößt.

Mit den jungen Mädchen des Stadtviertels verlebte sie eine festfrohe Zeit: vormittags wurde im Meer gebadet, nachmittags schlenderte man zum Leuchtturm der Barre und nach Amarelina, manchmal ging es auch bis nach Pituba; die Vorbereitungen und die Proben auf dem Karnevalssteg waren eine fröhliche Arbeit; es gab Picknicks auf der Insel Itapoã, im Haus des Doktors Natal, eines mit Onkel Pôrto befreundeten Arztes, oder an der Lagune Abaeté mit Gitarrenspiel und Gesang; Konfettischlachten wurden geschlagen. Abends unternahm die Jugend einen Bummel auf dem Sankt-Anna-Platz oder in Mariquita zwischen bunten Baracken, sofern keine Tanzereien in Privathäusern auf dem Programm standen oder die jungen Leute irgendeinen Besuchssalon für ein Stegreiftänzchen mit Beschlag belegten.

Pôrtos von Kletterpflanzen und Akazien gerahmtes Haus stand an der Papageien-Steige, und sonntags zog der Onkel unweigerlich mit einem anderen Liebhaber der Malerei, einem Bewohner des Sankt-Anna-Platzes, auf Motivsuche aus, einem erzschüchternen Sergipaner, einem gewissen José de Dome, und beide zeichneten Häuser und Landschaften. Zwei Jahre vorher, als Rosália und Antônio Morais nach Rio verzogen waren, hatte sich in der plötzlich vereinsamten, traurigen Flor eine vage Neigung zu dem Maler zu regen begonnen, einem bereits reifen Mann, der mit seinen rund vierzig Jahren zwar jünger aussah, aber ein starrer, trockner Caboclo war. So schlug er ihr eines Tages, seine große Schüchternheit überwindend, vor, ihr Porträt zu malen, und begann ein Bild in stechenden Tönen von Ocker und Gelb, auf dem Flors matte

Hautfarbe ganz verklärt erschien. »So was Verrücktes, reiner Blödsinn, übrigens ist der Dingsda bescheuert«, folgerte bündig Dona Rozilda, deren Kunstverstand nicht über bunte Kalenderblättchen hinausging, als sie den Ausbruch von Farbe und Licht sah. José de Dome malte das Bild nie zu Ende. Dazu fehlte die Zeit, denn Flor kehrte in die Alvo-Steilstraße zurück, und wenn sie auch versprach, ihm an Sonntagen zu sitzen, so kam es doch nie dazu; denn auch sie verstand die Malerei des Sergipaners nicht. Dafür hatten es ihr aber sein Lächeln und seine Einsamkeit angetan. Doch diese Empfindung erwärmte sich nie zur Verliebtheit, da langes Stillschweigen und kurzes Lächeln in den Stunden des Sitzens noch nicht Liebelei genannt zu werden verdient. So ging ihr Gefühl nicht über jene flüchtige Zuneigung hinaus, die nur die Tage des Sommeraufenthalts anhielt und die Befangenheit des Künstlers nicht zu durchbrechen vermochte. Als sie wieder nach Rio Vermelho kam, fand sie den Freund des Onkels ihr wieder ebenso herzlich zugetan, doch der Zauber jener vergangenen Ferien war verflogen, es war, als wäre nie etwas zwischen ihnen gewesen. Was das unfertige Porträt betrifft, so hängt es bis heute im Atelier des Malers im dritten Stock eines alten geräumigen Hauses an der Ecke des Sankt-Anna-Platzes; wer will, kann es besichtigen, er braucht sich nur ein Herz zu nehmen und die wurmstichige Treppe zu erklimmen.

Wie anders war es mit Vadinho! . . . Als risse eine unbezähmbare Lawine sie mit, beherrschte er sie, bestimmte er ihr Schicksal. Flor begriff am Ende jener vollkommenen, zu rasch vergangenen Tage von Rio Vermelho, daß sie nicht mehr ohne die Scherzbereitschaft, die Fröhlichkeit, die verrückte Gegenwart des jungen Mannes leben konnte. Und sie tat alles, worum er bat: auf den kleinen Tanzereien tanzte sie mit keinem anderen, Hand in Hand schlenderten sie durch die Kirmes des kleinen Platzes, dann zum dunklen Strand hinunter, um sich im Nachtdunkel besser küssen zu können, wie er vorgeschlagen hatte; schaudernd fühlte sie seine liebkosende Hand unter ihrem Kleid über Hüften und Schenkel gleiten. Dona Rozilda, wer hätte sie je für so demokratisch, für so entgegenkommend gehalten? Sie schloß dem offensichtlichen Mißbrauch dieser dermaßen haltlosen und unüberwachten Liebschaft gegenüber so fest die Augen, daß die sonst wenig zum Murren neigende Tante Lita ihr Befremden bekundete:

»Findest du nicht, Rozilda, daß Flor es mit diesem jungen Mann etwas zu weit treibt? Sie gehen zusammen aus, als wären sie verlobt, und es sieht kaum so aus, als hätten sie sich erst neulich kennengelernt . . .«

Dona Rozilda reagierte wütend und streitsüchtig:

»Ich weiß nicht, was zum Teufel ihr, du und dein Mann, gegen Vadinho habt . . . Nur weil der junge Mann reich ist und eine hervorragende Stellung bekleidet, wird sofort getuschelt. Ich möchte wirklich wissen, warum ihr so gegen ihn hetzt . . . Bei dem dreckigen armen Schlucker, der den Maler spielte, wart ihr ganz aus dem Häuschen, und wenn es auf euch angekommen wäre, hättet ihr sofort den Taschenaltar angeschleppt, als wäre es mein innigster Wunsch gewesen, meine Tochter diesem Mistkäfer ins Bett zu legen. Bei Vadinho hingegen kommen euch nur niederträchtige Gedanken. Ich finde nicht, daß er die Verliebtheit übertreibt, Flor ist ja heiratsfähig, und wenn der Herr Jesus von Bonfim meine Gebete erhört hat und mir eine Partie wie diese ins Haus schickt, fängst du mit Pôrto an zu zetern und findest plötzlich ein Haar in der Suppe . . . Laß mich zufrieden, Weib, und geh . . .«

»Ich finde überhaupt nichts, meine Heilige, geh du! Ich habe mir nur erlaubt, meine Ansicht zu sagen . . . Denn sonst zierst du dich immer furchtbar und bist voller Rühr-mich-nicht-an. Es braucht nur ein junges Mädchen allein mit einem jungen Mann auszugehen, und schon schimpfst du sie eine Verirrte und Verlorene . . . Nun aber hast du das Wasser mit dem Feuer vertauscht und läßt die Kleine laufen . . .«

»Du hältst sie also für eine Verlorene? Das also findest du? Sag's doch gleich . . .«

»Ach, Rozilda, du weißt genau, daß ich das nicht gesagt habe . . .«

Dona Rozilda beendete die Diskussion:
»Ich weiß, was ich tue, sie ist meine Tochter, und so Gott will, heiraten sie noch dieses Jahr ...«
»Möge es so sein, so Gott will ...«
»Möge es so sein? Es wird so sein, und zwar mit Sicherheit ... Komm mir bloß nicht mit solchem Singsang, ihr habt einfach etwas gegen Vadinho, das ist es ...«
Nein, niemand hatte etwas gegen Vadinho; alle hatte er mit seiner fixen Zunge und seinen Phantastereien gewonnen, zuerst die Bekannten aus Rio Vermelho, dann die von der Alvo-Steige. Dona Lita und Pôrto hatten ihn bereits ins Herz geschlossen und wünschten ihn als Mann für Flor. Was Dona Rozilda betraf, so schien sie ausschließlich dafür zu leben, seine Wünsche zu erfüllen und seine Launen zu erraten.
Übrigens hatte er nur eine Laune: allein mit Flor zu sein, sie in den Arm zu nehmen, ihre Abwehr und ihre Verschämtheit zu bezwingen, sich ihrer bei jedem Treffen etwas mehr zu bemächtigen, sie mit den Stricken der Begierde festzubinden, dabei aber gekettet zu sein an ihre Augen aus Öl und Verwunderung, an diesen zitternden, spröden, begierigen, schambeherrschten Körper, sich selber an sie zu fesseln. Was ihn besonders band, war Flors Sanftmut, die sie umgebende häusliche Atmosphäre, die Luft des eigenen Heims, die schlichte Anmut des jungen Mädchens, ihre stille Schönheit – etwas, was einen mächtigen Zauber auf Vadinho ausübte.
Er hatte nie ein Familienleben gehabt, hatte nie seine bei seiner Geburt verstorbene Mutter gekannt; der Vater war früh aus seinem Dasein verschwunden. Frucht einer Gelegenheitsbindung zwischen dem Erstgeborenen nicht unbemittelter Kleinbürger und der Haushälterin, hatte sich zunächst der Vater um ihn gekümmert, der erwähnte ferne Verwandte der Guimarães, solange er Junggeselle war. Doch sobald er eine vorteilhafte Ehe einging, tat er alles, um den Bastard loszuwerden, vor dem seine Gattin, eine bigotte Ignorantin, einen heiligen Schrecken hatte: »Ein Sohn der Sünde!« So brachte er ihn denn in einer Klosterschule unter, wo Vadinho zwar mit Ach und

Krach das Abschlußjahr der Oberschule erreichte, dieses jedoch nicht absolvierte, weil er sich an einem Besuchssonntag in die Mutter eines Schulkameraden, eine distinguierte Vierzigerin, verliebte, die Frau eines Kaufmanns der Bahianer Unterstadt, die damals als willigste Dirne der ersten Großstadt-Gesellschaft galt – es wurde eine verzehrende und erwiderte Leidenschaft.

Auch eine romantische Leidenschaft. Die hohe Frau warf ihm schmachtende Blicke zu und seufzte, wenn Vadinho sie am Besuchstag in dem gefängnisdüsteren Schulhof des Knabengefängnisses umschlich. Sie steckte ihm Schokolade und Kekse aus dem für ihren Sohn mitgebrachten Paket zu. Vadinho verehrte ihr verstohlen eine aus dem Treibhaus der Mönche entwendete Orchidee. An einem Ausgehtag (der erste Sonntag des Monats, an dem Vadinho nie ausging, kein Mensch holte ihn ab, wo hätte er auch hingehen sollen?) nahm sie ihn zum Mittagessen mit nach Hause in ihr kleines Stadt-Palais am Largo da Graça und stellte ihn ihrem Mann vor:

»Ein Klassenkamerad von Zezito, ein Waisenkind, das keine Angehörigen hat . . .«

Zezito war keine Leuchte, er züchtete Hamster und fand an den Ausgehsonntagen für seine Eltern kaum Zeit, weil er die kleinen Nagetiere im Kellergeschoß des Hauses pflegen mußte. Während der Kaufherr sein Schlummerstündchen verschnarchte, wurde Vadinho in ein Nähzimmer entführt und mit Liebkosungen und Küssen überschüttet . . . »Mein Bübchen, mein Stiftsknabe, mein Schüler, ich bin deine Lehrerin, ach, mein Jungchen«, und sich ihrer Eignung als Lehrerin bewußt, lehrte sie ihn – und wie sie ihn lehrte! Es wuchs die Leidenschaft, unersättlich und brutal. Sie aufgelöst in Achs und Liebesschwüren – nie hatte sie einen Menschen so geliebt, wiederholte sie zynisch und seelenruhig, Vadinho war ihr erster Geliebter, und nichts ersehnte sie mehr, als mit ihm fortzugehen und, versteckt in irgendeinem Winkel der Welt, gemeinsam ihrer großen Liebe zu leben. Schade nur, daß er in einem Internat eingesperrt war . . .

»Wenn ich aus der Schule komme, würdest du dann wirklich mit mir zusammenleben?«
Und schon floh er aus dem Klosterstift und erschien eines Abends, um sie zu holen, um sie von dem ›bestialischen Bürger‹ zu befreien, der sie so sehr leiden ließ und sie durch seine Inbesitznahme demütigte. Er hatte in einer letztklassigen Pension eine erbärmliche Bude gemietet, hatte Brot gekauft, Bierwurst, eine Flasche eines als Wein angepriesenen Säuerlings und einen Blumenstrauß. Noch hatte er ein paar Mil-Réis übrig; die ihm nahestehenden eingeweihten und einverstandenen Schulkameraden hatten sich zusammengetan und die Liebesflucht finanziert. Für sie war Vadinho ein Mordskerl.
Die geschätzte Senhora starb fast vor Schrecken, als er in ihr Heim drang, wo ihr Mann im Nebenzimmer zähnestochernd Zeitung las. Sie war keine Abenteuerin, sie hatte doch Mann und Sohn und genoß viel zuviel Bequemlichkeit und Ansehen in der Gesellschaft, um als Geliebte eines Kindes ihr Leben in Erbärmlichkeit und Unehre zu fristen. Vadinho solle Verstand annehmen, ins Stift zurückkehren, vielleicht war sein Entweichen noch nicht bemerkt worden, und am nächsten Besuchssonntag, ach, sie versprach ihm, daß . . .
Vadinho wollte keine Versprechen hören, er war wie besessen vor Zorn und Qual, er fühlte sich verhöhnt. Ohne die Nähe des gehörnten Kaufmanns in Rechnung zu ziehen, packte er Madame an ihren langen wasserstoffbleichen Haaren, verabreichte ihr ein paar gesalzene Ohrfeigen und beschimpfte sie so rasend und reichlich, daß er nicht nur den Gatten und die Dienerschaft zu einer amüsierten Versammlung, sondern auch die Nachbarn des eleganten Largo da Graça zusammentrommelte. Nach Vadinhos späterem Urteil reifte er damals zum Mann, zu dem durch Schaden für alle Zeiten klug gewordenen Mann.
Infolge dieses Skandals verschaffte Vadinho sich Einlaß in das Nachtleben der Stadt. Vorläufig war er nichts als ein Junge von siebzehn Jahren, den Anacreon, ein berüchtigter Falschspieler, ein Kartenschläger feinsten Stils, ins Herz geschlossen

hatte. Es gab keinen Menschen, der dem unerfahrenen Jüngling die Feinheiten und Verschlagenheiten der ›Ronde‹, des ›Einundzwanzig‹, des ›Bakkarat‹, des ›Poker‹ besser beibringen konnte, um ihn in die Dialektik der Roulettische und die Mystik der Würfel einzuweihen, denn Anacreon besaß nicht nur Fähigkeiten, sondern auch ein treues Herz, mit dem er etwas quichottesk im Leben stand. Zwischen seinem Vater und Vadinho kam es zu einer kurzen Aussprache, bei der dieser sich weigerte, ins Internat zurückzukehren, worauf das ordinäre Subjekt ihm den Segen und jede finanzielle Unterstützung entzog: er verfüge über keine Mittel, um aufsässige Söhne zu ernähren. Der Reichtum seiner Frau hatte ihn geizig und moralisch gemacht. Übrigens war er zu jenem Zeitpunkt seines Lebens, als sein Name in den Gesellschaftsspalten der Zeitungen zu erscheinen begann, dazu übergegangen, ernste Zweifel an seiner Vaterschaft Vadinhos zu hegen. War dieser wirklich sein Sohn? Die verstorbene Valdete hatte ihn unter Küssen beschuldigt, sie entjungfert und geschwängert zu haben. Aber war das Wort eines Dienstmädchens ein glaubwürdiges Dokument? Nach dem, was ihre flennenden Freundinnen an ihrem Sarg bezeugt hatten, hatte sie außer ihm nie einen anderen Mann gekannt. Indessen, bewies das Wort anderer, völlig unbemittelter Hausangestellter auch nur das geringste? Das war alles schon so lange her und nicht mehr wert als wirre Erinnerungen einer verantwortungslosen, kopflosen Jugend. Vielleicht war er sein Sohn, vielleicht auch nicht, wer konnte das in aller Öffentlichkeit beweisen, wo wollte ein Ankläger die Gewißheit hernehmen? Fest stand, daß Vadinho ein Hurensohn war, und zwar einer der schlimmsten Hurensöhne: noch als Knabe versuchte er »eine anständige Dame zu schänden, die grundgütige Mutter eines Kameraden, in deren Haus er wie ein Sohn aufgenommen worden war . . .«. Vadinhos Vater war ein Guimarães von der »verfaulten Sorte«, wie Chimbo ihn eingestuft hatte, er besaß nichts von dem Ungestüm und der Großmut der Familie.
Seither hatte Vadinho nicht mehr den Hauch heimischer Emp-

findungen verspürt, kein weitgreifenderes, tiefschürfenderes Interesse hatte ihn seither gefangengenommen. Sein Gefühlsleben, verschiedenartig und verzweigt, denn seine zahlreichen Geliebten wechselten in Alter, Hautfarbe und gesellschaftlicher Stellung, hatte sich außer wenigen Abenteuern mit verheirateten Frauen, größtenteils in Lustschlössern und Kabaretts, auf Liebschaften und vorübergehende Verhältnisse mit Dirnen beschränkt, ohne daß eine einzige dieser Bindungen die Kraft der Liebe besessen hätte. Nie hatte ein derartiges Techtelmechtel ihn die Fülle und Leuchtkraft des Lebens erleben lassen, nie hatte die Ferne einer Frau, ein Zwist, das Ende einer Affäre ihn trübe, leer oder selbstmörderisch gestimmt. Er zog einfach zu einem anderen Frauenkörper um, so wie er im Spielsaal den Tisch wechselte, wenn die Siebzehn, seine Zahl, ihn im Stich ließ.

Die Begegnung mit Flor beim Majorsfest entfachte in ihm plötzlich das alte Bedürfnis nach einem Heim, nach Familienleben, nach einem gedeckten Tisch, nach einem frischbezogenen Bett. Er besaß nicht einmal eine gültige Adresse, da er mangels des nötigen Mietgeldes Monat für Monat von einer billigen Pension in die andere zog. Warum Geld für Miete verschwenden, wenn ihm so wenig fürs Spiel übrigblieb?

Flor brachte in sein Leben einen neuen Reiz, Ruhe, Frieden, den Geschmack häuslicher Zärtlichkeit:

»Ich liebe dich, denn du bist zahm wie ein Tierchen, mein Schatz . . .«

Und so sehr fühlte er sich von ihr bezaubert, daß er ihre Mutter ertrug, die schrecklichste und lästigste, die lächerlichste und ungenießbarste aller Alten. Er liebte die Schlichtheit des Mädchens, ihre Sanftmut, ihre stille Fröhlichkeit und ihr gesittetes Wesen. Wenn er auch täglich darum kämpfte, ihren Widerstand zu brechen und ihr die Jungfräulichkeit zu nehmen, war er dennoch zufrieden und stolz darauf, daß sie so zurückhaltend und züchtig war. Denn nur ihm gebührte es, diese Zurückhaltung zu bändigen und ihre Schamhaftigkeit in Freude und Genuß zu verwandeln. Vadinhos Freunde entdeckten plötzlich einen Glanz in seinen Augen, wenn er unvermittelt vor dem Roulettisch stehen blieb und traumversunken vergaß, seinen Jeton auf eine Zahl zu legen.

Busenfreunde wie Mirandão indes wunderten sich bereits nicht mehr, als er sich beim Karneval dem Block der ›Fröhlichen Zeitungsverkäufer‹ anschloß, einer von den Familien Rio Vermelhos zusammengestellten Gruppe, dekoriert von Onkel Pôrto, bei der die jungen Mädchen und jungen Männer als Zeitungsverkäufer verkleidet waren und Blätter ausriefen wie ›Bahianer Tagblatt‹, ›Abendzeitung‹, ›Neueste Nachrichten‹ und ›Der Unparteiische‹. Ein Karneval mit Konfetti und Limonade, mit Papierschlangen und Liedern, wo man statt den Äther der Parfümzerstäuber einzuatmen an den jungen Mädchen schnupperte – kurz: ein harmloser Karneval ohne Zuckerrohrschnaps und Alkohol. Das Gegenteil von Vadinhos üblichen Karnevalsfesten, die eine einzige Besäufnis waren vom Karnevalssamstag bis zum Aschermittwoch morgen, wo er bei allen Maskengruppen mitmachte, auf der Straße Samba tanzte und sich nach Lust und Laune betrank. Wo er bei jedem Morgengrauen sternhagelbetrunken in irgendeinem Puff der roten Zone umfiel, und das alle vier Tage hindurch.

»Seht doch, wer da auf der Planke steht, das Tamburin in der Hand. Vadinho fährt auf einem Karnevalswagen mit, wer hätte das gedacht!« So riefen Vorübergehende, die gewohnt waren, Vadinho in den Ausschweifungen des Vergnügens versinken zu sehen. Aber nun war Vadinho an Flors Seite und überschüttete sie mit Konfetti und Zärtlichkeit.

Hatte er sich aber um Mitternacht von Flor verabschiedet, hinderte ihn nichts daran, sich in den wüstesten Unflat zu stürzen, sich sinnlos zu betrinken und stehenden Fußes ins ›Tabaris‹, ins ›Halblicht‹, ins ›Flozô‹ zu wandern. Am Rosenmontag schützte er sogar dringende Arbeiten im Regierungspalast vor und machte sich gegen zehn Uhr davon, er konnte unmöglich zu spät zum Sonderball im ›Pinguelo-Schwof‹ kommen, wo Andreza und andere königliche *Crioulas* als Hofdamen der Marie-Antoinette auftraten, in Wolken von Satin und Samt.

Nicht einmal im Augenblick höchster Leidenschaft, sanftester Familieneintracht, häuslichster Gedanken kam Vadinho auf die Idee, seinem Leben eine neue Richtung zu geben, es zu ändern, neue Gewohnheiten anzunehmen, ein anderer Mensch zu werden. Mirandão dagegen drohte von Zeit zu Zeit:

»Freund und Bruder, ich will mich bessern ... Von morgen an ...«

Über dergleichen verlor Vadinho nie ein Wort. Wiewohl in Flor vernarrt und entschlossen, sie zu heiraten, war er dennoch nicht bereit, sich vor seinen feierlichsten Verpflichtungen zu drücken, seinem täglichen Spielchen und seinen Flunkereien, seinen Sauf- und Raufzügen, seinen Kasino- und Bordellbesuchen zu entsagen.

1

Ein Meer aus Rosen, weite Horizonte, Himmelsazur, der Frieden der Welt und ihre Süße – Flor und Vadinho verliebt. Und plötzlich Orkan, Gewitter, bleifarbener Himmel, gnadenloser Krieg, Fluch – Flor und Vadinho entzweit.

Aus der Fassung gebracht, weil er sich an den Ereignissen schuldig fühlte – hatte nicht er als erster dieses Kartenhaus aufgebaut, das nicht dem leisesten Luftzug widerstand? –, gab Mirandão, Moralist und Sonntagsphilosoph, zu bedenken:

»Da liegt der Hase im Pfeffer ... Welche Garantie hat unsereiner? Keine ... selbst ein Lastwagenmotor hat, wenn's zu Reparaturen kommt, eine Garantie von sechs Monaten ... Glaubt aber der Mensch, er stehe mit beiden Beinen im Leben, endlich sei alles fest gegründet, gerät das Gebäude ins Wanken, und der Heilige fällt von seinem Sockel und wird zu Abfall ...«

Nach Mirandãos Ansicht war Vadinho von seinem Postament gefallen, der Heilige, zu Abfall geworden, lag auf dem Müll, und keine Macht der Welt war imstande, den Ruf des aus dem Kabinett zurückgetretenen Beamten bei Dona Rozilda wieder herzustellen. Ein übrigens auch bei Flor recht gefährdetes Ansehen, denn wie wollte sie noch den Schaumschläger, der sie eingewickelt hatte, gelten lassen? Mirandão kannte diese sanften, gefügigen Menschen: war ihr Vertrauen einmal erschüttert, wuchs ihr Stolz, versteifte sich ihr Widerwille, und sie waren nicht mehr zu erweichen.

»Sind sie einmal verbiestert, dann sind sie es für immer und ewig . . .«, schloß er pessimistisch.

Gemeines, ordinäres, niederträchtiges, infames Subjekt! Für Dona Rozilda war die Sprache zu arm an hinreichend deutlichen und unverblümten Kraftausdrücken, um ein so niederes Stück Mensch zu kennzeichnen, das noch am Vorabend der ideale Bewerber, der lorbeerumkränzte Heilige auf seiner Empore gewesen war. Ihre Tochter sollte ihretwegen einen Polizisten heiraten, auch einen zum Tode Verurteilten und dann zu lebenslänglicher Haft Begnadigten, aber nie im Leben diese erbärmliche Kanaille. Nachdem Mirandão so harte Meinungen in der nächsten Umgebung gesammelt hatte, wiegte er bedenklich und realistisch sein Haupt: wenn Vadinho daran dachte, die Liebschaft fortzusetzen, so, weil er nichts von Frauen verstand. Bisher war er immer schlau gewesen, doch nun war er von der Leidenschaft geblendet und sah die Wirklichkeit nicht mehr: er hatte alles vermasselt. Bekümmert bestellte Mirandão ein neues Glas in der Bar ›Triumph‹, um soviel Aufregung ertragen zu können.

Vadinho lag wenig daran, seinen Ruf bei Dona Rozilda wiederherzustellen und ihre Wut zu besänftigen, die teuflische Alte, das unerträgliche Reff – ein reines Brechmittel. Andrerseits dachte er nicht daran, mit Flor zu brechen, ihr sanftmütiges Lächeln aufzugeben, ihre stille Zärtlichkeit, ihre empfindsamen Seufzer. Im Gegenteil, jetzt gerade setzte er sich in den Kopf, sie zu heiraten. Schließlich kam es nur auf Liebeskraft, auf Verständnis, auf gegenseitige Zuneigung und die Liebe beider an; alles übrige war Spielerei, dummes Zeug. Wen liebte Flor: ihn, Vadinho, seine Person, oder seine erfundene Stellung, den Posten, den er nicht bekleidete, das Geld, das er nicht besaß?

Nur eines verstimmte ihn bei der ganzen Geschichte: daß er

von Célia demaskiert worden war, von seinem Schützling, von jenem Hinkebein, das dank seines Eingreifens Lehrerin im Staatsdienst geworden war. Sie hatte all den Wirbel verursacht, hatte das Knäuel entwirrt und ihn bei Dona Rozilda angeschwärzt. Keuchend war sie in den ersten Stock der Alvo-Steige hinaufgehumpelt, vor lauter Aufregung hatte ihre Stimme versagt. Aber glücklich war sie gewesen, überglücklich.

»Jemand sehr Hochgestelltes?« Nie hatte der Betrüger den Fuß auf die Stufen des Regierungspalastes gesetzt, der einzige Palast, den der Lumpenkerl kannte, und zwar sehr gut kannte, war das ›Palace‹, eine Hölle des Spiels und des Verderbens, die von Dirnen wimmelte ... Ansehen? Höchstens im Viertel des Dirnenwesens bei Puffnutten und Zuhältern ... Kabinettsbeamter des Gouverneurs? Sollte er sich unterstehen, das Kabinett des Gouverneurs zu betreten, würde er sofort hochgehen und ins Kittchen wandern. Ihre Ernennung zur Lehrerin? Lieber gar nicht daran denken, wer weiß, wie viele Gaunereien der Galgenvogel auf dem Kerbholz hatte.

Und wie hatte Célia, die unscheinbare Volksschullehrerin, dieses ganze Netz von Täuschungen aufgedeckt, wie alle Einzelheiten der Farce ans Tageslicht gezerrt und keinen Schatten eines Zweifels übriggelassen, ein Wer-weiß-ob-nicht-doch, an das Dona Rozilda, Schiffbrüchige im Meer des trüben Daseins, sich klammern konnte? Warum soviel Aufhebens, um den Schwindler, den billigen Verführer zu entlarven und anzuprangern?

Vadinho war überrascht, gekränkt:

»Und gerade die ... Ich hab' ihr doch nichts zuleide getan, im Gegenteil ...«

Vielleicht gerade deshalb. Als Vadinho ihr die Stellung verschafft hatte, war Célia zugleich dankbar und beleidigt. Im Grunde verzieh sie ihm nicht, daß sie sich in ihm getäuscht hatte, daß er nicht der Gigolo war, den ihr bitterböser Spürsinn gewittert hatte: ihr jammervolles Dasein hatte sie neidisch und böswillig gemacht. Von Tag zu Tag war sie weniger dankbar und immer beleidigter geworden – dieses Individuum konnte nichts taugen ... Ganz durch Zufall war ihr ein Fingerzeig zugekommen, und sofort hatte sie alle Hebel in Bewegung gesetzt und so lange gebohrt und gewütet, bis sie das von Mirandão im Hause des Majors eingefädelte Lügengespinst, an dessen Gedeihen das Leben größere Schuld trug als Vadinho selbst, bis in seine feinsten Knötchen entflochten hatte. Célia fühlte sich entschädigt: so leicht ließ sie sich nicht hinters Licht führen, sie besaß Blick und Spürsinn; um sie an der Nase herumzuführen, brauchte man mehr, als sie nur mit einer Anstellung, mit Ernennung und Amtsantritt zu ködern. Befriedigt, glücklich in ihrer Dumpfheit, spürte sie nicht einmal mehr ihr Bein, als sie die Treppe zum ersten Stock hinaufkeuchte, wo Dona Rozilda und Flor an deren Aussteuer nähten. Der Angeber war nicht mehr als ein erbärmlicher Gigolo, darüber war sie, Célia, nie im Zweifel gewesen. Ihr unappetitliches Gesicht strahlte, selten hatte sie so fröhlich ausgesehen, viele Leute sollten noch am selben Tage heiße Tränen vergießen, den Teufel verfluchen und mit den Zähnen knirschen. Gibt es auf der Welt etwas so Prachtvolles und Aufregendes, ein Schauspiel, das sich mit dem fremden Leidens vergleichen läßt? Für Célia gab es nichts auch nur annähernd Vergleichbares. Nie hatte ein Mann einen begehrlichen Blick auf ihren Körper geworfen, nie hatte jemand ihr liebeshungrig zugelächelt, und die Schulkinder hatten Angst vor ihr und gingen ihr aus dem Weg.

Dona Rozilda, nervlich erschüttert, wollte sich töten und sterben, sie stöhnte nach einem Glas Wasser. Flor achtete nicht auf sie, überhörte ihr Weh und Ach, ihre Aufmerksamkeit galt allein Célia:

»'raus mit dir, du räudige Hündin, und laß dich hier nie mehr blicken ...«

»Ich, Flor? Sprichst du im Ernst? Warum nur?«

»Und selbst wenn er das wäre, was du behauptest, brauchtest du noch lange nicht hierherzukommen und Lärm zu schlagen, schließlich hat er dir eine Stellung verschafft ... Du hättest bei dir behalten sollen, was du über ihn erfuhrst, du kamst fast um vor Hunger, und er hat dir die Stelle besorgt ...«

»Woher weiß ich denn, ob er es war? Wer war dabei? Für mich war es der Brief des Pater Barbosa ...«

Flor hob kaum die Stimme, aber ihre Worte spuckten Gift und Verachtung:

»Scher dich 'raus, bevor ich dich lehre, dich nicht in die Angelegenheiten anderer Leute zu mischen, du hergelaufene Hündin ...«

»Dann behalte ihn, möge er dir wohl bekommen, du bist eben zur Schlampe geboren ...«

Sie lief die Treppe hinunter und wetterte dabei gegen den menschlichen Undank.

Krieg, ja; soll man einen anderen Namen, eine andere Bezeichnung wählen? Krieg ohne Erbarmen – in jener Stunde nahm der Krieg zwischen Dona Rozilda und Flor ihren Anfang. Als die Tür vor Célias Nase ins Schloß knallte, beherrschte Dona Rozilda ihre Zimperlichkeit, nahm Abstand von ihrer Ohnmacht und schrie hinter der Lehrerin her (sie wollte die Unterhaltung über Vadinho fortsetzen und weiter in ihrer eigenen Wunde wühlen):

»Célia! Célia! Lauf nicht weg ...«

Flor sagte mit schwerer Stimme:

»Ich habe sie 'rausgeschmissen ...«

»Sie wollte dir einen Gefallen erweisen, und du setzt sie dafür auf die Straße, statt dich bei ihr zu bedanken.«

»Diese Lästerzunge setzt mir nicht mehr den Fuß auf die Schwelle ...«

»Seit wann hast du in diesem Hause zu befehlen?«

»Sowie sie erscheint, verlasse ich das Lokal ...«

Mirandão hatte richtig geraten, als er schilderte, welche Einbuße Vadinhos Ansehen bei Dona Rozilda erlitten hatte. In bezug auf Flors Reaktion irrte er indes gewaltig. Natürlich war sie keineswegs glücklich, sondern tief enttäuscht: warum war Vadinho so ungeschickt, warum diese Lügen? Dennoch dachte sie keinen Augenblick daran, mit ihm zu brechen und

Schluß zu machen mit ihrer Liebschaft. Sie liebte ihn. Sein Beruf oder sein Broterwerb, seine Stellung in der Gesellschaft, seine Bedeutung im politischen Leben – all das war ihr vollkommen gleichgültig.
So sagte sie ihm, als sie in schamloser Herausforderung gegen Dona Rozildas Verbot an jenem Abend zum Stelldichein an der Straßenecke ging. Sie hörte seine Erklärungen an, vergoß ein paar Tränen und nannte ihn »Du Spinner und Blödling, bist mir ein schöner Knallkopf«. Zum ersten Mal sprach ihr Vadinho von Liebe, beteuerte, wie wahnsinnig er nach ihr lechze, sie ersehne und begehre – und zwar zur Frau ersehne und begehre. Und das wog in Flors Herz all den Verdruß auf und den Kummer, den er ihr mit seiner unnötigen Flunkerei bereitet hatte.
Man müsse geduldig abwarten, sagte Flor zu ihm. Zumindest die zehn Monate, die bis zu ihrer Volljährigkeit fehlten; sie war noch minderjährig und stand vorläufig noch unter mütterlichem Befehl; Vadinho solle es sich aus dem Kopf schlagen, Dona Rozildas Zustimmung zu erringen. Nie hatte sie ihre Mutter so außer sich und zornig gesehen. Auch ihre Zusammenkünfte würden fortan schwierig werden, sie mußten den geeignetsten Weg finden, um sich zu sehen, ohne den Argwohn ihrer Alten zu erregen. Nun tauchte ihre Liebschaft – jene von Dona Rozilda so bereitwillig hingenommene und sogar geförderte Liebschaft – in die Unterwelt der Illegalität, sie war endgültig verboten; Vadinhos Ansehen in der Alvo-Steilstraße wog weniger als der Straßenstaub. Vadinho trocknete ihre Tränen mit Küssen, und zwar auf offener Straße, ohne auf die Passanten zu achten.
Schnaubend, den Lederriemen in der Hand, ein Stück Rohleder, mit dem man Tiere und ungehorsame Kinder maßregelt, erwartete Dona Rozilda ihre Tochter. Seit langem war der Riemen nicht mehr in Gebrauch, zuletzt hatte ihn Heitor als schlechter Schüler spüren müssen. Rosália hatte damit Senge bezogen, Flor etliche Abreibungen, als sie ein Kind war. Nun hing die primitive Peitsche an der Eßzimmerwand und diente

nur noch als ein in Vergessenheit geratenes Sinnbild mütterlicher Macht. Als Flor die Türschwelle überschritt, hob Dona Rozilda die Zuchtrute, und der erste Peitschenhieb traf sie am Nacken und Hals und hinterließ einen roten Striemen, ein Kriegermal, das über eine Woche sichtbar war.

Ohne zu weinen, steckte sie die Schläge ein, sie bedeckte das Gesicht mit den Händen und hielt zu ihrer Liebe. »Solange ich am Leben bin, heiratest du ihn nicht«, kreischte Dona Rozilda. Am nächsten Tag konnte Flor kaum aufstehen, der ganze Körper tat ihr weh, vor allem die blutrote Schramme am Hals. Die Steilgasse besprach dauernd die Geschehnisse, die Negerin Juventina, souverän an ihrem Fenster thronend, gab Einzelheiten bekannt, Dr. Carlos Passos kritisierte Dona Rozildas Erziehungsmethoden, wenn er ihr auch nicht das Recht auf ihren Kummer und ihren Ärger abstritt.

Vadinho erschien zur gewohnten Stunde; der ganze erste Stock war hermetisch verschlossen, der Balkon leer, die Treppentür verrammelt und verriegelt. Flors Zimmerfenster ging auf die Querstraße, durch den Laden filterte Licht. Bald war die Geschichte von der vorabendlichen Züchtigung bekannt, laut Gevatterinnen hatte Flor Zimmerarrest.

Vadinho stimmte mit der Negerin Juventina überein, als sie, Antenor Limas Betthase, Dona Rozilda richtig und literaturgerecht als »bestialische Hyäne, das ist sie und nichts anderes, mein lieber Herr Vadinho« kennzeichnete; schweigsam hörte er die Neuigkeiten an, sagte »Auf Wiedersehen«, und fort war er.

Nur um nach Mitternacht wiederzukehren und alle Fenster der Umgebung zum Aufgehen zu zwingen, die gesamte Steige und die anschließenden Straßen mit der lieblichsten Serenade zu wecken, mit einer so lieblichen, leidenschaftlichen Serenade, wie sie bis heute weder hier noch irgendwo anders vernommen worden ist. Wer sie gehört hat, bewahrt sie unvergänglich im Herzen und im Ohr.

Kein Wunder! Denn Vadinho trommelte für Flor das Beste zusammen, was zu haben war. Er holte sich den klapperdürren

Carlinhos Mascarenhas, einen Mandolinenspieler von Gold, er fischte ihn in Carlas Lustschloß aus Marianinha Pentelhudas weichem Bett. Mit der Geige sah man Edgard Cocôs beliebte Gestalt, das Nonplusultra, das seinesgleichen nur in Rio de Janeiro und im Ausland kannte. Die Flöte blies – und mit welcher Würde und Meisterschaft! – der Bakkalaureus der Rechte Walter da Silveira; Vadinho hatte ihn von seinen Büchern weggerissen, denn der jüngst Diplomierte bereitete sich gerade für einen Wettbewerb der höheren Verwaltungslaufbahn vor; kurzum, da er bereits ein hochverdienter Richter war, hatte er seine hervorragende Flöte seit einiger Zeit nicht mehr öffentlich zur Schau gestellt und so die Menge um dies himmlische Entzücken gebracht. Was die Gitarre betraf: sie handhabte ein junger Mann, der wegen seiner guten Erziehung und Höflichkeit, seiner bescheidenen und zugleich adligen Lebensart, seiner Trinkfestigkeit, seiner feinen Umgangsformen und seiner Musikalität allerseits beliebt war: sein Instrument und sein Spiel und dazu seine geheimnisvoll-burleske Stimme waren einzigartig. Ein Mordskerl. In letzter Zeit hatte er im Radio gespielt und gesungen, und schon lief ihm der Erfolg nach. Immer häufiger fiel sein Name: Dorival Caymmi, und seine nächsten Freunde rühmten seine unveröffentlichten Kompositionen; am Tag, an dem sie bekannt würden, wäre der brünette Jüngling über Nacht berühmt. Er war Vadinhos Busenfreund, gemeinsam hatten sie die ersten Gläschen gekippt und die ersten Nächte verbummelt. Als Ersatzmann brachten sie Jenner Augusto mit, einen bleichen Kabarettsänger, und als Dreingabe den bereits betrunkenen Mirandão.

Am Fuß der Steige blieben sie einen Augenblick stehen; Edgard Cocôs Violine schluchzte die ersten herzzerreißenden Akkorde. Dann fielen Mandoline, Flöte, Gitarre ein – und Caymmi bestritt das Echo und stimmte ein Duett mit Vadinho an, dessen Gegurgel keine große Sache war. Doch groß war seine verbotene Leidenschaft: sein Wunsch, die Angebetete zu entschädigen, ihre Trauer zu beheben, ihren Schlaf zu befrieden, ihr den Trost der Musik zu bringen zum Beweise seiner Liebe.

»Nacht und lächelnder Himmelsraum
Die tiefe Stille ist fast ein Traum
Der Mond hoch über den Buschgehegen
Sinkt nieder wie ein Silberregen
Von seltenstem Glanz und zartestem Licht ...
Nur du schläfst und hörst
Deinen Sänger nicht ...«

Cândido das Neves' kleine Weise stieg schneller die Steige hinan als die Musikanten; neugierige Gesichter, gefangen vom Zauber der Musik, von Caymmis Stimme, erschienen in den Fenstern. Die Negerin Juventina klatschte begeistert Beifall, sie war auf Flors und Vadinhos Seite und verrückt auf Ständchen. Dr. Carlos Passos dagegen sprang mordswütend aus dem Bett; sein Tag war arbeitsam gewesen, um sechs Uhr in der Frühe begann er im Hospital und kam nicht selten erst gegen neun Uhr abends nach Hause. Doch zwischen dem Schlafzimmer und dem Fenster besänftigte sich sein Zorn, und schon trällerte er die Melodie mit, als er sich aufs Fensterbrett lehnte, um bequemer zuhören zu können.

»Mond, sende mir dein Silberlicht
Und wecke mir meiner Geliebten Gesicht ...«

Nun standen sie im Schein einer Straßenlampe, genau an der dem Hause gegenüberliegenden Ecke. Vadinho hatte sich knapp von der Gruppe abgesetzt, um im Lichtkegel zu stehen und von Flor leichter gesehen zu werden. Dr. Silveiras Flötentöne erklommen die Hauswände, die Achs der Mandoline drangen über den Balkon ein, Edgard Cocôs Geige öffnete das Fenster des Jungmädchenzimmers, um die Erbebende dem Bett zu entreißen. »Herrgott, es ist Vadinho!« Sie lief zum Fenster, hob den Vorhang, da stand er unter der Lampe mit blondem Haar und erhobenen Armen:

»Ich möchte meine Sehnsucht erquicken
Dich mit meinen Küssen ersticken ...«

Ein paar Nachtschwärmer kamen herbei, um zuzuhören, Cazuza Trichter, angelockt von der Musik und in der vagen Hoffnung, in den Taschen der Ständchenbringer eine Flasche zu finden, trat in einem alten Pyjama auf die Straße.
Auf dem Balkon des ersten Stockwerkes enttauchte Dona Rozilda der Dunkelheit, und ihr Zorn zerriß Lied und Strophe:
»Lungerer! Landstreicher!«
Doch das Lied übertönte sie, und Caymmis Stimme stieg zu den Sternen:

»Ich singe ...
Und die Frau, um die ich ringe
Sie hört mich nicht und liegt im Schlummer ...«

Woher hatte Flor die so dunkelrote Rose, daß sie fast schwarz war? Vadinho fing sie in der Luft, es war eine romantische Nacht für Verliebte, am Firmament der goldgelbe Mond und ein Duft von Rosmarin, die ganze Steige sang im Chor für die in ihr Zimmer eingesperrte Flor mit:

»Am Himmel von Gewölk übersponnen
Schwebt der Mond arglistig versonnen
Doch die Sterne funkeln heiter ...«

In der Haustür, die sie weit aufstieß, erschien Dona Rozilda mit aufgelöstem Haarknoten in einem verschmierten Morgenrock und geladen mit Haß. Wutentbrannt fuhr sie auf die Gruppe los:
»Schert euch zum Teufel!« schrie sie verzweifelt. »Sonst rufe ich die Polizei, ich werde euch im Revier anzeigen, ihr Himmelhunde!«
So unerwartet und heftig war ihr Auftritt, daß die Musikanten sich für einen Augenblick ins Boxhorn jagen ließen und abbrachen. Und siegreich bellte Dona Rozilda in die stille Straße hinein:
»Fort mit euch, ihr Hundebande, fort!«

Aber das dauerte nur einen Augenblick. Schon ließ Dr. Silveiras Flöte einen Ton wie ein Spottlachen vernehmen, wie das Pfeifen eines Straßenjungen, eine kleine Musik voll höhnischer Anzüglichkeit:

»Gute Dame, laßt mich doch
Diese Straße still erklimmen ...«

Nun sahen die Musikanten, wie Vadinho auf seine zukünftige Schwiegermutter zuging und zum Klang der Flöte vor ihr mit behenden Füßen und geschmeidigem Körper den Krabbenschritt, den berühmten, schwierigen Krabbenschritt ausführte. Halb erstickt, von panischem Schrecken gepackt und wortlos sammelte Dona Rozilda ihre letzten Kräfte, gerade genug, um die Stufen hinaufzulaufen.

Und von neuem eroberte das Ständchen die Nacht und die Straße und wirkte weiter, dem Morgengrauen entgegen. Mehr oder minder betrunkene Nachtbummler verstärkten den Chor, der Nachtwächter erschien auf seiner Runde und blieb stehen, zuhörend und Beifall klatschend. Die von Cazuza Trichter erahnte Flasche kam zum Vorschein, das Liederrepertoire war groß. Es sangen Vadinho und Caymmi, es sang Jenner Augusto, es sang Dr. Walter mit tiefer Baßstimme, es sang der Nachtwächter, dessen Traum es war, im Rundfunk zu singen. Es sang die ganze Straße mit beim Ständchen für Flor, für die an ihrem hohen Fenster lehnende Flor, gekleidet in Rüschen und Spitzen, übergossen vom Mond. Unten stand Vadinho, der galante Ritter, in der Hand die so dunkelrote Rose, die fast schwarz war, die Rose seiner Liebe.

12

Das Haus und die Fürsorge von Tante Lita und ihrem Mann Thales Pôrto in Rio Vermelho wurden für die verfolgte Flor zum Obdach, als sie von daheim floh, um Vadinho zu heiraten.

Zunächst hatte Pôrto gezögert: er wünschte keinen Krach mit Dona Rozilda, dieser unberechenbaren Klapperschlange, die Haare auf den Zähnen hatte: er war ein Mann des Friedens und der Eintracht und lebte still in seinem Winkel von einer bescheidenen Anstellung und seiner Sonntagsmalerei. Damals, in den Ferien, als sie in Vadinho einen Ausbund von Tugenden, einen »Herr hilf!«, ein Jesuskind sah, dem zu einem Kirchenheiligen nur der Heiligenschein fehlte, damals hatte die Schwägerin ihn und Dona Lita wüst beschimpft, als sie einstimmig das Techtelmechtel ihrer Nichte beanstandet hatten. Eine tollwütige Besserwisserin, eine stänkernde, widerborstige Wichtigtuerin – das war Dona Rozilda; Pôrto wünschte sich nicht mit einer so konfusen und überheblichen Person anzulegen. Aber was tun, wenn Flor aufgelöst in Tränen ankam, begleitet von einem ernsten, feierlichen, seiner Verantwortlichkeiten voll bewußten Vadinho? Sie kamen und beichteten das Unheilbare: er hatte ihr die Unschuld geraubt, ihr Jungfernhäutchen vernascht, sie mußten heiraten. Flor war keine Jungfrau mehr, und nur die Ehe konnte ihre Ehre wiederherstellen.

Herzzerreißend weinend, bat Flor Onkel und Tante um Verzeihung. Wenn es so weit gekommen war, daß sie die strengen Familiengrundsätze in den Wind schlug, Angst und Scham verachtete und ihre Jungfräulichkeit dem beharrlichen Parkaufseher überließ, war nur Dona Rozilda schuld mit ihren Schlichen und ihrer Unnachgiebigkeit, da sie ihr keinen Kontakt mit ihrem Verehrer gestattete und sie im Haus einsperrte, als wäre sie, ein erwachsenes und fast volljähriges Mädchen, noch ein unmündiges Kind. Sogar geschlagen hatte die Mutter sie, wer konnte soviel Zanksucht ertragen? Schließlich war Vadinho kein Verbrecher, kein Bösewicht, der das Auge des Gesetzes scheute oder etwa zu Lampiãos Räuberbande gehörte; auch war sie, Flor, kein fünfzehn Jahre altes Unschuldslamm mehr, das keine Ahnung vom Leben hatte. Und war nicht sie es, die die Lebenskosten trug und für Miete und Essen aufkam? Ihre Mutter trug wenig dazu bei, denn ohne Rosália war das Nähatelier auf den einen oder anderen Auftrag angewiesen. Dafür hatte sich die Kochschule entwickelt, und von dieser lebten Mutter und Tochter. Wie kam Dona Rozilda dazu, Beschlüsse eigenmächtig zu fassen und sie ohne das Recht auf Einspruch zu verdammen? Denn nun weigerte sie sich, vernünftige Personen wie Tante Lita anzuhören, wie Antenor Lima und selbst Doktor Luís Henrique, Heitors Patenonkel, dessen Meinung sie vorher immer befolgt hatte. Doch diesmal hatte sie seine Ratschläge aufs heftigste abgelehnt. Thales Pôrto schüttelte den Kopf: die Schwägerin war völlig aus dem Häuschen.

Weder Flor noch Vadinho konnten eine derartige Situation auf die Dauer aushalten. Für den jungen Mann war der Fall zu einem endgültigen aufregenden Abenteuer geworden. Wie beim Roulett oder beim Würfeln, das Gesicht dem schwankenden Glück zugewandt. Die Begierde nach Flor besaß ihn vollkommen vom Kopf bis zu den Füßen und trübte dergestalt seinen klaren Menschenverstand, als gäbe es keine andere Frau auf der Welt, als wäre sie – mit ihrem molligen Körper und ihren runden Wangen – das schönste, appetitlichste Weibchen von Bahia, das einzige, das imstande sei, seinen Hunger und seinen Durst zu stillen und seine Einsamkeit zu verscheuchen. »Nein, nie und nimmer, solange ich lebe«, wiederholte Dona Rozilda und verwies alle erneuten Heiratsanträge Vadinhos, die ihr über Verwandte und Freunde hinterbracht wurden.

Selbst Tante Lita hatte, wie Flor sich erinnerte, früher bereits zu vermitteln gesucht, doch stets konterte die Schwägerin mit einem Hagel von Geschossen:

»Solange mir Gott Leben und Gesundheit schenkt, heiratet diese Kanaille nicht meine Tochter. Nicht, daß sie meine Fürsorge verdiente, denn sie ist der hintertriebene Undank in Person, sie kommt mir vor wie die geborene Schlampe. Ich willige nicht ein, solange es von mir abhängt. Lieber sehe ich sie tot als verheiratet mit diesem Kerl . . .«

Lita wollte Beweisgründe anführen, ihre Schwester überzeugen, die Mauer des Hasses durchbrechen; die Liebe wirkte doch

Wunder, warum nicht an Vadinhos Gesinnungswandel glauben? Dona Rozilda knurrte vorwufsvoll:

»Mir genügt der Kummer, den du der Familie zufügtest, als du Pôrto geheiratet hast. Hinterher hat er es zwar wieder gutgemacht, aber wenn er das nicht getan hätte? Wenn er sein Luderleben weitergeführt hätte?« Sie sprach ›Luderleben‹ gedehnt aus, mit allen Buchstaben, und machte so das Wort noch lasterhafter und schuldbeladener.

Damit spielte sie auf Pôrtos Vergangenheit an, der seine Jugend in Rio de Janeiros Theaterkreisen verlebt und an Tourneen durch die Städte des Landesinneren teilgenommen hatte, wobei er den Bühnenbildner und Choreographen abgegeben hatte und notfalls auch als Darsteller, Souffleur, Regisseur und Kostümbildner eingesprungen war. Nach der Heirat jedoch hatte er Verstand angenommen und eine Anstellung in Bahia erlangt. Von seinem Leben im Rampenlicht waren nur ein Album mit Zeitungsausschnitten und eine Handvoll Anekdoten übriggeblieben. Dennoch versäumte er nie eine Gelegenheit, das Album vorzuzeigen und seine Geschichten zum besten zu geben.

»Und ist nicht alles gut ausgegangen?« entgegnete Dona Lita, die im Grunde stolz war auf die Bohemevergangenheit ihres Mannes. »Kennst du vielleicht eine glücklichere Ehe? Im übrigen schäme ich mich keineswegs seiner Theatertätigkeit. Er hat dort niemanden bestohlen, niemanden hinters Licht geführt, kein einziges Mädchen entjungfert . . .«

»Wie sollte er auch, wenn alles Dirnengesindel war, bei denen es nichts zu entjungfern gab. Wo sollte er schon Jungfern auftreiben, die er verspeisen konnte? Die Lust dazu hat ihm bestimmt nicht gefehlt, ein Tugendbeutel war er bestimmt nicht . . .«

Freundlich und gütig und in gewisser Hinsicht das Gegenteil der Schwester, ließ Dona Lita sich jedoch keine Ausfälle gegen ihren Mann gefallen, und sobald ein Einwand gegen ihn laut wurde, stieg ihr das Blut zu Kopf:

»Halte gefälligst deine Lästerzunge im Zaum und laß meinen

Mann in Frieden, ich bin nicht hierhergekommen, um mir deine Unverschämtheiten anzuhören ...«

Dona Rozilda hielt gehorsam ihre Zunge im Zaum und brummte eine Entschuldigung. Dona Lita war der einzige Mensch auf der Welt, den sie schätzte und achtete und mit dem sie es nie auf einen Streit ankommen ließ.

»Ich bin hierhergekommen, weil ich Flor wohlwill, so als wäre sie mein eigenes Kind. Warum zum Teufel läßt du die Kleine nicht heiraten, sie liebt ihn. Nur weil er kein Allmächtiger ist, wie du es dir in den Kopf gesetzt hast?«

»Ich habe mir überhaupt nichts in den Kopf gesetzt, das solltest du allmählich wissen, aber das erbärmliche Gespann hat meine Güte mißbraucht.« Die Erinnerung an den monströsen Mißbrauch versetzte sie in Wut. »Und willst du etwas wissen? Wir wollen das Thema lieber ruhen lassen. Jedenfalls wird sie diesen Lumpen nicht heiraten, solange sie unter meinem Dach wohnt. Wenn sie einundzwanzig Jahre alt ist, mag sie tun, was sie will, und sich weit entfernt von mir ins Unglück stürzen. Aber vorher lasse ich sie nicht los und damit Schluß.«

»Du suchst immer nur einen Widerstand, an dem du dich reiben kannst ... Du wirst schon sehen ...«

Und so war es auch, denn angesichts des Scheiterns dieser letzten Friedensstifterin beschloß Flor, der Stimme der Vernunft zu gehorchen. Das heißt: Vadinhos geflüsterten Argumenten, der sie von der einzig praktischen, durchführbaren, möglichen Lösung zu überreden versuchte, die gleichzeitig den köstlichsten, zärtlichsten Beweis von Liebe und Vertrauen bedeute. Überzeugt, kam sie ihm aufgeregt entgegen: sie öffnete ihm ihre Schenkel und ließ zu, daß er sie verspeiste, wie er so lange gefleht und gebettelt hatte. Und um die ganze Wahrheit zu berichten, ohne Einzelheiten zu verschweigen (nicht einmal in der mitfühlenden Absicht, die Augen des Publikums sowie die Unschuld und Ehrbarkeit unserer Heldin zu schonen und damit aus ihr das einfältige Opfer eines unwiderstehlichen Don Juan zu machen), muß gesagt werden, daß Flor wild darauf war, zu geben, zu geben und sich zu ergeben, sich mit Haut und Haaren hinzugeben, da ein wütend loderndes Feuer ihr die Eingeweide und die Scham verbrannte.

Ein begüterter Freund, Mário Portugal, damals Junggeselle und Leichtfuß, lieh Vadinho ein Häuschen in der Gegend von Itapoã. Die Seebrise zerzauste Flors schwarzes seidiges Haar, und die Sonne spiegelte bläulichen Widerschein darauf. Im Wellengang und im Wiegewind riß Vadinho ihr die Kleider vom Körper, Stück für Stück, Kuß für Kuß, und sagte lachend, während er sie auszog und in Besitz nahm:

»Ich verstehe nichts davon, unter der Bettdecke zu bummeln, angezogen schon gar nicht. Weshalb schämst du dich? Heiratet man nicht dafür? Und auch sonst ist das Bummeln eine Sache Gottes, er hat gewollt, daß man bummelt. ›Bummelt, meine Kinder, macht kleine Kinder‹ – das hat er gesagt, und das war eines der vernünftigsten Dinge, die er getan hat.«

»Ich beschwöre dich, Vadinho, sei kein Ketzer ...« Flor wikkelte sich in eine rote Steppdecke. Alles in diesem Zimmer war erregend; an den Wänden Bilder nackter Frauen, Reproduktionen von Zeichnungen, auf denen Faune Nymphen verfolgten und vergewaltigten, ein riesiger Spiegel vor dem Bett; jener gewisse Mário war ein Lord, er hatte eine sündige Atmosphäre geschaffen, auf dem Frisiertisch Parfümflaschen, Getränke im Eisschrank. Flor überrieselte ein Kälteschauer.

»Hätte er nicht gewollt, daß die Leute bummeln, er hätte sein ganzes Menschenvolk kastriert und die Kinder als Vollwaisen auf die Welt kommen lassen ... Fort mit der Bettdecke ...«

Er zog die rote Decke weg, Flor erblühte auf dem weißen Leintuch, Vadinho entließ einen Ausruf fröhlicher Überraschung:

»Du bist ja ganz wie gepellt, mein Schatz, oder fast ... Wie verrückt und wie schön ...«

»Vadinho ...«

Mit seinem Körper bedeckte er ihre Scham, und sie schloß die Augen. Über dem Meer von Itapoã hallte das Halleluja, der Wind blies durch das Ach der Liebe, und im Schweigen der

Fische und Sirenen erstickte Flors Stimme im Halleluja; auf dem Meer und auf der Erde Halleluja, im Himmel und in der Hölle Halleluja!

Am Vormittag jenes Tages war Flor ausgegangen, um Dona Magá Paternostro, jener stinkreichen Dame und Schülerin von ihr, bei einem Geburtstagsessen zu helfen, einem Riesengelage für über fünfzig Personen, verstärkt durch ein salziges und ein süßes Buffet für den Abend. Von dort aus traf sie sich mit Vadinho, und es geschah, was zu geschehen hatte. Dona Rozilda vertrat sie am Herd der Dona Magá, und Flor lag verknotet mit Vadinho in Itapoã.

Von jenem Tag an lebte Flor auf der Suche nach einem Vorwand, um mit Vadinho ins Häuschen am Strand zurückzukehren. Und sie wandte sich an Freundinnen und Schülerinnen: »Wenn Mama fragt, ob ich mit dir ausgegangen bin, sag ja!« Und sie sagten ja, alle machten Flors Sache zu der ihren. So verkündete eine von ihnen nach der Kochstunde:

»Ich nehme Flor zur Mittagsvorstellung mit, die Ärmste braucht Zerstreuung . . .«

Sie scheint zu vergessen, frohlockte Dona Rozilda. In den letzten Tagen machte Flor schon keine so mürrische Miene mehr, sie hatte es bereits aufgegeben, in ihrem Zimmer auf ihn – den Haderlump – zu warten, um sich dann in unverblümter Herausforderung gegen ihre Mutter am Fenster aufzupflanzen. Und drunten auf dem Gehsteig der Negerin Juventina lungerte der Teufelskerl und schwatzte ausgiebig. Die schwarze Pestbeule und andere schamlose Schlampen der Umgebung dienten als Zünder für die Liebschaft, als Zubringer, Dona Rozilda hatte sie auf dem Kieker, eines Tages würden sie ihr das mit Zinsen bezahlen. Flor warf Vadinho Billets hinunter und mit den Fingerspitzen Küsse. Bis Dona Rozilda den Kopf verlor und außer sich vor Wut gegen ihre Tochter und den Gauner, den Schurken, vom Leder zog, der sich an der Ecke eins ins Fäustchen lachte.

In den letzten Tagen indes hatte Rozilda einen Anflug von Stimmungswandel verspürt. Schon war Flors Haltung nicht mehr die gleiche, schon sang sie keine traurigen Schlager mehr, hatte nicht mehr die ganze Zeit den ekelhaften Namen des Liebhabers im Mund, und auch er ließ sich nicht mehr auf der Straße blicken. Von neuem erschien Flors Lächeln, sie sagte wieder Guten Morgen und Guten Abend, auch antwortete sie, wenn Dona Rozilda das Wort an sie richtete.

In der Schustersenke empfahl die Freundin in der Not beim Abschied:

»Aber Vorsicht, ja!« und lachte mitverschworen.

Auch Flor und Vadinho lachten und sprangen in ein Taxi – immer dasselbe, es gehörte Zigeuner, einem Taxichauffeur der Innenstadt und Vadinhos altem Kumpan – und rasten in Höchstgeschwindigkeit Itapoã zu, dabei hielten sie sich an den Händen und tauschten Küsse aus. Zigeuner sollte sie gegen Abend abholen, und sie fuhren ohne Eile heimwärts, Flors Kopf ruhte an Vadinhos Schulter, der Wind spielte mit ihrem schwarzen Haar, und sie fühlten nur Mattigkeit und Zärtlichkeit und den Wunsch, beieinander zu bleiben – warum hieß es Abschied nehmen?

Doch bald verlangte es Vadinho nach mehr, er wollte eine ganze Nacht mit ihr verbringen, es genügte ihm nicht mehr, sie einen Nachmittag für sich zu haben; er wünschte in ihrem Atem einzuschlafen, in ihrem Schlaf zu schlummern. Auch Flor ersehnte diese vollständige Nacht, diesen Besitz über die Grenzen der Uhr, der gezählten und jedesmal für ihr Drängen kürzeren Stunde hinaus.

»Aber ...«, sagte sie eines Nachmittags, als er sie von neuem bedrängte, »... wenn ich eine Nacht außer Haus verbringe, kann ich nicht mehr heim ...«

»Wozu auch? Wir vertäuen uns, und damit hat sich's. Nur du hast noch nicht reinen Tisch machen wollen ... Warum, weiß ich nicht.«

»Und wo soll ich bis zur Hochzeit bleiben?«

Man verfiel auf Tante Lita und Onkel Pôrto; das Haus in Rio Vermelho war Flors zweite Heimat. Nach dieser Entscheidung schloß sie sich am nächsten Tag nach dem Kochunterricht in ihr Zimmer ein und legte ihre Siebensachen zusammen, die zwei Koffer und eine Truhe füllten. Dann schloß sie die Türe hinter sich ab, steckte den Schlüssel in die Tasche und ging aus mit der Bemerkung, sie wolle zum Yansã-Markt, unten in der Schustersenke. Dort wartete Vadinho mit dem Taxi.

Einer Bekannten, die wegen Neuigkeiten und einer Näharbeit kam, erzählte Dona Rozilda:

»Flor ist einkaufen gegangen, sie wird gleich zurück sein. Zum Glück redet sie nicht mehr von dem Kerl, auch ist sie neuerdings weniger reizbar . . .«

»Zum Schluß vergessen sie alle . . . Es ist immer so . . .«

»Sie muß vergessen, ob sie will oder nicht . . .«

Der Besuch zog sich beim Schwatzen in die Länge, Dona Rozilda erzählte von einer Familie, die neu an die Steige gezogen war, Leute aus Amargosa.

»Na schön, Flor läßt scheint's auf sich warten. Ich muß gehen. Grüßen Sie sie schön.«

Allein gelassen, wartete Dona Rozilda. Zuerst leicht im Zweifel, dann in Unruhe, doch bei Einbruch der Nacht in tödlicher Gewißheit, daß Flor den Kopf verloren hatte und geflohen war. Mit einem Taschenmesser erbrach sie das Schloß der Tür, sah die gepackten Koffer, den vollen Kasten. Die Heuchlerin hatte sie hinters Licht geführt, hatte so getan, als hätte sie mit dem Halunken gebrochen, um ohne Sinn und Verstand fortzulaufen und in ihr Unglück rennen zu können. Dona Rozilda blieb die ganze Nacht lang bei brennendem Licht sitzen, der Lederriemen lag in Reichweite. Ah, wenn sie die Tollkühnheit besäße, heimzukommen . . .

Als am nächsten Tag vor dem Mittagessen ihre Schwester und ihr Schwager erschienen, Pôrto bibbernd vor Befangenheit, machte sie ihnen eine wüste Szene und riß sich wie von Sinnen die Haare aus:

»Ich will von nichts wissen . . . Hier kommt mir kein Freudenmädchen herein, der Platz für eine Hure ist das Bordell . . .«

Das ging Dona Lita denn doch zu weit:
»Sei so freundlich und bedenke, mit wem du redest. Flor ist in meinem Haus, und mein Haus ist kein Bordell. Wenn dir das Glück deiner Tochter gleichgültig ist, so ist das deine Sache. Mir und Thales liegt es am Herzen. Ich bin gekommen, um dir mitzuteilen, daß Flor heiraten wird. Wenn du willst, kann der Hochzeitszug von hier ausgehen, ganz nach Sitte und Brauch. Wenn nicht, wird bei uns gefeiert, und zwar mit dem größten Vergnügen.«
»Eine Dirne braucht nicht zu heiraten, die tut sich mit einem zusammen ...«
»Höre zu, Weib ...«
Tante Litas Dialektik nutzte nicht mehr als Onkel Pôrtos stillschweigende Anwesenheit. Sie würde weder ihr Einverständnis zur Hochzeit geben noch daran teilnehmen; wenn sie wollten, sollten sie sich die Ermächtigung beim Standesamt holen, sollten ihre ganze Niedertracht preisgeben und die Ehrlosigkeit der Undankbaren dazu. Mit ihr, Rozilda, dürften sie nicht rechnen, nur damit über die Schurkerei ein Anstandsmäntelchen gehängt, damit das Leck der Schamlosen verdeckt würde.
Am nächsten Tag reiste sie nach Nazareth ab, wo ihr Sohn sie ohne Begeisterung empfing. Er, Heitor, dachte selber ans Heiraten und hatte es nur wegen seines niedrigen Gehalts noch nicht getan.
Er hatte es jedoch vor, sobald er befördert würde und eine Handvoll Mil-Réis sparen könnte. Eine Braut hatte er bereits in Aussicht: eine frühere Schülerin Flors, jene mit den feuchten Augen, die auf den Namen Celeste hörte.

13

Als Flor im Stadtteil Sodré ein mietbares Haus besichtigte, traf sie eine frühere Schülerin, eine Dame der Gesellschaft, die Frau eines Kaufmanns aus der Unterstadt, Dona Norma

Sampaio, eine fröhliche, neuigkeitssüchtige und überdies hübsche Person, von deren natürlicher Güte und großzügiger Herzlichkeit schon berichtet wurde. Sie wohnte ganz in der Nähe.
Das Haus entsprach Flors Bedürfnissen für Wohnung und Schule, der Mietzins war mäßig. Daher dürfe sie sich unverzüglich als Mieterin betrachten, sicherte Dona Norma ihr zu; der Hausbesitzer war ein Bekannter von ihr, der würde ihr gewiß den Vorzug geben. Sie solle es nur ihr überlassen und brauche sich nicht zu bemühen.
In jener bedrängten Phase spendete Dona Norma ihr Trost und Zuspruch. Sie nahm die verschiedenen Probleme der jungen Frau in die Hand und tat das Ihre zu einer befriedigenden Lösung.
Zunächst machte sie ihrer bedrückten Seele Mut. Flor hatte der Nachbarin ihr Herz ausgeschüttet. Dona Norma genoß Einzelheiten, Flor solle ihr nicht mit einem Eilbericht kommen und gefälligst keine wichtigen Punkte überspringen. Flor litt nämlich unter der Zwangsvorstellung, die ganze Welt habe von ihrem Fehltritt erfahren, als trüge sie das Lügenmal auf der Stirn: als wäre sie ein schamloses Frauenzimmer, eine Männerfresserin, die sich nur als behütetes junges Mädchen aufspielen wolle.
»Na, was denn, Mädchen, sei nicht blöd ... Wer weiß denn schon, daß du dich hingegeben hast? Vier oder fünf Personen, ein halbes Dutzend, wenn's hochkommt. Wenn du willst, kannst du sogar mit Schleier und Kränzchen heiraten, wer wird da schon was dagegen einwenden? Deine Mutter freilich könnte in der Kirche Krawall schlagen ...«
Flor konnte ihr Scham nicht verbergen, sie hatte schlecht gehandelt, doch es war nicht anders gegangen. Für Dona Normas Begriffe fiel der ganze Schrecken wie ein Kartenhaus zusammen:
»Daß man's ein bißchen vor der Ehe tut, geht dreien auf zwei so, und zwar bei sehr feinen Herrschaften, meine Liebe ...«

Und sie spulte ein kurioses Notiziarium ab, eine Reihe tröstlicher Beispiele. Hatte die Tochter Doktor Dingsdas, jenes von der Fakultät, nicht sich am Vorabend der Hochzeit einem Freund des Bräutigams hingegeben, das Versprechen gebrochen, war sie nicht mit dem anderen geflohen und hatte ihn in aller Eile geheiratet? Und gehörte sie heute nicht zur Creme der Gesellschaft und stand dauernd in der Zeitung: »Dona Dingsda hat gestern in ihrem Heim ihre Freunde empfangen ... und so weiter und so fort ...«? Und jenes andere Dingsdachen, Tochter des Landgerichtsrats, war die nicht dabei ertappt worden, wie sie's mit dem Verlobten trieb – diese tat's wenigstens mit dem eigenen Bräutigam –, und zwar hinter dem Leuchtturm der Barre? Der Leuchtturmwärter hatte sie in flagranti ertappt und das Paar nur nicht zum Polizeirevier geschleppt, weil der umsichtige Kavalier ein reichliches Trinkgeld springen ließ. Hatte dafür aber das Höschen der Lustmieze der halben Welt zur Schau gestellt, übrigens ein Zauberschaum schwarzer Spitzen. Dennoch und trotz des Defilees von Reizwäsche heiratete sie in Schleier und Kränzchen, übrigens trug sie ein hinreißend schönes Kleid, denn Geschmack und Geld besaß das Dingsdachen. Und die andere Soundso – ihr Vater ein Stiertöter von Dona Rozildas Kaliber, der seine Töchter kurz an der Kandare und zu Hause eingesperrt hielt –, wurde sie nicht überrascht, wie sie sich in Ondina im Unterholz von einem verheirateten Mann, einem Gevatter ihrer Eltern, aufs Kreuz legen ließ? Daraufhin heiratete sie einen armen Teufel, und nun trieb sie's mit Leidenschaft, »je häufiger, desto besser« war ihr Wahlspruch; sie tat's mit Junggesellen und Ehemännern, mit Bekannten und Gleichgültigen, mit Armen und Reichen. »Viele, mein Kind, tun's nur nicht vor der Ehe, weil sie nicht wissen, wie schön es ist, oder weil der Bräutigam nicht darum bittet. Letzten Endes, was macht es schon aus, willst du mir das mal sagen?«

Sie bagatellisierte nicht nur ihren Fehltritt und schenkte ihr Selbstvertrauen, sie unterstützte sie auch in allem und beriet sie beim Einkauf der unentbehrlichen Möbel und Gerätschaften, um das Haus bewohnbar zu machen, einschließlich des Eisenbetts mit verschnörkeltem Kopf- und Fußende, erstanden aus zweiter Hand bei Jorge Tarrapp, einem Auktionator mit einem Geschäft von Altwaren und Antiquitäten in der Rua Ruy Barbosa, der, wie es nicht anders sein konnte, ein Freund Dona Normas war. Ein anständiges Haus, dieser Jorge, ein hochgewachsener, rotgesichtiger, fast apoplektischer Syrer; als er von Flors bevorstehender Hochzeit erfuhr, schenkte er ihr als Drein- und Ehrengabe ein halbes Dutzend Likörgläschen. Dona Norma ihrerseits bescherte sie mit einem Paar Bade- und Gesichtshandtüchern, Alagoenser Ware erster Klasse. Und überließ ihr zum Einkaufspreis und daher praktisch kostenlos eine sensationelle Steppdecke aus hortensienblauem Satin mit aufgedruckten lilafarbenen Glyzinienzweigen, etwas Hochvornehmes. Dona Norma hatte sie in ihrer pompösen Aussteuer bekommen, es war ein Prunkstück gewesen, ein Mordsgeschenk von Verwandten aus Rio. Nun gut: dem Verrückten Zé Sampaio war die Steppdecke sofort gegen den Strich gegangen, nach ihm war das Hortensienblau ein Leichenbitterviolett, und der Fetzen war nur gut, um Särge zu bedecken. Wegen der verwünschten Steppdecke hatte es sogar in ihrer Hochzeitsnacht fast Streit gegeben. Wäre nicht Dona Norma vor Neugierde, wie es zugehen würde, fast gestorben, sie hätte Zé Sampaios Maulerei und Mürrischkeiten nicht auf die leichte Schulter genommen. Er aber ließ nicht locker, bis die Decke für ein und allemal weggepackt wurde. Sie kam nie wieder in Gebrauch.

Um beim Thema Steppdecke zu bleiben: Vadinhos einziger Beitrag für die Aussteuer bestand in einer bunten Flickendecke. Eine Kollektivgabe der Dirnen aus Inácias Bordell, die samt und sonders den Bräutigam bewunderten, angefangen bei der edlen Inácia, einer blatternarbigen Mulattin, der jüngsten Lustschloßbewohnerin Bahias und nichtsdestoweniger schon urerfahren. Dann und wann landete Vadinho in ihrem Bett und ankerte dort während einer Tage und Wochen anhaltenden Vernarrtheit.

Es war nicht seine Schuld, daß er mit einer so kleinen Quote zur Gesamtheit der endlosen Ausgaben beisteuerte, die Flors Ersparnisse, Rücklagen jahrelanger Mühen, rasch verzehrten. Vadinho hätte liebend gern alle Unkosten oder zumindest einen Teil davon bestritten und hatte sich dafür auch weidlich angestrengt. Nie hatten die Freunde ihn so aufgeregt und beharrlich an den Roulettischen gesehen, doch die Siebzehn – seine Nummer – kam selten, es sah aus, als hätte sie sich dem Umlauf entzogen. Er versuchte sich gleichermaßen im ›Großen‹ wie im ›Kleinen‹, in der ›Ronde‹ und im Bakkarat, doch das Glück war ihm nicht hold, eine ausgesprochene Pechsträhne schien ihn zu verfolgen. Er gab sich solche Mühe, daß zum Schluß niemand mehr übrigblieb, den er anhauen und anpumpen konnte, so daß er sich gezwungen sah, auf die eigene Braut zurückzugreifen und ihr einen Hunderterschein zu entreißen.

»Unmöglich, daß mein Pech heute so weitergeht, mein Schatz. Morgen früh rücke ich hier mit einem Karren voll Geld an, und dann kaufst du dir halb Bahia, aber ohne eine Zwölferkiste Schampus für unseren Hochzeitstag zu vergessen.«

Er brachte weder Geld noch Schampus, er war weiß Gott vom Pech verfolgt; sollte diese unselige Strähne nie enden?

Und so gab es Champagner nur bei der standesamtlichen Trauung, die im Hause von Onkel und Tante stattfand. Thales Pôrto ließ den Korken knallen, und der Richter stieß mit dem Brautpaar und den Verwandten an. Auch die kirchliche Trauung ging rasch und reibungslos vorüber, es erschienen nur einige von Flors intimen Freundinnen und Seu Antenor Lima, außer Tante Lita und Onkel Pôrto (sowie, natürlich, Dona Norma). Dona Magá Paternostro, die Millionärin, konnte zwar nicht kommen, schickte aber morgens eine Kücheneinrichtung, die ja ein nützliches Geschenk darstellte. Von Vadinhos Seite kamen lediglich der Direktor der Abteilung Parks und Gärten der Stadtverwaltung – den der saumselige Beamte, die Hochzeit als Vorwand nehmend, angepumpt hatte, übrigens genau wie seine Kollegen –, dazu Mirandão und Frau, ein blondes ältliches hageres Gestell, und endlich Chimbo. Die Gegenwart des Hilfsdelegierten veranlaßte Thales Pôrto, zu Dona Lita zu bemerken: demnach sei nicht alles Erfindung in dem von den Hochstaplern gesponnenen Garn, um Dona Rozilda aufzuziehen. Vadinhos Verwandtschaft mit dem bedeutenden Guimarães – das zumindest sei kein Ammenmärchen.

Die religiöse Zeremonie zelebrierte dank Dona Normas Gesuch Dom Clemente, Kaplan von Santa Tereza. Vadinho stellte seine Kabaretteleganz zur Schau, Flor strahlte ganz in Blau, in Lächeln und niedergeschlagenen Augen. Dona Norma hatte sie nicht zu überreden vermocht, Weiß mit Kränzchen und Schleier zu tragen, das Dummerchen hatte nicht den Mut dazu aufgebracht. Die Eheringe stammten von Mirandão, sie waren für die Gelegenheit in letzter Stunde ausgeliehen worden. Am Vorabend war im ›Tabaris‹ eine Kollekte veranstaltet worden, um den für die im Juweliergeschäft Renot bereits ausgesuchten Ringe notwendigen Betrag zusammenzubringen. Eine halbe Stunde später verlor Vadinho den letzten Tostão im ›Haus der drei Herzöge‹. Dessenungeachtet hätte er sie auch dann noch auf Pump bekommen, wenn er sie abgeholt hätte.

Wiewohl für seine Gerissenheit berühmt, widerstand der Juwelier selten Vadinhos Zunge und hatte ihm mehr als einmal Geld geliehen. In seiner Übernächtigkeit hatte der Bräutigam jedoch den ganzen Vormittag verschlafen und mußte sich in Zigeuners Taxi stürzen, um noch rechtzeitig nach Rio Vermelho zu gelangen.

Als man die Kirche verließ, erschien der Bankier Celestino mit einem Veilchensträußchen. Er wurde Flor vorgestellt – von nun an Dona Flor, wie es einer verheirateten Senhora gebührt. Er küßte ihr die Hand, entschuldigte sich wegen seiner Verspätung, er hatte eben erst von der Vermählung erfahren und keine Zeit mehr gefunden, ein Andenken zu kaufen. Diskret drückte er Vadinho eine Banknote in die Hand; die Geladenen, angefangen bei Chimbo und Dom Clemente,

drängten herbei, um den portugiesischen Regenmacher zu begrüßen.
Die Neuvermählten verabschiedeten sich im Vorhof des Klosters, nur Dona Norma begleitete sie zu ihrem neuen Haus, an dessen Fassade bereits das Schild KOCHSCHULE GESCHMACK UND KUNST angebracht worden war. Vor der Haustür lud Dona Flor die Nachbarin ein:
»Kommen Sie doch noch zu einem Schwatz herein ...«
Dona Norma lachte maliziös:
»Nur wenn ich ganz ungehobelt wäre ...« Und deutete auf die dunklen Wolken über dem Meer. »Es wird spät, bald ist's Schlafenszeit ...«
Vadinho stimmte zu:
»Sie haben wenig gesagt und alles gesagt, Nachbarin. Für diese Sache bin ich übrigens zu jeder Tageszeit aufgelegt, gleich, ob bei Sonne oder bei Nacht, darin mache ich keinen Unterschied und verlange auch keinen Zuschlag ...« Damit faßte er Dona Flor um die Taille und führte sie in den Hausgang hinein, wobei er sie bereits aufknöpfte und auszog.
Im Schlafzimmer warf er sie auf die hortensienblaue Steppdecke. Nackt lag Dona Flor auf dem Bett, die ersten Dämmerschatten fielen auf ihre gereckten Brüste.
»Ich beschwöre dich«, sagte Vadinho, »diese Bettdecke, die du dir da besorgt hast, mein Schatz, sieht aus wie ein Leichentuch. Zieh das Ding weg, mein blankgepelltes Äffchen, und hol die Flickendecke, auf der siehst du viel schicker aus. Die andere wollen wir zum Verpfänden auf die Seite legen, sie müßte eigentlich eine hübsche Summe einbringen ...«
Auf der bunten Flickendecke lag stumm und scheu, nur mit dem Halbschatten der Dämmerung bekleidet, die endlich verheiratete Dona Flor. Dona Flor mit ihrem Gatten Vadinho; sie hatte ihn selbst gewählt, ohne auf den Rat erfahrener Personen zu hören, und gegen den ausdrücklichen Willen ihrer Mutter; ja, in vollem Bewußtsein, wer er war, hatte sie sich ihm vor der Ehe hingegeben. Vielleicht hatte sie eine Dummheit begangen, doch hätte sie sie nicht begangen, sie hätte keinen

Lebenszweck mehr in ihrem Dasein gesehen. Ein Feuer verzehrte sie, das Vadinhos Mund entströmte, seinem Atem, und seine Finger brannten wie Flammen auf ihrem Fleisch. Nun waren sie verheiratet, er hatte das Recht, sie auszuziehen, und er lag neben ihr auf dem Eisenbett und sah sie lächelnd an. Ihr hübscher Ehemann, goldener Flaum bedeckte seine Arme und seine Beine, ein Buschwald goldener Haare seine Brust, an der linken Schulter war die alte Stichnarbe; sie lag neben ihm. Neben ihm wirkte Dona Flor fast wie eine Negerin, schwarz und blank. Auch drinnen war sie nackt, besessen von Begierde, zitternd, hastig, so hastig, als zöge Vadinho ihr die Seele aus. Er sagte allerhand Dinge, Verrücktheiten.

Sie bummelten, bis beide nicht mehr konnten, bis sie endlich die Decke über sich zog und einschlief. Vadinho lächelte sie an und kitzelte sie am Kopfhaar. Vadinho, ihr Ehemann. Schön und muskulös, zärtlich und gut.

Dona Flor erwachte in aller Herrgottsfrühe, der Wecker auf dem Nachttisch zeigte zwei Uhr morgens an. Vadinho lag nicht im Bett. Dona Flor stand auf und suchte ihn im ganzen Haus. Vadinho war verschwunden, sicherlich hatte er mit der ihm vom Bankier zugesteckten Note sein Glück versucht. Und das in der Hochzeitsnacht; das war zuviel. Dona Flor weinte ihre ersten Ehetränen, von Ekel benagt wälzte sie sich auf ihrer Matratze und knirschte vor Begierde mit den Zähnen.

14

Sieben Jahre waren zwischen diesen von Dona Flor in der Hochzeitsnacht vergossenen Tränen und denen des kummervollen Fastnachtssonntags vergangen, als Vadinho mitten in einem Massen-Samba zwischen Kostümierten und Maskierten leblos zusammenbrach. Und wie Dona Gisa – eine Dame, die alles richtig und überlegt zu benennen wußte – bemerkte, als sie den jugendlichen Leichnam auf dem Pflaster des Platzes Zum Zweiten Juli restlos und für alle Zeiten tot liegen sah:

seine Frau hat sieben Jahre lang über ihre eigenen belanglosen Sünden und die ihres Mannes, eine schwere Last von Schuld und Vergehen, geweint, und trotzdem sind ihr noch Tränen übriggeblieben. Tränen der Scham und des Leidens, des Schmerzes und der Demütigung.

Die vor allem nachts vergossen wurden. Einsame Nächte ohne Vadinho, schlaflose Nächte des Wartens, die nicht enden wollten, als wäre die Morgenröte an die Schranken der Hölle zurückgewichen. Manchmal sang der Regen sein Schlaflied auf den Dächern, und die Kälte forderte einen Männerkörper, die Wärme einer buschig behaarten Brust und den Schutz starker Arme. Und Dona Flor wachte auf und fand keinen Schlaf mehr; der Wunsch, ihn neben sich zu haben, war eine offene Wunde. Sie zitterte, schauderte, trostlos und traurig lag sie im Bett, in dem nur Angst und Verlassenheit neben ihr ruhten.

Wenn Vadinho bei ihr war – ah! dann herrschte weder Kälte noch Traurigkeit. Eine fröhliche Wärme ging von ihm aus und stieg an Dona Flors Beinen hoch bis in ihr Gesicht, und die Nacht öffnete sich jubelnd. Dann fühlte sich Dona Flor erwärmt und festlich froh und zugleich ein wenig verantwortungslos, als hätte sie ein Glas Wein oder einen Kelch Likör getrunken. Vadinhos nächtliche Gegenwart machte sie trunken, er war ein Wein von betörendem Bukett; wie sollte man seinem Mund, seinen Worten und seiner Zunge widerstehen? Das waren Nächte hoch dahintreibenden Ungestüms, feenhafte Halleluja-Nächte.

Selten freilich waren die Nächte, in denen er nach dem Abendessen zu Hause blieb und, den Kopf in ihren Schoß gebettet, auf dem Sofa lag und entweder Radio hörte oder ihr Geschichten erzählte, während seine indiskrete Hand sie befingerte, betastete, lockte; und dann ging es auch bald in die eiserne Bettstatt, zum langen Ritt. Doch das geschah selten und immer seltener. Nämlich dann, wenn er in einem plötzlichen, unvermuteten Anfall von Überdruß drei, vier Tage, ja eine ganze Woche lang Leichtsinn, Sumpferei, Schnaps und Glücksspiel aufgab und zu Hause blieb. Dann schlief er die

meiste Zeit, kramte in den Schränken, nahm sich Freiheiten bei Flors Schülerinnen heraus und forderte Flors Gegenwart fürs Bummeln zu irgendwelchen Tageszeiten, ja zu den unpassendsten, unschicklichsten. Das waren kurze und volle Tage, wenn der Brausekopf sich in alles einmischte, wenn sein verschmitztes Gelächter durch die Gänge schallte, während er vom Fenster aus mit den Nachbarn schwatzte, Dona Normas Geschelte über sich ergehen ließ, ausgiebig mit Dona Gisa schwafelte und Heim und Straße mit Trubel und Fröhlichkeit erfüllte. An den Fingern abzuzählen waren indes jene mit Taumel und Euphorie erfüllten Nächte, jene, die pulsten von unbändigem Gelächter, von Gekitzel und Gefummel, von liebkosendem Geschwätz und vom Zusammenklang der losgelassenen Leiber auf dem Eisenbett. »Meine Kokosnußcreme, meine Majoranblüte, Salz meines Lebens, mein blankgepelltes Äffchen, deine Schokolade ist meine Honigwabe« – und was er nicht alles sagte, ach, die Dinge, die er von sich gab, ich kann dir's gar nicht alles erzählen, Herr Bruder!
Ein qualvoller Rosenkranz waren dagegen weiß Gott die Nächte des Wartens. Dona Flor schlief unruhig und fuhr beim geringsten Geräusch auf; oder sie schlief überhaupt nicht und lag zorn- und schmerzerfüllt auf ihrem Kissen, bis sie seinen fernen Schritt erriet und bald darauf den Schlüssel im Schloß gehen hörte. An der Art, wie die Tür geöffnet wurde, konnte sie seinen Schnapskonsum und das Spielergebnis abschätzen. Und sie schloß die Augen und stellte sich schlafend.
Manchmal kam er gegen Morgen heim, und dann empfing sie ihn zärtlich und umhegte seinen verspäteten Schlaf. Mit erschöpftem Gesicht und bezwungenem Lächeln schmiegte er sich wie ein Knäuel in die Muschel ihres Körpers. Und Dona Flor schluckte ihre Tränen herunter, damit Vadinho nicht ihr Weinen und ihre Trostlosigkeit merkte: er hatte selber genug zu knacken, denn seine Nerven waren von der Aufregung des Kampfes gegen das böse Glück zerrüttet. Fast immer angeheitert, meistens betrunken, schlief er immer sofort ein, doch nicht ohne sie gestreichelt und ihr zugeflüstert zu haben:

»Mein gepelltes Negerweibchen, heute bin ich zwar 'reingefallen, aber morgen hole ich mir meine Revanche . . .« Dona Flor schlief nicht ein und blieb wach vor Begierde, während sie den im Traum bebenden Körper Vadinhos spürte, der immer weiterspielte und immer weiterverlor. Schlafend wiederholte er in der Hetzjagd des Rouletts seine Lieblingsnummern: »Siebzehn, achtzehn, zwanzig, dreiundzwanzig« – die vier Zahlen seines Verhängnisses. Oder er brummte wütend: »Diesmal hat es ›Katze‹ gegeben!« Und Flor verfolgte die Variationen seines Traums und sah ihn »auf die französische Häsin«, besser gesagt, auf »Groß und Klein« setzen; und der Bankier sammelte alle Jetons ein, denn wieder war die »Katze« herausgekommen. Schließlich lernte sie alle Fachausdrücke, das ganze Privatvokabular, die verrückte Mathematik und die geheime Verführungskraft der Spieltricks. So beschützte sie ihn im Morgengrauen gegen die Welt, gegen die Spielmarken und die Würfel, gegen die Croupiers, gegen das Pech. Sie bedeckte ihn mit ihrem Körper und wärmte ihn; und der schlummernde Vadinho war ein blondes Kind, ein großer Junge.

Manchmal kehrte er aber auch nicht heim, und das Warten zog sich hin durch den Tag und die nächste Nacht, in der sie sich noch erniedrigter vorkam. Wenn dann die Schülerinnen sie schweigsam und traurig sahen, vermieden sie, lästige Fragen zu stellen, um nicht ihrer Dona Flor Tränen der Trauer zu entlocken. Doch unter sich kritisierten sie aufs heftigste das Verhalten und das üble Leben des Schwindlers. Wie konnte er es wagen, eine so gute Ehefrau zum Weinen zu bringen? Und doch brauchte er ihnen nur mit seiner durchtriebenen Stimme zu nahen, mit seinem Geschwafel und seinen Gaunereien, und schon schwammen sie fast allesamt in Seligkeit und fühlten sich geschmeichelt und gebauchpinselt.

Tagsüber überbot sich Vadinho in Anstrengungen und Lauferei, mitunter auch in verzweifelten Beteuerungen, um das nötige Betriebskapital für das Spiel herbeizuschaffen: denn beim Roulett wird nicht gepumpt, Jetons werden nur gegen bar verkauft. So umschlich er die Banken und beschwatzte die

Prokuristen und Abteilungsleiter, um ihnen das Versprechen für die Diskontierung eines Eigenakzepts zu entlocken, zog sein ganzes Register von Listen, um potentielle Wechselbürgen für eine dergestalt versprochene Diskontierung zu erwärmen und zu gewinnen oder um den geizigen Krallen eines Wucherers ein paar hundert Mil-Réis zu Wahnsinnszinsen zu entreißen. Leichterdings imstande, einen Nachmittag lang bei irgendeinem erzzähen Geizkragen zu vertrödeln, genoß er eine gewisse Befriedigung, wenn er ihn schließlich weich machte und sah, wie der Geldverleiher die Feder nahm und, unfähig zu weiterem Widerstand, seine Unterschrift auf die Tratte setzte. Für einen Wechsel zu bürgen oder das Geld bar zu zahlen kam praktisch aufs gleiche heraus. Übrigens erledigten etliche praktischere Kontrahenten das Problem folgendermaßen: wenn Vadinho mit einem Wechsel über ein Conto de Réis erschien und um Bürgschaft bat, machte das Opfer einfach eine Banknote von hundert oder zweihundert Mil-Réis locker und entledigte sich so des Quälgeistes. Denn sonst lief er Gefahr, zu unterzeichnen mit dem Erfolg, daß ihm dreißig oder sechzig Tage später ein verfallener, ungedeckter Wechsel präsentiert wurde. Und das war eine ernste Gefahr, da Vadinho sich von niemandem so leicht hereinlegen ließ. Um seiner Zunge zu widerstehen, bedurfte es mehr als Geiz, man mußte ein Schifferknoten unerschütterlicher ideologischer Überzeugungen sein; bei Vadinho galt es, unempfindlich gegen das Drama des Lebens, ja, ein Fanatiker und herzloser Sektierer zu sein. Wie der Italiener Guilherme Ricci von der Planken-Steige, dessen Knickrigkeit legendär war. Furchtlos bot er Vadinho viele Jahre lang Paroli.

Ein anderer, der ihm gleichfalls glanzvoll widerstand, war der Buchhändler Dmeval Chaves, der zu jener Zeit bescheidener Geschäftsführer einer Buchhandlung war und noch nicht der reiche Knopf von heute. Doch eines Vormittags hängte Vadinho sich an ihn wie eine Klette, man aß zusammen Mittag und ging hinterher in die Buchhandlung, wo er ihn sechs Stunden hindurch bekniete, eine Zeitspanne, die Mirandão auf seiner echten Schweizeruhr kontrollierte. Benommen, mit sausenden Ohren, gab der gerissene Dmeval sich endlich erschöpft geschlagen:

»Vadinho, ich schwöre dir, das ist der erste Wechsel, für den ich in meinem Leben bürge . . .«

»Dann fängst du gut an, Alterchen, du könntest gar nicht besser anfangen. Es ist ein Beginn allererster Ordnung, nun brauchst du nur noch fortzufahren. Übrigens, wer einmal einen Wechsel von mir unterschrieben hat, hört nicht mehr auf, denn er findet Gefallen daran . . .«

Und schon rannte er zur Bank, wo der dicke Filialleiter, der am Schalter lehnte, Mund und Augen aufsperrte, außerstande, den Grund der Wahnsinnsgeste, der unsinnigen Unterschrift, zu begreifen.

In den Zeiten, da im ›Tabaris‹ nachmittags und abends gespielt wurde, kam Vadinho nicht zum Abendessen nach Hause. Er aß irgendwo eine Kleinigkeit, ein *Acarajé*, ein *Abará*, ein Sandwich, und soupierte erst, wenn im Morgengrauen die letzte Spielspelunke ihre Türen schloß . . .

Dann zogen die Hartnäckigsten – er, Giovanni, Anacreon, Mirabeau Sampaio, Halbe-Portion, der Neger Arigof, elegant wie der Großfürst aus einem russischen Roman – gemeinsam zur Markt-Rampe, zu den Sieben Toren, in Andrezas Haus, in irgendein Lokal, wo man ein Fischragout, ein Fisch-Vatapá, eisgekühltes Bier und sauberen Zuckerrohrschnaps bekam.

Kam er aber zufällig zum Abendessen nach Hause, ging er gleich wieder, noch vor neun Uhr, aus und war stets in Eile. Und stets enttäuschte er Dona Flor, die nach wie vor hoffte, er würde heimkommen wie die anderen Männer von der Arbeit, würde es sich bequem machen, den Pyjama anziehen, seine Zeitung lesen, mit ihr über die Tagesereignisse sprechen und sie vielleicht zu einem Besuch bei Freunden oder ins Kino auffordern. Wie lange war sie nicht mehr ins Kino gegangen? So mußte Dona Norma sie in eine Nachmittagsvorstellung mitschleifen, denn auf Vadinho konnte sie kaum mehr rechnen, und es vergingen Monate, bis sie einmal gemeinsam ausgingen.

Doch nie unterließ sie es, ihn zu fragen, wenn sie ihn die Jacke ausziehen und den Krawattenknoten lockern sah:
»Aber heute gehst du nicht mehr aus, nicht wahr?«
Vadinho lächelte, bevor er antwortete:
»Ich geh' nochmal aus, komm' aber bald wieder. Es dauert nicht lang, ich habe nur eine kurze Verabredung ...« Das war seine stereotype Antwort.
Manchmal kam er vor der Abendessenszeit heim, jedoch mit anderer Absicht. Das geschah an den Tagen vollständiger Niederlagen: wenn er bis gegen Abend nichts erreicht und nach allen Versuchen eine totale Schlappe erlitten hatte, wenn sein Tip fürs Tierlotto versagt hatte, wenn die Bankleiter unempfindlich, die Bürgen vom Erdboden verschwunden waren und keiner sich gefunden hatte, den er anpumpen konnte. An solchen Tagen des ausweglosen Pechs kam er weinerlich nach Hause geschlichen. Er, der immer so gefräßig war und versessen auf Dona Flors Leckerbissen und unvergleichliche Gerichte – an solchen Abenden aß er wortkarg, unruhig, nahm wenig zu sich, hastig und ohne aufs Essen zu achten. Dabei warf er verstohlene Blicke auf seine Frau, um ihre Laune, ihre Einstellung ihm gegenüber abzuschätzen. Denn er kam nur nach Hause, um sie anzupumpen, und wie immer unter Beteuerungen der Rückzahlung, die wie alle anderen bis zum heutigen Tage aussteht. Zum Schluß gab sie ihm auch etwas Geld, auf Gedeih und Verderb: mitunter unter schmerzlichem, ja beklemmendem Zwang. Das waren die Tage, wenn Vadinho völlig verändert war, wenn seine brutale, reizbare Seite zum Vorschein kam, wenn sein Charme und seine Spaßhaftigkeit grausamer Sturheit wichen.
Stets witterte Dona Flor seine unlauteren Absichten, noch ehe er ein Wort gesprochen hatte. Verstimmt kam er meist von seinem Mißerfolg heim, und dumpfer Ärger prägte seine Gesichtszüge. In jenen Jahren hatte sie gelernt, ihn bis in die verborgensten Winkel kennenzulernen, und zwar angefangen beim Auftritt und Rhythmus seiner Schritte bis zu dem tückischen Glanz in seinen Augen, die er auf irgendeinem weib-

lichen Wesen ruhen ließ, auf einer ihrer lärmenden Schülerinnen, auf Dona Gisas Ausschnitt oder, wenn er mit Dona Flor ausging, auf irgendeiner Frau auf der Straße, die er, je nach Aussehen, mit den Augen mehr oder minder auszog.

Den Nachmittag verwandte Vadinho also dazu, Geld für sein Wettgewerbe aufzutreiben; dann ging er, liebenswürdig oder barsch, zum Essen nach Hause, oder auch nicht, und zog abends wieder los, seiner fürchterlichen Bestimmung gemäß.

Fürchterlich? Für Vadinhos Natur waren derartige feierliche, düstere Bezeichnungen fehl am Platz. Seine Bestimmung war zwar nächtlich, doch keineswegs fürchterlich. Zu Vadinho paßten weder Schatten noch Schwärze, auch nicht die Ängste und Dramen, die so sehr nach dem Geschmack der tugendhaften Kampagnen gegen das Glücksspiel waren. Weder zitterten seine Hände, wenn er seine Jetons auf dem grünen Filz plazierte, noch winselte er im Morgengrauen vor Reue.

Freilich empfand er Schmerz, wenn die Kugel auf dem Roulett kreiste, sein Herz verkrampfte sich vor Verlangen, aber es war ein köstlicher Schmerz. Nie kam ihm der Irrgedanke an Selbstmord; nie nagten ihm edle Gewissensbisse in der Brust; er war gefeit gegen die ganze Reihe von Schrecknissen, die das Leben jener Unglücksraben vergällten, die sich vom Laster des Hasardspiels gängeln ließen. Jammerschade, aber was tun, wenn er so war? Es wäre unmöglich, Vadinho in sympathischerem Licht darzustellen: etwa als einen an sein unwiderrufliches Schicksal geketteten Spieler, der sich selber haßt, sich befreien möchte und es nicht kann, der sich am liebsten am Portal des Kasinos durch eine Kugel in die Schläfe erlösen würde.

Es war ein spannungsgeladenes, rüdes Schicksal und fraglos ein männliches Geschick. Kein Schwächling hätte diesen Kampf jede Nacht und jede Sekunde der Nacht ausgehalten, doch nie hatte Vadinho jene aufreibenden Lebenserfahrungen in eine verbrecherische, reuevolle Katastrophe, in ein sinistres, unrettbares Unglück umgebogen. Sinister? Sein Schicksal war weit eher abwechslungsreich und unterhaltend. Unrettbar? Immer war jemand da, der ihm finanziell aushalf; es war geradezu unglaublich, wie viele Leute sich dazu bereit fanden. Ob sie es taten, um sich auf diese Weise ins Abenteuer zu stürzen, ohne die verbotenen Spielhöllen, die berüchtigten Spelunken aufzusuchen? Er war eine Schicksalsbestimmung voll tiefer, erregender Gefühle.

Wie an jenem so übel begonnenen Augustabend: zuerst hatte er Dona Flor um ihr Geld erleichtern wollen, aber sie wehrte ab, es war ihr Haushaltsgeld; dann kam der Wortstreit, die Schmähungen, die Klagen, Geschrei und Beleidigungen. Schließlich hatte sie dreißig erbärmliche Mil-Réis lockergemacht, mit denen Vadinho seinen gloriosen Marsch antreten sollte. Im ›Abaixadinho‹ rollten die Würfel beim ›Französischen Hasen‹. Vadinho legte zehn Mil-Réis auf ›Groß‹ – er wettete nur auf ›Groß‹ –, und seine Glanzsträhne begann. ›Groß‹ – man glaube es oder nicht – kam vierzehnmal hintereinander, und Vadinho, umringt von einer Ansammlung zappeliger Spieler und Dirnen, hielt seine Wette aufrecht, entschlossen, auf ›Groß‹ weiterzusetzen bis zum Jüngsten Tag. Sobald Mirandão davon erfuhr, kam er wie ein Wahnsinniger aus dem Nebenraum, wo er ›Ronde‹ spielte, gerannt und schrie:

»Hör auf, um der Liebe zu deinen Kindern willen, das Glück wendet sich!«

Vadinho besaß keine Kinder und beabsichtigte nicht, aufzuhören, doch Mirandão besaß welche, legte die Hände auf die Spielmarken und zog sie vom Spieltisch; dann zog und zerrte er Vadinho aus dem Lokal. Mit Recht, denn gleich hinterher kam ›Klein‹, daraufhin ›Katze‹, wiederum ›Klein‹ und von neuem ›Katze‹, während Vadinho reich und widerwillig heimzog.

Als er in jener Nacht mit vollen Taschen an Dona Flors weinerliche Worte dachte: »Mit dir ist nichts los, du taugst keinen Pfifferling und magst mich kein bißchen«, wollte er noch zu einer bürgerlichen Stunde mit einem Geschenk nach Hause kommen, doch es sollte ein Mordspräsent sein und nicht irgendwelcher Plunderkram. Es müßte eine Halskette, ein Ring, ein

Armband sein, jedenfalls ein wertvolles Kleinod. Wo es jedoch erwerben, wenn die Läden geschlossen waren? Wer weiß, meinte Mirandão, vielleicht könnte man irgendeiner Nutte aus der roten Zone etwas Anständiges abschwätzen? Freudenmädchen bekamen mitunter wertvolle Juwelen; wenn sie mit einem Kakao-Oberst oder einem Fazendeiro aus dem Sertão liiert waren, nutzten sie die Gelegenheit, um ihren Wollstrumpf zu füllen, manche gaben sogar das ›Trottoir‹ auf und eröffneten Schönheitssalons oder Kurzwarenläden. Mirandão kannte zwei von diesen, die zum Schluß geheiratet hatten und uranständige Ehefrauen geworden waren.

So machten sie sich also auf die Suche, liefen von Hinz zu Kunz, von Kabarett zu Kabarett, von Lustschloß zu Lustschloß, von Pension zu Pension, und wo immer sie auftauchten, warfen sie eine Runde Bier, Wermut oder Kognak für jeden Trinklustigen; die Zeche bezahlte Vadinho. Sie durchstöberten und musterten die armseligen Schmuckgegenstände der Prostituierten, aber sie fanden nur Trödel, Straß, verchromtes Metall, buntes Glas, Messing – und die Nacht ging weiter.

»Ich möchte früh heimkommen und ihr eine Riesenüberraschung bereiten.« Vadinho hatte es eilig, im Geiste sah er, sein Geschenk in der Hand, Dona Flors Gesicht vor sich, es war noch längst nicht Mitternacht. Man brauchte nur ein wertvolles Stück zu finden, das ins Auge stach, billiger Tand kam nicht in Frage.

Endlich fanden sie etwas Passendes an der Sankt-Michaels-Steige im Boudoir der Madame Claudette – wie Mirandão angeberisch sagte –, einer abgetakelten Kurtisane, die sich mühsam durchschlug an Hand einer minimalen Schülerkundschaft, die sie dank ihrer französischen Staatsangehörigkeit und ihrem ebenso echt französischen wie wohlfeilen *savoir faire* aufsuchte.

Claudette besaß ein Türkishalsband von einem wahrhaft königlichen Blau, so daß Vadinho und Mirandão förmlich geblendet waren. Die Fassung war aus Gold; die alte Nutte umklammerte das Kollier, als müßte sie es verteidigen. Es war

Familienschmuck, verriet sie, sie hatte es aus Europa mitgebracht; ihre Mutter, auch schon ihre Großmutter hatte es getragen, für sie besaß es doppelten Wert. Nur für viel Geld würde sie sich von dieser Kostbarkeit trennen, von einer Erinnerung an eine in Lothringen und ihrer Kindheit verlorene Welt. Nur für viel, für sehr viel Geld; so viel Geld hatte »le petit Vadinho, le pauvre« sicherlich noch nie gesehen, und wenn er je einmal soviel gewönne, er würde es nicht für Frauenschmuck ausgeben. Wann hatte Vadinho je Wert auf Geld gelegt, Madame? Selbst blank, in der Misere, abgebrannt, ohne einen windigen Tostão in der Tasche, nicht einmal dann gab er das geringste auf Kies, und wenn er ihm wie wahnsinnig nachjagte, so nur, um es beim Roulett zu verspielen. Ungestüm riß er die Banknoten aus den überquellenden Taschen. Fast leerten sie sich: Madame Claudettes Schweinsäuglein glimmten begehrlich hinter ihrer Creme- und Pudermaske, die Mumie erbebte beim Anblick der Hunderter- und Zweihunderter-Scheine.

Zigeuners Taxi setzte ihn um elf Uhr vierzig, somit noch vor Mitternacht, wie er gewünscht hatte, vor seiner Haustür ab. Dona Flor fand kaum Zeit, die Augen zu schließen und leise zu schnarchen, denn schon stand Vadinho im Zimmer, riß die Bettdecke weg, die den Leib seiner Frau bedeckte, legte ihr funkelnde Türkise zwischen die vollen Brüste und lachte fröhlich:

»Und du wolltest mir kein Geld pumpen, törichtes Weibchen . . .« und streute die Banknoten übers Bett, er hatte noch über zwei Contos de Réis übrig.

Wie konnte man da von einem »fürchterlichen Schicksal« sprechen bei einem, der ein so lustiger Spieler war, der angefüllt mit Lebensfreude im Glück und Pech lachte?

Ein fürchterliches Schicksal vielleicht in Dona Flors Meinung, von ihrem Gesichtspunkt, von ihrem Beobachtungsposten oder, richtiger gesagt, von ihrem Wachtposten aus gesehen. Fürchterlich für Dona Flor in ihrem Wartebett.

In dem sie sieben Jahre, ein Leben lang, auf ihn wartete. Dona

Flor vergoß reichliche Tränen in jenen Jahren, ging aber auch häufig »auf den Bummel«; es waren die süßen Momente der Zärtlichkeit und des Besitzes, mit denen sie die bitteren Stunden der Ferne und Erniedrigung wettzumachen suchte. Eines Tages erklärte Dona Gisa mit ihren Hirngespinsten von Psychologie, von Psychoanalyse, von Psychographie und anderen nordamerikanischen Spitzfindigkeiten ihrer Freundin Dona Flor, sie sei mit einem Ausnahmemenschen verheiratet – freilich nicht mit einem Ausnahmemenschen in dem Sinn, in dem Dona Flor den Ausdruck benutzte, gleichbedeutend mit ›groß‹, also dem Größten, dem Besten von allen – nichts dergleichen. Ausnahmemensch bedeutete andersgeartet, aus der Art gefallen, es bedeutete jemanden, der weder in die gewohnten Normen paßte noch sich in die Schranken eines mittelmäßigen, eintönigen Alltags zwängen ließ. War Dona Flor imstande, das zu begreifen und dennoch glücklich mit ihm zu sein? Das war echt Dona Gisa mit ihrem Gewäsch, zwar war sie eine gute Freundin, ohne Frage, doch eine sechshundertmal verteufelte Buchstabengebildete, deren Kopf strotzte von Wolkenkuckucksheimen und deren Zunge mit allen Hunden gehetzt war.
Dona Flor wünschte selbst wie alle Welt zu sein, sie wünschte, daß ihr Mann wie alle anderen Ehemänner wäre. Hatte er nicht eine Stellung in der Stadtverwaltung inne, die er durch seinen reichen Verwandten, Dr. Airton Guimarães, mit Spitznamen Chimbo, erlangt hatte? Sie hätte ihn gerne von seiner Tagesarbeit heimkommen sehen, die Zeitung unter dem Arm, bewaffnet mit einem Päckchen Biskuits oder Kokosmakronen, Abarás und Acarajés. Er hätte wie alle anderen zur gleichen Stunde zu Abend essen, an bestimmten Abenden eingehakt zu einem Spaziergang ausgehen und mit ihr die Brise und den Mond genießen sollen. Verliebt hätte er mit ihr im Bett bummeln sollen. Frühzeitig vor dem Schlafengehen, und zwar an den fürs Bummeln bestimmten Tagen.
Seine Lebensweise sagte ihr mitnichten zu: ein Vadinho, der keine Pflichtstunden einhielt, der häufig auswärts übernachtete, sicherlich in Betten von Schlampen, von früheren oder auf-

gewärmten Liebschaften; der zu den spätesten und ausgefallensten Stunden an irgendwelchen unbestimmten Tagen ohne Uhrzeit noch Kalender zu bummeln liebte; der keinen Stundenplan kannte und kein System, auch keine eingeübte Gewohnheit oder stillschweigende Übereinkunft, keine zweisame Gepflogenheit, nichts dergleichen. Es war ein uferloses Luderleben, er die ganze Nacht unterwegs, ohne sie wissen zu lassen, wo er sich herumtrieb, und sie wand sich vor Kummer und Einsamkeit in ihrem Eisenbett, sie litt die Schmerzen der Gehörnten und Stiche in der Brust, es war ein Alptraum. Warum wurden alle anderen verheirateten Männer ihren Frauen gerecht und nur der ihre ihr nicht? Warum war Vadinho nicht wie alle übrigen, warum führte er kein geordnetes, geregeltes Leben, in dem es keine Anstände gab und Geflüster, Klatsch und endloses Warten? Warum?

All das – das Warten, das Glücksspiel, der Schnaps, die Nächte außer Haus, das Geschrei, die Gewalttätigkeiten, die Niedertracht –, all das wurde mit der Zeit eine Gewohnheit, nur Dona Flor hatte sich noch nicht daran gewöhnt und würde auch das Zeitliche segnen, ohne sich daran gewöhnt zu haben.

Und wer dann starb, war Vadinho – während des Karnevals. Von nun an, ach, von nun an hatte das Verlangen kein Recht mehr aufs Warten, auf die Erwartung, auf inneren Drang. Vadinhos Abwesenheit hatte eine neue Dimension gewonnen. Auch die Art des Leidens war nun eine andere. Es nutzte Dona Flor nichts mehr, mit bänglich klopfendem Herzen jedes Geräusch auf dem Gehsteig zu belauschen. Nun war sie ohne Erwartung und ohne Hoffnung, es nutzte nichts mehr, auf den Hall der Schritte zu lauschen, zumal auf die Schritte der Betrunkenen, auf das leise Geräusch des Schlüssels im Schloß, auf den Laut eines dahinirrenden Liedes, eines Ständchens in der Ferne.

Ja, eines Ständchens in der Ferne. Denn es hatte Nächte gegeben, in den sieben Jahren der Ehe und des Wartens, in denen Vadinho sie mit einer Serenade geweckt hatte, mit Gitarre und Zupffiedel, mit Geige und Flöte, Trompete und Mandoline, als

Wiederholung jener anderen, unvergeßlichen Serenade an der Alvo-Steilgasse, als sie die wahren Umstände ihres Verehrers erfahren hatte: daß er arm war, ohne einen Kreuzer in der Tasche, ein fünftklassiger Beamter, ein Schnorrer und Hochstapler, ein Schnapsbruder, ein Liederjan und Spielwüterich.

15

Nun, als Dona Flor auf ihrem Eisenbett lag, versuchte sie Dona Rozildas angeregtes Geschwafel mit Dona Norma vor der Haustür nicht zu hören, um in ihrem verirrten Gedächtnis, in der entrückten Zeit besser die Stimmen der Sänger, den Rhythmus der Instrumente, wieder jene zu Herzen gehende Serenade der Alvo-Steige zu hören; und zwar um ihre Stunden zu füllen und ihr Herz in den erwartungslosen Nächten festzuhalten, denn er, ihr Mann, war gestorben. Nun konnte sie nur noch mit einer Welt der Erinnerungen rechnen und sich in Reminiszenzen flüchten, in Asche, mit der sie die Glut der lebendigsten Wunschträume zu ersticken suchte. So, als hätte sie eine Schutzmauer errichtet, die sie vom Gekeif und Geklatsch, von Bemerkungen und Unterhaltungen trennte, von allem, was ihre junge Witwenschaft verstören konnte, jene neue Wirklichkeit von Vadinhos endgültiger Abwesenheit. In den ersten Zeiten ihrer Trauer bewegte sie sich nur im Schmerz und in der Angst, im dringenden Bedürfnis und in der Unmöglichkeit, ihn an ihrer Seite zu haben. Unmöglich für immer und auf ewig.

Während sie mit der Erinnerung an Klänge und Lieder Dona Rozildas schmähende Stimme verdrängte, suchte Dona Flor Obdach in der Vergangenheit: in jener Nacht war sie bei den ersten Akkorden ans Fenster getreten. Ihr Körper schmerzte, ein Kloß saß ihr in der Kehle, sie fühlte sich wie gerädert, wie ein Prügelknabe. Singend, mit erhobenen Händen stieg Vadinho die Steilgasse hinauf. Auch die anderen erkannte sie: Caymmis unverkennbare, unvergleichliche Stimme, Jenner

Augusto, im Mondschein noch bleicher als gewöhnlich, außerdem Carlinhos Mascarenhas, Edgard Cocô, Dr. Walter da Silveira und Mirandão, als Chor und Begleiter. Rasch holte sie jene dunkle, seltene Rose, die sie am Vortag in Tante Litas Garten gepflückt hatte. Alles in ihrem Leben war ein Wirrwarr, ein Durcheinander, ein Hin und Her, und doch stand sie unter Dona Rozildas eisernem Zepter. Die Musik verlieh ihr Kraft und Mut. Plötzlich war sie froh darüber, daß sie Vadinho nicht als untergeordneten Gemeindediener abtat und daß es ihr nichts mehr ausmachte, ob er ein unverbesserlicher Spieler war.

Mit der Erinnerung an solche Nächte von Mondschein und Zärtlichkeit versucht die schlaflose Dona Flor den Schmerz und die Verzweiflung darüber zu beschwichtigen, daß Vadinho nie mehr die Glut ihres Körpers entfachen wird. In der langen Nacht des Wartens wird nie mehr seine unreine Stimme neue Serenaden singen.

Hatte Vadinho wieder einmal alle Schranken überschritten – indem er nächtelang von zu Hause wegblieb oder wie jenes Mal, kurz nach ihrer Verheiratung, als er die Miete verspielte, ihr nichts davon sagte und sie vor dem Hausbesitzer zur Schwindlerin stempelte –, versuchte er Frieden zu machen, denn bei derartigen Gelegenheiten sprach Dona Flor nicht mehr mit ihm und übersah seine Gegenwart, als wäre sie gar nicht verheiratet. Unruhig umschwänzelte Vadinho ihre Röcke mit schmeichlerischem Gefasel, mit Einladungen zum Ausgehen und erotischem Geplänkel, um sie zu erregen und zum Bummeln zu überreden. Doch verschanzt im Bollwerk ihres Kummers und ihrer Qual, leistete Dona Flor tapfer Widerstand.

Vadinho versuchte es mit allen Trümpfen: er lud sie ins Kino ein, schlug vor, den Dona Magá oder Heitors Paten, Dr. Luís Henrique, schon längst geschuldeten Besuch zu machen. Oder er veranstaltete eine Serenade und sang sie in den Schlaf und bezauberte dabei die ganze Straße. Doch Dorival Caymmi war nach Rio ausgewandert, wo er im ›Radio Carioca‹ Programme leitete und seine Stimme auf Platten aufnehmen ließ; berühmte Sänger verbreiteten seine Sambas und seine Lieder, welche die pernambukanische Revolution von 1848 verherrlichten. Von Dr. Walter nicht zu reden: der war längst Richter im Landesinnern, mit seiner Zauberflöte sang er höchstens seine Kinder in den Schlaf, eine Kohorte von kleinen Buben und Mädchen, von denen jedes Jahr eines, wenn nicht zwei zugleich geboren wurden. In jenen leichtfertigen Zeiten der Unüberlegtheit und Sorglosigkeit war es nicht leicht, einen so pflicht- und zugleich verantwortungsbewußten Menschen zu finden wie den eifrigen und kultivierten Magistraten.

Aber auch der würde nie zurückkommen, und nie, ach niemals mehr – Vadinho. Auch nicht seine Stimme, nicht sein lockeres Lachen, sein blonder Haarschopf, sein freches Schnurrbärtchen, auch nicht sein von Jetons und Wetten bevölkerter Schlaf. Kein schmerzvolles Warten verblieb Dona Flor. Was hätte sie nicht alles dafür gegeben, wäre es ihr vergönnt gewesen, von neuem sorgenvoll auf ihn zu warten, schmerzvoll die nächtlichstille Straße zu belauschen, den schnapsbeschwerten schwankenden Schritt ihres Vadinho nahen zu hören!

Es nutzte nichts, daß Dona Norma Dona Rozilda vor der Haustür um Verständnis für die Lage ihrer Tochter anflehte:

»Je weniger man von Vadinho spricht, desto besser, desto leichter wird sie vergessen. Flor leidet noch sehr, warum sie an seine Schlechtigkeit erinnern und es ihr noch schwerer machen?«

Es nutzte nichts. Dona Rozilda war mit der Absicht gekommen, es ihr schwerzumachen; sie kannte keine andere Art und Weise, Trost zu spenden. Wie sollte sie jene unverdienten Tränen trocknen, es sei denn, indem sie Schlangen und Eidechsen auf den Verstorbenen spie? Schon vorher hatte sie es mehrmals ausgesprochen: das war kein Todesfall, um beweint, sondern einer, um mit Feuerwerk gefeiert zu werden. Während des nächtlichen Gesprächs äußerte sie fast schreiend nochmals ihre Meinung, es war ihr gleichgültig, ob sie von Fremden gehört wurde.

Auch das nutzte nichts, denn Dona Flor kann nicht vergessen, weder im Lärm noch in der Stille. Weder die Übeltaten, die Bosheiten, und noch weniger die guten Stunden und Vadinhos liebenswerte Gegenwart, nicht das verrückte Gefasel des Wirrkopfs und schon gar nicht seine Manneskraft, wenn er sie in Besitz nahm, aber auch nicht seine Mannesschwäche, wenn er sich zu ihr flüchtete und bei ihrer Zärtlichkeit Schutz suchte.

Es war ein ungesundes, fast krankhaftes Leiden, eine verbitterte Gleichgültigkeit gegen ihr Dasein. Doch zugleich versuchte Dona Flor in täglicher Anstrengung die innere Leere zu überwinden, ihre Tränen zu bezähmen und vorwärtszuschreiten. Nach der Totenmesse machte sie wieder ihre Kochschule auf. Die Schülerinnen kehrten zurück und vermieden zunächst die üblichen Scherze, die maliziösen Späße, die Anekdoten, das Gelächter, mit denen sie die erlernten Rezepte würzten, jene herzlich-sympathische Atmosphäre, die die Schulstunden an den Herden mit Kohlen- und Holzfeuer schufen. Doch diese Trauerstimmung hielt nur zwei oder drei Tage an, rasch setzte sich die Fröhlichkeit der vergangenen Tage wieder durch, und auch Dona Flor war damit einverstanden: auf diese Weise zerstreute sie sich und durchbrach den Aschenkreis.

Alle waren zurückgekehrt außer der kleinen Ieda mit ihrem spröden Katzengesichtchen und ihrem offenbaren Geheimnis. Hatte sie etwa Angst, Dona Flor unter die Augen zu treten oder das ohne Vadinhos Lustigkeit, ohne sein Lachen, seine Durchtriebenheit, seine Schamlosigkeiten verwaiste Haus wiederzusehen?

Dona Flors wegen hätte sie wiederkommen können, ihr lag nichts mehr an Streit und viel weniger an Vorwürfen. Nur etwas hätte sie gerne genau gewußt: ob die Heuchlerin einen dicken Bauch hatte und womöglich von Vadinho geschwängert worden war?

Dona Flor hatte nie ein Kind von ihm bekommen, doch sie wußte, daß sie daran schuld war und nicht ihr Mann. Ihre Ärztin, Frau Dr. Lourdes Burgos, hatte ihr erklärt und Dr. Jair hatte es ihr bestätigt, daß sie mittels eines leichten Eingriffs fruchtbar werden könne. Doch in ihrer Ängstlichkeit hatte Dona Flor sich dem Messer des Chirurgen entzogen; außerdem hatte Dr. Jair ihr keinen unbedingten Erfolg versprechen können. Auf diese Weise befürchtete sie bei dem Luderleben ihres Mannes vor allem, er könne irgendeiner Frau irgendwo ein Kind machen, aufs Geratewohl.

Dona Flor hatte nie ergründen können, ob Vadinho dieses Kind wünschte oder nicht. Sollte ihre Angst vor dem Hospital und vor dem Bistouri eine freimütigere Unterhaltung mit ihrem Mann verhindert und Dona Flor von mehr oder minder förmlichen Fragen abgehalten haben? Sie selbst wußte es nicht. Allerdings hatte sie ihn mehrmals gefragt:

»Vermißt du denn keinen Sohn?«

Vielleicht weil Vadinho wußte, daß sie unfruchtbar und operationsscheu war, verbarg er deshalb seinen Wunsch nach einem Kind, das mutwillig durchs Haus tollte, etwa ein kleines Mädchen mit blonden Locken wie er oder einen kleinen Jungen mit schwarzem Haar und kupferbrauner Haut wie sie. Einmal, als er den Zauber eines pausbäckigen rosigen Säuglings in einem bunten Kalenderblatt pries, beschloß sie, das heikle Thema anzuschneiden:

»Wenn du wirklich ein Kind haben willst, wage ich die Operation. Dr. Jair behauptet, es kann gut ausgehen. Garantieren freilich kann er nicht ...«

Wie abwesend, wie traumverloren hörte er zu und antwortete nicht gleich, so daß sie halb zürnend die Stimme hob, um ihn seiner Nachdenklichkeit zu entreißen:

»Wenn's nicht klappt, dann eben nicht ... So könnte wenigstens niemand behaupten, du hättest ein Kind haben wollen und ich hätte nichts dafür getan ... Ich will alle Angst aus dem Spiel lassen, du brauchst nur was zu sagen.«

Die letzten Worte kamen tränenschwer und unter Schluchzen hervor.

Nun – er konnte sie nicht weinen sehen, und sogleich streichelte er das bekümmerte Gesicht und lächelte ihr aufmunternd zu:

»Dummerchen, großes Dummerchen ... Was soll das heißen,

dein Dingelchen befummeln zu wollen? Laß dein Pfirsichschlitzchen in Ruhe, mein Schatz, ich werde nicht zulassen, daß man dir da herummurkst, damit es hinterher drinnen plötzlich schief und krumm wird ... Schlag dir die Geschichte mit dem Kind aus dem Kopf ...«

Und als wollte er die Unterhaltung beenden, schloß er sie in seine Arme und zerrte sie ins Schlafzimmer zum Bummeln, ohne ihr am Ende zu verraten, ob er sich nach dem Kind sehnte, das sie ihm nicht schenken konnte, nach diesem Sohn, den er von jeder anderen so leicht bekommen konnte. Und mit seiner unerwarteten Besitznahme löschte er die Zeit der Fragen und Antworten aus und verdunkelte die zwischen ihnen beschworene Gegenwart des nicht vorhandenen Kindes so vollkommen, bis sie sich in Nichts auflöste.

Aber Kinder lieben, das tat er ...! Die Kinderschar zog ihn auch jedem Spielzeug vor, sie rief seinen Namen hinter ihm her, sie lief ihm entgegen. Unter Kindern war Vadinho einer von ihnen, als hätte er ihr Alter und unendliche Geduld. Mirandão hatte ihm und Dona Flor als Patenkind den jüngsten seiner vier Buben anvertraut, der seit dem zartesten Alter verrückt auf den Patenonkel war: kaum sah er ihn, so riß er auch schon sein riesiges Froschmäulchen auf, winkte und wand sich aus den Armen der Mutter hinein in die Vadinhos. Stundenlang spielten die beiden, Vadinho ahmte Raubtiergeheul nach, machte Sätze wie ein Känguruh und lachte glückselig. Er, der so vernarrt in Kinder war, sollte nicht den Wunsch nach einem eigenen Kind hegen? Doch er gestand ihn nie ein; vielleicht um Flor nicht zu dem ungewissen Opfer des chirurgischen Eingriffs zu zwingen.

Dona Flor empfindet in ihrem Witwenbett einen unbehaglichen Stich der Reue. Schließlich hätte sie die Operation trotz des sichtlichen Pessimismus des Arztehepaars wagen können. Vielleicht hatte sie sich von Dona Gisas Meinung, der andere Nachbarn und sogar Onkel und Tante zustimmten, beeinflussen lassen, von einer erzgebildeten Dona Gisa, die sie zum Trost mit Theorien über Erbschaftslehre päppelte, wenn sie sich selbst der Unfruchtbarkeit und Nutzlosigkeit bezichtigte. Selbst die so gütige Tante Lita, die immer Entschuldigungen für Vadinhos Herumtreiberei bereithielt, hatte ihr mehr als einmal gesagt:

»Es gibt Übel, die zum Guten ausschlagen, mein Kind. Stell dir vor, du würdest einen Sohn in die Welt setzen, der nach Vadinho schlägt und an dem Hopfen und Malz verloren sind! Hast du daran schon gedacht? Gott weiß, was er tut ...«

Thales Pôrto pflichtete seiner Frau bei:

»Sehr richtig. Lita hat recht. Um glücklich zu sein, braucht man keine Kinder. Sieh uns an ... Wir haben nie ein Kind gehabt ...«

Und in der Tat: sie lebten glücklich, einer dem anderen zugetan, Pôrto mit seiner Sonntagsmalerei, Dona Lita mit den Blumen ihres Gartens und ihrem uralten Mistkater, schnurrend und verspielt wie ein verwöhntes einziges Kind.

Da so viele Menschen ihr zum Munde redeten, kultivierte Dona Flor mit den wohlmeinenden Ansichten ihre Angst, ihre Angst und – warum es nicht aussprechen? – ihren Egoismus.

In ihrem eisernen Bett wird die Witwe sich zwischen Dona Rozildas säuerlicher Stimme und der süßen Serenadenmusik bewußt, daß es nicht nur die Angst vor der Operation gewesen war. Wäre ihr Wunsch nach einem Kind so stark gewesen wie in Vadinho, sie hätte fraglos den Mut aufgebracht, Arzt und Hospital über sich ergehen zu lassen. Doch Dona Flor lebte nicht im Verlangen nach einem Sohn, nach einem Kind, das ihr Haus mit Lachen und Lärm füllte. Sie lebte im Gedanken an Vadinho, er war ihr Kind, ihn wünschte sie um sich zu haben, ihn, ihren Mann und ihren Sohn, ihren »großen Jungen«.

Vor der Haustür versicherte Dona Norma freundlich, aber bündig:

»Sie muß vergessen, das ist alles, was sie braucht. Sie ist jung, sie kann ein vollständig neues Leben beginnen ...«

»Sie hat diesen Lumpen geheiratet, weil sie ihn wollte ...«

So Dona Rozildas Stimme.

»Wenn Vadinho nichts taugte, dann haben wir noch einen Grund mehr, nicht von ihm zu sprechen, warum müssen wir im Sarg des Verstorbenen herumwühlen? Jetzt heißt es, die Ärmste zu zerstreuen, ihr keine Zeit zu Erinnerungen lassen. Zwar hat sie ihre Schule, doch das ist nicht genug, sie muß ausgehen, sich amüsieren, sie muß vergessen . . .«
Dona Normas Güte kämpft vergeblich gegen Dona Rozildas Murren an:
»Wenn sie wenigstens ein Kind hätte . . .«
Die Worte dringen an Dona Flors Ohr: »Wenn sie wenigstens ein Kind hätte . . .« Ja, dann wäre alles leichter . . . Sie wäre nicht so einsam, so leer, sie hätte wenigstens einen Grund zu leben. Auf der Straße, in der Nachbarschaft, während der Messe und des Segens, auf Markt und Freimarkt stimmen unter Dona Rozildas Taktstock Flors Freundinnen und Bekannte einen Chor der Verwünschungen auf das Andenken des ach so abscheulichen Vadinho an. Dona Flor hält sich die Ohren zu, um nur noch die verflossene Serenade zu hören. Im eisernen Bett liegt sie allein mit der endgültigen Abwesenheit ihres einstigen Mannes. Und ohne ein Kind, um sie zu trösten . . .

16

In den ersten Zeiten ihrer Witwenschaft, in den Zeiten der Trauer, der tiefen Trauer, lebte Dona Flor in Schwarz und in der Stille, in einer Art Wahn, der weder Traum war noch Alptraum, zwischen dem wachsenden Gemurmel der Gevatterinnen und den Erinnerungen an sieben Jahre Ehe. Der Gevatterinnen waren zehn, waren hundert, waren tausend, eine Gemeinschaft des unablässigen Gemurmels; sie kamen im Schlepptau Dona Rozildas und umringten sie mit einem Hofstaat von Klatschsucht, ihre Stimmen erhoben sich zu einem anklägerischen Chor gegen Vadinho, und Dona Rozilda war die Solistin, unterstützt von Dona Dinorás ebenso emsiger Giftzunge.

Dona Flor zerfloß in ihrer Welt der Erinnerungen, sie durchlebte die alten Augenblicke des Lachens und die vergangenen Stunden der Bitterkeit bei dem Versuch, Vadinhos Bild und seinen im Haus zwar nur noch lichten, im Schlaf- und Bummelzimmer aber noch dichten Schatten so gut wie möglich wachzuhalten.
Was, schließlich und endlich, wollten all die ungezählten Gevatterinnen? Die Nachbarn, die Bekannten, die Freundinnen, ihre Mutter, die von Nazareth angereist kam, um ihr in ihrer Not beizustehen, ja fremde Menschen wie die umsichtige Dona Enaide, eine Verwandte Dona Normas? Diese würdige Senhora kam extra von Xame-Xame hergereist – als hätte sie weder Mann noch Kinder und auch keine häuslichen Obliegenheiten –, um ihr unter dem Vorwand des Beileids Vadinhos Übeltaten vorzubeten. Was hatten sie alle im Sinn, wenn sie Flors vernarbte Wunden wieder aufrissen, wenn sie die erloschenen Brände ihres Leidens von neuem entfachten? Warum vertraute ihr Dona Enaide an, als wollte sie ihr Mitgefühl anpreisen, sie kenne jene verhängnisvolle Noêmia, die, heute eine fettleibige verheiratete Frau (ihr Mann schrieb in den Zeitungen), noch immer unter ihren Briefschaften Vadinhos Bild verwahrt hatte?
Dona Flor lebte mit ihren guten und bösen Erinnerungen, alle halfen ihr, die Trauer zu tragen und jene graue Zeit der Verzweiflung und Fremde, jene Aschenöde zu überstehen. Selbst wenn sie so widerwärtige Erinnerungsbilder wie die ihrer früheren Schülerin mit ihrem spöttischen Gelächter und ihrer zynischen Schamlosigkeit wiedersah, selbst wenn sie sich von neuem an derartigen Dornen verletzte, so empfand sie bei diesen Demütigungen doch eine Art bitteren Trost, als wären Erinnerungen und Bilder, Dornen und Erniedrigungen, als wäre alles, was sie mit ihm erlebt hatte, ein Linderungsmittel für dieses Leiden, dieses jetzige Leiden ohne Maß und Mitte. Denn wer war schließlich siegreich aus dem Streit hervorgegangen, wer hatte das Rennen gewonnen, wer hatte ihn behalten? Für wen hatte Vadinho sich entschieden, als Dona Flor ihm an

einem Tag, da es auf Spitz und Knopf stand, ein Ultimatum gestellt hatte: sie oder die andere? Beide zusammen – nein; wenn er wollte, sollte er sich mit der anderen zum Teufel scheren (die Schlampe hatte bereits die Nachricht in alle Winde verstreut, sie werde sich nächstens mit Vadinho häuslich niederlassen), aber dann schleunigst, er solle nicht lange fakkeln ... Und was geschah, welche Entscheidung traf er letzten Endes?

Noêmia hatte bei ihr Kochen gelernt, sie stand kurz vor ihrer Hochzeit, ihr Verlobter forderte eine Frau, die sich theoretisch und praktisch aufs Würzen verstand. Er war ein Snob, dieser Verlobte, ein Geck, der sich als Kino- und Literaturkenner ausgab, ein aufgeblasener Schaumschläger, der Autoren zitierte und Kritiken hervorrülpste, jugendliches Genie, das vor Buchläden in der Ruhmessonne glänzte. Da er es für schick hielt, wollte er, daß Noêmia in der Kunst des Vatapá und des Caruru bewandert wäre: »Ich will diese Bürgerin proletarisiert sehen ...« Und sie fand die Idee ulkig und meldete sich in der Schule GESCHMACK UND KUNST zum Unterricht.

Als Tochter einer traditionellen Familie aus Graça, reich, elegant, fand sie es »pfundig«, mit so einem raffinierten Intellektuellen verlobt zu sein, aber noch »pfundiger« erschien ihr Vadinho mit seiner durchtriebenen Art und seinen schläfrigen Augen.

Als man – die illustre Familie und der talentierte Heiratsanwärter – Lunte roch, lernte Noêmia bei Vadinho alles, und nicht zu knapp, in Amarildes Lustschloß. Es war ein Teufelstheater, das sich als ausgewachsener Skandal zu entpuppen drohte. Glücklicherweise wurde der Verlobte dank seiner Erziehung des Verhängnisses Herr; diplomatisch und geschickt überbrückte er die mißliche Lage, denn er hatte keine Lust, diesen Glückstreffer, diese Goldgrube wegen eines bloßen Vorurteils aus der Hand zu geben. Doch sein guter Wille genügte ebensowenig wie sein verständnisvolles Einlenken, denn die Betreffende wollte »das unüberlegte Abenteuer« keineswegs als beendet betrachten, da sie sich in Sachen Bett vortrefflich bedient sah. Verlobter und Familie sollten zum Teufel gehen, Noêmia wollte mit Vadinho fliehen und unter einem Dach leben. Aber Vadinho dachte nicht daran. Als die Bombe platzte und das Verhältnis ruchbar wurde, als Dona Flor in einem ihrer seltenen heftigen Ausbrüche eine sofortige Entscheidung forderte: sie oder die andere, erstattete er das Mädchen dem Verlobten zurück, der mit einemmal ein noch snobistischerer und begehrenswerterer Ästhet geworden war, denn außer Talent und Bildung hatte er nun noch Hörner erworben; er war ein superlativischer Bräutigam, einen besseren fand man nicht.

»Alles Schlorum zum Zeitvertreib«, hatte Vadinho gesagt, als Dona Flor in ihrer äußersten Not ihm die Pistole auf die Brust setzte und eine unverzügliche Entscheidung forderte. Er hatte nie im Leben daran gedacht, mit jener Noêmia durchzugehen, das sei reine Angeberei dieses Flittchens, das außer einer Nutte auch noch eine faustdicke Lügnerin sei.

Was wollten die Gevatterinnen noch mehr? Dona Rozilda, Dona Dinorá, jene Dona Enaide, die sich besonders aus ihrem Haus in Xame-Xame hierherbemüht hatte, was wollten all die anderen Dutzende, Hunderte und Tausende von Schwatzbasen mit ihrem niederträchtigen Chor von Schmähungen und Beschuldigungen, was wollten sie noch? Wozu jenen Vorfall als Beweis für Dona Flors unglückliche Ehe aufwärmen, als Beweis dafür, daß Vadinho der untauglichste der Ehemänner gewesen sei? Im Gegenteil, das war gerade der vollständigste Beweis für seine Liebe, dafür, daß er Flor jeder anderen vorzog. Besaß jene Noêmia nicht Reichtum und Eleganz, ein Stadtpalais in Graça, ein Scheckbuch, ein Barkonto bei der Bank – Vadinho hatte während jenes Interregnums hoch gespielt –, hatte sie nicht ein Auto mit Chauffeur, überdies das Gymnasium besucht und besaß daher Anfangskenntnisse im Französischen, war sie nicht ganz mit Schmuck behängt und parfümiert, trug sie nicht Modelle und Schuhe aus Rio? Und wen hatte er gewählt, wen vorgezogen, als es wählen hieß? Zu nichts hatte das Scheckbuch genützt und zu nichts die Bequemlichkeit des Autos, das ihn hin und her fuhr, zu ebenso wenig die Roben aus Rio, die Parfüms aus Paris und ihr gewähltes Vokabular: *Mon chéri, mon petit cocô, merde, quelle merde; à lòcé de parler . . .*, wie man in Bahianer Französisch sagt.

Vadinho hatte weder ihrer Entjungferung noch ihrem Flehen: »Du schuldest mir meine Ehre«, noch ihren Drohungen Rechnung getragen: »Du wirst sehen, was kommt, mein Vater wird dich jagen, er wird dich ins Kittchen bringen« – nichts dergleichen hatte ihn in der Stunde der Wahl schwanken lassen. »Wie kannst du dir nur einen solchen Unsinn ausdenken, daß ich dich aufgeben soll, um mich mit einem Miststück wie dem zusammenzutun . . .?« So hängte er die Angeberin dem Verlobten an seine Hörner und ging mit Dona Flor ins Bett. Ah, was für eine Nacht des Friedenstiftens und des Verzeihens! »Alles Schlorum, nur zum Zeitvertreib, meine Dauerfrau bist du, Flor, meine Majoranblüte . . .«

Für die Gevatterinnen war Vadinho der schlimmste von allen schlimmen Ehemännern, die es auf der Welt gab, und Dona Flor die unglücklichste der Ehefrauen. Daher hatte sie kein Recht zu weinen, sich zu beklagen, sie sollte ihrem Schöpfer dankbar sein, daß er sie beizeiten von einer derartigen Prüfung befreit hatte. Fraglos war Dona Flor die Güte in Person, und nur Dona Rozilda konnte wünschen, daß sie sich freue und jubiliere über Vadinhos plötzlichen Tod. Denn böse war er gewesen in allem, böse, dieser Ehemann. Daher war Flors Überschwang an Gefühl, ihre tiefe Trauer, dieses Trauern über allen Anschein und alle Maßen, über jede Witwenpflicht hinaus, dieses reglose, verstörte Gesicht, diese nach innen oder über den Horizont hinweg gerichteten Augen, die ins Unendliche, ins Nichts starrten – all das ging den Gevatterinnen haarscharf zu weit.

Nur in einem waren alle Frauen von Dona Rozilda bis Dona Norma, von Dona Dinorá bis zu Dona Gisa, die wahren Freundinnen sowie die einfachen Klatschbasen, nur in einem waren sich alle einig: Dona Flor mußte die unglücklichen Jahre vergessen, und zwar je früher, desto besser, sie mußte Vadinhos Bild aus ihrem Leben auslöschen, als hätte es nie existiert. In ihren Augen dauerte die Trauerzeit schon viel zu lange, und aus diesem Grunde rückten sie ihr auf den Leib, um ihr – an Hand von Tatsachen – zu beweisen, daß sie des göttlichen Erbarmens teilhaftig geworden war.

Sogar Tante Lita, immer bereit, Vadinho zu entschuldigen, verbarg nicht ihre Überraschung:

»Ich hätte nie gedacht, daß sie es so ernst nehmen könnte ...«

Auch Dona Norma war verwundert:

»So wie sie sich jetzt aufführt, wird sie nie vergessen ... Je mehr Zeit dahingeht, desto schlimmer leidet sie ...«

Dona Gisa mußte kraft ihrer Kenntnisse der Psychologie den Pessimisten widersprechen:

»Das ist nur natürlich ... Und es wird noch einige Tage anhalten und dann enden, und sie wird vergessen und wieder ans Leben denken ...«

»So ist es, genau so ...« Dona Dinorá war der gleichen Auffassung. »Mit der Zeit wird sie merken, daß Gottes Augen über ihr wachten ...«

Doch was die beste Form betraf, in der man ihr helfen sollte, darüber herrschte Uneinigkeit. Dona Norma schlug mit Dona Gisas Unterstützung vor, Vadinhos Namen solle fortan totgeschwiegen werden. Die übrigen unter Dona Rozildas eisenhartem Kommando – Dona Dinorá amtierte als Feldwebel dieses kriegerischen Trupps – machten ihre Klatsch-, Schmäh- und Klagemäuler auf, um sie davon zu überzeugen, daß sie nun endlich daran denken solle, ein ruhiges und glückliches Leben in Frieden, Behaglichkeit und Sicherheit zu führen. Jedenfalls solle sie in der Stille der Frömmigkeit oder im Lärm der Schmährufe die Pfade des Vergessens finden. Sie war noch so jung und hatte noch ein ganzes Leben vor sich ...

»Wenn sie es darauf anlegt, wird sie nicht lange Witwe bleiben«, prophezeite Dona Dinorá, die, wenn es um das Leben anderer ging, einen sechsten Sinn besaß, ein Ahnungsvermögen, ja eine Art Sehergabe. Übrigens schlug Dona Dinorá in ihrem von einem spanischen Komtur geerbten Haus in ihrer Robe de chambre und im Trancezustand Karten und sagte mit Hilfe einer Kristallkugel die Zukunft voraus.

Warum – so fragte sich Dona Flor – war keine auf den guten Gedanken gekommen, sie je an eine gute Tat Vadinhos zu erinnern? Schließlich hatte es in der Fülle seiner unaufzählbaren Gaunereien dann und wann einen Akt der Dankbarkeit, der Großmut, des Gerechtigkeitssinns, der Liebe gegeben. Warum maßen sie alle Vadinho mit dem Maßstab der Bosheit, warum wogen sie ihn nur auf der Waage der Verwünschungen? Doch immer war es so gewesen. Als er noch am Leben war, rannten die Klatschtanten ihr das Haus ein und hatten es nur darauf abgesehen, ihr unangenehme Dinge über Vadinho zuzuflüstern. Und wie sie dabei Dona Flor beklagten, die Ärmste: sie hatte, weiß Gott, einen ehrlichen und anständigen Mann verdient, der sie rücksichtsvoll und zuvorkommend behandelte. Doch nie hatte sie erlebt, daß eine Gevatterin alles stehen und liegen ließ, um ihr zitternd und atemlos vor Freude eine gute Tat Vadinhos zu verkünden.

»Hör zu, Flor, aber sage niemand, daß du es von mir hast ... Vadinho hat im Tierlotto gewonnen und das ganze Geld Norma gegeben, damit die dir ein Geburtstagsgeschenk kauft ... Dein Geburtstag ist noch weit weg, ich weiß, aber er hat Angst gehabt, das Geld auszugeben, und wollte dein Geschenk jetzt schon gesichert wissen ...«

So geschah es bei einer bestimmten Gelegenheit, alle Gevatterinnen wußten es, und nur Dona Norma hatte sich verpflichtet, das Geheimnis zu wahren. Hätte sie indes, unfähig, eine so lange Zeit, nämlich über zwanzig Tage lang, zu schweigen, nicht ihr Versprechen gebrochen, Dona Flor hätte nie von Vadinhos Geste erfahren. Die anderen hielten den Mund, wer machte sich schon die Mühe, gute Kunde weiterzugeben? Dafür läßt sich niemand aus der Ruhe bringen. Nur für schlimme Botschaften. Für diese freilich finden sich genug Boten, und es fehlt nicht an Leuten, die ihre Arbeit hinwerfen und sich den größten Unannehmlichkeiten unterziehen, die Opfer bringen und ihr Schlummerstündchen abbrechen. Eine Hiobsbotschaft austragen, was gibt es Aufregenderes!

Nur aus reinem Zufall verließ Dona Flor nicht an jenem Abend, als Vadinho den Tiefstand seiner Niedertracht erreicht und sein nacktestes Ich gezeigt hatte, das Haus, wenn sie auch bereits die Koffer gepackt hatte. Es stand ihr nämlich im Haus von Onkel und Tante in Rio Vermelho immer ein Zimmer zur Verfügung. Nur wegen einer Bagatelle kam es diesmal nicht zum endgültigen Bruch. Die Straße wimmelte von Gevatterinnen, angezogen vom Geschrei und Gejammer, und alle waren dabei, als der Zigeuner ankam, und alle hörten ihn mit zitternder Stimme sprechen und waren Zeugen von Vadinhos Reaktion.

Indessen, erzählte eine von ihnen die Szene Dona Flor, wiederholte auch nur eine die Worte des Zigeuners? Sonst noch was! Nicht eine von ihnen flüsterte ihr auch nur ein Wörtchen, als hätten sie nichts gesehen und nichts gehört. Im Gegenteil, alle Tratschtanten bestärkten sie in ihrer Entscheidung und sahen mehr als einen Grund für Flors endgültigen Bruch mit der Kanaille. Etliche halfen ihr sogar beim Kofferpacken.

17

Als Vadinho an jenem Abend erschien, erriet Flor sogleich den Grund seines unvermutet frühen Heimkommens. Je mehr sie auf seine Umgangsformen achtete, desto mehr war sie überzeugt: nie war er so zurückhaltend mit ihren Schülerinnen umgegangen, er hielt sich versteckt in einem Winkel des Wohnzimmers und ließ sie in aller Ruhe ihren Kochunterricht nehmen und in der Übungsstunde ihren Geburtstagskuchen bakken. Die jungen Mädchen der neuen Klasse lachten aus unverhohlener Neugierde, in dem Wunsch, den vielbesprochenen Gatten ihrer Lehrerin kennenzulernen: denn auf seine Weise war Vadinho berühmt. Als nach Beendigung der Schulstunde der aufgeschnittene Kuchen unter Lobeshymnen mit Kakaolikör herumgereicht wurde – Kakaolikör war eine Spezialität des Hauses und der ganze Stolz Dona Flors, deren Fähigkeit in der Bereitung von Eier- und Fruchtlikör nur noch mit ihrer Könnerschaft des Würzens zu vergleichen war –, stellte sie mit einem Anflug von Dünkel und stolzer Miene vor:

»Vadinho, mein Mann . . .«

Diesmal kein Scherz, keine zweideutigen Worte, kein Augenblinzeln. Vadinho blieb ernst, fast traurig; Dona Flor kannte die Bedeutung seines Gesichtsausdrucks und hatte Angst davor. Ah! Hätte sie doch ihre Schülerinnen dabehalten und die Unterhaltung hinauszögern können, selbst auf die Gefahr hin, daß der Tunichtgut im Laufe des Abends anzüglich und frech geworden wäre. Ah! Hätte sie die Zwiesprache, das Vis-à-vis mit einem Vadinho vermeiden können, der, erdrückt von der Last seiner üblen Absichten, unfähig war, ihr gerade ins Gesicht zu sehen . . . Aber die Schülerinnen, junge Mädchen und Damen, die ein anstrengendes geselliges Leben führten, schlürften eilends ihren Likör und verabschiedeten sich.

Am Vorabend hatte Dona Lígia Oliva ein für einen großen Empfang zu Ehren hoher Herrschaften aus São Paulo bestelltes riesiges kaltes Buffet auf großzügige Weise bezahlt. Seit ihrer Hochzeit hatte Dona Flor sich ganz auf ihre Kochschule konzentriert und neue Bestellungen ausgeschlagen. Für Personen ihrer besonderen Wertschätzung indessen machte sie nach wie vor eine Ausnahme und sagte bei der Übernahme des Auftrags:

»Für Dona Lígia tue ich alles!«

Diesen Sonderverdienst, der fast immer in Vadinhos Abwesenheit einging, legte Dona Flor jeweils für unerwartete Ausgaben zurück, sei es für einen größeren Einkauf, für eine Krankheit, eine Notlage. Auf diese Weise kamen mit der Zeit einige Contos de Réis zusammen, ein kleines Bündel Banknoten, das sie in einem sicheren Versteck verwahrte. Es waren Ersparnisse für die Anschaffung von häuslichen Gegenständen, von Geburtstagsgeschenken, für die Monatsmiete der Nähmaschinen, Beträge, die allerdings zum großen Teil in Anleihen von hundert und zweihundert Mil-Réis an Vadinho aufgebraucht wurden ...

Unglückseligerweise befand sich der übernächtige Vadinho gerade im Wohnzimmer, als Herr Dr. Zitelmann Oliva (der mit seinen acht bedeutenden Ämtern mehr als genug zu tun hatte) sich die Mühe nahm, persönlich zur Bezahlung zu kommen:

»Seit drei Tagen trage ich das Geld mit mir herum – Lígia hätte mich heute fast geprügelt, als sie entdeckte, daß ich Ihre Rechnung noch nicht beglichen hatte ...«

»Aber, Herr Doktor, bitte, bemühen Sie sich nicht, das ist doch nicht der Rede wert ...«

»Nun, Seu Vadinho«, scherzte die stadtbekannte Figur, »was tun Sie nur, daß Ihre Frau immer jünger und hübscher wird?« Er kannte Dona Flor seit ihrer Kinderzeit, seit langem kannte er Vadinho, der ihn dann und wann anzupumpen versuchte (freilich mit spärlichem Erfolg, denn Herr Dr. Zitelmann war keine leicht zu knackende Nuß).

»Es ist das gute Leben, Herr Doktor, das gute Leben, das sie führt. Verheiratet mit einem Ehemann wie ich, der ihr keine Kopfschmerzen bereitet und ihr nie Sorgen macht ... Sie hat es gut, ist glücklich und braucht sich keine grauen Haare wachsen zu lassen ...« Und Vadinho lachte sein zufriedenes, sorgloses Lachen, und auch Dona Flor lachte über die schamlose Bemerkung ihres Mannes.

An jenem Tag bat Vadinho sie nicht um Geld. Sicherlich hatte er am Vorabend gewonnen und verfügte noch über gewisse Reserven. Doch als er plötzlich am darauffolgenden Abend mit niedergeschlagenem Blick und ernstem, fast traurigem Gesicht erschien, erriet sie sofort den Grund, der ihn früher als sonst nach Hause geführt hatte: er kam wegen Geld. Während die Schülerinnen ihren Likör schlürften, fröhlich ihren selbstgebackenen Kuchen genossen und dabei verstohlene Blicke auf den stillen jungen Mann warfen, faßte Dona Flor schweren Herzens den Entschluß, den sie durch ein Gelübde besiegelte. Sie würde ihm nichts von jenem Geld geben, nicht einen Fünfer. Mit dem Betrag wollte sie einen neuen Radioapparat kau-

fen. Denn Radiohören war Dona Flors Lieblingszeitvertreib und ihre größte Zerstreuung: sie war verrückt auf Sambas und Lieder, auf Tangos und Boleros, auf Scherzprogramme und vor allem auf Hörspiele. Gemeinsam mit Dona Norma, Dona Dinorá und anderen Nachbarinnen das Schicksal der in den armen Ingenieur verliebten Gräfin zu verfolgen war ihr Höchstes. Nur Dona Gisa mit ihrer hochnäsigen Geringschätzung für derartigen Kitsch machte bei dergleichen nicht mit.
Ihr aus ihrer Mädchenzeit stammender veralteter und verbrauchter Apparat kostete nur Geld, alle Nasen lang ging er in die Brüche, verstummte während der aufregendsten Auftritte. Er verursachte nichts wie nutzlose und kostspielige Reparaturen. Diesmal war Dona Flors Entschluß unwiderruflich: sie würde keinen Mil-Réis von ihren Ersparnissen preisgeben, komme, was da wolle. Endlich war es an der Zeit, diesem Mißbrauch einen Riegel vorzuschieben.
Die Schülerinnen verschwanden in einer Wolke von Gelächter und zugleich einigermaßen enttäuscht: war dieser mürrische Kerl in der Ecke der berüchtigte Ehemann ihrer Lehrerin, der im Ruf stand, ein gefährlicher, unwiderstehlicher Schürzenjäger zu sein, jener, in den Noêmia Fagundes da Silva sich rettungslos verliebt hatte? Frei herausgesprochen, er kam ihnen keineswegs so begehrenswert vor, wie die Legende ihn gemacht hatte. Nun stand Dona Flor allein Vadinho gegenüber, allein mit ihrer Angst, mit einem bitteren Geschmack auf der Zunge und bedrückten Herzens. Mühsam stand er auf, näherte sich dem Tisch und füllte einen Kelch mit Likör:
»Dieses Zeug schmeckt gut, steigt aber zu Kopf, es macht wahnsinnig beschwipst und hinterläßt einen Mordskater ... Schlimmere Kopfschmerzen kriegst du nur von Jenipapo-Likör.«
Er versuchte sorglos zu erscheinen, kam auf sie zu und bot ihr liebevoll und zärtlich einen Tropfen aus seinem Glas an:
»Versuch mal, Schatz ...«
Aber Dona Flor lehnte ab, wie sie auch die Liebkosung seiner Hand ablehnte, die sich in ihren Blusenausschnitt zu stehlen

versuchte. Heuchelei, nichts wie Heuchelei, Liebkosungen, nur um meinen Widerstand zu brechen, um meine Ablehnung zu überwinden, Schmeichelei für meine weibliche Schwäche. Sie sammelte alle Kraft, den ganzen alten Groll, dazu die bescheidene Forderung nach einem neuen Rundfunkgerät, und stand auf, von Widerwillen gepeinigt:

»Warum sagst du nicht gleich, was du willst? Oder meinst du vielleicht, ich wüßte es nicht?«

Ernst und traurig blickte Vadinho drein; er war gekommen, weil er kommen mußte, weil er nirgendwo etwas hatte auftreiben können, aber er kam nicht zufrieden, offenherzig und freimütig lachend; ach, hätte er doch nicht zu kommen brauchen!

Auch er kannte den Zweck, für den Dona Flor das jüngst verdiente Geld zu verwenden gedachte. Seu Edgard Vitrola war noch nicht erschienen, denn der alte Apparat stand nach wie vor im Wohnzimmer, wie Vadinho beim Eintreten sogleich festgestellt hatte. Aber er konnte jeden Augenblick hereinkommen mit dem achten Weltwunder, mit einem Wundermöbel aus Elfenbeinholz und Chrom, dem letzten Schrei von Empfangsgeräten, von Wellen und Bändern, von Kilowatts und Voltstärke, imstande, die entferntesten Sender zu empfangen, die von Japan und Australien, von Addis Abeba und Hongkong, nicht zu vergessen die begehrten, weil verbotenen Hetzsendungen Moskaus. Dona Flor hatte ihm durch Camafeu, Berimbau-Spieler und Vitrolas unzertrennlichen Gefährten, einen Eilbescheid geschickt.

Teils mit der Straßenbahn, teils zu Fuß war Vadinho mit seinem Tip und seiner zwiespältigen Hoffnung nach Hause geeilt. Einerseits hoffte er, vor dem Radioverkäufer anzukommen, nie hatte er etwas sehnlicher gewünscht; andrerseits wollte er spät, nach Seu Edgard, eintreffen und weder den alten Apparat noch Dona Lígias Geld, das von seiner Frau sauer verdiente Geld, vorfinden. Nach einem Tag ohne Ruhepause hatte sie die Nacht am Herd verbracht. Zwiespältig war ihm zumute, als er in der Straßenbahn saß, als er auf der Straße ging.

Er betrat das Haus, öffnete das Wohnzimmer. Wenn Seu Edgard noch nicht da gewesen war, was für ein sicheres Zeichen gab es für die Unfehlbarkeit seines Tips? Wenn er dagegen das neue Gerät vorfand, würde er den Abend bei Dona Flor zu Hause verbringen, ihn mit ihr einweihen, mit ihr Musik hören und mit ihr über die gehörten Scherze lachen. Zwiespältig, unschlüssig, so kam Vadinho nach Hause.

Warum war Seu Edgard noch nicht da gewesen? Nun gab es keinen Ausweg mehr.

»Du meinst wohl, daß ich dir nur aus Berechnung schöntue?«

»Nur aus Berechnung und sonst gar nichts ...«

Nur Berechnung, gemeine Berechnung; Dona Flor stellte sich auf die Hinterbeine.

»Warum kommst du nicht heraus mit der Sprache?«

Eine Mauer trennte die beiden in der Stunde der Abenddämmerung, wenn die Traurigkeit aus dem aschenfarbenen und blutroten Horizont eindringt, wenn jedes Ding und jedes Lebewesen mit dem sterbenden Tag ein wenig mitstirbt.

»Wenn es also sein soll, will ich keine Zeit verlieren. Du wirst mir etwas leihen, und wenn es nur zweihundert Mil-Réis sind.«

»Keinen Kreuzer ... Von mir kriegst du keinen Kreuzer ... Woher bringst du noch immer den Mut auf, von ›leihen‹ zu reden? Wann hast du jemals einen Fünfer zurückgezahlt? Das Geld geht aus meiner Hand nur in die Hand Edgards.«

»Ich schwöre dir, daß ich dir's morgen zurückzahle, heute brauche ich wirklich Geld, es ist ein Fall auf Leben und Tod. Ich schwöre dir, morgen kaufe ich dir den Radioapparat und alles, was du sonst noch haben willst ... Gib mir wenigstens hundert Mil-Réis ...«

»Nicht einen Kreuzer ...«

»Hab ein Einsehen, mein Schatz, nur noch dies eine Mal ...«

»Nicht einen Kreuzer ...«, wiederholte sie, als fiele ihr nichts anderes ein.

»Hör zu ...«

»Nicht einen Kreuzer ...«

»Nimm dich in acht, spiel nicht mit mir, denn wenn du es mir nicht im guten gibst, dann im bösen . . .«
Sagte es und blickte um sich, auf der Suche nach dem Versteck. Und schon verlor Dona Flor den Kopf und warf sich in ihrer Verzweiflung auf das alte Rundfunkgerät; dort, hinter den verbrauchten Röhren, hielt sie das Geld versteckt. Vadinho lief ihr nach, doch schon hielt sie die Banknoten in der Hand und forderte ihn gellend heraus:
»Dies da wirst du nicht im Spiel vergeuden. Nur wenn du mich vorher umbringst . . .«
Die Schreie durchbrachen den Abend, aufgestört liefen die Gevatterinnen auf der Straße zusammen:
»Vadinho will Flors Geld, die Ärmste . . .«
»Höllenhund! Wüstes Scheusal!«
Blindlings, mit leerem Kopf stürzte Vadinho auf Dona Flor zu. Der Haß raubte ihm den Verstand. Er packte sie am Handgelenk und schrie:
»Laß die Scheiße los!«
Sie schlug zuerst: sie riß sich los, und da sie sich nicht von neuem packen lassen wollte, trommelte sie mit ihren Fäusten auf seine Brust und schlug ihm mit der flachen Hand ins Gesicht. »Saustück, das zahlst du mir!« keuchte Vadinho, während Dona Flor zeterte: »Laß mich, Elender, hau mich nicht, schlag mich lieber gleich tot, das ist mir lieber!« Und nun stieß und puffte er sie, und sie fiel über ein paar Stühle und kreischte: »Mörder, Hundesohn!« Und er ohrfeigte sie nach Noten. Einmal, zwei, drei und vier Mal. Das Klatschen drang auf die Straße hinaus und brachte den Chor der Empörung und das Klagegeheul der Gevatterinnen zum Ausbruch. Dona Norma öffnete die Türe und trat ein, ohne um Erlaubnis zu bitten:
»Entweder du hörst sofort auf, Vadinho, oder ich rufe die Polizei.«
Vadinho schien sie nicht zu sehen: völlig verwirrt stand er da, das Geld in der Hand, mit zerzaustem Haar, und blickte entsetzt auf die Stelle, wo Dona Flor leise wimmernd kauerte. Dona Norma lief zu ihr hin und hob sie auf. Vadinho, die

Geldscheine umklammernd, rannte zur Tür hinaus. Die Nachbarinnen wichen vom Gehsteig herunter, es war, als sähen sie den leibhaftigen Teufel aus der Hölle auftauchen.
In diesem Augenblick bremste Zigeuners Taxi vor der Haustür. Vadinho erkannte ihn und lächelte ihm zu, weil dieser Zufall ein weiterer Beweis für die Unfehlbarkeit seines Tips war. Er war ganz harmlos durch die Straße gegangen, als diese Gewißheit ihn plötzlich überfiel, eine unbedingte, uneingeschränkte Gewißheit ohne jede Gefahr des Irrtums oder pechöser Störungen, die Sicherheit, daß er an diesem Abend und in dieser Nacht alle Spielbanken der Stadt sprengen würde, eine nach der anderen, angefangen bei den Roulettischen des ›Tabaris‹ bis zu Paranaguá Venturas anrüchiger Spielhölle. Eine Gewißheit, die in ihm wuchs und ihn langsam beherrschte, die sofortiges Handeln forderte und ihn veranlaßte, sich in einer unnötigen Pilgerfahrt nach Spielkapital zu erschöpfen, die ihn letzten Endes gegen seinen Willen zwang, sich Dona Flors Geld anzueignen.
Als er sie jedoch ohrfeigte, war die bewußte Gewißheit plötzlich verflogen, sein Tip verschwunden, er war innerlich ausgehöhlt und wußte nicht mehr, was er mit dem Geld anfangen sollte, als wäre der ganze Aufwand überflüssig gewesen. Doch auf der Straße, angesichts Zigeuners wie durch ein Wunder aufgetauchtem Taxi – denn Vadinho hatte es eilig, noch während des Abendturnus seinen Marathonlauf des Jahrhunderts zu starten –, beruhigte er sich wieder. Als neuen, unbestreitbaren Beweis für die Kraft seiner Eingebung spürte Vadinho, wie seine Hände heiß wurden; mit einemmal fuhr ihm die Hast in die Glieder. Nun gab es für ihn nur noch Roulettische, die kreisende Kugel, die Croupiers, die Nummer Siebzehn, die Einsätze, den nervösen Blick des zu seiner Linken wachenden Mirandão, die Jetons – nur noch das Spiel existierte für ihn.
Er wollte ins Taxi springen, aber Zigeuner hatte sich bereits unter die aufgeregten Nachbarinnen gemengt. Tränen standen in den Augen des Chauffeurs, seine Stimme klang schleppend, zähflüssig.

»Vadinho, Brüderchen, meine Alte ist tot, mein Mütterchen ... Ich hab's unterwegs erfahren, ich komme soeben von zu Hause ... Hab' sie nicht sterben sehen, es heißt, sie hat nach mir gerufen, als es mit ihr zu Ende ging ...«

Zunächst hörte Vadinho nicht zu, doch bald begriff er und drückte Zigeuners Arm. Was war das für eine verrückte Geschichte, die er da erfand?

»Wer ist gestorben? Dona Agnéla? Bist du wahnsinnig geworden?«

»Es ist keine drei Stunden her. Meine Alte, Vadinho ...«

Viele Male hatte er als Junggeselle, aber auch später als verheirateter Mann und sogar in Dona Flors Gesellschaft Dona Agnélas Sonntags-Bohnengericht gegessen, dort draußen am Ende der Straßenbahnlinie Brotas. Urdick und herzensgut, hatte sie ihn wie einen Sohn behandelt, da sie eine Schwäche für den jungen Spieler hatte und ihm daher sein ausschweifendes Leben gerne verzieh. War er nicht bis zu seinem blonden Haarschopf ein Gegenstück zu ihrem verstorbenen Aníbal Cardeal, einem berühmten Spielteufel, ihrem Lebensgefährten und Zigeuners Vater?

»Gleich wie ein Ei dem anderen ... Zwei rettungslose Hallodris ...«

Wieder fühlte sich Vadinho gelähmt und gehemmt. Was für ein saumäßiger Tag, was für ein lausiger Tag: zuerst Flor mit ihrer gottverdammten Hartnäckigkeit und jetzt Zigeuner, der ihm mitten im schönsten Abend Dona Agnélas Leiche vor die Füße schmiß ...

»Aber wie ist denn das passiert? War sie krank?«

»Solange ich mich erinnern kann, habe ich sie nie krank gesehen ... Heute, als ich nach dem Mittagessen fortging, wusch sie Wäsche im Wassertank. Sie sang und schien kreuzfidel ... Und schau, gerade heute war der letzte Wechsel für den Wagen fällig, ich hatte das Geld genau auf den Tostão beieinander. Am Morgen hatten wir noch gezählt, sie und ich ... Sie gab mir, was ich in diesem Monat zurückgelegt hatte, lauter Scheine von zehn Tostões und zwei Mil-Réis. Sie war so froh, weil nun der Wagen mir wirklich gehörte.« Er machte eine Pause und gab sich Mühe, nicht zu weinen. »Sie hat scheint's gesagt, plötzlich täte es ihr in der Brust so weh. Und dann konnte sie nur noch meinen Namen sagen und fiel tot um ... Was mich umbringt, ist, daß ich nicht zu Hause war, sondern gerade den Wechsel des Wagens bezahlte ... Isidro, der von der Kneipe, kam auf den Platz zu meinem Stand, um mir's zu sagen ... Kam gerannt ... Ach, Brüderchen, sie war eiskalt, die Augen quollen heraus ... Nun bin ich gekommen, weil ich keinen Fünfer mehr in der Tasche habe, mein ganzes Geld ging in den Wagen ... Meines und ihres, meiner Alten ...«

Seine Stimme flüsterte, ob die Gevatterinnen es hörten? Auch die Gevatterinnen, vom Schatten abgehoben, starben ein wenig mit der sterbenden Sonne, als Vadinho Zigeuner das von seiner Gewalttätigkeit beschmutzte Geld und damit seinen siegessicheren Spieltip aushändigte.

»Mehr hab' ich nicht ...«

»Kommst du mit? Es gibt so vieles zu tun ...«

»Wie sollte ich nicht ...«

Von Vadinhos Gegenwart befreit, traten die Gevatterinnen ins Haus: drinnen machte Dona Flor sich mit ihren Koffern zu schaffen, während Dona Norma sie umzustimmen suchte. Die Klatschbasen begriffen Dona Normas Beweggründe nicht. Recht hatte nur Dona Flor, haushoch recht. Ein Chor des Flüsterns wurde laut:

»Was für ein ungerechtes Leben, wie kann man einen Menschen nur so quälen ...«

»Sie sollte ihn lieber ein für allemal verlassen ...«

»Daß er es gewagt hat, sie zu schlagen ... Entsetzlich!«

Nie und nimmer glaubte Dona Flor, sie hätten Zigeuners Worte, seine Ankündigung vom Tod seiner Mutter, nicht gehört. Wäre nicht Vivaldo, der vom Bestattungsinstitut, gewesen, Dona Flor hätte nie von Dona Agnélas Ableben erfahren und ebensowenig von Vadinhos Verwendung des ihr entrissenen Geldes. Rein zufällig war Seu Vivaldo vorbeigekommen: da er sich in der Nähe befand, wollte er ihr das katalanische

Rezept für ein bestimmtes Stockfischgericht bringen, eine Köstlichkeit, die er bei einem mordsmäßigen Mittagsmahl im Hause Taboadas verspeist hatte, wo es nie weniger als acht oder zehn Gänge gab. Als er Dona Flors feuchte Augen sah, erwähnte er die traurige Nachricht: arme Dona Agnéla. Er hatte es soeben erfahren, hatte Vadinho und Zigeuner getroffen; er würde den Sarg praktisch zum Selbstkostenpreis liefern. Dona Agnéla verdiente es: sie war eine wahre Arbeitssklavin gewesen und dabei immer so fröhlich, ein wunderbarer Mensch. Seu Vivaldo hatte einmal in Vadinhos Gesellschaft ihr Bohnengericht gekostet...

Erst jetzt begriffen Dona Dinorá und die anderen Gevatterinnen den Zusammenhang zwischen Worten und Gesten einerseits und den im Halbdunkel der Abenddämmerung von der einen in die andere Hand übergewechselten Geldscheinen andrerseits. So jedenfalls behaupteten sie, mag es glauben, wer will.

Seu Vivaldo verabschiedete sich mit dem Versprechen, gelegentlich das spanische Gericht bei Dona Flor zu probieren; das Rezept hatte ihm Mühe und ein Trinkgeld gekostet; er hatte die Haushälterin der Taboadas bestechen müssen, denn Dona Antonieta wachte eifersüchtig über ihren kulinarischen Geheimnissen.

Dona Flor hatte Dona Agnéla in der Endphase ihrer unvergeßlichen Liebschaftstage kurz vor ihrer Hochzeit kennengelernt, als sie die Nachmittage mit Vadinho im geheimen Häuschen von Itapoã verbrachte. Der verbummelte Besitzer des Hauses, der tagsüber mit seinem Tabakhandel beschäftigt war, widmete seine Nächte, die toten Stunden des Morgengrauens, den Weibern. Es tauchte jedoch ein auf der Durchreise befindlicher sensationeller Carioca in Bahia auf, der nur einen Nachmittag zur Verfügung hatte. So erhielt Vadinho den Bescheid, er möge das verschwiegene Absteigequartier an jenem Tag nicht benutzen.

Im Taxi besprach das Paar, wohin man gehen solle. Sie hatte keine Lust aufs Kino, auf eine Nachmittagsvorstellung und allzu auffälliges Gefummel; und in ein Lustschloß konnte er seine künftige Frau wohl kaum führen. Oder sollte man Tante Lita in Rio Vermelho besuchen? Und wenn Dona Rozilda dort auftauchte? So schlug Zigeuner vor, man könne ja auch zu Dona Agnéla gehen, die schon immer den Wunsch geäußert habe, Vadinhos Verlobte kennenzulernen. So verbrachten sie den Nachmittag bei der fetten Wäscherin, schwatzten und tranken Kaffee, Vadinho bei dauerndem Küssen und Tätscheln, Dona Flor scheu und verschüchtert. Dona Agnéla war von dem jungen Mädchen entzückt und hielt ihr eine warnende, mitfühlende Standpauke:

»Was, diesen Wirrkopf wollen Sie heiraten ...? Gott schütze Sie und lehre Sie Geduld, denn die werden Sie brauchen. Ein Spieler ist der schlimmste Weltbürger, mein Kind. Ich habe mehr als zehn Jahre mit einem solchen verbracht, und der war haargenau wie dieser hier ... Blond, wie er, weißhäutig mit blauen Augen ... Verrückt war er aufs Spiel und verspielte alles. Sogar ein Medaillon, das ich von meiner Mutter geerbt hatte, hat der Wahnsinnige verscheuert, um das Geld hinter seinem Laster herzuschmeißen. Er verlor alles und wurde überdies noch wütend, schrie mich an, verprügelte mich ...«

»Er verprügelte Sie?« Dona Flors Stimme wurde gespannt.

»Wenn er einen über den Durst trank, ja, dann schlug er mich sogar ... Aber wie gesagt, nur dann, wenn er zuviel trank ...«

»Und Sie ertrugen es? So was würd' ich mir nie und nimmer gefallen lassen ... Von keinem Mann auf der Welt ...« Bei dem bloßen Gedanken zitterte Dona Flor vor Aufruhr. »Nie werde ich mir so was gefallen lassen.«

Dona Agnéla lächelte verständnisinnig und erfahren; Dona Flor war noch so jung, sie hatte ja noch nicht mal begonnen, zu leben:

»Was sollte ich tun, wenn ich ihn so gerne leiden mochte, wenn er mein Schicksal war? Sollte ich ihn in seinem Jammerleben allein lassen, ohne jemanden, der für ihn sorgte? Er war Chauffeur wie Zigeuner, nur daß er auf Kommissionsbasis arbeitete, als Angestellter. Er hat nie einen Fünfer für die Anzahlung auf einen eigenen Wagen zurückgelegt – der Verschwender. Was ich auf die Seite legte, verlor er im Spiel, er raffte alles an sich, notfalls mit Gewalt. Kam um in einem Verkehrsunfall. Alles, was er hinterließ, war ein kleines Kind, das ich großziehen durfte ...« Liebevoll und mitleidig blickte sie Dona Flor an: »Aber ich werd' Ihnen was sagen, mein Kind ... Wenn er plötzlich wieder am Leben wär, ich tät' mich von neuem mit ihm zusammen. Er ist tot; ich habe nie etwas von einem anderen Mann wissen wollen, und glauben Sie mir, gefehlt hat es nicht an Männern, manche wollten mich sogar heiraten. Ich hatte ihn so lieb, was sollte ich tun, sagen Sie's mir, mein Kind, wenn es mein Schicksal war?«

Es war mein Schicksal, ich hatte ihn lieb ... Was sollte Dona Flor tun? »Sag mir, Norminha, was soll ich nur tun?« Die Koffer leeren, Trauerkleidung anziehen und zu Dona Agnélas Totenwache gehen. »Was soll ich tun, wenn's mein Schicksal ist, wenn ich ihn lieb habe?«

Dona Norma würde sie natürlich begleiten, keine Frage. Sie war auf dem Weg zu einer guten Totenwache, zu einer mit Tränen, mit Schluchzen, mit violetten Blumen, brennenden Kerzen, förmlichen Beileidsumarmungen, Gebeten, Geschichten und Erinnerungen, Anekdoten und Gelächter, mit gutem heißem Kaffee, Gebäck und einem kleinen Schluck Alkohol gegen Morgen; es gab nichts Schöneres als eine richtige Totenwache ...

»Ich ziehe mich im Handumdrehen um ...«

»Was soll ich tun, sag mir's, Norminha, wenn er mein Schicksal ist? Ihn mir nichts dir nichts verlassen, ohne daß jemand da ist, der für ihn sorgt? Was soll ich tun, sag mir's, wenn ich verrückt auf ihn bin und nicht ohne ihn leben kann?«

18

Ohne ihn kann sie nicht leben, will sie nicht leben. Wie soll sie sich daran gewöhnen, wenn das Tageslicht anders ist und aschenumhüllt, ein metallisches Dämmerlicht, in dem Lebende und Tote sich in den gleichen Erinnerungen vermengen. Da sind so viele Bilder und Gestalten um Vadinho, soviel Lachen und soviel Weinen, ein Trubel, eine Wärme, das Klappern der Jetons und die Stimme des Croupiers. Nur in der Tiefe des Gedächtnisses behauptet sich das Leben in seiner Fülle mit dem Morgenlicht und den nächtlichen Sternen; siegreich erhebt es sich über dies Dahindämmern im Koma, über diese Todesstarre.

Schlaflos in ihrem eisernen Bett, verlassen und fremd, bricht Dona Flor auf ins Reich des Geschehenen, in stillheitere Häfen, ins Meer der Stürme. Sie sammelt seltene Momente, Namen, Wörter, den Klang einer kurzen Melodie, sie rekapituliert den abgelaufenen Kalender. Sie wünscht den stählernen Ring dieser Dämmerung zu durchbrechen, denn dahinter liegen die Tage der Arbeit und die Nacht des Ausruhens, das zu lebende Leben. Nicht dieses Leben in trauergrauer Zeit, nicht dieses Dahinvegetieren in einem erstickenden Schlammsumpf, dieses ihr Leben ohne Vadinho. Wie dieser Todeszelle entkommen, wie die enge Pforte dieser nackten Zeit durchschreiten? Ohne ihn kann sie nicht leben.

Erstickt von seiner Abwesenheit, sich im Nebelland wehrend, gefesselt von Strömungen – wie die Schranken des unmöglichen Begehrens überwinden? Wie das Sonnenlicht wiederfinden, die Wärme des Tages, die Morgenbrise, den Abendwind und die Sterne des Himmels, das Antlitz des Volkes? Nein, ohne ihn leben konnte sie nicht, und so holte sie sich ihn zurück in ihren Dunst aus Traurigkeiten, aus Lachen und Erregung, in ihre immer wieder überraschende Welt.

Mochten die Gevatterinnen ihr noch so hartnäckig all die bösen Augenblicke, ihre ätzenden Streitereien, seine Geldgaunereien, seine Sauf- und Ludernächte außer Haus bei wer weiß was für Weibern, seinen Spielwahnsinn ins Gedächtnis zurückrufen! Warum aber machten sie nicht ihr Schandmaul auf, wenn es galt, an die erhebenden Tage während Sílvio Caldas' Bahianer Aufenthalt zu erinnern, als Dona Flor nicht eine ruhige Minute, aber auch keine Sekunde der Traurigkeit erlebte? Es war eine vollkommene Woche, ohne den geringsten Mißton, Dona Flor sieht noch die kleinste Einzelheit vor sich, alles ist ein Füllhorn der Freude, ein Fest. In jener Woche war sie gewissermaßen eine Königin des ganzen belebten Viertels vom ›Kopf‹ bis zum Platz Zum Zweiten Juli, vom Oberen Strand bis zum Unteren Strand, von Sodré bis Santa Tereza, von ›Faulheit‹ bis zum ›Aussichtsturm der Bekümmerten‹. Ihr Haus wimmelte von Menschen; Honoratioren, wirkliche Honoratioren klopften an ihre Türe und baten um Einlaß; denn wenngleich Sílvio im ›Palace‹-Hotel untergebracht war, verbrachte er seine ganze Zeit in Vadinhos Haus, wo er sich gehenlassen konnte, wo er empfing und sich mit jedermann unterhielt, als wäre es sein Heim, als wäre Dona Flor seine jüngere Schwester. Ganz abgesehen von Bekannten wie dem Bankier Celestino, Dr. Luís Henrique, ja Dom Clemente Nigra, kamen Bahias führende Persönlichkeiten ins Haus, sei es zu dem berühmten Mittagsmahl, sei es an anderen Tagen, um den Serenadensänger zu begrüßen und ihm die Hand zu schütteln. Besucher, über die Dona Rozilda in Verzückung geraten wäre, über die sie im siebten Himmel geschwebt hätte, wäre sie nicht glücklicherweise in Nazareth-vom-Mehl gewesen, wo sie das Leben ihrer Schwiegertochter, die laut Heitors Brief endlich ihr erstes Kind erwartete, zur Hölle machte.

Von diesem Mittagsfestmahl hat Dona Flor nicht nur deutlichste Erinnerungen, sondern auch Zeitungsausschnitte aufbewahrt. Zwei Vadinho befreundete Journalisten, einmal jener Giovanni Guimarães, ein Lachbruder und Aufschneider, zum anderen ein Neger namens Batista, ein in Bordellen berühmter Weiberheld, beide beachtliche Gabelschwenker, veröffentlichten in ihren Zeitungen Reportagen über das Fest. So sprach

Giovanni von einem »unvergleichlichen Liebesmahl, veranstaltet zu Ehren des bekannten Sängers von Senhor Waldomiro Guimarães, dem eifrigen Stadtverwaltungsbeamten, und seiner ausgezeichneten Gattin, Dona Florípedes Paiva Guimarães, deren kulinarische Verdienste sich mit äußerster Güte und vollendeter Erziehung paaren«. Dafür erging sich der Neger João Batista in Preisungen über die Vielfalt der Gerichte: ». . . ein Festmahl von unübertroffener Schmackhaftigkeit und Reichhaltigkeit, das die hauptsächlichen Leckerbissen der Bahianer Küche vereinigte, außer einem Dutzend süßer Speisen, ein Beweis für die Spannweite unserer Kochkunst und die Zauberhände der Senhora Flor Guimarães, Gattin unseres Abonnenten Waldomiro Guimarães, eines der fleißigsten und tüchtigsten Beamten der Stadtverwaltung.« Wie man sieht, fühlten die beiden Vielfraße sich so satt und zufrieden, daß sie nicht nur die Kost und Dona Flors Geschmack rühmten, sondern überdies Vadinho zu einem eifrigen, tüchtigen und strebsamen Beamten – eine ziemlich starke Übertreibung – beförderten.

Warum erinnern die Gevatterinnen nicht an dieses Sonntagsessen? Wo das Haus so voll war, daß man sich kaum bewegen konnte, und wo die Tische vor Gerichten brachen. Doktor Coqueijo vom Landgericht, ein Freizeitmusiker, hielt eine Rede und sang ein Loblied auf Dona Flors Künste; der Dichter Hélio Simões versprach ein Preis-Sonett auf die Würzkunst der »bezaubernden Hausfrau, Bewahrerin großer Traditionen, Wächterin des Dendê-Öls und des Pfeffers«. Und alle Gevatterinnen waren dabei, alle samt und sonders, flüsterschwatzend wie immer, und erlebten alles mit; sie sahen, als Sílvio seine Gitarre zur Hand nahm und die leidenschaftlich und brasilianisch geschwellte Brust ertönen ließ. Vor der Haustüre liefen die Leute zusammen und lauschten; noch um fünf Uhr nachmittags tranken viele Geladene und sonstige Festpreller Bier und Zuckerrohrschnaps und baten den Barden um neue Lieder, und er erfüllte allen ihre Wünsche.

Indessen, das Beste von allem, erhaben über jedem mündlichen und schriftlichen Lob in Ansprachen und Versen und was Dona

Flor sogar über Sílvio Caldas' Gesang stellte und was Himmel und Meer mit Frieden und Harmonie erfüllte, war Vadinhos Verhalten. Nicht nur hatte er sämtliche Unkosten des Mahls übernommen (wo hatte er bloß so viel Geld auf einmal aufgetrieben? Eines Wunders wie dieses war nur Vadinhos Lippe fähig ...); an jenem Tag trank er auch nicht über den Durst und unterhielt als vollendeter Hausherr und Gesellschafter seine Gäste. Und als der Serenadensänger zur Gitarre griff und singen wollte, als er Dona Flor, die er »Kleine Blüte, meine Schwester ...« nannte, für Einladung und Bankett dankte, setzte Vadinho sich neben seine Frau und nahm ihre Hand in die seinen. Tränen traten Dona Flor in die Augen, die Erregung war zuviel für sie.

Wie ohne ihn leben? Wo soll sie ohne ihn die Anmut und die Überraschung wiederfinden, wie soll sie sich an die neue Lage gewöhnen? Im ›Abendblatt‹ hatte sie von der Ankunft des Sängers für eine kurze Tournee im ›Palace‹ und im ›Tabaris‹ gelesen. Er würde auch auf Einladung der Stadtverwaltung einen Serenadenabend auf dem ›Campo Grande‹ geben und so dem Volk ermöglichen, ihn zu hören und mit ihm zu singen. War Vadinho zu seinem Empfang im Hafen, oder hatte er die Notiz nicht gelesen?

Als er vor etlichen Monaten zu ihr gekommen war, redete er von nichts anderem, sein einziger Gesprächsstoff war Sílvio Caldas. Er hatte ihm, wie er sagte, sogar ein Bahianer Mittagessen aus Dona Flors Küche versprochen. Solch ein Unsinn ... Wenn ein so berühmter Mann, der Schlagzeilen in allen Zeitungen machte und auf dem Titelbild von Zeitschriften zu sehen war, sich nur eine Woche in Bahia aufhielt, würde er wohl kaum die Zeit finden, auf Bestellung in den Häusern der oberen Zehntausend zu singen; und selbst wenn er es wollte, woher würde er die Zeit stehlen, um im Hause armer Leute zu Mittag zu essen? »Eine Reihe von Huldigungen wird von Angehörigen der höchsten Gesellschaft veranstaltet werden, um die Anwesenheit des großen Künstlers zu feiern«, verkündete die Zeitung. Jedenfalls würde sie mit Genugtuung, und zwar mit großer Genugtuung, die Mühsal dieses Essens auf sich nehmen; sie war sogar bereit, ihre in einer Säule ihres Eisenbetts versteckten spärlichen Ersparnisse zu opfern, ihr Monatsgeld dranzugeben, notfalls Schulden zu machen, um einen so hohen Gast in ihrem Hause würdig zu empfangen und ihm ein echtes Bahianer Mahl vorzusetzen. Sie zweifelte nicht an Vadinhos rasch angebahnten herzlichen Beziehungen; war der Sänger nicht gleichfalls ein eingefleischter Glücksspieler? Doch zwischen einer Spieltischbekanntschaft und einem Besuch im Privathaus lag für eine Berühmtheit wie diese sicherlich ein langer Weg. Für Vadinho indessen lag überhaupt kein Weg dazwischen, auch kein noch so großes Hindernis; für ihn war alles leicht, sein Leben kannte nichts Unmögliches. Mit einem Anflug von Melancholie schnitt Dona Flor mit Dona Norma das Thema an:

»Eine Wahnsinnsidee Vadinhos ... Der denkt sich vielleicht Hirngespinste aus ... Ein Mittagessen für Sílvio Caldas, hast du dir das mal überlegt?«

Doch Dona Norma geriet in Begeisterung:

»Wer weiß, vielleicht kommt er doch? Kleine, da müßten ja alle Läden schließen ...«

Dona Flor wäre mit viel weniger zufrieden gewesen:

»Ich würde mich damit begnügen, zu seinem Serenadenabend zu gehen ... vorausgesetzt, daß ich Gesellschaft hätte ... sonst nicht einmal das ...«

»Was Gesellschaft betrifft, brauchst du dir keine Sorgen zu machen, denn ich gehe auf alle Fälle. Wenn Zé Sampaio nicht mitwill, muß er halt allein zu Hause bleiben. Dann nehme ich Artur mit ...«

Während der Neunzehnuhr-Nachrichten gab der Rundfunk bekannt, der Sänger werde am selben Abend zum erstenmal um zwölf Uhr nachts für das Familienpublikum in dem neben den Spielsälen des ›Palace‹-Hotels gelegenen Festsaal singen und anschließend um zwei Uhr morgens im ›Tabaris‹ für die Bohemiens und Lebedamen. Dona Flor ging mit dem Gedanken zu Bett, bei all der Aufregung um den Sänger sei eines sicher: heute war es überflüssig, auf Vadinho zu warten; wenn

Sílvio Caldas im Land war, brauchte sie sich nicht einzubilden, einen Ehemann zu haben. Wenn die Bande gegen Morgen aus dem Kabarett kam, würde die letzte Falte von Bahias Nacht sie bei den Mysterien des Prangers auf den Wegen nach Sieben Tore, auf dem Meer und den Fischerbooten der Markt-Rampe erwarten.
Und sie schlief und träumte. Einen wilden Traum, in dem Mirandão, Sílvio Caldas und Vadinho mit ihrem Bruder Heitor, ihrer Schwägerin und Dona Rozilda verschmolzen. Alle waren in Nazareth-vom-Mehl, wo Dona Flor der schwangeren, an den Regenschirm der Schwiegermutter angeketteten Schwägerin zur Seite stand. Die Nachrichten der Zeitungen und des Senders sowie der Brief des Bruders verschwammen zu einem einzigen Wirrwarr, es war ein ausgefallener Traum. Dona Rozilda wollte wütend wissen, was Sílvio Caldas in Nazareth suche. Und er antwortete, er sei nur gekommen, um Vadinho bei einer Serenade für Dona Flor zu begleiten. »Bei Serenaden wird mir übel«, fauchte Dona Rozilda. Doch er ergriff seine Gitarre, und seine Stimme aus Blüten und Samt weckte das Volk von Recôncavo in der Nacht des Paraguaçu . . . Dona Flor lächelte im Traum und im Schlaflied.
Es wächst die Stimme auf der Straße, Dona Flor erwacht, aber der Traum geht wie im Wunder weiter, das Lied kommt näher, – Traum oder Wirklichkeit? Schon erwacht das Volk und läuft herbei, um zuzuhören. Rasch wirft Dona Flor einen Morgenrock über und tritt ans Fenster.
Dort unten stehen sie: Vadinho, Mirandão, Edgard Cocô, der erhabene Carlinhos Mascarenhas, der bleiche Jenner Augusto aus den Kabaretts von Aracaju. Und unter ihnen, die Gitarre an die Brust gedrückt, Sílvio mit schwingengleicher Stimme und singt für Dona Flor:

». . . zum Klang der verliebten Melodie
Auf den Saiten der tönenden Gitarre . . .«

Es gab somit eine Serenade, die Straße war in Aufruhr; es gab das Festmahl am Sonntagmittag, das sogar den Weg in die

Presse fand; am darauffolgenden Montag kam Sílvio und kochte das Abendessen, brachte alles mit, band die Schürze um, lief in die Küche und wußte tatsächlich, wie man kocht. An den kommenden Tagen fiel der Stundenplan weg, er kam und ging; gemeinsam wohnten sie einer Capoeira-Vorstellung bei. Doch nichts von dem, was in jener Woche geschah, war mit dem Volksfest am Dienstag zu vergleichen, dem Vorabend von Sílvios Abreise nach Recife. In der Vollmondnacht sang er auf der auf dem ›Campo Grande‹ errichteten Tribüne für die Menge, für das auf dem Platz versammelte Volk.

Dona Flor fragte Vadinho schon gar nicht, ob er hingehen werde: er wich ja nicht von des Freundes Seite. So gab sie ihm nur ihren Entschluß bekannt, dem Konzert mit Dona Norma und Seu Sampaio beizuwohnen, denn für eine derartige Gelegenheit versprach sogar der Schuhhändler sich aus seiner ewigen Müdigkeit aufzuraffen.

Wie groß war daher Dona Flors Überraschung, als gleich nach dem Abendessen Zigeuner mit seinem Taxi vor der Haustür hielt und Vadinho, Sílvio und Mirandão ausstiegen, um sie abzuholen. »Und meine Gevatterin?« fragte sie Mirandão. Die war bereits vorher mit der Kinderschar zum Platz gepilgert. Während Dona Flor ihre Toilette beendete, mischten die Männer sich eine Zitronen-Batida.

Auf der Tribüne bekamen Flor und Vadinho die für die Behörden reservierten Ehrenplätze zugewiesen. Der von einer Grippe ans Bett gefesselte Gouverneur war nicht erschienen, dafür war ein Lautsprecher in nächster Nähe des Palastes aufgestellt worden, damit Seine Exzellenz und die Exzellentissima das Konzert hören konnten. Auf den Ehrenplätzen nahmen außerdem der Bürgermeister und seine Gattin, der Polizeichef mit Mutter und Schwestern sowie der Direktor des Erziehungswesens, die Kommandeure der Militärpolizei und der Staatlichen Feuerwehr mit ihren Angehörigen, außerdem Dr. Jorge Calmon und andere Mitglieder der gesellschaftlichen Elite Platz. Inmitten dieser Lordschaften lächelte Dona Flor Vadinho zu: »Schade nur, daß Mama das nicht alles erleben kann ... Sie

würde ihren Augen nicht trauen. Wir beide mitten unter denen von der Regierung ...«
Vadinho lächelte sein spöttisches Lächeln und sagte:
»Deine Mutter ist ein altes Reff, das nicht weiß, daß im Leben nur Liebe und Freundschaft zählen. Alles übrige ist Quatsch, Einbildung und völlig sinnlos ...«
Plötzlich ein Gitarrenakkord, und schon verstummte das Geraune auf dem Platz. Sílvio Caldas' Stimme, der Vollmond, die Sterne und die Meeresbrise, die Bäume des Parks, das schweigsame Volk: Dona Flor schloß die Augen und lehnte den Kopf an die Schulter ihres Mannes.
Wie ohne ihn leben, wie diese Wüste durchqueren, diesem Dämmerzustand entkommen, sich aus diesem Sumpf retten? Ohne ihn ist alles Quatsch, Einbildung, und das Leben ist völlig sinnlos.

19

In ihrem eisernen Bett zerschmettert ein einziger Gedanke Dona Flor und stürzt sie zerfetzt in die Tiefe ihrer selbst: nie wird sie ihren Vadinho in Fröhlichkeit neben sich sehen, nie mehr. Die Gewißheit durchstößt sie und zerreißt sie; eine giftige Klinge spaltet ihr die Brust und läßt ihr Herz verfaulen, tötet ihren Selbsterhaltungstrieb und löscht ihre lebenshungrige Jugend aus. Mit selbstmörderischen Gedanken liegt Dona Flor in ihrem eisernen Bett. Nur die Begierde hält sie wach und die Erinnerung. Warum wartet sie auf ihn, wenn es nutzlos ist? Warum lodert die Begierde flammengleich, ein Feuer, das ihre Eingeweide verzehrt und sie am Leben hält? Wenn es nutzlos ist, wenn er nicht zurückkehrt, ihr schamloser Geliebter, der ihr Unterrock, Leibchen und Spitzenhöschen herunterreißt, ihre gepellte Nacktheit entblößt und ihr so verrücktes Zeug zuflüstert, daß sie es nicht einmal in der Erinnerung zu wiederholen wagt, weil es so verrückt und unanständig und herrlich ist ... Er wird ihr nicht mehr den Nacken streicheln, nicht mehr Hüften und Bauch, wird sie nicht mehr erwecken und einschläfern mit einem Sturm der Begierde, einem Taifun, der sie blind hinwegfegt, einer Brise der Zärtlichkeit, Zephir aus Seufzern, und Verlöschen und neues Erwachen. Ach, nie mehr! Nur die Begierde hält sich wach und die Erinnerung.

»Wie eine leidende Seele im feuchten, todesstillen Haus, der reinsten Gruft.« Modergeruch an den Wänden, an der Decke und auf dem Fußboden, eiskalte Verlassenheit in Erwartung der Spinnen und ihrer Gewebe. »Eine Gruft, in die sie sich mit dem Andenken an Vadinho gesperrt hat.« Dona Flor ganz in Schwarz, Trauer innen und außen, verfault. Ihre Freundin Dona Norma kommt und sagt:

»So kann das nicht weitergehen, Flor. So ist's unmöglich. Bald ist ein Monat herum, und du lebst wie eine leidende Seele, die im Haus umherirrt. Dein Haus, das ein Schmuckkästchen war, verschimmelt langsam; aber jetzt, Gott verzeih mir, sieht es bald wie eine Gruft aus, in die du dich gesperrt hast. Tu was, mach Schluß, fort mit der Trauer . . .«

In dieser Atmosphäre, in der Gelächter und Scherzen falsch geklungen hätten, fanden sich ihre Schülerinnen nicht mehr zurecht. Wie sollte man den herzlichen Alltagston der Unterrichtsstunden beibehalten und die angenehme Illusion des Zeitvertreibs, der Schlüssel zu dem großen Erfolg der ›Kochschule Geschmack und Kunst‹, wenn die Lehrerin nur pflichtgemäß und mühsam lachte? In ihren vergangenen Zeiten als Kochschülerin hatte Dona Magá Paternostro, die Millionärin, in einer komischen Pose auf der Türschwelle des ersten Stocks der Alvo-Steige ein Plagiat auf den ›Elsässischen Studenten‹ deklamiert:

»Heil dir Schule, so heiter alle Zeit
Und deiner jungen Lehrerin, zum Scherzen stets bereit . . .«

Seit jener Zeit war Dona Flors Schülerschaft gewachsen, denn jede Senhora warb unwillkürlich für sie, indem sie die Schule ihren Freundinnen empfahl: »Sie ist fabelhaft, kocht wie keine andere, versteht zu lehren und ist eine zauberhafte Person. Die

Unterrichtsstunden sind so lustig, man lacht zwei Stunden lang und bekommt nur Anekdoten und Witze zu hören. Es gibt keinen besseren Zeitvertreib.« Mitunter sah sie sich gezwungen, in Anbetracht der zahlreichen Anwärterinnen für beide Viermonatskurse Schülerinnen abzuweisen. Nun aber waren bereits drei junge Mädchen ausgeschieden, und schon kreiste die Nachricht von der bevorstehenden Schließung der Schule. Wo war die »zum Scherzen stets bereite junge Lehrerin« geblieben? Wo die »zwei Stunden der Anekdoten und Witze«? Mitten im Unterricht, wenn die jungen Mädchen lachten, wurde Dona Flor plötzlich abwesend, ihre Augen irrten in die Weite, und ihr Gesicht nahm einen verstörten Ausdruck an. Wer hat Lust, die Trauer anderer Leute zu tragen, sich Tag für Tag mit einem Toten abzuplagen, als gäbe es keine Friedhöfe?
Auch ihre Gevatterin Dionísia de Oxóssi kam zu Besuch und brachte Dona Flors prachtvollen kleinen Patensohn mit; sie war ganz in Schwarz, wie es das Ritual der Höflichkeit erforderte, aber sie lächelte, denn fast ein Monat der Trauer war vergangen, und mit diesem Besuch beendete sie einen Turnus von dreien. Dona Flors trostlose Miene bestürzte sie, ein so verhärmtes Gesicht ging der Gevatterin gegen den Strich.
»Sie müssen die ganze Sache endlich einmal begraben, Gevatterin ... Sonst fängt sie zu stinken an und wird alles bei Ihnen aufzehren und Euer Gnaden dazu ...«
»Ich weiß nicht, was ich tun soll. Ich habe nur Ruhe, wenn ich an ihn denke.«
»Dann sammeln Sie alles, was Sie an Andenken an den Namensvetter haben, scharren seine ganze Last zusammen und begraben sie tief in Ihrem Herzen. Kehren Sie alles zusammen, das Gute und das Schlechte, und beerdigen Sie die ganze Last. Und dann legen Sie sich hin und schlafen sich beruhigt aus ...«
Mit Büchern unter dem Arm und in einem duftigen Sommerkleid, das ihre Sommersprossen und ihre Gesundheit zur Schau stellte, tadelte Dona Gisa, ihre Ratgeberin:

»Was soll das heißen? Wie lange soll diese Vorstellung noch dauern?«

»Was soll ich tun? Es liegt nicht an mir ...«

»Und deine Willenskraft? Sag dir selbst: Morgen beginne ich ein neues Leben. Schließe die Tür der Vergangenheit zu und lebe auf.«

Der Chor der Gevatterinnen sang seine Litanei:

»Ohne die Pest dieses Mannes kann sie endlich glücklich leben ... Sie sollte Gott auf den Knien danken ...«

Im Klosterhof über dem endlosen Meer aus blaugrünem Öl strich Dom Clemente Nigra ihr über das traurige Gesicht und betrachtete ihre tiefe, stechende Trauer und ihre verhärmte, ergebungsvolle Gestalt. Dona Flor hatte ihn aufgesucht, um die Monatsmesse zu bestellen.

»Meine Tochter«, murmelte der elfenbeinhäutige Frater, »was ist das für eine Verzweiflung? Vadinho war doch so fröhlich, er lachte so gern ... Immer, wenn ich ihn sah, wurde mir klar, daß die schlimmste Todsünde die Traurigkeit ist, die einzige, die das Leben beleidigt. Was würde er sagen, wenn er Sie so sähe? Es würde ihm bestimmt nicht behagen, alles Traurige war ihm zuwider. Wenn Sie Vadinhos Andenken treu sein wollen, begegnen Sie dem Leben mit Fröhlichkeit ...«

Die Tränentanten des Viertels deklamierten einstimmig:

»Jetzt endlich kann sie froh sein, denn der Hund schmort in der Hölle.«

Wie in einem Ballett bewegten die Gestalten sich vor Dona Flors Zimmerwand: Dona Rozilda, Dona Dinorá, die Betschwestern mit ihrem Sakristeimoder und Dona Norma, Dona Gisa, Dom Clemente und endlich Dionísia de Oxóssi, lächelnd, mit ihrem Dreikäsehoch.

»Vergraben Sie die Last des Namensvetters im Herzen, Gevatterin, legen Sie sich hin und schlafen Sie ...«

Aber ihr Körper wehrt sich und wünscht ihn herbei. Sie überlegt, denkt nach, hört die Freundinnen, gibt ihnen recht, man sollte wirklich dem täglichen und sich jedesmal verschlimmernden Sterben ein Ende machen. Aber ihr Körper wehrt sich dagegen und wünscht ihn verzweifelt herbei. Nur das Andenken gibt ihn zurück und bringt ihn ihr wieder. Ihn, Vadinho, mit seinem frechen Bärtchen, seinem spöttischen Gelächter, seiner Unverschämtheit, seinen anzüglichen und doch so anziehenden Bemerkungen, mit seinem Haarflaum und seiner Stichnarbe. Von neuem will sie mit ihm ins Leben reiten, will wieder seinen Arm nehmen, über seine Schlechtigkeiten – und es waren nicht wenige – in Harnisch geraten und, unter seinen Küssen verlöschend, unzüchtig stöhnen. Aber ach, es gilt zu reagieren und zu leben, ihr Haus zu öffnen und ihre verschlossenen Lippen, ihre Zimmer zu lüften und ihr Herz dazu, Vadinhos Last zu packen und tief zu begraben. Wer weiß, so wird sie vielleicht ihr Begehren zur Ruhe bringen können. Eine Witwe – hat sie oft sagen hören – muß für derartige Appetite, für solche sündige Gedanken unempfindlich sein, ihre Begierde muß schrumpfen, sie selbst muß welken wie eine nutzlose, vertrocknete Blume. Witwenbegierde endet im Sarg des beerdigten Ehemanns und wird mit ihm begraben. Nur eine sehr schamlose Frau, die ihren Mann nicht liebt, hat noch dergleichen Unzüchtigkeiten im Kopf. Warum hat Vadinho nicht das sie verzehrende Fieber mitgenommen und die ihre Brust blähende Verzweiflung, den ihren aufsässigen Leib quälenden Schmerz? Es ist an der Zeit, von neuem den Toten zu begraben und damit die ganze Last: seine Unflätigkeit, seine Bosheiten, seine Durchtriebenheiten, aber auch seine Fröhlichkeit und seine Großmut; außerdem alles, was er in Dona Flors Gefügigkeit eingepflanzt hat, die von ihm entfachte Glut, ihr schmerzhaftes Drängen, ihren Liebeswahnsinn, ihr brennendes Begehren, ach, das verbrecherische Begehren einer schamlosen Witwe!

Doch vorher sucht sie ihn wenigstens noch ein Mal, ein letztes Mal, findet ihn auch und geht mit ihm, eingehakt. Sie trägt Schmuck wie in ihrer Jungmädchenzeit, als sie und Rosália, die beiden armen Kirchenmäuse, an Festen reicher Bürgerfamilien teilnahmen und so geschmackvoll gekleidet waren, daß sie den Luxus der übrigen ausstachen.

Ach, Nacht, vor allen anderen schöne und schreckliche Nacht der Neuheit und der Überraschung, der Angst und der Hochstimmung, der Demütigung und des Triumphes! Mit der Erregung des Tanzsaals und des Spielsaals, mit zum Reißen gespannten Nerven, mit festlich stürmendem Herzen, herrlichste aller Nächte!

Zum allerletzten Mal geht sie mit ihm, ganz langsam. Schritt für Schritt stellt sie den widersinnigen Weg jener sternlosen Nacht wieder her: das Verlassen des Hauses, die beiden und Dona Gisa, das Nachtmahl, der Tango, die Vorstellung, die hüftenwiegenden Mulattinnen, die singenden Negerinnen, Roulett, Bakkarat, Beschimpfung und Zärtlichkeit, die Heimfahrt in Zigeuners Taxi wie zu alten Zeiten, Vadinho mit seiner Ungeduld, sie vor der lächelnden Gisa zu küssen. Und seine Hast, mit der er, kaum waren sie im Schlafzimmer, ihr das bildschöne Kleid vom Leibe riß und zerstörte:

»Ich weiß nicht, was du heute hast, mein Schatz, bist ein tolles Weibsstück, ich bin völlig wahnsinnig nach dir. Komm, rasch ... sollst sehen, was Bummeln heißt, wie du noch nie gebummelt hast. Heute ist der Tag, sei bereit. Ich hab' dir geschenkt, was du verlangt hast, nun mußt du's bezahlen ...«

Und Dona Flor sank aufs Bett und zitterte. In jener Nacht wurde die Galle zu Honig, von neuem öffnete sich die Wunde in höchster Lust; nie war sie eine so läufige und wütend besessene Hündin, eine in ihrer Ausschweifung so unterwürfige Sklavin gewesen, ein Weibchen, das alle Wege der Begierde durchlief. Weiden der Blumen und Süßigkeiten, Forste feuchter Schatten und verbotener Pfade bis zum endgültigen Bollwerk. Eine Nacht, in der die engsten, verschlossensten Türen aufgebrochen wurden, Nacht, in der die letzte Bastion ihrer Scham fiel, ach, *Deo gratias*, Halleluja! Als die Galle zu Honig wurde und der Schmerz zum seltenen, kostbaren, göttlichen Vergnügen. Nacht des Gebens und des Nehmens.

Das war an Dona Flors Geburtstag, und es war noch nicht lange her, es war im letzten Dezember, kurz vor Weihnachten gewesen.

20

Zwischenspiel mit dem Neger Arigof und dem schönen Zèquito Mirabeau

Vadinho erwachte spät, nach elf Uhr, er war nach einer wüsten Besäufnis gegen Morgen nach Hause gekommen. Als er sich rasierte, fiel ihm die ungewohnte Stille und das Fehlen der Schülerinnen des Morgenkurses auf. Warum fand an jenem Tag kein Unterricht statt? Denn eines der jungen Mädchen, eine goldbraune Mulattin, schlank und zerbrechlich, hatte ihm Augen gemacht und ihn auf ihre gezierte Art angesprochen. Vadinho hatte bereits beschlossen, sie, sobald er Zeit haben würde, auszuführen; er wollte sie mit der wilden Schönheit der verlassenen Strandstreifen und dem Geschmack der Flut bekanntmachen. Ein zartes gertenschlankes Reh war die durchtriebene Ieda mit ihrer Anmut und ihrer Verführungskunst, nun war sie an der Reihe und wartete nur darauf, aufgerufen zu werden. Im Augenblick kam Vadinho zwar den erotisch-sentimentalen Forderungen Zilda Catundas nach, der ausgelassensten der drei vorlauten Schwestern Catunda, fühlte aber, daß das Ende des Verhältnisses vor der Tür stand: die Gefallsüchtige wurde plötzlich anspruchsvoll, wollte befehlen, ihn überwachen, und die Vermessene bildete sich ein, sie müsse sogar auf Dona Flor eifersüchtig werden.

Wenn es also weder Sonn- noch Feiertag war, warum wurden dann keine Schulstunden abgehalten? Als er das Badezimmer verließ, bemerkte er die festliche Atmosphäre; Dona Norma half in der Küche, Tante Lita staubte die Möbel ab, Thales Pôrto saß bequem im Liegestuhl mit seinen Zeitungen und einem Gläschen Likör. In der Luft schwebte der Duft eines Festschmauses. Doch wozu dieses Gedenkbankett, wenn kein sichtbarer Anlaß vorhanden war?

Ein reichhaltiges Mittagsmahl, das Haus voll von Freunden, ein Sonntagsgaudium, das war eine von Vadinhos Lieblingsvergnügungen. Wäre es mit seinen Finanzen nicht so kläglich bestellt gewesen, er hätte viel häufiger eine Rabada und ein Sarapatél, eine Maniçoba oder ein Vatapá gegeben. Denn kaum spürte er eine Glückswelle im Anzug, plante er auch schon ein Bohnengericht, ein Essen mit Sonnenfleisch und Milchpüree, eine braune Hühnersauce, gar nicht zu reden vom klassischen Caruru zu Cosme und Damião im September und von Canjica und Jenipapo zu São João. Aber plötzlich, aus heitrem Himmel dieses Mittagessen ohne Warnung noch Einladung, was zum Teufel sollte das bedeuten? Dona Norma antwortete barsch:

»Und du hast noch den Nerv zu fragen, Vadinho? Weißt du nicht, daß heute deine Frau Geburtstag hat?«

»Flor? Was ist heute für ein Tag? Neunzehnter Dezember?«

Und die Nachbarin schimpfte kläffend:

»Du hast überhaupt kein Schamgefühl ... Los, sag mir's: was hast du für sie gekauft, was wirst du dieser Heiligen schenken ...?«

Nichts, Dona Norma, nichts hatte er gekauft und verdiente daher die Abreibung, die Zurechtweisung für seine Gedankenlosigkeit, aber war er der Mann, um sich an Geburtstage zu erinnern und Krimskrams in Läden zu kaufen? Zu schade, nun hatte er eine Gelegenheit verpaßt, mit einem Mordsgeschenk Staat zu machen. Dona Flor wäre selig gewesen wie bei einem früheren Geburtstag, als er Dona Norma im voraus ein schönes Sümmchen ausgehändigt und sie beauftragt hatte, »ein anständiges Andenken für sie zu kaufen, nicht zu vergessen einen Flakon Parfüm, Marke ›Royal Briar‹, das sie so liebt«.

Zu schade, daß er es übersehen hat, gerade jetzt, wo er eine außergewöhnliche Glückssträhne erlebt und vier oder fünf Tage hintereinander stramm gewonnen hat. Und zwar nicht nur beim Roulett, beim Bakkarat, beim Würfelspiel, sondern auch im Tier-Lotto; die Woche hatte damit begonnen, daß er zwei aufeinanderfolgende Tage mit dem ›Tausend‹ Erfolg gehabt hatte.

Er war finanziell so gut bestückt, daß er einen mit Protest bedrohten Wechsel eingelöst hatte, um der Verpflichtung eines Dritten Genüge zu leisten und damit dessen Kredit und guten Namen zu retten. Dabei war der Lapperkerl nicht einmal sein Freund, sondern nur ein Großmaul, eine bloße Bar- und Kabarettbekanntschaft. Es war übrigens im ›Tabaris‹ gewesen, wo der stinkbesoffene Amazonenser sich großmütig, ja begeistert bereit gefunden hatte, für ein Eigenakzept Vadinhos mit dreißig Tagen Laufzeit zu bürgen.

Stark einen Monat später wurde Vadinho in die Direktion der Bank gerufen, die den Wechsel diskontiert hatte. Unverzüglich kam er der Einladung nach, er legte großen Wert darauf, mit den Leitern und Abteilungsleitern – von denen er so stark abhing – auf gutem Fuß zu bleiben.

»Meister Vadinho«, sagte der Henker, übrigens ein netter Kerl, Seu Jorge Tarquínio, »ich hab' hier einen Vorzugswechsel von Ihnen, verfallen ...«

»Von mir? Ich schulde keinem Menschen einen Fünfer ... Lassen Sie mal sehen ...«

»Zu Diensten, und dann bitte zur Kasse!« Der Beamte reichte ihm das Akzept. Vadinho erkannte seine Unterschrift und die des Bürgen:

»Aber Seu Tarquínio, wenn der Wechsel einen Bürgen hat, warum jagen Sie mir dann einen solchen Schrecken ein und sagen, daß ich Geld schulde ... Sie brauchen ihn nur Raimundo Reis vorzulegen und einziehen zu lassen, der Mann stinkt vor Geld, er besitzt eine Vieh-Fazenda, eine Zuckerraffinerie, ein Rechtsverdreherkontor, er fährt jedes Jahr nach Europa ... Ihn müssen Sie herzitieren ...«

»Natürlich haben wir uns zuerst an ihn gewandt, denn er ist der Bürge ... Aber er hat erklärt, er zahlt unter keinen Umständen. Er weigert sich rundweg ...«

Angesichts einer derartigen Unverfrorenheit schlug Vadinhos Verwunderung rasch in Wut um:

»Er hat gesagt, er zahlt nicht, er weigert sich rundherum? Sehen Sie doch nur, Seu Tarquínio, was es nicht alles auf der

Welt gibt ... Was für ein zynisches und schamloses Miststück! Treibt sich im Kabarett herum und rülpst seine Reichtümer hervor, zählt alle seine Léguas Land auf und sein Vieh und seinen Zucker, behauptet, er habe einmal in Paris drei Weiber auf einmal verlötet – eine regelrechte Millionärsangeberei. Und schon vertraut man ihm und fällt prompt dabei herein, weil man seine Unterschrift akzeptiert, als wäre er ein anständiger Mensch. Ergebnis: protestierter Wechsel mangels Zahlung, mein Kredit gefährdet, und ich werde zur Bank zitiert ...«

»Aber Vadinho, schließlich waren's doch Sie, der Geld geliehen hat ...«

»Seu Tarquínio, hören Sie mich um des lieben Himmels willen an ... Wenn dieser Steuerhinterzieher sich keine Bürgschaften leisten kann, warum bietet er sie dann an? Schließlich hat er doch die Verantwortung für die Einlösung übernommen; hat er oder hat er nicht die Verpflichtung für die Bezahlung des Wechsels übernommen, falls ich nicht zahle? Er hat sie übernommen, und ich war alle Sorgen los ... Und nun ... Das war sehr unfein von ihm ... Das sind die Typen, bei denen man sich hinterher für schlechte Bankauskünfte bedanken darf ... Wenn der Fratzenkopf einen Wechsel gegenzeichnet, so, weil er zu zahlen bereit ist, Seu Tarquínio. Dieser Raimundo Reis müßte ins Kittchen fliegen, der gottverdammte Schwindler ...«

All diese sinnlose Empörung zielt natürlich nur darauf ab, daß ich den Wechsel verlängere, dachte Seu Tarquínio, schon halb und halb bezwungen. Doch wer beschreibt seine Verwunderung, als Vadinho die Hand in die Tasche steckte und die unwahrscheinlichen Scheine hervorzog:

»Sehen Sie, Seu Tarquínio, was für einen Verlust mir der Gauner einbringt? Das kommt davon, wenn man sich mit Halunken einläßt ... Und so was muß mir passieren, einem, der seine Bürgen immer sorgfältig aussucht ... Raimundo Reis, wer hätte das geahnt ... Wer lebt, der lernt ...«

Doch der Fehlbetrag verursachte ihm keinerlei Beschwerden,

seine Glücksflut hielt an; der Kies, geschoben von der Harke des Croupiers, rollte in bunten Jetons in seine Hände und landete in Scheinen und Münzen in seiner Tasche, und es folgten Wochen der Fest- und Trinkgelage, der ungeahnten Bummelnächte.

Ein Glücksüberschwang, der am Vorabend in einer gewaltigen Apotheose gipfeln sollte! Vadinho, der von Zé Sampaio geträumt hatte, gab sich nicht einmal die Mühe, in seinen ›Buchtips‹ nachzuschlagen, denn wozu? ›Bär‹ war der todsichere Tip, und so geschah es auch: ›Bär‹ kam heraus in ›Hundert‹, in ›Zehner‹ und in der ›Gruppe‹: ein später im ›Tabaris‹ beim ›französischen Hasen‹ und beim Bakkarat vervielfältigter Rebbach. Eine schwarze Nacht für die Spielbankiers, denn Vadinho hörte nicht auf zu gewinnen, zwar ohne zu übertreiben, doch dafür mit unbeirrter Ausdauer, während der Neger Arigof, dem an jenem Morgengrauen der Teufel im Leib saß, in weniger als zehn Minuten sechsundneunzig Contos de Réis beim Roulett einstrich.

Der Neger erschien erst gegen Ende der Nacht, als der Croupier schon die letzte Kugel ankündigen wollte. Er kam mit eingezogenem Schwanz aus der Spelunke der ›Drei Herzöge‹, wo die ›Ronde‹ ihm die letzten Klimpermünzen aus der Nase gezogen hatte. Anschließend hatte er noch den ›Abaixadinho‹ und Cardoso Perebas Mausefalle abgeklappert und war schließlich im ›Tabaris‹, dem letzten Hafen seiner glücklosen Kreuzfahrt, gelandet.

Das ›Tabaris‹ war ein Winkel, halb Kasino, halb Kabarett, und wurde von den Lizenzträgern des ›Palace‹-Hotels betrieben. Dort traten die erstklassigen, vom ›Palace‹ verpflichteten Künstler auf und daneben eine zweite Kategorie von uralten, am Ende ihrer Karriere stehenden Scharteken bis zu kaum geschlechtsreifen Kindern, die einen wie die anderen betreut vom Verwalter Seu Tito, der darin völlig freie Hand hatte. Für die ersten empfand er Mitleid, was gab es Melancholischeres, Tragischeres als eine abgetakelte Schauspielerin ohne Spielvertrag? Die zweiten ließ er zu einer Probe in sein schmuddeliges Büro kommen und prüfte sie; wenn sie nicht für die Bühne in Frage kamen, ließ er sie als Animierpuppen arbeiten, ohne Gewinn für sich. Im Verlauf der Nacht nahm das ›Tabaris‹ die Stammgäste des ›Palace‹ auf, meist Leute von Stellung und Geld, dazu den Ausschuß der verschiedenen Schenken, so des ›Abaixadinho‹, einer Kneipe, die sich als Kasino aufspielte, bis zur anrüchigen Höhle Paranaguá Venturas. Dort beendigten alle die Nacht mit einem letzten Versuch, mit der allerletzten Hoffnung.

Arigof kam herein und sah den Triumph Vadinhos, umringt von einer Horde Gaffer, die seine Hochform beim Bakkarat bestaunten, linker Hand neben ihm Mirandão, der ihm von Zeit zu Zeit eine Spielmarke mauste, rechter Hand mehrere Damseln, unter ihnen die Schwestern Catunda. »Rasch, ein Jeton, Brüderchen, rasch, denn es ist gleich Schluß«, flehte Arigof in leidenschaftlich-leidendem Geflüster. Ganz in seine Karten versunken, griff Vadinho in die Tasche, zog ein Jeton heraus und blickte nicht einmal auf seinen Wert. Es war eine kleine Spielmarke, fünf Mil-Réis wert, mehr wollte der Neger nicht. Er lief zum Roulett, legte das Geschenk auf Nummer 26, auf der die Kugel erstarb; zweimal kam dieselbe Zahl. Zehn Minuten später war das Spiel zu Ende, Arigof hatte sechsundneunzig Contos gescheffelt, Vadinho zwölf, von dem einen Conto dreihundert in Mirandãos solidarischer Tasche nicht zu reden.

In jener Nacht bestellte und zahlte der Neger Arigof mit seiner britannischen Eleganz und seinen großherzoglichen Umgangsformen im voraus Stoff und Macherlohn für sechs Anzüge aus dem besten englischen weißen Leinen. Seit langer Zeit schuldete er Aristides Pitanga, einem roulettbesessenen und spielscheuen Schneider, sechzig Mil-Réis. Der Geiz erlaubte ihm nicht mehr als ein oder zwei bescheidene Einsätze pro Nacht; meist umschlich er nur die Tische, bibberte bei den Wetten der anderen, gab Tips von sich und kiebitzte als Kommentator über Glück und Unglück im Spiel.

Schon lange betete der Schneider für die Seele der ausstehenden

Rechnung, doch angesichts der überwältigenden Leistung des anspruchsvollen Prellkunden verlor er alle Ruhe und allen Anstand, grub den Schuldenbetrag aus dem Konto Außenstände aus und kassierte seine Rechnung an Ort und Stelle, in Gegenwart der Mitspieler und Halbweltdamen – eine unerhörte Beleidigung. Der Neger geriet nicht aus der Fassung:
»Sechzig Mil-Réis? Für den Anzug von damals ...? Und sagen Sie mir, Pitanga, was verlangen Sie heute für einen weißen Leinenanzug?«
»Gewöhnliches Leinen?«
»Englisches, Marke S 120, eierschalenfarben. Vom besten, was es am Platz zu kaufen gibt.«
»Um die dreihundert Mil-Réis ...«
Arigof steckte die Hand in die Tasche und zog Scheine von fünfhundert heraus:
»Hier sind zwei Contos ... Machen Sie mir sechs neue Anzüge. Ziehen Sie Ihre sechzig Mil-Réis ab und behalten Sie den Rest als Trinkgeld für Ihre Mühe, die Rechnung eines Kunden am Spieltisch eintreiben zu müssen ...«
Damit warf er dem Schneider das Geld ins Gesicht und machte kehrt, während der andere unter dem Hohngepfeife der Frauenzimmer völlig verdattert die Banknoten vom Boden aufsammelte.
Ein Hidalgo war dieser Arigof in Kleidern und in Manieren, und als echter Hidalgo hatte er im Leben nie etwas anderes getan als gespielt. Arm wie Hiob, ein pechschwarzer Neger, Meister der Capoeira, hatte er im ›Palace‹-Hotel Lokalverbot; dort hatte es bei einer Gelegenheit einen Heidenspektakel gegeben, als ein zartes, mit rassischen Vorurteilen behaftetes whiskytrinkendes Vatersöhnchen beim Anblick des in untadeligem Weiß auftretenden Negers Arigof lachend zu seiner Tischgesellschaft sagte: »Schaut euch den Affen an, der gerade aus dem Zirkus entflohen ist.« Im Handumdrehen war der Saal ein Trümmerhaufen, und noch heute trägt das unverschämte Großmaul eine von einer Rasierklinge geritzte rosige Blüte im Gesicht.

Der Erfolg der beiden Freunde wurde Anlaß zu einem Gedenkessen unter Chimbos illustrem Vorsitz. Die Tischrunde bestand aus Mirandão, Robato, Anacreon, Mauleselsfuß, dem Architekten Lev Silberzunge, den Journalisten Curvêlo und João Batista und dem Bakkalaureus Tibúrcio Barreiros, außer den Gastgebern und einem distinguierten Strauß von Lebedamen, besser gesagt: von Künstlerinnen – den Schwestern Catunda zuliebe, die eifersüchtig über ihrer Kunst und der Elite der im Lustschloß der fetten Carla versammelten glänzenden Gesellschaft wachten.

Diese Schwestern Catunda, »Künstlerinnen vielfältiger Talente«, wie der Schreiberling Batista in ›Der Unparteiische‹ vermerkte, waren drei Zünder, Töchter derselben Mutter Jacinta Greif-den-Kies und drei verschiedener Väter. Die älteste war fast schwarz, die jüngste fast weiß und die mittlere eine bezaubernde Mulattin; allen gemeinsam war nur die Erzeugerin und ihre detonierenden Stimmen. Wiewohl schwach im Gezwitscher, leisteten sie Hervorragendes im Bett, und dort waren ihre Talente in der Tat vielfältig, nach Zeugenaussage des besagten João Batista, der sein Zeitungsgehalt und ein paar dann und wann verdiente Kupfermünzen bei den unternehmungslustigen Schwestern anlegte. Doch wenn er auch das Trio, eine nach der anderen, kannte, hatte der Redakteur sich dennoch nicht entschließen können, welche er als die erfahrenste und polytechnischste ansehen sollte. Die mittlere, Zilda, hatte eine Schwäche für Vadinho.

Lev Silberzunge und der Anwalt hätten gerne die ›Honolulu Sisters‹ als Festverschönerung mitgebracht. Doch vergebens. Diese ›Sisters‹ waren zum einen nicht einmal Schwestern von derselben Mutter, außerdem stammten sie nicht aus Honolulu, es waren vielmehr zwei nordamerikanische Negerinnen, matt in der Farbe, aber vollkommen in den Rundungen; Jô eine zerbrechliche, sanfte Hinde, Mô ein wendiges, muskulöses Pantherweibchen. Gemeinsam war ihnen außer dem Körper ohne Fell die angenehme Stimme und ihr seltsames Verhalten: sie nahmen keine Einladungen zu Ausflügen, Abendessen, Sere-

naden, zum Meerbad in Itapoã an, nicht zu einer Mondscheinfahrt auf der Lagune Abaeté; sie setzten sich auch nicht an den Tisch eines Gastes zu einem gemeinsamen Gläschen. Nicht einmal der Bankier Fernando Goes, ein hochgewachsener, hübscher, eleganter, steinreicher Junggeselle, dem die Weiber zu Füßen lagen, erreichte das geringste bei ihnen; und er war doch nur ins ›Palace‹ gegangen, um sie zu sehen, und hatte französischen Champagner flaschenweise auffahren lassen. Jô und Mô sangen Spirituals und Jazz, tanzten mit nacktem Busen und Hintern, blieben aber bis zu ihrem Auftritt halbversteckt an einem Ecktisch händchenhaltend sitzen und schlürften aus demselben Glas. Nach ihrer Nummer verzogen sie sich in ihr Zimmer und lehnten jede Bekanntschaft ab.
Das Bankett mit Weinen und Champagner war grandios, die Schwestern Catunda gaben das Beste ihrer künstlerischen Gaben, alles schwamm in Seligkeit mit Ausnahme des jungen Bakkalaureus Barreiros, der sich noch immer über den Korb der Amerikanerinnen, dieser »hodensäckigen Mannweiber«, ärgerte, wütend soff und das Gezwitscher der fetten Carla verschmähte, die ihm Trost und Poesie verhieß. Als es ans Zahlen ging, kam es fast zu einer Streiterei zwischen Vadinho und Arigof, der jenem jedes Recht auf eine Zahlungsbeteiligung absprach, und sei es auch nur für einen rein symbolischen Betrag. Der Neger, dem noch immer der Teufel im Leib saß, erklärte, er betrachte jeden Vorschlag einer finanziellen Beisteuerung als grobe Verletzung seiner persönlichen Ehre.
Dona Flors Geburtstag fiel in eine Woche derartigen Prunks und Glücks; Vadinho war geldlich so gut ausstaffiert, daß er die lobenswerte Absicht äußerte, einen Beitrag zu den häuslichen Unkosten stiften zu wollen – ein seltenes, glückverheißendes Ereignis. Dona Norma wollte noch immer kratzbürstig wissen:
»Was willst du deiner Frau schenken?«
Vadinho lächelte der Nachbarin zu und zahlte ihr mit gleicher Münze heim:
»Was ich Flor schenken will? Ich werde ihr schenken, was sie von mir will, gleichgültig was . . . Was sie sich wünscht . . .«

Dona Norma ging zu dem Geburtstagskind: »Wähle, mein Kind!«
Dona Flor kam aus der Küche gelaufen und wischte sich die Hände an der Schürze ab:
»Ist es wahr, Vadinho, daß du mir jeden Wunsch erfüllen willst? Hältst du mich nicht zum besten?«
»'raus mit der Sprache . . .«
»Wirst du dein Wort auch nicht zurücknehmen? Kann ich meine Bitte aussprechen?«
»Wenn ich was verspreche, weißt du, daß ich's auch halte, mein Schatz . . .«
»Das Geschenk, das ich mir wünsche, ist ein Abendessen mit dir im ›Palace‹.«
Sie sagte es fast zitternd, denn er hatte sie nie in diese seine Welt mitgenommen, und von all den Spielratten stand sie freundschaftlich nur mit Mirandão, ihrem Gevatter, dem einzigen, der ihr Haus regelmäßig aufsuchte. Etliche der anderen kannte sie vom Sehen, von den übrigen hatte sie nur die Namen gehört. Selbst der von Vadinho so hoch geschätzte Anacreon war in den ganzen sieben Jahren nur fünf- oder sechsmal bei ihnen gewesen, während Arigof nur zu einem einzigen Sonntagmittagessen erschienen war. Dona Flors Welt war ihre Straße, ihr Viertel, waren ihre Schülerinnen und gewesenen Schülerinnen, sie erstreckte sich höchstens bis nach Rio Vermelho, auf die Alvo-Steige, nach Brotas, auf Beziehungen mit anständigen Leuten; sie hatte nichts mit dem zügellosen Leben ihres Mannes zu tun. Vadinho hätte Dona Flor nie in den anrüchigen Bereichen des Spiels, im Land des Rouletts und der Würfel geduldet, sie war eine Frau fürs Heim; was zum Teufel hatte sie in solcher Umgebung zu suchen?
»Vom üblen Leumund kann ich selbst ein Liedchen singen, und das reicht mir. Du paßt nicht in dieses Milieu.«
Ihr nutzte kein Widerspruch, das ›Palace‹-Hotel sei der Treffpunkt der eleganten Welt, das Stelldichein der höchsten Bahianer Gesellschaft. Auch nicht das Argument, in seinem prachtvollen Speisesaal zu dinieren, zu den Klängen der besten

Kapelle im Staat zu tanzen, der Show der Bühnen- und Rundfunkstars aus Rio und São Paulo beizuwohnen gehöre mit zum guten Ton. Dort stellten die Damen aus Graça und Barra ihre letzten Modelle zur Schau, und einige von ihnen, die fortschrittlichsten, unbekümmertsten, wagten sich sogar bis zum Roulettisch vor. Denn der Spielsaal war gleichsam eine Verlängerung des Tanzsaals, und ein dazwischen liegender langer Bogengang stellte eine nicht vorhandene, verheerende Schranke dar.
Warum dieses hartnäckige Weigern? Warum nur, Vadinho? Dona Flor ging vom Flehen zum Fordern, von der Bitte zur Brüskierung über:
»Du nimmst mich nur nicht mit, damit ich nicht dein Weibsvolk zu Gesicht bekomme . . .«
»Und ich will dich nicht in dieser Umgebung sehen . . .«
War Dona Norma nicht mit Seu Sampaio mehr als einmal anläßlich irgendeiner sensationellen Attraktion dort gewesen? Die Argentinier von der Keramikfabrik ließen keinen Samstag aus, obwohl Bernabó Feind jeglichen Spiels war. Sie aßen dort zu Abend, tanzten und klatschten den Künstlern Beifall. Doch Vadinho hatte sich nie überzeugen lassen, und wenn ihm die Gegengründe ausgingen, flüchtete er in vage Versprechungen:
»Es wird sich schon noch mal eine Gelegenheit bieten . . .«
Nun endlich war die so oft verweigerte Gelegenheit gekommen. Dona Flor traute kaum ihren Ohren, als er, schon fast überrumpelt und ohne weitere Ausflüchte zu finden, halb und halb zusagte:
»Wenn dir wirklich so viel daran liegt . . . Einmal mußte es ja sein . . .«
Und nun, als er sich einen Ruck gegeben hatte, entwickelte er sofort den Plan, dehnte die Einladung auf Onkel und Tante, auf Dona Norma – über sie auf Zé Sampaio – und endlich auf Dona Gisa aus. Tante Lita lehnte dankend ab: an Lust fehle es ihr zwar nicht, doch wo sollte sie ein dem ›Palace‹ angemessenes Abendkleid hernehmen? Noch mehr Lust verspürte Dona Norma, ein Festabend im ›Palace‹ war für

sie das Höchste, aber Seu Sampaio ließ sich nicht erweichen: Dona Flor war fraglos eine prächtige, von ihm hochgeschätzte Nachbarin, und Vadinho war ihm über die Maßen sympathisch. Er danke für die Einladung, könne sie aber leider nicht annehmen, man möge Nachsicht mit ihm haben. Während der Woche liege Seu Sampaio bereits um neun Uhr im Bett und stehe um sechs Uhr auf, um seiner Arbeit im Schuhgeschäft gerecht werden zu können. Für einen Samstagabend oder Sonntagnachmittag wäre er unter Umständen noch zu haben gewesen. Und was Dona Flors Vorschlag betraf, Norma solle ohne ihn mitkommen, so möge man verzeihen: das stünde außer Frage. In Lokalen, wo getanzt, getrunken und gespielt wurde, treibe sich immer allerhand zwielichtiges Gesindel herum, das nicht wisse, was Anstand und Respekt vor bürgerlichen Familien sei.

Bei einer der seltenen Gelegenheiten, wo er, von Dona Norma mitgeschleppt, die darauf brannte, einen französischen Fatzken anzuhören (Seu Sampaio hatte nie einen weibischeren Hohlkopf gesehen, obgleich die Weiber nach ihm schmachteten), ein derartiges Lokal aufgesucht hatte, war es zu einem peinlichen Auftritt gekommen. Seu Sampaio hatte nur einen Augenblick aufzustehen brauchen, als sich schon ein vorwitziger Salonlöwe an den Tisch drängte und versuchte, mit Dona Norma anzubandeln, sie zum Tanzen aufzufordern, ihre Toilette und ihre tiefen Augenschatten zu rühmen, als wäre sie ein hergelaufenes Flittchen. Seu Sampaio wies den Schaumschläger nur nicht zurecht, weil er dessen Familie kannte, seine Mutter Dona Belinha und seine beiden Schwestern, reizende Menschen, erstklassige Kundinnen seines Geschäfts wie übrigens auch der junge Angeber, Zèquito Mirabeau, unter den Lebedamen auch als ›schöner Mirabeau‹ bekannt.

Auf diese Weise schrumpften die Begleiter auf die Lehrerin Gisa zusammen, glücklich über die Einladung und über die Gelegenheit, ›The Honolulu Sisters‹ hören, mit ihrem soziologisch-psychoanalytischen Auge die düstere Welt des Spiels durchschauen und dessen endgültige Metaphysik ermitteln zu können.

Dona Flor verbrachte den Rest des Tages auf einer Hetzjagd: es galt, mit Dona Normas und Dona Gisas Hilfe über Kleid und Stola, über Handschuhe und Hut zu entscheiden sowie Schuhe und Tasche auszuwählen. An jenem Abend mußte sie in den Sälen des ›Palace‹ unbedingt die Schönste von allen sein, die Eleganteste, mit der keine andere Schritt halten konnte, nicht mal eine Aristokratin aus Graça, die ihre Garderobe aus Rio bezog, auch nicht die Geliebte eines Bankiers oder Kakao-Fazendeiros, deren Schmuck aus Paris stammte. An jenem Abend würde sie endlich die verbotene Tür durchschreiten.

21

Als Dona Flor an Vadinhos Arm zitternd den Saal des ›Palace‹-Hotels betrat, spielte die Kapelle dank eines eigenartigen Zufalls gerade den alten und nie veralteten Tango, den sie an jenem denkwürdigen Abend ihrer ersten Bekanntschaft im Haus des Majors Tiririca zu Joãozinho Navarros Klavierklängen draußen in Rio Vermelho während der Yemanjá-Prozessionswoche getanzt hatten. Mit höher schlagendem Herzen lächelte Dona Flor ihrem Gatten zu:

»Weißt du noch?«

Vor ihnen lag der Saal im Halblicht gedämpfter Beleuchtung, ein bunter Papierlampenschirm verbarg jede Kerze, ein Ausbund an schlechtem Geschmack; Dona Flor fand alles herrlich, das Halbdunkel, die mit Kreppapierblumen und Lämpchen geschmückten Tische, wie zauberhaft, mein Gott! Vadinho blickte umher, ohne eine alte Erinnerung zu finden, alles war ihm vertraut und bekannt, doch nichts hatte etwas mit Dona Flor zu tun.

»Was denn, mein Schatz?«

»Die Musik, die sie spielen. Zu der haben wir getanzt am Tag, als wir uns kennenlernten . . . Beim Fest des Majors, weißt du's noch?«

Vadinho lächelte: »Ganz recht . . .«, während sie an dem für sie reservierten Tisch an der Tanzfläche in der Nähe des Durchgangs zum Spielsaal Platz nahmen. Von hier aus konnten Dona Flor und Dona Gisa dem Betrieb zusehen, dem Tanz, dem Hin und Her der Spieler. Noch stehend, musterte Vadinho die nur von zwei Paaren bevölkerte Tanzfläche, doch besetzt von zwei so hervorragenden Tangopaaren, daß sich kein anderes mit ihnen zu messen wagte. Die Damen waren zwei der Catunda-Schwestern.

Die ältere, schwarzhaarige hatte als Kavalier einen hochgeschossenen, romantisch aussehenden, nach der neuesten Mode gekleideten Menschen mit dem Anstrich eines südamerikanischen Filmgalans und dem Anflug eines Gigolos. Später erfuhr Vadinho, als er ihm vorgestellt wurde, daß es sich um einen vorübergehend in Bahia weilenden Paulistaner namens Barros Martins handelte, um einen ehrlichen Buchverleger, der als Verleger naturgemäß stinkreich war. Ein Tangokönner mit den Manieren und Fähigkeiten eines Berufstänzers, der – wie man sagt – seine Handschrift mit makellos ausgeführten schwierigen Schritten aufs Parkett malte.

Die jüngste, hellhäutige schwebte in den Armen Zèquito Mirabeaus dahin, des ›schönen Mirabeau‹. Mit verdrehten Augen, auf die Lippe beißend und die nervöse Hand dann und wann zur wehenden Haartolle hebend, stand der Bahianer dem Paulistaner in nichts nach und entfaltete eine geschmeidige Tanzkunst, um den Paulistaner mit einem barocken Tango voller Verzierungen und Verrenkungen auszustechen.

Vadinho beobachtete die Szene; noch immer lächelnd, streckte er Dona Flor die Hand entgegen und sagte, ihr beim Aufstehen helfend:

»Mein Schatz, wollen wir diesen Fliegenfischen eine Lektion erteilen? Wollen wir ihnen zeigen, wie man Tango tanzt?«

»Ob ich das überhaupt noch kann? So lange habe ich nicht mehr getanzt, ich glaube, ich bin vollkommen eingerostet ...«

Zum letzten Mal hatte sie vor sechs Monaten getanzt, als Vadinho mit ihr zu einem Stegreiftänzchen und Geburtstagsscherz in Dona Êminas Haus gewandert war. Vadinho schwang ein hervorragendes Walzerbein, und Dona Flor war eine gute und leidenschaftliche Tänzerin. Einer der Anlässe ihres unentwegten Kummers war die Tatsache, daß sie fast nie miteinander tanzten, da Vadinho sie immer seltener zu privaten Veranstaltungen begleitete. Und wenn sie ohne ihren Mann auf das Vergnügen der kritischen Anmerkungen, der Klatschereien und aufs Buffet angewiesen war, kam ihr nie die aufrührerische Idee, etwa mit einem anderen Herrn zu tanzen, mithin etwas zu tun, was eine verheiratete Frau nur mit der ausdrücklichen Zustimmung ihres Gebieters und Ehemanns und überdies nur in dessen Gegenwart tun darf. Vadinho hingegen wedelte ungehindert durch die Welt der Kabaretts und Kaschemmen, einmal durch Schwofbuden und Amüsierschuppen, zum andern durch das ›Palace‹, durchs ›Tabaris,‹ durchs ›Flozô‹, mit Barbienen und Tingeltangelmiezen.

Im Hause der Nachbarn hatten die beiden eine wahre Darbietung von Sambas und Foxtrotts, von *Rancheiras* und *Marchas* gegeben. Doktor Ives und Dona Êmina hatten zunächst mitzuhalten versucht – Anmaßung und Weihwasser haben viele –, mußten aber bald aufgeben. Zwar setzten sie ihre Schrittchen ganz richtig, doch um Dona Flor und Vadinho Konkurrenz zu machen, waren sie viel zu ungeschickt.

Eines ist, an einem Geburtstagshupf das Tanzbein zu schwingen, ein anderes, im Tanzsaal des ›Palace‹ sich auf einen verzwickten Tango einzulassen, und auf was für einen! All das hatte begonnen, als Vadinho Flor vor sieben Jahren zum Tanz des gleichen Tangos im Hause des Majors Pergentino aufgefordert hatte. Würde sie ihn noch zu tanzen verstehen nach so langer Zeit und dazu an einem fast magischen Abend, wo man sich zum erstenmal auf die Tanzfläche des ›Palace‹-Hotels wagte? Ohne dabei zu ahnen, daß dieses erste Mal das letzte, das erste ohne ein zweites Mal, eine Nacht ohne Wiederkehr sein würde.

Erst jetzt, in der Einsamkeit der Erinnerung und des Begehrens, wird sie sich der Bedeutung jeder noch so belanglosen Einzelheit jenes chimärischen Abends bewußt: vom Betreten des Tanzsaals bis zur letzten Minute des unendlichen Vergnügens, der entfesselten Schamlosigkeit im eisernen Bett, da er ihr und dem Kern ihres Körpers die Rechnung für sein Geburtstagsgeschenk, das Souper im ›Palace‹-Hotel, vorlegte.

Zwei Gesten Vadinhos, beide gleichermaßen zart und gebieterisch, prägen in Dona Flors Andenken Auftakt und Ende jener Zaubernacht. Die erste, als er sie zum Tangotanzen aufforderte, als er ihr lächelnd die Hand entgegenstreckte und sie zur Tanzfläche führte. Die zweite im Sturm- und Drangbett, als er sie an den Schultern umdrehte ... Gleich, gleich wird sie sich an diese unheimliche Geste erinnern, wenn sie im gegebenen Augenblick auf dieser Reise mit Vadinho durch ihre Geburtstagsnacht zu ihr gelangt. Langsam, Schritt für Schritt, Einzelheit um Einzelheit, ohne eine Stufe zu überspringen, wird sie zu jedem Hafen der Freude, der Angst oder der Unzucht gelangen.

Auf der Tanzfläche umschlingt sie Vadinhos Arm, und sie fühlt seinen Körper leicht im Takt der Musik. Nun sucht sie in ihrem Innern jenes in Rio Vermelho ferienmachende blutjunge wortscheue Mädchen ohne Verehrer wieder, das schüchterne kleine Ding auf dem Bild des Sergipaner Malers, das in Tante Litas Garten Blumen pflückt und mit einemmal in den Kirmesnächten erblüht, als Vadinhos Hand ihre Brüste und Schenkel entzündet, als sein Mund sie für immer entflammt.

Es war der Tango eines ebenso harmlos verliebten Pärchens wie eines zügellosen Liebespaares. Es war, als wären sie zurückgekehrt in den Zauberbann des Majorhauses, ins Erglühen der ersten Begegnung, zum allerersten Blickwechsel, zum ersten Lachen, zum ersten Hingerissensein; sie waren auch die reifen Liebenden der mittlerweile vergangenen sieben Jahre, eine lange Zeit zum Leiden und Lieben. Keusche Jungfrau, Dona Flor, argloses Mädchen; erblühte Frau, glutheißes Weibchen, Dona Flor, in den Händen Vadinhos, ihres Mannes. Nie war ein Tango wie dieser getanzt worden, so durchscheinend von Zärtlichkeit, so dunkel von Sinnlichkeit. Sogar aus dem Spielsaal kamen Leute zum Zuschauen.

Der Paulistaner Buchverleger mit seiner Erfahrung aus den Kabaretts von São Paulo, Rio und Buenos Aires und Zèquito Mirabeau mit all seiner Aufgeblasenheit, sie gaben sich geschlagen und überließen die Tanzfläche Dona Flor und Vadinho für ihre Nacht der Leidenschaft.

Wer war Vadinhos Dame? fragten die Stammgäste. Einige wußten Bescheid, und rasch verbeitete sich die Nachricht: »Es war seine Frau, sie kommt zum ersten Mal hierher ...« Die reizendste der Catunda-Schwestern, die mittlere, zog benagt von Eifersucht eine geringschätzige Schnute.

Als man nach dem Tango zum Tisch zurückging, wo Vadinho, nachdem er Essen und Getränke bestellt hatte, Dona Gisa über Menschen und Dinge Rede und Antwort stand, blieb Dona Flor der Mittelpunkt allgemeiner Neugierde. Dona Flor schien zu schweben, als wäre sie von einer Aura verstohlener Blicke und unterdrückten Geflüsters umgeben, als wäre die Atmosphäre des Saals, die den Damen der gesellschaftlichen Creme, den Baroninnen von Graça, den Rühr-mich-nicht-an aus Barra, den teuersten Amateurlebedamen angemessen war, zu eng für sie.

An ihrem Tisch im Tanzsaal fühlt Dona Flor einen vagen Taumel. Eine Benommenheit, schwankend zwischen Beglückung und Angst, eine Unsicherheit über die Bedeutung jener heimlichen Blicke, jener vielsagenden Gesten. Ist das Lächeln dieser Menschen wohlwollend oder spöttisch gemeint? Kaum hört sie Vadinhos Randbemerkungen:

»Er ist über siebzig ... Spielt nur Bakkarat, setzt nur Jetons von fünf Contos. Er hat schon in einer Nacht über zweihundert verloren ... Einmal sind seine Kinder gekommen – zwei ordinäre Kerle und eine Zicke mit ihrem Mann – und wollten ihn gewaltsam fortschleppen, es gab einen Mordsradau. Die Schlimmste von allen ist seine Tochter, eine Schlange, die ihre Brüder aufstachelt und ihren gehörnten Mann ... Jetzt prozessiert die Familie, um zu beweisen, daß der Alte einen weichen Keks hat und unfähig ist, mit seinem Geld umzugehen ...«

Dona Gisa streckte den Hals vor, um den weißhaarigen Greis besser sehen zu können, der nur Haut und Knochen ist, aber mit Hilfe seines Stockes noch fest auf seinen zwei Beinen steht, das Gesicht gespannt, ein letztes Flackerlicht in den Augen, als hielte ihn nur die Anregung des Spiels am Leben.

»Hat schließlich nicht er all das Geld verdient und aufgehäuft?« So fragt der gegen die Familie des alten Herrn aufgebrachte Vadinho. »Was haben die Söhne getan, außer es zum Fenster hinauszuwerfen? Die wollen sich nur einen fröhlichen Tag machen. Und nun stempeln sie den eigenen Vater zum Verrückten, damit sie den Alten zu Hause oder in einer Irrenanstalt einsperren können ... Ich würde das ganze Gesocks ins Kittchen stecken, angefangen bei der Kuh von einer Tochter, und einem wie dem anderen eine tüchtige Tracht Prügel mit der blanken Klinge verabreichen lassen ...«

Dona Gisa war anderer Meinung: die Sache mit dem Geld führte zu schwerwiegenden Verwicklungen. Ihrer Meinung nach habe der Alte nicht das Recht, sein Vermögen im Spiel zu verprassen, denn die Familie besitze rechtmäßige Ansprüche ...

Dona Gisas Vorlesung in Wirtschaftspolitik wurde unterbrochen, weil der Paulistaner darauf bestand, Vadinho und Dona Flor zu begrüßen.

»Vadinho, mein Freund möchte Sie kennenlernen, er hat schon so viel von Ihnen gehört und hat Sie tanzen sehen ... Er ist einer der führenden Männer São Paulos ...« Zèquito Mirabeau stellte ihn vor und wandte sich an den auswärtigen Gast. »Vadinho, wie du weißt, ist ...« Dona Flors Gegenwart zwang ihn zur Zurückhaltung. »... ist wie gesagt ein alter Freund von mir ...«

Vadinho machte mit fast feierlicher Stimme die Damen bekannt: »Meine Frau und eine Freundin, Dona Gisa. Sie ist Amerikanerin, ein Brunnen des Wissens ...«

Dona Flor hielt ihnen zwei Fingerspitzen hin, plötzlich war sie wie jede andere Modepuppe. Der Paulistaner beugte sich über ihre Hand:

»José de Barros Martins, zu Diensten. Mein Kompliment, gnädige Frau, ich habe selten einen so schön getanzten Tango gesehen ... Einfach großartig!«
Dann küßte er Dona Gisa die Hand, und da die Kapelle einen beliebten Samba anstimmte, fragte er:
»Tanzen Sie Samba? Oder wollen Sie als Amerikanerin lieber auf einen Blues warten?«
Vadinho verdarb dem Paulistaner das schlaue Spiel:
»Wieso denn! ... Diese Gringa schlenkert nach Noten ...«
»Was soll das heißen, Vadinho, nimm dich doch zusammen ...«, schalt Dona Flor lächelnd.
Dona Gisa machte gute Miene zum bösen Spiel; statt sich zu ärgern, zog sie am Arm des Industriellen hüftenwedelnd ab und bestätigte so die Worte des Frechlings. Währenddessen verdüsterte sich Vadinhos Gesicht, und sofort entdeckte Dona Flor den Grund: eine der drei Mulattinnen von Zèquito Mirabeaus Tisch, ein zum Anbeißen hübsches Zuckerpüppchen, schlenderte seit einer Weile in der Nähe auf und ab. Herausfordernd maß sie Dona Flor von oben bis unten, während sie, honigsüß und gefallsüchtig, zu Mirabeau sagte:
»Wie steht's, Lieber, mit unserem Samba? Ich warte, wie du siehst!«
Ein verächtlicher Blick auf Dona Flor, ein wütender Seitenblick auf Vadinho und ein engelgleiches Lächeln für Zèquito:
»Komm, mein Negerlein ...«
Dona Flor vermied es, Vadinho anzusehen. Ein unbehagliches Stillschweigen trennte die beiden, während sie mit verengten Lidern auf die Tanzfläche blickte und er zum Spielsaal hinüberschielte. Warum hatte sie auch kommen wollen? fragte sich Vadinho. Gegen solche und andere Frauen hatte er sich immer gewehrt. Und nun, statt sich an ihrem Geburtstag zu freuen, biß sie sich auf die Lippen, um nicht loszuheulen. Das würde die Idiotin von Zilda ihm teuer bezahlen. Vadinho schob seinen Stuhl näher, nahm Dona Flors Hand und flüsterte ihr mit einer Zärtlichkeit ins Ohr, die sie als echt empfand:
»Mein Schatz, sei nicht so. Du hast doch kommen wollen, das

hier ist keine Umgebung für dich, mein Dummerchen. Du wirst dir doch nicht von dieser Gassendirne die Laune verderben lassen? Du bist doch hergekommen, um dich mit mir zu amüsieren. Darum tu, als wären nur wir zwei da und sonst niemand... Schlag dir die Lotterbiene aus dem Kopf, ich hab' nicht das geringste mit ihr zu schaffen ...« Dona Flor ließ sich leicht bekehren, sie wollte auch überzeugt sein und fragte weinerlich mit überquellenden Augen:

»Hast du wirklich nichts mit ihr?«

»Sie läuft hinter mir her, siehst du's nicht? Mach dir nichts draus, mein Schatz, diese Nacht gehört uns beiden, du wirst's sehen, wenn wir nach Hause kommen ... Heute spiele ich nicht und bleib' die ganze Zeit bei dir ...«

Den schönen Mirabeau umklammernd, schwänzelte die Mulattin vorbei. Dona Flor bat:

»Wollen wir auch tanzen?«

Sie tanzten den Samba und anschließend einen Paso doble. Dann wollte sie den Spielsaal kennenlernen. Vadinho, entschlossen, ihr jeden Gefallen zu tun, führte sie hinüber. Dona Gisa ging tänzelnd mit, sie wollte alles sehen, sie war wie von Sinnen! Sie kannte nicht einmal den Wert der Karten und hatte in ihrem Leben nie einen Würfel in der Hand gehalten.

Dona Flor war zerknirscht und stumm wie jemand, der sich in einen Tempel einschleicht.

Endlich war es ihr gelungen, das geheimnisvolle Gebiet zu betreten, auf dem Vadinho Millionär und Bettler, König und Sklave zugleich war. Sie wußte wohl, daß sie damit nur den Rand dieses nächtlichen Grund und Bodens, nur den Saum dieses bleiernen Meers streifte. Hier begann eine Zeit des Traums und der Aufregung; die Säle des ›Palace‹ waren das reiche, leuchtende Zentrum dieser Welt, dieser Sekte, dieser Kaste.

In einem raschen Durchgang horchte Dona Flor diese wahnwitzige Landschaft ab, das Meer ihrer Tränen, die Täler und Berge ihres herben Wartens, ihrer durchlittenen Liebe. Für Dona Gisa sah das völlig anders aus: sie genoß alles ausgiebig, sie war gefesselt von den Gesichtern der Spieler und ihren Gesten. Einer von ihnen, offensichtlich wütend auf sich selbst, führte Selbstgespräche. Wenn es nach ihr gegangen wäre, die Lehrerin hätte sich nicht mehr von der Stelle gerührt. Doch der Vadinho treu ergebene Kellner kam und meldete, das Diner sei aufgetragen und die Vorstellung werde beginnen.

So kehrte man in den Tanzsaal zurück, wo sie auf den soeben eingetroffenen Mirandão stießen. Welche Überraschung, welches Wunder, seine Gevatterin hier im ›Palace‹ zu treffen! Hatte sie etwa vor, die Bank zu sprengen? Hatte sie etwa Geburtstag? Herr im Himmel, wie hatte er nur so etwas vergessen können! Am nächsten Tag würde er seine Frau mit Flors Patenkind und einem Geschenk zu ihr schicken. »Mir genügten die Gevatterin und der Kleine«, antwortete Dona Flor, um ihn jeglicher Verpflichtungen zu entheben und auch, weil sie bereits ihr Geburtstagsgeschenk bekommen hatte und kein weiteres wünschte: sie war hier mit Vadinho, mehr wollte sie nicht.

Das Essen bestand aus salzlosem Reis, geschmacklosem Fleisch, aber wie feinfühlend von Vadinho, sie zuerst zu bedienen und ihr nur die zartesten Stücke vom Huhn vorzulegen! Schon war Flor nicht mehr ängstlich, und ihre Befangenheit schwand zusehends.

Dann gingen alle Lichter aus, um von neuem aufzustrahlen, Júlio Moreno, der Conférencier, sagte die Attraktionen an. Zuerst die Schwestern Catunda: klägliche Stimmen, aber ein reiches Aufgebot von Brüsten und Hüften:

»Die Nacht hindurch will ich tanzen
Rancheira
Rancheira . . .«

Die Freche war die bestgewachsene und zierlichste der drei. Dona Flor konnte diese fast nackte Wahrheit weder übersehen noch leugnen. Doch Vadinho interessierte sich eher für seinen Nachtisch. Nun war es Dona Flor, die verächtlich zuschaute; sie ergriff Vadinhos Hand, und die beiden plauderten und lä-

chelten, während die reizenden Schwestern sich im Lichterspiel entfalteten, Brüste in Blau, Hüften in Rot.
Dann kamen ›The Honolulu Sisters‹ mit einem machtvoll-wehmütigen Lied, Klage angeketteter Neger, Gebet von Sklaven, Schmerz und Aufruhr erniedrigter Menschen. Sogar ihr Geschlecht war traurig, sogar die so wunderschönen Körper, dachte Dona Flor. Die kleinen Mulattinnen Catunda, stimmlich unzulänglich, aber bescheiden, waren im Vergleich zu Jô und Mô mit ihrem hoffnungslosen Klagelied Glockengeläut, Vogelgezwitscher, Sonnenstrahl. Die Catundas tanzten nach der Vorschrift der Orixás, der fröhlichen, intimen, schwarzen, aus Afrika stammenden und in Bahia immer heimischeren, lebendigeren Götter. Die amerikanischen Negerinnen richteten ihr Flehen an die strengen, fernen, weißen Götter von Herren, die mit Peitschenhieben über ihre Sklaven herrschten. Die einen waren frohes Lachen, die anderen trostloses Weinen.
»Sieh sie dir genau an ... Sie sind ein Liebespaar ...«, erläuterte Vadinho.
Dona Flor hatte schon von derartigen Frauen reden hören, aber es nicht glauben wollen; und noch jetzt meinte sie, Vadinho wolle sie aufziehen, all das sei Erfindung und Flunkerei.
»Gibt es nicht weibische Männer, mein Schatz? Drum gibt's auch Frauen, die nur auf Frauen aus sind ...«
»Jammerschade«, sagte Mirandão, »daß zwei Feger wie die nichts von Männern wissen wollen ...«
»Mein Schatz, ich gehe nur noch auf einen Sprung hinüber und komme gleich wieder ...«
Vadinho eilte zum Spielsaal und überließ Dona Flor dem herzzerreißenden Sklavengesang.
Die Lichter gingen an, Beifallklatschen rauschte auf und Dona Flor sah, wie Mô Jô die Hand gab, wie beide zu ihrer verwünschten Liebe abzogen. Der Paulistaner tanzte von neuem, Zèquito Mirabeau gesellte sich zu den Glücksspielern.
Allzu gern hätte Mirandão Vadinho und Mirabeau begleitet, doch sein Freund und Gevatter hatte ihn zurückgelassen, damit

er den Damen Gesellschaft leiste. Dabei belämmerte die Lehrerin ihn mit idiotischen Fragen: wie zum Teufel sollte er wissen, ob das Spiel ein Beweis für sexuelle Impotenz sei oder nicht? »Liebe gnädige Frau, hören Sie zu!« – Mirandão war praktisch auf einem Spieltisch zur Welt gekommen und konnte ihr dennoch versichern, daß er ein Mann sei, und zwar nicht zu knapp; er habe nie gehört, daß das Glücksspiel den Mann verweichliche.

Dona Flor erspähte Vadinho im Nebensaal, wie er sich, umgeben von Männern und Frauen, Jetons plazierend am Roulett-tisch bewegte. Jetzt drängte die kleine Mulattin sich neben ihn, legte in einem gegebenen Augenblick ihre Hand auf seine Schulter und ließ sie dort ruhen, während Vadinho gespannt die kreisende Kugel in ihrer feierlich-entscheidenden Sekunde verfolgte. Schon wollte Dona Flor empört aufstehen, an diesem Abend fühlte sie sich zu allem fähig, zu Skandal und Gewalttat, ja zu Ausfälligkeiten wie die niedrigste, schamloseste Straßendirne. Doch dann lächelte sie, weil Vadinho, nachdem der Croupier die verhängnisvolle Zahl ausgerufen hatte, Zilda Catundas vertrauliche Gebärde zu merken schien, die Schulter wegzog und die Vermessene offenbar anfuhr, woraufhin sie mit einem wütenden Ruck verschwand.

Nachdem Vadinho zu Dona Flor hinübergewinkt hatte, ging er mit jetonbeladenen Händen zu ihr zurück. Am Tisch wand sich Mirandão unter Dona Gisas sozialökonomisch-sexuellen Fragen und tröstete sich über seine Ignoranz mit Resten süßen Wermuts – einfach widerlich!

Vadinho beugte sich geheimnisvoll zu Flors Ohr herunter:

»Hör zu, mein Schatz, noch zwei oder drei Einsätze, und dann gehen wir heim. Ich bleib' nicht lang weg, habe Zigeuner schon Bescheid gesagt, daß er uns abholt. Bereite dich darauf vor, daß du heute nacht was erleben wirst . . .« Und er schob seine Lippen noch näher, biß seine Frau ins Ohr und beleckte es, Feuer und Wind.

Dona Flor seufzte in feuchtem Erschauern. Ach, ihr verrückter Vadinho, wenn das jemand sähe, was würde er sagen?

»Komm bald wieder ...«

Seine Hände greifen nach den Jetons, und wieder nimmt er seinen Platz am Roulettisch ein, dem Croupier gegenüber. Leicht vorgebeugt mit seinem blonden Haarschopf, dem frechen Bärtchen, dem schamlosen Lächeln. Ein Mordskerl!

Lang blickte Dona Flor ihn an, ihren Seu Vadinho. Und dann fügte sie jede Einzelheit jener Nacht und jeden Augenblick ihres gemeinsamen Lebens zusammen, von Anfang bis zum Ende, ohne Ausnahme; den Schmerz und die Freude.

Vom Roulettsaal aus machte Vadinho ihr ein Zeichen, es war sein letzter Einsatz, Zigeuners Taxi wartete bereits, nur noch ein paar Minuten. »Nein, Geliebter, nie mehr werde ich mit dir auf das Fest dieser Nacht gehen, als der Tropfen Galle in Honig umschlug, in das ungeheure Meer des Gebens und Empfangens.« Für immer blickte Dona Flor ihren Vadinho am Roulettisch an, während er seine Spielmarke auf Nummer Siebzehn setzte. Und sie hob seine ganze Last auf und begrub sie in ihrem Herzen. Dann wandte sie sich in ihrem eisernen Bett um, schloß die Augen und schlief beruhigt ein.

22

Als Vadinho einen Monat tot war, ging Dona Flor nach der Messe auf den Blumenmarkt nach Cabeça. Es war das zweite Mal, daß sie seit jenem eigenartigen Sonntag das Haus verließ, da der Tod am Karneval zugeschlagen hatte. Beim ersten Mal war sie zur Wochengedächtnismesse gegangen.

Sie kam aus der Kirche und durchschritt die neugierige Menge. Hinter seiner Bartheke begrüßte sie Seu Moreira, der portugiesische Gastwirt, und rief seine Frau aus der Küche: »Rasch, Maria, komm und sieh die Witwe.« Auf der Straße zogen drei oder vier Männer, darunter der elegante Argentinier, Seu Bernabó, vor ihr den Hut.

An der Ecke der Metzgerei stand die Negerin Vitorina hinter ihrem Tablett mit Abarás und Acarajés auf: »Heil, meine

iaiá, *atôtô, atôtô*!« Am Eingang zur ›Drogaria Científica‹ verbeugte sich Dr. Teodoro Madureira, der Apotheker, ernst und ehrerbietig, mit dem genauen Maß des Beileids und des Kummers. Herr Professor Epaminondas Souza Pinto, eilig und eitel wie immer, Bücher und Hefte unter die schwitzende Achsel geklemmt, streckte ihr die Hand entgegen:
»Meine liebe gnädige Frau ... Das Leben ... Das Unvermeidliche ...«
Die Saufbrüder der Kneipe beim morgendlichen Appetitanreger, die Kunden des dazugehörenden Ladens, der Fazendeiro Moysés Alves, gerade damit beschäftigt, Gewürze für seine berühmten Mittagessenseinladungen auszusuchen, traten auf die Straßen, um sie zu sehen, und verbeugten sich stumm. Der Devotionalienhändler Alfredo, Freund von Onkel Thales, der in einem nahegelegenen Hauseingang einem Handel mit Heiligenbildern nachging, ließ seine Schnitzerei liegen und bot ihr seine Dienste an:
»Guten Morgen, Flor. Kann ich dir irgendwie behilflich sein?«
Verkäufer hielten ihre Waren feil. Sie kaufte Rosen und Nelken, Palmzweige und Veilchen, Dahlien und Skabiosen.
Als ein hochgeschossener, hagerer Neger mit Geierprofil und rätselhaften Gesichtszügen, ein noch verhältnismäßig junger Mann, der bei Automechanikern und Taxifahrern in Ansehen stand, erfuhr, wer Dona Flor sei und weshalb sie Blumen kaufte, trat er auf sie zu und bat sie, ihm einige für ein paar Sekunden zu leihen. Wiewohl leicht überrascht, tat Dona Flor ihm den Gefallen und reichte ihm den bunten Strauß, aus dem er förmlich und behutsam drei gelbe Nelken und vier violette Skabiosen herauszog; wer war nur dieser Mann, und wozu wünschte er diese wenigen Blumen?
Nun holte er aus der Jackentasche ein Stück strohgeflochtene ›Küstenschnur‹, einen *Mokan*, mit dem er Nelken und Skabiosen zu einem kleinen Bukett zusammenband.
»Lösen Sie das Sträußchen, wenn Sie es auf Vadinhos Grab legen. Damit sein *Egun* zur Ruhe komme!«

Denn der Neger war der Babalaô Didi, Hauswächter von Ossain, dem Zauberer von Ifá; erst viel später sollte Dona Flor seinen Namen erfahren und von seiner Macht, seinem Prophetenruhm, seiner Stellung als Korikoê Ulukótum auf dem Kultplatz des Eguns in Amoreira.

Dona Flor war von Kopf bis Fuß in Schwarz; da seit dem Tod ihres Gatten erst ein Monat verstrichen war, trug sie tiefe Trauer. Doch der kleine Schleier über ihrem dunklen, fast blauschwarzen Haar verbarg nicht mehr ein Antlitz, das vom Ausdruck selbstmörderischer Angst geprägt war. Zwar sah es traurig aus, aber weder verzweifelt noch leer.

Umgeben von der Leichtigkeit der Luft jenes durchsichtigen Morgens, der so schön vom Licht und dem Menschen so gemäß war, daß es eine Lust war, ihn zu erleben, hob Dona Flor den Blick von der Erde und ließ ihn wieder über das Schauspiel der Straße und die Farbtöne des Tages gleiten.

Zwischen Köpfen, die sich entblößten oder verneigten, während sie Gesten und Worte des Trostes und des Mitgefühls empfing inmitten des städtischen Trubels und der Menschen, die vorübergingen, redeten, lachten, schritt Dona Flor mit ihrem für Vadinhos Grab bestimmten Blumensträußchen dahin. Zwar war sie auf dem Weg zum Friedhof, doch gleichzeitig trat sie von neuem ins Leben.

Freilich nicht dieselbe Flor von vorher; etliche Emotionen und bestimmte Gefühle, die Begierde, die Liebe, Dinge des Betts und des Herzens, hatte sie begraben, denn nun war sie Witwe und daher achtbar. Doch nach wie vor am Leben und fähig, das Licht der Sonne zu spüren und die Süße der Brise, fähig zu Gelächter und Fröhlichkeit, kurzum: ausgesöhnt.

III

Von der Zeit der leichten Trauer,
von der Intimität der Witwe in ihrer Zurückhaltung
und ihrer Schlaflosigkeit als junge bedürftige Frau;
und davon, wie sie ehrbar und gefügig
zu ihrer zweiten Ehe kam,
als der Tote ihr bereits
auf den Schultern lastete

Mit Dona Dinorá vor der Kristallkugel

KOCHSCHULE GESCHMACK UND KUNST

Gedünstete Schildkröte und andere ungewöhnliche Gerichte

Vor einigen Tagen fragte jemand, ich glaube, es war Dona Nair Carvalho, denn sie liebt es, nur vom Guten und Besten aufzutragen, was man einem anspruchsvollen Gast mit verwöhntem Gaumen vorsetzen soll, kurz: einem Künstler, der etwas Ausgefallenes wünscht, einen ungewöhnlichen Leckerbissen und nichts, was an Alltagskost erinnert.

Für diesen Zweck empfehle ich eine Köstlichkeit: gedünstete Schildkröte – und liefere euch ein Rezept, das von meiner Lehrerin in Saucen und Gewürzen stammt, von Dona Carmen Dias, und ein bis jetzt geheimgehaltenes Rezept ist. Ihr könnt es auch aus meinem Heft abschreiben. Wenn ich mich übrigens richtig erinnere, ist Schildkröte die Speise des Orixá beim Candomblé; meine Gevatterin Dionísia, Tochter von Oxóssi, behauptet sogar, Schildkröte sei Xangôs Lieblingsgericht.

Außer Schildkröte empfehle ich Wildbret im allgemeinen und im besonderen Teiú-Gulasch, dank des zarten Fleisches dieser Rieseneidechse, im Duft von Koriander und Rosmarin. Wenn ihr könnt, serviert eurem Gast ein am Stück gebratenes, von aromatischen Blättern umwickeltes ganzes Caitetú, Wildschwein – es ist der König der großen Gerichte, ein Fleisch, das nach Urwald und Freiheit schmeckt.

Doch wenn euer Gast noch feineres, noch erleseneres Wild wünscht, wenn er das Nonplusultra, die Krone, den Gipfel, das Vergnügen der Götter sucht, warum reicht ihr ihm dann nicht eine hübsche, junge Witwe, geschmort in ihren Tränen

und ihrer Einsamkeit, in der Sauce ihrer Zurückhaltung und ihrer Trauer, im Feuer ihres verbotenen Begehrens, das ihr den Geschmack der Schuld und der Sünde verleiht?
Ach, ich kenne eine solche Witwe, die nach scharfem Pfeffer und Honig schmeckt, gedünstet auf dem langsamen Feuer vieler Nächte, gerade richtig, um serviert zu werden.

Gedünstete Schildkröte

(Rezept der Dona Carmen Dias, die es Dona Flor gegeben hat, die ihrerseits ihren Schülerinnen erlaubt hat, es abzuschreiben und auszuprobieren)

Man nehme eine Schildkröte, töte sie durch das (barbarische) Verfahren des seitlichen Aufsägens, doch ohne den Rückenpanzer zu verletzen. Man hänge das Tier an den Hinterbeinen auf, schneide ihm den Kopf ab, lasse es eine Stunde ausbluten. Dann lege man die Schildkröte auf den Rücken, schneide die Füße ab, doch nicht die Beine, deren dicke Haut man vorsichtig abziehe. Endlich entferne man das Fleisch, dazu die Innereien (Leber und Herz) sowie die Eier (sofern vorhanden), werfe die Eingeweide weg, was besondere Sorgfalt erfordert; jede Arbeit ist getrennt vorzunehmen. Man wasche alles, Fleisch und Inneres; beides, gewürzt mit Salz, Zitrone, Knoblauch, Zwiebel, Tomaten, Pfeffer und Öl, süßes Öl nach Belieben, soll auf kleinem Feuer kochen, bis es goldbraun ist und stark duftet. Das Gericht soll mit salzlosen Kartoffeln oder weißer, korianderbestreuter Farofa aufgetragen werden.

1

In den umliegenden Gassen fehlte es nicht an Klatschtanten, an alten und jungen, denn die Ausübung dieses Berufs erfordert keinen Altersausweis. Dona Dinorá war die erste dieser Plaudertaschen; die Erfolge ihrer Tätigkeit hatten ihr sogar den Ruf einer Seherin eingetragen.

In dieser Chronik haben wir Dona Dinorá bereits in Aktion gesehen, bei Gejammer, Verleumdung, Intrigen, ohne daß dabei von ihr ausführlicher die Rede gewesen wäre; bisher blieb sie mehr oder minder im Hintergrund, als wäre sie nur eine der vielen ränkesüchtigen Schwatzbasen im Kreise der Betschwestern. Vielleicht kam das daher, weil Dona Rozilda, endlich und glücklich nach Recôncavo verbannt, Nebenbuhlerinnen keine Chance gelassen hatte. Doch es ist immer noch Zeit, einen Irrtum zu berichtigen, eine Ungerechtigkeit wiedergutzumachen.

Für viele galt Dona Dinorá als Witwe des Komturs Pedro Ortega, eines reichen, vor etwa zehn Jahren verstorbenen spanischen Kaufmanns. In Wirklichkeit war sie nie verheiratet und auch nur kurze Zeit Jungfrau gewesen; kaum geschlechtsreif, verließ sie ihr Elternhaus, um eine bewegte und in gewisser Hinsicht glänzende Laufbahn zu beginnen: Stoff für eine pikante Chronik. Indessen gab es, seit ihrer glücklichen Begegnung mit dem Galicier, keine größere und über die guten Sitten eifersüchtiger wachende Moralistin als Dona Dinorá, welche die Fünfundvierzig überschritten hatte und der Zukunft angstvoll entgegensah: mit der panischen Angst einer an Behaglichkeit gewöhnten Frau vor der Armut.

Mit den Jahren und mit den Falten schwand ihre gewisse weibliche Anmut, die für ihren Erfolg bei Männern verantwortlich gewesen war. Dann fiel ihr plötzlich das unglaubliche Glück mit dem Komtur, »ein Volltreffer«, in den Schoß, wie Dona Dinorá damals ihren Freundinnen anvertraute. Der Spanier bot ihr Ansehen und Sicherheit, nicht zu reden von dem Häuschen in der Nachbarschaft des Platzes Zum Zweiten Juli, in das er sie aufnahm.

Vielleicht war es die Angst, sich plötzlich alt und arm und der wahllosen Prostitution ausgesetzt zu sehen, die bewirkte, daß Dona Dinorá im Schutz des Kaufmanns schlagartig in das Gegenteil ihrer Wesensart umschlug: in eine achtbare Matrone, in eine Hüterin der Moral. Eine Neigung, die nach Pedro Ortegas Tod immer auffälliger zutage trat.

Nun war Dona Dinorá über die Sechzig hinaus: ihre Stimme war schrill, ihr Gelächter aufreizend, sie selber in dauernder Aufregung. Dem Anschein nach die solidarischste, verständnisinnigste Alte; in Wahrheit »ein Giftfläschchen, eine mit Vogelfedern getarnte Schlange« nach den fast poetischen Worten Mirandãos, dem ewigen Opfer dieser Sorte von Gevatterinnen. Worte, geäußert in Anwesenheit des Journalisten Giovanni Guimarães, als die beiden die Sechzigerin als witwenhafte Stütze der Moral bei dem in Dona Flors Haus zu Ehren von Sílvio Caldas veranstalteten Mittagessen aufkreuzen sahen. Und als Moralphilosoph hatte er hinzugefügt:

»Je hurenhafter in der Jugend, desto seriöser im Alter. Alte Jungfer und Hure in einem . . .«

»Wer ist das Reff? Wer ist sie?«

»Sie stammt nicht aus unserer Zeit, hat aber früher mal Namen und Zunamen gehabt. Wer immer von ihr spricht, ist Anacreon; der hat schon aus diesem Krug getrunken. Du hast sicher schon von ihr gehört. Sie hört auf den Namen Dinorá Süße Backe.«

»Die da? Süße Backe seligen Angedenkens? Herr des Himmels!«

Ein Beweis für die Eitelkeit irdischer Dinge, meinten die beiden angesichts einer solchen Zurschaustellung von Tugend und trauriger Gestalt: untersetzt, starker Oberkörper, kurze Beine, Mostkopf, grobschlächtig. In Trauerkleidung wie eine echte Witwe, am Hals ein Medaillon mit der Photographie des Komturs, von dem sie sprach, als wäre sie seine Ehefrau gewesen und er der einzige Mann in ihrem Leben. Typen wie Anacreon, ein Schandfleck des Menschengeschlechts, waren für sie überhaupt nicht vorhanden, solche Zeitgenossen übersah sie kurzerhand.

Sie hatte Augen, die sahen, die voraussahen, die Witterung eines Hühnerhundes, niemand entkam ihrer Spürnase. Übrigens erschienen die nächsten Nachbarn bei ihr und packten ihre intimsten Privatangelegenheiten vor ihr aus, um sie und ihre Seherkarten, ihre hellsichtige Kristallkugel zu befragen. Für sie waren Vergangenheit, Gegenwart und Zukunft ein offenes Geheimnis, ein Klartext.

Mochte sie nun echte, tiefe Kenntnisse der Magie besitzen oder nicht, mochte sie eine ordinäre Dilettantin ohne genau Kenntnis der Sternwelt oder eine Meisterin der östlichen Geheimwissenschaften sein, jedenfalls muß wahrheitshalber berichtet werden, daß sie als erste Dona Flors neue Verheiratung voraussagte, und zwar als die Witwe kaum den Witwenschleier abgelegt und ihr normales Leben ohne Schrecknisse und Probleme wiederaufgenommen hatte und damit ihre von jedem Gedanken an eine neue Ehe weit entfernte friedliche Existenz.

Sie verkündigte die Hochzeit und erkannte das Gesicht des Bräutigams, lange bevor von Verlobung die Rede war, jedenfalls bevor irgendein Interesse oder Gefühl festgestellt wurde. Man glaube es oder nicht – Dona Dinorá beschrieb ihn in allen Einzelheiten: er war ein Herr, brünett, bereits mittelalterlich, hochgewachsen, robust, distinguiert, ein prachtvoller Vierziger von ernsten, liebenswürdigen Umgangsformen, der in der rechten Hand eine langstielige weinrote Rosenknospe hielt. So hatte sie ihn in der Kristallkugel gesehen. Die Damen und die Könige, die Buben, die Pik-Asse, Treff und Herz bestätigten die

Gesichtszüge und die ehrlichen Heiratsabsichten; Karo-As bürgte für Barvermögen, wirtschaftliche Sicherheit und den Titel eines Doktors.

2

Nun, obgleich dunkelhäutig, war der Prinz weder mittelalterlich noch ein robuster, hochgewachsener stolzer Vierziger. Ein distinguierter, gut aussehender junger Mann, doch freilich auf seine extravagante Weise. Daher läßt er sich auch beim besten Willen nur schwer in den Rahmen des von Dona Dinorá geahnten und den Volksmassen des Platzes Zum Zweiten Juli offenbarten Bildes vom künftigen Bräutigam pressen. Immerhin versetzte Dona Dinorás Befund das streitsüchtige Syndikat der Klatschbasen in einen Taumel der Erregung, ja fast des Aufruhrs.

Zart, bleich, von der Bleichheit romantischer Dichter und Gigolos, mit schwarzem, glattem, pomadisiertem und parfümiertem Haar, mit einem halb melancholischen, halb einschmeichelnden traumweltverheißenden Lächeln, anmutig von Wuchs und Anzug, mit großen flehenden Augen, wäre der Prinz wohl am besten mit folgenden überzüchteten Worten zu kennzeichnen: »marmorn«, »aschfahl«, »sinnend«, »wundersam«, »Alabasterstirn und Onyxauge«. Über die Dreißig hinaus, wirkte er kaum älter als zwanzig, und seine antlitzbeschattende Trauer gehörte zu seinem Werkzeug ebenso wie das ihm zu Gebote stehende Wort und der verstohlene Blick, kurz, er war ein fähiger, erfolgreicher Professioneller in einer kuriosen, seltenen Spezialisierung. Denn, und darauf sei unverzüglich hingewiesen, er war auf Witwen spezialisiert und verfügte darin nicht nur über eine vollständige Ausbildung, sondern auch über langjährige Erfahrung.

In den Kreisen der Hochstapelei und Polizei (wo liegen die Grenzen, sofern sie existieren, zwischen den beiden scheinbar entgegengesetzten, in Wahrheit aber übereinstimmenden Wel-

ten?) gemeinhin als ›Prinz‹ bekannt, verdiente er seinen Beinamen dank seiner guten Erziehung, seinen aalglatten Umgangsformen, seiner Hochnäsigkeit. In der liebevollen Vertrautheit der Lustschlösser, im kleinen Kreise der Lebedamen wurde er indessen mit dem mystischen Zunamen ›Herr Jesus vom Kreuzweg‹ betitelt, was einer Anspielung auf sein Asketengesicht und seine Magerkeit gleichkam. In Wirklichkeit hieß er Eduardo und war einer der tüchtigsten und sympathischsten Gauner der Stadt und ein hervorragender Betrüger. Was seinen Nachnamen betrifft, so darf dieser hier unerwähnt bleiben, weil er für den reibungslosen Ablauf sowie für die Verwicklung und Entwicklung der Geschichte von Dona Flor und ihren zwei Ehegatten unwesentlich und überflüssig ist.
Der Prinz verbarg ihn, diesen Nachnamen; die Polizei, wenn sie mit dem bizarren Jüngling in Berührung kam, verschwieg ihn, und die Zeitungen, wenn sie ihn anläßlich eines (meist kurzen) Besuchs im Kittchen in ihre Spalten brachten, veröffentlichten auch nicht seinen Vaternamen, sondern ersetzten diesen durch ein vages »Soundso«:
»Gestern wurde auf dem Domplatz unter dem Verdacht, den guten Glauben der Witwe Julieta Fillol, wohnhaft in Barbalho, mißbraucht, ihr Verlobungs- und Heiratsversprechungen gemacht und der Vertrauensseligen nach häuslichem Umgang ihren Schmuck sowie zwei Contos de Réis entwendet zu haben, der zwielichtige, in der Verbrecherwelt unter dem Spitznamen *Prinz* bekannte Eduardo Soundso verhaftet.«
So übte jedermann mit Rücksicht auf die Angehörigen des Diebs, einer in Feira de Sant'Ana seit langem ansässigen, angesehenen Familie, Nachsicht gegen ihn. Wenn also die Behörden so vorgingen, wenn die gesprochene und geschriebene Presse, wenn sogar sein eigenes Milieu ihn verschonte, warum dann in diesem diskreten Schriftstück eine sensationslüsterne Ausnahme machen und die Ehre und den Namen der erlauchten Sippe, die von ihrer Umwelt nichts als Achtung verdient, der öffentlichen Verachtung sowie den Hündinnen der Klatschsucht und dem Skandal preisgeben? Man stelle sich das Ver-

hängnis vor, hätten Dona Dinorá und ihr Heer von Betschwestern die Verwandtschaft des Betrügers in Erfahrung gebracht; nicht einmal ihren Urenkeln wäre es gelungen, den »für immer mit Schlamm besudelten, im Sumpf der Infamie versunkenen Namen der Großeltern« (wie Herr Professor Epaminondas Souza Pinto sagen würde) reinzuwaschen. Und das waren Betschwestern, die dennoch samt und sonders den schmeichelnden Manieren des Prinzen und seinem schmachtenden Wesen blindlings verfallen würden. Hatte nicht selbst Dona Dinorá im gegebenen Augenblick versucht, den Wortlaut ihrer Prophetie abzuändern, um ihn den körperlichen Eigenschaften des Schwindlers anzupassen? Die meisten machten sofort traurige Gesichter, als Mirandão, der seine Gevatterin Dona Flor mit seiner Frau und zwei oder drei Kindern besucht hatte, die vollständige Beschreibung des Individuums lieferte: »Der Kerl taugt ganz und gar nichts ...«

Diese ganze Geschichte, der Prinz mit seiner eleganten Hochstaplerart treibe sich in der Gegend herum, war von Anfang an wirr und zerzaust. Übrigens war das sein Vorzugsklima und die Atmosphäre, in der er am liebsten umging und agierte.

Und schon beschwatzten und beschnüffelten Freundinnen und Klatschbasen unter hysterischem Gelächter die von Dona Dinorá im Trancezustand gemachte und unter der aufsässigen Gevatterinnenschaft unverzüglich von Mund zu Mund weitergetragene Schilderung des künftigen Verlobten, als der Prinz mit dem Seufzerschritt des Verliebten auf den Gehsteigen des Viertels auftauchte.

Spöttisch lachten Dona Norma, Dona Gisa, Dona Amélia Ruas und Dona Emina; klatschtantenhaft lachten die Betschwestern und fahndeten unermüdlich nach dem geschilderten Galan. Übrigens muß wahrheitsgemäß erklärt werden, daß nicht nur die Gevatterinnen sich auf die fruchtlose Suche machten. Selbst Dona Gisa warf ihren Psychoblick auf die männliche Menschheit der Umgebung, auf der Jagd nach dem »prachtvollen Vierziger«; gar nicht zu reden von Dona Norma, die nach der wohlgelungenen Totenwache und dem erstklassigen Begräbnis nichts mehr ersehnte als eine Verlobungs- und Hochzeitsanzeige. Ungezählt war die Zahl der jungen Mädchen und jungen Männer, deren Eheschließung sie ausgebrütet hatte, die sie zum Standesamt und Altar geführt hatte unter Überwindung von Schwierigkeiten bei der Gattenwahl, unter Überbrückung von Mißverständnissen und wütenden Familienzwistigkeiten. Bei Valdeloir Rêgo, einem unvergleichlichen Zauderer, und bei der liebenswerten Nachbarin und allzu flauen Maria hatte sie Schiffbruch erlitten. Doch auch so hatte sie die Hoffnung nicht aufgegeben, Maria doch noch unter die Haube zu bringen und, wer weiß, vielleicht gerade mit Valdeloir zu vereinen.

Begierig suchten Betschwestern und Freundinnen, ausgerüstet mit einem ausführlichen Steckbrief seiner körperlichen und ethischen Tugenden – war Dona Dinorá doch keineswegs eine geizige Seherin, die nur unvollständige Prophezeiungen von dem verborgenen Anwärter von sich gab. Ging es nämlich darum, einen künftigen Bräutigam zu beschreiben, entging ihr keine Einzelheit; vergnüglich und verschwenderisch entwarf sie ein weites Panorama der Eigenheiten und Gesichtszüge. Vielleicht fiel es gerade infolge des so vollständigen und treuen Abbilds des Kavaliers schwer, ihn zu entdecken und zu lokalisieren. Auf wen paßte nur ein so großes Aufgebot an Einzelheiten?

Die Betschwestern pilgerten von Bürger zu Bürger, durch die Umwelt des Viertels und darüber hinaus, ohne einen Mann aufzustöbern, der mit allen Gliedern der unbekannten Gleichung übereinstimmte. Die einen waren Akademiker und besaßen einigen Besitz, jedoch nicht das erforderliche genaue Alter. Andere hatten es, dafür fehlte ihnen die brünette Hautfarbe und der Diplomring, außer zweitrangigen Details. Doch auch so erschienen zahlreiche Kandidaten, von denen jeder einzelne von einer Gevatterin vorgestellt wurde, sofern sie nicht als Garantie gleich zwei mitbrachte.

Dona Flor spottete über so große Torheit und lächelte sanft: so etwas konnte nur Dona Dinorá einfallen, die keine anderen Sorgen kannte; nur in ihrem Kopf konnte solch törichte Idee wie Verlobung und Verehelichung entstehen. Doch nicht in Dona Flors, und wenn auch nur aus dem Grund, weil nach dem Tod ihres Mannes noch kein Jahr verflossen war, die mindeste Zeitspanne, in der es für eine Witwe Andenken und Ferne des Verstorbenen zu ehren galt.

Wenn sie im übrigen nach acht Monaten Trauer einen festen Entschluß gefaßt hatte, zielte dieser darauf ab, nicht mehr zu heiraten. Wozu auch, wenn sie das Nötigste besaß, wenn sie mit ihrer Kochschule sich ernähren und kleiden konnte; wenn ihre Freundinnen, so viele und so gute, ihr den Trost ihres gesitteten Umgangs und ihrer angenehmen Gesellschaft gewährleisteten; und wenn sie kein Bedürfnis nach männlicher Wärme, nach derartigen für immer verblichenen Dingen verspürte, warum dann heiraten?

Mit dem etwas wehmütigen Lächeln und der Sicherheit dieses unverbrüchlichen Vorsatzes begegnete sie dann den herzlichen Herausforderungen, den Vorstößen von Dona Norma und Dona Gisa, als diese ihrerseits auf dem Tablett der Freundschaft ihr die Köpfe möglicher Anwärter darboten.

Dona Gisas Kandidat war der kultivierte Professor Epaminondas Souza Pinto, eingefleischter Junggeselle, Jugenderzieher an einem Privatgymnasium und Historiker in seinen Mußestunden. Immer eilig, verschwitzt und schlecht verpackt in einem weißen Anzug mit Weste und Gamaschen, war er um die sechzig Jahre alt und überdies etwas versponnen; Dona Flor kannte und schätzte ihn; doch sollte sie wirklich ihren festen Witwenentschluß brechen, so nicht, um dem für ihren schlichten Geschmack übertrieben puristischen, rhetorischen Professor die Hand zum Ehebund zu reichen (um aus Diskretion und Feingefühl nicht von der Schlotterigkeit des Grammatikers zu reden). Dona Flor lachte scherzhaft: wenn sie auch eine Witwe war, so abgetakelt war sie dann doch nicht.

Es lachten die Freundinnen: Dona Norma fiel die Wahl schwer, kannte sie doch die halbe Welt; Dona Amélia zerbrach sich über etliche weitere den Kopf; Dona Emina, in Trauer um

Mamede, hatte einen syrischen Landsmann im Auge, einen verwitweten Kollegen und Antiquitätenhändler, einen selten gesehenen Nachbarn, der sich häufig im Innern des Staates aufhielt, wo er wurmstichige Heilige, klapprige Stühle, schartige Kristallgegenstände und sogar alte Nachttöpfe aufkaufte. Der war häßlich wie die Not und, Dona Flors Aussage zufolge, noch schlimmer als Professor Epaminondas.
Sogar Dona Enaide kam aus Xame-Xame angereist, einen Prätendenten in der Faust: einen Schwager von ihr, Notar verschiedener Marktflecken am Rio São Francisco, ein dunkelhäutiger Fünfundvierziger, ein großnasiger, dabei fröhlicher, leutseliger Kahlkopf mit einem bescheidenen Barvermögen, eine Mordspartie mit Namen Aluísio. Von allen ähnelte dieser am meisten Dona Dinorás Beschreibung, jedenfalls wenn man Dona Enaides Worten Glauben schenken wollte. Außerdem besaß er den Doktortitel, denn bevor er sich ins Unglück der Politik gestürzt hatte, war er ein mit Klienten recht gesegneter Rechtsverdreher gewesen.
Ein einziger Nachteil: er war nur vor dem Altar Junggeselle, vor dem Standesamt war er verheiratet. Er hatte sich mit seiner Frau nicht vertragen und lebte seit über zehn Jahren von ihr getrennt. Als junger Mensch, Freimaurer und Antiklerikaler hatte er die kirchliche Trauung verachtet, war jetzt jedoch bereit, sie in Kauf zu nehmen, falls die Braut darauf bestünde. Ob Dona Flor sich mit einer kirchlichen Trauung, die ja viele Leute als die einzig gültige ansähen, weil sie Gottes Segen enthielt, begnügen könne, da die Eheschließung auf dem Standesamt ja nicht mehr sei als ein vor dem Richter unterzeichneter Kontrakt, fast ein Geschäft? Dona Enaide hatte bereits ihrem Verwandten in einem langen Brief die Schönheit und Güte Dona Flors in allen Farben gerühmt. »Verrücktes Frauenzimmer, wenn ich schon nicht heiraten will, liegt mir um so weniger an einem Verhältnis mit oder ohne göttlichen Segen.« Und das noch weit weg an Judas' Grenzen, am Ufer des Flusses São Francisco mit seinem Wechselfieber! Dona Flor spielte die Empörte: mußte Dona Enaide, die sich als ihre Freundin ausgab,

die ganze Reise von Xame-Xame hierher machen, nur um ihr Schamlosigkeit und Verbannung vorzuschlagen? Das Ganze war nichts als Humbug, über den man nur lachen konnte.
Jeder Anwärter besaß etliche Merkmale, die ihn Dona Dinorás Modell annäherten. Von allen indessen glich ihm der Prinz am wenigsten; er besaß weder Geld noch Doktortitel, nicht das Alter, nicht die Robustheit und auch nicht die Größe. Als er auf der Straße Fleisch wurde und mit seinem lebhaften Gang auf dem Gehsteig vor dem den Fenstern der Kochschule GESCHMACK UND KUNST gegenüberliegenden zweistöckigen Haus des Argentiniers auf und ab ging, brachte Dona Flor die poetische Erscheinung unwillkürlich mit der Liebschaft einer ihrer jungen Schülerinnen oder mit dem Techtelmechtel einer verheirateten Frau in Verbindung.
Denn es war keine Seltenheit, daß eines der jungen Dinger in Begleitung eines Verehrers zum Unterricht kam und daß der Schmachtjüngling sie nach Schulschluß an der Straßenecke erwartete. Andere, Verheiratete, bedienten sich der Schule als Deckmantel für eine Affäre, um ihrem Ehemann Hörner aufzusetzen, und nutzten den bequemen Stundenplan für lohnenderen Zeitvertreib. Diese Damen erschienen in einer, der ersten, Stunde, schwänzten die zweite, richtiger gesagt, wohnten nur dem Unterrichtsbeginn bei, wenn Dona Flor Rezepte diktierte, die sie in ihre Hefte eintrugen, um damit ihre Teilnahme und ihr Interesse am Unterricht beweisen zu können. In Wirklichkeit verbrachten sie nur die erste halbe Stunde in Flors Schule, die zweite dagegen in irgendeinem Lustschloß.
Als sie ihn daher schmachtend und unablässig qualmend an einem Laternenpfahl lehnen sah, hielt Dona Flor ihn für den Schatz einer ihrer Schülerinnen, und zwar mit Sicherheit einer der Jüngsten, denn er hatte noch ein Kindergesicht.
Da sie ihn im Verlauf der kommenden Tage jedoch nicht in Gesellschaft einer ihrer jungen Schülerinnen daherkommen oder abziehen sah, sondern entdeckte, daß er zu den verschiedensten Tages- und sogar Nachtstunden ihre Fenster beobachtete, schloß sie aus seinem ungereimten Stundenplan, daß die

Beharrlichkeit des Gimpels nicht mit ihren Jüngerinnen an Herd und Backofen im Zusammenhang stand. Wenn also keine Kochschülerin seine Schritte lenkte, welches war dann das Ziel seiner Blicke und Seufzer?

Sicherlich war es Marilda; eine andere konnte wohl kaum die Ursache seiner bekümmerten Anwesenheit sein. Da das junge Mädchen mehr Zeit im Hause der Lehrerin verbrachte als im eigenen, hielt der Luftikus es fraglos für eine Schwester oder Nichte Dona Flors; beiden war eine unvergleichlich brünette Hautfarbe gemeinsam, ein zarter Ton von rosafarbenem Tee, von Mate, eine hinreißende Mischlingsfarbe, für welche die Kreuzung von einheimischem Blut mit dem von Negern und Weißen verantwortlich war.

Machte Marilda dem Suspiranten Hoffnung, oder zeigte sie ihm die kalte Schulter? Sie war bereits im kostbaren Alter der ersten Liebeleien; noch zwei Jahre, und ihre pädagogische Ausbildung war abgeschlossen und sie selber reif für Verlobung und Ehe. Übrigens hatte sie das Interesse des jungen Menschen bereits bemerkt, es jedoch einer anderen zugeschrieben, etwa der mißtrauischen Maria, den bildhübschen Töchtern des Doktor Ives oder der kleinen Lehrerin Balbina, wer weiß? Wenn aber keine von ihnen im Blickfeld seines Beobachtungspostens wohnte und man von dort aus nur ihr Fenster, ja, und Dona Flors Wohnzimmer sah, wo Marilda sich nur aufhielt, um Radio zu hören und Romane der ›Reihe für junge Mädchen‹ zu lesen, mußten die schwermütigen Tag- und Nachtwachen des jugendlichen Querkopfs wohl ihr gelten.

Durch einen Spalt des verhangenen Fensters beobachteten sie den jungen Mann: »Er ist schön«, seufzte Marilda, und ihr unbeständiges Herz war unverzüglich bereit, ihre Poussage mit Mecenas, einem Kollegen aus dem pädagogischen Lehrgang, einem gleichaltrigen Grünschnabel, dranzugeben. Dona Flor stimmte ihr zu: »Ein Galan«, und dabei noch blutjung, höchstens dreiundzwanzig oder vierundzwanzig Jahre alt und daher wie geschaffen für die künftige Lehrerin. Es galt, Erkundigungen einzuziehen und in Erfahrung zu bringen, ob er einen freien, einträglichen Beruf ausübte oder etwa ein Bank- oder Büroangestellter war. Vielleicht verfügte er sogar über Besitz, jedenfalls wies sein Gebaren darauf hin, denn er war zu den ungewohntesten Tageszeiten auf seinem Beobachtungsposten vor Dona Flors Haus zu sehen.

Vergebens vergeudete Marilda ihr Lächeln, es fand keine Gegenliebe. Wie oft lenkte sie ihre Schritte zum Platz oder ging aus, um sich sinnend auf die Balustrade des Hofs der Santa-Tereza-Kirche zu setzen – einen idealeren Ort für Liebeserklärungen und -schwüre hat es nie gegeben und wird es nie geben, einen so idyllischen Winkel, der Himmel so nah und blau, drunten das Meer, blau und grün, nahebei die jahrhundertealten Mauern des Gotteshauses und sicherlich auch der verständnisvolle Segen Dom Clementes für einen fragwürdig-ketzerischen Kuß.

Doch der Prinz folgte nicht ihren Spuren. Er gab seinen Posten nicht auf, als wäre er daran gekettet, und hielt die Augen unverwandt auf die Läden der Schule gerichtet. Nun, wenn auch Marilda nicht das Ziel seiner Seufzer war, wem als Dona Flor selber sollten sie dann gelten?

So jedenfalls schlossen Gevatterinnen und Freundinnen und sogar Marilda, trotz ihrer Jugendlichkeit und Unerfahrenheit:

»Ich glaube, daß er ein Auge auf dich geworfen hat, Flor.«

»Auf mich? Bist du von Sinnen . . .?«

Tage später, als sie mit Dona Norma Einkäufe in der Rua Chile machte, folgte er ihnen, stieg in dieselbe Straßenbahn, rauchte eine Zigarette nach der anderen und lächelte dabei zärtlich und liebebedürftig. Fast wurde Dona Norma unmutig, als sie es merkte und sich einbildete, Dona Flor habe Geheimnisse vor ihr.

»Das lass' ich mir gefallen . . . Die Dame hat einen Kavalier und läßt keinen Ton verlauten . . .«

»Ich weiß nicht einmal, wer er ist . . . Seit Tagen steht er stocksteif vor unserem Haus, ich habe ihn vorher nie gesehn, ich dachte, er gehöre zu einer meiner Schülerinnen, habe aber festgestellt, daß es nicht so ist. Dann meinte ich, er käme wegen Marilda, aber auch das hat sich als Irrtum erwiesen. Die Ärmste ist ganz enttäuscht. Ich kann mir keinen Vers darauf machen . . .«

Ganz aufgeregt musterte Dona Norma den Stutzer mit langen, auffälligen Blicken, die sie für höchst verstohlenes Schielen hielt:

»Verdammt gut aussehend . . . Vielleicht nur ein bißchen jung.«

Doch nach neuer Prüfung berichtigte sie: »Ist doch nicht so jung, wie er aussieht, und, ehrlich gesprochen, zu hübsch für meinen Geschmack . . .«

Sie stiegen aus, der Zeitgenosse hinterdrein. In Sekundenschnelle entwarf Dona Norma einen verzwickten Plan, um klar und deutlich feststellen zu können, ob der Fatzke ihnen nachspürte oder nicht. Das trat bald zutage. Ohne sich ihnen zu nähern oder das Wort an sie zu richten, hielt er mit seinem koketten Lächeln und flehenden Blick gebührenden Abstand, verlor sie aber nicht eine Sekunde aus den Augen. Betraten sie einen Laden, wartete er vor der Tür; bogen sie um die Ecke, schlich er ihnen nach; blieben sie vor einem Schaufenster stehen, belauerte er sie vom nächsten Schaufenster aus. Gab es noch einen Zweifel?

Allein oder gruppenweise kamen die Gevatterinnen, um ihn an seinem Beobachtungsposten zu bespitzeln. Gut sah er aus, ja bildschön, dabei offensichtlich unglücklich, ganz flehende Zärtlichkeit, die Anmut eines Blicks, eines Lächelns, einer Hoffnung; und schon waren sie auf seiner Seite, stimmten für ihn und versuchten sogar, sein Bild dem in der Kristallkugel geschauten Verlobten anzugleichen. War er nicht auch brünett und distinguiert und überdies vielleicht ein Herr Doktor und dazu begütert? Was Alter und übrige körperliche Merkmale betraf, so ging die Abweichung vielleicht auf das Konto Dona Dinorás Kurzsichtigkeit, die da Reife erspäht hatte, wo Jugend zu sehen gewesen wäre, und einen kraftvollen Oberkörper statt einer asthenischen Brust, eiserne Gesundheit statt bleicher Schmächtigkeit. Daher war es nach Meinung aller Gevatterinnen wohl das beste, wenn die Seherin Kristallkugel und Spielkarten von neuem befragte, um diesen dunklen Widersprüchen ein Ende zu setzen.

Und das tat Dona Dinorá angesichts der Erwartung des plötzlich betriebsamen Viertels, angesichts der wachsenden Welle von Sympathie und Solidarität gegenüber Eduardo, dem Witwenprinzen, der am Lichtmast vor Anker gegangen war und Dona Flors Heim bespähte, seinen nächsten Anlaufhafen, wo er Wasser und Brot an Bord zu nehmen gedachte.

Es ergab sich jedoch, daß der Seherblick in die Kristallkugel und die Karten von neuem das energische Profil des prachtvollen Vierzigers mit seinem Diplomring und seiner weinroten Rose erschaute. Da die Vision verschwommen war, wie es geheimnisvollen Offenbarungen eignet, vermochte Dona Dinorá nicht den Edelstein des Doktorrings und daher auch nicht den Beruf des Verheißenen zu bestimmen. Dafür konnte sie aber mit unbedingter Sicherheit und einigem Mitleid mit dem bleichen, an der Straßenecke seufzenden Jüngling versichern, daß dieser nichts zu tun habe mit dem noch zu erwartenden echten Anwärter, dem künftigen Bräutigam.

Mochte sie sich noch so angestrengt über das glasklare Kristall oder die hübschen Karten beugen, sich auf die hinduistischen Ausstrahlungen des Ganges, auf die Geheimlegenden tibetischer Tempel konzentrieren, die okkulten Kräfte der orientalischen Magie bestanden fest entschlossen darauf, dem Prinzen Eduardo (Soundso) den Durchgang zu verweigern. Auch bei den Ebós der Candomblés, bei den Opferungen der Conquéns und Tauben, der Hähne und eines schwarzen Ziegenbocks – »Abfertigungen«, von Dionísia de Oxóssi bestellt, um ihre Gevatterin Dona Flor gegen bösen Zauber und Bösewichter zu schützen –, bei diesen Kulthandlungen verwehrte Exu dem galanten Verführer alle Pfade, Exu verriegelte alle Kreuzwege dem unschlagbaren Witwentröster, der seinen Opfern das einsame Herz raubte und nebenbei Gut und Ersparnisse, Kupfer- und Silbermünzen, Ringe und Juwelen.

3

Die nach dem ersten so kummervollen Monat verflossenen weiteren acht Monate ihrer Witwenschaft hatte Dona Flor im Trubel der Obliegenheiten und des harmlosen Zeitvertreibs verbracht. Sie war zur Auflockerung ihrer Trauer sogar nur selten ausgegangen – es waren wenige Besuche zu Onkel und Tante nach Rio Vermelho und zu einigen intimeren Freundinnen gewesen – und hatte ihre Zeit zu Hause ausgefüllt mit ihrer Schule, ihren auswärtigen Aufträgen, mit ihrer Nachbarschaft. Im Juni kochte sie ihre Töpfe Maisbrei, ihre Tablette Pamonha, ihre Manuês; sie destillierte ihre Fruchtliköre, ihren berühmten Jenipapo-Likör. In mehr als drei Trauermonaten öffnete sie nicht einmal ihre Wohnzimmer, nicht einmal an Santo Antonio und São João, auch nicht am Tage São Pedros, des Schutzheiligen der Witwen. Dafür zündeten die Kinder des Viertels ein Feuer vor ihrer Tür an und aßen bei ihr Maisbrei; und mit ihnen Dona Norma, Dona Gisa, drei oder vier Freundinnen, doch ganz im intimen Kreis ohne Festveranstaltung. Alle Maisbreiteller, alle Tablette mit Pamonha, die Flaschen mit Likör gingen während der Juni-Riten im Monat des Maisfestes als Geschenke an Onkel und Tante, an die Freunde, an die Schülerinnen.

Nach dem sechsten Monat bis zum Erscheinen des Prinzen im Dezember nahm ihre Geselligkeit ständig zu. Die Freundinnen schleppten sie mit zu Einkäufen und Spaziergängen, Kinovorstellungen und Besuchen: zwei von Procópios Vorstellungen hatte sie bereits beigewohnt, als der Schauspieler mit seiner Gesellschaft im Theater ›Guarani‹ gastierte. Mit Dona Norma und Seu Sampaio war sie zum ersten, mit Doktor Ives und Dona Êmina zum zweiten Abend gegangen und hatte bei beiden unablässig gelacht.

Mitunter blieb sie zu Hause und wehrte beharrliche Einladungen ab, denn so viele Aufforderungen ermüdeten sie; und diese Ermüdung war ihrer Ansicht nach verantwortlich für ein bestimmtes lästiges, schwer beschreibbares Gefühl: als wären Umtrieb, Arbeit und Lachen nicht genug, um ihr Leben auszufüllen, das mit einemmal leblos wurde, als wäre das Ganze höchst lähmend. Doch es war keine körperliche Erschöpfung, die immer wohltat und zustatten kam, denn auf diese Weise schlief sie die ganze Nacht traumlos, schwer und erwachte erquickt. Es war eine innere Ermattung, ein Unbefriedigtsein.

Indessen bedrückte sie keine Bitterkeit, nicht einmal dauernde Melancholie; ihr Leben verlief so fröhlich und angenehm wie nie zuvor. Sie ging aus, ging spazieren, hatte tausend und zwei Dinge im Kopf, ohne daß sie darüber die Schule, eine lustige Pflicht, vergessen hätte; und jene Lustlosigkeit war nur eine gelegentliche Wolke, die über ihre hellen, fröhlich bewegten Tage dahintrieb. Sie hatte ihre Freundinnen, ihre lieben Verwandten in Rio Vermelho, die ständige Gesellschaft Marildas, eine Art jüngere Schwester, fast eine Tochter, die ihr ihre Träume anvertraute und ihren Wunsch, im Radio zu singen. Sie hatte ihre Spaziergänge und ihr Rundfunkgerät, Musik und Hörspiele, humoristische Programme, dazu Romane für Senhoritas, zu deren Lektüre die Oberschülerinnen sie bekehrt hatten, sie hatte den Klatsch der Gevatterinnen, Dona Dinorás Voraussagen, und nach dem drängenden Stimmengewirr der Nachbarinnen zu schließen, standen ihr haufenweise Bewerber zur Verfügung – in Reichweite. Was würden die Pseudoprätendenten sagen, wenn sie von diesem neuen Sklavenmarkt, von dieser spaßigen Posse erführen, bei der sie in lärmender Zurschaustellung und scharfsinniger Analyse ihrer Tugenden und Schattenseiten unter Randbemerkungen, Spott und zwerchfellerschütterndem Gelächter Dona Flor zur Auswahl angeboten wurden? Kandidaten ohne ihr Wissen und ihren Wunsch, die systematisch verworfen wurden.

»Wie bitte, Seu Raimundo de Oliveira? Der Gehilfe des Devotionalienhändlers Alfredo? Hab ein Einsehen, Jacy, er ist ein braver Kerl, aber mit seiner trostlosen Miene und seiner Manie, in der Kirche zu hocken ... Bietet mir gefälligst was Besseres an ...«

Die anderen genügten ihr ebensowenig; vereinten sie Gaben männlicher Schönheit mit bürgerlichen Tugenden, ach, dann waren sie durch die Bank verheiratet, und kein einziger blieb ihr als Schmerzenstiller übrig: Professor Henrique Oswald von der Akademie der Schönen Künste, ein Verwandter der in Strand ansässigen Familie; der Architekt Chaves, der in nächster Nähe baute, ein Fatzke; Seu Carlitos Maia mit seiner wackeligen Reiseagentur; der Spanier Mendez, Seu Vivaldo vom Bestattungsinstitut; und endlich jener, nach dem die jungen Mädchen heimlich schmachteten – denn Dona Nair ließ nicht mal in Gedanken Annäherungen an ihren Mann zu –, Genaro de Carvalho, anziehender als jeder Filmschauspieler, wollte man den Frauen Glauben schenken.

Dona Flor ging der Geschichte mit der neuen Eheschließung so spöttisch zuleibe, daß sie allmählich zum Scherz wurde, daß Pläne und Kandidaten in Vergessenheit gerieten.

So ruhig also verlief ihr Leben und so angefüllt mit interessanten Dingen, als mit dem heißen Dezember der Sommer kam und zugleich der Prinz sich vor dem Lichtmast aufpflanzte, als hätte er dort Wurzeln geschlagen.

Von dem Tag an, da Dona Flor mit Dona Norma in der Rua Chile und Umgebung Einkäufe gemacht hatte, bestand kein Zweifel mehr über die Person der Muse, die dem bleichen Jüngling Seufzer und schmachtende Blicke entlockte. Dona Flor fühlte die Schamröte auf ihrem Gesicht brennen, als enthielte dieses Interesse eine schwere Beleidigung ihres Zustands oder als bedeutete es, daß sie die einer Witwe auferlegten Grenzen der Bescheidenheit und Behutsamkeit nicht eingehalten hätte. War sie etwa eine so lustige und ungezwungene Witwe, daß sich jeder Hergelaufene herausnehmen durfte, ihre Haustür zu umschleichen und ihre Fenster zu belauern? Das war kränkend und schamlos, und was für eine Absicht steckte dahinter?

Fraglos die schlimmste, seufzte Dona Flor und versperrte Tür und Fenster, während Dona Norma ihr riet, nicht übereilt zu handeln. Sie, Dona Norma, war zwar nicht für den jungen

Hallodri eingenommen, weil ihr die bleiche Hübschheit, das Kindergesicht und die Durchtriebenheit des Burschen verdächtig vorkamen. Doch wer bewies ihr, daß sie beide sich nicht gründlich täuschten und seine Absichten im Gegenteil ehrlich waren, daß er in Wirklichkeit ein grundanständiger, korrekter Mensch war, der Wertschätzung verdiente und sogar Dona Flors Hand und Liebe?

Ob er sie nun verdiente oder nicht, als Witwe, die mit ihrem Los zufrieden war, hatte sie nicht die Absicht, eine neue Ehe einzugehen, und war daher noch weniger bereit, einen Windhund unter ihrem Fenster zu dulden, der ihr nachlief, als wäre sie eine leichtfertige Schlampe, der es nicht darauf ankam, das Grab des Gatten mit Schamlosigkeit zu bedecken und ihr Trauerkleid im Zimmer eines Absteigequartiers auszuziehen.

Dona Norma suchte sie zu beruhigen: warum diese heftige Reaktion, diesen Groll gegen den bis dato respektvollen jungen Mann, der sich auf Blicke und distanzierte Gefolgschaft beschränkt hatte? Schließlich war Dona Flor keine dumme Gans mehr, die sich einbilden durfte, über männliche Aufmerksamkeiten, Überlegungen, Absichten, gleichgültig, ob ehrliche oder unzüchtige, hinauszusein. Sie war jung, hübsch, alleinstehend; warum sollte man sie nicht begehren und ihre Gunst zu erlangen suchen? In gewisser Weise war das nichts als eine Huldigung an ihre Schönheit, als ein Beweis für ihre Gaben und Reize. Doch Dona Flors Entschluß, Witwe zu bleiben, war unwiderruflich, nun gut; wenn auch Dona Norma mit einer so törichten Einstellung keineswegs einverstanden war, so wollte sie jetzt nicht streiten. Warum deshalb einen Menschen schlecht behandeln, der ihr mit ehrlichen Heiratsabsichten entgegenzukommen schien? Warum nicht ein freundlich dankendes »Nein: Ihr Antrag ehrt mich, aber ich will von Heirat nichts wissen«?

Dona Flor lachte zwar über die Freundin, schlug aber dem Bittsteller, der ihr bis vors Haus gefolgt war, in ihrer ersten Empörung das Fenster vor der Nase zu. Nach einigen unentschlossenen Momenten, während deren er nach links und rechts

blickte, trat der junge Mann bekümmert und untröstlich den Rückzug an.
Durch die Spalten ihres Fensters wohnten die Gevatterinnen, die samt und sonders Dona Flors Verhalten mißbilligten, dem Auftritt bei. Einschließlich Dona Gisa, die trotz Belesenheit und eifrigem Studium schwieriger Schriften einfältig und sogar töricht im Umgang mit Menschen war. »Oh!« murmelte sie tadelnd, als sie Flors herzlose Handlungsweise sah, und ihr Ausruf war Balsam für den gekränkten Don Juan. »Armer junger Mann, er ist ein Opfer von überlebten Sitten, von Vorurteilen und Rückständigkeit.«
Nichts kam dem jungen Mann gelegener; auf der Straße schüttete er der Gringa in weinerlich-heftiger Vertrauensseligkeit sein Herz aus und bekannte ihr seine ehrlichen Absichten, seine ungestüme Liebe und seinen furchtbaren Kummer. Er stellte sich vor: Otoniel Lopes, zu Diensten, Kaufmann in Itabuna, kreditfähiger Inhaber eines Textilgeschäfts, mit Nebeneinnahmen aus einer kleinen Kakaopflanzung. Junggeselle, aber heiratslustig, knapp über dreißig Jahre alt. Er sei mehr zur Entspannung als zu Geschäften nach Bahia gekommen, habe aber Dona Flor zufällig gesehen und seither weder Ruhe noch Frieden; halb von Sinnen sei er und so verliebt, daß das Leben ihm völlig sinnlos scheine, falls sie nicht sein Flehen erhöre. Er wußte, daß sie eine ehrbare Witwe war, das genügte ihm, alles übrige sei unwichtig. Sollte sie arm sein, desto besser: sein Einkommen genüge für ein gemeinsames, bequemes Leben.
Hingerissen wie sie war, fiel Dona Gisa auf den Betrug herein. Der Prinz war aalglatt und fintenreich: er lockte aus Dona Gisa Vertraulichkeiten und Auskünfte heraus. Ja, in gewisser Weise sei Dona Flor arm und gewiß keine Millionärin, andererseits sei sie auch keine arme Kirchenmaus. Außer ihrer Schule und ohne ihren Mann, der ihren Erwerb verpraßt hatte, besaß sie ihren Sparstrumpf, einen Zehrpfennig, den sie – wie so viele Amazonierinnen – lieber im Hause verwahrte, als damit bei einer Bank Zinsen zu verdienen. Es waren eben Menschen von rückständiger Mentalität, faßte Dona Gisa zusammen, die

außerstande war, ihre Gedanken zu verbergen und ihre Kritik an Irrtümern und Ungereimtheiten zu unterdrücken. »Eines Tages riecht ein Dieb Lunte und macht bei ihr lange Finger. Und es geschieht ihr recht.«

Nur ein abgefeimter Halunke würde ein Geschöpf wie Dona Flor ausrauben wollen, entgegnete der Prinz und meinte, die Handlungsweise der Witwe zeuge von ihrem guten Charakter, von ihrer Gleichgültigkeit gegenüber materiellen Gütern, von ihrem mangelnden Ehrgeiz. Gerade eine Frau wie diese, schlicht und einfach, wünsche er sich als Gattin und Gefährtin. Nach und nach, im Verlauf des Gesprächs, lieferte Dona Gisa dem Spitzbuben den vollständigen Steckbrief Dona Flors, einschließlich ihrer wenigen Schmuckstücke: das Türkishalsband, europäisch, die goldenen Ohrringe mit echten Brillanten, ein altes Stück, der einzige Besitz Dona Litas, außer ihren Katzen, ihrem Garten und den Aquarellen ihres Mannes. Da sie sie nie anlegte und ohnehin ihre Nichte als Erben bestimmt hatte, waren sie bereits in Flors Besitz übergegangen, vorläufig freilich zu getreuen Händen und zum beliebigen Gebrauch. Dona Lita hatte sie ihr nur deshalb nicht schon endgültig vermacht, weil sie den einzigen Rückhalt des alten Ehepaars für Notfälle darstellten.

Dona Gisa ging aus dem Gespräch als Vertreterin und Anwältin des Schaumschlägers hervor. So versprach sie, sich bei Dona Flor dafür zu verwenden, daß sie den Pseudo-Itabunenser empfange und anhöre, und wenn auch nur zu dem Zweck, seinen Verlobungs- und Heiratsantrag rundweg abzuschlagen. Der Prinz wollte nur empfangen werden: er vertraute vollkommen auf seine Zungenfertigkeit, auf seine Erfahrung in Schmeichelei, auf seine Speichelleckerei. Die hatten nie versagt; sobald er angehört wurde, war die Verlobung eine ausgemachte Sache, und sein war der Kies der Witwe, keine widerstand seiner Beredsamkeit.

An jenem Abend nach dem Kochunterricht zündete Marilda im Hause Dona Flors die Wohnzimmerlampe an, schaltete das Rundfunkgerät ein und öffnete das Fenster, doch der unverwüstliche Galan vom Lichtmast war verschwunden. Sie rief die Freundin und deutete auf die von Anwärtern entblößte Landschaft.

Dona Flor schilderte ihr die letzten Ereignisse: der Kerl hatte den Laufpaß bekommen. Während Dona Flor erzählte, warf sie einen Blick auf die Straße. Im Grunde war sie enttäuscht: das Interesse des jungen Mannes war also doch gering gewesen und beim ersten Hindernis verflogen. Einen wie Pedro Borges hatte Dona Flor in ihrer Jungmädchenzeit weit herzloser behandelt. Sie hatte den Paraenser tief gekränkt, hatte ihm seine Briefe zurückgegeben und jedes Geschenk ausgeschlagen; sie war scheußlich mit ihm umgesprungen; er hingegen, den Verlobungsring in der Hand, hatte seinen Mann gestanden, felsenfest. Ja, das war Leidenschaft gewesen, echte Leidenschaft. Dieser nahm dafür schon beim ersten Fensterzuschlagen Reißaus ...

Gleichsam unbeabsichtigt trat Dona Flor im Verlauf der Stunden drei- oder viermal ans Fenster und hatte Gelegenheit, die Wirksamkeit ihrer Geste festzustellen: der Mensch war endgültig verschwunden.

Als sie sich ins Bett legte, zuckte Dona Flor zum Zeichen ihrer Gleichgültigkeit die Achseln: dann lieber so! Wenn sie wirklich keine neue Ehe einzugehen wünschte, warum sich dann von der unsteten Beharrlichkeit des Schürzenjägers, von der Schwächlichkeit seiner Gefühle den Kopf verdrehen lassen? Das war eine zu ihrem Witwenstand schlecht passende Eitelkeit.

Zum ersten Mal in all den Monaten schlief sie nicht sofort ein, sondern blieb mit offenen Augen liegen und dachte nach. War ihr Entschluß, sich nicht wieder zu verheiraten, ihr eigenes Leben in Ruhe zu leben, sich nicht in ein neues Eheabenteuer einzulassen, so stark, wie sie sich eingebildet hatte? Wie dem auch sei: sie hatte sich entschlossen und damit basta. Sie wollte nicht weiter mit sich hadern, abgesehen davon, daß sie keinerlei Bedenken und Widersprüche aufzuklären hatte. Sie war sogar so entschlossen, zu ihrem Entschluß zu stehen, daß sie freimütig mit den Freundinnen lachen und mit den Gevatterinnen spotten konnte, wenn die einen und die anderen ihr neue Kandidaten anpriesen oder wenn Dona Dinorá das Profil des prachtvollen Vierzigers entwarf. Doch wie kam es dann, daß sie einem bloßem Eckensteher zuliebe den Schlaf verlor?

Am nächsten Morgen in aller Herrgottsfrühe kam Dona Gisa angerannt, platzend vor Neuigkeiten, und berichtete eingehend und begeistert von der Unterhaltung mit dem Pseudokaufmann aus Itabuna. Sie hätte Flor die frohe Kunde am liebsten noch am Vorabend überbracht, hatte jedoch ihren Englisch-Schülern Unterricht geben müssen wie dreimal in der Woche, ein sehr anstrengender Kurs.

Übernächtig und von Kopfschmerzen gepeinigt, hörte Dona Flor den Bericht an. Ihn empfangen, seine Anträge über sich ergehen lassen? Das war doch widersinnig: sie hatte sich entschlossen, nicht mehr zu heiraten, warum dann Zeit mit Prätendenten vergeuden? Dona Gisa überbot sich in Argumenten und Appellen und erlangte zum Schluß einen Aufschub ihrer Absage. Der Freundin zuliebe versprach Dona Flor, ihre Antwort zu bedenken und den jungen Dingsda nicht mit einem brüsken Korb abzuwimmeln. Fast gegen Schluß der Unterhaltung tauchte Dona Norma auf mit der Bitte um etwas Hefe für einen Kuchen und mischte sich Hals über Kopf in die Verschwörung. Ein reicher Kaufmann aus Itabuna? Schau sich einer an, wie die Leute sich hereinlegen lassen ... Dona Norma hatte nichts für den Gelbschnabel übrig, nichts für die Tatsache, daß er sich als seriös entpuppt hatte, als gutsituierter Zeitgenosse, als erstklassige Partie. Und dazu noch mit dieser beschissenen Hautfarbe ...

»Verzeih, Flor, wenn ich dich gekränkt habe ... Aber findest du es nicht auch? So ein Miststück von einem Lausbuben ...«

Gegen Abend nahm der Prinz von neuem seinen Horchposten ein, lächelnd die Augen aufs Fenster geheftet. Zwei- oder dreimal sah er Dona Flor mit einer koketten Schleife im Haar – ein gutes Zeichen. An jenem Tag fiel den Schülerinnen an ihrer für gewöhnlich so ruhigen, lächelnden Lehrerin eine gewisse Unruhe auf. Sie hatte eine schlimme schlaflose Nacht hinter sich, Anzeichen von Kopfschmerzen, Herzflattern, eine wüste halbseitige Migräne. Maliziös mischte sich Dona Dagmar ein, eine betriebsame Schülerin, ein Schandmaul, das kein Blatt vor den Mund nahm:

»Meine Liebe, Witwenmigräne ist Männermangel zur Schlafenszeit. Dafür gibt es eine wirksame Arznei, billig zu kaufen mit einer Ehe ...«

»Ehe? Davor beschütze mich Gott ...«

»Ist auch nicht unbedingt Pflichtsache ... Sie können die Arznei nehmen, ohne gleich zu heiraten, denn an Männern, meine Liebe, ist kein Mangel.« Und die Schwatzbase lachte heraus.

Es lachte der gesamte Kurs, Dona Flor spürte im Gesicht die gleiche Schamröte vom Vortag brennen und kam sich vor wie eine ertappte Diebin oder eine entlarvte Lügnerin. Ob sie, die sich als zurückhaltende, anständige Witwe fühlte, etwa das Bedürfnis nach einem Mann verriet, die Eile, einen Verlobten zu angeln, ob sie vergnügungssüchtig, gefallsüchtig, bettsüchtig wirkte? Nur weil sie scherzte, mit den Gevatterinnen lachte und über Kandidaten spottete, über Gesichte, Geflüster, durfte sich ihre Umwelt deshalb schon einbilden, daß sie verrückt darauf sei, mit einem Ehemann oder sonstigen Mann ins Bett zu steigen? Das war eine Ungerechtigkeit, es gab keine ehrlichere, schuldlosere Witwe als sie.

Sie verbrachte einen unruhigen Tag und vermied es, sich ihrem Fenster zu nähern, aus dem sie sich nicht mehr so arglos beugte, um Dona Norma oder Marilda zu rufen, denn nun wußte sie, daß der junge Mann ihretwegen auf der Straße stand, wußte, daß sie nie so eilfertig ans Fenster geeilt war, als wimmelte plötzlich die Straße von aufregenden Neuigkeiten. Was für eine Verwirrung!

Als daher Dona Amélia sie aufforderte, mit ihr und Seu Ruas einen französischen, hochpikanten, realistischen und folglich vieldiskutierten Film anzusehen, sagte sie in ihrer Angst vor einer neuen schlaflosen Nacht freudig zu. Denn stets kam sie todmüde aus dem Kino und döste bereits in der Straßenbahn ein. Die guten Nachbarn hätten keine bessere Gelegenheit für die Einladung wählen können, ganz abgesehen von dem Film, der augenblicklich Gegenstand von Kontroversen und Kommentaren in der Presse und in der Nachbarschaft war. Dona Emina fand ihn fabelhaft, Doktor Ives verabscheute ihn – die reine Pornographie! Dona Norma schnalzte bei der Erinnerung an gewisse Szenen mit der Zunge: »Der hat Passagen, mein Kind, an einem See, wo er ihr die Kleider herunterreißt und ihre Brüste herausquellen und die beiden sich packen und es praktisch in aller Öffentlichkeit treiben. Ineinander verkrallt, sie splitternackt, ihre kleinen harten Brüste, und die Kinojugend johlt und winselt ...« Marilda war ganz krank, daß die Zensur (und Dona Maria do Carmo) ihr den Besuch des für Jugendliche unter achtzehn Jahren verbotenen Films untersagt hatten. Der reinste faschistische Terror gegen die Jugend!

Wie immer, wenn man mit Seu Ruas ausging, kam man viel zu spät: die Wochenschau hatte längst begonnen, das dunkle Kino war vollbesetzt. Mühsam fanden sie in drei verschiedenen, weit auseinanderliegenden Reihen Platz. Dona Flor weit hinten auf einem Eckplatz neben einem möglicherweise verlobten Pärchen, das mit verschlungenen Händen und aneinandergelegten Köpfen zusah. Das Gejohle der Studenten fing schon bei den ersten Szenen des französischen Films an, dessen Handlung in einem von halbnackten Weibern wimmelnden Kabarett der *Place Pigalle* spielte. Dona Flor, bemüht, die Küsse, das Gestöhn und Gerammel des benachbarten Liebespaares zu überhören, strengte sich an, dem verwickelten Faden des Films zu folgen.

Plötzlich spürte sie den warmen Atem eines Mannes in ihrem Nacken und vernahm eine weiche Stimme, die dennoch das Gezeter übertönte, süßes Gemurmel in ihrem Ohr, das Worte wie Verse sprach, Liebeserklärungen, die sie als junge Verlobte nie vernommen hatte, ein Loblied auf ihre Augen, auf ihr Haar, auf ihre Schönheit. Sie brauchte sich nicht umzudrehen, um zu wissen, wem die anmutige, einschmeichelnde Stimme, die schönen Worte gehörten. In ihrem Nackenausschnitt war der männliche Atem ein Kitzel, eine linde Liebkosung. In ihrem Ohr die preisende, flehende Stimme ein zartes Schlummerlied.

Dona Flor rückte auf ihrem Sitz nach vorne, bemüht, einen größeren Abstand von der Reihe zu gewinnen, in der der Prinz Platz gefunden hatte; doch dadurch gelang es ihr nur, das Pärchen zu stören, denn ihr Verfolger beugte sich gleichfalls vor und fuhr beharrlich in seiner glühenden Liebeserklärung fort. Dona Flor wollte ihn weder anhören noch das lüsterne Schauspiel des ungenierten Liebespaars mit ansehen, sie wünschte nur den Film zu verfolgen, die Geschichte, die schwierige Handlung voller Sex und Gewalttat, zu verstehen.

Immer lauter schrien die Zuschauer, denn nun hatte die erregende Szene am See begonnen: der sinnliche, fast nackte Star mit entblößten Brüsten und der Schauspieler über ihr, ein Riese von Kerl mit verderbtem Gesicht und der Wut eines Bockes, fast ebenso schamlos wie das Pärchen neben ihr, ein hemmungsloseres hatte sie im Leben nie erlebt.

Und die Stimme hinter ihr, die ihr Liebesworte zuflüsterte, ihr einen Verlobungsantrag machte, sie um die Erlaubnis eines einzigen Besuchs anflehte, um ihr seine Vermögensverhältnisse, seine Fähigkeiten, seine Vorschläge unterbreiten, vor ihre winzig kleinen angebeteten Füße sein gutbestücktes Itabunenser Geschäft legen zu können und dazu ein treues, in leidenschaftlicher Glut loderndes Herz.

Der warme Männeratem in ihrem Nacken, seine murmelnde Stimme, seine Sätze wie Gedichtstrophen, Liebkosungen seine Worte. Ach, welch unmöglicher Film, das Publikum krakeelte, die Künstler trieben's schlimm, schlimm führte sich das Pärchen neben ihr auf, obendrein die unsichtbare, verwirrende Gegenwart in ihrem Rücken, und Dona Flor wie umzingelt, benommen, wehrlos. Ach, und sie war doch eine anständige, zurückhaltende Witwe.

Kaum sah sie ihn an der Tür, wo er sie flehend bespähte. Mit gesenktem Blick schritt Dona Flor neben dem Ehepaar Ruas, Dona Amélia war außer sich über den Film, ihr Mann unter-

stützte ihre Kritik halbherzig, sein Unmut galt in der Hauptsache den Lausbuben, den Rotzjungen von Studenten. Was war Dona Flors Ansicht? Sie wäre lieber nicht mitgegangen, das Geschrei und Gelächter hatten sie ganz verrückt gemacht und halbkrank, sie hatte kaum dem Film folgen können, außerdem sei ein widerliches Paar neben ihr gesessen – eine Alte und ein Grünschnabel, sie hatte die beiden gesehen, als das Licht anging –, und das hätte sich gründlich vorbeibenommen.
Erschöpft vom Kino und von der vorigen Nacht, nahm Dona Flor ein Beruhigungsmittel, um leichter einschlafen zu können. Doch auch so sah sie sich in ihrem Schlummer nicht des Galans ledig, weder seines Atems und seiner Stimme noch seines Antrags und seiner Heiratsabsichten; sie träumte die ganze Nacht hindurch. Es war ein verdrehter Traum ohne Hand und Fuß.

4

Die ganze Nacht denkt sie an Gewichte und Maße, an Einsamkeit, Lachen und höchstes Begehren. In aller Frühe, als das Morgenrot das Bollwerk des Zweifels durchbrach, saß Dona Flor schon vor ihrem Spiegel, kleidete sich an und kämmte ihr Haar. Sie kramte ihre Parfüms hervor, holte Tante Litas Ohrringe und legte sie an, probte Schmuck aus, Blusen und Röcke, von neuem gefallsüchtig wie zu den Zeiten der Alvo-Steige, als sie ausging, herausgeputzt wie ein Mädchen aus reichem Hause. Noch so früh am Tag und schon so schick, die Zimperliese: mehr als einmal nämlich war der bleiche junge Mann vor dem Mittagessen erschienen. Außerdem war heute Sonntag, der Tag, an dem Dom Clemente die Messe las und predigte.
Doch diesmal kam vor dem Mittagessen Mirandão, ein seltener Gast, und blieb zum Mittagessen. Er kam mit Frau und Kindern, von denen eines, Dona Flors Patenkind, ihr Sapotis und Cajás mitbrachte, außer einem gestickten Kragen, einer bildschönen Handarbeit der Gevatterin. Wozu das, wozu so viele Geschenke? Na hör mal, Gevatterin, denk doch nach, sag bloß

nicht, daß du's nicht mehr weißt – wir schreiben heute den 19. Dezember, heute ist dein Geburtstag. Aber liebe Gevattersleute, wie lieb, wie freundlich von euch, sie hatte das Datum völlig vergessen, es lag ihr nichts mehr an Geburtstagen. Mirandãos Frau wollte es kaum glauben:

»Du hast es vergessen? Warum hat sich dann die Gevatterin so fein gemacht und läuft am frühen Morgen in einem Festkleid herum . . .?«

In einem Anflug von Sehnsucht sagte Mirandão:

»Weißt du noch, Gevatterin? Vor einem Jahr waren wir im ›Palace‹, drum werd' ich deinen Geburtstag nie vergessen . . .«

Ein Jahr war es her, genau ein Jahr. Und da saß Dona Flor in aller Eleganz, frisiert, Schleife im Haar, Diamantengependel an den Ohren, ein starkduftendes Parfüm im Ausschnitt, und all das hatte nichts mit ihrem Geburtstag zu tun, denn den hatte sie vergessen. Onkel und Tante jedoch hatten ihn nicht vergessen, auch nicht Dona Norma, Dona Gisa, Dona Amélia, Dona Emina, Dona Jacy, Dona Maria do Carmo; alle kamen mit Geschenken, mit einer Schachtel Seife, mit Kölnisch Wasser, Sandalen, einem Kleiderstoff.

»Du siehst fabelhaft aus, Flor, hochelegant!« rief Dona Amélia.

»Aber letztes Jahr war sie noch eleganter . . .«, sagte Dona Norma, die gleichfalls an ihr Geburtstagsdiner im ›Palace‹ dachte. »Damals bekam sie ein Geschenk, und was für eines . . .«

»Dieses Jahr bekommt sie auch ein schönes Geschenk . . .« Das war Dona Maria do Carmos Schnüffelstimme.

»Was für ein Geschenk?« wollte Mirandãos Frau wissen.

Kichernd flüsterten Dona Amélia und Dona Emina ihr das Geheimnis zu.

»Nicht möglich . . .«

»Ein famoser Mann«, entschied Dona Gisa, »ein Mann von Anstand.«

Mirandão war in die Bar vom ›Kopf‹ gegangen, wo eine Sonntagsrunde reicher Ilheus-Bürger unter dem Kommando des Fazendeiros Moysés Alves Whisky trank. Und im Wohnzim-

mer lachten die Freundinnen und schwatzten, während Dona Flor sich die Schürze über ihre Eleganz band und mit Marildas Hilfe in der Küche das Mittagsmahl zu verstärken suchte.
Erst am Spätnachmittag kam der Prinz und erntete die Früchte seiner ausgiebigen Saat vom Vorabend. Noch gestern hatte er zu Lu gesagt, seinem augenblicklichen Schatz, mit dem er das letzte Kleingeld der vorigen Witwe verputzte:
»Mein Püppchen, morgen breche ich in die Festung ein, und dann dauert's nicht lange, bis ich mit der Witwe im Bett liege.«
Lu sank vor der schwindsüchtigen Brust des Herrn Jesus vom Kreuzweg in die Knie:
»Ist sie so häßlich wie die vorige? ... Oder ist sie hübsch?«
In ihrer Eifersucht und in völliger Unkenntnis des strengen Kodex und der Ethik des Prinzen war sie offensichtlich nicht geeignet, mit einem so fähigen und grundsatzgerechten Professionellen zusammenzuleben:
»Häßlich oder hübsch, ich hab' dir's doch gesagt, du Idiotin, kommt aufs gleiche 'raus. Siehst du nicht, daß es ein Geschäft ist, eine Geldfrage, und nicht mehr? Was mich interessiert, ist nicht der Stert der Witwe, du Eselin, sondern daß sie Kies hat und ein paar Berlocken dazu ...«
Dona Emina erspähte ihn als erste auf seinem Posten. Sie kam gerannt und kicherte:
»Er ist da ...«
Soviel Aufhebens, soviel Aufregung und Lauferei der Frauen störten Mirandão in seinem Schläfchen nach dem üppigen Mittagsmahl mit Bratfisch und Hühnertopf. Er erwachte und trat gleichfalls ans Fenster, vor dem die Nachbarinnen sich drängten. Und sah auf der anderen Straßenseite am Lampenmast auf dem Gehsteig vor Seu Bernabós Haus hingegossen den Gauner Eduardo Soundso lehnen, den Prinzen, wie er seine Fingernägel mit einem Streichholzzahnstocher säuberte und dabei galant lächelte.
»Was sucht denn der Herr Jesus vom Kreuzweg in dieser Gegend?«

»Wer ist der Herr Jesus vom Kreuzweg?« fragte Dona Norma neugierig.
»Ich meine den Prinzen, einen alten Hochstapler, Taschendieb und . . .«
Er wollte hinzufügen: »König der Witwen«; als er aber das lastende Schweigen der Freundinnen und Gevatterinnen sah, begriff er. Indessen, als hätte er nichts gemerkt, fuhr er mit seinem Bahianer Zartgefühl lächelnd fort:
»Der Halunke dort drüben ist ein Erzbetrüger und lebt davon, Dummköpfe zu betölpeln mit den uralten Geschichten vom gewonnenen Los, von Geld, das er ins Krankenhaus bringen muß, mit all den abgedroschenen Mätzchen, die jeden Tag in der Zeitung stehen . . .«
»Der Bursche hat mich keine Sekunde betölpelt . . . Ich brauchte mir nur einmal seine Flappe anzusehen . . .«, sagte Dona Norma.
»Der hat scheint's vor, jemand in der Gegend über den Löffel zu balbieren, vielleicht den Argentinier oder sonst wen«, schloß Mirandão.
»Sicherlich den Argentinier, ich hab' die beiden schon miteinander reden sehen . . .« In ihrer Warmherzigkeit log Dona Norma drauflos, auch sie war eine echte Bahianerin und voller Feingefühl und Scharfsinn.
Und Mirandão überließ sie alle ihren Enttäuschungen, überließ Dona Flor, die plötzlich verstummte, ihrer heimlichen Träne, der einzigen, die sie vergoß, mehr lohnte diese Demütigung, diese Schweinerei nicht – und überquerte die Straße in Richtung Gauner. Durch die Spalten der heftig zugeschlagenen Fenster sahen die Gevatterinnen ihn mit dem Strolch reden. Keinen Augenblick lang erstarb das Lächeln des Prinzen, selbst dann nicht, als er sich in wirren Erklärungen verhaspelte. Mirandão deutete energisch auf die Steige, die zur Unterstadt führte. Eine rasche Szene aus der Stummfilmzeit für die Gevatterinnen hinter ihren Fenstern.
Der Prinz verstand eine Schlappe einzustecken, darüber verlor er noch lange nicht den Kopf und war nicht so dumm, deswegen

Prügel oder Kittchen zu riskieren. Ein Teufelspech: daß er sich auch ausgerechnet mit Meister Mirandãos Gevatterin einlassen mußte! Da konnte er noch von Glück sagen, daß er mit heiler Haut davongekommen war. Er war ehrlich, wenn er seine Unwissenheit beteuerte; wäre ihm die Freundschaft bekanntgewesen, er hätte sich schon gar nicht in dieser Straße blicken lassen, von allem anderen ganz zu schweigen . . .
Ohne einen Blick auf Dona Flors Haus zu verschwenden, machte er kehrt, wechselte den Kurs, schlug den Weg zum Meer ein und stieg eilends die Trägheits-Steige hinab. Er hatte noch nicht die Unterstadt erreicht, als er in der Ferne, auf dem Weg zur Empfängnis-Kirche-am-Strand, ganz in Schwarz und Schleier, eine Witwe sah. Er beschleunigte den Schritt, ein neuer Hafen war in Sicht, und er setzte ein schmachtendes Lächeln auf, einen flehenden Blick; von neuem war der Prinz Soundso auf mühsamer Fährte.

5

Mit dem spurlos verschwundenen Prinzen verschwanden auch die Randbemerkungen, das Getuschel, das Gelächter, die Kandidaten des Seherblicks und der Klatschsucht, Rummel und Possenspiel über Dona Flors neue Hochzeit. Hatte sie vorher fröhlich über alles gespottet, so weigerte sie sich jetzt rundweg, die Angelegenheit überhaupt zu erwähnen, und verbarg nicht ihren Unmut und ihr Mißfallen über jede leiseste Bemerkung bezüglich Witwenschaft und Verheiratung, die sie als Kränkung und Taktlosigkeit empfand.
Als wären Freundinnen und Gevatterinnen zu einem stillschweigenden Einverständnis gekommen, fiel über diesen Punkt eine Zeitlang kein Wort mehr, so daß alle mit der Witwe und ihrer endgültigen Weigerung, sich aufs neue zu verloben und zu verehelichen, übereinzustimmen schienen. Wenn eine besonders klatschsüchtige Alte einen Juckreiz auf der Zunge verspürte und das Bedürfnis, das große Thema anzuschneiden, legte ihr die

Erinnerung an den Prinzen vor dem Lichtmast alsbald einen Maulkorb an: so als stünde der Gauner dort drüben und lachte sich über die ganze Gasse ins Fäustchen. Gar nicht zu reden von dem ausdrücklichen Verbot Dona Normas, der lebenslänglichen Vorstandsdame des Viertels, die im allgemeinen ein liberales, demokratisches Zepter führte und nur notfalls diktatorische, wiewohl harmlose Maßnahmen ergriff.

Die auf den wirren Geburtstag folgenden Wochen waren vielleicht die bewegtesten ihrer Existenz: Dona Flor fand keinen Augenblick Ruhe. Eine Einladung jagte die andere, alle bemühten sich, ihr die Zeit ausfüllen zu helfen und nett zu ihr zu sein. Andauernd ging sie ins Kino, besuchte die halbe Welt, machte Einkäufe mit ihren Freundinnen. War der Nachmittagsunterricht vorüber, suchte sie von sich aus Zerstreuung:

»Norminha, mein Negerweibchen, wohin gehst du denn so schick? Warum schleichst du dich fort, ohne mir einen Ton zu sagen?«

»Ein plötzlicher Todesfall, meine Heilige. Ich hab's eben erst erfahren, im letzten Augenblick: Seu Lucas de Almeida, ein Bekannter von uns, sogar ein entfernter Verwandter Sampaios, hat ins Gras beißen müssen, Herzklaps. Sampaio selber geht nicht hin, wie du weißt, es ist eine Schande. Ich habe dir nur nichts davon gesagt, weil du den Verstorbenen nicht gekannt hast. Aber wenn du willst, es lohnt sich wahrscheinlich ... Alle Welt wird da sein ...«

So ging sie denn mit Dona Norma zu Totenwachen und Begräbnissen, zu Geburtstagen und Taufen. In Traurigkeit und Fröhlichkeit war die Freundin gleichermaßen hilfsbereit und aufmunternd und machte jedes Fest oder Begräbnis, an dem sie teilnahm, zu einem vollen Erfolg. Sofort ergriff sie das Ruder, bestimmte die Fahrt und warf sich zum Kommandanten von Gelächter und Tränen auf: sie tröstete, half, plauderte, aß nach Herzenslust, trank mit Genuß (und Maß), lachte fast immer und weinte auch notfalls. Niemand war für irgendwelche Versammlungen, ja für todlangweilige Vorträge so geeignet wie Dona Norma, die zu allem Lust hatte und der alles gefiel. »Ein

Koloß«, sagte Dona Enaide von ihr; »ein Monument«, sekundierte Mirandão, ihr Bewunderer; »eine Heilige«, lautete Dona Amélias Urteil; »die beste Freundin« war sie für Dona Êmina und viele andere.

»Ein Taifun ...«, seufzte Seu Sampaio, dem all der Rummel ein Greuel war.

»Sie haben die beste Frau von der Welt geheiratet, Seu Sampaio. Norminha ist die Mutter der Straße ...«, erwiderte Dona Flor.

»Aber ich kann so viele Kinder nicht ertragen, Dona Flor, und so viele Belästigungen ...« Seu Sampaio war Pessimist.

Sie begleitete auch Dona Gisa in die presbyterianische Kirche auf dem Campo Grande – dort sang die Gringa englische Choräle mit der gleichen nachdrücklichen Überzeugung, mit der sie Freud und Adler las, mit der sie sozio-ökonomische Probleme diskutierte und Samba tanzte –, so daß sie von Dom Clemente liebevoll zur Rede gestellt wurde:

»Man hat mir erzählt, Sie seien gläubig geworden, Flor, ist das richtig?«

Gläubig? Was für ein Unsinn! Sie hatte die Freundin nur zwei- oder dreimal begleitet, aus reiner Neugierde und um die Zeit totzuschlagen; die Zeit der Witwen ist lang und leer, Hochwürden!

Eine lustige Reise unternahm sie mit dem Ehepaar Ruas und verbrachte ein Wochenende in Alagoinhas, woher die Nachbarin stammte. Sie wohnte mit Dona Dagmar einer Joga-Stunde bei, zelebriert von einem graziösen Frauchen, einer zerbrechlichen Nippesfigur, die ihren Körper verdrehte, als wäre sie die Froschfrau aus dem Zirkus. Da diese Unterrichtsstunden mit ihrem Kochunterricht zusammenfielen, konnte Dona Flor nicht, wie sie es gewünscht hatte, sich bei dem Kurs einschreiben und die schwierigen Übungen erlernen, die einer verführerischen Broschüre zufolge den »Körper geschmeidig und anmutig und die Seele sauber und gesund« hielten, somit das »körperliche und seelische Gleichgewicht herstellen und zugleich eine vollkommene Übereinstimmung von Stoff und Geist«.

Übereinstimmung und Gleichgewicht, ohne die das Leben nicht mehr war als »eine schmutzige Kloake«, wie der Text der Werbeschrift lautete und wie Dona Flor in jüngster Zeit festgestellt hatte: lagen Geist und Stoff im Hader, wurde das Leben zu einem »dantesken Teufelskreis«.
Mit Dona Maria do Carmo begleitete sie Marilda, die sich als heimliche Anwärterin beim Amateurprogramm ›Neue Talente gesucht‹ gemeldet hatte, bei dem junge Mädchen und junge Männer drei Monate lang jeden Sonntag um den Titel ›Offenbarung der Radio-Gesellschaft‹ und um eine Einladung zum letzten Ausscheidungssingen ringen konnten. Die schöne Oberschülerin sang mit viel Gefühl und mäßiger Aussprache ein paraguayisches Volkslied der Guaranis und schnitt dabei mit einem tröstlich-ermunternden zweiten Preis noch ziemlich gut ab. Die Musikbeflissene trug sich mit dem Gedanken, eine Interpretin von Volksmusik zu werden, und träumte von einem eigenen Programm und der Veröffentlichung ihrer Photos in Zeitschriften. Verteufelt war nur, daß Dona Maria do Carmo über derartige Pläne die Nase rümpfte. Nur nach langem Bitten hatte sie dem Probesingen zugestimmt, und auch nur deshalb, weil sie Dr. Claudio Tuiuti, den Regenmacher des Senders, kannte. Es war nicht leicht gewesen, sie zu überreden und ihr die hartnäckigen Vorurteile auszureden, gegen die Dona Gisas logische Argumente und Dona Flors gefühlsmäßige Gründe machtlos waren. Als sie jedoch ihre Tochter so anmutig am Mikrophon stehen sah und ihre Stimme durch den Äther über die Stadt schweben fühlte, ergab sie sich den Tränen des Stolzes und der Ergriffenheit. Und lehnte sich gegen das Urteil auf, denn Marilda hatte ihrer Ansicht nach den ersten Preis verdient, der dank ungerechter Protektion einem falsch singenden und gänzlich untergeordneten Stiesel namens João Gilberto zugesprochen worden war.
Mit ihrer Gevatterin Dionísia hatte Flor vereinbart, zum Oxóssi-Fest beim Candomblé auf dem Axê Opô Afonjá zu gehen und dabei Dona Norma und die (überneugierige) Gringa mitzunehmen; wenn nichts daraus wurde, so nur wegen

einer starken Erkältung und einiger Ängstlichkeit (welche die Erkältung alsbald in eine gefährliche Grippe verwandelte). Besser sich nicht in die Mysterien von Macumba und Candomblé zu mischen, denn die Straßen waren voll von Zauberspuk und »Abfertigungen«, von tiefgründigen Ebós, gefährlichen Hexereien und Beschwörungen; wer daran glauben wollte, sollte ruhig daran glauben, wer nicht daran glaubte, sollte es bleibenlassen; Dona Flor jedenfalls zog vor, sich nicht damit auseinanderzusetzen. Dionísia hatte ihr eines Tages gesagt:
»Liebe Gevatterin, Ihr Schutzengel ist Oxum, ich habe einen Eluô in die Tritonshörner schauen lassen.«
»Und wie ist Oxum, Gevatterin Dionísia?«
»Es ist der Orixá der Flüsse; es ist eine Senhora von ruhigem Angesicht, die zurückgezogen lebt und die Sanftmut in Person scheint. Sieht man aber genau hin, entpuppt sie sich als die reine Gefallsucht und ist nichts als Ziererei und Zimperlichkeit; außen ein stilles Wasser, drinnen eine Windsbraut. Es genügt, wenn ich Ihnen sage, daß dieses Chamäleon mit Oxóssi und mit Xangô verheiratet war und nun, da sie vom Wasser ist, vom Feuer verzehrt wird.«
Soviel Lauferei und Umtrieb, nur weil mit dem Prinzen auch ihr Friede verschwunden ist, ihr heiteres, unkompliziertes Leben und ihr allnächtiger, traumloser, erquickender Schlaf.
Seit ihren widersinnigen Träumen war ihre Ruhe dahin. Nach und nach nahm Dona Flors Unruhe zu, bis sie zu unablässiger Angst wurde.
Nach dem Kinobesuch und den Träumen fand sie nicht mehr ganz zu ihrer stillvergnügten Gleichgültigkeit, zu der ungeteilten Empfindung eines friedlichen, vielleicht eher leeren denn heiteren Lebens zurück, als Dona Flor noch still in ihrem Winkel saß und nur ihrer Arbeit nachging. Selbst wenn ihr Leben dem Anschein nach friedfertig und angenehm verlief – ein stilles Wasser –, erlebte sie dennoch keinen vollkommen geruhsamen Tag mehr: Feuer verzehrte ihre Brust.
Eine beherrschte Witwe, jedoch gezwungen, ihre Beherrschung zu verteidigen. Nicht etwa gegen die Frechheit unsittlicher An-

träge; denn wer, der sie kannte, nahm sich überhaupt eine Galanterie heraus? Was fremde, vorlaute Lümmel und Eckensteher betraf, so verstummten sie, sobald sie ihre Zurückhaltung, ihre Ablehnung bemerkten. Wagten sie dennoch eine Bemerkung, wenn Flor vorüberging, Lob auf ihre Figur (»Was für ein Wackelhintern!«) und auf Teile ihres Körpers (»Sieh mal die harten Titten!«) oder schamlose Aufforderungen (»Wollen wir mal, schöne Dame?«), verloren sie bald die Lust, den Witz oder die Unanständigkeit und ihre Zeit obendrein, denn Dona Flor ging an ihnen vorbei, als wäre sie blind, taub und stumm in ihrer Witwenbescheidenheit und ihrem Witwenstolz, da sie gezwungen war, ihre Beherrschung gegen sich selbst zu verteidigen: gegen irrlichternde Gedanken, gegen böse Träume, gegen die erwachte, glühende Begierde, den Stachel in ihrem Fleisch. Sie hatte das »vollkommene Gleichgewicht von Seele und Körper«, das der gelehrten Joga-Broschüre zufolge für ein gesundes Leben notwendig war, »die richtige Übereinstimmung zwischen Geist und Stoff«, eingebüßt. Stoff und Geist in gnadenlosem Zwist: nach außen war sie die vorbildliche, ehrbedachte Witwe, drinnen jedoch Glut und Feuer.

Anfangs führte nur hin und wieder und auch nur nachts ein Traum lüsterner Bilder sie in eine für Jungfrauen und Witwen verbotene Welt, die an ihren Wurzeln riß und ihren Drang, ihren Instinkt weckte. Dann erwachte sie mit größter Mühe und legte die Hand auf die Brust, und ihr Mund war ausgedörrt. Sie hatte Angst, von neuem einzuschlafen.

Tagsüber hielt sie sich infolge ihrer Schulstunden, der Romanlektüre, des Radiohörens, dank der vielen Ablenkungsmanöver getreulich von jedem schlimmen Gedanken fern und erstickte damit das Klopfen in ihrer Brust. Doch wie sich in den wehrlosen Nächten mit ihren wahllosen Träumen beherrschen und im Zaum halten?

Im Lauf der Zeit jedoch und selbst im Lauf des Tages begann Dona Flor zu grübeln und sich schwermütig und trostlos merkwürdigen Träumereien zu überlassen. Gefährlich war das Alleinsein, denn alsbald wurde sie von einer Kohorte Erinnerun-

gen heimgesucht, von denen sogar die lyrischsten und unschuldigsten sie in ein Bett aus Eisen und Feuer führten, drangvoll und geil. Und ihre witwenhafte Zurückhaltung?
In letzter Zeit hatte sie ganze Szenen erlebt, Montagen aus Romanfragmenten und Zeitungsnotizen oder Geschichten der Gevatterinnen, Erinnerungen aus ihrem Eheleben. Mit dem Atem des Prinzen, der im Kino ihren Nackenausschnitt getroffen hatte, war der Hauch der Begierde in ihren Körper gedrungen, war in ihr Blut gelangt und setzte sie seitdem den Strafen des Unmöglichen aus, die schlimmer waren als der »danteske Teufelskreis« der Joga-Literatur.
Von einem gegebenen Augenblick an mußte sie die Lektüre der dummen Romane für junge Mädchen, die geistige Nahrung der jungen Marilda, die, hingegossen im Liegestuhl, von Gräfinnen und Herzogen träumte, als zu aufregend aufgeben. Denn Dona Flor entdeckte schlüpfrige Anspielungen in den harmlosesten Seiten, die Macht des Geschlechts in einer billigen, banalen Gefühlsduselei und verlieh damit der salzlosen Kost eine unbeabsichtigte Dimension. So besudelte sie die Handlung, verwandelte die Schauerdramen und ihre Personen, so etwa die Landpomeranze in eine lüsterne Dirne, und die weibischen, eunuchenhaften Jüngelchen wuchsen sich zu brutalen Hengsten aus. Aus ›Buchreihen für junge Mädchen‹ wurden pornographische Romane und eine Lektüre für den Alkoven.
Das gleiche spielte sich mit den Stadtnachrichten ab, mit dem Kommentar der Gevatterinnen, mit der vermischten Chronik der Boulevardblätter. Abends saß die Sippe der Freundinnen vor ihrer Haustür auf Stühlen beieinander und besprach das letzte Liebesverbrechen: das vom Arbeitgeber entjungferte Zimmermädchen, das fünfzehn Jahre alt war und elf Geschwister hatte; er war dreiundfünfzig und hatte fünf Kinder, von denen zwei Söhne Doktoren und drei Töchter verheiratet, nicht zu reden von seiner Frau und von mehreren Enkeln. Der Vater des Mädchens, ein Tischler, rächte mit der Waffe in der Hand die Ehre seiner Tochter und jagte dem Führer der konservativen Partei, einer Stütze der Gesellschaft, einem Boll-

werk von Bürgerehre und Moral, drei Kugeln durchs Herz; der Schänder wurde tödlich verletzt, der Täter festgenommen und landete nach einer Tracht Prügel zur Beruhigung der Nerven im Kittchen; die Ehre war mit Blut reingewaschen, das Volk forderte Gerechtigkeit und Freiheit für den Rächer. Freundinnen und Gevatterinnen gaben dem Vater recht, der blind war vor Wut, als er seine Tochter schwanger und seine Ehre mit Champagner hinuntergespült wußte. Alle mit Ausnahme von Dona Dinorá, die immer auf der Seite der Reichen war: »Diese kleinen Negerinnen gehen auch zu gerne mit ihren Brotherrn ins Bett, um sie hinterher erpressen zu können.« Was Dona Flor betraf, so behielt sie nur die anrüchigen Einzelheiten, in ihrer Brust und in ihrem entarteten Denken sah sie nur die Gestalt der Kleinen in den Armen des Schandkerls lustvoll stöhnen. Alles übrige, das weitläufige Panorama der Schrecken, war ihr im Grunde gleichgültig, so einverstanden sie sich auch mit dem Zorn der Gevatterinnen erklären mochte.

So schrumpfte ihre Zeit der inneren Beherrschung. Wer sie jedoch bei ihrem Unterricht, am Herd oder mit den Freundinnen sah, vielleicht auch bei Einkäufen oder Besuchen (sie ging freilich nie zu Festen, die ihrem Witwenstand verwehrt waren), hätte nie den Kampf geahnt, der in ihrem Innern ausgetragen wurde, das wütende Bacchanal ihrer Nächte, ihre fiebrige Unruhe. Keine Frau war achtbarer und anständiger, nie hörte man aus ihrem Mund den Namen eines Mannes, sei es, daß sie Gefallen an ihm fand, sei es, daß sie seine Eigenart oder Tugenden nur beiläufig erwähnte. Und wenn sie vorher vor ihren Gevatterinnen über die angeblichen Anwärter gespottet hatte, so verbat sie sich jetzt jede Namennennung und war für das Thema Neuverheiratung überhaupt nicht zu sprechen. Eine diskretere, zurückhaltendere Witwe gab es weder in ihrem Viertel noch in der ganzen Stadt, und wenn es eine wie sie auf der Welt gab, so war sie bestimmt weder gesitteter noch ehrbarer; das Musterbild der Witwe: Dona Flor.

Außen die Beherrschung in Person, ruhig von Angesicht und

diskret, ein Abbild der Sanftmut; drinnen ein Brand der Begierde, »vom Feuer verzehrt« wie Oxum, ihr Orixá. Ah! Dionísia, wenn du wüßtest, wie Oxums Feuer die Nächte deiner Gevatterin und ihren brünetten Körper verbrennt, ihren gepellten Bauch, du würdest ihr ein Blätterbad schicken oder einen Ehemann.

Dona Flor wurde immer unruhiger, gleichgültig, ob sie ihre Nächte durchträumte oder wachend durchlitt. Wenn sie eine ganze Nacht ruhig durchschlafen hatte, ah, das war göttlicher Balsam! Doch fast immer war ihr Schlaf nur eine kurze Erholung. Denn alsbald regten sich die Träume wieder und schleppten sie in die Verbannung der Obszönitäten, und Dona Flor wälzte sich mit bedrückter Brust, mit wahngepeitschtem Bauch auf ihrer Matratze hin und her. Immer kürzer wurde ihre Schlaf- und Ruhezeit und immer länger in jeder Nacht die des Träumens und Begehrens, die des Zähneknirschens. »Der Stoff herrscht über den Geist«, wie es die weise Joga-Broschüre lehrte.

Schamlosigkeit, Ausschweifung, wo blieb in ihren Träumen die witwenhafte Zurückhaltung? So war sie nie gewesen: selbst als verheiratete Frau hatte sie sich ihrem Mann im Bett nie leichtfertig hingegeben, immer hatte er ihre Scham überwinden und ihre keusche Natur bezwingen müssen. Nun aber, in den Träumen, war sie geil und bot sich dem an, der sie wollte; bisweilen war sie nicht einmal eine Witwe, sondern ein Freudenmädchen, das sich für Geld verkaufte. Welche Schande! Sie hatte es schon erlebt, daß sie mitten in der Nacht erwachte und hemmungslos zu weinen begann über den Ruin ihres früheren Wesens, jener züchtigen, in ihr Schamgefühl und ihr Laken gehüllten Dona Flor. Nun aalte sie sich in Wollust, in der Hemmungslosigkeit des Traums, nun war sie eine gemeine gierige Dirne, eine heulende Wölfin, eine läufige Katze, eine Hure.

Manchmal fielen ihr nach einem aufreibenden Tag im Kino die Augen zu oder sie nickte bei der Unterhaltung mit ihren Freundinnen totmüde ein. Sie brauchte jedoch nur ihr Nachthemd überzustreifen und sich ins Bett zu legen, damit jedes Schlaf-

bedürfnis schwand: der Schlummer war verflogen, und ihr streunendes Denken machte nicht mehr halt an den Grenzen des Anstands und des Alltags, an Einzelheiten ihrer Schulstunden, an einem Einkauf, einem Spaziergang, an der Krankheit eines Nachbarn oder Bekannten, an Tante Litas Asthma zum Beispiel, das ihr soviel Kummer bereitete. Auch die gute Alte verbrachte Nächte, ohne ein Auge zuzutun, da das unerbittliche Leiden sie immer wieder umzubringen drohte.
Dona Flor fühlte sich fast erstickt von der Begierde, wie zerfressen. Ihr Verstand gehorchte ihr nicht mehr: mochte sie sich Marildas Problemen widmen und ihrem Wunsch, im Radio zu singen, und den damit zusammenhängenden Schwierigkeiten – so tauchte plötzlich der aschfahle Prinz vor ihr auf und wiederholte seine vershaften Zeilen, die im Kino geflüsterten Liebesworte. Wo war Marilda und ihr Problem, ihr verbotenes Singen, ihre Vogelstimme?
Dona Flor hatte vom Ruf des Galans im Dirnenviertel erfahren. Dionísia, ahnungslos über das lächerliche Abenteuer und im Glauben, ihre Gevatterin sei über den Betrug längst durch die Zeitungen im Bilde, hatte ihr zum Spaß Geschichten von dem schmachtenden ›Herrn Jesus vom Kreuzweg‹ erzählt. Solange Dionísia als Dirne gearbeitet hatte, war der Schaumschläger in der Lebewelt sehr berühmt gewesen. Und zwar wegen seiner bleichen Hübschheit, seiner romantischen Stimme, seinen schmachtenden Augen und wegen seiner bemerkenswerten Leistungen im Bett: er war ein As, ein Nonplusultra gewesen, der berufenen Stimmen zufolge die Weiber auf achtzig brachte. So hatte er unter anderem dramatische Leidenschaften geweckt: einmal waren zwei Schlampen mit Zähnen und Fäusten einander zu Leibe gerückt, wobei die eine mit einem Rasiermesserschnitt ins Krankenhaus eingeliefert werden mußte, während die andere wegen Körperverletzung in den Knast gewandert war.
Im Traum war Dona Flor die zweite, betrunken und aggressiv, und hob die Rasierklinge gegen Dionísia mit derbem Spott: »Komm, wenn du ein Weib bist, du zotige Sau, damit ich dir

die Schnauze und noch was aufschlitze.« Aber Dionísia lachte nur dreckig, alle Dirnen lachten über Dona Flor, die törichte Witwe. Hatte man ihr nicht gesagt, der schöne junge Mann sei der Witwenprinz, der den Witwen nur Geld und Schmuck abluchste? Weder gab es Hochzeit noch ein kurzes Lotterleben im Bett. Wenn Flor das wußte, warum war sie dann immer noch so hitzig, so unbeherrscht, so enthemmt und bot sich ihm nackt an? Einfach eine Schande. Wo war ihre Witwenscham geblieben?

Nun nahm sie ihre Zuflucht zu Schlafmitteln, die eine ganze Nacht lang wirken sollten, und erkundigte sich in der ›Drogaria Científica‹ an der Ecke vom ›Kopf‹ bei dem Apotheker Dr. Teodoro Madureira. Nach Dona Amélias allgemein bestätigter Meinung konnte Dr. Teodoro, wiewohl nur Apotheker, sich mit manchem Arzt messen; er war äußerst fähig in seinem Beruf, für landläufige Beschwerden gab es keinen besseren Ratgeber, was er verordnete, half augenblicklich und war eine todsichere Kur.

Schlaflosigkeit, nervöse Störungen, schlechter Schlaf? Sicherlich Überarbeitung und nichts Ernsthaftes, diagnostizierte liebenswürdig der Drogist und riet zum Einnehmen gewisser für Ermüdungserscheinungen geeigneter Dragées; sie schenkten dem Gehirn Ruhe, den Nerven Ausgeglichenheit und glätteten den Schlaf. Dona Flor könne sie unbesorgt schlucken, und wenn sie auch nicht hülfen, schaden würden sie ihr bestimmt nicht, sie enthielten weder Rauschgift noch aufputschende Ingredienzen wie so manche teure, hochmoderne Droge. »Die aber sind erzgefährlich, meine Senhora, weil sie zumindest Morphium oder Kokain enthalten, wenn nicht noch Schlimmeres.« Ja, dieser Pharmazeut war eine wandelnde Enzyklopädie und dabei so aufmerksam, wenn auch ein wenig zeremoniell, als er sich beim Verabschieden förmlich verbeugte. Dona Flor möge vor allem nicht versäumen, ihm das Ergebnis mitzuteilen.

Keinerlei Ergebnis, Dr. Teodoro. Sie schlief zwar die ganze Nacht hindurch und erwachte erst, als die besorgte Haushälterin an ihre Türe klopfte und es fast Zeit zum Beginn des Morgenkurses war. Ein langer Schlaf, gewiß, aber genau wie jeder vorige, die gleiche Besessenheit, der gleiche sinnliche Taumel, das gleiche nächtliche Fieber, die gleiche maßlose Orgie; und noch schlimmer als jeder vorige, denn es gelang ihr nicht, ihn zu unterbrechen und aufzuwachen; die ganze Nacht lag sie ans Kreuz dieses Schlafs geschlagen, an diesen Traum, der nicht enden wollte, ihr Leib hungernd und dürstend, eine schmerzende Scharte, eine offene Wunde – erst gegen Morgen ging Flor zu Tode erschöpft förmlich in Stücke. Mit Pillen oder ohne Pillen, der Schlaf entfachte den Brand ihres Begehrens. Verblendet, verstört.

Verblendet wehrte sich Dona Flor gegen ihre Verdammnis. Tagsüber, bei angefülltem Stundenplan, war sie blind und taub für den Ruf des Geschlechts, der in der Stadt umging: für die Witzeleien, die vielsagenden, lockenden Blicke, die galanten oder anzüglichen Worte, die begehrlichen Blicke. Sie war eine achtbare Witwe, ein Vorbild der Witwen in ihrer Arbeit, in ihrem Gang, in ihrer Zurückhaltung. Nachts sammelte sie vom Boden und vom Unrat die Stimmen der Männer auf, die besitzgierigen Blicke, die frechen Seufzer, das unanständige Geflüster, das spöttische Pfeifen, die schmutzigen Schimpfworte, die Aufforderung zum Beischlaf. Sofern es nicht sie war, die einlud, die sich schamlos den Männern anbot, die durch die Dirnenzone strich, als erste der Strichdamen, die feilste und billigste. Dreckige Kloake. Indessen, kein Mann erreichte sie und besaß sie. Immer wenn er sie fast besaß und schon ihren glühenden Leib berührte, stieß Dona Flor ihn zurück und erwachte jäh, angstvoll und verzweifelt. Eine anständige, beherrschte Witwe in ihrer Nacht der Ängste und Einsamkeiten.

Niemand bemerkte ihre Qual. Alle hielten ihr Leben für friedlich und unkompliziert, angefüllt mit vielseitigen Interessen, ja für fröhlich. Früher hatte sie durch ihren Mann viel gelitten, gewiß, er war ein übles Subjekt gewesen, ein Spieler. Jetzt aber war sie eine mit ihrem Witwenstand ausgesöhnte, mit ihrem Leben zufriedene Frau, sie hatte nichts übrig für eine neue Ehe und nur Geringschätzung für die Männer. Sie gab sich so ruhig, daß sie Verwunderung und Kommentare auslöste. Wenn sie am ›Kopf‹ auftauchte, seriös, stolz, sagten die Männer in der Bar:

»Eine anständige Witwe, die da ... So hübsch und jung, und doch geht sie auf keinen Blick ein ...«

»Fast zu anständig. Vielleicht nicht einmal aus Tugend ...«

»Weshalb denn dann?«

»Sie ist anständig von Natur aus, weil sie von Natur aus kalt ist. Eiskalt und unempfindlich für die Begierde. Es gibt solche Frauen, schöne Statuen, die die Begierde nicht kennen. Ihre Keuschheit ist keine Tugend, nur Kälte. Es sind Eisberge. Diese da ist eine von denen, dafür lege ich meine Hand ins Feuer ...«

»Vielleicht, und vielleicht auch nicht, wer weiß? Jedenfalls, tugendhaft oder nicht, sie ist die anständigste Witwe der Stadt ...«

Doch der andere gab sich nicht geschlagen, er war ein hochtrabender, skeptischer, wütender Subliterat:

»Kalt wie ein Eisberg, kannst mir's glauben. Marmorn, gletscherhaft, vereist.«

Dona Flor achtet auf ihre Schritte, sie ist anmutig und diskret angezogen, eine schlichte, bescheidene Schönheit, sie blickt weder nach rechts noch nach links, erwidert aber das fröhliche Winken des Devotionalienhändlers Alfredo, die herzhafte Verbeugung des Pharmazeuten, das gastliche Lächeln der Negerin Vitorina mit ihrem Tablett voller Abarás und Acarajés. Ihr stiller Anstand, ihr ruhiges Gesicht kostet sie Überwindung – sie ist nervös von der Ermüdung der schlaflosen Nacht, von dem ruhmlosen Kampf gegen die Begierde ihres glühenden Leibes. Außen stilles Gewässer, drinnen lodernder Brand.

6

Dona Flors Hilferuf im Unterricht und im Tagtraum

Laßt mich zufrieden mit meiner Trauer und meiner Einsamkeit. Sprecht mir nicht mehr von diesen Dingen, respektiert meinen Witwenstand. Gehen wir zum Herd: ein besonderes, erlesenes Gericht ist Fisch- (oder auch Huhn-) Vatapá, der berühmteste Leckerbissen der ganzen Bahianer Küche. Sagt nicht, daß ich jung, daß ich Witwe bin: für diese Dinge bin ich gestorben. Ein Vatapá für zehn Personen (und damit etwas übrigbleibt, wie es sich gehört).

Bringt mir die Köpfe von zwei frischen Barschen – es kann notfalls auch ein andrer Fisch sein, ist aber nicht so gut. Nehmt Salz, Koriander, Knoblauch und Zwiebeln, einige Tomaten und den Saft einer Zitrone.

Vier Suppenlöffel des besten Olivenöls, es kann portugiesisches wie spanisches sein; ich habe gehört, das griechische sei das beste, ich weiß es nicht. Ich habe es nie verwendet, da unsere Ladengeschäfte es nicht zu führen scheinen.

Wenn ich einen Verlobten finde, was dann? Einen, der mein totes, mit der Last des Verstorbenen begrabenes Begehren auf sich nimmt? Was wißt ihr schon, ihr jungen Gänse, von dem Innenleben einer Witwe? Witwenbegierde ist Begierde der Ausschweifung und Sünde, eine seriöse Witwe spricht nicht von diesen Dingen, sie denkt nicht an diese Dinge, unterhält sich nicht über diese Dinge. Laßt mich an meinem Herd zufrieden.

Schmort den Fisch mit all diesen Zutaten und laßt ihn in etwas Wasser kochen, nur ganz leicht, nur sieden. Dann gießt die Brühe ab und stellt sie auf die Seite. Und nun weiter im Text.

Wenn mein Bett ein trauriges Schlafbett ist und zu nichts anderem dient, was tut's? Alles auf der Welt findet sein Entgelt. Es gibt nichts Besseres als ruhig zu leben, traumlos, wunschlos, ohne sich mit feuerdurchglühtem Leib zu verzehren. Es gibt kein besseres Leben als das einer seriösen, zurückhaltenden Witwe, ein friedliches, von Ehrgeiz und Begierden befreites Leben. Wenn aber mein Bett kein Schlafbett ist, sondern eine Wüste, die ich durchqueren muß, glutheißer Sand der ausweglosen Begierde? Was wißt ihr vom intimen Leben der Witwen, von ihrem einsamen Bett, von der Last des verstorbenen Gatten? Ihr seid hierhergekommen, um kochen zu lernen, und nicht, um den Preis des Verzichts zu erfahren, den Preis, den man bezahlt mit Angst und Einsamkeit, um eine ehrbare, zurückhaltende Witwe zu sein. Doch zurück zum Unterricht!

Nehmt die Reibe und zwei ausgesuchte Kokosnüsse und reibt. Reibt drauflos, Kinder, reibt; ein bißchen Leibesübung schadet nicht (es heißt, Leibesübungen verscheuchen böse Gedanken: ich glaube nicht daran). Drückt die weiße, gut geriebene Masse zusammen und erhitzt sie, bevor ihr sie auspreßt: so fließt die dicke Milch, die reine, ungemischte Kokosmilch, leichter ab. Stellt sie beiseite.

Wenn die erste Milch, die dicke, abgeflossen ist, werft die Masse nicht weg, vergeudet nichts, es ist nicht die Zeit für Vergeudung. Nehmt diese Masse und überbrüht sie mit einem Liter kochendem Wasser. Preßt sie von neuem aus, und ihr erhaltet Magermilch. Was von der Masse übrigbleibt, könnt ihr wegwerfen, jetzt ist sie nur noch Bagasse.

Eine Witwe ist nur Bagasse, Beschränktheit und Heuchelei. In welchem Land wird die Witwe dem Ehemann mit ins Grab gelegt? In welchem Land wird sie gemeinsam mit dem Leichnam des Verstorbenen verbrannt? Lieber ein für allemal verbrannt und zu Asche werden, statt von einem langsamen, verbotenen Feuer verzehrt zu werden, innerlich zu verbrennen in Drang und Begierde; außen Heuchelei, Zurückhaltung und schwarze Kleider, ein Schleier, der die bekümmerte Geographie von Angst und Sünde verhüllt. Eine Witwe ist nur Bagasse und Kummer.

Schneidet die Rinde von altbackenem Brot ab und weicht dieses in der Magermilch auf. Treibt das in der Kokosmilch aufgeweichte Brot durch den (gut gereinigten) Fleischwolf und mahlt

Mandeln, getrocknete Krabben, Ingwer und vergeßt nicht Malagueta-Pfefferschoten, je nach Geschmack des Essers (der eine liebt den Vatapá pfefferbrandig, der andere zieht eine Prise, nur einen pikanten Anflug des Geschmacks vor).

Mischt das Gemahlene und fügt es der fertigen Barschbrühe bei, häuft Würze auf Würze, Ingwer auf Kokos, Salz auf Pfeffer, Knoblauch auf die Kastanien und stellt das Ganze aufs Feuer, doch nur um die Sauce zu verdicken.

Ob der mit Ingwer, Pfeffer und Mandeln bereicherte Vatapá nicht auf den Menschen wirkt und seinen Träumen Hitze verleiht und eine liederliche Würze? Was weiß ich von solchen Bedürfnissen? Ich habe nie Ingwer und Mandeln nötig gehabt; all das war seine Hand, seine Zunge, sein Wort, seine Lippe, sein Profil, sein Charme, er war es, der mich des Leintuchs und der Scham entledigte, hinein in die wahnsinnige Astronomie seines Kusses, um mich mit Sternen, mit seinem nächtlichen Honig zu entzünden. Wer entledigt mich heute in meinen Witwenträumen, im einsamen Bett, des Schleiers der Schamhaftigkeit? Woher kommt diese Begierde, die mir Brust und Leib verbrennt, wenn weder seine Hand noch seine Lippe, weder sein Mondprofil noch sein rauhes Lachen, wenn er selbst nicht da ist? Warum diese Begierde, die aus mir selber wächst? Warum so viele Fragen, warum dieser Wunsch zu wissen, was im Innern einer Witwe vor sich geht? Warum läßt man mir nicht die schwarzen Trauerschleier vor dem Gesicht, die Schleier des Vorurteils, die mein geteiltes Antlitz bedecken, geteilt in Zurückhaltung und Drang? Ich bin eine Witwe; von diesen Dingen zu reden steht meinem Stand nicht zu. Meinem Stand als Witwe, die am Herd den Vatapá kocht und den Ingwer abwiegt, die Mandeln, die Malagueta-Pfefferschoten und sonst nichts.

Nun gießt die Kokosmilch zu, die dicke, reine, und schließlich das Dendê-Öl, zwei Tassen voll: die Blüte des Dendê, altgoldfarben, die Farbe des Vatapá. Laßt das Ganze auf kleinem Feuer kochen; dabei müßt ihr mit einem Holzlöffel dauernd umrühren, immer in der gleichen Richtung; ihr dürft nicht aufhören

zu rühren, sonst wird der Vatapá klumpig. Rührt, rührt emsig um und werdet nicht müde, bis das Gericht so ist, wie es sein soll, und kein Haar anders.
In langsamem Feuer verzehren sich meine Träume, die Schuld liegt nicht bei mir, ich bin nur eine zweigeteilte Witwe, eine auf der einen Seite ehrbare, zurückhaltende, eine auf der anderen ausschweifende, eine fast hysterische, in Ticks und Ohnmachtsanfällen aufgelöste Witwe. Dieser Mantel der Zurückhaltung erstickt mich, nachts haste ich durch die Straßen und suche nach einem Ehemann. Nach einem Ehemann, dem ich den goldenen Vatapá mit meinem von Ingwer und Honig verkupferten Leib auftragen kann.
Der Vatapá ist fertig, seht, welch herrliches Gericht!
Jetzt braucht ihr nur noch ein wenig Dendê-Öl darüberzuträufeln, und zwar rohes Öl. Dazu wird Acaça gereicht, alle Bräutigame und Ehemänner werden sich nach diesem Vatapá die Lippen lecken!
Um vom Bräutigam zu sprechen: benachrichtigt alle, damit alle es erfahren: es gibt eine junge Witwe von einer gewissen sanften Anmut und Schönheit, matefarben, gemacht aus Gold und Kupfer, eine hervorragende Köchin, so arbeitsam, ehrbar und gut beleumdet wie keine zweite in der ganzen Stadt und in Recôncavo, eine erstklassige Witwe mit einem eisernen Bett, mit jungfräulicher Scham und einem Feuer, das ihren Leib verbrennt.
Wenn ihr von jemandem hört, der sich dafür interessiert, schickt ihn eilends her, jederzeit, vormittags, nachmittags, um Mitternacht, im Morgengrauen, bei Sonne, bei Regen, schickt ihn unverzüglich, schickt auch gleich den Standesbeamten und den Priester mit, dazu die Trauscheine, schickt ihn eilig, in größter Eile.
Ich lasse diesen Aufruf in alle vier Winde ergehen, nach dem Belieben der Unterwasserströmungen, der Mondphasen und der Gezeiten, nach der Spur der Küstenfahrzeuge, denn ich bin ein schwer zu findender Hafen, ein versteckter Golf, Ankerplatz von Schiffbrüchigen. Wer von einem Junggesellen weiß,

der eine Witwe heiraten will, sage ihm, daß hier Dona Flor am Herd vor ihrem Vatapá sitzt, verzehrt von Feuer und Verwünschung.

7

Eines Tages konnte sie nicht mehr und schüttete Dona Norma ihr Herz aus:

»Außen ehrbare Haltung, innen eine Kloake.« Die Begierde wuchs in ihr, in ihrer Brust, in ihrem Stillschweigen, in ihrem Tagtraum, in ihrer Einsamkeit, in ihrem Nachttraum. Grundlos, ohne Ausgangspunkt, ohne Samen und ohne Wurzel. Sie entstand aus ihr – »aus meiner eigenen Schlechtigkeit, Norminha« –, aus ihrem fiebrigen Leib, wachsend in ihrem von Ferne, Not, Verwünschung gedüngten Leib; Drang, gepflanzt im Unrat ihrer Verdammnis:

»Ich bin verdammt, Norminha, ich will nicht denken und denke doch; ich will nicht sehen und sehe doch; ich will nicht träumen und träumte die ganze Nacht hindurch. Und alles gegen meinen Willen, gegen mein Wollen. Mein Körper, Norminha, der verhexte, gehorcht mir nicht mehr.«

Die mehrfach gelesene Joga-Broschüre hatte ihr bereits erklärt: hier handelte es sich um den »Entscheidungskampf zwischen dem schmutzigen Stoff und dem reinen Geist«, der sich in ihrem Innern abspielte, welches Entsetzen! Die verwünschte Materie ihres Körpers befand sich in Aufruhr gegen die Zurückhaltung ihres Geistes und zerstörte die Friedlichkeit ihres Lebens und ihr Gleichgewicht. Jede Übereinstimmung zwischen ihrem Willen und ihren Instinkten war vernichtet. Alles eine Wirrnis: auf der einen Seite eine Witwe, ein Vorbild an Würde, auf der anderen ein junges, liebebedürftiges Weibchen. Ein schwerwiegender Fall, der nach der Vorschrift des Blättchens »starke Konzentration des Denkens und tägliche Übungen« erforderte.

Nichts nützten die mystische Literatur und die anstrengenden, für die üppige, mollige Dona Flor besonders anstrengenden Übungen. Bemüht, das verheißene elegische Gleichgewicht zu erlangen, unterwarf sie sich zwei Wochen lang den unsinnigsten Verrenkungen. Dona Dagmar hatte ihr auf ihre Bitte hin mehrere Unterrichtsstunden gegeben, worauf Dona Flor sich allen Vorschriften geduldig und hoffnungsvoll unterzog. Dona Dagmar sparte nicht mit Lob für die Joga-Methoden, fabelhaft! – sie hatte bereits vier Kilo abgenommen. Bei Dona Flor versagten sie vollkommen: sie nahm nicht einmal ab. Statt Ruhe und Ausgeglichenheit brachten sie ihr nur Müdigkeit ein, einen schmerzenden Leib und beschwichtigten keineswegs ihre gierige, drängende Not.

Ebensowenig befriedigten sie die brillanten wissenschaftlichen Analysen Dona Gisas, die den Mund voll nahm mit unverständlichen Namen, ein Hokuspokus für einen Doktor von der Fakultät: Komplexe, Libido, Unterbewußtsein, Hemmungen, Tabu:

»Für dich, Flor, eine Witwe voller Hemmungen und Komplexe, ist der Sex tabu.«

Tabu oder nicht tabu, bewußt, unbewußt oder unterbewußt, gleich ob durch Hemmung, durch Komplexe oder auch nur durch natürliches weibliches Begehren, Flor erlitt diese verzweiflungsvollen Nächte, erotische Träume rissen sie in Bacchanalien, und das Geschwätz der Gringa nutzte ihr keinen Deut. Denn hätte sie sich nach Gisas Latein richten wollen, es wäre ihr nichts übriggeblieben, als auf die Straße zu gehen und mit dem erstbesten Mann Unzucht zu treiben, gewaltsam Hemmungen und Komplexe zu zerstören und das erbärmliche Tabu im Bett eines Absteigequartiers abzuwürgen, dabei aber sich selbst und das Andenken an den Verstorbenen zu entehren.

Dona Norma verkörperte die Volksweisheit, die praktische Erfahrung, das menschliche Verstehen. Und ging unmittelbar auf den Kern der Sache los:

»Dir fehlt nur ein Mann, meine Heilige. Du bist jung, leidest nicht an schweren Gebrechen, bist meines Wissens nicht verschnitten, was willst du noch? Selbst Nonnen heiraten, um die Keuschheit zu ertragen, sie heiraten Christus, und es gibt auch welche, die Christus Hörner aufsetzen.« Und einer Erinnerung gedenkend, fügte sie lächelnd hinzu: »Erinnerst du dich noch an die Nonne aus Destêrro, die von einem Bäcker geschwängert wurde und dann zur Bühne ging? Es ist lange her, weißt du's noch? Damals sprach man von nichts anderem ...«

Nicht einmal das Bild der auf die Bühne ausgewanderten Nonne amüsierte Flor, die wie besessen auf ihrem Thema herumhackte, ohne auf die Abschweifung der Freundin zu hören:

»Aber Norminha, ich bin doch eine Witwe ...«

»Na und? Findest du, daß eine Witwe keine Frau ist? Eine Witwe denkt an einen Mann, soviel ich weiß, sie träumt von einem Mann, schielt nach einem Mann ... Na so was ...«

»Du weißt sehr gut, daß ich nicht zu denen gehöre, die auf eine Ehe versessen sind. Einmal hast du mich sogar kritisiert und mich ordinär genannt ...«

»Sehr richtig, ich weiß, daß du kein Flittchen bist ... Aber freiheraus gesagt: du bist eine aufgeblasene Witwe und wirst langsam unausstehlich. Nun trägst du bereits seit einem Jahr Witwentrauer, und statt besser zu werden, wirst du immer schlimmer, als wärst du erst seit gestern verwitwet. Anfangs lachtest du noch, wenn man von Verlobung und Heirat sprach. Doch dann wolltest du nicht mal mehr einen Scherz hören und gingst gleich in die Luft ...«

»Und du weißt genau, warum ... Weil sogar Heiratsschwindler auftauchten ...«

»Und nur weil der Fürst – Fürst oder Prinz? – ums Haus strich, bist du nun schlimmer geworden als eine Nonne! Wenn er sich für dich interessierte, so doch nur, weil er dich für einen appetitlichen Bissen hielt. Und jetzt, nur weil einer dir beiläufig Avancen gemacht hat, sperrst du dich im Hause ein, gehst fast nicht mehr aus und schaust keinen Mann mehr an, als wäre ein Mann ein Raubtier ...«

»Ich weiß, was er wollte ...«
»Wollte nur mit dir schlafen, Liebchen ... Natürlich, was denn sonst ...? Viele wollen das. Bist eine prima Witwe, hast den Schalk im Nacken ...«
»Sehe ich tatsächlich so schamlos aus, daß diese Laffen sich soviel herausnehmen ...?«
»Wer behauptet, daß eine Frau schamlos sein muß, damit die Männer mit ihr schlafen wollen? Abgesehen von deiner Leichenbittermiene ...«
»Aber Norminha, was soll ich denn tun?«
»Du mußt das Feuer löschen, Weib ... Wenn du nicht richtig schläfst, wenn du nicht ausruhst, wenn du keine Ruhe mehr findest, so doch nur, weil dir ein verfluchtes Feuer den Bauch verbrennt ...«
»Na hör mal, Norminha, ich beschwöre dich ...«
»Ist's nicht so? Ist es nicht wahr?«
»Und was soll ich tun? Soll ich schamlos werden und damit unglücklich? Ich bin keine Schlampe, ich bin nicht geschaffen, mir einen Liebhaber zuzulegen, so was tue ich nur mit meinem Mann ... Ich möchte am liebsten sterben, nur weil ich dauernd davon träume ... Ich muß wie ein Freudenmädchen aussehen, weil du so sprichst ...«
»Sei nicht albern, habe ich etwas gesagt, was dich beleidigen könnte?«
»Hast du nicht gesagt ...?«
»Ich habe gesagt und wiederhole: wenn ein Feuer dir den Bauch verbrennt, so heißt das noch lange nicht, daß du nicht seriös bist ... Im Gegenteil ... Wärst du's nicht, mit dem Feuer im Leib hättest du längst die Beine breit gemacht ... Du bist seriös und siehst sogar nach was anderem aus, siehst aus wie ein Bramarbas ... Du weißt gar nicht, was für eine Miene du machst, wenn dich ein Mann anschaut ...«
»Soll ich etwa lachen, wenn einer zu mir sagt: ›Komm mit ins Bett!‹? ... Da sterbe ich lieber. Ich bin nur mit meinem Mann ins Bett gegangen ...«
»Und das sollst du auch nur ...«

»Mein Mann ist tot ...«

»Der erste ist tot ... Nichts hindert dich, dir einen zweiten zu nehmen. Du bist jung, Flor, nicht mal dreißig ...«

»Ich werde es Ende des Jahres ...«

»Bist noch ein Kind ... Für das, was du hast und was weder Krankheit ist noch Wahnsinn, gibt es nur zwei Mittel, meine Tochter: Heirat oder Luderleben. Es sei denn, daß du in ein Nonnenkloster eintreten willst. In welchem Fall du dich vor Bäckern in acht nehmen mußt, vor Milchausträgern und Gärtnern und vor Priestern, um nicht unsern Herrn Jesus zu hörnen.«

»Mach keine Witze, Norminha ...«

»Ich mache keine Witze, Flor. Wärst du ein Luder, könntest du Witwe bleiben, ganz in Schwarz: du könntest mal hier, mal dort, mit dem einen, mit dem anderen, könntest dich amüsieren, dich gehenlassen. Da du aber nichts bist von alledem und seriös im wahrsten Sinne des Wortes, mußt du heiraten, einen anderen Ausweg gibt es nicht ...«

Witwenbegierde, Norminha, geht den Weg des Verstorbenen, eine Witwe hat nicht einmal Anrecht auf Bettgedenken, sie hat nicht das Recht, sich an nächtliches Bettbummeln zu erinnern, und schon gar nicht, von Verlobung und Hochzeit mit einem neuen Mann zu träumen. All das ist nichts als eine Beleidigung für die Erinnerung und die Ehre des Verstorbenen.

Die Begierde einer Witwe ist so lebendig wie die der Jungfrau oder der Ehefrau, wenn sie nicht stärker ist, du Törin! So antwortete ihr Dona Norma. Eine neue Ehe ist keineswegs eine Beleidigung für die Ehre des Verstorbenen; jede Frau darf das Andenken ihres toten Mannes hochhalten und gleichzeitig mit einem zweiten Gatten glücklich sein. Vor allem sie, Dona Flor, deren erste Ehe so ungewöhnlich war und nicht immer fröhlich, um nichts Schlimmeres zu sagen.

Eine lange, wohltuende Unterhaltung zwischen zwei Freundinnen, die einander zugetan sind, zwei Schwestern könnten sich nicht besser verstehen; endlich ist Dona Flor überzeugt. Vielleicht war sie es schon vorher in ihrem grausamen Selbstzwist; sie würde es sich jedoch nie eingestanden haben, hätte Dona Norma ihr nicht die Schleier des Vorurteils, einer in der Begierde vermoderten, falschen Trauer heruntergerissen.

»Aber Norminha, was nutzt es, wenn ich mit dir übereinstimme? Wer wird mich als Braut haben wollen? Kein Mensch will das Überbleibsel eines Toten, und ich biete mich nicht an . . . Ich werde vor Ruhelosigkeit sterben.«

»Reiß dir das Aushängeschild ab, und ich gebe dir keine sechs Monate . . .«

»Welches Aushängeschild?«

»Das du auf der Stirn trägst: ›Ich bin eine ewige Witwe, ich bin tot für Leben und Ehe.‹ Reiß es ab, lache wieder, sei wie alle anderen, und ich wette, in weniger als sechs Monaten . . .«

Diese Unterhaltung fand wenige Tage nach dem Karneval statt, der in jenem Jahr spät, in den März fiel, etwa einen Monat nach dem ersten Witwengeburtstag Dona Flors.

Am Vormittag jenes Trauergeburtstags ging Dona Flor mit Tränen und Blumen zum Friedhof und blieb lange am Grab stehen, als fände sie dort Erleichterung und Ruhe. Es war einer ihrer ruhigsten Tage in ihrer wirren Witwenzeit, sie war nur traurig und hatte Sehnsucht nach dem Toten. Eine tiefe, tröstliche Sehnsucht.

Dagegen waren die Karnevalstage für sie viel aufreibender. Mit der Musik, mit den Liedern, von denen viele schon während des vergangenen Karnevals gesungen worden waren, kamen die Erinnerungen an jenen schlimmen Sonntag zurück. Wenn sie sich aus dem Fenster lehnte, um einen Bloco, eine Tanzgruppe, einen Maskenzug, eine Pauke oder einen Afoxê vorüberziehen zu sehen, mußte sie unwillkürlich an den Toten denken, wie er, als Bahianerin verkleidet, zwischen Papierschlangen und Konfetti auf dem Platz Zum Zweiten Juli gelegen hatte.

Als der Afoxê der ›Söhne des Meeres‹ mit ihrer prunkvollen Komparserie auf einen Pfiff Camafeus vor der Kochschule ›Geschmack und Kunst‹ hielt und die Negerin Andreza de Oxum, in der Hand die Standarte der Königin der Wasser, eine hinreißende Figur tanzte – bei überquellenden Fenstern, überfüllter Straße, begeistertem Beifallklatschen –, brach Dona Flor in Tränen aus, und der ganze Schmerz und die ganze Ferne überfielen sie mit einmal. Noch vor einem Jahr, als der Leib des Verstorbenen ausgestreckt auf dem eisernen Bett lag, hatte sie den Mut aufgebracht, den Vorbeizug des Afoxê über Dona Normas und Dona Gisas Schultern hinweg zu erleben, und damals hatten Leben und Tod in ihrer Brust gewütet. Der so jähe, brüske Tod hatte damals noch einen Schimmer von Leben. Erst nach und nach sollte ihr die endgültige Leere, die endgültige Ferne bewußt werden. Am vorjährigen Karneval hatte sie dank des nahen Toten den Afoxê sehen, ihn jedenfalls mit einem Blick erhaschen können. In dieser neuen Karnevalswoche indessen war ihr der gloriose Anblick der ›Söhne des Meeres‹ im Takt der Atabaques unerträglich. Selbst wenn sie die Huldigung übersah, die in dem Pfiff lag, in dem kurzen Halt des Maskenzugs, in Andrezas hüftenschwingendem Tanz, der einem auf den Wellen schaukelnden Boot glich, wenn sie die dem unvergessenen, vor einem Jahr verblichenen Mitglied und Freund zugedachte Ehrung des Afoxê vergaß, selbst dann vermochte Dona Flor nicht am Fenster stehenzubleiben; sie sah nur den nackten, blutleeren, für immer toten Leib.

Schwer war dieser Karneval und immer schwerer war ihr Leben zu ertragen. Der Tote nutzte die lärmende Fröhlichkeit, um sich in die Angst der unbefriedigten Begierde zu mischen, Dona Flors Leiden wuchs dermaßen an, daß sie es nicht länger in Stillschweigen und Einsamkeit ertragen konnte. Daß sie ihr Geheimnis, die zerrissene Brust, den benommenen Kopf und die Müdigkeit nicht länger verhalten konnte. Sie war in Trümmern. So beichtete sie Dona Norma.

Dona Norma sicherte ihr Verlobung und Verheiratung in absehbarer Zeit zu, sofern sie sich ohne Maske und Aushängeschild darauf einzustellen bereit wäre. Und sie suchten bei Dona Gisa Bestätigung, doch die Gringa legte Dingen wie Verlobung und Verheiratung, lächerlichen gesetzlichen und menschenfeindlichen Forderungen, wenig Bedeutung bei; sie hatte soeben den Fürsten Kropotkin gelesen und warf seit neuestem Anarchismus und Psychoanalyse in einen Topf. Mit oder ohne Ehe quälte Dona Flor sich nach Meinung der Englisch-Lehrerin mit einem »Schuldkomplex« herum, von dem sie sich erst befreien würde, wenn sie die Tabus durchbräche und »sich auf irgendeine Weise verwirklichte«. Ihr verrückter Rat lautete: eine Verbindung in freier Liebe, ein Freundschafts- beziehungsweise Liebesverhältnis, kurz ein Abenteuer, und zwar sofort. Um auf dergleichen einzugehen, hätte Dona Flor irrenhausreif oder die frechste, feilste aller Witwen sein müssen.

Dona Norma hingegen bot ihr echte Hilfe und echten Trost an; falls Dona Flor davon absähe, Zurückhaltung mit Welthaß, Ehrbarkeit mit Mürrischkeit zu verwechseln, wollte Dona Norma wetten, daß die Witwe binnen sechs Monaten einen Ring, zumindest einen Verlobungsring, am Finger tragen würde.

Dona Gisa wettete nicht: wozu sollte Dona Flor noch weitere sechs Monate Höllenqualen leiden? Wozu dieser Unsinn, da so viele Männer frei herumliefen? Abgesehen davon würde sie todsicher verlieren, wenn sie wettete; denn wenn Buchwissen gegen Lebenswissen steht, gewinnt immer das Leben.

Ob nun Dona Flor sich vermenschlichte, ihren Beziehungen über die trockene Höflichkeit hinaus einen Unterton von Herzlichkeit gab und wenn auch zurückhaltend, so doch liebenswürdig und aufmerksam von neuem lächelte und mit diesem und jenem plauderte, oder ob es durch reinen Zufall geschah (was wahrscheinlicher ist), jedenfalls traten bereits einen Monat nach dieser Unterhaltung mit Dona Norma und der Diskussion mit Dona Gisa das rechtschaffene Interesse und die ehrlichen Absichten des Herrn Dr. Teodoro Madureira, Teilhaber der an der Ecke vom ›Kopf‹ gelegenen ›Drogaria Científica‹, offen zutage und wurden somit Gegenstand öffentlicher Erörterung. Siegesgewiß bibbernd, forderte Dona Dinorá ihre Belohnung:

»Ich habe es vor vielen Monaten geahnt, ich habe es in meiner Kristallkugel gesehen und aller Welt verkündet: ein distinguierter Herr, ein guter Mensch, Akademiker und vermögend. Stimmt's? Bitte, meine Belohnung, Dona Flor!«

»Eine Mordspartie, was für ein Dusel!« Der Chor der Freundinnen und Gevatterinnen schwamm einstimmig in einem Taumel fiebriger Klatschfreude.

8

Wann das Interesse des Pharmazeuten seinen Anfang nahm, weiß niemand; es ist nicht leicht, den Beginn einer Liebe auf Stunde und Minute genau zu bestimmen, besonders nicht die endgültige Liebe eines Mannes, die Liebe seines Lebens, die herzzerreißende, verhängnisvolle, von Uhr und Kalender unabhängige Liebe. An einem viel späteren Tag bekannte Dr. Teodoro Dona Flor mit lächelnder Befangenheit, er habe sie lange vor ihrer Witwenschaft bewundert; von seinem kleinen, rückwärts gelegenen Apothekenlaboratorium aus hatte er sie gebannt den Platz überqueren und über den ›Kopf‹ gehen sehen. »Sollte ich mich je entschließen zu heiraten, nehme ich nur eine hübsche, anständige Frau wie diese«, monologisierte er vor seinen Reagenzgläsern und Drogenflaschen. Ein rein platonisches Gefühl, gewiß, denn er war nicht der Mann, der sich von einer verheirateten Frau zu weniger edlen Gedanken hinreißen ließ und etwa gierige oder, richtiger gesagt, »lüsternheitsschuldige Augen« auf sie heftete (um den diese etwas kuriose Schrift zierenden anmutigen Ausdruck des Apothekers zu wiederholen).

Dona Êmina, eine Dame, die sich übrigens wenig in das Leben anderer mischte, bemerkte als erste die Neigung des Pharmazeuten: sie klatschte nur das Allernotwendigste, um nicht hinter den Ereignissen ihrer Umwelt einherzuhinken. Im Vergleich zu den anderen, jeden Klatsch heißhungrig verschlingenden Frauen war Dona Êmina sogar verschwiegen und schüchtern.

Es war Anfang April, am Tag des Stadtlaufs der jüngsten Semester der verschiedenen Fakultäten, wenn die Studenten zur Feier des neuen Semesterbeginns durch die Hauptstraßen der Avenidas traben. In einer von den Veteranen angeführten Prozession trugen die Neulinge – mit rasierten Schädeln, in Leintücher gewickelt und wie ein Sklavenheer mit Stricken aneinander gebunden – Plakate vor sich her, die mit Spottversen die hohen Lebenskosten und die Unfähigkeit der Politiker, Regierung und Verwaltung kritisierten.

Von der medizinischen Fakultät über den Kultplatz Jesu durchschnitt der Zug die Stadt in Richtung Barra und machte an bestimmten Punkten wie dem Platz Castro Alves, São Pedro, Piedade, Campo Grande halt. An diesen besonders verkehrsreichen Örtlichkeiten ergötzten die maultierreitenden alten Semester die gaffende Menge mit schnurrigen Ansprachen.

Kaum hatten die Anwohner des Platzes Zum Zweiten Juli und des ›Kopf‹ die verheißungsvollen Hörner- und Trompetenstöße auf der São-Bento-Steige gehört, als sie sich auch schon in Richtung São Pedro in Bewegung setzten. In einer fröhlichen Gruppe schritten Dona Norma, Dona Amélia, Dona Maria do Carmo, Dona Gisa, Dona Êmina, Dona Flor.

Dona Êminas verläßlicher, konkreter Nachricht zufolge stand Dr. Teodoro, gleichgültig gegen Trompetensignale und die als Professoren und Männer der Öffentlichkeit verkleideten brav vorwärtstrottenden Esel, am Verkaufstisch seiner Apotheke im Gespräch mit einem Gehilfen und dem Kassenfräulein, als er die Damen erblickte. Er wurde so nervös, daß Dona Êmina, der das Gebaren des Herrn Doktor auffiel, ihn im Auge behielt und auf diese Weise sein verdächtiges Verhalten Schritt für Schritt verfolgen konnte. Kaum hatte der Pharmazeut, ein Mensch friedlichen Gemüts und gemessener Manieren, die Freundinnen erspäht, als er eilends seine bequeme Stellung, seine behagliche Haltung aufgab, sich vom Verkaufstisch entfernte und sich zu einer fast steifen Positur aufreckte, um sie mit einem wohltönend-herzlichen »Guten Tag« zu begrüßen. Wichtige Einzelheit: einen Taschenkamm aus der Westentasche ziehend, glättete er sein schwarzes Haar, eine übrigens überflüssige Geste, denn seine Frisur glänzte makellos unter Brillantineschichten. Sein friedliches Gemüt schwand, und der Drogerie- und Apothekenbesitzer geriet in jugendliche Erregung. »Ich sah, wie er in den Rock schlüpfte, nur um uns zu begrüßen«, sagte Dona Êmina, als man den Grund zu soviel Mühe und Eifer wissen wollte.

Makellos weißes Hemd und graue Weste, eine dicke goldene Uhrkette, in wirkungsvollem Bogen von Tasche zu Tasche hängend, daran eine respektable, gleichfalls goldene Münze, ein väterliches Erbstück, Hosen mit einwandfreien Bügelfalten, blankgewichste Schuhe, Diplomring, ein Mann, eine Wucht, hochgewachsen und sympathisch. Grüßend verbeugte er sich vor der Damengruppe.

Die Freundinnen grüßten liebenswürdig zurück, der Pharmazeut war in der Umgebung eine bedeutende Persönlichkeit, gerne gesehen und gelitten. Dona Êminas nämlicher Zeugenaussage zufolge – die, wie man sieht, reich an Einzelheiten ist – sahen Dr. Teodoros Augen nur Dona Flor und waren blind für alle anderen; ein wo nicht lüsterner, so zumindest begehrlicher Blick. »Er verehrt dich, er fraß dich mit den Blicken« – so beschrieb die geschickte Beobachterin Dona Flor den Ausdruck jenes Blicks.

Als er sie von der Apotheke aus nicht mehr sehen konnte, kam er an die Tür; nachher trat er auf den Gehsteig hinaus, und schließlich, nach kurzer Unschlüssigkeit und einer Bemerkung zu seinem Gehilfen, zog er auf den Spuren der festlichen Gesellschaft die Straße hinunter.

In unmittelbarer Nähe der großen Uhr von São Pedro postierte er sich unweit der Freundinnen und trat von einem Bein aufs andere. Zog an der goldenen Kette und lächelte befriedigt über die schweizerische Genauigkeit seines Chronometers. Mittlerweile kletterten Dona Amélia und Dona Norma auf eine Bank der kleinen Parkanlage, um ja nichts von dem Aufmarsch zu versäumen; die übrigen blieben in der Nähe auf Zehenspitzen stehen. Auf seinem durch den Uhrsockel halb verborgenen Beobachtungsposten folgte Dr. Teodoro ergeben jeder Bewegung Dona Flors.

Ihn im Auge behaltend, stellte Dona Êmina fest, daß der Pharmazeut fast nichts von dem lustigen Umzug sah: weder die rotbemalten Gesichter der jungen Semester, die einen makabren Tanz aufführten, noch die alten, die in den umliegenden Bars und Läden Bier und Limonade requirierten. Wenn Dr. Teodoro lächelte, so unterstützte er nur Dona Flors Lächeln, sein Applaus war eine Replik für den der Witwe, die er trunken anstarrte. Dona Êmina zupfte Dona Norma am Rock, die von der Bank aus die Possen eines auf einem Maultier reitenden Studenten beklatschte (das Tier nutzte den Aufenthalt, um auf der Straße verstreute Abfallreste anzuknabbern). Zuerst verstand Dona Norma nicht das Zwinkern der Freundin. Schließlich fand sie den Standort des Pharmazeuten in Hemdsärmeln und in Ekstase und sah seinen stummen Jubel.

»Nicht zu glauben, was, Kleine . . .?« sagte sie.

Dona Amélia und Dona Maria do Carmo nahmen alsbald die überraschende Haltung Dr. Teodoros zur Kenntnis: halb verborgen hinter der Uhr, ließ er kein Auge von Dona Flor. Nur Dona Gisa hielt sich abseits und las die Plakate der Protestmarschierer; ihr zufolge lieferten die Studentenkundgebungen kostbares Material für das Studium der Kollektivpsyche. Dona Gisa verlor keine Gelegenheit zum Forschen, sie war unter dem Stern der Allwißbegierde und Allerklärbegierde (mittels neuester wissenschaftlicher Methoden) geboren. Für die anderen indes bot das seltsame Verhalten des Apothekers kostbaren und aufschlußreichen Stoff.

»Hört mal, Kinder . . . Sähe man es nicht, man hielte es nicht für möglich . . .«

Der Zug marschierte in Richtung Piedade weiter, und sie begleiteten ihn. Doch unter dem Vorwand, eine Nachricht übermitteln zu müssen, machte Dona Norma einen Umweg durch eine Querstraße: »Wir wollen die Sache mal kurz klarstellen.«

Eine Minute lang verharrte Dr. Teodoro unschlüssig im Schatten der riesigen Uhr, folgte ihnen dann aber lässigen Schritts wie jemand, der ohne Hast wahllos dahinschlendert.

Dona Norma und die übrigen Freundinnen verhielten ihr Lächeln, ausgenommen die ahnungslose Dona Flor und Dona Gisa, die sich über die »Berufung der Jungen für die Sache der Öffentlichkeit« verbreitete. Plötzlich blieben sie stehen, da Dona Norma rasch an einem bestimmten Privathaus klingeln wollte. Nur wenige Meter hinter ihnen ertappt, sah Dr. Teodoro sich zum Weitergehen gezwungen. So schritt er an den Freundinnen vorbei und vermied es, sie anzusehen, tat, als bemerkte er sie nicht, und stellte sich dabei so ungeschickt an, daß er einem leid tun konnte: er war ganz verdattert und ahnte nur leises Kichern und spöttische Blicke, ohne zu wissen, was er mit seinen Händen anstellen sollte, es war ein Verhängnis. Verlegen bog er fast rennend um die nächste Ecke. Als er vorüberstrich, konnte Maria do Carmo sich nicht länger beherrschen und platzte halblaut heraus.

»Psst . . .!« befahl Dona Norma.

»Wohin geht denn Dr. Teodoro so rasch?« wollte Dona Flor wissen, als sie ihn in der Sackgasse verschwinden sah.

»Du weißt es also nicht, meine Schlaue? Was soll das heißen? Willst du es geheimhalten oder vielleicht doch deinen Freundinnen beichten? Oder traust du uns nicht?«

»Nanu? Müßt ihr immer was Neues aushecken? Was habt ihr denn schon wieder?«

»Sag bloß, daß du's noch nicht gemerkt hast . . .«

»Was, um der Liebe Gottes willen?«

»Daß Herr Dr. Teodoro in dich verknallt ist . . .«

»Wer? Der Pharmazeut? Ihr habt wohl eine weiche Birne, ihr seid mir eine irre Bande . . . Wo hat man schon so was gehört? . . . Und dann muß es natürlich gleich Dr. Teodoro sein, der zeremoniellste Mensch der Welt . . . Kein besonders genialer Scherz von euch . . .«

»Scherz? Er hat seine Zeremonien restlos eingebüßt, mein Liebchen, er ist förmlich aus dem Häuschen . . .«

Inmitten des Trubels, witzelnd und lachend, gingen sie hinter dem Studentenzug her, die arme Flor inmitten ihrer fröhlichen Freundinnen. Als aber Dona Norma nach ihrem gemeinsamen Heimweg der Witwe allein gegenüberstand, drang sie darauf, ein ernstes Wörtchen mit ihr zu wechseln. Sie hatte das Gebaren des Apothekers beobachtet, einer Person, wie Dona Flor mit Recht sagte, voller Etikette und Formalität; sie hatte nie erzählen hören, daß er seinen Kundinnen Augen machte, und noch viel weniger, daß er einer von ihnen auf der Straße in Hemdsärmeln nachstieg, nicht ohne vorher sein Haar gekämmt zu haben, und sich hinter der öffentlichen Uhr aufpflanzte, nur um wie ein Schuljunge aufzuschrecken ... Den Blick fest auf Dona Flor geheftet, zuckte sie nicht mit der Wimper. Das war kein müßiger Gevatterntratsch, auch keine Erfindung; Dona Norma hatte sich nicht einmal an den Witzeleien der Freundinnen beteiligt, denn bei einem anständigen, umsichtigen Mann vom Schlage Dr. Teodoros war es unangebracht, eine so ernste Angelegenheit leichtfertig, mit Spott und Hänseleien zu behandeln. Eine Partie wie diese, meine Tochter, findest du nur alle Jubeljahre einmal: ein reifer Bürgersmann im richtigen Alter für Dona Flor, ein lebenserfahrener Akademiker mit Diplom und Diplomring, Apothekenbesitzer, von Gesundheit strotzend – hätte man ihn erfinden müssen, er wäre nicht besser ausgefallen.

»Glaubst du wirklich, Norminha, daß er sich ein bißchen für mich interessiert? Aber nein: wer will denn altbackenes Brot essen, verdorbenes Fleisch, Abfall eines Toten? So ewas wird doch niemandem einfallen ...«

Dona Norma maß die Freundin von Kopf bis Fuß:

»Gott sei Dank ...«, sagte sie erleichtert.

Denn Dona Flor, von der Nachricht leicht erregt, halb neugierig und halb befangen, hatte nichts an sich von trockenem Brot, von halbverschimmeltem Brot und noch weniger von angegangenem Fleisch, im Gegenteil: Mestizenhaut, kupferfarben, im frischen, feinen Gesicht, duftendes junges Fleisch, Strandmyrten-Arom, ein Mordsstück von einem Weib. Überzählig, gewiß; sie hat einen Mann gehabt, hat mit ihm im eisernen Bett gelegen, ist aber appetitanregender als manch zimperliche Jungfrau, denn das Jungfernhäutchen ist zwar nicht alles, aber auch nicht viel weniger, da es sich so großer Wertschätzung und Würde erfreut. Im Grunde ist es ein Fastnichts, ein Blutströpfchen, ein Ach und vor allem ein altes Vorurteil, und wenn es so hohe Preise erzielt, so nur, weil es eine tausendjährige Publizität ausnutzt und mit einem Heer von Klerikern, mit der Polizei und dem Dirnengewerbe rechnen kann, die alle den Deckel der Frau zum König der Welt machen. Doch was ist eine in ihrem Begehren unwissende, törichte Jungfrau im Vergleich zu einer Witwe, deren Drang aus Kenntnis besteht und aus Fernweh, aus Beherrschung und Not, aus Hunger und Fasten und die hellsichtig ist und hemmungslos? »Laß mich endlich in Frieden, Flor, nach einem Totenabfall wie dir seufzt nicht nur Herr Dr. Teodoro, sondern außerdem sicherlich auch noch mancher andere, von dem wir nichts wissen.« Dona Norma wollte noch mehr erfahren:

»Und du, was sagst du dazu? Wie findest du ihn? Glaubst du, du könntest ihn lieben?«

Zunächst wollte sie die Frage ihrer Gefühle überhaupt nicht in Erwägung ziehen, bevor sie nicht die Gewißheit hatte, daß auf seiten des Pharmazeuten eine echte Neigung bestand, daß all das nicht nur Spaß sei oder Irrtum; sie war nicht bereit, sich von neuem täuschen und demütigen zu lassen, wie sie es mit den eigenartigen Gepflogenheiten des Prinzen hatte erfahren müssen. Indessen, angesichts der beharrlichen Dona Norma, die in freundschaftlicher Unbekümmertheit eine sofortige Antwort erheischte, bekannte Dona Flor, der Apotheker sei ihr nicht gleichgültig. Ein guterzogener, herrenhafter Mensch, außergewöhnlich distinguiert, dazu anziehend, fraglos ein Bild von einem Mann. Er erinnerte sie an einen im Augenblick beliebten Filmschauspieler. Zwar war die Ähnlichkeit schwach, doch ausreichend, um ihn ihr sympathisch zu machen; kurz und gut: wenn es wirklich zutraf, war es möglich und vielleicht sogar wahrscheinlich, daß Dona Flor für ihn ... Was hatte sie für den Verstorbenen empfunden? Doch halt, das war etwas anderes ... Sie selbst war jetzt eine andere und nicht mehr die, welche vor acht, fast neun Jahren den Luftikus auf dem Majorsfest kennengelernt und ihm im Handumdrehen, ohne zu wägen oder zu überlegen, ihr Herz geschenkt hatte (und anschließend freudig ihre Brüste und ihre Schenkel im Trubel des Platzes, im Dunkel des Strandes). Sie war so verrückt nach ihm, so vernarrt in ihn gewesen, daß sie sich ihm gab, sich ihm ganz und gratis ergab, als er sie darum bat, daß sie die ihr eingestoßenen drei Zwanziger gleichsam an Dona Rozildas Fratze abwischte, die aus Wut über ihre Liebelei ihr die Ehe verboten hatte.

Nun war sie eine bedächtige, überlegte Witwe und unfähig zu Unbeherrschtheiten, zu überstürzten Gefühlen und Handlungen, die zwar bei einem jungen Mädchen im liebeleifähigen Alter verzeihlich, bei einer dreißigjährigen trauertragenden Witwe jedoch unerlaubt waren (selbst wenn eine Esse in ihr glühte). Wenn also ein Keim von Sympathie vorhanden war, galt es abzuwarten, ob mit der Zeit eine Liebesempfindung erwachen würde, still und maßvoll, zärtlich und verständnisvoll und ohne den jugendlich-heftigen Taumel in dunklen Ecken und Treppenwinkeln. Vielleicht konnte ein derartiges Gefühl, eine reife Gutwetterliebe, auf dem Boden eines verschwiegenen Idylls gedeihen. Dona Flor hielt es sogar für möglich, denn da Dr. Teodoro, wie gesagt, weder abstoßend noch häßlich war, verspürte sie keine Abneigung gegen ihn, sondern fand ihn sogar anziehend, wie sie jetzt feststellte. So bereitete Dona Norma insgeheim Verlobung und Heirat vor und sah Dona Flor bereits glücklich, wie sie es immer verdient hatte und doch nie gewesen war.

»Ach, meine Heilige, wie herrlich wird alles werden! Nun sei kein Dummerchen, sperr dich nicht mehr im Haus ein und mach mir kein mürrisches Gesicht ...«

Denn wenngleich Dona Flor einen gewissen Gefallen an dem Apotheker eingestand, so fügte sie doch gleich hinzu, sie habe nicht vor, es ihm zu zeigen, sich anzubieten und vor der ›Drogaria‹ auf und ab zu schwänzeln, ihre Not zur Schau zu stellen und ihren tieftraurigen Blick der Notzeit, der harten Enthaltsamkeit, des gezwungenen Fastens. Das nie, Norminha.

»Ich werde nicht zulassen, daß du dir eine Gelegenheit wie diese entgehen läßt . . .«

Dona Norma brauchte lange, um die Witwe zu überreden: sie solle nicht so töricht sein und die Gleichgültige spielen. Wer wie Dona Flor förmlich glühe, heiraten wolle und auch unverzüglich heiraten müsse, um nicht der Hysterie und dem harmlosen Wahnsinn zu verfallen, um sich nicht dem Nächstbesten in einem Absteigequartier an den Hals zu werfen, als leichte Witwe das Totengrab mit Hörnern aufzufüllen und eine rauhe, üppige Pflanzung von Geweihen daraus zu machen, ach, wer eingestandenermaßen so begierig war auf männliche Wärme, auf eine Quadrille im Bett, der sollte nicht die bis zum Tode treue Witwe mimen und ewige Trauer und einen verriegelten Spalt, einen mit der Last des Toten begrabenen Pfirsichschlitz, welke Blüte zu Füßen des Toten.

Da war es denn doch besser, sich ein für allemal einen Ehemann zu nehmen, ein anständiges, ehrbares Leben in Liebe und Fröhlichkeit mit ihm zu führen und dabei das Andenken und das Gerippe des ersten in seinem Grab rein und still in Ehren zu halten. Und zwar ohne viel von ihm zu reden, um nicht seinen Nachfolger zu kränken. Übrigens hatte Dona Flor in den letzten Monaten gewissermaßen Namen und Spitznamen des Verstorbenen vergessen. Gerade weil die Gevatterinnen ihn totgeschwiegen und sein Andenken mit Beleidigungen überhäuft hatten, war Dona Flor auf die verständliche Manie verfallen, seinen Namen tagein, tagaus im Munde zu führen. Dann aber verschloß sie ihn in ihrem Innern wie ein kostbares, seltenes Juwel.

Es kam jetzt darauf an, weiterzuleben und vor allem das Bild des Entschwundenen mit seinem dreisten Lächeln (und – warum es leugnen? – mit seinem unwiderstehlichen Charme) aus dem Wohnzimmer zu entfernen und es in der Tiefe einer Truhe und ihres Herzens zu verwahren. Jetzt herrschte an der Wand des Wohnzimmers die Gegenwart des Zweiten, und was für ein

Zweiter, mein Kind! Ein Abbild bester Manneskraft, und überdies noch distinguiert!
Heiraten, und zwar sofort heiraten, einen Ehemann haben, mit ihm ein anständiges, ehrbares Leben führen, wie es ihre Natur verlangte und ihre Pflicht war, statt in Träumen zu erglühen, sich auf die Lippen zu beißen, mit den Zähnen zu knirschen und sich vor lauter Angst und Vorurteilen zu beherrschen. Sie, Dona Norma, erlaubte nicht, daß Dona Flor sich eine so blendende Gelegenheit entgehen ließ, eine einzigartige Chance, wie es besser keine gab, und sie aus falscher Zurückhaltung, aus Dummheit, Verbohrtheit verpasse. Nein und dreimal nein!
So erschien Dona Norma nach dem Nachmittagsunterricht, währenddessen Dona Flor ihren Schülerinnen das Rezept zu einer Süßspeise aus Gelatine und Kokos mit Namen ›Männercreme‹ beibrachte, einem Namen, der zu Scherzen Anlaß gab – »Ach, was für eine schmackhafte Creme!« –, erschien Dona Norma und schleppte die Freundin unter dem Vorwand, Blumen kaufen zu müssen, zum ›Kopf‹. Ein schwieriger Kauf, ein Dutzend Engelwurz, die einzeln ausgesucht werden mußten. Noch immer ließ Dona Norma sich nicht herbei, das Bukett als endgültig anzusehen, so unzufrieden schien sie mit ihrer Wahl den Augen des verblüfften Verkäufers, des alten Negers Cosme de Omolu, denn Dr. Teodoro, der in den Tiefen seiner Apotheke untergetaucht zu sein schien, wurde ums Leben nicht sichtbar. Nach dem Blumenkauf kamen Vitorinas Acarajés an die Reihe, und noch immer war keine Spur vom Pharmazeuten an seinem Verkaufstisch zu sehen. Aber Dona Norma war nicht die Frau, die sich so leicht geschlagen gab: ohne Ankündigung stolzierte sie, die völlig verstörte Dona Flor hinter sich her zerrend, in die Apotheke und bat den Verkäufer um ein Paket Watte. Dona Flor wäre am liebsten im Erdboden versunken. Dona Norma sprach laut und schwatzte überflüssiges Zeug; wo hatte man je eine derartige Narretei gesehen?
Tief im kleinen Laboratorium hinter großen blauen und roten Flaschen wie auf dem Stahlstich alchimistischer Folianten sah man Dr. Teodoro Salze und Gifte in einem Steinmörser mah-

len. Er hatte seine Brille auf und wog nach dem Mahlen auf einer kleinen Präzisionswaage aufmerksam winzige Mengen von Pulver und Salzen ab. Ganz auf das Geheimnis der Herstellung des Rezepts konzentriert, bemerkte er nicht die beiden Senhoras in seinem Etablissement, als wäre Dona Normas Stimme, die einen durch die Zeitungen gegangenen Skandal wiederholte, nicht bis zu ihm gedrungen.

Nun schob der Apotheker seine Waage beiseite und füllte das aus den gemahlenen Mineralien gewonnene Pulver in winzig kleinen Mengen in Reagenzgläser, in die er außerdem genau zwanzig Tropfen einer farblosen Flüssigkeit zählte, und schon stieg rötlicher Rauch auf, der das dunkelhäutige, kraftvolle Haupt des Mediziners mit einer Aura von Wissenschaft und Magie umhüllte.

Dona Norma war um ein Stichwort nicht verlegen, und ihre Stimme tönte vernehmlich und schmeichelnd durch den Raum:

»Schau, Flor, mein Liebchen, Dr. Teodoro sieht wie eine Hexe aus, ganz umhüllt von Schwefeldunst ... Ich beschwöre dich!«

Der Herr Doktor erbebte, als er den Namen hörte, nicht etwa den seinen, sondern den Dona Flors: er hob die Augen über seine (nur für die Nahsicht geeigneten) Brillengläser, stellte die Anwesenheit der Poesie unter seinen Arzneien fest, erzitterte in seinen verborgensten Grundfesten und spürte einen kalten Schauder in seinen Eingeweiden. Er wollte aufstehen, verhedderte sich benommen und befangen, und schon lag das Reagenzglas mit seiner fast fertigen Medizin (einem Hausmittel gegen den chronischen Husten der Dona Zezé Pedreira, einer durchsichtigen kleinen Alten aus der Galgengasse) auf dem Fußboden in tausend Scherben, während noch immer blutfarbener Rauch das strenge Angesicht des Herrn Doktor umschwebte.

»O mein Gott ...«, sagte Dona Flor.

Doch mehr geschah nicht, und es fiel auch kein Wort mehr, außer daß Dona Norma lachend ihr Wattepaket bezahlte, denn der Drogist, stumm und stupide, halb aufgerichtet auf seinem Stuhl, die Hand in der Luft, als hielte er noch die Glasröhre, während die Brille auf seinem Nasenbein langsam abwärts rutschte, gab eine sehr komische Figur ab.

Durch und durch verwirrt, halbtot vor Ratlosigkeit, floh Dona Flor hinaus auf die Straße, während Dona Norma dem romantischen Apotheker einen Verschwörerblick zuwarf wie ein Tauende dem Schiffbrüchigen. Dr. Teodoro versuchte etwas zu sagen, es gelang ihm aber nicht.

Dona Norma erreichte Dona Flor an der Ecke: hegte sie immer noch Zweifel über ihren Einfluß auf den Pharmazeuten? Oder wünschte sie sich etwa einen Kandidaten von besserer Rasse, von höherer Klasse und Konstitution? – eine widersinnige Forderung für eine begierdezerfressene, in der Trauergrube stöhnende Witwe. Eine bessere Partie gab es nicht, meine Heilige: ein Akademiker der Medizin mit Diplom und echtem Amethystring, ein seit langem installierter Apothekenbesitzer, hübscher Mensch, würdig in Weste und Gold, bärengesund, wohlerzogen, ein Mann von Welt, prachtvoller Vierziger.

9

Prachtvoller Vierziger: alles, was die Kristallkugel und die speckigen Karten Dona Dinorás am Abend der Prophezeiung verkündet hatten, entdeckten Freundinnen und Gevatterinnen an dem Herrn Doktor, Punkt für Punkt, bis ins einzelne. Das kleine Barvermögen und der akademische Titel, seine gute Konstitution, seine Größe, seine Figur, seine würdige Haltung, seine gehobenen Umgangsformen, alles; und doch hatte in der Zeit, als sie auf Straßen und Plätzen unter Gelächter und Gepruste ein dem geschauten Antlitz entsprechendes Gesicht suchten, niemand an den Pharmazeuten gedacht. Wie also etwas so Widersinniges erklären, wenn alles klar auf der Hand lag und man nur die Augen aufzusperren und zu sehen brauchte? War es nur die Blindheit aller Gevatterinnen und Freundinnen oder eine Täuschung dieser ausführlichen Erzählung, ein verhängnisvoller Irrtum zum Gaudium der feindlichen Kritik? Es war weder Irrtum noch Täuschung, sondern eine Art kollektiver Begriffsstutzigkeit, die verhinderte, daß Gevatterinnen und Freundinnen ihn in den verschwiegenen Tiefen der Apotheke entdeckten, die Brille auf der Nase, die goldene Uhrkette über dem Leib, gebeugt über Drogen, während er Gift mischte und in Arzeneien verwandelte, ein Verteiler von Gesundheit frei Haus und zu mäßigen Preisen.

Dona Dinorá, Kaiserin der Klatschbasen und Seherin, ging täglich an der ›Drogaria Científica‹ vorüber; zweimal in der Woche entblößte sie den schlaffen Hintern (ach, wie vergänglich sind doch Eitelkeit und menschliche Größe: derselbe schlaffe Hintern war einst von Meister Robato in satanisch gereimten Versen besungen worden, als er jugendlicher Barde der dämonischen Schule war, wobei seine Vision und seine Dichtergabe reichen Kaufleuten Schecks und beträchtliches Bargeld entrissen hatten) vor dem Pharmazeuten für die schmerzhafte antirheumatische Injektion, und dennoch hatten ihre zukunftsichtigen Augen in dem dunkelhäutigen Senhor, der ihre lasche Haut straffte, nicht den prophezeiten prachtvollen Vierziger entdeckt. Denn sie wußte besser als irgend jemand, daß er außerstande war, eine Ehefrau zu nehmen.

Und zwar nicht, weil er etwa ein Hinterlader, impotent oder ein mit weibischen Ticks behafteter Jüngferling gewesen wäre. Um Gottes willen, so ein Verdacht darf nicht einmal in Gedanken aufkommen, denn Dr. Teodoro, ein friedlicher, liebenswürdiger Mensch von guter Lebensart, war sehr wohl imstande, von seinem üblichen maßvollen Gebaren Abstand zu nehmen und erklärliche Proben seiner Männlichkeit abzugeben, wie etwa jedem Strolch die Maske einzuschlagen, der es wagte, ihn zu beleidigen oder seine männliche Natur in Frage zu stellen.

Eine zur männlichen Verrichtung durchaus veranlagte, wiewohl sehr diskrete Natur. Sollten über dieses Thema genaue unwiderlegliche Zeugenaussagen gewünscht werden, braucht man

nur in der Sapoti-Sackgasse die säuberlich-kraftstrotzende dämmerdunkle Mulattin Otaviana von den Schmerzen oder Tavinha Manemolência zu befragen und, mit einer Handvoll Kleingeld ihre Zurückhaltung zu lockern, die sie ihrer erlesenen Kundschaft schuldet: zwei Landgerichtsräten, drei Kaufherrn aus der Unterstadt, einem Laienpriester, einem Professor der Medizin und einem ausgezeichneten Pharmazeuten.
Dank verbürgter Sauberkeit, Verschwiegenheit und Seriosität – mit denen sie einer Dame glich, die in ihrem gastlichen Hause Cercle hält – hatte Otaviana Dr. Teodoros Wahl verdient, so daß sie jeden geschlagenen Donnerstag nach dem Abendessen seinen Besuch erhielt. Tavinhas Kunden, eine berühmte, leise Elite, kamen gleichfalls an bestimmten Tagen (oder Nächten), ein jeder mit seinen Gewohnheiten, Vorlieben und Neigungen – die wie die des fast koprophilen Landgerichtsrats Lameira mitunter recht absonderlich waren –, und willig und fähig bediente sie einen jeden zu seiner völligen Zufriedenheit. Auch die normalen, unkomplizierten Männer vom Schlage Dr. Teodoros sowie die alten Faune und Geilhähne, Nabellecker und Dattelschlecker entließ sie satt und superb, die einen wie die anderen.
Schlag zwanzig Uhr jeden Donnerstag überschritt also Dr. Teodoro die Schwelle und wurde mit besonderer Wertschätzung und Höflichkeit empfangen. Dann nistete er sich in einem Schaukelstuhl ein, Otaviana nahm ihm gegenüber Platz und strickte Babyschuhe, während er einen Fruchtlikör schlürfte, eine Spezialität der Nonnen vom Lapa-Kloster, und so hielten Dr. Teodoro und das Freudenmädchen nutzbringende Zwiesprache, in deren Verlauf sie die Ereignisse der Woche und die Nachrichtenfülle der Zeitungen Revue passieren ließen. Im Zusammenleben mit illustren Herren hatte Tavinha sich einen gelehrten Firnis zugelegt, sie war eine angenehme Plauderin, eine Intellektuelle, so daß sie in der Sapoti-Sackgasse über jedwedes Thema befragt wurde. Im übrigen war sie von hoher Moralität und daher eine scharfe Kritikerin der augenblicklichen Sitten, der verderbten, ungläubigen Jugend.

So hielt denn der Pharmazeut bei ihr sein Plauder- und Verdauungsstündchen ab und hörte und akzeptierte die erbaulichen Meinungen der Mulattin wie: »Diese Welt ist am Ende, Herr Doktor, es fehlt der Heilige, der sie wieder einrenkt.« Danach gingen sie in das nach aromatischen Kräutern duftende Schlafzimmer, und Dr. Teodoro legte sich zu Otaviana in ein jasminweißes Lakenbett – mit dem Anrecht auf ein zweites Mal. Wie durfte man da an seiner Männlichkeit zweifeln, wenn er fast immer von diesem Recht Gebrauch machte und schneidig den sprühenden Spaß wiederholte?

Und nebenbei gesagt, ohne Preisaufschlag, denn Tavinha Manemolência berechnete nicht pro Mal, sondern pro Nacht, selbst wenn der Kunde, infolge häuslicher Kontrolle in seiner Bewegungsfreiheit beschränkt, eilends heimstürmen und sein kurzes Fernsein mit einer Ausrede erklären mußte. Die Preisliste war gepfeffert, die Forderungen gesalzen, das Vergnügen teuer; doch das raffinierte Drum und Dran, die zuvorkommende Bedienung und die Kompetenz machten die Ausgabe reichlich wett.

Dr. Teodoro blieb bis Mitternacht; gelegentlich machte er auf der warmen, weichen Sprungfedermatratze auch ein Nickerchen, während die reizende Otaviana seinen Schlaf bewachte. Bevor er nach Hause ging, brachte sie ihm noch eine Mungunzá, süßen Reis, Maisbrei und ein zweites Gläschen Likör, damit er »wieder zu Kräften komme«, wie die braune, würdige Lebedame ihm einschmeichelnd zulächelte.

Die Gevatterinnen hatten ihn auch deshalb weder auf ihre Listen gesetzt noch in ihr Kupplerspiel einbezogen, weil sie seine Ergebenheit der alten gelähmten Mutter gegenüber kannten, für die der Sohn das ein und alles war. Als sie ihren Schlaganfall erlitt, versprach der kürzlich von der Universität abgegangene, blutjunge Dr. Teodoro ihr, er wolle Junggeselle bleiben, solange sie am Leben sei. Das war das mindeste, was er tun konnte, um ihr seine Dankbarkeit zu beweisen.

Sein Vater war gestorben, als er im Alter von achtzehn Jahren seine Aufnahmeprüfung für die Universität vorbereitete. Sofort wollte er sein Studium abbrechen und für immer in seiner Geburtsstadt Jequié ansässig bleiben, um den kleinen Stoffladen zu übernehmen, die einzige Erbschaft des Vaters, außer einem Haufen Schulden und dem Ruf großer Güte. Aber die Witwe, eine offensichtlich zarte, aber tatkräftige Frau, nahm das Opfer nicht an: der einzige Wunsch des Verstorbenen war gewesen, dem Sohn das Studium zu ermöglichen, da der junge Teodoro sich als ausgezeichneter Schüler erwiesen hatte, so daß seine Lehrer ihm eine erfolgreiche Zukunft voraussagten. Er solle weiterlernen und studieren, seine Mutter würde sich des Kurzwarengeschäfts annehmen. Nur eine Änderung trat ein: statt der Medizin wählte er das um drei Jahre kürzere Studium der Pharmazeutik.

Ganz allein, Tag und Nacht schuftend, versah die Witwe das Geschäft, zahlte Schulden ab und gewährleistete ihrem Sohn den monatlichen Studienwechsel. Mehr als einmal versuchte er eine Stellung anzunehmen, doch die Mutter leistete heroischen Widerstand: seine Zeit gehörte dem Studium, arbeiten könne er noch immer, wenn er erst einmal seine Prüfungen hinter sich habe.

Als sie ihn bei der feierlichen Verleihung der Doktorwürde mit Diplom, Ring und Talar sah, war die viele Freude zuviel für sie: noch in derselben Nacht erlitt sie im Hotel einen Schlaganfall. Zwar wurde sie wie durch ein Wunder gerettet, blieb aber zeitlebens gelähmt.

Als er sie dem Tode nahe sah, schwor der neugebackene Pharmazeut in einem fraglos aufrichtigen Anfall von Schmierenheldentum, er werde bei ihr und Junggeselle bleiben, solange sie am Leben sei. Am nächsten Tag gab er in seiner ersten freien Minute Violeta Sá, seiner Versprochenen, ihr Jawort zurück und bewarb sich fortan nie mehr um eine Lebensgefährtin. Als Freude und Zeitvertreib blieb ihm nur das Fagott, ein Instrument, das er schon als Gymnasiast in der ›Gemeinde-Leier‹ gelernt hatte.

Nachdem er den Laden in Jequié veräußert hatte, kaufte er sich in eine schlechtgehende Apotheke in Itapagipe ein, das

Eigentum eines Arztes, der traurig geendet hatte: in vorzeitiger Senilität hatte er die größten Dummheiten begangen und seine Angehörigen gezwungen, ihn in ein Irrenhaus zu stecken. Dr. Teodoro mietete in der Nähe ein Haus und lebte von da an ausschließlich für die Arbeit und für die gehbehinderte, an einen Rollstuhl gefesselte Mutter mit ihren entsetzten Augen, ihrer heiseren Stimme und ihrer Eifersucht auf den Sohn. Abends setzte er sich zu ihr und übte Fagottsolos, um die schreckliche Einsamkeit der Kranken zu erleichtern.
Jahre hindurch verließ er kaum den Stadtteil, wo er Beliebtheit und Wertschätzung errang. Da er den Musiker Agenor Gomes kennengelernt hatte, trat er mit seinem Fagott in das Liebhaberorchester ein, das um seinen fähigen Maestro Ärzte, Ingenieure, Anwälte, einen Richter, einen Verkäufer und endlich zwei Ladenbesitzer sammelte. Sonntags kamen sie bald in diesem, bald in jenem Privathaus zusammen und spielten, glückselig mit ihren Instrumenten und ihren Kompositionen.
Unter der Leitung des jungen Titulars gewann die Apotheke allmählich wieder ihr altes Ansehen, und Dr. Teodoro kam mehr und mehr in den Ruf, ein korrekter, ehrbarer Mann zu sein.
Viele Anwärterinnen tauchten auf und umschlichen das Fagott des jungen Pharmazeuten, doch er, seriös und nicht willens, einem heiratsfähigen jungen Mädchen seine kostbare Zeit zu stehlen, machte keiner von ihnen Illusionen. Aufmerksamkeiten, die Verliebte untereinander tauschen, sparte er ausschließlich für die Gelähmte auf: Blumen, Pralinenpackungen, zarte Andenken und eine vom Dirigenten als Huldigung für soviel Sohnesliebe komponierte Sonate: »Abende in Itapagipe mit Mutterliebe«.
Der wahnsinnige Arzt starb ungeheilt, und Dr. Teodoro machte Inventur und regelte alle schwebenden Fragen, als ginge es um seine eigene Familie. Vielleicht bildete sich die Witwe ein, sie müsse ihn mit ihrer jüngsten Tochter, einem gerissenen Flittchen, verkuppeln. Glücklicherweise wurde der Plan durch Dr. Teodoros Gelübde vereitelt, auch wenn ihn die Witwe be-

reits als Schwiegersohn behandelte und glaubte, sein Leben in die Hand nehmen zu müssen. In seiner Angst blieb Dr. Teodoro nur ein Ausweg: seinen Anteil zu verkaufen, um sich dadurch der Leitung der Apotheke und der drohenden Verlobung zu entziehen.

Als er Überlegungen anstellte, wie er den Erlös anlegen solle, gab ihm ein Bekannter (sein und unser Bekannter, denn wir haben ihn bereits bei einer anderen Gelegenheit gesehen, als er am Steuer seines Wagens in der Rua Chile um ein Haar Dona Rozilda überfuhr und sie überdies mit königlichen Ausfälligkeiten bedachte, jener gerissene Vertreter von Drogen und Laboratorien, Rosalvo Medeiros) einen erstklassigen Tip: die ›Drogaria Científica‹, ein gutgehendes, ausgezeichnet gelegenes Unternehmen, war Gegenstand einer schmutzigen Erbschafts- und Familienstreitigkeit geworden. Es war eine hervorragende Gelegenheit für einen Besitzer von Bargeld.

Dr. Teodoro folgte dem Rat und erwarb die Anteile zweier der fünf Erben teils gegen bar, teils gegen Abzahlung. Damit stürzte er sich allerdings in ein Abenteuer, denn immerhin lud er sich einen bedeutenden Besitz auf den Hals. Zunächst hatte er es schwer, da er für verschiedene Wechsel hohe Zinsen zurückzahlen mußte. Dabei war ihm allerdings der Bankier Celestino eine große Hilfe, dem er von einem anderen Mitglied des Liebhaberorchesters vorgestellt worden war. Der Portugiese witterte sofort den Ehrenmann: er besaß Auge und Spürnase und irrte nie. So ermöglichte er Dr. Teodoro die Verlängerung der Laufzeit des Wechsels und erleichterte ihm das Leben.

Als Mann bescheidener Ansprüche (sein einziger Luxus beschränkte sich auf eine umsichtige Krankenschwester für seine Mutter, auf sein Fagott und seinen allwöchentlichen Besuch bei Tavinha Manemolência) überstand er mit Hilfe des Bankiers zwar nicht schulden-, doch sorgenfrei die ersten schwierigen Zeiten am ›Kopf‹. Ein Jahr, bevor Dona Flor in sein Leben trat, hatte er mit einem Seufzer der Erleichterung den letzten Wechsel eingelöst.

Nun war er Teilhaber nicht mehr der kleinen Apotheke in Itapagipe, sondern einer großen Drogerie und Apotheke in der Stadtmitte. Und wenngleich er nur zwei Fünftel des Kapitals besaß, leitete er uneingeschränkt die Geschäfte, denn die drei Brüder verstanden nichts vom Beruf und setzten selten den Fuß über die Schwelle der ›Científica‹ (es sei denn, um einen Vorschuß auf ihren Monatswechsel zu erbitten).

Im übrigen war sein Gewinnanteil als verantwortlicher Pharmazeut und einziger Geschäftsführer natürlich höher als der seiner Partner. Während er seelenruhig darauf wartete, früher oder später die anderen Anteile erwerben zu können – sobald die Brüder, eine Horde feiler, nutzloser Drohnen, die restliche Erbschaft verpraßt hatten –, gewann Dr. Teodoro den Respekt und die Hochachtung des Viertels, einschließlich der Gevatterinnen.

Als er in seinem tadellosen dunklen Anzug seriös und kompetent am ›Kopf‹ auftauchte, ein auf die Vierzig zugehender eingefleischter Junggeselle, nahmen die Gevatterinnen auf der Stelle ihre Tätigkeit auf. Unverzüglich durchschnüffelten sie sein Privatleben und wogen seine Wissenschaft – »Was für eine feinfühlige Hand beim Spritzengeben« –, mit feinen Zinken durchkämmten sie die Einzelheiten seines Lebens: von den mit der Arbeit der Mutter im Kurzwarengeschäft zu Jequié bezahlten Studienjahren und seinen Fagottsolos, dem Kunstvergnügen seines Junggesellendaseins, bis zum dramatischen Kapitel des Schlaganfalls, als Dr. Teodoro schwor, nie im Leben eine Frau zu lieben, um sich ausschließlich der gelähmten Mutter widmen zu können.

Dona Dinorá, gewissenhaft und genau, scharfsinnig im Aufspüren des Unauffälligsten, dehnte ihr Forschungsgebiet bis nach Itapagipe aus, wo sie die Krankenschwester verhörte, welche die Alte im Rollstuhl spazierengefahren hatte. Die Sohnesliebe, die sich einer Sonate, einer Melodie und eines Gedichts würdig erwiesen hatte, verfehlte nicht ihre Wirkung auf die bösen Zungen der Gevatterinnen, die fortan den Apotheker und seine kranke Mutter in Frieden ließen.

So sehr waren sie an die feierlich übernommene Verpflichtung des Sohnes gewöhnt, daß sie die vor Monaten eingetretene tiefe Veränderung nicht bemerkten, als Dr. Teodoros Mutter in ihrem Rollstuhl starb, in dem sie mehr als zwanzig Jahre vegetiert hatte: denn nun war der Sohn des verhängnisvollen Versprechens ledig und frei fürs Heiraten. Doch für die Gevatterinnen existierte der Pharmazeut nicht als Anlaß zu Klatsch und Geflüster. Die ganze Welt hechelten sie durch, nur ihn nicht, denn »Dr. Teodoro ist ein anständiger Mensch«.

Welches Erstaunen daher, welche Verwunderung, welche Bombenexplosion, als die Nachricht hereinplatzte, der Drogist interessiere sich für die Kochlehrerin. O dieser Verräter! Sofort besetzten die Gevatterinnen in Kampfformation alle strategischen Punkte zwischen der ›Drogaria Científica‹ und der Kochschule GESCHMACK UND KUNST. So mußte Dr. Teodoro zwischen Augenzwinkern und Lächeln in seinem dunkelgrauen oder dunkelblauen Jackett, mit seinem gemessenen Schritt, mit seiner strengen Haltung vor dem Fenster vorbeigehen, an dem Dona Flor mit leichtem freundlichem Lächeln den ehrerbietigen, aber leidenschaftlichen Gruß des Anwärters erwiderte. Du Verräter, Schlafmütze und Heuchler! sagten die Blicke und Gebärden der Klatschbasen.

Obgleich er in seinem entlegenen Haus von Itapagipe wohnen blieb, hatte er es nicht mehr eilig, die Straßenbahn und den Aufzug zu nehmen, sobald er seine Drogaria geschlossen hatte: die gelähmte Mutter erwartete ihn nicht mehr mit nervöser Ungeduld. So nahm er sich Zeit für Mittagessen und Abendessen im Restaurant des Portugiesen Moreira und ging anschließend am ›Kopf‹, in Maciel, in Sodré spazieren, als fiele es ihm schwer, die Umgebung der Witwe zu verlassen. Aus der Entfernung, zurückhaltend, ohne sich ihr aufzudrängen, machte er ihr den Hof. Doch wie Verschwiegenheit und Zurückhaltung aufrechterhalten, wenn die Gevatterinnen ringsum ihr Unwesen trieben, wenn man bei jedem Schritt über eine Betschwester stolperte und Dona Dinorás Anspielungen über sich ergehen lassen mußte?

Dr. Teodoro, ein Mensch freimütigen Auftretens, ein Feind des Betrugs und der Verstellung, fühlte sich unbehaglich; die Lage wurde nachgerade unerträglich. Dona Norma merkte es:

»Er kann einem richtig leid tun ...«

Und Dona Flor lächelte einsichtig:

»Der Ärmste ...«

»So kann das nicht weitergehen ... Ich werde die Sache in die Hand nehmen ...«

Dona Norma beabsichtigte, sich mit dem verliebten Pharmazeuten auszusprechen und die Sache ein für allemal ins reine zu bringen. Selbst Dona Flor verbarg nicht ihr Interesse, sie sprach liebevoll von ihm und fand sich pünktlich zu der Stunde am Fenster ein, in der der Herr Doktor die Straße überqueren mußte.

»Ich werde mit ihm reden ...«

»Bist du wahnsinnig geworden? Er wird glauben, ich schicke dich zu ihm, ich sei eine Schlampe, ich böte mich an ...«

»Sei nicht dumm, überlaß das mir ...«

Doch Dona Norma kam nicht dazu, die Initiative zu ergreifen, weil am gleichen Nachmittag Dona Flor fast atemlos in ihr Haus gestürzt kam, in der Hand mehrere Briefbogen und den dazugehörenden Umschlag schwenkend. Blaues Papier mit Goldrand und Sandelduft, einfach entzückend. Eine regelrechte Erklärung, galante Worte in geschmeidigem Portugiesisch, Aufstellung der Güter und Eigenschaften, die er der Dame zu Füßen legte, ehrliche Absichten, edle Worte und der Hauch einer echten Leidenschaft, die über die gradlinigen Schranken der Vorsicht quoll, so daß das Dokument eines starken Charakters zugleich der Beleg einer bebenden, lebendigen Liebe war.

»Prima ...«, sagte Dona Norma, die begierig, begeistert las. »Kolossal!«

10

Wenn Dona Flors erste Hochzeit übereilt, mit einer befangenen, begrenzten Feier vonstatten gegangen war, verlief die zweite ordnungsgemäß, behutsam und nicht ohne Glanz. Die erste war ohne Verlobung erfolgt und führte von der (unzüchtigen) Liebschaft über das (vorzeitige) Bett unmittelbar zur Hochzeit. Sie wurde unter den unangenehmen Umständen der Eile und der Verlegenheit gefeiert, ein Ergebnis der Notwendigkeit, mit der Bürgschaft von Staat und Kirche die vom Liebhaber verspeisten drei Zwanziger des jungen Mädchens zuzudecken, um damit wenn nicht das Jungfernhäutchen, so zumindest den guten Namen der Familie wiederherzustellen.

Die zweite wurde mittels gedruckter Einladungen bestellt: mit einer Notiz in der Spalte ›Gesellschaftliches‹ der ›Abendzeitung‹, mit rühmlicher Erwähnung Dr. Teodoros – »unseres geschätzten, hervorragenden Abonnenten« –, mit Musik, Blumen und Lichterglanz, mit Menschen, vielen Menschen in der São-Bento-Kirche, wo der zelebrierende Priester Dom Jerônimo eine seiner wohl gewaltigsten Predigten hielt; während bei der Ziviltrauung der Richter, Dr. Pinho Pedreira, dank seiner begrifflichen Anmut in einer kurzen, liebenswürdigen Ansprache für das neue Ehepaar ein Leben in Frieden und gegenseitigem Verständnis voraussah, und zwar »unter dem Zeichen der Musik, der Stimme der Götter«. Der knochenmagere, berühmte Richter war ein Kollege des Bräutigams in dem unter dem Taktstock des Dirigenten Agenor Gomes vereinigten Liebhaberorchester, in dem der Magistrat auf der Klarinette glänzte.

Auf diese Weise gewann die zweite Hochzeit Dona Flors das, was der ersten gefehlt hatte; auf Bitten des Brautpaares von Dona Normas Tüchtigkeit und Gewissenhaftigkeit geleitet, stand jedes Ding zur rechten Zeit an seinem Platz, alles war von guter Qualität und preiswert, wobei sie für die erfolgreiche Durchführung des Festes mit der begeisterten Hilfe der prominenten Nachbarschaft rechnen konnte.

Was würde Dona Norma nicht gelingen? Es gelang ihr sogar, Dona Rozilda zur Teilnahme zu bewegen und ihre vollständige Aussöhnung mit der Tochter herbeizuführen. Gleichfalls kamen aus Nazareth angereist Dona Flors Bruder und Schwägerin; fern blieben nur Rosália und Antônio Morais, da der Mechaniker nach wie vor entschlossen war, nur nach Bahia zurückzukehren, wenn seine Schwiegermutter »Dauerferien in der Hölle genommen habe«.

Diesmal hatte Dona Rozilda nichts zu bemängeln: die Hochzeit war nach ihrem Geschmack, sei es die Zeremonie als solche, sei es der Schwiegersohn. Endlich kam einmal einer ihrer Schwiegersöhne ihrem in den vergangenen Zeiten der Alvo-Steige erträumten Modell nahe: freilich nicht ganz, nicht dem vollkommenen Prinzen, nicht dem von dem Studenten Pedro Borges fast erreichten Ideal. Immerhin war er ein Herr Doktor mit Hintergrund, Teilhaber einer gut sortierten und gut gelegenen Apotheke. Ein rechtschaffener, manierlicher Mensch, der jemand im Leben war, nicht ein armer Schlucker wie Rosálias Mann, der sein Brot damit verdiente, daß er ölbeschmiert unter den Autos der anderen umherkroch; und viel weniger ein mickriger Strolch, ein Ganove wie der erste Ehemann von Florípedes. Diesen Dr. Teodoro konnte sie unbesorgt ihren besseren Bekanntschaften vorzeigen, war er doch eine Figur von Statur, ein Schwiegersohn von Substanz, ein Mann mit Mitteln.

Der zweiten Heirat ging jedoch keine Liebelei voraus, und zwar mit gutem Grund, da es einer Witwe nicht wohl ansteht, sich an Straßenecken oder im Halbdunkel einer Haustür befummeln und abknutschen zu lassen: mit Küßchen, Getätschel, Spielfinger auf den Brüsten, Schwitzpfoten auf den Schenkeln. Übergriffe und Schamlosigkeiten waren bei einer Jungmädchenpoussage nur erträglich, wenn die Absichten des Verehrers ernst waren und ihm dadurch ein Anrecht auf erotische Vorschüsse gaben; sie waren jedoch unzulässig und demoralisierend, wenn es sich um eine Witwe handelte.

So kam denn nach dem brieflich übermittelten noblen Antrag

Dr. Teodoros zwischen den Beteiligten – mit dem Rat und der Zustimmung von Verwandten und Freunden – eine respektvolle, verhaltene Verlobung zustande, damit Dona Flor und Dr. Teodoro sich besser kennenlernen und durch Abwägen der beiderseitigen Vor- und Nachteile feststellen konnten, ob sie wirklich zueinander paßten. Da Dona Flor bittere Erfahrungen hinter sich hatte – so betonte Seu Sampaio als bevollmächtigter Botschafter –, konnte sie sich verständlicherweise ohne weitgehende Gewähr für einen Erfolg nicht zu einem so ernsten Schritt entschließen.

Ein so ernster Schritt: nicht einmal Dona Norma mit all ihrer Bereitschaft und nicht geringen Fähigkeit fühlte sich bevollmächtigt, allein die Freundin über den Wortlaut ihrer Antwort auf die goldgeränderten blauen, nach Sandelparfüm und Leidenschaft duftenden Briefbogen zu beraten. Freilich bestand für sie, Dona Flors schwesterliche Freundin, die all die Geheimnisse und Nöte eines in Ketten der Witwenschaft schmachtenden jungen Weibchens kannte, über eines kein Zweifel: diese Heirat war die richtige Lösung für alle Probleme ihrer Freundin. Und doch war eine Antwort auf die glühend-höfliche Erklärung nicht in den Worten »Ich nehme sie an« zusammenzufassen. Sondern?

Nun galt es die Gelegenheit am Schopf zu ergreifen, um alles zu erklären und zu ordnen: Haltung und Einstellung, Bedingungen und Daten mußten festgelegt werden, damit einerseits Dona Flor nicht ein Opfer der Klatschsucht, damit auch nicht die lächerliche Lage, in die der Pharmazeut als Mann von Welt und Würde sich aus Unerfahrenheit gebracht hatte, zum Dauerzustand werde: daß er nämlich plötzlich zum Clown befördert und zum Gespött der Gevatterinnen würde, die ihm auf der Straße nachstiegen, seine Blicke und Seufzer zählten und sich auf seine Kosten königlich amüsierten.

So berief Dona Norma nicht nur Dona Gisa, die belesene Allwisserin und Busenfreundin, sie wünschte Zé Sampaio zu hören und sich seines Rates zu bedienen. Anfangs hatte sie an Tante Lita und Onkel Pôrto gedacht, da Flors Mutter und übrige

Angehörige in Nazareth-vom-Mehl beziehungsweise in Rio wohnten. Doch schließlich stimmten sie und die Witwe darin überein, daß die guten Alten bei den einleitenden Diskussionen über den Fall wohl wenig nutzen konnten. Sobald der feierliche Moment der Verlobung heranrücke, würden sie Tante Lita aus ihrem Garten und Onkel Pôrto von seinen farbigen Landschaften wegholen, damit beide den Anfang und die Erklärungen des Prätendenten aus seinem eigenen Munde hören konnten.

Es war ein Abend voller Hindernisse: um das Gelingen der Zusammenkunft nicht zu gefährden, mußte Dona Norma Dona Amélia bitten, sie am Wochenbett einer Kusine fünften oder sechsten Grades zu vertreten.

»Diese Norminha brauchte sich wahrhaftig nicht als Besucherin aufzudrängeln, wo die junge Frau einen ganzen Schwanz von Verwandten hat ... Sie hat sich wieder einmal nur aus lauter Naseweisheit angeboten, die Allerweltschwatzbase ...«, brummte Dona Amélia auf dem Weg zum Mütterheim.

Auch Dona Gisa mußte eine Verabredung rückgängig machen: eine musikalische Soiree im Haus deutscher Freunde, wo man im Halbdunkel ein Gläschen schlürfend in stummer Andacht Platten von Beethoven und Wagner hörte. Was Seu Sampaio betraf, so kam er widerwillig und nur gezwungen: es war nicht seine Gewohnheit, sich in das Leben Fremder zu mischen, und schon gar nicht, in einer so privaten Angelegenheit wie einer Heirat Ratschläge zu erteilen. Da es sich jedoch um Dona Flor, eine achtbare Witwe, ein Geschöpf seiner echten Wertschätzung handelte – und dabei um einen Mordsfisch, um eine Traube! Seu Sampaio konnte sich des frechen Gedankens nicht erwehren –, beschloß er, Liebhabereien und Grundsätze hintanzusetzen und sich ihr zur Verfügung zu stellen.

Mit einer neuen, von Randbemerkungen Seu Sampaios gewürzten lauten Verlesung des Briefs begann die historische Gipfelkonferenz (wie die heutige Presse sagen würde):

»Ein Mann von hohen Empfindungen – der gefällt mir«, schloß der Schuhladenbesitzer.

Es folgte Dona Flors schüchterne Zustimmung:
»Ja, ich glaube schon ... Warum auch nicht? Ich finde ihn sympathisch ...«
»Sympathisch? Er ist ein Mordskerl, eine Wucht«, warf Dona Gisa ein, die ihre Gringasprache volkstümlich zu verfremden suchte.
Schließlich kam man auf Dona Normas Vorschlag überein, Seu Zé Sampaio im Namen der Witwe zu ermächtigen, sich mit dem Pharmazeuten über alle notwendigen Schritte auseinanderzusetzen und ihm Flors Jawort unter der Bedingung zu übermitteln, daß fortan alle öffentlichen Kundgebungen und jenes groteske, dem Ansehen beider Beteiligten abträgliche Gebaren einem Zustand verschwiegener Verlobtenschaft weichen müßten, nachdem das Verlöbnis durch ein Treffen mit Dona Flors Onkel und Tante besiegelt und bekräftigt worden sei.
Danach könne Dr. Teodoro das Haus seiner Versprochenen dreimal wöchentlich besuchen, und zwar mittwochs, samstags und sonntags. Mittwochs und samstags dürfe er nach dem Abendessen kommen und bis gegen zehn Uhr bleiben; Begegnungen, die natürlich stets in Gegenwart Dritter stattzufinden hätten, damit nicht das geringste Getuschel gegen die Achtbarkeit der Witwe laut werde. Sonntags könnten die Vorschriften gelockert werden: der Tag solle mit einem Mittagessen in Rio Vermelho beginnen und mit einem Kinobesuch in Gesellschaft der Ehepaare Sampaio und Ruas enden.
Doch die Akte dieser denkwürdigen Versammlung darf nicht ohne Hinweis auf Dona Gisas Unwillen und Einwand gegen derartige Beschränkungen abgeschlossen werden. Nachdrücklich erhob sie gegen die meisten Forderungen Einspruch und nannte sie lächerlich und töricht. Nach ihrer Meinung seien das nichts als Rückständigkeiten des Mittelalters, Trostlosigkeiten der Feudalzeit. Doch selbst Zé Sampaio, ein erfahrener Mann, fand sie notwendig, um den guten Namen der Nachbarin ohne Makel zu bewahren.
Wenn auch alles – sein bisheriges Verhalten und der hochherzige Ton seines Briefs – darauf hinwiesen, daß Dr. Teodoro

ein Ehrenmann war, so mußte dennoch die Witwe gegen jeden Mißbrauch gefeit sein. Angenommen, der Apotheker verkehrte Tag und Nacht im Haus der wehrlosen Doña Flor, nähme sie zu Spaziergängen und Ausflügen mit – die beiden allein, ohne daß ein Mensch wußte, wohin es ging –, angenommen, der Gauner machte sich dann plötzlich aus dem Staub, wie es in ähnlichen Fällen mehr als einmal vorgekommen war: wo blieb dann die Ehre und das unangetastete Ansehen der Nachbarin? Sofort würde Dona Flor aus einer dank ihrer Seriosität und ihres Verhaltens vorbildlichen Witwe zu einem Totennachttopf absinken, in den ein jeder ungestraft pinkeln durfte, um sich anschließend nach Lust und Laune davonzumachen.

Am nächsten Tag verschob Seu Sampaio seinen Morgengang ins Geschäft und suchte Dr. Teodoro in seiner Drogerie auf, um sich unverzüglich der eingegangenen Verpflichtung zu entledigen.

Es wurde eine herzliche, wiewohl anfangs zähe Unterhaltung voller Tastversuche und Andeutungen, wobei Seu Sampaio nicht recht wußte, wie er das Thema anschneiden solle, während Dr. Teodoro in derartigen Liebeshändeln ein blutiger Anfänger war. Schließlich fanden die beiden sich auf der Ebene des guten Willens: der Ladenbesitzer war voller Sympathie für die Sache, und der Pharmazeut zeigte sich zu jeder Vereinbarung bereit, solange diese zur Ehe führe mit der Witwe – der endgültigen Leidenschaft seines reifen Mannesalters.

Man besprach sich in dem nach hinten gelegenen Laboratorium, wo man allem Anschein nach vor unbefugten Augen und Ohren sicher war. Freilich nur dem Schein nach, denn gerade in dieser morgendlichen Stunde beobachtete die allzeit wachsame Dona Dinorá Seu Sampaios behutsames Vorgehen, seinen verdächtigen Aufenthalt im Laboratoriumsschlupf (keineswegs dauerte die Behandlung einer Syphilis so lange) und steckte ihre Nase in die Apotheke unter dem Vorwand, eine Injektion gegen Rheuma zu erbitten (in Wahrheit sollte sie sie erst am kommenden Nachmittag bekommen).

Der Schrecken der beiden Verschwörer angesichts der Schnüfflerin wäre ein hinreichendes Bekenntnis gewesen, hätte sie nicht Bruchteile der Unterhaltung mit angehört, die beredtes Zeugnis gaben:

»Mein lieber Doktor, in diesem Fall kann ich nur beide Teile beglückwünschen, Sie und sie ... Denn beide verdienen das Glück ...«

Bald war die Nachricht in aller Munde und fuhr wie ein Lauffeuer durch die angrenzenden Gassen, und noch bevor Dona Flor von Seu Sampaios erfolgreich beendeter Mission erfuhr, empfing sie Glückwünsche von allen Seiten.

Am Samstagabend versammelte sich in Erwartung des Stelldicheins zwischen dem Anwärter und der Witwe ein kleiner froher Kreis vor Dona Flors Haus; die Gevatterinnen postierten sich unbekümmert auf dem Gehsteig des Argentiniers und bespähten den Besuchssalon der Kochschule.

Lächelnd und ruhig erwartete Dona Flor den aufregenden Besuch. Dem Brauch gemäß war sie von ihren nächsten Verwandten umgeben, in diesem Fall von Onkel und Tante, außerdem von ihren intimsten Freunden (einschließlich Dona Dinorá, die mit gnadenlosem Krieg gedroht hatte, falls sie nicht eingeladen würde), von drei oder vier Ehepaaren, Dona Maria do Carmo und der jungen Marilda (die so zappelig war, als ginge es um ihre eigene Hand) und auf der besten Sitzgelegenheit Dr. Luís Henrique, einer Persönlichkeit der öffentlichen Verwaltung und der heimischen Literatur, einem Freund der Familie und einer Art reichem Verwandten. Draußen wuchs der Auflauf.

Dank seiner präzise gehenden Schweizer Uhr kam Dr. Teodoro auf die Minute genau, er sah prachtvoll aus mit seiner Blume im Knopfloch, er machte eine blendende Figur und brachte alle Gevatterinnen zum Erzittern. Etwas förmlich von Dona Lita empfangen, begrüßte er alle Anwesenden und schritt zu dem Platz, der ihm laut strengem Protokoll zugewiesen worden war: auf dem Sofa neben Dona Flor.

Dona Flor glänzte in einem neuen Kleid, sie war schlicht und schön in schamvoller Röte, ganz in Kupfer und Gold. Niemand, der sie so gelassen, so sicher von Gemüt und Seele sah, hätte geahnt, wie bedrückt vor Kummer und halbtot vor Schmerz sie innerlich war und wie sehr ihre Angst in den Tagen der Hoffnung und des Zweifels zugenommen hatte. Endlich sollte die harte Zeit, die schwarze Nacht, die Trauer- und Einsamkeitswüste für sie ein Ende finden: wieder sollte sie zum Bummelritt ausziehen.

Dr. Teodoro setzte sich auf den Rand des Sofas, und die Stille, die Erwartung der feierlichen Minute, all das war unvergeßlich und äußerst unbehaglich. Der Pharmazeut ließ den Blick durch den vollen Raum wandern, Dona Norma lächelte ihm ermunternd zu. Dann stand er auf, wandte sich an Dona Flor und die Verwandten und sagte, wie glücklich er sich preisen würde, »wenn sie ihm die Gnade antun wolle, ihn zum Verlobten und zum baldigen Ehemann zu nehmen, wenn sie bereit wäre, seine Gefährtin auf dem gemeinsamen Lebensweg zu werden, einem steinigen, aus Hindernissen und Widersetzlichkeiten bestehenden Pfad, der sich indes in ein Paradies verwandeln würde, sofern er mit ihrer Hilfe und ihrem Balsam rechnen dürfe ...«.

Die Ansprache eines Redners, würdig eines Bakkalaureus oder eines Politikers; im übrigen war Rhetorik eine bislang unbekannte Seite Dr. Teodoros; »was für ein Ausbund von Tugenden«, dachte Maria do Carmo, die von allen Anwesenden am wenigsten mit dem Prätendenten zu tun gehabt hatte. Mittlerweile fuhr er fort und behauptete, er stehe bereits auf der Schwelle des Paradieses dank der Tatsache, daß er sich unter den Verwandten und besten Freunden des Menschenkindes befinde, welches das Ziel seines Lebens sei. Er bedaure nur, daß Schwester und Bruder, Schwägerin und Schwager, vor allem aber die ergebene, verehrungswürdige alte Dame, Dona Flors heilige Mutter, nicht zugegen seien.

Die so unvermutete Erwähnung Dona Rozildas brachte Dona Amélia fast einem Erstickungsanfall nahe, so daß sie nur leise und kehlig flüstern konnte: »Warte ein Weilchen, und du wirst die Heiligkeit der Alten kennenlernen ...« Und rasch

hielt sie die Hand vor den Mund und wandte den Blick ab, um nicht Dona Norma oder Dona Êmina anblicken zu müssen.
Zusammenfassend wünschte Dr. Teodoro in Gegenwart von so zahlreichen menschlich hervorragenden Zeugen um die Hand Dona Flors, um ihre Gattinnenhand anzuhalten. Er sagte es so wunderschön, daß Dona Norma sich nicht halten konnte und in die Hände klatschte, was Seu Sampaios Empörung hervorrief: wo hatte man je Beifallklatschen gehört in einem Augenblick, wo größte Zurückhaltung angebracht war? Doch Dona Flor stellte alsbald Ordnung und Harmonie wieder her, indem sie, gleichfalls aufstehend, dem Anwärter Hand und Gesicht entgegenstreckte und ihm ihr Jawort gab:
»Auch ich möchte Sie heiraten ...«
Er streifte nur das Gesicht seiner Verlobten, und schon entstand ein Durcheinander von Umarmungen, Glückwünschen und Gratulationen; die Frauen verteilten Küsse, und die auf der Straße wartende Versammlung drang ungestüm ins Haus, und Dr. Teodoro mußte manchen Verweis einstecken:
»Sie Täuscher, Sie Heiliger aus hohlem Holz ...«
Ein reichhaltiges Büffet mit Salzigem und Süßem stand bereit, und unaufhaltsam stürzten die Gevatterinnen sich auf die Fressalien. Marilda und das Dienstmädchen boten hausgebrannte Liköre an: aus Eiern, aus Veilchen, aus Johannisbeeren, aus Umbu und aus Araça.
So also verlief die fröhliche Verlobungsfeier. Da die Welt sich drehte, gelangte Herr Dr. Teodoro bis zum Vorzimmer von Dona Flors Bett, bis zum Saum ihres Wartens. Zurückhaltend wie er war, besaß er keine Erfahrung in Liebeleien und Eroberungen, sein intimster Verkehr mit Frauen hatte sich bislang auf das wöchentliche Stelldichein mit Otaviana beschränkt. Wenn der Pharmazeut eines Tages in der Dirne die lebhafte Tavinha Manemolência erkannt hatte, die dann von ihm außer klingender Münze auch noch ein süßes Wort bekam, so sank der Austausch von Gefühlen mit der Zeit auf ein paar freundliche, herzliche Worte ab, auf Zuvorkommenheit, auf Gebäck und

Liköre, auf Unterhaltung und Bett, freilich ohne die Zutaten von verliebtem Geraspel und Geknutsche.
Wieder beim Abschied bot Dona Flor ihrem versprochenen Verlobten das Gesicht zum keuschen (schüchternen und scheuen, jedenfalls ungeschickten) Kuß. Doch fühlte sie dabei das Zittern seiner Hand, als sie seine Finger berührte. Sie dachte, auch Dr. Teodoro müsse innerlich glühen wie sie.
In jener Nacht träumte Dona Flor von ihm und nur von ihm, sie sah einen braunen Riesen, bärenstark, unbezwinglich, breite Brust, eine Wucht, wie Dona Gisa zungenschnalzend sagte; er kam und raubte sie.
So also verlief Dona Flors Verlobung. In den umliegenden Straßen unterhielt man sich über nichts anderes. Kein abweichendes Urteil wurde laut, alle waren für die Verlobung des Apothekers mit der Witwe, nach allgemeiner Auffassung waren sie wie füreinander geschaffen.
Zuerst wünschte Dona Flor, die Hochzeit solle frühestens in einem halben Jahr stattfinden, einer der wenigen Vorschläge, gegen die der Verlobte etwas einzuwenden hatte. Warum sollte man so lange warten – wollte Dr. Teodoro wissen –, wenn es keine Aussteuer zu nähen und keine sonstigen Fragen zu regeln galt? Freundinnen und Gevatterinnen waren ganz seiner Meinung, und sogar Dona Flor mußte ihm recht geben und willigte ein, die Zeit der Schüchternheit und der peinsamen Unruhe auf drei Monate zu beschränken.
Drei Monate der Ruhe, während der die beiden sich (leicht) aneinander gewöhnten und sich täglich besser verstanden. In dieser Zeit der langen Plauderabende in Gesellschaft Dona Normas oder einer anderen Freundin kamen sie über alle Einzelheiten ihres in Bälde beginnenden gemeinsamen Lebens überein.
Man beschloß, in Dona Flors Haus zu wohnen, nicht nur weil es für Dr. Teodoro in Anbetracht der nahe gelegenen Apotheke bequem war, sondern auch, weil Dona Flor sich rundweg weigerte, seinem Vorschlag, die Kochschule zu schließen, stattzugeben. Die Apotheke werfe genug ab, damit man in beschei-

dener Behaglichkeit leben könne – so argumentierte Teodoro –, warum solle sie sich dann weiter plagen? Doch Dona Flor hatte sich daran gewöhnt und konnte sich ein Leben ohne die Schülerinnen, ohne die lärmenden Klassen, das Gelächter, die Abschlußfeiern, die Reden und Tränen bei der Preisverteilung und ein eigenes Einkommen gar nicht mehr vorstellen. Er solle ihr den Gefallen tun und das Thema nie wieder anschneiden.

In allem übrigen herrschte Einvernehmen. Selbst das eiserne Bett, das ihr insgeheim ans Herz gewachsen war und um dessen Schicksal sie bangte – vielleicht würde der Doktor nicht in einem Bett schlafen wollen, in dem ihr erster Mann sie so oft besessen hatte –, wurde nicht beanstandet. Als man eine Aufstellung der notwendigen Neuanschaffungen machte (unter anderem einen Schreibtisch, in dem der Pharmazeut seine Papiere verwahren und an dem er seine Aufzeichnungen machen konnte), wanderten sie von Zimmer zu Zimmer; als sie ins Schlafzimmer kamen, schlug er vor, man solle eine neue Matratze kaufen, da die alte voller Schwülste, voller Hügel und Täler sei. Neuerdings gebe es Sprungfedermatratzen, eine Novität, etwas ganz Wunderbares. Er selbst besaß eine, freilich eine Einbettmatratze. Was das Bett betraf: ob man es nicht anmalen solle, da das Haus und gewisse Möbelstücke ohnehin neu gestrichen würden? Das war alles.

Und sie gewöhnten sich aneinander, und bald empfand Dona Flor Zärtlichkeit für den stillen, guten, ein wenig feierlichen und systematischen Menschen, der alles am rechten Platz zur rechten Stunde wissen wollte, es aber nie an Zartgefühl fehlen ließ, der mehr als aufmerksam war und sicherlich starb vor Liebe zu ihr. Schon jetzt, wenn er kam und wenn er ging (und er kam täglich; der von Dona Gisa kritisierte Unsinn mit den höchstens drei Besuchen pro Woche war längst abgestellt), küßte er sie leicht auf die Lippen. Mit seinem starken Mund berührte er kaum den Mund der Witwe. Doch sie verspürte Verlangen, ihn bei einem richtigen Kuß zu beißen.

Eines Abends gingen sie ins Kino, kamen aber wie immer in

Gesellschaft des Ehepaars Ruas viel zu spät; die Vorstellung hatte längst begonnen, und in dem vollen Saal fanden sie nicht vier Plätze nebeneinander, so daß Dona Flor und Dr. Teodoro weit vorne ziemlich unbequem sitzen mußten. Unbequem, da die Leinwand zu nahe vor ihren Augen war; dafür gehörte die Reihe ihnen allein, und sie konnten sich ungestört an den Händen halten. In einem bestimmten Augenblick streifte er leicht ihre Lippen, aber sie öffnete die ihren und küßte richtig. Es war der erste Kuß, den sie tauschten, eine Liebkosung zwischen Mann und Frau, die bisherigen waren nur Schmetterlingsküsse gewesen. Noch eine Woche fehlte bis zur Vollziehung der Ehe, bis zur standesamtlichen und kirchlichen Trauung. Dieser Kuß war gleichsam der Auftakt zu ihrer Intimität und beendete die Verschämtheit und Zurückhaltung, die ihrer Verlobungszeit eine so übertriebene Förmlichkeit aufgezwungen hatte.

Von diesem echten Kuß träumte nun Dona Flor jede Nacht und gab in ihrer Schlaflosigkeit Dona Gisa recht: wenn sie binnen weniger Tage heirateten, warum zum Teufel nicht ein für allemal Hunger stillen und Durst, der sie förmlich verzehrte? Natürlich taten sie es nicht und sprachen auch nicht darüber, gestatteten sich nicht einmal eine Andeutung. Aus dem Kuß indes entstanden andere, ihre Hände drückten sich fester, und ihre Köpfe neigten sich im Dunkeln zueinander. In jener Nacht schlief Dona Flor nach vielen Monaten still und ruhevoll.

Und so erreichte Dona Flor ehrbar und gefügig den Tag ihrer zweiten Hochzeit. Das Haus mit seinem Ölanstrich erstrahlte wie neu, wie ein Kristallüster, das Schild der Kochschule schimmerte. Das alte Mobiliar, ergänzt durch neue Stücke einschließlich des Schreibtisches mit seinem Drehstuhl, wirkte neuartig; das eiserne (nun blaue) Bett war mit einer Sprungfedermatratze, mit dem Besten vom Besten ausgestattet.

Von der Wohnzimmerwand waren die bunten Konterfeis Dona Flors und ihres ersten Gatten entfernt worden. An ihrer Stelle hing seit dem Vorabend der Trauung das Diplom des Pharmazeuten, auf dem er inmitten von Kollegen in schwarzem Talar und Doktorhut lächelte.

Es sei unschicklich, daß der Verstorbene weiter den Vorsitz im Hause führe, brachte Dona Norma Flor zartfühlend bei. Sie hatte recht, aber Dona Flor wollte nicht, daß ihr Bild allein an der Wand hängen bleibe: ein Jungmädchenbild, das Bild des naiv kopflosen Mädchens, das sie gewesen war, ein bekümmertes Kind, die Frau eines Spielers, nicht die Dona Flor von jetzt, etwas fülliger und gesetzter, die Gattin des Herrn Doktors, reif für die Eroberung des Glücks.

Alle ohne Ausnahme sagten es – jene Welt der Gäste, welche die Kirche füllten, einschließlich des chronisch überbeschäftigten Bankiers Celestino, der zu spät kam wie bei ihrer ersten Hochzeit – alle sagten es im letzten Augenblick der Trauung in der São-Bento-Kirche. Und noch zu Beginn der mondhellen Nacht – als die Brautleute ins Taxi stiegen, das sie zu ihren Flitterwochen in die Stille bringen sollte, nach São Tomé de Paripe im grünblauen Golf Bahias von Allen Heiligen mit ungezählten Sternen, mit Zikadenmusik und Froschkonzert – sagten alle, sogar Dona Rozilda:

»Diesmal, ja diesmal hat sie's getroffen; sie wird glücklich werden!«

Diesmal sagten alle ohne Ausnahme ja.

IV

Vom Leben Dona Flors in Ordnung und in Frieden ohne Aufregungen und Kümmernisse mit ihrem zweiten guten Ehemann in der Welt der Pharmakologie und der Liebhabermusik und wie sie in den Salons glänzte und wie der Chor der Nachbarschaft sie an ihr Glück erinnerte

Mit Dr. Teodoro Madureira bei einem Fagottsolo

Das Liebhaberorchester ›Söhne des Orpheus‹

gibt sich die hohe Ehre, Euer Exzellenz und dessen Familie zum Festkonzert seines sechsjährigen Bestehens, das am kommenden Sonntag um zwanzig Uhr dreißig im Hauspark des Ehepaars Taveira Pires am Largo da Graça Nummer 5 stattfinden wird, gebührend einzuladen.

Programm

Erster Teil

1. *Berger: Amoureuse (Walzer)*
2. *Franz Schubert: Militärmarsch*
3. *E. Gillet: Loin du Bal (Walzer)*
4. *Franz Drdla: Souvenir (Geigensolo mit Klavierbegleitung – Solist: Dr. Venceslau Veiga – Am Klavier: Senhor Helio Basto)*
5. *Oskar Straus: Walzertraum (Potpourri)*

Zweiter Teil

1. *Francis Thomé: Simple Aveu*
2. *Othelo Araújo: Elegia (Cellosolo mit Orchesterbegleitung – Solist: Herr Komtur Adriano Pires)*
3. *Graziano, Walter: Gemito Appassionato*
4. *Agenor Gomes: Girrende Florípedes (Romanze mit Fagottsolo und Orchesterbegleitung – Solist: Dr. Teodoro Madureira)*
5. *Franz Lehár: Die lustige Witwe (Potpourri – Der Dirigent am Klavier: Maestro Agenor Gomes)*

1

Nachdem sie noch einmal die tadellose Ordnung und makellose Sauberkeit überprüft hatte, ging Dona Filó mit dem schwerfälligen Gang, wie er Beleibten zu eigen ist, langsam hinaus: »Macht's euch bequem, meine Täubchen ... Ich brauche euch wohl keine gute Nacht zu wünschen ...« Selbst wenn sie maliziös hätte sein wollen, wäre es ihr höchstens gelungen, gutmütig und mütterlich zu wirken: sie kannte Dr. Teodoro seit seiner Studentenzeit, er war ein Alters- und Studiengenosse ihres Sohnes, des Arztes João Batista. »Wollt ihr wissen, wie viele Brautpaare in diesem Zimmer schon ihre Hochzeitsnacht verbracht haben, seit wir hier in São Tomé wohnen? Siebzehn ... Oder sind es achtzehn? Ich weiß es nicht mehr, ich müßte sie aufzählen ...«

Und mit einem freundlichen Lächeln für Dona Flor und einem Blinzeln für den Pharmazeuten:

»Schlaft traumlos und süß bis morgen früh ...« Ihr schwaches, wangenwiegendes Lachen tönte durchs Haus und brachte vom gegenüberliegenden Zimmer Dr. Pimentas Verweis herüber (»Daß Filó immer unsere Gäste quälen muß!«):

»Geh schlafen, Frau ... Laß endlich die Leute in Frieden ...«

»Ich sehe doch nur nach, ob etwas fehlt ...« Und ein letzter Blick von der Tür: »Meine Täubchen ...«

In dem riesigen Zimmer drehten Dona Flor und Dr. Teodoro sich zueinander um – verwirrt, gehemmt. Eine Hemmung, die

sich im Lauf des Tages infolge der Witzeleien der Gevatterinnen und der Scherze der Schülerinnen angesammelt hatte. Infolge der törichten Redensarten und des Gespötts der Nachbarn. Nicht nur bei der Ziviltrauung, auch in der Kirche hatte sich jeder der Geladenen bemüht, möglichst komische und vielsagende Anspielungen zu machen. Der Bankier Celestino, der Portugiese mit seinem ungewaschenen Maul, hatte einen haarsträubenderen Kalauer nach dem andern zum besten gegeben; noch als das Taxi abfuhr, fiel er mit seinem anzüglichen Ulk unangenehm auf. Es sind eben immer die Witwenhochzeiten, die mit derbem Jux und dem Salz zotiger Sprüche gewürzt werden. Zumal wenn sogar Dona Filó, die grundgütigste und gastlichste Person der Welt, wenn selbst sie sich zu fragwürdigen Späßen verstieg und dem Herrn Apotheker zu Vorsicht riet. Das hatte die Befangenheit nur noch vergrößert. Die beiden vergingen fast vor Zaghaftigkeit, brachten kein Wort über die Lippen und vermieden es, einander anzublicken.
Dr. Teodoro trat an die auf den Garten gehenden großen Fenster mit der Absicht, sie zu schließen. Durch sie drang die Nacht ungehemmt ins Zimmer: der Mondschein, die Sterne, das Froschgequake, ein Geraune von Krebsen und Aratus, stahlklingiger Fischglanz huschte über die Meeresoberfläche, und ein marineblauer, goldgetupfter Falter umkreiste die Lampe. Die Brise wehte zwischen Kokospalmen und Mangobäumen herein; ein dumpfes Fallgeräusch, Fledermäuse rissen Sapotifrüchte ab, im schattengespenstischen Flachflug über Sumpfland mit Grillen und Fröschen.
Aus jähem Impuls – es galt, die trennende Schranke, diese anfängliche, törichte Ausweglosigkeit zu überwinden – trat Dona Flor neben ihren Mann und beugte sich über das Fensterbrett. Dr. Teodoro bezwang seine Schüchternheit und zog sie an seine Brust; mit der freien Hand zeigte er in die Mondnacht hinaus und in ihre Ferne:
»Siehst du, Liebste?« Er sagte »Liebste« noch halb ängstlich, mühsam. »Dort oben? Das Kreuz des Südens . . .«
Seit der Kindheit hatte sie das Sternbild sehen wollen.

»Wo? Zeig mir's, mein Geliebter ...«
Sie hob die Stimme, um »mein Geliebter« zu sagen, und wiederholte es zweimal, leise:
»Mein Geliebter ...« Dr. Teodoro sagte erleuchtet:
»Dort ... Schau – Liebste ...«
Warum, mein Geliebter, nur diese Angst, diese Furcht? Warum schließt du mich nicht in deine Arme, küßt mich nicht auf den Mund, geleitest mich nicht ins Bett? Siehst du nicht, wie ungeduldig ich warte, merkst du nicht den Hunger in meinem Gesicht, hörst du nicht mein Herz unbändig klopfen, errätst du nicht mein Drängen? Auch Dona Flor erlebte Sternoffenbarungen in ihrem nächtlichen Himmel, eine geheime Astronomie.
Am Fenster, Flor neben sich, an seine Brust gedrückt, überlegt Dr. Teodoro, was er tun soll, um sie nicht zu kränken, sie nicht durch einen Mangel an Anstand oder Feingefühl zu verletzen. Vorsicht, Teodoro, überstürze nichts, übereile nichts, mit Schamlosigkeit kannst du leicht alles verderben: ein so uranständiges Geschöpf wie sie bekommt vielleicht einen Schock, von dem sie sich nie wieder erholt. Verwechsle im Bett nicht deine Gattin mit einem Freudenmädchen, mit einer geilen Hure, mit einer fürs Laster bezahlten Dirne, die man mißbrauchen und mit der man beliebig umspringen kann, ohne Anstand und Schamgefühl berücksichtigen zu müssen. Für die Wollust gibt es Prostituierte und ihr trauriges Gewerbe. Ehefrauen sind nur für die Liebe da. Und die Liebe, wie du weißt, Teodoro, besteht aus tausend verschiedenen wichtigen Dingen. Einschließlich der Begierde, aber einer Begierde, die ebenso dem Geist wie der Materie angehört; gib acht, daß du sie unter deinen Händen nicht schmutzig und obszön machst. Eine Ehefrau erfordert Behutsamkeit, vor allem im Umgang mit so heiklen Dingen, und die Hochzeitsnacht ist immer der entscheidende Ausgangspunkt für ein glückliches oder unglückliches Leben. Und um so mehr dann, wenn die Frau die bittere Erfahrung einer mißlichen Ehe hinter sich hat.

Nach dem, was man ihm erzählt hat, war Flors erste Erfahrung nicht nur bitter, sondern vor allem schmerzlich und grausam, sie war nichts als Leiden und Demütigung. Daher mußt du ein ergebener, zärtlicher Gatte sein, der aus dem leidenden Herzen deiner Frau die allerletzte Erinnerung an Niedertracht und mangelnde Achtung tilgt. Ja, Flor, er wird dir all das geben, was dir bisher gefehlt hat, und dir Leiden und Demütigung ersparen.

In jener Stunde der beklemmenden, angstvollen Hemmnis, der Suche nach Verständnis und Zärtlichkeit, in der ein jeder mit seinen Irrtümern in einem Netz von Täuschungen blind nach einem Weg suchte, stiegen zwei furchtlose Astronauten in den Himmel auf und fanden in der Sternenbahn wieder die ihnen so notwendige Ruhe und ein klein wenig Intimität.

Dr. Teodoro war mit dem Himmelsplan, mit der Weltkarte, innigst vertraut, er kannte die Namen der Konstellationen, der Satelliten und Kometen, Zahl und Größe der Sterne in den Milchstraßensystemen – und mit dem Finger zeigte er ihr am Rand des Unendlichen den reinsten Stern und pflückte ihn mit seinem Wissen und seiner großen Hand. Und legte ihn in die auf dem Fensterbrett ruhende kleine Hand seiner Gattin.

In jener Hochzeitsnacht schenkte er ihr, was kein Liebhaber je seiner Geliebten bieten kann: ein Halsband aus Sternen mit ihrem göttlichen Licht, mit ihren Größen, Gewichten und Maßen, mit ihren Positionen im Weltraum, ihren Bahnen und ihren genauen Entfernungen. Mit seinem Doktorfinger wählte er sie am Himmel aus, reihte sie nach ihrer Größenordnung ein, und so funkelten die durchsichtigen Sterne an Dona Flors Hals.

Der große Stern in deinem Haar, der fast blaue, gepflückt am Saum des Horizonts, der glänzendste, der größte von allen, ach, meine Geliebte, das ist der Planet Venus, unrichtig Abendstern genannt, wenn er in der Abenddämmerung und in der Nacht leuchtet, und Morgenstern, wenn er mit dem Morgenrot über dem Meer aufsteht. Auf lateinisch, o Geliebte, heißt er *stella maris*, Stern, der die Seefahrer leitet ...

Mitnichten ein pedantischer, einfältiger Unterricht in Kosmographie, sondern eine glühende Werbung, seine Art, die Schüchternheit zu überwinden und ihr die Magie der Nacht und seiner Liebe zu schenken. Dona Flor, übersät von Sternen und Wissen, den Kopf an der Brust des Doktors, war ruhiger geworden, und Gefallen an derartigen Kenntnissen findend, fragte sie:

»Ist Venus nicht auch die Göttin der Liebe? Eine ohne Arme?«

Im Grunde wollte sie etwas anderes sagen: »Mit ihrem Licht leuchtet sie über unserem Bett, sie ist unser guter Stern; hab keine Angst, Geliebter, du beleidigst mich nicht, wenn du mich mit wahnsinniger Glut nimmst, wenn du mir mit Ungestüm, mit Übereifer dieses Kleid herunterreißt, das Rosália mir aus Rio geschickt hat, wenn du mich nackt aufs Bett legst und mich nur mit Sternen zudeckst und wenn wir losreiten, Stute und Hengst, über dieses Feld von Mangobäumen und Cajunußbäumen, über dieses Meer mit seinen Booten und Fischseglern.«

Wo aber der Mut, um so etwas zu sagen?

Lächelnd drückte der Doktor in einer gewagten Geste ihre Hand, und seine Hand zitterte. »Ja, sie war die Liebesgöttin der griechischen Mythologie, und die berühmte Skulptur ist die Schöpfung des klassischen Genius . . .«

Von neuem stellte Dona Flor fest, daß ihm auch die Unerschrockenheit fehlte, derb und von Sinnen zu sein, um die sie scheidende Mauer niederzureißen. Ein Mann von seiner Statur und seinem Wissen wußte nicht, wie sie zu nehmen und zu besitzen war. Aber ihr, ach Teodoro, mag sie es noch so wünschen, ihr steht es nicht zu, den leisesten Schritt zu tun. Schon hat sie fast die Grenzen des Schicklichen überschritten, denn von Rechts wegen darf die Ehefrau ihren Gatten nicht aufreizen, ohne als schamlos zu gelten, als eine Nebenbuhlerin der Freudenmädchen, als eine feile Dirne. Das kommt dem Ehemann zu, mein Teodoro.

Über Stock und Stein stolperte er dahin in seinen Mühen. Da er ihr bereits ein Sternenkollier als Brautschmuck geschenkt hatte, legte er ihr nun den Reichtum der Monopole dieser Welt zu Füßen und als Dreingabe den Kampf der Völker gegen die Konzerne:

»Es heißt, hier unter uns in der Erde befinde sich ein Ölvorkommen, so groß und so reich, daß es unser Volk mächtig machen könnte . . .«

Ströme von Erfolg, Bohrtürme, Bohrungen und Schachtbau, alles Dona Flor zu Füßen; was würde er ihr noch alles verehren in dieser Brautnacht?

»Hab' auch schon davon gehört . . . Onkel Pôrto hat gesagt, es müsse hier sein . . .«

Dona Flors Kopf ruhte auf der Brust ihres Gatten. Draußen die Nacht, jasminduftend, dieselbe, die sie im Taxi zum Herrenhaus von Dr. Pimenta und Dona Filó in die Weite von São Tomé de Paripe begleitet hatte. Mondnacht im funkelnden Himmel, in dem Sterne entstanden, einer nach dem anderen, namenlos und doch alsbald von der vielfältigen Gelehrsamkeit des Pharmazeuten eingeordnet (»Nur Dona Gisa könnte es mit einem solchen Wissen aufnehmen«):

». . . und genau über uns, über den Jenipapos, die *Drei Marias* . . .«

Der Vollmond zerriß das dunkle, dichte Wasser des Meeres, Ölschwärze, das Meer der stillen, sanften Bucht. Bootslaternen, rote Kometenschweife über den Pflanzungen von grünem Zuckerrohr und Tabak am Ufer des Flusses Paraguaçu, wo Städte und Dörfer von einst im Sterben liegen.

Ein Binnenmeer, eine Binnenreede, glatt und windstill, lau und ruhig, und die sanfte Brise zwischen Jaquabaum und Brotfruchtbaum. Dona Flor betrachtet die Schönheit des Mondscheins auf dem Wasser, auf dem Sand, den Kanus, den Segelbooten. Meer der Ruhe und des Friedens.

Nicht die hohe See, die liegt draußen vor der Reede, wild und gefährlich mit Dünung und Strudeln, mit trügerischen Fluten; offenes Meer, gepeitscht von wütenden Winden, von wahnsinnigen Gewittern, ein stürmisches Meer, anbrandend gegen die Strandstraße zu den kleinen anrüchigen Häusern von Itapoã, wo das Meer in Hallelujas ausbricht. Ein Meer voll entfesselter Gewalt, nicht mit dem süßlichen Duft von Jasmin, sondern mit dem Duft der Gezeiten, mit dem herben Arom von Seetang, von Algen und Austern, mit dem Geschmack von Salz. Warum daran denken?

Warum daran denken, wenn die Nacht von Paripe so lieblich war, sternenbekränzt, vollmondlicht, schwarzes, stilles Meer, und der Frieden der Welt über den gehemmten Eheleuten? Teodoro, zeig mir rasch noch mehr Sterne, ersticke mit deiner Stimme und deinem Wissen die Erinnerungen an eine düstere, gestorbene und begrabene Zeit. Zeichne in deiner Lichtkonstellation unseren breiten, bequemen Pfad, diesen ruhigen Fluß, dieses Stauwasser, dieses Leben im Golf, ein glückliches Leben, das wir heute bedächtig beginnen. Es zittert Dona Flor, und ihre Augen sind feucht.

»Du bist kalt, du zitterst, meine Geliebte. Wie unsinnig, hier im Nachttau zu stehen; das ist gefährlich, du kannst dir eine Grippe holen, zumindest eine Erkältung. Komm, wir schließen die Fenster.« Dr. Teodoro lächelte sein gutmütiges Lächeln und fragte ein wenig beklommen: »Meinst du nicht, daß es an der Zeit ist, meine Liebe?«

Auch sie lachte und versteckte sich ein wenig hinter ihm, halb verschämt, halb kokett: »Du hast zu bestimmen, du bist mein Herr.« Er war so sympathisch und liebenswert, ein gutmütiger Riese, sie fühlte seine Stütze, seinen Schutz. Sie gab ihm den Arm, er war ihr Gatte: ein guter Mann, stark und ruhig, und genau das brauchte sie. Ein echter, richtiger Ehemann. Wie dieses Binnenmeer, ohne Gewalttätigkeit, ohne Brecher, aber, wer weiß, vielleicht mit verborgenen Sternen, mit ungeahnten, unvermuteten Reichtümern.

Er legte die Holzriegel vor die Fenster, und sie half ihm dabei. Die Nacht wurde klein und intim im Zimmer, anheimelnd, soweit es die Befangenheit der Ehegatten zuließ. Wie wird es weitergehen, mein Gott? – fragte sich Dona Flor, als die Arbeit beendet war.

Um etwas zu tun, räumte Dona Flor seine und ihre Siebensachen in die Schränke. Am Fuß des Bettes beider Hausschuhe; auf dem Bettlaken der hübsche gelbe Pyjama des Herrn Doktors und das spitzen- und rüschengeschmückte Nachthemd, ein Geschenk Dona Enaides für die Braut, ein Meisterwerk aus Batist. Dona Enaide war wirklich eine Künstlerin, mit dieser allerfeinsten Stickerei hatte sie Frieden mit der Freundin geschlossen und den leidigen Zwischenfall mit Dr. Aluísio, dem hinterwäldlerischen Rechtsverdreher und Scheinakademiker, aus der Welt geschafft . . .

Dr. Teodoro beobachtete sie auf ihrem Weg vom und zum Schrank. Sie zeigte ihm das Nachthemd und hob es an den Schultern hoch: »Hübsch, nicht wahr?« Und er, als er es ansah und es in der Tat hübsch fand, fühlte einen Kälteschauer im Nacken. »Vorsicht, mein Lieber, setz nicht alles mit einer brüsken Geste, mit einem zu gewagten Wort aufs Spiel . . .«, riet der Bräutigam sich wieder einmal. Hier, während der sieben Tage Flitterwochen im Paradies von São Tomé, im Haus der Pimentas, waren Bedacht und Takt geboten. Sieben Tage am Meer und im Garten, in Nichtstun und Wollust, aber ihre Flitterwochen, die würden das ganze Leben dauern.

Er wollte Dona Flor sagen: »Unsere Flitterwochen werden das ganze Leben dauern.« Warum waren sie nur so schüchtern und gehemmt? Es war, als hätten sie plötzlich alle in ihrer Verlobungszeit mühsam eroberte Vertraulichkeit aufgebraucht. Und doch waren sie verheiratet, getraut mit dem Segen des Mönchs von São Bento und den Glückwünschen des hageren Richters und Musikers, und hatten bereits vor der Hochzeit im Kino und zu Hause gierige, zitternde Küsse getauscht, hatten Drang und Fieber verspürt, waren mitgerissen worden von roher Begierde. Warum dann diese Befangenheit, warum standen sie hier herum, sprachen und taten nichts, während sie, Mann und Frau, endlich allein waren, genau in der Stunde, in der man eins werden und eins sein soll? Er wollte zu seiner Geliebten sagen: »Unsere Flitterwochen werden das ganze Leben dauern«, doch im Bemühen, den Knoten ihrer Qual, ihrer Stummheit zu zerreißen, brachte er nur heraus:

»Während du dich umziehst, gehe ich mal dort hinein . . .«
Und er ging ins Badezimmer und nahm fast fluchtartig Pyjama und Pantoffeln mit.
Dona Flor machte sich eilends vor dem Spiegel zurecht und hörte währenddessen nebenan das Badewasser laufen. Was sie betraf, so duftete sie von Kölnisch Wasser und Heliotrop (das Dona Dagmar zufolge ihrer Haut bekömmlichste Parfüm). Auf ihrem nackten Leib, auf dem fast blanken Bauch nur das Parfüm und die schwarzen Spitzen des durchsichtigen Batistnachthemds. Ein Leuchten fast schamloser Begierde wollte sich der ehrbaren Schamhaftigkeit aufzwingen, so daß sie zitternd und verschüchtert die Augen senkte. Und sie bedeckte Begierde und Schönheit, durchsichtige Spitzen und Rüschen mit dem keuschen Leintuch, dem Lavendelgeruch einen Hauch häuslicher Unschuld verlieh.
Dr. Teodoro kehrte in berauschendem Gelb zurück, in seinem Pyjama war er gewachsen, und Dona Flor dachte: »Was für ein Riese!« Nachdem er seinen neuen Hochzeitsanzug – gestreiftes Beinkleid und melierten Rock – über einen Bügel gehängt hatte, löschte er die Lampen des Kristallüsters und ließ nur den winzigen Flackerschein des Öllämpchens vor den Heiligen in ihrem jahrhundertealten Schrein brennen.
»So wird er mich nicht sehen, wenn ich mein Nachthemd ausziehe.« Er wird nicht ihren jungen, einem jungfräulichen Mädchen ebenbürtigen Körper sehen, nicht die jungfräulichen Brüste, die noch nicht gestillt haben, nicht den von Schwangerschaft und Niederkunft verschonten, unentstellten, ungezeichneten Leib, nicht die Rose aus Kupfer und Samt.
Doch was tut's? Er wird ihren Körper bei Tagesanbruch sehen, im matten Morgenlicht. Jetzt kommt es nur darauf an, daß er fühlt, wie jung ihr Leib ist und glühend und für immer der seine. Da sie seine Nähe erriet, schloß Dona Flor die Augen, und ihr Herz schlug stürmisch.
Dabei dachte sie sich freilich aus, wie es sein würde, denn sie war verheiratet gewesen und hatte selbst vor ihrer Ehe in einem Bett voller Seegang und Sturm gebummelt. Sie sah

ziemlich sicher vor sich, wie es sein würde, denn sie hatte im Denken und in jedem Teilchen ihres Körpers ein treues und genaues Andenken bewahrt. Noch ein Augenblick, und er, ihr neuer Mann, würde die Schranken der guten Erziehung und der Scham über Bord werfen, Leintücher und Nachthemd in einer Flut von Liebkosungen und Worten wegreißen, in Ungestüm, in einem Orkan schäumender Münder und wissender Zähne, er würde sie aus all ihrer Zurückhaltung und Schamhaftigkeit lösen und den Grund ihrer feuchten Wahrheit erreichen. Sie fühlt den Körper ihres Mannes neben sich im Bett.

Immer, jedesmal hatte man sie von neuem erobern müssen. Denn sie zog sich in sich selbst zurück und verschloß sich in ihrer Scham, die wie eine knorrige Schale den Kern ihres Begehrens verbarg. Immer galt es, diese Schranke zu überschreiten, ihre Weibchenlüsternheit, ihre verborgene Lust an die Oberfläche zu ziehen. Nun aber, nach so vielen Monaten der ehrbaren Witwenschaft (ach, so jung und so bedürftig!), nach Monaten, die eine einzige schlaflose Nacht gewesen waren, wenn nicht gar eine von stechenden Träumen in Dirnengassen, schwangere, entfesselte Nacht und tödliche Nachtwache, nun war dieser harte Panzer aus Scham verwandelt in eine dünne, zerbrechliche Hülle und außerstand, dem leisesten Ruf zu widerstehen.

Mit stürmisch frischem Herzen, mit geschlossenen Augen wartet sie auf die jähe Gebärde ihres Gatten, der ihr Nachthemd und Leintuch wegreißen und sie ganz preisgeben wird. Denn das hat sie auf Kosten ihrer verlorenen Scham bereits gelernt: wo hat man je schon gesehen, daß im Hemd gebummelt wird, daß der Körper bekleidet oder auch nur vom durchsichtigsten Batist bedeckt bleibt, wo hat man dergleichen Widersinn schon erlebt?

Und schon sah sie es, doch nicht, weil es Widersinn, sondern einfach, weil es anders war. Statt sie aufzudecken, deckte auch er sich zu und umarmte sie unter dem Leintuch. Er zog ihren Kopf (mit den schwarzen, fast blauen Haaren) zu sich heran, legte ihn auf seine molenbreite Brust und küßte ihr zärtlich das

Gesicht, dann den Mund mit einem Kuß, wie Dona Flor ihn vorausgefühlt und erwartet hatte.
Überrascht ergab sie sich seinen Armen, und in dem Kuß zerbrach die zerbrechlich-dünne Schale ihrer Scham. Die Hand ihres Gatten glitt über ihre Hüfte hinunter zum Schenkel, glitt auf ihrem Nachthemd hinunter und berührte seinen Batistsaum; und Dona Flor kaum Zeit lassend, um sich ihm ganz hinzugeben und ihre Zurückhaltung abzustreifen, hob er Spitzen und Rüschen hoch. Und ohne die Zeit zu verschwenden, um sie und sich selber auszuziehen oder sie wie in einem Absteigequartier ausschweifend zu liebkosen, legte er sich, noch immer unter dem Leintuch, auf sie und nahm sie mit Lust, Kraft und Zauber in Besitz. Alles verlief sehr rasch, sozusagen schamhaft und sehr verschieden von der Art, die Dona Flor kannte, weshalb sie in dieser stummen, fast strengen Inbesitznahme ins Hintertreffen geriet und nicht mitkam. Denn kaum hatte sie im Meer der Begierde die Anker gelichtet, als sie auch schon den Siegesgesang ihres Gatten am anderen Ende des Schlachtfelds hörte. Und Dona Flor blieb allein auf der Walstatt zurück, verlassen, bedrückt, und ihr war nach Weinen zumute.
Dieses verfehlte Treffen erlaubte Dona Flor mit dem Maß des Kummers und der Not die ganze Skala der Empfindsamkeit und das Zartgefühl Dr. Teodoros zu messen.
Bekanntlich besaß er (als Junggeselle) keinerlei Erfahrung im Bettverkehr mit einer Ehefrau und so gut wie keine mit einer Geliebten oder einer Flamme, da er aus Angst, die der Mutter eingegangene Verpflichtung aufs Spiel zu setzen, nur mit Dirnen verkehrt hatte. Nicht einmal mit der schwarzbraunen, reinlichen Otaviana, die lange Zeit der sichere Hafen seiner Begierden gewesen war, in dem er jede Woche seinen männlichen Drang stillte, nicht einmal mit ihr war es zu einem zärtlichen Verhältnis oder zu glühender Verliebtheit gekommen; sie war nie etwas anderes gewesen als das freundliche Bedürfnis, als eine angenehme Gewohnheit für die monogame Natur des Herrn Doktors.

Man muß auch wissen, daß der Pharmazeut aus festen Grundsätzen und ideologischen Überzeugungen auf jenen heute (Gott sei Dank!) überholten Katechismus schwor, der besagte, eine Ehefrau sei eine empfindsame, aus Keuschheit und Unschuld geschaffene Blume, die äußersten Respekt verdiene, während für Schamlosigkeiten, für geilen Genuß, für das Vergnügen des Körpers die Huren daseien und sich dafür bezahlen ließen. Da man sie bezahlt, kann man der Lüsternheit ungeniert die Zügel schießen lassen, ohne sie zu kränken oder ihnen weh zu tun, denn sie sind unfruchtbare Erde, dürres Land. Das ist mit der Gattin undenkbar, ihr gehört die zurückhaltende, reine, schöne und würdige (und ein wenig salzlose) Liebe, denn die Ehefrau ist die Mutter unserer Kinder.

Trotzdem, und wiewohl umsponnen von solch überlebten Dogmen und eingeengt von solcher Unkenntnis der Dinge, wurde ihm bewußt, wie unbefriedigt und gespannt Dona Flor auf der Strecke geblieben war.

Man wird sich indes vielleicht erinnern, daß Dr. Teodoro während seines wöchentlichen Besuchs bei Otaviana gelegentlich sein Vergnügen wiederholte. Und das tat er auch mit Dona Flor in dem nach Lavendel duftenden Monumentalbett aus massivem Palisanderholz in seiner Hochzeitsnacht im Haus der Pimentas, wobei betont werden muß, daß er, glücklich über die Gelegenheit zu einem ›da capo!‹, es aus reinem Gefallen an dem Vorgang und nicht aus Pflicht wiederholte. Und zwar mit aller Aufmerksamkeit und Verantwortlichkeit, damit er sie diesmal nicht an der Grenze des Vergnügens im Stich lasse, was ihm auch gelang.

Es gelang ihm, obgleich seine Erfahrung in solch feinen Bemessungen und Berechnungen minimal war und er sich nie Gedanken darüber gemacht hatte, ob Otaviana oder irgendeine andere dabei auf ihre Kosten kam, denn er kam ja zu seinem eigenen Vergnügen, das er bezahlte, und nicht zum Vergnügen der Dirne.

Diesmal verstand er es, Dona Flor in der steigenden Kurve ihrer Hingabe und ihrer Lust zu begleiten, ein Spiel, das ihm ungewöhnlichen Genuß bereitete, ein Vergnügen, das er bisher nie verspürt hatte, auch dann nicht, wenn er mehr einer Laune Tavinhas als einer eigenen Laune zuliebe gewissen zügellosen Praktiken gefrönt hatte, die ein Mann sich mit einer Lebedame oder Prostituierten, doch nie mit einer Gattin erlauben darf. Mit der Ehefrau ist das anders, für sie spart man jene Liebe auf, die aus sauberem Stoff gewirkt ist, eine ruhige, fast geheime, sagen wir: reine, beherrschte Inbesitznahme. Doch diese, wiewohl beherrscht, war nichtsdestoweniger genußvoll, wie Dr. Teodoro feststellen konnte, als er Dona Flor dankbar seufzend seinen Namen murmeln hörte:

»Teodoro, mein Geliebter . . .«

Und er beeilte sich, sie einzuholen, und holte sie ein, und so fanden sie sich schließlich in einer innigen Umarmung und einem tiefen Kuß vereint. Umhüllt von Achs, Seufzen und Schmachten und überdies fröstelnd, denn das Leintuch war während des hitzigen Sturms vom Bett gerutscht und hatte die Ehegatten unschicklich entblößt . . .

Dankbar für soviel Wohltat und Genuß küßte er sie auf das fieberheiße Gesicht und bedeckte ihren Körper und die Kühle mit dem Leintuch und der warmen Decke. Jetzt endlich konnte er ihr sagen, wie sehr er sie liebte, und er sagte es mit aller Inbrunst der Seele – ein glücklicher Ehemann:

»Unsere Flitterwochen werden eine unendlich lange Zeit dauern . . . Ich werde dir das ganze Leben treu sein, meine Geliebte, ich werde nie eine andere Frau ansehen, ich werde dich bis zu meiner Todesstunde lieben.«

»Amen!« wiederholten Frösche und Kröten in der Mond- und Hochzeitsnacht von Paripe. »Amen! Amen!« Man hätte meinen mögen: ein Fagottsolo.

»Ich auch, das ganze Leben«, bekräftigte sie, überzeugt von ihrer Behauptung, befriedigt und ledig aller Kümmernisse, doch nicht ermüdet, im Gegenteil, fähig zu neuen Wettläufen, sofern es ihm gefiele, sie von neuem anzuspornen.

Doch Dr. Teodoro streckte sich unter Leintuch und Wolldecke aus und meinte:

»Komisch ... als Dona Filó uns vorhin zum Essen zwingen wollte, hatte ich keinen Hunger. Jetzt hätte ich Lust auf eine Süßigkeit, zu dumm ...«

»Wenn du willst, lauf' ich 'rüber und hol' etwas. Es sind soviel Früchte und Süßigkeiten da ... Ich geh' rasch ...«

»Unter keinen Umständen ... Tu nichts dergleichen ...«

Nun merkte er: es war kein Hunger, sondern seine alte Gewohnheit, vor dem Nachhausegehen etwas von Tavinhas Gebäckteller zu naschen; sein Magen hatte sich einfach daran gewöhnt. Aber die Beziehungen zu der Ehefrau zu profanieren, in ihnen eine in einem Freudenhaus erworbene Gewohnheit aufrechtzuerhalten, davon mochte ihn Gott befreien und bewahren! Und er verabschiedete sich mit einem letzten (und keuschen) Kuß.

»Schlaf nun, Liebste, du wirst todmüde sein, der Tag war anstrengend ...«

Fast hätte er gesagt: »... Die Nacht war anstrengend ...«, aber noch immer davor zurückscheuend, sie zu kränken, behielt er die Anspielung für sich, legte sich zurecht und schlief sofort ein.

Dona Flor schlief nicht gleich ein; in Wahrheit hatte sie mit einer schlaflosen Nacht am Lagerfeuer, mit einem kilometerlangen Bettritt bis zum Morgengrauen gerechnet. Neben ihr schnarchte Dr. Teodoro, und sein Atem ging stark, und sein Schnarchen war machtvoll. Das Schnarchen vervollkommnete seine männliche Physiognomie; ihr Gatte war ein starker, edler und schöner Mann.

Und sie fuhr mit der Hand über seine breite Brust, sein friedliches Gesicht, doch ganz leicht, um ihn nicht zu wecken. Sie hätte sich am liebsten an ihn gekuschelt, wäre, von seinen Beinen umschlossen, in seinen Armen eingeschlafen. Aber sie wagte es nicht. Jeder Mann war anders, es gab nicht zwei gleiche, das hatten ihr gewisse erfahrene Schülerinnen bestätigt, unter anderem die verderbte Maria Antônia, die verkündet hatte:

»Es gibt im Bett nicht zwei gleiche Männer, ein jeder hat seine Manier, seine Vorliebe, seine Stärke; die einen sind gewiegt, die anderen nicht. Wenn man aber seine Chancen wahrzunehmen versteht, dann sind sie alle gut, einer wie der andere, Dummkopf oder Schlauberger, der tollpatschige oder der zartfühlende Liebhaber, mit dem einen wie mit dem anderen tötet man den Floh und begießt man die Blume . . .«

Ein anderer Mann – verschieden, entgegengesetzt. Voller Taktgefühl und Verstehen, wie liebenswert, wie zartfühlend! Es oblag der Gattin, sich der Form des Mannes anzupassen, sich seinem Willen unterzuordnen, ganz in ihm aufzugehen. All das war das erste Mal mit dem anderen viel schwieriger gewesen, und doch war es ihr damals gelungen. Warum nicht auch diesmal, wo es soviel leichter war?

Die beiden, Dr. Teodoro und Dona Flor, hatten alles, was zum süßesten, glücklichsten Leben notwendig ist. Das hatten nicht nur alle anderen einstimmig gesagt: auch Dona Flor wurde es nun bewußt.

Gartenduft dringt durch die Läden. Draußen die stille Nacht der Bucht ohne rauhe Winde, ohne unvorhergesehene Stürme, ohne Aufruhr, ohne Ungewohntes; Golf der Windstille. Ein glückliches Leben, Gleichgewicht und Gewähr, weder Not noch Vergeudung. Keine Angst, keine Bitternis, aber auch kein demütigendes Leiden. Endlich, nach vielen Kehren und Kreisen, wird Dona Flor den Geschmack des Glücks kennenlernen.

»Teodoro . . .«, murmelte sie mit fröhlich-vertrauendem Herzen. »Es wird gelingen, alles wird gut gehen, sehr gut . . .«

Und das Konzert der Frösche im einstimmigen Hexenfagott:

»Amen! Amen!«

Das war in der Nacht von Paripe mit Sternen und Segellaternen.

2

Stets war Dona Flor als eine gute, sorgfältige, ordnungsliebende und pünktliche Ehefrau angesehen worden und hatte sich selbst so angesehen. Als tüchtige Hausfrau und tüchtige Leiterin ihrer Kochschule, in der sie alle Ämter bekleidete und

nur auf die Hilfe des begriffsstutzigen, schludrigen Hausmädchens und die freundschaftliche Unterstützung der lernbegierigen blutjungen Marilda bauen konnte. Nie hatte auch nur eine Schülerin etwas zu bemängeln gehabt, was den reibungslosen Ablauf des Unterrichts unterbrochen hätte. Ausgenommen freilich die Störungen durch ihren ersten, verstorbenen Gatten, der bekanntlich keine Zeiteinteilung hatte und weder auf fremde Arbeit noch auf Empfindlichkeiten anderer Rücksicht nahm; seine liederlichen Ausschreitungen gegen Schülerinnen hatten Dona Flor mehr als einmal Schwierigkeiten, Unannehmlichkeiten und Kopfschmerzen bereitet, wenn sie ihr nicht sogar peinsame Hörnerzierde eingebracht hatten.
Und doch hatte Dona Flor keine Ahnung von Regeln und Methoden, sie war weit davon entfernt, Ordnung im Hause und in der Schule zu halten, Maß und Ziel in ihrem Dasein waren für sie unbekannte Begriffe! So mußte sie erst einmal mit Dr. Teodoro zusammenleben, um zu begreifen, daß ihre vermeintliche Ordnung Anarchie, ihre Sorgfalt kleinlich und ungenügend waren, daß es bei ihr im Grunde drunter und drüber ging und sie ihr Haus- und Schulwesen aufs Geratewohl, ohne Gesetz und ohne Kontrolle lenkte.
Doch Dr. Teodoro diktierte nicht sofort und streng Gesetz und Kontrolle, er ließ nicht einmal ein Wort über dergleichen fallen. Als ruhiger, argwöhnischer Mensch von sorgfältiger Erziehung verstand er nicht zu befehlen und tat es auch nicht; und doch erreichte er stets alles, ohne Lärm zu schlagen und ohne daß die anderen sich vergewaltigt fühlten; unser lieber Pharmazeut war ein Leisetreter.
Man brauchte sich das Haus nur eineinhalb Monate nach den Flitterwochen anzusehen – welch ein Unterschied! Auch Dona Flor – welch ein Unterschied, denn sie suchte sich ihrem Mann und Gebieter anzupassen, sich seinem genauen, gerechten Maß zu bequemen. Und wenn die Änderung bei ihr innerlich, unsichtbar vonstatten ging und nicht nach außen zutage trat, so sprang die äußerliche Veränderung des Hauswesens förmlich ins Auge.

Sie begann bei dem Dienstmädchen. Dona Flor hatte sie gleich nach ihrer Verwitwung auf Anraten und Drängen der Nachbarn als Haushälterin aufgenommen: »Seit wann kann eine junge Witwe allein in einem Haus leben, ohne Gesellschaft, ohne Schutz gegen Diebe oder Strolche?« Doch ihre auf Dona Jacys Bitten erfolgte Wahl war nicht glücklich; die von ihr angestellte, scheinbar stumpfsinnige, im Grunde aber gerissene Sofia machte ihre Arbeit lasch und schlampig wie jemand, der sich seiner Sache sicher weiß: Dona Flor war nicht der Mensch, der jemanden des Hauses verwies, zumal dann nicht, wenn die Betreffende von einer Nachbarin und Freundin empfohlen worden war. Wiewohl unzufrieden mit ihr, nahm Dona Flor aus Mitleid die schlechte Arbeit der unglücklichen Person in Kauf, weil diese, abgesehen von ihrem mangelnden Arbeitseifer, ein gutes Herz hatte.
Nun begab es sich, daß Dona Flor am fünften Tag nach ihrer Rückkehr aus den Flitterwochen, nach jener Woche zärtlichen Zusammenlebens, eilends nach Rio Vermelho fahren mußte, wo Dona Lita fast an ihrem Asthma erstickte. Noch am selben Abend besuchte Dr. Teodoro die Kranke und wollte anschließend seine Frau mit nach Hause nehmen. Da aber die Tante recht niedergeschlagen aussah und es ein Freitag war (am Samstag gab es keinen Unterricht), beschloß Dona Flor, noch ein Weilchen zu bleiben. So kehrte sie erst Sonntagabend zurück, als der Anfall vorüber war und Tante Lita sich wieder ihrer Gartenarbeit zuwenden konnte.
Nur drei Tage hatte Dona Flors Abwesenheit gedauert, aber in diesem kurzen Zeitraum war das Haus verwandelt und ein anderes geworden. Angefangen bei dem Dienstmädchen, das praktisch eine andere war. Statt der schmuddeligen Mulattin Sofia mit ihrer trostlos-verblödeten Miene hatte eine dunkle Madalena, ein älteres, säuberliches, kräftiges Faktotum, die Stelle übernommen. Wäre es nicht ihre ziemlich dunkle Haut und ihr Wollkopf gewesen, sie hätte eine Verwandte des Herrn Doktors sein können, so groß und stattlich war sie und wie er höflich im Umgang und umsichtig in der Arbeit.

Dr. Teodoro erklärte mit seiner bestimmten, aber freundlichen Stimme, er habe sich zu Sofias Entlassung gezwungen gesehen: abgesehen davon, daß sie ein miserables Dienstmädchen sei, habe sie ihm auch nicht gehorcht und auf seine kategorische Anweisung, das stets schlechtgefegte Haus vollständig durchzuputzen, mürrisch und aufsässig geantwortet. Er habe Dona Flor nicht um ihre Meinung gefragt, um sie mit einer derartigen Bagatelle nicht zu belästigen, solange sie um die kranke Tante bemüht war, und schon deshalb nicht, weil er die Undankbare unverzüglich auf die Straße habe setzen müssen, da er nicht gewillt sei, von Dienstboten Widerworte oder Ausfälligkeiten zu dulden. Als er ihr nämlich aufgetragen habe, das Haus gründlich zu fegen, sei das freche Besteck, »Doktor Brechmittel« vor sich hinbruddelnd, durch den Flur davongeschlurft.

Dona Flor war völlig außer Fassung; der Gedanke, Sofia zu entlassen, wäre ihr trotz ihres Schlendrians und ihrer Unverfrorenheit nie gekommen.

»Die Ärmste . . .«

Sie tat ihr leid; konnte man sie außerdem entlassen, ohne sich bei Dona Jacy, die sie ihr empfohlen hatte, zu rechtfertigen? Konnte sie andrerseits bestreiten, daß Dr. Teodoro durchaus recht hatte? Ihrem Ehemann, einem Menschen von Ansehen und Stellung, waren Nachlässigkeiten von Dienstboten, die sie als geduldigere Frau um des lieben Friedens willen übersah, wahrlich kaum zuzumuten.

»Die Ärmste?« Dr. Teodoro war erstaunt. »Ein freches Stück, die deine Güte nicht verdient, mein Liebchen . . . Mitunter, Flor, wird ein Mensch aus lauter gutem Willen, gütig zu sein, am Ende noch dumm . . .«

Dona Jacy? Wenn wer wen um Verzeihung bitten müsse, so Dona Jacy, die es gewagt habe, sich bei Dona Flor für einen Putzlumpen wie jenen zu verwenden. Nicht zufrieden, die Güte der Herrin des Hauses zu mißbrauchen, habe das unverschämte Luder auch noch den Herrn des Hauses lächerlich machen wollen.

Dona Flor begriff, daß der Herr Doktor das Thema nicht mit der Absicht einer allgemeinen Diskussion angeschnitten hatte; er teilte ihr lediglich mit, wie er die Angelegenheit erledigt hatte: nun war ein Mann im Haus, ein Herr und Meister, dachte sie. Sie lächelte: »Mein Mann, mein Herr.« Er hatte recht gehandelt, auch sie würde in ihrem Hause keinesfalls Mangel an Respekt ihrem Mann gegenüber dulden. »Doktor Brechmittel« – wo hatte man eine derartige Unverschämtheit schon gehört?

Im übrigen war an einem Punkte nicht zu rütteln: die neue Hausgehilfin war ein Wunder an Arbeitswillen. Dr. Teodoro hatte sie nicht auf Bitten einer Nachbarin eingestellt; er hatte Zeugnisse und Referenzen gefordert und diese telefonisch überprüft. Jawohl, das war Ordnung und Tüchtigkeit!

Nicht nur war das Haus vorbildlich sauber, das Werk der neuen Dienstkraft, auch lag jedes Ding an seinem Platz, aber wirklich an seinem endgültigen Platz, nicht heute hier und morgen dort, so daß man nie wußte, wo man die jeden Augenblick benötigten Dinge suchen sollte, so daß Dona Flor während ihrer Schulstunden in dauernde Verlegenheiten geriet:

»Marilda, mein Kind, hast du mein Rezeptbuch gesehen? Sofia weiß nicht, wo sie es hingelegt hat.«

Oder sie rief mit nassen Händen:

»Sofia, wo hast du den Schneebesen hingestellt? Mein Gott, in diesem Haus verschwindet aber auch alles . . .«

Mit seltener Fähigkeit und seltenem Geschmack hatte der Herr Doktor für jedes Ding seinen eigenen Platz ausgewählt und dem Dienstmädchen diesbezügliche strenge Anweisungen erteilt: nach der Schulstunde, nach dem Saubermachen der Küche wünschte er jedes Ding an dem von ihm bezeichneten Platz zu sehen, und zwar mittels eines in Druckschrift bemalten Schildchens wie »Brotmesser«, »Eierschneider«, »Reibestein«, »Mörser« und so weiter. Doch nicht nur die Handwerkszeuge der Schule, nein, auch häusliche Gegenstände wie »Radio«, »Blumenvasen«, »Likörflaschen«, »Dr. Teodoros Hemdenschublade«, »Fach für die Unterwäsche der Hausfrau«.

»Mein Gott!« sagte Dona Flor angesichts so großer Leistungsfähigkeit. »Und ich hatte gedacht, mein Haus sei in bester Ordnung ... Es war wirklich nicht mehr als ein Durcheinander, ein Drunterunddrüber. Teodoro, Liebster, du hast ein wahres Wunder vollbracht ...«

»Von Wunder kann keine Rede sein, meine Liebste, ich habe nur für ein wenig Methode gesorgt, denn daran hat es gefehlt. Da meine Mutter nämlich gelähmt war, habe ich den Haushalt versorgen müssen und mich an Ordnung gewöhnt. Hier, wo wir Haus und Kochschule in einem haben, ist Methode noch notwendiger, zumal da du darauf bestandest, die Schule weiterzuführen. Wenn es nach mir ginge – ich hab' dir's ja schon gesagt –, hätten wir längst Schluß gemacht mit der Plackerei ... Du brauchst nicht zu arbeiten, wie du weißt, denn ich verdiene genug für zwei ...«

»Wir haben schon darüber gesprochen, Teodoro, und sind doch übereingekommen, die Sache ruhen zu lassen. Warum sie wieder aufs Tapet bringen?«

»Du hast recht, Flor, und verzeih, wenn ich von neuem darauf zu sprechen kam ... Ich werde also nur wieder davon anfangen, wenn du es wünschst. Sei ohne Sorge, Geliebte, und vergib, ich wollte dich nicht kränken ...«

So ging es mit »mein Geliebter« hin und »meine Geliebte« her, liebevoll und höflich, denn Dr. Teodoro war der Auffassung, daß Zuvorkommenheit und Höflichkeit unerläßliche Ergänzungen der Liebe seien. Daher wandte er sich nie ohne liebevolle Aufmerksamkeit an seine Gattin und erwartete auch von ihr den gleichen liebenswürdig-zuvorkommenden Ton. Er trat auf sie zu, küßte ihre Wange und bat um Verzeihung, das lästige Thema von neuem angeschnitten zu haben.

Der Doktor fügte sich, machte aber zur ausdrücklichen Bedingung, daß er für den gesamten Haushalt und für Dona Flors persönliche Ausgaben mit seinem eigenen Geld aufkomme. Der Gewinn der Kochschule sollte ausschließlich ihr gehören und auf keinen Fall zur Begleichung der gemeinsamen Unkosten dienen.

Was übrigens dieses Honorar betraf, so ergriff der Herr Doktor neue Vorkehrungen. Das Geld zu Hause, bei den Radioröhren oder in einer alten Schuhschachtel, hinter dem Frisierspiegel oder unter der Matratze aufzubewahren, wie es Zigeuner oder kleine Leute taten, war Unsinn und eine Einladung an Diebe. Zumal jetzt, wo das unangetastete Geld am Ende des Monats zu einem beträchtlichen Sümmchen anwuchs. So ging denn Dr. Teodoro mit Dona Flor zur Sparkasse und eröffnete auf ihren Namen ein Sparkonto, auf das sie in Zukunft ihre Gelder einzahlen solle.

»So bringt dein Geld Zinsen, meine Geliebte, drei Prozent, das ist immerhin etwas. Auf der Sparkasse ist dein Geld garantiert und vor Dieben sicher.«

Was sollte sie mit dem auf der Bank deponierten Geld tun, um des lieben Himmels willen? Plötzlich empfand Dona Flor Geld als etwas Überflüssiges, denn nun hatte sie es nicht bei der Hand und konnte es nicht hinter ihrem Radiogerät hervorkramen für einen Einkauf, ein Almosen oder die Begleichung einer Rechnung. Doch die in dergleichen Dingen erfahrene Dona Norma lachte über die Voreingenommenheit der Nachbarin Bankkonten gegenüber. Sie solle ruhig ihr Geld auf der Sparkasse anwachsen und ihren Mann die Haushaltskosten bezahlen lassen. Solange sie Sparbuch und Scheckbuch besaß, hing sie nicht für jede Haarnadel, für ein Fähnchen oder einen unnötigen Hut von der Gnade des Herrn Doktors ab. Auf diese Weise brauchte sie nicht wegen jeder Kleinigkeit hinter ihrem Mann herzurennen; für die mannigfachen nebensächlichen Ausgaben um Geld betteln zu müssen war zu kleinlich, zu demütigend.

Dona Norma kannte nur zu gut diesen bitteren Geschmack auf der Zunge, denn Seu Sampaio war ein Brummbär und ziemlich geizig. Daher besaß Dona Norma dank einer eines verdienten Finanzmannes würdigen halsbrecherischen Haushaltführung – durch Knauserei, Kleinigkeitskrämerei, scharfe Kalkulation, Sparmaßnahmen, verschiedene Überraschungscoups, durch absichtliche Fehler beim Addieren und Subtrahieren ihrer

Abrechnungen, die hier zwanzig, dort fünfzig, unter Umständen auch einmal hundert Mil-Réis einbrachten – und notfalls dank eines nächtlichen Griffs in die Tasche ihres Mannes gleichfalls ihren Sparstrumpf, der ihr erlaubte, bescheidene modische Seitensprünge zu machen und ihrer riesigen Kundschaft von Gevattern und Paten, von alten Leutchen, Kranken, arbeitslosen Arbeitern, Säufern und Gaunern und nicht zuletzt Dutzenden von Straßenjungen, ihren Lieblingen, gerecht zu werden.

»Ein Beispiel, meine Heilige: der Herr Doktor feiert Geburtstag, und du hast keinen Zehner oder Zwanziger in der Tasche. Willst du ihn um Geld bitten, um ihm ein Geschenk kaufen zu können? Stell dir das vor, du mußt zu ihm sagen: ›Teodoro, mein Sohn, gib mir bitte etwas Geld, damit ich dir eine Unterhose zum Geburtstag schenken kann!‹ Ich, mein Goldkind, gebe mir nicht diese Blöße vor Seu Sampaio.«

Diesem Argument stimmte Dona Flor natürlich zu, sie hatte nur etwas gegen ein Bankguthaben, gegen in ein Büchlein eingetragene Ziffern, die kein griffbereites Bargeld darstellten. Wenn ihr Geldstrumpf plötzlich aus ihrem Blickfeld verschwunden war, wie sollte sie mit dem kalten, zinsentragenden Heft zurechtkommen? Sie mochte Gewohnheiten gehabt haben, doch die galt es nun zu ändern, denn nach Ansicht ihrer Freundin waren ihre früheren Bräuche Sitten armer Leute, Regeln, welche die Ehefrau eines armseligen Beamten und überdies Spielers befolgen mochte, der die Einkünfte ihrer Schule vergeudete und praktisch von ihr lebte, mithin eines Menschen, der eher ein Gigolo als ein Ehemann war; es waren die Gepflogenheiten einer schutzlosen Witwe, die von ihrer Arbeit lebte, sich von ihr ernährte, kleidete und davon die Miete und alle Unkosten bestritt. Kurzum: das Verfahren von Zigeunern und kleinen Leuten, das hatte bereits der Herr Doktor gesagt; die Routine armer Schlucker, die weder Geld für die Bank und noch weniger für Zinsen und Scheckbücher haben, so hatte Dona Norma bestätigt.

Nun aber hatten sich Dona Flors gesellschaftliche Stellung und ihre Lebensumstände grundlegend verändert. War sie auch keine reiche Verschwenderin geworden, so war sie genausowenig die arme Kirchenmaus von früher; ihre Lage entsprach der des mittel- bis gutgestellten Bürgertums. Mit einemmal hatte sie mehrere Stufen erklommen, und zwar vom Boden der Armen bis auf die Höhe der höchsten Nachbarschaft: etwa des Argentiniers von der Keramikfabrik, des Herrn Dr. Ives mit seiner Arztpraxis und einem öffentlichen Amt, der Sampaios mit ihrem gutgehenden Schuhgeschäft, des Ehepaars Ruas mit seinen beneidenswerten Vertretungen; zum Entzücken Dona Rozildas, der endlich ein Schwiegersohn nach ihrem Geschmack beschert worden war, stand sie auf gleicher Höhe mit der Aristokratie der Umgebung. Nach Aussagen des Herrn Vivaldo vom Bestattungsinstitut, eines zuverlässigen Informanten, der sich stets für die finanzielle Lage seiner Freunde interessierte, würde Dr. Teodoro, ein ausgeglichener, seriöser, arbeitsamer Mensch, es weit bringen:

»Es wird nicht lange dauern, bis ihm die Apotheke allein gehört...«

Dona Flor lachte, als sie die Freundin, die in einem Trubel ohne Maß und Zeitplan lebte, die Ausgeglichenheit und die Ordnung des Herrn Doktors rühmen hörte: »Ein Mann wie dieser, du Glückspilz, fällt einem nicht unversehens in den Schoß.« Selbst Dona Gisa, die mit ihrer undifferenzierten wissenschaftlichen Wahrheit den Stadtteil mit dem Stichwort »feudal« benannte, mußte seine Qualitäten anerkennen:

»Du, Florzinha, die du vor allem Sicherheit suchst, hättest Besseres finden können.«

Und wirklich fiel Dona Flor in der von ihrem gütigen Ehemann eingeführten und gelenkten Ordnung, bei der jedes Ding an seinem Platz stand, bei der es für alles und jedes die richtige Stunde gab, der gesamten Nachbarschaft als leuchtendes Vorbild einer glücklichen Ehegattin auf.

Ihr Leben verlief ohne Unruhe und Unvorhergesehenes, still und sanft, es war ein friedliches Leben, und ihre Zeit gehorchte sorgfältiger Planung, einem vollkommenen Organogramm:

einmal in der Woche wurde ins Kino gegangen, und zwar Dienstag abends; lief mehr als ein Film, der nach der Meinung aller und der Meinung des ›Abendblattes‹ Furore machte, ging man zweimal, doch höchst selten und nie in die Nachmittagsvorstellungen, da der Herr Doktor den Radau junger Mädchen und junger Leute, kurz: lärmender Jugend, nicht vertrug.

Mindestens zweimal in der Woche übte er nach dem Abendessen Fagott für die geheiligten Samstagabende, an denen das Orchester im Haus des einen oder anderen Musikers zusammenkam. Es waren fröhliche, herzliche Zusammenkünfte um den üppigen Imbißtisch, die jeweilige Gastgeberin tat alles, um die Liebhaberkonzertisten freigebig zu bewirten: mit Fruchtsäften und Limonaden für die Damen und Bier für die Herren; mitunter, wenn das Wetter kühl war oder wenn die Hundstage wüteten, wurden die Getränke durch Zuckerrohrschnaps verstärkt. Und die Zuschauer, Bewunderer des Maestro oder der Solisten, »eine erlesene Zuhörerschaft«, saßen im Kreise und hörten Sonaten und Gavotten, Walzer und Romanzen; man ließ sich von den Fugen und Pizzikatos sowie von den tiefen und hohen Tönen der sorgfältig einstudierten Solos mitreißen – es waren köstliche Stunden des Kunsterlebnisses.

An den übrigen freien Abenden machte man oder empfing man Besuche. Wenn Dona Flor ihre Bekanntschaften während ihrer ersten Ehe vernachlässigt hatte, jetzt pflegte sie sie mit unbedingter Regelmäßigkeit.

Zweimal im Monat an einem bestimmten Tag besuchten sie zum Beispiel Dr. Luís Henrique, wobei Dona Flor den Knaben einen Gugelhupf mitbrachte, ein Maisbrot, einen Teller Kokosschäumchen oder Quittenpaste, irgendeine Kleinigkeit oder Leckerei.

Stolz und hoch aufgerichtet saß Dr. Teodoro in dem im Wohnzimmer des illustren Freundes vereinigten auserwählten Kreise, der aus Männern von hoher Distinktion bestand wie Dr. Jorge Calmon, dem früheren Staatssekretär, Dr. Jayme Baleeiro, Syndikus der Handelskammer, dem Historiker José Calazans von der Akademie und vom Institut, dem Dr. Zezé

Catarino (der Name sagt alles), Dr. Ruy Santos, Politiker, Professor und Literat, und anderen hervorragenden Persönlichkeiten der Verwaltung, des Historischen Instituts und der Staatsakademie für Sprache und Dichtung.
Für Dr. Teodoro waren diese Abende große geistige Erlebnisse, denn hier traf er mit »exponentiellen Gestalten« zusammen, denen er während der gelehrten Auseinandersetzung über tiefschürfende Themen respektvoll zuhörte und seine Meinung mit Bedacht zu bedenken gab. In seiner Ausdrucksweise »sprühten bei diesen Wortturnieren höchsten Niveaus, bei diesen Aussprachen privilegierter Intellektueller die Funken genialer Ideen in blendenden Formulierungen«. Währenddessen ließ Dona Flor sich im Kreise der Gattinnen über Schneiderei und Kochkunst aus oder gab ihre Ansichten über die in den letzten Zeitungen veröffentlichten Verbrechen zum besten.
Für Dr. Teodoro waren die Besuche bei Dr. Luís Henrique das Nonplusultra, während Dona Flor den Abenden im Palais Garcia, im Bungalow Dona Magá Paternostros, der stinkreichen Vertreterin der gesellschaftlichen Elite, ihrer Schülerin, den Vorzug gab. Dort befand Dona Flor sich im Kreise höchster Eleganz und gehobenster Schwatzhaftigkeit, dort war von Mode die Rede, vom Protokoll, von gesellschaftlichen Ereignissen, dort wurde auf die angenehmste Weise das Leben anderer durchschnüffelt, doch nicht etwa das Leben einer x-beliebigen Nachbarin, sondern der pikfeinen Creme, der Vornehmheiten und Lordschaften, und was da für Histörchen aufs Tapet kamen, was da für schmutzige Wäsche gewaschen wurde! Fäulnisse allererster Qualität, und zwar ohne Ausnahme!
Von den alten, aus Flors erster Ehe stammenden Gepflogenheiten wurde als einzige das Sonntagsmittagessen bei Onkel und Tante in Rio Vermelho beibehalten (denn in den Zeiten ihrer ersten Ehe hatte sie keine anderen angenehmen Gepflogenheiten gekannt, sondern nur Wirrsal und unliebsame Überraschungen).
So änderte sich also ihr Stundenplan, und ihr Leben wurde

nicht nur belebter, sondern gleichzeitig auch gesetzter, es wurde friedlich und heiter. Dem allgemeinen Urteil der Nachbarschaft und auch Dona Flors Lächeln zufolge war ihr Leben glücklich.
Am Mittwoch- und am Samstagabend um zehn Uhr, ziemlich genau auf die Minute, nahm Dr. Teodoro seine Frau in ehrbarer Glut und beständigem Vergnügen, wobei er das, was ihr erster Mann »Bummelei« genannt hatte, samstags obligatorisch, mittwochs jedoch nur fakultativ wiederholte.
Eingedenk der Unordnung gewisser früherer Gewohnheiten war Dona Flor zunächst über die Verschwiegenheit, welche die Ausübung der Liebe auf der neuen (aufsehenerregenden) Sprungfedermatratze umgab und bestimmte, einigermaßen befremdet. Doch bald paßte sie dank ihrer angeborenen Scham und der ihrer Natur eigenen Zurückhaltung ihre fraulichen Bedürfnisse, ihr weibliches Verlangen der vorteilhaften pünktlichen Art an, die man fast distinguiert und achtungsvoll nennen konnte, da der Herr Doktor seine Gemahlin zwar unter dem Schutz der Leintücher, aber mit fester, eiserner Begierde beschlief.
Im Gattenbett (so meinte der Herr Doktor) hindert die Begierde nicht die Zurückhaltung, und die Liebe widersetzt sich nicht der Schamhaftigkeit, da Begierde und Liebe gerade in der verschwiegenen Vertrautheit der Gattenschaft aus reinem Stoff gemacht sind.
Mittwochs und samstags zur unveränderlich gleichen Stunde erlebte denn Dona Flor die verschwiegenen Bewegungen des Gatten im Halbdunkel des Betts. Und wenn Dona Flor die Augen schloß, um nichts zu sehen, sah sie ihren Teodoro dafür wie einen Vogel mit riesigen Schwingen und mächtigen Krallen, einen Adler oder Kondor, der flach über sie hinwegflog, sie packte, um sie hochzureißen und sie in den Lüften zu nehmen. Und Dona Flor ergab sich dem Raubvogel, der sich auf ihr niederließ. Dann schwang sie sich als Gefangene und zugleich Befreite im geteilten Genuß aufwärts in einen Bronzehimmel.

Es war nur kein ganz keuscher Genuß, weil Dona Flor, wenn sie sich löste, auch ihr Denken löste und diesem die Zügel schießen ließ.
So also waren die Liebesnächte dieses guten Paares beschaffen.

3

Wenn die Welt der Pharmazeuten schon eine unvorhergesehene Entdeckung war, wieviel mehr dann die fast kabbalistische Musikwelt des Liebhaberorchesters, die Dona Flor durch die enge Pforte des Fagotts betrat.
Die gesetzten, achtbaren Herren, die im Leben eine feste Stellung errungen hatten und Inhaber von akademischen Graden waren, von Zeitschriften, von Handelsunternehmen, Büros – alle außer Urbano Armer Mann mit seiner melodiösen Geige, ein einfacher Verkäufer des ›Bazars Beirut‹ –, stellten eine Art geschlossener Gemeinde mit allen Kennzeichen einer religiösen Sekte dar. »Erhabene Religion der Musik, Mystik der Laute mit ihren Göttern, ihren Tempeln, ihren Jüngern und ihrem Propheten, dem erleuchteten Komponisten und Maestro Agenor Gomes«, wie der Reporter Flávio Costa, ein junger Journalist, berichtete, der seine Lehrzeit in den Seiten der Zeitschrift ›Der Moderne Ladenbesitzer‹ des freizügigen Nacife abdiente (der von dem Anfänger kein Lehrgeld verlangte). Die Reportage über die Liebhabermusik nahm die ganze letzte Seite des ›Ladenbesitzers‹ ein, in deren Mitte ein Foto des im Stadtpalaispark des Komturs Adriano Pires dreireihig im Frack postierten Orchesters prangte; am Tag nach dem Erscheinen der Nummer erhielt der genannte Komtur den Besuch des Direktors der Zeitschrift, der sich mit ihm über die ungezählten Schwierigkeiten einer seriösen Zeitung wie der seinen unterhielt. Überleben sei unmöglich, so betonte er, wenn man nicht mit dem Verständnis von Männern wie dem Inhaber des Vatikanordens rechnen könne, mithin mit Menschen, deren Herz

und deren Brieftasche aufgeschlossen seien für die Nöte der Presse.

Dabei schwenkte er das Pasquill mit der Reportage (»Ein gescheiter Junge, der Redakteur, ein Talent, aber einer von den jungen Leuten, Herr Komtur, die heute schon ein Vermögen als Monatsgehalt verlangen«), und der Millionär, gerührt, sich auf dem Foto mit seinem Cello im Kreise seiner Sektenbrüder zu sehen, lockerte die Geldbörse. Es war eben eine Sekte mit ihren Verpflichtungen, ihren Gewohnheiten, ein strenges Ritual und eine wöchentliche Vogelfreude: die Samstagabendprobe.

Dona Flor trat nun ein in die Welt der Triller, der Pizzikatos, der Pavanen und Gavotten, der allerzartesten Solos, und zwar auf der Spur des Cellos und der Oboe, der Geigen und der Klarinette, der Flöte und der Trompete, des Schlagzeugs und des Fagotts ihres Gatten, und all das gehorchte dem Taktstock des Maestro Agenor Gomes am Flügel, eines ursympathischen Menschen. So wechselte sie denn von Dona Sebastiana, von Dona Paula, von Dona Rita, von der verkäufertollen Dona Neusoca über in den noch eleganteren Kreis der pikfeinen Damen und Gattinnen jener Lords. Von diesen pflegte der Bankier Celestino, wenn er sich gezwungen sah, ihnen in einem Konzert zuzuhören (»Ach! Das Leben eines Bankiers ... Manche Leute halten es für eine Quelle der Wonnen, ahnen aber nicht, was für Belästigungen und Belämmerungen es mit sich bringt ...«), zu sagen:

»Jeder falsche Ton eines dieser armen Irren kostet mich Millionen ...«

Diese hohen Herren also verwandelten sich am Samstagabend in fröhlich-sorglose Kinder, ledig aller Verpflichtungen und Obliegenheiten, aller Kunden und Geschäfte sowie der Manie, das Geld hastig und heißhungrig zu verdienen. Sie schoben alle sozialen Unterschiede beiseite, und der Großhändler verbrüderte sich mit dem spärlich bezahlten Ingenieur der Stadtverwaltung, der berühmte Chirurg mit dem bescheidenen Pharmazeuten, der hochverdiente Richter oder der Inhaber der

Empórios Nortistas – das waren nicht weniger als acht Kaufläden im Zentrum der Staatshauptstadt – mit dem kleinen Ladenverkäufer.

Auch die hochgestellten, schicken Senhoras empfingen in der Intimität ihrer Häuser die Frauen der übrigen Musiker, ohne auf ihr Vermögen und ihre Herkunft zu achten, sie nahmen alle mit der gleichen Liebenswürdigkeit auf einschließlich Siá Maricota. (Warum nur Siá und nicht Dona? Weil diese selber prahlte: »Ich bin keine Dona, bin nur Siá Maricota, und zwar mit Ach und Krach.«)

Übrigens trat Siá Maricota fast nie in Erscheinung, denn sie besaß für jene »scheißfeinen Fratzen« weder die angemessenen Kleider noch den angemessenen Umgangston, wie sie ihrer Nachbarschaft in einer Straßenecke an der Grenze zwischen Lapinha und Liberdade erklärte:

»Was soll ich denn dort? Bei denen wird nur von Festen geredet, von Empfängen, von Mittagessen und von Abendessen. Vom bloßen Gequassel über soviel Fressen wird einem schon ganz übel. Da muß ich immer an meine Rangen zu Haus denken, die nie richtig satt zu essen kriegen. Und wenn sie nicht von Essen und Trinken reden, dann geht es nur um Hurerei: daß die Frau vom Dingsda sich mit dem Soundso eingelassen hat, daß die Dingsbums mit Gott und der Welt ins Bett steigt, daß die kleine Dingskirchen in einem Absteigequartier ertappt worden ist. Allem Anschein nach verstehen diese Weiber nichts anderes, als sich den Wanst vollzuschlagen und sich im Bett herumzuwälzen, ich habe nie dergleichen gesehen . . .«

In ihrer Empörung war Dona Maricota (»Ich bin überhaupt keine Dona, nennen Sie mich höchstens Siá Maricota wie irgendeine Dienstspritze, mehr bin ich nicht«) nicht wählerisch in ihren Worten und sprudelte rauh und realistisch hervor:

»Nur Luxus und Seide und aufgedonnerte Puppen . . . Sollen ruhig auf ihrem hohen Scheißroß sitzen bleiben mit ihrem verlogenen Getue, ich komm' auch ohne sie aus . . . Urbano geht eben hin, weil er ohne seine Musikproben nicht leben kann . . . Wenn's nach mir ginge, er würde kein einziges Haus reicher

Leute betreten, er würde hier üben, im Laden von Seu Bié mit Manuel Frosch und Seu Sauf-und-Spuck.« In einer Anwandlung von Ohnmacht breitete sie die Arme aus. »Aber was soll ich tun? Er ist eben ein armer Mann . . .«

Sie hatte den verächtlichen Ausspruch so oft wiederholt, daß Seu Urbano schließlich als ›Armer Mann‹ bekanntgeworden war; von ihr stammte also der demütigende Spitzname. Was Manuel Frosch betraf, so war er ein Meister der Mundharmonika und Seu Sauf-und-Spuck Besitzer einer alten Drehleier: sonntags spielten die beiden ihre Liedchen und kippten ihren Schnaps in Seu Biés Kneipe, dem Treffpunkt der elegantesten Gesellschaft jener Sackgassen. Auch Seu Urbano erschien bei solchen Gelegenheiten und ließ sich hin und wieder auf seiner Geige hören und dafür beklatschen, wenngleich jenes Publikum sichtlich Manuel Froschs Mundharmonika und Sauf-und-Spucks Drehleier bevorzugte. Siá Maricota, die nichts von Musik verstand, brummte nur vor sich hin, weil sie ihres Mannes blauen Anzug, den einzigen, uralten (dessen Hosen an den Gesäßbacken bereits durchgescheuert waren), für die Proben bügeln mußte.

»Wenn sie nicht ohne ihn proben können, sollten sie ihm wenigstens die Büglerin bezahlen . . . Dieses verdammte Orchester kostet nur Geld, und der arme Mann verdient keinen roten Heller dabei . . .«

Aber Seelenfrieden verdiente er damit, denn in der Musik verflog jäh die säuerliche Maricota mit ihrem Knoblauchgeruch, mit ihren Warzen und ihrem Gewäsch. Bei den Samstagsproben, wo immer wieder die gleichen Musikstücke geübt wurden und anschließend die eine oder andere neue Melodie für das erlesene Repertoire an die Reihe kam, ruhte Urbano Armer Mann von der Erbärmlichkeit des Lebens aus und mit ihm alle übrigen Mitglieder des Orchesters, die Großkotzen, die Geldprotzen. Mochten nun die einen ihre Förmlichkeit beibehalten, mochten andere, wenn sie mit hochgekrempelten Ärmeln zu ihren Instrumenten griffen, jede Feierlichkeit ablegen, so verrieten doch alle die gleiche innere Fröhlichkeit, und reinste In-

spiration fegte aus ihrem Denken den armseligen kleinlichen Alltag.
Wie Siá Maricota nahm auch die Komturin nur selten an den Proben teil. Und nicht etwa aus Mangel an der passenden Kleidung und dem passenden Umgangston, versteht sich. Sondern aus Mangel an Zeit, denn ihre Stunden waren mit tausend Verpflichtungen ausgefüllt, da sie die allererste unter den Damen der hohen Gesellschaft war und auch weil sie die Proben stinkfade und tödlich langweilig fand; mit anhören zu müssen, wie immer dieselben Töne heruntergeleiert, wie immer dieselben Musikstücke monatelang durchgepaukt wurden, war schlechthin unerträglich!
Wie froh war daher Seu Adriano, auf ihre Gegenwart verzichten zu können, auf den trostlosen Anblick ihrer schminkebeschmierten kantigen Fratze, auf ihren juwelenbedeckten schlaffen Busenausschnitt, auf ihr widerwärtiges Lorgnon. Auf diese Weise konnte Senhor Adriano sie leichter aus seinem Blickfeld und aus seinem Gedächtnis verbannen. Sie, und dazu seine Töchter und seine Schwiegersöhne. Die Töchter, welch ein Fiasko: zwei unglückselige arme Geschöpfe, für die das Leben sich auf Kleider und Bälle beschränkte. Die Schwiegersöhne waren Eintänzertypen, der erste nichtsnutziger und großschnauziger als der zweite; der eine führte ein Verschwenderleben in Rio, der andere schmiß sein – Seu Adrianos – Geld, seinen Schweiß, sein Blut, sein Leben in Bahia aus dem Fenster. Von all dem konnte der Großhändler nun ausruhen: von den angehäuften Millionen, von den Konkurrenten, die im Konkurs oder im Vergleich standen, von der Leere, vom Egoismus, von der Trostlosigkeit seiner Familienangehörigen. Hier, bei seinem Violoncello, ruhte er aus. Neben Seu Urbano. Und beide waren gleich, wie es in Wahrheit auch die erhabene Dona Imaculada und die lumpenarme Siá Maricota waren, die beiden säuerlichen Scharteken.
Samstags also versammelten sich unfehlbar diese bemerkenswerten Herren, um sich gelassen und lächelnd der Musik und dem Bier zu ergeben. Und zwar jeden Samstag in einem ande-

ren Haus, dessen Besitzerin im Laufe des Abends auf schön gedeckter Tafel einen üppigen Imbiß anbot. Fast immer kamen zwei oder drei Ehefrauen, einige Freunde und noch etliche Bewunderer mit, gibt es doch »Geschmäcker für alles« (wie Seu Zé Sampaio nach einem dieser Samstagabende brummte, den er auf Drängen des Pharmazeuten mitgemacht hatte). Dona Flor, die sich in den ersten Zeiten regelmäßig bei den Proben einfand, war herzlich aufgenommen worden und glänzte durch Sanftmut und Liebenswürdigkeit.

In der erlesenen Welt der gelehrten Musik – wobei Dona Gisa mit dem Eigenschaftswort übereinstimmte, wie man später sehen wird –, in diesem von hohen Empfindungen geprägten *Ambiente* hatten Ungleichheit des Geldes und der Herkunft keinen Platz und keine Berechtigung; hier schwanden die Unterschiede der Klasse und des Vermögens, damit die Superkaste der *Söhne des Orpheus*, der Brüder in der Kunst, zustande kommen konnte. In brüderlicher Vertrautheit nannten sich alle, einschließlich des Armen Mannes, der hier ›die Geniale Geige‹ hieß, bei Vor- und Spitznamen: Lalau, Kieferchen, Grünspan, Kleinmädchen-Raul, Pampapferd, und unter den Damen war es nicht anders. Diese riefen einander Heleninha, Gildoca, Sussuca, Toquinha, sie nannten Dona Flor ›meine Heilige‹, ›hübsche Brünette‹, ›Schönchen‹ und baten sie um kulinarische Ratschläge. Es war nicht ihre Schuld, wenn Dona Flor dann und wann in der Unterhaltung ausfiel und nichts zu sagen hatte, einfach weil ihr vieles, was in diesem Milieu besprochen und erörtert wurde, unbekannt war. Schließlich spielte sie nicht Bridge, sie war weder Mitglied einer der bekannten Klubs, noch verkehrte sie regelmäßig in der Gesellschaft. In diesen Pausen des Stillschweigens suchten Dona Flors Augen ihren Mann, der mit friedlicher, glückseliger Miene sein Fagott blies. Dann lächelte sie, da die Unterhaltung der Senhoras ihr wenig bedeutete, und das Alleingelassensein drückte sie nicht.

Als Dr. Teodoro ihr verkündete, ihr Haus sei zum nächsten Probeort gewählt worden, geriet Dona Flor in Feuer: sie würde hinter keiner anderen zurückstehen. Als ihr Mann merkte, was geschah, war sie schon dabei, Gott und die Welt einzuladen, und bereit, sogar ihre Ersparnisse für Speisen und Getränke auszugeben. Nur mit Mühe konnte er sie davon überzeugen, daß Zurückhaltung geboten sei. Sie wollte nämlich den stinkreichen Damen zeigen, daß auch arme Leute zu empfangen verstehen.

Dr. Teodoro tat alles, um dem Aufwand zu steuern: Flor solle höchstens ein paar süße Speisen und etwas Salziges anbieten, abgesehen von dem obligaten Bier. Und wenn sie dem Maestro einen besonderen Gefallen tun wolle, solle sie eine schmackhafte Mungunzá, Seu Agenors Lieblingsgericht, bereiten:

»Übrigens verdient er es ... Er hat eine Überraschung für dich ... Und was für eine Überraschung!«

Trotz aller Warnungen ihres Mannes hielt Dona Flor für das überfüllte Haus ein fürstliches Buffet bereit. Die Tafel war prachtvoll: es gab Acarajés, Abarás, Moquecas aus Aratu in Bananenblättern, Kokosschäumchen, Acaçás, Bubenfüße, Stockfischklößchen, Käsekroketts und vieles andere mehr, Lekkerbissen und Schnittchen der verschiedensten Sorten und Geschmäcker, abgesehen von der Terrine mit Mungunzá aus weißem Mais – etwas Großartiges! Aus Mendez' Bar kam das Bier kistenweise, kamen Erdbeer- und Zitronenlimonde, kam Guaraná-Sprudel.

Die Probe war ein Riesenerfolg. Wenngleich nur zwei Frauen der Amateurmusiker erschienen, nur Dona Helena und Dona Gilda, war das Haus voll besetzt bis zum letzten Winkel, die Nachbarn drängten sich, die Schülerinnen vergingen vor Aufregung, die Gevatterinnen taumelten geradezu vor Neugierde (Dona Dinorá starb hinterher fast an Stuhlverstopfung).

Das Orchester baute sich im Schulzimmer auf, wo außer den Musikern auch etliche Honoratioren Platz nahmen: so Dom Clemente, Dona Gisa, Dona Norma, das argentinische Ehepaar (Dona Nancy war wie für einen Ball herausgeputzt), Dr. Ives, der reinste Kiebitz, der, wie immer, alles besser wußte und musikalische Regeln aufstellte, Opern und Caruso zitierte:

»Ja, das war eine Stimme!«

In einem bestimmten Augenblick wurde es ganz besonders spannend: als Maestro Agenor Gomes, Taktstock in der Hand, sagte, er habe etwas bekanntzugeben, es handle sich um eine Überraschung für die Hausfrau, ein Geschenk. An jenem Abend sollte zum erstenmal ein Musikstück seiner Urheberschaft geprobt werden, eine bisher unaufgeführte jüngst komponierte Romanze, die er »zu Ehren von Dona Florípedes Paiva Madureira geschaffen habe, der anbetungswürdigen Gattin unseres Bruders in Orpheus, des Herrn Dr. Teodoro Madureira«. Ein Schauder durchlief die gesamte Zuhörerschaft, und Stille, bislang wenig beachtet und von Gelächter und Plaudern unterbrochen, stellte sich ein.

Der gute Maestro lächelte: für ihn waren seine Liebhabermusiker gleichsam die Verlängerung seiner Familie; mit Pavanen und Gavotten, Walzern und Romanzen feierte er die Feste ihres Lebens, die großen Freuden, die Augenblicke der tiefen Trauer. Wenn einem Vater oder Mutter wegstarben, wenn ihnen Kinder geboren wurden, wenn einer eine Frau nahm wie jüngst der Pharmazeut, ließ der Meister sich von seiner Muse beflügeln und komponierte für den lachenden und weinenden Freund ein mitfühlendes Notenblatt Musik.

»Girrende Florípedes«, verkündete der Meister, »mit Dr. Teodoro Madureira am Fagott.« Das klang vielversprechend.

Doch Probe ist Probe, sie ist kein Konzert und nicht einmal eine Hauptprobe. Wenn der Dirigent bei anderen Nummern, auf die das Orchester gut eingespielt zu sein glaubte, dann und wann noch unterbrach, so ging es bei diesem noch unbekannten Stück nur Schritt für Schritt, um nicht zu sagen Note für Note vorwärts, was besonders auf Dr. Teodoros Fagottsolo zutraf. Es war nicht leicht, der Melodie zu folgen, ihre Anmut zu spüren, die Schönheit, die so geschmeidig war wie die Gefeierte, so sanftmutig und so zart.

Dennoch war Dona Flor ergriffen: und zwar wegen der Geste des Maestro und wegen der Ergebenheit des Pharmazeuten, der auf der Suche nach der vollkommenen Tonlage, mit der seiner Gattin eine Huldigung dargebracht werden sollte, fast zu zittern begann. Vor ihm das Notenblatt, er nervlich aufs höchste gespannt, fast starr, die Stirn schweißbedeckt, die Hände eiskalt, aber bereit, mit den bedächtigen Lauten des Fagotts seine Freude des siegreichen Mannes über ein voll verwirklichtes Leben auszudrücken: und zwar durch sein Geld, seine Apotheke, sein Wissen, seine Rednergabe, seinen Frieden und seine Ordnung, seine Musik, seine schöne, ehrbare Gattin und die weithin genossene Wertschätzung. Er suchte diesen Gleichklang, er mußte ihn finden.

Dona Flor senkte den Kopf, soviel Ehrung machte sie verwirrt und unsicher.

Glücklicherweise kam die Pause, der Maestro aß zweimal von der Mungunzá, die übrigen Gäste sprachen all den Köstlichkeiten wacker zu, man schüttete das Bier herunter, die Limonade, den Guaraná, alles war vollkommen.

4

Frauengeschichten – nur zwei. Jedenfalls waren es zwei, die Dona Flor zu Ohren gekommen waren. Sie legte jedoch für ihren Mann die Hand ins Feuer und glaubte nicht an das Vorhandensein eines anderen Rockzipfels im Leben des Doktors.

Eine dieser Geschichten übrigens, die Mirtes Rocha de Araújo, eine strohfeurige Carioca, betraf, entpuppte sich als Mißverständnis und Enttäuschung. Eine sicherlich vorübergehende Enttäuschung, denn die Dreiste verspürte keine Lust, Zeit zu verlieren; sie zuckte nur die Achseln und ging zur Tagesordnung über.

Verheiratet mit einem auf einen höheren, besser bezahlten Posten nach Bahia versetzten Bankbeamten, klagte Mirtes bei einigen intimen Freundinnen über die Verbannung in eine Stadt ohne männliche Anziehungspunkte und ohne die altgewohnte Freiheit von Rio de Janeiro, wo sie sich in Sachen Ehebruch einen gewissen Ruf erworben hatte. Da sie kinderlos war und viel Freizeit übrig hatte, verwandte sie ihre Stunden und ihre natürlichen Gaben auf wohltuende Spielereien. So verbrachte sie angenehme Nachmittage in Gesellschaft gutwilliger, junger Männer von großer Kompetenz und einnehmender Körperlichkeit, und all das ohne das geringste Risiko und in der verschwiegensten Muße. Wo sollte sie in Bahia die gleiche männliche Qualität eines Sergipaners zum Beispiel, eines wirklichen Könners, finden und zugleich die behagliche Sicherheit von Dona Faustas ›Rendez-vous‹?

Inês Vasques dos Santos, eine auf den Fortschritt ihrer engeren Heimat stolze Bahianerin, fühlte sich durch eine derartige Geringschätzung ebenso beleidigt wie durch die Behauptung, ihre Stadt sei ein Dorf und darin niemand zu finden, mit dem man seinen Mann betrügen könne, und zwar an einem sicheren Ort. Wie kam diese Mirtes dazu, Bahia zu beleidigen, ohne es zu kennen? Schließlich war Salvador weder ein schmieriger Marktflecken noch dermaßen rückständig ...

Denn gerade hier hatte Inês mit der Pflanzung von Hörnern begonnen und konnte daher in völliger Kenntnis der Sachlage behaupten, ihre Vaterstadt biete im Gegenteil hervorragende Möglichkeiten zur Ausübung eines guten Anbaus mit der Aussicht auf reiche Ernte. Denn erstens gab es verschwiegene Lustschlösser, es gab Bungalows am wilden Strand zwischen Kokospalmen versteckt, von der Brise und vom Meer umrauscht – einfach ein Traum! Und was junge Männer betraf, so gab es diese und andere, und die waren nicht von Pappe!

Versonnenen Auges, mit ihren kleinen Zähnen die Oberlippe zernagend, träumte Inês dos Santos ihren Erinnerungen nach, ach welche Sehnsucht! Da war vor allem ein aufgeblasener Streuner gewesen, ein Tunichtgut, ein Spieler; aber in der Stunde der Handgreiflichkeiten was für ein Schauspiel, was für ein fahrender Ritter! Inês, ein flatterhaftes, aber tüchtiges Herz, hatte in ihren intimen Stunden schockweise junge Männer gekannt. »Und ich will dir was sagen, Kleine: bis heute hab' ich nie wieder einen wie den kennengelernt, noch jetzt habe ich den Geschmack seiner Haut im Mund und fühle hinter dem

Ohr seine Zungenspitze, höre noch sein Lachen, wenn er mir mein Geld stibitzte.«

»Dir dein Geld stibitzte?« Mirtes hatte schon immer einen Gigolo kennenlernen wollen.

Großzügig gab ihr Inês Auskunft und Anschrift. Kochschule ›Geschmack und Kunst‹, gelegen zwischen dem ›Kopf‹ und dem Platz Zum Zweiten Juli. Die Lehrerin, seine Frau, ein braves Ding, war nicht einmal häßlich mit ihrem glatten Haar und ihrer kupferfarbenen Haut. Mirtes solle sich als Schülerin anmelden, mit dem Kochunterricht vergehe die Zeit, und bald würde der Schwerenöter ein Auge auf sie heften, seine Hand und seine Serenadenstimme, eieiei!

Sie sollte aber nicht vergessen, ihr hinterher zu schreiben, ihr ausführlich zu berichten und ihr zu danken.

Weder früher noch jetzt hatte Dona Flor je ein Techtelmechtel zwischen dem Verstorbenen und jener Inês vermutet, die zu jener Zeit ein verständiges, spilleriges, aufs Würzen versessenes Ding gewesen war. Hätte nicht die aufgebrachte Mirtes nachträglich eine Indiskretion begangen, Dona Flor hätte höchstwahrscheinlich nie von diesem Seitensprung des Verblichenen erfahren. Wie dem auch sei, auf einen mehr oder weniger kam es nicht an, es waren so viele gewesen, und jetzt war Dona Flor die Frau eines Mannes aus anderem Stoff.

Was Mirtes betraf, so suchte sie, kaum hatte sie sich in Bahia eingerichtet, die Kochschule auf, um sich für den Unterricht einzuschreiben. Zwar versuchte Dona Flor sie zu überreden, doch den Beginn des neuen Kursus abzuwarten, da sie im laufenden schon beim Caruru angelangt sei und bereits den Efó und den Vatapá durchgenommen habe, von einigen Süßspeisen wie Kokoscreme, Beiju und Ambrosia nicht zu reden.

Doch Mirtes hatte es eilig, sie konnte unmöglich warten. Schützte ihre baldige Rückkehr nach Rio vor, schwindelte, sie werde nur kurz in Salvador bleiben und habe sonst nicht mehr die Möglichkeit, einige Gerichte zu erlernen, da ihr Mann verrückt sei auf Speisen, die mit Dendê-Öl zubereitet werden. In ihrer Gutmütigkeit versprach Dona Flor, ihr noch in

ihrer Freizeit wenigstens den Vatapá, den Xinxim und den Apeté beizubringen.
Doch zu all dem kam es nicht, denn Mirtes' Verbleib in der Schule sollte von kurzer Dauer sein. Da sie den Ehemann ihrer Lehrerin an den ersten zwei Tagen nicht zu Gesicht bekam, fragte sie am dritten eine Mitschülerin nach ihm und erfuhr, den Herrn Doktor während des Unterrichts zu sehen sei äußerst unwahrscheinlich, da er in dieser Zeit in seiner Apotheke festsäße. »Doktor? Apotheke?« Daß er Pharmazeut war, davon wußte sie nichts, die verrückte Inês hatte ihr nur von der sportlichen Eignung des Bahianers erzählt; von seiner außerbettlichen Beschäftigung hatte sie nichts erfahren. Mirtes war schon voller Hoffnung gewesen: endlich würde sie einen echten Gigolo kennenlernen.
Der Zufall wollte es, daß Dr. Teodoro am selben Tag kurz nach diesem Gespräch ein Dokument benötigte und nach Hause ging, um es zu holen. Mit tausend Entschuldigungen, mit großer Feierlichkeit und voller Zartgefühl schlängelte er sich zwischen den Schülerinnen hindurch.
»Wer ist das?« wollte Mirtes wissen.
»Dr. Teodoro, ihr Mann. Und da habe ich Ihnen noch vor einer Minute weisgemacht, daß er sich fast nie blicken läßt. Aber sobald man vom Teufel redet . . .«
»Ihr Mann? Von der Lehrerin? Der da?«
»Von wem denn sonst?«
Wiederum um Verzeihung bittend, in der Hand das gefundene Papier, eilte der Störenfried aus dem Schulraum. Mirtes wiegte den (nach der letzten Mode) platinblond gefärbten Wuschelkopf: entweder war Inês völlig verrückt oder irgend etwas war passiert. Sehr wahrscheinlich war die Lehrerin der Lumpereien des Gigolos müde geworden und hatte ihm den Laufpaß gegeben, sofern er nicht mit einer anderen durchgebrannt war. Mochte nun der Fall liegen, wie er wollte, jedenfalls hatte Dona Flor sich einem entgegengesetzten Typus verschrieben, einem ernsthaften, achtbaren Menschen, der nach Mirtes' Auffassung unbrauchbar und unmöglich war, kurz: ein Brechmittel;

der Spießer hatte nicht einmal ihre Haarpracht gewürdigt und war an ihr vorübergegangen, ohne ihr einen Blick zu gönnen. In diesem Fall war es ihr sogar lieber ... Ein Tölpel wie dieser wäre ihr nicht einmal als Ehemann genehm gewesen, vermutlich war er einer jener Geweihträger ohne Kaliber und ohne ›fair play‹, die ihre Ehre mit Schüssen und Messerstichen rächten und restlos veraltete, melodramatische Narren waren.
So ging sie nicht wieder in die Schule und hielt es auch nicht für notwendig, der Lehrerin eine Erklärung zu geben. Außerdem nippte sie nur an allem, was auf den Tisch kam, und aß fast nichts, um ihrem Vamp-Typ treu und selber dünn zu bleiben.
Dann aber stellte sie Nachforschungen an und erfuhr vom Tod des feurigen Hengstes ihrer Freundin Inês und von der neuen Ehe der Witwe mit jenem blinden Bürger. Jawohl, meine Dame, blind, und zwar von der schlimmsten Blindheit derer, die dem Leben gegenüber die Augen verschließen und unfähig sind, das Licht der Sonne zu sehen und obendrein einen herrlichen silberfarbenen Haarschopf.
Dona Flor erfuhr die Einzelheiten dieser Posse durch ihre Freundin Enaide, die seit ihrer Studentenzeit eine Freundin von Inês Vasques dos Santos und daher eingeweiht war in die Bahianer Irrungen und Wirrungen jener Mirtes Rocha de Araújo, die ihre Enttäuschung in einem fast literarischen Satz zusammenfaßte:
»Mein Abenteuer mit einem Toten ... So etwas fehlt noch in meinem Merkbüchlein.«
Kurz, um Herrn Dr. Teodoro, diese »Fadheit von Mannsbild, diesen Strohkopf!« kennenzulernen, hatte sie sich an Dona Flors Herd beim Erlernen des Aratu die Finger verbrannt. Wie albern!
In Dona Magnólias Augen tat die Tatsache, daß ein Mann ernsthaft und verantwortungsbewußt war, dem Renommee des Herrn Doktor keinerlei Abbruch und verlieh ihm sogar etwas Pikantes, ein gewisses Etwas. Bei ihrer Saat von Hörnern hatte die Dirne des Geheimpolizisten, die ihren Acker ebenso eifrig bestellte wie die wählerische Carioca, als Erzfeindin jeder Ein-

tönigkeit gelernt, Abwechslung in ihre Verhältnisse sowie in die Hautfarbe, in Aussehen und Alter ihrer Partner zu bringen – sie legte sich nicht auf eine Formel, auf ein Modell fest. Heute wählte sie einen Brünetten, morgen einen Blonden, dann eine Dunkelhaut, wobei auf einen rastlosen Jüngling ein graumelierter Fünfziger folgte. Warum unablässig Gerichte mit der gleichen Würze aus ein und derselben Küche verspeisen? Dona Magnólia war eklektisch.

Mindestens viermal am Tag auf seinem Hin- und Rückweg zwischen Haus und Apotheke ging der »prachtvolle Vierziger« (nach Dona Dinorás Kristallkugel) unter dem Fenster vorbei, auf dessen Brett Dona Magnólia in ihrer ausgeschnittenen Robe de chambre ein paar schamlose Brüste gebreitet hatte – ebenso groß und rund wie feil. Die Schüler des in der Nebenstraße gelegenen Ipiranga-Gymnasiums hatten daher ihren Schulweg umgelegt, um unter dem Fenster, in dem jene Brüste gediehen, die sie insgesamt ernähren hätten können, im Verband grüßend vorbeidefilieren zu können. Dona Magnólia war gerührt: sie waren so schmuck in ihrer Schuluniform, und die kleinsten stellten sich sogar auf die Zehenspitzen, aus lauter Freude über den Anblick und davon träumend, die geschauten Kostbarkeiten berühren zu können. »Laß sie leiden, damit sie lernen«, gab Dona Magnólia pädagogisch von sich und tat alles, um Brüste und Büste besser zur Schau zu stellen. (Denn für weiteres war der Fensterausschnitt nicht groß genug.)

Und die Schüler litten, es stöhnten Handwerker aus der Umgebung, Laufburschen, die Einkäufe austrugen, Jungen wie Roque, der von den Bilderrahmen, alte Knaben wie Alfredo, der mit seinen Heiligenbildern unterwegs war. Von weit her kamen Leute gelaufen, aus Sé, aus Jiquitáia, von Itapagipe, von Tororó, von Matatu, auf Pilgerschaft, nur um die vielbesprochenen Herrlichkeiten zu bestaunen. Punkt drei Uhr nachmittags, in der größten Sonnenhitze, überquerte ein Bettler die Straße:

»Ein Almosen für einen beidseitig Erblindeten ...« Das beste Almosen war jedoch die göttliche Schau im Fenster: selbst auf die Gefahr hin, entlarvt zu werden, riß er sich die Brille ab und weidete beide Augen einmal kurz an dieser Gabe Gottes, an diesem Besitz des Polizisten. Selbst wenn der Geheime ihn unter Anklage des Betrugs und der geheuchelten Bettelei verfolgte und ins Kittchen steckte, auch dann würde der Blinde sich sagen: das war mir das Vergnügen wert.

Nur Dr. Teodoro im Prunk seines schneeweißen Anzugs und seiner gebauschten Krawatte hob nicht einmal die Augen zu dem im Fenster dargebotenen Himmel. In einer wohlerzogenen Begrüßung den Kopf neigend, zog er den Hut und wünschte einen guten Tag oder einen guten Nachmittag, ohne indes auf Dona Magnólias ausgestellte Brüste zu achten, die sie zwecks größerer Wirkung mit Spitzen umrüscht hatte, um endlich diesen Marmorblock von Mann zu erschüttern, um seine beleidigende eheliche Treue zu zerstören. Nur er, der Dunkelhäutige, der Schöne, fraglos ein Stuhlbein, nur er ging vorüber, ohne die leiseste Gemütsregung, den geringsten Anflug von Freude, von Ekstase zu verraten und ohne auch nur einen Blick auf jenes Meer von Brüsten zu werfen. Ah, das war zuviel, ein abscheuliches Verbrechen, eine unerträgliche Herausforderung!

Monogam, hatte Dona Dinorá garantiert, die alle Einzelheiten aus dem Leben des Doktors kannte. Nie würde er seine Frau betrügen, er hatte es noch nicht einmal mit Tavinha Manemolência getan, einer wenn auch auf eine kleine Kundschaft beschränkten öffentlichen Dame. Dona Magnólia indes vertraute auf ihre Reize: »Meine liebe Kartenschlägerin, nehmen Sie's zur Kenntnis, schreiben Sie auf, was ich Ihnen sage: es gibt keinen monogamen Mann – das wissen wir beide nur zu genau. Gucken Sie in Ihre Kristallkugel hinein, und wenn sie es gut mit Ihnen meint, wird sie Ihnen den Herrn Doktor im Bett eines Lustschlosses zeigen – in Sobrinhas Quartier zum Beispiel, um es genau zu sagen – und neben ihm, quietschfidel, Ihre Dienerin: Magnólia Fátima das Neves.«

Hatten die schmachtenden Augen der Nachbarin keinen Eindruck auf den Herrn Doktor gemacht, auch nicht ihre einladende Stimme, die seinen Gruß beantwortete mit ihren aufs Fensterbrett gepflanzten Brüsten, die im Schatten und in der Sonne gediehen, unter der Begierde der Schuljungen und dem Geseufze der alten Knacker? Dona Magnólia lachte nur, sie verfügte über andere Waffen; die würde sie gebrauchen und dann unverzüglich zum Angriff übergehen.

So kam es, daß Dona Magnólia an einem bestimmten Föhnnachmittag, als eine Last in der Luft nach einem Windchen verlangte und nach Kopfgekraule, nach einem Bettgespielen und nach einem Schlummerliedchen, die Schwelle der Apotheke überschritt, in der Hand eine Schachtel mit Injektionen für eine neue Versuchung des heiligen Antonius. Sommerlich in ein flimmerndes Fähnchen gekleidet, stellte sie verschwenderisch ihre Reichtümer zur Schau.

»Könnte der Herr Doktor mir eine Injektion geben?«

Dr. Teodoro wog gerade Nitrate im Laboratorium ab, sein gestärkter Arbeitskittel machte ihn noch größer und verlieh ihm eine gewisse wissenschaftliche Würde. Lächelnd reichte sie ihm die Schachtel mit den Injektionen. Er nahm sie, legte sie auf den Tisch und sagte:

»Einen Augenblick . . .«

Dona Magnólia wartete unbeweglich und betrachtete ihn, er gefiel ihr immer besser. Ein Mannsbild im besten Alter, kraftstrotzend, tüchtig. Sie seufzte, und er, Pulver und Formeln beiseite lassend, hob die Augen zur Nachbarin auf:

»Haben Sie Schmerzen?«

»Ach, Herr Doktor . . .« Und sie lächelte, als wollte sie sagen, die Eifersucht plage sie und er sei die Ursache.

»Eine Injektion?« Er prüfte die Ampulle. »Hmm . . . Vitaminkomplex, um das Gleichgewicht aufrechtzuerhalten . . . Diese neuen Mittel . . . Was für ein Gleichgewicht, wenn ich fragen darf, meine liebe Senhora?« Und er lächelte freundlich, als hielte er eine Behandlung mittels Injektionen für Zeit- und Geldverlust.

»Der Nerven, Herr Doktor. Ich bin so sensibel, das können Sie sich gar nicht vorstellen.«

Ruhig und ohne Hast nahm er mit der Pinzette eine Nadel aus dem heißen Wasser und zog vorsichtig die Flüssigkeit in die Spritze. Jedes Ding zu seiner Zeit und an seinem Platz. Ein über dem Arbeitstisch hängender Spruch drückte seine Grundsätze deutlich aus: »Einen Platz für jedes Ding und jedes Ding an seinem Platz.« Dona Magnólia las es, sie wußte etwas von einem Ding und von einem Platz, anzüglich blickte sie in des Herrn Doktors Gesicht; selbstsicher war er, eine Wucht!
Nachdem er einen Wattebausch mit Alkohol getränkt hatte, hob er die Spritze:
»Ziehen Sie bitte den Ärmel hoch . . .«
Mit schmachtend-vielsagender Stimme warf Dona Magnólia hin:
»Nicht in den Arm, Herr Doktor . . .«
Er zog den Vorhang zu, sie hob den Rock hoch und bot den Augen des Herrn Doktor einen noch größeren und stolzeren Reichtum als den täglich auf dem Fensterbrett feilgebotenen. Einen Hintern, der sich sehen lassen konnte, einen wie der von Schneideameisen!
Sie spürte nicht den Stich, Dr. Teodoro hatte eine leichte, sichere Hand. Die von den Fingern des Herrn Doktor auf ihre Haut gedrückte Watte gab ihr ein angenehmes Gefühl der Kühle. Ein Tropfen Alkohol rann an ihrem Schenkel herunter; wieder seufzte sie.
Von neuem irrte Dr. Teodoro in der Deutung dieses sanften Seufzers.
»Wo tut's Ihnen weh?«
Noch immer den Saum ihres Kleides haltend und so ihre bis dato unwiderstehlichen Hüften zur Schau stellend, blickte Dona Magnólia der berühmten Gestalt gerade in die Augen:
»Verstehen Sie nicht? Verstehen Sie gar nicht?«
Er verstand wirklich nichts:
»Was?«
Schon wütend geworden, ließ sie den Rock sinken, der die verschmähte Flanke bedeckte, und zischte zwischen den Zähnen:
»Sind Sie blind, merken Sie wirklich nichts?«

Ihr halbgeöffneter Mund, ihr regungsloses Gesicht, ihre starr auf ihn gerichteten Augen – der Herr Doktor mußte sich ernsthaft fragen, ob sie nicht verrückt geworden sei. Angesichts einer so monumentalen Beschränktheit beendete Dona Magnólia ihre Frage mit dem Zusatz:

»Oder sind Sie blöd?«

»Meine Senhora . . .«

Sie streckte die Hand aus und berührte das Gesicht der Leuchte der Pharmakologie, und mit einer wiederum schmachtenden, vergehenden Stimme gab sie alles preis:

»Sehen Sie nicht, Herr Dummkopf, daß ich in Sie verknallt bin, vernarrt, verschossen? Sehen Sie's nicht?«

Und sie trat näher, ihre Absicht war, sich dem Vorsichtigen auf der Stelle an den Hals zu werfen, zumindest als Auftakt, und kein Kind, das sie mit schmachtenden Augen und geschürzten Lippen gesehen hätte, würde etwas anderes erwartet haben.

»Gehen Sie!« sagte der Doktor, leise, aber barsch.

»Mein hübscher Mulatte!« Und sie hing sich an ihn.

»Gehen Sie!« Der Doktor riß die begehrlichen Arme, ihren heißhungrigen Mund von sich los, felsenfest beharrte er auf seinen Grundsätzen, auf seinen unerschütterlichen Überzeugungen. »Hinaus mit Ihnen!«

Majestätisch in seiner unbeugsamen Tugend, in seinem weißen Mantel, die Spritze in der Hand, mit empörter Miene – wäre der Doktor auf einem Piedestal gestanden, er hätte das vollkommene Denkmal abgegeben, das leuchtende Standbild der über das Laster siegenden Moral. Doch das Laster beziehungsweise die zurechtgewiesene, gedemütigte Dona Magnólia blickte den makellosen Helden nicht mit bußfertigen, reuigen Augen an, sondern mit Ekel und wütendem Zorn:

»Schlappschwanz! Kapaun! Das zahlst du mir, Herr Banane, alter Herr Weichling!« Und sie stob hinaus, um sofort eine Intrige anzuzetteln.

Die arme Dona Magnólia, Opfer der Verachtung und des Zufalls, sie hatte wirklich scheußliches Pech, denn ihre Ränkesucht und ihre Rachepläne endeten unerwartet in völligem Fiasko. Die (in ihrer Zurückhaltung, in ihrer Ehre der seriösen Dirne) Gekränkte beschwerte sich nachdrücklich bei ihrem Geheimen über »die Verfolgung des Pharmazeuten, dieses stinkdreckigen Bocks«, dieses schamlosen Scheusals, das sie angehauen, das ihr unzüchtige Anträge gemacht und ihr vorgeschlagen habe, mit ihm den Mondschein am Sandstrand von Abaeté zu besichtigen. Der Schuft verdiente eine Lektion, eine Abreibung, vielleicht einen kurzen Aufenthalt im Kittchen mit einer gehörigen Tracht Prügel, damit er lerne, die Frauen anderer zu respektieren.

Sie habe bislang nichts gesagt, um ein Ärgernis zu vermeiden und um nicht seine Frau, das gute Ding, zu betrüben. Doch letztes Mal habe es der Lump wirklich zu weit getrieben ... Sie war in die Apotheke gegangen, um sich eine Injektion geben zu lassen, und der Sauzahn habe nach ihrem Busen gegriffen, so daß sie wegrennen mußte.

Schweigend hörte der Geheime sich die Geschichte an, und Dona Magnólia, die ihren Kerl nur zu gut kannte, bemerkte, wie sein Gesicht immer wütender wurde: demnach würde der Doktor seine Unverschämtheit teuer bezahlen müssen, zumindest mit einer Nacht im Knast.

An jenem Nachmittag war der Polizist mit einem Kollegen in Streit geraten, und zwar infolge eines Rechenfehlers, der ihnen bei der Teilung eines verschiedenen Lottoverkäufern erpreßten Betrages von ein paar Mil-Réis unterlaufen war. In dem reichlich rauhen, einem Austausch von Püffen und Ohrfeigen vorausgegangenen Zwiegespräch, bei dem Dona Magnólias Beschäler den Kumpan als Schlapphahn bezeichnet hatte, mußte er Offenbarungen anhören, die ihm das Blut in den Adern erstarren ließen: »Lieber ein Dieb«, sagte der andere, »als ein Geweihträger, als ein zahmer Gehörnter wie mein teurer Freund.« Dabei lieferte er ihm Beweise für verschiedene kürzliche Seitensprünge Dona Magnólias und teilte ihm zusammenfassend mit, von Polizeikollegen allein hätten bereits fünf an der Zahl im nacheinander Hörner aufgesetzt, ganz zu schweigen vom Kommissar der Sittenpolizei. Wollte man ihm eine Lampe auf jedes seiner Hörner pflanzen, man könnte die halbe Stadt damit erleuchten, vom Largo da Sè bis zum Campo Grande. Er mochte kein Dieb sein, aber dafür sei er die Schande der gesamten Polizei. Und dann wurde geprügelt.

Nachdem seine Ehre durch die Keilerei wiederhergestellt war, schloß er Frieden mit seinem Amtsbruder und mußte sich von ihm und anderen haarsträubende Dinge berichten lassen: hatte er etwa von einer gewissen Messalina gehört? Sie war im Vergleich zu Dona Magnólia die reinste Jungfrau . . .

Gequält schwor die »Schande der Polizei« Rache, und zwar mit einem Plagiat der von Dona Magnólia dem Pharmazeuten ins Gesicht geschleuderten Drohung:

»Kuh! Das wirst du mir bezahlen!«

Und so hörte er denn skeptisch Dona Magnólias Gefasel an, und kaum hatte sie die gegen die Übergriffe des Doktors mit soviel Würde verteidigten Brüste erwähnt, als er sie am Kragen packte und eine vollständige Beichte forderte.

Und schon erhielt sie die Abreibung eines Experten, der so etwas mit Lust und Verstand praktizierte. Und Dona Magnólia erzählte, was sie angestellt und nicht angestellt hatte, darunter alte Fälle, die vor ihrer Zeit mit dem Polizisten gespielt hatten, sowie aus Angeberei die vollständige Wahrheit über ihre Beziehungen zu Dr. Teodoro. Als sie ihn reinwusch, unterließ sie freilich nicht, den Doktor als impotenten Knacker mit viel Geschrei und wenig Wolle hinzustellen, denn bisher hatte ihr niemand das Unrecht angetan, der Landschaft ihres kriegerisch hingehaltenen Hinterns zu widerstehen.

Und schon ertönten auf der Straße Getöse und Gepolter. Denn die Prügel und Schreie und Schimpfworte lockten einen neugierig wimmelnden Menschenauflauf von Nachbarn, Gevatterinnen und Lyzeumsschülern vor das Haus des Geheimen. Die Gevatterinnen und die meisten Nachbarn hielten die Züchtigung für angebracht, verdient und richtig verabreicht, mit einem Nachteil freilich: sie kam zu spät. Die Schuljungen hingegen erduldeten jede Ohrfeige, jeden Puff, als würde ihr eigenes Fleisch getroffen, weil es jenes zarte kokette Fleisch war, das sie alle in ihren halbwüchsig-einsamen Betten besessen hatten. Gab es doch Nächte, in denen sie, das allbereite Weibchen, die allgegenwärtige Hirtin der Knaben, Lehrmeisterin der Liebe, in mehr als vierzig jugendlichen Betten zur gleichen Zeit des Traums und der Morgenröte schlief.

Doch nur Dona Flor und Dona Norma betraten das Haus des Geheimpolizisten, während die anderen sich damit begnügten, draußen Beifall zu klatschen oder lauthals Kritik zu üben, denn kein Mensch verspürte Lust, sich mit einem Bullen zu überwerfen.

»Seu Tiago, was soll denn das heißen? Wollen Sie die Unglückselige denn umbringen? Kommen Sie, lassen Sie sie los ...«, schrie Dona Norma.

»Schluß hätte ich mit ihr machen sollen, verdient hätte sie's, die Kuh ...«, erwiderte der Sportsmann und verpaßte ihr die letzten Hiebe.

»Das arme Geschöpf ... Sie sind ein Ungeheuer ...«, sagte Dona Flor und beugte sich über das vom Schicksal mitgenommene Opfer.

»Das arme Geschöpf?« Der Geheimpolizist war sprachlos über eine derartige Ungerechtigkeit. »Wissen Sie überhaupt, was dieses ›arme Geschöpf‹ über Ihren Gatten in die Welt gesetzt hat?«

»Über meinen Mann?«

»Kommt die mir doch nach Haus und behauptet, der Herr Doktor sei hinter ihr her und habe sie heute gewaltsam in der Apotheke vernaschen wollen. Als ich sie aber in die Zange nahm, gestand sie, daß alles gelogen sei, sie wollte mich nur gegen ihn aufbringen, damit ich ihn zur Rede stelle. In Wirklichkeit hat sie ihn angehauen; er ist aber nicht darauf eingegangen. Von allem anderen gar nicht zu reden.«

Und mit leiser Stimme sagte er:

»Wissen Sie, wie man mich bereits beschimpft hat? ›Die Schande der Polizei‹!«

Als sie sich an jenem Abend für ihren Gang ins Kino fertig machten und Dona Flor vor dem Spiegel ihre Nase puderte, sagte sie lächelnd zu Dr. Teodoro:

»Der Herr Doktor steigt also seinen Kundinnen nach, die sich bei ihm eine Injektion geben lassen ... Diesmal hat er's also mit Dona Magnólia versucht ...«

Er blickte sie an und sah, daß sie scherzte: Dona Flor konnte nicht ernst bleiben, das Ganze war einfach zu komisch. Sosehr sie in Rührung geraten wollte über die Treue ihres Gatten, so vermochte sie doch nicht das Bild Dr. Teodoros mit der Spritze in der Hand zu verscheuchen und die vollbusige, aufdringliche Magnólia, die ihn zu küssen versuchte. Ja, er war ein anständiger Ehemann, korrekt bis in die Knochen. Doch was tun, wenn diese Geschichte ihr so lustig vorkam?

»Wie dämlich von ihr ... Wie kam sie nur zu der Annahme, ich würde mein Laboratorium und eine Kundin mißbrauchen?«

»In diesem Fall wäre es kein Mißbrauch, Lieber, sie bot sich dir ja selber an ...«

Er senkte die Stimme, nie hatte er in dergleichen Dingen ganz seine Schüchternheit vor seiner Frau abgestreift:

»Wie könnte ich eine andere Frau ansehen, wenn ich dich habe, meine Geliebte?«

Einen treueren und korrekteren Mann als ihn gab es nicht, Dona Flor bot ihm ihre Lippen, und er küßte sie leicht.

»Dank dir, Teodoro, ich denke über dich genauso.«

Auf der Straße, an den Ecken, beim Aperitif in Mendez' Bar sprachen die Männer über die Bestrafung sowie über deren Ursache und Wirkung. Dona Magnólia wurde in ein Haus von Verwandten gebracht, sie war in Tränen gebadet, derweil der Geheime sich die Nase begoß.

Seu Vivaldo von der Bestattungsanstalt stellte die Frage: war Dr. Teodoro nun impotent oder nicht? Die Dirne hatte es nicht nur vernehmlich, das heißt laut schreiend behauptet, wie auch – und darüber sind wir uns wohl alle einig – nur ein Eunuch imstande gewesen wäre, Magnólias Versuchung und ihren Opulenzen so zu widerstehen wie er. Man mußte wirklich an seiner Männlichkeit zweifeln. Moysés Alves, der Kakao-Fazendeiro, indes geriet bei der Verteidigung des Pharmazeuten in Harnisch:

»Ein Schlappschwanz? Bare Lüge dieser Schlampe. Er ist ein seriöser Mann voller Verantwortungsbewußtsein. Wäre es Ihnen lieber gewesen, wenn er die Erzsünderin auf seinen Arzneitöpfen verlötet hätte?«

Seu Vivaldo blieb nach wie vor bei seiner kritischen Einstellung:

»Ein Mordsweib wie das vor die Tür setzen ...? Gleich, ob in der Apotheke oder sonstwo ... Wenn die bei mir im ›Blühenden Paradies‹ erschiene und es darauf anlegte, ich würd's ihr an Ort und Stelle besorgen, in einem Sarg ...«

Über eine Einzelheit war man sich einig: ob aus Impotenz oder Anstand, Dr. Teodoro hatte falsch gehandelt, sie abzufertigen, ohne einen Treffpunkt mit ihr zu vereinbaren:

»Nur Zahnlosen gibt Gott Nüsse zum Knacken ...«

Zwar kam ein Widerhall dieser an Straßenecken und in Bars wogenden, an Bier und Schnaps entfachten Diskussionen Dona Flor zu Ohren, aber zugleich auch das allgemeine Lob der Freundinnen und Nachbarn:

»Wären alle Ehemänner so wie deiner, das Leben würde sich lohnen.«

Eigentlich war Dona Flor wütend über die gegen ihren Mann lautgewordene Verleumdung, und so sagte sie zu Maria Antônia, einer früheren klatschsüchtigen, kupplerischen Schülerin, die sie nur besuchte, um zu lästern:

»Wenn jemand wissen will, ob er wirklich ein Mann ist, soll er herkommen, und ich sag' dem meinen, er soll's ihm beweisen ...«

»Sagst du's ihm wirklich?« lachte Maria Antônia lustig und leichtsinnig. Auch Dona Flor lachte. Selbst wenn sie sich über das Gehechel ärgerte, konnte sie ihr Gelächter angesichts der grotesken Situation doch nicht zurückhalten.

Eine Zeitlang danach erschien eines schönen Morgens Dionísia de Oxóssi und brachte ihr Bübchen mit, um den Segen der Gevatterin für den Kleinen zu erbitten. In letzter Zeit war sie sehr selten gekommen. Nun erzählte sie von dem Kummer, den sie erlitten hatte bei der Entdeckung, daß es eine andere Frau im Leben ihres Mannes gab: auf seinen vielen Fernfahrten mit dem Lastwagen, bei denen er mal hier, mal dort übernachtete, hatte er in Joazeiro mit einem Weibsbild angebandelt. Dionísia war der Spur eines Briefes nachgegangen, hatte Krach geschlagen und gedroht, den Treulosen vor die Türe zu setzen. Doch es war nur eine Drohung, Gevatterin, denn welcher Mann hat keine Weibergeschichten, wer setzt der eigenen Frau nicht gelegentlich Hörner auf? Aber weh getan hatte es ihr doch, sie war sogar abgemagert und erst seit kurzer Zeit wieder auf dem Posten, denn spät genug hatte ihr Mann mit der Schlampe Schluß gemacht.

Dona Flor tröstete sie: wer hat nicht unter dergleichen Mißlichkeiten zu leiden? Sie, Dona Flor, hatte erst kürzlich eine unliebsame Entdeckung machen müssen, die sie verletzt und gekränkt hatte.

»Macht denn auch der Herr Doktor Geschichten? Was, sogar er? Hab' ich's Euer Gnaden nicht gesagt? Keiner entgeht den Weibern mit ihren Fallstricken . . .«

»Wer? Teodoro? Aber nein, mein Ärger hatte andere Gründe. Dona Dionísia, Teodoro ist die Ausnahme, die die Regel bestätigt . . . Er ist ein seriöser Mann, für ihn lege ich die Hand ins Feuer . . .«

Plötzlich fiel Dona Flor etwas ein, was sie Dionísia um ein Haar gebeichtet hätte: daß nämlich von den beiden Dr. Teodoro betreffenden Weibergeschichten die einzige greifbare, die Anfang und Ende hatte, die einzige, die sie verletzt und tief gekränkt hatte, nicht ihrem zweiten, sondern ihrem ersten Gatten passiert war: jene alte und erst jüngst aufgedeckte Geschichte zwischen Inês Vasques dos Santos und dem Verstorbenen. Als Dona Flor an Magnólia oder Mirtes dachte, stand sofort die magere, durchtriebene Inês vor ihren Augen – die verlogene Hündin, die Schnepfe!

5

Etwa sechs Monate dauerte die Einstudierung der Romanze, bis der anspruchsvolle Dirigent sie für aufführungsreif hielt, denn in diesem Fall war er noch anspruchsvoller: es handelte sich um ein Werk seiner Urheberschaft, gewidmet der Anmut und der Güte Dona Flors; ›Girrende Florípides‹ war sein Augapfel.

Jeden Samstagabend ohne Rücksicht auf Regen oder Sonne wurde in einem anderen Hause für das Konzert geübt: es sollte in einer Woche im Haus Taveira Pires' stattfinden.

Jene Monate waren im Frieden des Herrn und ohne erwähnenswerte Vorfälle verflossen, mit Ausnahme vielleicht von Miraldas erstem Auftreten »am Mikrophon des Volkes der Radiostation *Menina* in Amaralina, des jüngsten und am meisten gehörten Senders«, ein Ereignis, das die Nachbarschaft alarmierte und die ganze Umgebung in Aufregung versetzte. Es war, als feierten all die Straßen und Sackgassen durch die Stimme des jungen Mädchens in den Lüften der Stadt ihr eigenes erstes Auftreten, so groß war die Unruhe, so groß die Nervosität.

Dona Norma befehligte die Gruppe der Stimmungsmacher, eine geräuschvolle Abordnung, die sich am Tag des Festes im Sender einfand. Eine unter Nachbarn veranstaltete Sammlung hatte eine beträchtliche Summe für ein Andenken ergeben: bei Seu Samuel von den Juwelen – außer Schmuck verkaufte er so ziemlich alles und jedes: Hemden, Tropenstoffe, Leinen, Möbel, Parfüms, lauter Schmuggelware und sozusagen umsonst – erstand man eine zauberhafte Armbanduhr, hochmodern und originell, mit sechs Monaten Garantie. »Schweizer Fabrikat, siebzehn Rubine, spottbillig«, bestätigte Seu Samuel, der den Eindruck zu erwecken suchte, als verkaufte er sie nur, um seiner guten Kundin Dona Norma einen Gefallen zu tun.

Abends stellte Seu Sampaio, dem der Gelegenheitskauf vorgeführt wurde, fest, daß seine Frau wieder einmal von dem alten

Hausierer übers Ohr gehauen worden war, was seit zwanzig Jahren geschah und weitergeschehen mußte, bis einer von beiden endlich das Zeitliche segnen würde:

»Und wenn sie als erste stirbt, ist der alte Samuel imstande und verkauft ihr in ihrer Sterbestunde noch eine geschmuggelte letzte Ölung ...«

Sie war weder Schweizer Herkunft, noch strotzte sie von Rubinen, vielmehr war sie in São Paulo hergestellt und deshalb noch lange keine schlechte Uhr. »Es ist an der Zeit, daß wir Schluß machen mit der Verleumdung unserer brasilianischen Industrie, die ebenso leistungsfähig ist wie jede andere«, schloß Seu Sampaio nationalistisch.

Am Tag von Marildas erstem Auftreten bekam Dona Maria do Carmo natürlicher- und begreiflicherweise einen nervösen Tick, als sie ihre Tochter am Mikrophon stehen sah und den Sprecher ihre Qualitäten und »ihre harmonische Stimme eines Tropenvogels« verkünden hörte. Auch Dona Flor zerdrückte ein paar Tränen: sie hegte für Marilda mütterliche Gefühle und hatte ja auch dafür gekämpft, sie an diesem Tage hier zu sehen, und ihretwegen sich sogar mit Dr. Teodoro gezankt. Wenn Marildas Sieg der ganzen Nachbarschaft gehörte, dann galt dies besonders für Dona Flor. Um ihn würdig zu feiern, hatte sie die Süßigkeiten für den im Haus des jungen Mädchens vorbereiteten Buffetempfang gestiftet, bei dem auch eine Flasche Champagner (ein Mitbringsel Mirandãos) entkorkt werden sollte.

Außer dem Debüt der jungen Sängerin, die von der Radiokritik und dem Publikum mit Sympathie begrüßt wurde, ergab sich auch Dona Gisas unvermutete Reise in die Vereinigten Staaten, die Anlaß zu zahlreichen Randbemerkungen war. Nicht einmal Dona Dinorá mit ihrer Witterung, die intimsten Geheimnisse aller Leute zu erraten, nicht einmal sie hätte je die Nachricht vorausgeahnt: in New York war ein gewisser Mister Shelby gestorben und hatte sein Vermögen Dona Gisa vermacht. Wer war denn dieser Mister, und warum hatte er seine Reichtümer der seit vielen Jahren in Brasilien ansässigen

Lehrerin vererbt? Dona Gisa konnte man nicht gut fragen; sie war von einem Tag auf den anderen abgedampft, ohne auch nur ein Wörtchen verlauten zu lassen und sich protokollgemäß zu verabschieden.

So tauchten die ausgefallensten Gerüchte über den Toten und sein Vermögen auf. Man behauptete, er sei ihr – geschiedener oder auch nicht geschiedener – Mann gewesen, eine alte Liebe, ein verheimlichtes Verhältnis; zahlreiche Versionen, züchtige und unzüchtige, kamen in Umlauf. In einem Punkt jedoch herrschte Übereinstimmung: Dona Gisa würde einen kolossalen Besitz schlucken, die Erbschaft eines Millionärs, und zwar eines amerikanischen, dollar- und nicht milréis-schweren Millionärs.

Doch das ganze Gerüchtgespenst brach zusammen, als die Post einen Luftpostbrief für Dona Norma brachte. Lange musterte sie vor dem Öffnen die ausländischen Briefmarken und die ihr so vertraute Handschrift Dona Gisas, die in ihrer männlichen Unleserlichkeit einer Arztschrift glich.

Sie schrieb aus New York, um ihre baldige Rückkehr anzukündigen: sie hatte Blumen auf das Grab eines Vetters gelegt (»Vetters? Das soll sie ihrer Großmutter weismachen ... Ihr Mann, wenn es nicht noch was anderes war«, lästerten an Straßenecken und in den Bars die Gevatterinnen und Tagdiebe) und dessen Angelegenheiten geordnet. In der Tat hatte sie geerbt – sie war die einzige Verwandte –, doch die Erbschaft beschränkte sich auf einen gebrauchten Wagen, auf häusliche und persönliche Gegenstände, auf ein paar Aktien nahöstlicher Ölgesellschaften (gefährdete Aktien eines chronisch unruhigen Nahen Ostens). Sie hatte alles flüssiggemacht, und der Erlös deckte kaum die Reisekosten. Regelrecht vererbt hatte der zweifelhafte Vetter ihr nur Monseigneur, einen reinrassigen Dachshund, der in Kürze Bahias Straßen unsicher machen würde, denn Dona Gisa war dabei, Papiere für ihn zu besorgen.

Das ist etwa die Zusammenfassung der Geschehnisse, die in diese Chronik von Dona Flor und ihren zwei Ehemännern auf-

zunehmen wäre. Außerdem gab es Musikproben, Sitzungen der Pharmazeutischen Gesellschaft, Kochunterricht, Besuche bei Verwandten und Freunden, die obligaten Gänge ins Kino und schließlich die Liebe am Mittwoch- und am Samstagabend.
Schon erschien Dona Flor bei den Proben nicht mehr so eifrig wie zu Anfang, ohne daß sie diese Abende gleich als öde, als Stumpfsinn abgetan hätte wie einige Gattinnen der Orchestermitglieder, deren Meinung stadtbekannt und berüchtigt war. Mochte sie eine noch so innige Gefährtin ihres Mannes und solidarisch mit seinen Verpflichtungen und Vorlieben sein, dann und wann erlahmte ihr Interesse, und so schwänzte sie die Probe. Denn in Wirklichkeit waren nur Musikkenner in der Lage, aus der eintönigen Wiederholung von Melodien inneren Frieden und ein höheres Vergnügen zu schöpfen.
Auch an den gelehrten Sitzungen der Pharmazeutischen Gesellschaft mit ihren Thesen und Diskussionen nahm sie nicht mehr regelmäßig teil. Warum sich Zwang auferlegen und hingehen? Nur um den ganzen Abend gegen den tückischen, verhängnisvollen Schlaf anzukämpfen und sich zur Aufmerksamkeit zu zwingen, um zu ihrer Schande zu guter Letzt doch einzunicken? Sie hatte ja nicht einmal damals die ganze Sitzung durchgehalten, als Dr. Teodoro seine umstrittene These über die Barbitursäuren (›Von den organischen Produkten als Ersatz für Infusionen bei der Behandlung von Schlaflosigkeit‹) gehalten hatte; und doch war es ein aufregender, heftiger Diskussionsabend gewesen, bei dem der wissenschaftliche Ruf des Doktors auf dem Spiele stand. Die Debatte hatte bis in die Morgenstunden gedauert, und als ihr Mann ihr zitternd und glücklich den Arm reichte, bat sie, die vom Applaus erwachte, ihn im selben Augenblick fast um Entschuldigung, daß sie so fest eingeschlafen war, als hätte sie eine Pferdekur mit Infusionen und Barbitursäuren gemacht. Sie sagte noch:
»Mein Geliebter . . .«
Aber er in seiner gehobenen Stimmung sah nicht die geröteten Augen in ihrem schlaftrunkenen Gesicht.
»Hab Dank, meine Geliebte. Welch großer Sieg!«

Ein für allemal hatte er den Barbitursäuren das Handwerk gelegt und damit seine Pflicht als Bürger und Pharmazeut erfüllt. In seiner Apotheke führte er diese gefährlichen Toxika freilich weiter und erzielte mit ihnen erhebliche Gewinne, denn sie waren sehr in Mode. Als gelehrter und wißbegieriger Pharmazeut und zugleich als fähiger, wohlhabender Apothekenbesitzer fühlte sich der Doktor indes weder unbehaglich, noch kam er sich angesichts dieses womöglich widersprüchlichen Vorgehens doppelzüngig vor, denn er befolgte mit dem gleichen unbeugsamen Gewissen die noble Moral des Wissenschaftlers und die nicht weniger würdige Moral des Händlers.

Ein wirklich wichtiges Ereignis, das seinen gebührenden Widerhall in den Zeitungsspalten fand und in den höchsten Kreisen besprochen wurde, das Näherinnen, Modegeschäfte, Schneider, die alle hier erwähnt zu werden verdienen, in Bewegung brachte (denn wer weiß, ob wir so, wie die Welt läuft, nicht eines Tages beim Komtur Adriano Pires, dem Herrn des Geldes, anklopfen müssen), war das Konzert des Liebhaberorchesters ›Söhne des Orpheus‹ im festlichen Stadtpalais des päpstlichen Würdenträgers und Cello-Virtuosen.

Diesen der Kunst gewidmeten Abend in all seiner Pracht zu schildern will uns unmöglich erscheinen, da es unsere Kräfte und diese bescheidene Ausdrucksform überfordert. Wer zum Beispiel über die Roben der Senhoras Bescheid wissen möchte, über ihre Schönheit und ihren unvergleichlichen Schick, sei auf die Zeitung des Dichters Tavares verwiesen und den darin veröffentlichten ausführlichen Bericht des stets glänzenden Silvinho Lamenha, eines Arbiters in dieser zarten Materie. Was das eigentliche Konzert betrifft, so stehen dem Interessierten dafür die in den Gazetten wiedergegebenen Meinungen der Kritiker Finerkaes und José Pedreiras zur Verfügung, abgesehen von der Chronik des Herrn Hélio Basto, eines Mannes der sieben Instrumente, denn außer seiner Ausbildung als Konzertpianist widmete er sich auch noch der Literatur und der bildenden Kunst. Dona Rozilda sammelte in Nazareth die

Zeitungsausschnitte, die fast ausschließlich ein Loblied sangen auf Dr. Teodoro und sein »herrliches Fagottsolo in der Romanze von Agenor Gomes, einem der Höhepunkte des Abends« (Coqueijo: ›Pizzikati eines Konzerts‹ in der *Gazeta da Bahia*).

An jenem Abend sah Dona Flor sich auf dem Gipfel, sie hatte die höchste Stufe der gesellschaftlichen Leiter erklommen und wurde bemerkt: »Welch graziöse Zierde! Von welchem Pariser Couturier stammt ihr Abendkleid aus Moiré fauve mit drapiertem Dekolleté, das manch andere bemerkenswerte Robe in den Schatten stellt?«, wie Silvinho, das Jesuskind der Gesellschaft, schrieb. Die gesamte Hautevolee war versammelt, die wichtigsten Leute von Bahia, die Honoratioren der Politik, des Geldes, des Geistes, unter ihnen Snobs und ewig Gelangweilte, dazwischen jene Betrüger, die sich erfolgreich eingeschmuggelt hatten, angefangen bei den Schwiegersöhnen des Komturs.

Von der nächsten Umgebung des Platzes Zum Zweiten Juli war außer Dr. Teodoro nur noch Zé Sampaio, ein Kollege des Pampapferdes im Klub der Ladenbesitzer und sein alter Schulkamerad, eingeladen worden. Doch er lehnte ab:

»Nein! Um des lieben Himmels willen ... Laß mich in Ruhe, ich habe Beschwerden, ich brauche Ruhe ... Geh du allein, Norma, wenn du willst ...«

Natürlich ging Dona Norma, doch nicht allein, sondern mit Dona Flor und dem Doktor. (Wie eine Einladung verschmähen, die ein Privileg war? So etwas brachte wieder nur ihr Mann, ein ungeselliger Kauz und Waldschrat, fertig.)

Der Komtur hatte zu Dona Imaculada gesagt:

»Ich will alles vom Guten und vom Besten ...«

Alles war auch vom Guten und vom Besten; mochte Dona Imaculada auch eine grausame Prüfung sein, der Gerechtigkeit zuliebe sei erklärt: sie wußte, wie man empfängt. Man bestellte (zu einem Sündenpreis) die Dienste des Architekten Gilbert Chaves für die Ausschmückung des Parks, in dem das Orchester spielen sollte.

»Sie brauchen nicht aufs Geld zu sehen, junger Mann, ich wünsche etwas Erstklassiges mit Tribüne und allem Drum und Dran. Geben Sie aus, was notwendig ist ...« Der mit Angestellten und in Kleinigkeiten geizige Komtur machte seinen Geldbeutel locker und zückte das Scheckbuch.
Musik in den Ohren von Meister Chaves! Nicht aufs Geld zu sehen – das kam ihm zupaß. Er gab zwar ein Vermögen aus, aber der Erfolg war auch dementsprechend! Der Park sah aus wie ein Märchengarten, und das kleine Amphitheater war von einer in Bahia bisher nie gesehenen architektonischen Kühnheit.
Als Dona Flor eintrat, blieb ihr vor lauter Staunen und Bewunderung der Mund offen. Und Dona Norma brachte nur ein einziges Wort heraus:
»Klotzig!«
Dona Imaculada und der Komtur empfingen die Gäste, sie eingewickelt in aus Europa eingeführte Fetzen, in der Faust ihr Lorgnon, er wenig präsentabel trotz seines Smokings, seiner steifen Hemdbrust und seines Kragens mit umgebogenen Ecken. Als er Dr. Teodoros mit seinem Fagott ansichtig wurde, zog ein Lächeln sein von Pigmentschwund geflecktes Gesicht in die Breite:
»Liebster Teodoro! Heute wollen aber wir den Ton angeben ...« Und er strahlte glückselig über das bevorstehende Konzert und sein gelungenes Wortspiel.
Hoch aufgerichtet streckte Dona Imaculada die Fingerspitzen aus, den Männern zum Handkuß und den Frauen gewissermaßen zum Knicks, als hätten die einen wie die anderen um ihren Segen zu bitten.
»Was für ein Reff!« sagte Dona Norma, kaum hatte sie dem Lorgnon den Rücken zugekehrt.
»Dafür aber äußerst mildtätig ... Sie ist Präsidentin der Fürsorgegesellschaft für die Heiden in Afrika und Asien ... Sie hat auch mir einen Brief in der Angelegenheit geschrieben ...«
Dr. Teodoro hatte vor Zeiten ein von der Komturin unterzeichnetes Schreiben erhalten, in dem sie für die katholische

Mission in jenen Kontinenten um finanzielle Unterstützung bat.

Bald sahen sie Urbano Armer Mann, der in seinem schneiderneuen Smoking prangte (gestiftet vom Herrn Komtur, als er erfuhr, der Geiger könne in Ermangelung angemessener Kleidung nicht beim Konzert mitwirken) und seinen Geigenkasten im Arm hielt. Er war unter dem gehässigen Keifen seiner Frau aus dem Haus geflüchtet und stand jetzt zwischen Bäumen versteckt, um nicht gesehen zu werden. Dr. Teodoro zerrte ihn ins Amphitheater, wo sie ihre Instrumente zurückließen.

Obgleich das Konzert für acht Uhr dreißig angesagt war, zeigte die Uhr bereits nach neun Uhr, als es Maestro Agenor Gomes endlich gelang, seine Musiker zusammenzutrommeln und mit dem Konzert zu beginnen.

Die Gäste, die in den Räumen des Hauses und im Park Erfrischungen nippten, hatten es jedoch nicht eilig, so daß der Komtur persönlich ans Mikrophon treten und mit barscher, ungehaltener Stimme mahnen mußte:

»Das Konzert beginnt, bitte Platz nehmen, und zwar rasch, rasch.«

Wer hätte einem derartigen Aufruf, der eher ein Befehl war als eine Aufforderung, keine Folge geleistet? Der Lärm verstummte, und Herren und Damen nahmen ihre Plätze ein, doch viele Männer blieben stehen in der Hoffnung, sich so bald wie möglich davonschleichen zu können. Es war eine wahre Parade der Eleganz: die Frauen stellten kostbaren Schmuck und gewagte Ausschnitte zur Schau, alle Herren waren im Abendanzug, der Maestro strahlte im Frack. In der ersten Reihe neben Dona Imaculada saßen Dona Flor und Dona Norma. Auf der anderen Seite der Erzbischof.

Maestro Agenor Gomes, ergriffen vom Kopf bis zu den Zehenspitzen (»Eigentlich müßte ich ein dickes Fell haben, aber bei jedem Konzert trete ich wieder von einem Bein aufs andere, als wäre es mein erster Auftritt«), hob den Taktstock.

Der erste Teil wurde mit Aufmerksamkeit und Beifall angehört. Schuberts mit angemessenem Schwung vorgetragener

Marsch und anschließend Dr. Venceslau Veigas herrliches Geigenspiel in der Melodie von Drdla entlockten Kennern und Musikschwärmern wie Dr. Itazil Benício, »dem Arzt und Künstler« (Silvinho), Beifallsklatschen und sogar Bravorufe. Glücklich schwitzte Maestro Gomes.

In der Pause stürzten sich die Geladenen wie verhungerte Barbaren, die seit Monaten nichts zu essen bekommen hatten, auf das fürstliche Buffet, an dem Dona Flor und Dona Norma zum ersten Mal in ihrem Leben Kaviar kosteten.

Dona Flors Gaumen eines Küchenchefs mundete der vielgerühmte Kaviar, von dem jedes Gramm ein Vermögen kostete, und sie meinte:

»Schmeckt zwar komisch, aber ich mag's trotzdem.« Dona Norma war anderer Meinung und sagte zu ihrer Freundin lachend und grimassierend (Champagner liebte sie dafür und hatte schon zwei Gläser getrunken):

»Dieses Zeug schmeckt irgendwie ranzig.«

Auch Dona Flor lachte, und da Dr. Teodoro sich entfernt hatte, um Urbano Armer Mann zu holen und zum Buffet zu schleppen, fiel ihr eine Bemerkung des Verstorbenen ein, ihres ersten Mannes, die er nach einer Rückkehr von Rio gemacht hatte. Auf der Reise – Dona Flor wußte nicht, auf welcher Höhe – hatte er sich mit diesem Kaviar vollgestopft, und als sie ihn fragte, wie er schmecke, hatte er ihr gesagt:

»Schmeckt nach Schlitz ... Ganz prima!«

Dona Norma, ein bißchen benommen vom Champagner, platzte heraus: »Was für ein verrückter Kerl war doch dein erster Mann, ein unheilbares, aber unbezahlbares Schandmaul, ein hoffnungsloser, aber unvergessener Fall! Kleine, der Verstorbene hatte Humor, er verstand sich auf diese Art von Geschmäcker ...!«

Mittlerweile kam Dr. Teodoro zurück und schleppte Armer Mann am Arm, und Dona Flor stellte ihm einen schönen Teller zusammen, ohne Kaviar zu vergessen.

Es war nicht einfach, all die Gäste für den zweiten Teil des Konzertes zusammenzutreiben. Zwar nahmen die Musikliebhaber unverzüglich ihre Plätze ein, aber sie waren in der Minderzahl unter der Masse der reichen Leute, die nur essen und trinken wollten. Der Komtur jedoch gab seinen Dienstboten energische Anweisungen, so daß Maestro und Orchester endlich zum ›Simple Aveu‹ übergehen konnten.

Nach der Musik von Francis Thomé folgte der Höhepunkt des Konzerts, das Cellosolo, gespielt vom Komtur Adriano Pires, genannt ›Pampapferd‹. Nun trat wirkliche Stille ein: sogar in Anrichte und Küche ruhte die Arbeit, und die Kellner warteten mit dem Einschenken bis nach der Nummer. Dona Imaculada hatte persönlich gefordert, während dieser Nummer müsse vollkommene Ruhe herrschen.

Jetzt, wo er alles, die Welt und ihre Einwohner, vergaß, stand der Komtur des Papstes, der trockene Millionär, auf du und du mit der Freude und der Güte und war mit einemmal ein menschliches Wesen.

Nicht enden wollender Applaus. Auf dem Podium stehend und auf den Maestro und die Orchesterkollegen deutend, dankte Seu Adriano mit einer Verbeugung. Es wurde »Bravo« gerufen, »Da capo«, und zwar nicht nur von den Sachverständigen, von den Musikjüngern. Alle riefen, und am lautesten betätigte sich der Börsenmakler Alírio de Almeida, der von Musik keine Ahnung hatte: in seinen Geschäften hing er von einem Wort des Pampapferdes ab.

Wie hinterher Armer Mann sagte: das Programm hätte mit der Nummer des Komturs enden sollen, denn danach standen viele Gäste auf und verfügten sich ins Haus zu Bier und Gespräch. Wer nicht fortzugehen wagte und sitzen blieb, hörte für den Rest des Konzerts teils unaufmerksam, teils ungeduldig zu. Dann und wann faßte der eine oder andere Mut und schob sich mit einem geflüsterten »Verzeihung« an seinem Nachbarn aus der Stuhlreihe und verschwand im Palais.

Doch die ›Söhne des Orpheus‹ bemerkten diese Fahnenflüchtigen nicht und spielten mit dem gleichen innigen Ton und Schwung weiter. Die Musikliebhaber indes fühlten sich von der Unruhe und dem zunehmenden Geflüster belästigt. Dona

Norma machte »Psst« und drehte sich um, als Dr. Teodoro mit einem raschen Blick auf Dona Flor sein Fagottsolo begann. Dona Imaculada wandte sich als aufmerksame Gastgeberin gleichfalls um und blickte die Ungeduldigen durch ihr Lorgnon rügend an. Das genügte: sofort trat Stille ein, und kein Mensch wagte es mehr, aufzustehen.

Die Klänge des Fagotts schwebten in der Luft, überflogen den Park und webten einen Liebesschein um Dona Flors von soviel Schwärze fast blaues Haar.

Dona Flor schloß halb die Augen, in dem Romanzensolo hörte sie alles, was ihr guter Mann ihr gegeben hatte. Nun saß sie da, wo niemand sie erwartet hatte, saß im Park des aristokratischsten Hauses von Bahia, neben ihr als friedlicher Zuhörer Seine Eminenz, der Erzbischof-Primas in seinem Purpur und seinem Hermelin.

Er hatte ihr viel gegeben, so viel: Frieden und Sicherheit, Ruhe, Ordnung und Behaglichkeit, alles, was sie erträumen und erahnen konnte, Ansehen und keinen Kummer, nicht eine einzige unliebsame Überraschung. Und in diesem Augenblick entlockte er dem mageren Leib seines Fagotts den ersten Laut seiner Liebe und seiner Ergebenheit. Keine Frau konnte sich einen besseren Gatten wünschen.

Im Augenblick des Beifalls blickte Dona Norma ihre Freundin an: eine Träne schimmerte auf Dona Flors Wange, Glückstränen, lächelte die gute Nachbarin, gleichfalls glücklich über den Erfolg des Doktors:

»Dr. Teodoro hat göttlich gespielt . . .«

Selbst Dona Imaculada auf dem Nachbarstuhl ließ sich zu einem Lob herab:

»Ihr Mann hat sehr gut abgeschnitten . . .«

Im großen Empfangssaal begann der Tanz, kaum waren die letzten Klänge der letzten Orchesternummer, des Potpourris aus ›Die lustige Witwe‹, verhallt. Im Park gratulierten die Zuhörer, an ihrer Spitze der Kardinal-Primas, dem Maestro und den Musikern und umringten den Komtur. Dona Flor hatte ihre Träne nicht von der Wange gewischt, und als der Doktor

ihre Ergriffenheit sah, fühlte er sich für seine sechs Monate Probe belohnt.
Aus dem Saal kamen Leute gelaufen und suchten Hélio Basto, damit er ihnen auf dem Klavier Sambas und Foxtrotts, Tangos und Boleros herunterhacke, und alsbald wurde ein Tänzchen improvisiert. Dr. Teodoro, sein Fagott unter dem Arm, schlug vor, nach Hause zu gehen: es sei bereits Mitternacht vorbei ... Dona Norma bat nur um fünf Minuten, um noch ein Glas Champagner schlürfen zu können: »Ich bete Schampus an!«
Sie schüttete zwei Gläser hinunter und lachte im Taxi grundlos und quietschvergnügt. Dona Flor nahm in ihre Hände die Hände ihres Mannes, ihres guten Gatten. Man sprach über das Konzert und das Fest, beides war fabelhaft gewesen. Soviel zu essen und zu trinken, und alles nur vom Besten, der Komtur hatte sich weiß Gott nicht lumpen lassen.
»Weit übertrieben ...«, meinte der Doktor. »Sogar Kaviar ... vom echten, russischen ...«
In ihrer Champagnerseligkeit blinzelte Dona Norma Dona Flor zu und wandte sich mit einem nur den beiden Frauen verständlichen vielsagenden Tonfall an Dr. Teodoro:
»Schmeckt Ihnen Kaviar, Doktor?«
»Ich weiß, daß es ein Götterbissen ist, ich habe ihn heute wieder einmal gekostet. Eine Gelegenheit wie diese, wo man ein so üppiges Mahl umsonst bekommt, soll man sich nicht entgehen lassen. Aber ich muß gestehen, Dona Norma, ich kann mich nicht an den Geschmack gewöhnen ...«
»Welchen Geschmack hat denn Kaviar nach Ihrer Meinung?«
Dona Norma lächelte schlau, euphorisch, ungehemmt. Dona Flor senkte den Kopf, vielleicht um ein spöttisches Lächeln zu verbergen. Dr. Teodoro dachte nach, womit der Geschmack, der ihm vor kurzem auf der Zunge gelegen hatte, zu vergleichen sei, fand aber nichts:
»Ehrlich gesagt, ich kenne nichts, was mit ihm zu vergleichen wäre. Unter uns, und hier hört uns niemand: er schmeckt scheußlich!«

»Scheußlich?« Dona Norma löste sich in Gelächter auf. »Finde ich auch ... Aber es gibt Leute, die ihn mögen, nicht wahr, Flor?«
Aber Dona Flor lachte nicht, ihr Gesicht war im Dunkeln kaum zu erkennen, wer weiß, ob sie traurig war oder nur ergriffen? Sie blickte in die Nacht, als hörte sie nicht das Lachen der Freundin. Sie drückte die Hand ihres Gatten und sagte halblaut:
»Die Musik und dein Spiel, ach, das war herrlich, Teodoro!«
»Mehr konnte ich nicht tun ... Ich bin Amateur, nichts weiter.«
Warum mehr? Wer bin ich, um von dir, mein Geliebter, überhaupt etwas zu verlangen? Was habe ich mitgebracht, was hinzugefügt, was für Güter habe ich in meine Schale der Ehewaage gelegt, um die deinen so vollen damit aufzuwiegen: von deinem Geld bis zur Romanze auf dem Fagott, von deinem Wissen bis zur guten Erziehung, und dabei diese Sauberkeit, dieser Anstand? Ich habe nichts mitgebracht, nichts hinzugefügt, bin nicht durchsichtig und nicht ewig, ich besitze nicht dein Mittelmeerlicht, ich bin aus Schatten gemacht, aus nächtlichem, vorübergehendem Stoff. Ich bin zu klein für deine Größe, Teodoro.
Im Wartehäuschen der Straßenbahn sah Urbano Armer Mann sie vorbeifahren. In der Hand hielt er seinen Geigenkasten und ein Päckchen mit Salzigem und Süßem für Siá Maricota.

6

Herr Professor Epaminondas Souza Pinto, umsichtig und monarchistisch, liebte Sprichwörter und Redensarten, denn in diesen Aussprüchen fand er die Weisheit der Jahrhunderte wieder, den Ausdruck ewiger Wahrheiten.
»Das Glück hat keine Geschichte, aus einem glücklichen Leben wird kein Roman«, antwortete er, als Chimbo, jener bedeutende Verwandte des Verstorbenen, ihn nach Dona Flor fragte,

die er seit langer Zeit, seit dem verrückten Karneval und der Beerdigung des Tagdiebes, nicht mehr gesehen hatte. (»Wieviel Jahre ist es her, zwei oder drei?«)
»Sie hat nämlich wieder geheiratet und ist glücklich ... Vor etwa einem Jahr hat sie ihr Schicksal an das von Dr. Teodoro Madureira gekettet ...«
»Hat sie sonst was erlebt?«
»Nicht daß ich wüßte ...« Und um nicht die Gelegenheit zu einem Spruch zu versäumen, schloß er: »Wie das Volk so richtig sagt: Das Glück hat keine Geschichte!«
Der lebenserfahrene Chimbo pflichtete ihm bei:
»Sehr richtig. Wenn einer etwas erlebt, dann nur, um sich selber böses Blut zu machen ... Wenn ich Ihnen erzählen wollte ... Hören Sie ...«
Und er schüttete ihm sein Herz aus: in seinem fortgeschrittenen Alter, Herr Professor, hatte er mit einem jungen Mädchen von neunzehn Jahren angebändelt – zwar war sie keine Jungfrau mehr, aber fast. Ein Schuft hatte ihr mit einem Verlobungsring gewinkt und ihr darauf ihre Jungfernschaft vernascht, aber noch einen kleinen Rest zurückgelassen, den der als Tröster und Beschützer herbeigeeilte Chimbo ihr dann vollends nahm ... Resultat, mein edler Herr Professor: die Puppe hatte einen dicken Bauch und er die Verantwortung auf dem Hals ...
Herr Professor Epaminondas Souza Pinto mit seinem unbefleckten Leben hatte für die Unruhe des illustren Mannes der Öffentlichkeit weder Rat noch Trost zu vergeben und gratulierte ihm daher in Ermangelung eines günstigeren Gutachtens zu der »vielversprechenden Schwangerschaft«.
Auch wir haben Meister Chimbo weder Trost noch kluge Ratschläge anzubieten – außerdem fehlt uns dafür Zeit und Raum – und wollen von dem Vorfall nur die in dem Leitspruch enthaltene Wahrheit nutzen: in Dona Flors und Dr. Teodoros glücklichem Dasein geschah nichts Nennenswertes mehr, so daß wir nicht beabsichtigen, diese bereits umfangreiche Chronik mit dem Bericht eines Alltags voll Meeresstille, einem eintönigen, faden, literaturfeindlichen Stoff, aufzublähen.

Selbst Dona Flor, die in ihrem spärlichen Briefwechsel mit der Familie über die kleinsten Ereignisse Bericht zu erstatten pflegte, schrieb in einem Brief an ihre Schwester Rosália am Vorabend des ersten Jahrestages ihrer Ehe mit dem Pharmazeuten, sie habe ihr nichts Wichtiges mitzuteilen.

So füllte sie denn die Briefbogen mit Nachrichten über Verwandte und Nachbarn (in jenen Jahren hatte Rosália durch ihre Schwester all die Leute namentlich kennengelernt). Sie erzählte von Tante Lita und deren Beschwerden und von Onkel Pôrto, der nicht älter wurde. Dona Rozilda wohnte nach wie vor in Nazareth, arme Celeste! Marilda flog von einem Erfolg zum anderen, nun sang sie in der Radio-Gesellschaft und hatte bereits die Zusage erhalten, daß ihre Lieder auf eine Platte aufgenommen werden sollten. Von Dona Norma erzählte sie eine Geschichte, einfach reizend (»Man muß Norminha persönlich kennen, es lohnt sich«): als sie an einem Dienstag zu einer am darauffolgenden Samstag stattfindenden Taufe eingeladen wurde, sagte sie ab, »weil ich für den Samstag schon zu einer Beerdigung zugesagt habe«. »Wie kannst du wissen, daß am Samstag eine Beerdigung ist, Norminha, wenn wir heute erst Dienstag schreiben?« Na so was ... Ein Bekannter von ihr war nämlich drauf und dran, abzukratzen, und würde es sehr wahrscheinlich in der Nacht von Freitag auf Samstag tun, um das Wochenende zu nutzen und ein Begräbnis zu bekommen. Dona Gisa hatte von ihrer Reise nach New York einen Hund mitgebracht, »einen Köter, dürr wie eine Wurst«, und für Dona Flor ein wunderschönes Geschenk, eine Brosche. Aber »hör nur, Rosália, was die verrückte Gringa Teodoro verehrt hat: ein Hemd, über und über bedruckt mit nackten Frauen, kannst Du Dir den Doktor darin vorstellen? Wohlerzogen, wie er ist, hat er keinen Ton gesagt und sich bei ihr bedankt, ohne Verstimmung zu zeigen, aber ich habe das Hemd gleich zuunterst in meiner Kommode versteckt, damit er es nicht immer wieder zu sehen bekommt und wütend auf Dona Gisa wird, die eben so geartet, aber dabei herzensgut ist.« Krank und ans Bett gefesselt war neuerdings Dona Dinorá: »Stell Dir vor, wie sie leidet, ihre Glieder vollkommen verklemmt, ein fürchterlicher Rheumatismus, jetzt muß sie alles Wissenswerte durch Dritte erfahren.« Nun war sie in ihrer Tätigkeit darauf beschränkt, für Besucher die Karten zu schlagen und aller Welt Unheil vorauszusagen – ein allgemeines Ärgernis. Auch Dona Flor drohte sie, während sie ihre Karten befragte: »Sie hat mir gesagt, ich solle aufpassen, denn es gibt kein Glück, das dauert: ich habe nie so viele Flüche aus einem Munde gehört, das schwöre ich Dir!«

Abgesehen von diesen Alltagsbegebenheiten gab es nichts zu erzählen: »Es passiert rein gar nichts, es ist immer das gleiche Leben ohne Neuigkeit.« Der Doktor hatte beabsichtigt, das Haus, in dem sie wohnten, zu kaufen, doch nun hatte einer der Erben der ›Drogaria‹ beschlossen, seinen Anteil zu veräußern und nach Rio zu ziehen. Dr. Teodoro fragte Dona Flor, was ihr ratsamer scheine: das Haus oder einen zusätzlichen Anteil an der Apotheke zu erwerben? Und fügte hinzu, dieser neue Anteil würde ihm die Mehrheit des Firmenkapitals sichern. Was das Haus betraf, so könnten sie es immer noch kaufen, sobald es ihnen möglich wäre. Der Besitzer hatte keine andere Wahl als zu verkaufen, da der Ertrag angesichts der niederen Miete lächerlich gering war.

In Wahrheit hatte der Doktor sich seine Meinung bereits gebildet und die günstigste Lösung gewählt, und wenn er Dona Flor um Rat fragte, so tat er es aus purer Freundlichkeit und Wohlerzogenheit: »Die Zeit vergeht, und der Doktor ändert sich nicht, immer die gleiche Höflichkeit, das gleiche System, die gleichen Umgangsformen, Tag für Tag ist er der gleiche. Ich kann immer voraussagen, was im nächsten Augenblick passieren wird, und zwar für Stunden im voraus, und ich kenne auch schon jedes Wort, weil unser Heute ebenso ist wie unser Gestern.«

Wenn also das Leben in einem so sanften, friedlichen, unverändert langsamen Rhythmus verlief, warum dann Veränderungen befürchten, warum die Voraussagen einer gelähmten, dürftigen Kartenlegerin ernst nehmen, die in ihrem Kartenschlagen und in ihrer Wahrsagerei eine noch größere Dilettantin war als der Herr Komtur Adriano Pires mit seinem Violoncello?

Übrigens wäre Dona Flor gar nicht so böse gewesen, wenn etwas geschehen wäre, wenn irgend etwas Unvorhergesehenes das Einerlei der gleichmäßig glücklichen, friedfertigen Tage unterbrochen hätte: »Ich weiß, liebe Schwester, es ist Sünde, so zu sprechen, wenn man ein Leben führt, wie ich es führe, nachdem man bitteres Brot hat kauen müssen, aber die ewige Eintönigkeit ermüdet, selbst wenn man vom Guten hat und vom Besten. Ich sage dir ganz unter uns, sehnsüchtig geliebtes Schwesterlein, dieses so glückliche Leben, um das mich alle Welt beneidet, bereitet mir manchmal Kummer, einen Kummer ohne Hand und Fuß, ich kann's nicht erklären, es ist so etwas Gewisses ... Ein schlimmes Geschöpf ist deine Schwester, die nicht zu schätzen weiß, was ihr unverdientermaßen in den Schoß gefallen ist: ein so ruhiges Leben und ein so guter Mann.«

Zu jener Zeit ging sie eines Sonntags nach der Messe in der Tereza-Kirche und nach Dom Clementes Predigt (»Warum, Herr, wohnt der Frieden nicht im Herzen der Menschen?«) in die Sakristei mit der Absicht, den Priester zum ersten Jahrestag ihrer Ehe mit Dr. Teodoro einzuladen. Es würde kein Fest sein, man wollte nur mit einigen Freunden bei einem Gläschen Likör und ein paar Süßigkeiten die Wahl des Apothekers zum zweiten Schatzmeister des unlängst konstituierten Vorstands der Bahianer Pharmazeutischen Gesellschaft feiern.

»Ich werde mit großem Vergnügen kommen, um Sie beide zu diesem Jahr ehelicher Harmonie, zu diesem Beispiel eines gottbegnadeten Bundes zu beglückwünschen ...«

Dona Flor nahm Abschied, und der marmorweiße Priester lächelte selbstkritisch über seine reichlich pessimistische Predigt: hier war nun jemand, und zwar diese Dona Flor, deren Herz ein Haus des Friedens war, hier war ein mit seinem Leben zufriedenes und glückliches Geschöpf, das seine mit Schatten und Zweifeln beladene Predigt Lügen strafte.

Dona Flor blieb auf halbem Weg im Gang stehen, genau vor dem ungewöhnlichen Gruppenbild, bestehend aus dem barokken Bildnis der Santa Clara und der alten volkstümlichen Holzfigur, darstellend jenen zynisch-freimütigen Engel, der mit seiner Unverschämtheit und seinem sorglosen Charme dem Verstorbenen so ähnlich sah.

Die arme Heilige: mochte ihre Heiligkeit noch so wehrhaft, noch so tugendstark sein, dem räudigen Verführerblick widerstand sie nicht! Ihm ergab sich die arme Glückselige und warf dafür ihre Sittsamkeit und ihr Leben weg, ihm zuliebe verschenkte sie ihre bereits eroberte Erlösung, für ihn vertauschte sie das Paradies mit der Hölle – denn was sind ohne ihn Paradies und Leben?

Hier, vor dieser ungewöhnlichen Gruppe aus Holz und Lüsternheit, blieb sie lange stehen, und das Schiff aus Kalk und Stein, ein riesiges Seefahrzeug, lichtete die Anker und fuhr aus, segelte im blauen Wolkenmeer durch die Lüfte in den Himmel hinein.

7

Dona Flor gab sich alle Mühe, und so wurde ihr kleines Fest eines der feinsten, wurde es ein voller Erfolg, der den ersten Jahrestag der »glücklichen Ehe von Zwillingsseelen« krönte, wie Dr. Sílvio Ferreira, (wiedergewählter) Generalsekretär der Bahianer Pharmazeutischen Gesellschaft, betonte, als er in einem Trinkspruch auf die Gatten sein Glas hob, »auf unseren liebenswerten zweiten Schatzmeister und seine würdige Gemahlin, Dona Flor, ein Vorbild von Talenten und Tugenden«.

Dona Flor hatte zwar Dom Clemente von einer »kleinen Gruppe von Freunden« gesprochen, doch als der Priester die Tür durchschritt, fand er das Haus voll und nicht nur angefüllt mit Nachbarn. Dr. Teodoros Ruf und Dona Flors sympathisches Wesen hatten zu ihrer intimen Familienfeier eine beträchtliche Anzahl von Personen angelockt: führende Persönlichkeiten der Berufsklasse der Pharmazeuten, Kollegen des Liebhaberorchesters, Handelsvertreter, Schülerinnen und frühere Schülerinnen der Kochschule ›Geschmack und Kunst‹, außer alten Freunden, darunter einige wichtige wie Dona Magá Paternostro, die reiche Dame der hohen Gesellschaft, und Dr. Luís Henrique, das ›Goldköpfchen‹. Noch bevor Dom Clemente das Ehepaar begrüßte, umarmte er diesen »gefeierten Belletristen«: seiner ›Geschichte von Bahia‹ war ein Preis zugesprochen worden, »ein für echte Werte bestimmter Loorbeerkranz« (siehe Junot Silveira: ›Bücher und Verfasser‹ im ›Abendblatt‹).

In kultureller Hinsicht wurde außer der an bildhafter Rhetorik reichen Rede Dr. Ferreiras eine kleine musikalische Unterhaltung geboten: so spielte Dr. Venceslau Veiga zwei vielbeklatschte Arien auf der Violine. Reich applaudiert wurde gleichfalls die junge Sängerin Marilda Ramosandrade, »die sanfte Tropenstimme«, obwohl ihr eine Begleitung fehlte: nur Oswaldinho skandierte den Rhythmus auf dem Tamburin.

In dieser Stunde improvisierter Kunstdarbietung machte Dr. Teodoro eine gute Figur, indem er eine wahrhaft sensationelle Nummer zum besten gab: er spielte auf dem Fagott die ganze Nationalhymne, die, als er geendet hatte, einen begeisterten Beifallssturm entfesselte.

Außerdem wurde gegessen und getrunken, gelacht und geplaudert. Im Besuchssalon hatten sich die Männer eingenistet, im Nebenzimmer die Damen trotz des Protestes Dona Gisas, für die diese Trennung der Geschlechter ein »feudaler, geradezu muselmanischer Unsinn« war. Nur sie und noch zwei oder drei Senhoras wagten an dem männlichen Kreis teilzunehmen, wo Bier in Strömen floß und eine Anekdote die andere jagte, sehr zum Ärger Dona Dinorás, die, zwar noch reichlich klapprig und schmerzverkrümmt, aber unerschütterlich wetterte:

»Diese Maria Antônia ist doch ein verderbtes Luder ... mischt sich unter die Männer und hört sich deren Gemeinheiten an ... Was die Gringa betrifft, so ist diese von allen die Schlimmste

... Schaut euch nur an, wie sie den Hals reckt, um besser zu hören ...«

Seht euch dafür mal Dona Neusa Macedo (und Companie) an: die sitzt als Vorbild feinen Benehmens bedächtig und zurückhaltend im Kreise der Damen und paßt auf Ramiro auf, ein Jungchen von siebzehn oder achtzehn Jahren, Sohn des Argentiniers von der Keramikfabrik. Wäre sie nicht da, der arme Junge hätte niemand, mit dem er sich unterhalten könnte, denn die übrige Jugend steht um Marilda geschart und verlangt Sambas von ihr, Walzer, Tangos und Rancheiras, während er nur von seinen Fischzügen erzählen will: »Ich habe letzten Samstag einen Rotbarsch gefangen, der war fünf Kilo schwer!«

»Oh!« sagte sie ekstatisch, »fünf Kilo? Einfach großartig! Und was hast du noch gefangen?« Welchen Namen sollte man einem so kühnen Fischer geben? ›Stockfischlebertran‹ würde wohl gut auf ihn passen, und Neusocas Augen leuchteten.

Als der Argentinier mit Frau und Sohn kam, stieß er an der Tür auf Seu Vivaldo vom Bestattungsinstitut ›Blühendes Paradies‹. Gemeinsam gratulierten sie den Gastgebern, und auf dem Rückweg in das Herrenzimmer machte der aus Buenos Aires stammende Bernabó mit seiner nicht gerade höflichen Offenheit Bemerkungen über Dona Flors Eleganz, deren Kleid alle anwesenden Frauen vor Neid erblassen ließ und obendrein den nervösen Miltinho, einen Jüngferling, der mitunter bei Dona Jacy (übrigens ausgezeichnet) Hausmädchen spielte und heute abend Dona Flor als Aushilfe ausgeliehen worden war (»Dona Flor tut heute des Guten zuviel, sie ist weiß Gott aufgedonnert«).

»Was eine Frau hübsch macht, ist das Geld ...«, meinte Seu Bernabó. »Hast du Dona Flors Eleganz gesehen und wie blendend sie aussieht ...?«

Seu Vivaldo sah hin, übrigens sah er gerne Frauen an und maß Umrisse, Ausbuchtungen, Einbuchtungen.

»Um der Wahrheit die Ehre zu geben: sie ist immer elegant gewesen und sehr graziös, wenn auch vielleicht nicht so hübsch.

Heute dagegen ist sie viel mehr Frau, ein Mordsfisch, aber ich glaube nicht, daß das Geld daran schuld ist ... Es ist eher ihr Alter, mein Lieber, jetzt ist sie gerade richtig. Nur ein Trottel mag blutjunge Dinger lieber, nicht zehn auf einem Haufen können einer Sinhá in der Vollkraft ihrer Jahre das Wasser reichen, wenn sie aus allen Nähten platzt ...«

»Sehen Sie ihre Augen an ...«, sagte der Argentinier, der offensichtlich gleichfalls ein Kenner war.

Schmachtende, in die Ferne schweifende Augen, die wollüstige Gedanken preiszugeben schienen. Seu Vivaldo hatte wissen wollen, welcher Art die zärtlichen Gedanken waren, die der Pharmazeut in ihr auslöste, um Dona Flor so verträumt zu machen. Im Augenblick wanderte sie von Raum zu Raum, betreute liebenswürdig und hilfsbereit ihre Gäste, sie war eine vollendete Dame des Hauses. Und doch schien sie all das ziemlich mechanisch zu tun.

Seu Vivaldo legte die Hand auf des Argentiniers Arm: nicht das Geld macht eine Frau hübsch, Seu Bernabó, es ist der Umgang, es ist die seelische Ruhe, das Glück. Ihre schmachtenden Augen und ihre wiegenden Hüften waren das Ergebnis ihres fröhlich-friedlichen Lebens.

Merkwürdig der Ausdruck ihrer Augen ... Wann hatte er diesen so verlorenen Blick gesehen, der wirkte, als blickte sie in ihr eigenes Herz hinein? Seu Vivaldo sucht in seiner Erinnerung und findet ihn: es ist der Blick bei der Totenwache für den Verstorbenen. Mit dem gleichen fernen Gesichtsausdruck, mit dem sie damals die Beileidsbezeugungen entgegengenommen hatte, empfing sie heute die Glückwünsche, die Augen über die Zeit hinaus ins Nirgends geheftet, als gäbe es ringsum weder Trauertränen noch festliches Lachen, sondern nur Einsamkeit. Ihre Schönheit – das fiel Seu Vivaldo auf – kam aber auch aus ihrem Innern, und zwar in einem Ausmaß, das über sein Begriffsvermögen ging.

Im Damenzimmer wurde wieder einmal von Dona Flors glücklichem Leben gesprochen. Mehrere der anwesenden Senhoras, Gattinnen von Mitgliedern des Orchesters und der

Pharmazeutischen Gesellschaft, wußten so gut wie nichts von ihrer verhängnisvollen ersten Ehe und ihrem ersten schlimmen Ehemann.

So hatten die Nachbarinnen und Lästerzungen denn nichts Besseres zu tun, als zu erzählen und zu vergleichen. Für sie gab es keine angenehmere Zerstreuung: weder die pikanten Anekdoten anzuhören, die im anderen Zimmer die Männer (und schamlose Weiber wie Maria Antônia) zu schallendem Gelächter reizten, noch sich in einem Augenblick der Sehnsüchte und des Jugendwehs um Marilda zu scharen und sie zum Vortragen alter Sambas und alter Walzer zu bitten – nichts derartiges kam dem Vergnügen einer gemütlichen Klatschstunde gleich. Flors erste Ehe, das laßt euch sagen, werteste Freundinnen, war die Hölle im Leben. Dieses Glück der zweiten Ehe wird noch tiefer und kostbarer, es gewinnt einen noch größeren Wert, wenn es in Vergleich und Gegensatz gebracht wird zu dem Irrtum der ersten, einer Prüfung, einem Unheil, einem Unglück! Was hatte die arme Märtyrerin in den Händen des von Laster und Schlechtigkeit strotzenden Ungeheuers, eines wahren Satans, alles leiden müssen: sogar geschlagen hat er sie.

»Mein Gott!« Dona Sebastiana legte bekümmert die Hand auf ihren mächtigen Busen. Wie sie gelitten hat! Genauso viel, wie eine ergebene, auf dem Pfad der Bitterkeit gedemütigte Gattin leiden kann, wenn sie für die Aufrechterhaltung des Haushaltes arbeiten und überdies für die Spielschulden des Gauners aufkommen muß, da das Spiel, wie alle Welt weiß, das schlimmste und kostspieligste aller Laster ist. Wenn sie heute glücklich ist, war sie einst um so unglücklicher!

In der Anrichte hörte Dona Flor, die Augen in fernen Dämmer gerichtet, diese Erinnerungen aus ihrem Leben. Und Dona Gisa saß im Kreis der Anekdoten, Dona Norma im Kreis der Serenaden, und keine machte den Mund auf, um den Verstorbenen zu verteidigen!

Gegen Mitternacht verabschiedeten sich die letzten Gäste. Dona Sebastiana, noch unter dem bewegenden Eindruck dieses sieben

Jahre währenden Martyriums – wie hat sie das nur ausgehalten, die Allerärmste? –, berührte liebevoll Dona Flors Wange und sagte:

»Gottlob ist nun alles anders geworden, und du hast, was du verdienst . . .«

Marilda, die mit ihrem Star-Glanz die jungen Studenten blendete, trällerte gerade die Tango-Serenade »Nacht und lächelnder Himmelstraum, die tiefe Stille ist fast ein Traum . . .«. Es war Dona Flors Lied, das gemeinsam mit der Last des Toten begrabene.

Dr. Teodoro brachte befriedigt lächelnd die letzten Gäste zur Tür, eine lärmende Schar, vertieft in eine nicht enden wollende Diskussion über die Wirkung der Musik bei der Behandlung bestimmter Krankheiten. Die Hauptgegner in diesem Gespräch waren Dr. Venceslau Veiga und Dr. Sílvio Ferreira. Um nicht den Ausgang der Debatte zu verpassen, begleitete der Hausherr seine Freunde bis zur Straßenbahnhaltestelle. Schon war Marildas Gesang nicht mehr zu hören.

Allein gelassen, wandte Dona Flor all dem den Rücken: den Süßigkeiten, den angebrochenen Flaschen und halbvollen Gläsern, den unaufgeräumten Zimmern, dem Echo der Unterhaltung auf dem Gehsteig, dem in einer Ecke ernst und stumm stehenden Fagott. Sie ging auf das Schlafzimmer zu, öffnete die Tür und schaltete das Licht ein.

»Du?« sagte sie mit warmer, nicht einmal überraschter Stimme, als hätte sie ihn erwartet.

Auf dem eisernen Bett, nackt, wie Dona Flor ihn am Abend jenes Karnevalssonntags gesehen hatte, als die Männer des Leichenschauhauses den Leichnam gebracht und abgeliefert hatten, lag genießerisch Vadinho und winkte ihr lächelnd zu. Als Antwort lächelte Dona Flor zurück, wer kann dem Charme des Tunichtguts, diesem halb unschuldigen, halb zynischen Gesichtsausdruck, diesen liederlichen Augen widerstehen? Wenn schon nicht eine Kirchenheilige, wieviel weniger dann sie, Dona Flor, ein einfaches Menschenkind?

»Mein Schatz . . .« Die geliebte, träge, langsame Stimme.

»Warum bist du denn ausgerechnet heute gekommen?« fragte Dona Flor.
»Weil du mich gerufen hast. Und heute hast du mich soundso oft gerufen, daß ich kommen mußte ...« Als wollte er sagen, ihr Ruf sei so herrlich und inständig gewesen, daß die Grenzen des Möglichen und Unmöglichen verschmolzen. »Drum bin ich hier, mein Schatz, bin in dieser Minute gekommen ...« Und sich halb aufrichtend, nahm er ihre Hand. Er zog sie an sich und küßte sie. Auf die Wange, denn sie entzog ihm den Mund:
»Auf den Mund nicht. Das darfst du nicht, du verrückter Schelm.«
»Und warum nicht?«
Dona Flor setzte sich auf den Bettrand, Vadinho streckte sich von neuem aus, spreizte ein wenig die Beine und stellte alles zur Schau, jene verbotenen (und herrlichen) Unanständigkeiten. Rührung befiel Dona Flor beim Anblick jeder Einzelheit seines Körpers: fast drei Jahre hatte sie ihn nicht mehr gesehen, und doch war er noch genau so, als wäre die Zeit nicht gewesen.
»Du bist genau derselbe, du hast dich keinen Deut verändert. Ich dagegen bin dicker geworden.«
»Du bist so hübsch, wie du es dir kaum vorstellen kannst. Siehst aus wie eine Zwiebel, fleischig und saftig und gut zum Hineinbeißen ... Sehr recht hat der Lumpenkerl Vivaldo ... Alle Nase lang klebt er ein Auge auf dein Tamburin, der Geilhahn ...«
»Nimm die Hand weg, Vadinho, und hör auf mit der Lügerei ... Seu Vivaldo hat mich nie angeschaut und ist immer sehr respektvoll ... Los, fort mit der Hand ...«
»Warum denn, mein Schatz ...? Warum soll ich denn meine Hand wegnehmen?«
»Du vergißt, Vadinho, daß ich eine verheiratete und überdies seriöse Frau bin. Nur mein Mann darf seine Hand da hinlegen ...«
Vadinho zwinkerte ihr anzüglich zu:

»Und ich, wer bin ich, mein Schatz? Ich bin dein Mann, hast du das etwa vergessen? Ich bin der erste, drum hab' ich ein Erstlingsanrecht ...«
Das war ein neues Problem, daran hatte Dona Flor noch nicht gedacht und wußte daher nichts darauf zu erwidern:
»Du denkst dir vielleicht Dinge aus ... Und läßt andere überhaupt nicht zu Wort kommen ...«
Auf der Straße hallten die festen Schritte des zurückkehrenden Dr. Teodoro wider.
»Er kommt, Vadinho, scher dich fort ... Ich war froh, so froh, glaub mir's, dich wiederzusehen ... Es war zu schön.«
Vadinho schien sich in seiner Stellung urwohl zu fühlen.
»Nun lauf, du Wahnwitziger, er geht schon ins Haus und schließt gleich die Tür ab.«
»Warum soll ich denn schon gehen, willst du mir das sagen?«
»Er wird gleich hier sein und dich hier finden, und was soll ich dann ihm sagen?«
»Dummerchen ... Er sieht mich ja nicht, nur du siehst mich, Flor, meine Verderbnis ...«
»Aber er wird sich doch ins Bett legen ...«
Vadinho machte eine Gebärde des ohnmächtigen Bedauerns:
»Ich kann ihn nicht daran hindern, aber wenn wir etwas zusammenrücken, reicht der Platz auch für drei ...«
Diesmal wurde sie ernstlich böse:
»Was hältst du eigentlich von mir, oder kennst du mich nicht mehr? Warum gehst du mit mir um, als wär ich ein Straßenmädchen? Wie kannst du es wagen? Hast du überhaupt keine Achtung vor mir? Du weißt doch sehr genau, daß ich eine anständige Frau bin ...«
»Sei nicht böse, mein Schatz ... Du hast mich doch gerufen ...«
»Ich wollte dich nur sehen und mit dir reden ...«
»Aber wir haben doch noch gar nicht richtig geredet ...«
»Komm morgen wieder, und dann unterhalten wir uns weiter ...«
»Ich kann nicht hin- und herzockeln ... Oder glaubst du, es ist

ein Kinderspaziergang, wie von hier nach Santo Amaro oder nach Feira de Sant'Ana? Du meinst wohl, man braucht nur zu sagen: Ich gehe rasch mal weg, bin gleich wieder da? Mein Schatz, da ich einmal gekommen bin, bleib' ich auch da, und zwar für ganz ...«

»Aber nicht hier im Schlafzimmer, nicht hier im Bett, um der Liebe Gottes willen. Schau, Vadinho, selbst wenn er dich nicht sieht, sterbe ich doch vor Verlegenheit. Ich bin nicht dafür geschaffen.« Und sie verlieh ihrer Stimme jenen weinerlichen Tonfall, dem er noch immer erlegen war.

»Na schön, dann schlafe ich eben im Wohnzimmer, morgen sprechen wir darüber. Aber vorher will ich noch einen Kuß.«

Sie hörte den Doktor im Bad, wie das Wasser rauschte, wie er sich wusch. Verschämt hielt sie ihm die Wange hin.

»Nein, mein Schatz ... Auf den Mund, wenn du willst, daß ich gehe ...«

Der Doktor wird nicht auf sich warten lassen: ist's dann nicht besser, sich der Forderung des Tyrannen zu unterwerfen und ihm die Lippen zu überlassen?

Da, Vadinho, da ... Mehr sagte sie nicht, und schon wurden Lippen, Zunge und Tränen (ob vor Kummer oder Freude?) vom gierigen, geübten Mund verschlungen. Ah, das war ein Kuß!

Und fort ging er in seiner ganzen Nacktheit, so schön und männlich. Goldener Flaum bedeckte Arme und Beine, ein Buschwald blonder Haare die Brust, die Rasierklingennarbe auf der linken Schulter, das freche Bärtchen und der liederliche Blick. Ging hinaus und ließ den Kuß auf ihrem Mund und in ihren Eingeweiden brennen.

Als er die Tür durchschritt, machte Dr. Teodoro ihr ein gebührendes Kompliment:

»Ein fabelhaftes Fest, mein Liebe. Alles stimmte, es fehlte nichts, alles war vollkommen. So mag ich es, wenn alles klappt ...« Und schlüpfte in sein Nachthemd.

»Ja, gottlob ist alles gut abgelaufen, Teodoro.«

Um den Jahrestag zu feiern, hatte sie das Spitzen- und Rüschenhemd ihrer Hochzeitsnacht in Paripe gewählt, Dona Enaides seit damals wohlverwahrtes Werk. Sie besah sich im Spiegel, sie war hübsch und begehrenswert. So hätte Vadinho sie sehen sollen, wenn auch nur für einen Seitenblick.

»Ich will eben noch einen Schluck Wasser trinken, ich komme gleich wieder, Teodoro.«

Möglicherweise war der andere, erschöpft von der langen Reise, eingeschlafen. Um ihn nicht zu wecken, schlich sie auf Zehenspitzen durch den Gang. Sie wollte ihn nur einen Augenblick sehen, sein Gesicht berühren, sofern er schlief, ihm (von weitem) das durchsichtige Nachthemd zeigen, sofern er wachte.

Sie kam gerade noch rechtzeitig, um ihn zu erspähen, wie er nackt und eilends durch die Tür entschwand. Eisig durchschauert, blieb sie stehen, einen Stich im Herzen; nun war er beleidigt fortgegangen, und sie blieb allein zurück, für immer. Nun konnte sie nicht mehr ihre Lippen auf sein feingeschnittenes Gesicht drücken, sie würde sich ihm auch nicht mehr in ihrem Nachthemd zeigen können (damit er die Hand ausstreckte und es ihr lachend abstreifte), nie mehr. Beleidigt war er abgezogen.

Vielleicht war es besser so. Sicherlich war es besser so. Sie war eine anständige Frau, wie durfte sie einen anderen, selbst wenn der andere dieser war, anblicken, wo ihr Gatte sie im Bett erwartete, angetan mit seinem neuen Pyjama (einem Hochzeitsgeschenk)? Es war besser so; Vadinho war fort, und zwar für immer. Sie hatte ihn ja gesehen, hatte ihn geküßt, mehr wollte sie nicht. Es war besser so, wiederholte sie sich, besser so.

Ruckartig machte sie kehrt und ging ins Schlafzimmer zurück. Warum war er nur so rasch fortgegangen? Warum war er so plötzlich von der Bildfläche verschwunden, wenn er, um zu ihr zu kommen, Raum und Zeit durchquert hatte? Vielleicht, wer weiß, war er gar nicht ganz fort?

Wer weiß, vielleicht war er spazierengegangen, um einen Blick auf die Nacht von Bahia zu werfen, um zu sehen, wie es mit dem Glücksspiel stand, wie es in seiner Abwesenheit gepflegt worden war – vielleicht hatte er nur eine Inspektionsrunde gedreht, vom ›Palace‹ zur Spielhölle von den ›Drei Herzögen‹, vom ›Abaixadinho‹ bis zum Haus von Zezé Hirnhautentzündung, vom ›Tabaris‹ bis zur Höhle von Paranaguá Ventura.

V

Vom schrecklichen Kampf zwischen Geist und Materie, mit eigentümlichen Geschehnissen und erstaunlichen Umständen, die nur in der Hauptstadt Bahia möglich sind und deren Bericht glauben mag, wer will

Mit einem Chor von Atabaques und Agogôs und mit Exu,
der ein mundartliches Liedchen singt:
»Hab' die Türe schon geschlossen
Hab' sie wieder öffnen lassen.«

KOCHSCHULE GESCHMACK UND KUNST

Speisen und Launen der Orixás

Mitgeteilt von Dionísia von Oxóssi

Jeden Mittwoch ißt Xangô Amalá, und an den Pflichtübungstagen ißt er Schlammschildkröte oder Hammel (Ajapá oder Agutan).
Ewá, Orixá der Quellen, hat einen Widerwillen gegen Zukkerrohrschnaps und Huhn.
Iyá Massê ißt Conquém.
Bewahrt für Ogun den Bock auf und den Akikó, das ist »Hähnchen in Zunge« auf dem Kultplatz.
Omolu mag keine Krebse.
Mit Spiegel und Fächer geziert, zimperlich und gefallsüchtig, liebt Oxun Acará und Ipeté, zubereitet mit Inhame, Zwiebel und Krabben. Als Beilage zum Ziegenfleisch, seinem Lieblingsfleisch, tragt Adun auf: Maisfeinmehl mit Dendê-Öl und Bienenhonig.
Oxóssi, ein Zauberer, der größte Achtung genießt, König von Ketu und Jäger, ist voller Launen. Im Wald bietet er zwar dem Keiler die Stirn, ißt aber keinen ungeschuppten Fisch, kann Inhame und weiße Bohnen nicht ausstehen und will keine Fenster in seinem Haus – sein Fenster ist der Urwald.
Der Kriegerin, die weder den Tod noch die Eguns fürchtet, Yansã, bietet ihr kein Kürbisgemüse an, gebt ihr keinen grünen Salat und auch kein Sapoti, sie ißt nur Acarajé.
Bohnen mit Mais für Oxumarê, für Nanan gutgewürzten Caruru.
Dr. Teodoro gehört zu Oxalá, das erkennt man gleich an

seiner ernsten Art und Haltung. Wenn er in seinem weißen Anzug glänzt und sein Fagott bei sich hat, gleicht er einem Paxorô, er ähnelt Oxolufan, dem alten Oxalá, dem größten der Orixás, dem Vater aller. Seine Gerichte sind Ojojó von Inhame, Êbô aus weißem Mais, Schnecken und Acaçá. Oxalá mag keine Gewürze, ißt seine Speisen ungesalzen und kann kein Öl vertragen.
Es heißt, der Asobá Didi habe das Spiel des Verstorbenen gelenkt, und die Muschelhörner haben es dreimal bestätigt: Vadinhos Heiliger war Exu und kein anderer. Wenn Exu der Teufel ist, wie heißt er dann hier? Vielleicht Luzifer, der gefallene Engel, der Rebell, der sich dem Gesetz widersetzte und sich in Feuer kleidete.
Exus Speise ist alles, was der Mund kostet und ißt, nur seine Getränke beschränken sich auf eines, auf reinen Zuckerrohrschnaps. An den Kreuzwegen hockt Exu und wartet auf die Nacht, um den schwierigsten Weg einzuschlagen, die schmalste, verschlungenste Fährte, nach allgemeiner Auffassung den Pfad des Bösen. Denn Exu will nichts als Spitzbübereien.
Der spitzbübischste Exu ist der Vadinhos.

1

Dona Flor fuhr aus dem Schlaf auf: Dr. Teodoro hatte bereits sein Bad genommen und sich rasiert; er begann sich anzuziehen.

»Ich hab' vollständig verschlafen ...«

»Meine Geliebte, du mußt tot sein vor Übermüdung, nichts ist natürlicher. Es ist auch keine Kleinigkeit, einen Imbiß wie den gestrigen vorzubereiten und dann all die Gäste zu empfangen, zu bewirten ... Du mußt dich ausruhen. Warum bleibst du nicht im Bett? Ich werde schon allein fertig ...«

»Im Bett bleiben? Ich bin doch nicht krank ...«

Und sofort sprang sie aus dem eisernen Bett und zog sich blitzschnell an: sie frühstückten gemeinsam, und Dona Flor ließ es sich nicht nehmen, den Cuscuz aufs Feuer zu stellen, nur sie verstand den Teig nach ihres Mannes Geschmack leicht und locker anzurühren und verwendete dazu eine Messerspitze Tapiocapulver.

Müdigkeit verspürte sie zwar, aber keine Festmüdigkeit; erschöpft war sie von einer schlaflosen Nacht, denn sie hatte wie in vergangenen Zeiten auf Schritte auf der Straße gelauscht, bis in die vorgerückten Morgenstunden hinein. Dazu kam ihre Sorge: hatte Teodoro vielleicht etwas gemerkt, einen Unterschied in ihrem Gebaren während der Hauptfeier, mit der sie den Jahrestag beschlossen hatten? Es war ja weder Mittwoch noch Samstag gewesen, und doch hatte Dona Flor ihr Hochzeitsnachthemd angezogen, und der Doktor hatte gesagt:

»Was für ein zauberhaftes Andenken, Geliebte. Es gibt Tage, die sich nicht übergehen lassen, drum vergib mir, wenn ich mich heute nicht an den Kalender halte ...« Er war immer so behutsam und zartfühlend, welche Frau hätte sich von seiner Wohlerzogenheit nicht bezwingen lassen?

Und Dona Flor gab nach, jedoch mit wirren Empfindungen. Ihre zerbissenen Lippen, ihr glühender Mund, ihre erregte Zunge berührten noch Vadinhos pikanten Geschmack und sein sengendes Aroma, so daß der Kuß, mit dem der Doktor unfehlbar sein Ritual begann, taub schmeckte und fad.

Völlig verwirrt wie sie war, geriet sie aus dem Konzept, so daß der genaue richtige Zusammenklang, der sie sonst in keuscher und doch ungestümer Lust verbunden hatte, fehlschlug. Verstört wie sie war, vermochte sie nicht wie üblich mit ihrem Gatten Schritt zu halten, und so kam er allein ans Ziel, während es Dona Flor erst beim ›da capo‹ gelang (denn es gab ein ›da capo‹), sich aus dem Gefängnis ihrer überspannten Nerven zu befreien. Nie zuvor hatte es so schlecht geklappt, und es war fast eine Wiederholung der mißlungenen Nacht in Paripe geworden. Doch, sofern sie ihm sonderbar und zerstreut vorgekommen war, hatte er ihre Fahrigkeit, ihre Unaufmerksamkeit glücklicherweise den anstrengenden Jahrestagsvorbereitungen zugeschrieben.

Erst gegen Morgen, als noch trübes Nachtlicht über die Wände glitt, hörte Dona Flor Schritte in der Ferne und schlief endlich wie betäubt ein, als hätte sie ein Schlafmittel genommen.

Nun streifte sie rasch ihre Pantoffeln an, schlüpfte in ihren blumenverzierten Morgenmantel, fuhr sich mit dem Kamm durch das Haar und eilte in die Küche. Als sie durchs Wohnzimmer huschte, sah sie den Taugenichts in seiner schamlosen Nacktheit auf dem Diwan liegen. Sie mußte ihn noch vor dem Würzen des Cuscuz wecken (aus der Küche drang das zarte Aroma des von der Haushälterin gefilterten Kaffees). Dona Flor berührte Vadinhos Schulter, und er blinzelte mit einem Auge, brummte:

»Laß mich schlafen, bin gerade erst gekommen ...«

»Hier im Wohnzimmer kannst du nicht schlafen ...«
»Was ist daran so schlimm?«
»Ich hab's dir schon gesagt, du bringst mich ganz aus der Ruhe ...«
Er beschrieb eine ungeduldige Gebärde:
»Was geht das mich an? Laß mich in Frieden ...«
»Fängst du schon wieder mit deinen brutalen Manieren an? Sei so gut, Vadinho ...«
Von neuem öffnete er die Augen und lächelte sie träge an:
»Na schön, Dummerchen. Ich verziehe mich ins Schlafzimmer ... Ist mein Kollege schon fort?«
»Kollege?«
»Dein Herr Doktor ... Sind wir nicht beide mit dir verheiratet, deine beiden Männer? Schlitzkollegen, mein Schatz ...«
Und er sah sie an, durchtrieben und schamlos.
»Vadinho! Diese Scherze verbitte ich mir ...«
Sie hatte laut gesprochen, und aus der Küche kam die Stimme der Hausangestellten:
»Haben Sie mit mir geredet, Dona Flor?«
»Ich sage, ich komme gleich, um den Cuscuz zu machen ...«
»Sei nicht böse, mein Schatz ...«, sagte Vadinho und stand auf.
Er streckte die Hand aus, um sie zu packen – o schamloseste Nacktheit! –, aber sie entfloh.
»Bist wohl wahnsinnig geworden ...«
Auf dem Gang begegneten sich die zwei Männer, und als Dona Flor sie aneinander vorbeigehen sah, empfand sie Zärtlichkeit für beide, die zwar so verschieden voneinander, aber gleichwohl die ihr vom Priester und vom Standesbeamten angetrauten Gatten waren. Die beiden Kollegen, dachte sie und lachte über den liederlichen Scherz. Und schon hielt sie inne: »Mein Gott, ich werde ebenso zynisch wie Vadinho!« Übrigens blinzelte der Zyniker ihr mit einem verschworenen Auge zu, während er dem Doktor mit einer unzüchtigen Handbewegung die Zunge herausstreckte. Dona Flor wurde ärgerlich.
Nein, das ging zu weit, derartige Ungezogenheiten durfte

sie nicht dulden, keine so schweinischen Witze, keine Lausbubenmanieren, Derbheiten und sonstigen Übergriffe. Es war höchste Zeit, daß Vadinho sich in einem anständigen Haushalt anständig zu benehmen lernte.

Der Doktor, glattrasiert, in Weste und Rock, kräftig und kregel, sagte:

»Heute sind wir aber spät dran, meine Geliebte ...«

»Mein Gott, der Cuscuz!« Und Dona Flor rannte in die Küche.

2

Gegen Ende des Morgenkurses, als man das Los zog, um zu ermitteln, wer das Kompott ›Mädchenspucke‹ mit nach Hause nehmen dürfe, fühlte Dona Flor seine Gegenwart, noch ehe sie ihn sah.

Bis dahin hatte sie sich nicht an die Tatsache gewöhnt, daß nur sie ihn sah, so daß sie zu zittern begann, als Vadinho mit einem Male nackt und exhibitionistisch mit am Tisch saß. Da aber die Schülerinnen auf das Ärgernis nicht reagierten, besann sie sich auf ihr Vorrecht: für die übrigen war ihr erster Mann allem Anschein nach unsichtbar. Gottlob!

Die Kochschülerinnen lachten und scherzten weiter, als befände sich unter ihnen nicht ein splitternackter Mann, der sie mit klinischem Auge beobachtete und musterte, der den Blick über das erlaubte Maß hinaus auf ihnen ruhen ließ. Wieder einmal störte er den Unterricht und bändelte genau wie früher mit ihren Schülerinnen an.

Unbekümmert, aalglatt, leichtfüßig, fast tänzelnd umschlich er dreimal die füllige Zulmira Simões Fagundes, einen prachtvollen Mischling mit üppigen Hüften und lockeren, wippenden Bronzebrüsten (jedenfalls wirkten sie so), der Stimme des Volkes zufolge eine sehr private Privatsekretärin des mächtigen Magnaten Pelancchi Moulas.

Nachdem Vadinho ihre Flanken lobend getätschelt hatte,

wollte er das Rätsel ihrer Brüste ein für allemal ergründen: waren sie wirklich aus Bronze oder nur einfach ausnehmend hart? Zu diesem Zwecke hob er sich in die Lüfte, mit den Füßen nach oben und dem Kopf nach unten, und spähte in den Ausschnitt der Prinzessin des Nagô-Volkes.
Starr verstummte Dona Flor: bisher hatte sie nicht gesehen, daß er sich in der Luft mit der gleichen Ungezwungenheit zu bewegen verstand wie auf der Erde, und zwar genauso, wie es ihm paßte: stehend oder in der Waagrechten liegend, geneigt oder mit dem Kopf nach unten – wie in diesem Augenblick, da er sich anschickte, die Brüste der Herrlichen zu beäugen.
Fraglos war es den Schülerinnen nicht vergönnt, ihn zu sehen, doch etwas mußten sie in der Atmosphäre spüren, denn alle waren so nervös, und sie lachten und scherzten so ungereimt, als ahnten sie etwas. Dona Flor bebte vor Zorn, diesmal trieb Vadinho es weiß Gott zu toll.
Er trieb es wahrhaftig zu toll, als er, nicht zufrieden mit dem Anblick, die Hand in den Ausschnitt steckte, um sich endgültig über den Rohstoff jener göttlichen Schöpfung zu vergewissern: ob sie Fleisch und Blut waren oder ein Wunder?
»Ach!« seufzte Zulmira, »da berührt mich jemand ...«
Angesichts einer derartigen Unverfrorenheit verlor Dona Flor den Kopf und platzte heraus:
»Vadinho!«
»Wer? Was? Wie? Was haben Sie? Was war los?« Wie betäubt umringten die aufgeregten Schülerinnen ihre Mitschülerin und ihre Lehrerin.
»Was haben Sie gesagt, Dona Flor? Und du, Zulmira?«
Zulmira erklärte mit einem schmachtenden Seufzen:
»Ich fühlte, wie etwas meine Brust anfaßte und drückte ...«
»Ein Schmerz?«
»Nein, es war sogar sehr angenehm ...«
Mit aller Anstrengung riß Dona Flor sich zusammen, Vadinho war bei ihrem bekümmerten Ruf entflohen.
Zwei- oder dreimal an jenem Spätnachmittag wiederholte Vadinho mit durchtriebener Stimme und spöttischem Grinsen:

»Wollen doch mal sehen, wer mehr kann, meine Heilige ... Du mit deinem Doktor und deinem Stolz oder ich ...«

»Du? Womit?«

»Ich mit meiner Liebe ...«

Das war eine Herausforderung, und Dona Flor, gestärkt durch die Eröffnung, die er ihr vor kurzem gemacht hatte (er würde sie nicht gewaltsam, sondern nur gutwillig und mit ihrem Einverständnis nehmen), war bereit, sie gelten zu lassen, bereit, das Risiko auf sich zu nehmen, da sie genügend Charakterstärke und Herzensmut besaß. Wer, Herr Frechling, die Hölle der Witwenschaft durchquert hat, ohne sich zu verbrennen, dem machen Grimassen oder Verführer keine Angst mehr:

»Meine Ehrlichkeit ist mir mehr wert als alles andere ...«

Vadinho lachte:

»Du sprichst genau wie der Doktor, mein Schatz. Aufgeblasen, autoritär, wie ein Lehrer ...«

Nun war es an ihr, zu lachen:

»Ich bin eine Lehrerin und war es, bevor ich ihn kennenlernte, bevor ich dich kennenlernte. Und übrigens eine sehr geschätzte Lehrerin.«

»Eine Lehrerin von Leckerbissen und nicht von Überheblichkeiten ...«

»Findest du wirklich, daß ich überheblich geworden bin? Daß ich mich verändert habe?«

»Du wirst dich nie verändern, mein Schatz. Deine einzige Überheblichkeit ist deine Ehre. Aber die hab' ich bereits einmal verspeist, mein Schatz, und werde sie zum zweiten Male verspeisen ... Magst du noch so lehrhaft sein, mein Schatz, in Sachen Bummelei bist du meine Schülerin. Und nun bin ich gekommen, um deine Ausbildung abzuschließen ...«

Bei dieser Plauderei voller Gelächter, Gespött und Zärtlichkeit verbrachten sie die Zeit bis zum Abendessen. Dona Flor war ganz Prahlsucht und Dünkel: nie würde Vadinho ihre Selbstsicherheit der ehrbaren Frau bezwingen, nie ihre Tugendhaftigkeit der Gattin überrumpeln. Beim ersten Male war sie noch eine verklemmte dumme Gans gewesen, damals hatte sie die Erregung der ersten Liebe nicht zu zügeln verstanden, und so hatte der Wind von Itapoã ihre Ehre davongeweht. Doch heute ist sie eine freud- und leiderfahrene Frau und kennt Preis und Wert eines jeden Dings. Vadinho wird müde werden vom Warten. Er aber glaubte nicht an ihre unbezwingliche Widerstandskraft:

»Du wirst klein beigeben, wenn du es am wenigsten erwartest ... Wie beim ersten Mal ... Und weißt du, warum?«

»Warum?«

Anmaßend, unverschämt erklärte er ihr:

»Weil du mich so gut leiden kannst, und im verborgenen Grunde deiner selbst bist du verrückt darauf, dich mir hinzugeben ...«

Vadinho voller Durchtriebenheit, voller Großsprecherei. Dona Flor fest in ihrer grundsätzlichen Anständigkeit:

»Diesmal wirst du verlieren ... deine Zeit und dein Süßholzraspeln ...«

Nun war es doch noch ein zauberhafter, beschwingter Spätnachmittag geworden, der so schwierig und unangenehm begonnen hatte.

Als Dona Flor nach dem Nachmittagsunterricht aus dem Badezimmer kam und sich halbnackt, nur im Büstenhalter und Höschen, vor dem Spiegel parfümierte und kämmte, drang aus irgendeinem Winkel des Zimmers zustimmendes Raunen zu ihr. Und doch hatte sie, bevor sie ins Bad gegangen war, den Raum untersucht und festgestellt, daß keiner ihrer zwei Ehemänner zugegen war: der Doktor befand sich noch in der Apotheke, und Vadinho hatte sich nach dem Ärgernis des Frühkurses zu lauer Luft verflüchtigt.

Wie dem auch sei: da saß der Haderlump auf dem Kleiderschrank und ließ die Beine baumeln. Im Dämmerschein, im Halblicht glich er dem Holzengel der Sakristei der Santa-Tereza-Kirche. Sein Blick fiel mit solcher Begierde auf Dona Flors Schultern, daß seine Lüsternheit wie Öl auf ihren feuchten Körper zu rieseln schien. »Mein Gott!« murmelte Dona Flor und ergriff ihren Morgenrock, um ihn eilends überzustreifen.

»Warum denn das, mein Schatz? Meinst du etwa, ich kenne dich nicht durch und durch? Wo hab' ich dich nicht schon geküßt? Was soll der Blödsinn? So was Dummes ...«
Mit einem Tänzersprung – welche Behendigkeit der Bewegung! – durchstieß sein Körper Licht und Schatten und landete elegant auf dem eisernen Bett, mitten auf der neuen Sprungfedermatratze:
»Mein Kind, diese Matratze ist eine Wolke, sie ist fast zu gut. Meinen Glückwunsch.«
Lässig streckte er sich aus, ein Streifen Licht beschien das Lächeln seines sinnlichen, lockenden Gesichtes. Die im Schatten sitzende Dona Flor betrachtete ihn.
»Komm her, Flor, leg dich zu mir, laß uns ein bißchen bummeln. Komm her, wir wollen uns mal auf dieser prachtvollen Matratze wälzen ...«
Noch ganz unter dem Eindruck des mit ihren Schülerinnen erlebten Vorkommnisses, Vadinhos Übergriff, sein Berühren von Zulmiras Busen und ihre offensichtliche Befriedigung darüber – denn auch ohne den Schandkerl zu sehen, war sie fast zerronnen vor Lust –, antwortete Dona Flor ziemlich brüsk:
»Du findest also harmlos, was du getan hast? Und damit nicht genug, versteckst du dich auch noch in meinem Zimmer, um mich zu beobachten! Du scheinst dir in der Zwischenzeit keine Manieren angeeignet zu haben. Hättest deine Zeit wahrlich besser nutzen können ...«
»Sei doch nicht so, mein Schatz ... Komm, leg dich her, ganz nah zu mir ...«
»Und du hast noch die Stirn, mich aufzufordern, ich soll zu dir ins Bett kommen! Was denkst du dir eigentlich? Daß ich weder Ehre noch einen eigenen Willen im Leib habe?«
Vadinho verspürte keine Lust zu einem Wortstreit:
»Mein Schatz, warum dieses böse Gesicht? Ich hab' nichts getan ... Hab' nur ein klitzekleines Auge auf die Anatomie der Kleinen geworfen ... Nur aus Neugierde wollte ich wissen, wie die Launen von Pelancchi Moulas aussehen. Es heißt, er saugt an ihren Brüsten ...« Und er lachte und senkte die

Stimme ... »Komm, mein Schatz, setz dich zu deinem Männchen, wenn du dich schon nicht legen willst und Angst hast. Setz dich her, damit wir noch ein wenig schwatzen können, hast du nicht selber gesagt, wir hätten viel miteinander zu reden?«
»Wenn ich mich setze, wirst du mich gewaltsam wollen ...«
»Ah! Wenn ich das könnte ... Du glaubst also, daß ich dich gewaltsam, ohne deine Zustimmung, herumbringen könnte? Gewaltsam, mein Schatz, werde ich dich nie nehmen: das kannst du dir merken, Vadinho gibt es dir schriftlich ...«
»Ist es dir verboten, mich mit Gewalt zu nehmen?«
»Verboten? Von wem denn? Da ist weder Gott noch Teufel, der mir irgend etwas verbieten könnte. Weißt du das nicht, oder hast du sieben Jahre mit mir gelebt, ohne etwas von mir zu lernen?«
»Und warum nicht?«
»Hab' ich dich jemals gewaltsam genommen? Ein einziges Mal? Heraus mit der Sprache ...«
»Nie ...«
»Also! Ich selbst hab's mir verboten, ich habe nie eine Frau zwingen müssen, und als Mirandão einmal eine kleine Negerin mit Gewalt vernaschen wollte, am Sandstrand von União, hab' ich's nicht zugelassen. Kann etwas gewaltsam Errungenes anders schmecken als schlecht?«
Er blickte sie lange an und lächelte wieder:
»Du wirst mir's eben geben müssen, schöne Flor, und ich bin versessen auf die Stunde, wo ich meine kleine Gepellte verspeisen werde ... Aber du wirst dich hingeben, wirst mir die Beine breit machen, denn ich will dich nur dann, wenn auch du willst. Ich will dich nicht mit dem Geschmack von Haß auf der Zunge, mein Schatz.«
Sie wußte, daß er die Wahrheit sprach: der Stolz stieg in der Brust ihres (ersten) Mannes hoch wie eine Aureole, ein Glanz. Freilich nicht eines Heiligen, sondern eines Menschen, eines männlichen, mannhaften Mannes.
Nun machte Dona Flor es sich auf dem Bettrand bequem, wäh-

rend Vadinho neben ihr lag und sie belauerte. Ihre Nerven waren entspannt, und zutraulich, gelassen saß sie neben ihm. Doch kaum hatte sie sich gesetzt, als der Tunichtgut seine Hand über ihre Hüften in ihren Schoß gleiten ließ. Empört stand sie auf:

»Du bist wirklich ein Lump ... Ich hatte schon geglaubt, du sprichst aus dem Herzen und bist ein Mann von Wort ... Aber gleich mußt du alles zerstören und kannst dich nicht beherrschen ...«

»Will ich dich etwa überrumpeln, will ich dich vielleicht vergewaltigen, nur weil ich meine Hand auf deinen Nabel gelegt habe? Setz dich wieder und höre zu, mein Schatz: ich will dich zwar nicht mit dem Bizeps herumbringen, doch das heißt noch lange nicht, daß ich nicht alles tue, nicht alle Hebel in Bewegung setze, damit du dich mir freien Willens gibst. Jedesmal wenn ich dich berühren kann, werde ich dich berühren, wenn ich dir einen Kuß geben kann, werde ich dir einen Kuß geben. Ich will dich nicht hinters Licht führen, meine Flor, ich werde alles tun, alles, und zwar rasch, denn ich bin verrückt darauf, dich mit Haut und Haar zu vernaschen, ich bin halb tot vor Hunger.«

War das eine Herausforderung!

»Ich mache dir nichts vor, Flor, ich spiele mit offenen Karten, aber wenn dein Herr Doktor es am wenigsten erwartet, hat er eine Hörnerkrone auf dem Kopf. Übrigens, mein Schatz, mit diesem Mostkopf und dieser Statur wird er eine fesche Figur abgeben, er wird ein Gehörnter der allerersten Sorte sein.«

Eine Herausforderung? Also gut, mein erster Herr Gatte und berühmter Hengst, Don Juan der Lustschlösser und der roten Zone, aalglatter Verführer von Mädchen und Ehefrauen, Mordskerl, Bombenkerl: magst du es noch so geschickt anstellen, du wirst mich doch nicht vernaschen. Mit all deiner Gerissenheit, mit all deiner Zungenfertigkeit, mit all deiner Bauernschlauheit, mein Herr Mordskerl, werde ich mich weder betölpeln noch herumkriegen lassen: ich bin eine anständige Frau, ich werde weder meinen Namen noch den meines Mannes

beschmutzen lassen. Und nachdem sie dies gedacht und beschlossen hatte, setzte sie sich wieder auf den Bettrand:
»Sprich nicht so, Vadinho, das ist nicht schön von dir ... Hab gefälligst mehr Respekt vor meinem Mann ... Laß das Gefasel, wir wollen von ernsthaften Dingen reden. Wenn ich dich gerufen habe, wie du behauptest, so nur, um mit dir zu plaudern; wenn ich mit dir sprechen will, so ist es die Sehnsucht und der Wunsch, dich zu sehen, was mich dazu treibt. Es war kein schamloser Hintergedanke dabei. Warum denkst du nur so schlecht von mir?«
»Ich? Wann hab' ich je schlecht von dir gedacht?«
»Sieben Jahre war ich deine Frau, du hast dich die ganze Zeit auf der Straße herumgetrieben und nicht nur beim Spiel, du hast dich in den Betten aller Dirnen von Bahia gewälzt. Doch damit nicht genug, hast du mit Mädchen und verheirateten Frauen angebändelt, mit Weibern, die noch viel schlimmer waren als Straßendirnen ... Mittlerweile müßtest du mich kennen und wissen, daß ich nicht die Frau bin, die ihren Mann hintergeht. Sieben Jahre hast du mir das Leben zur Hölle gemacht und mich auf alle Art gepiesackt. Alle Welt weiß es und spricht es herum ...«
»Und du gibst was auf diese Faselbande?«
»Du hast mich ganz schön gequält, und das ist die Wahrheit. Wäre ich eine andere, ich hätte dir längst den Laufpaß gegeben oder dir Hörner aufgesetzt nach Strich und Faden. Und hab' ich es getan? Nein, ich hab' ausgehalten, weil ich Gott sei Dank eine anständige Frau bin, Vadinho. Solange du am Leben warst, habe ich nie auch nur einen anderen Mann angesehen ...«
»Das weiß ich, mein Schatz ...«
»Und wenn du das weißt, wieso verlangst du dann, daß ich Teodoro hintergehe, der mein Ehemann ist genau wie du und überdies ein anständiger, guter Mann? Er trägt mich auf Händen, ist ein seriöser Mensch und hat mich nie mit einer anderen betrogen. Nie, Vadinho, nie! Einmal sogar ...« Und sie brach ab.

»Einmal sogar was, mein Schatz?« bat er mit einschmeichelnder Stimme. »Erzähle weiter ...«
»Es waren nämlich viele Frauen hinter ihm her, aber er hat ihnen immer die kalte Schulter gezeigt ...«
»So viele Frauen? Übertreib doch nicht, mein Schatz, es war eine einzige, die Magnólia, die größte Kuh von Bahia, und er hat dabei eine ziemlich lächerliche Rolle gespielt. Wo hat man schon einen mündigen Mann gesehen, einen Doktor und so weiter, der sich wie ein Jüngferling aufführt, plötzlich Angst vor Weibern bekommt und um ein Haar um Hilfe ruft? Eine Affenschande ... Weißt du, wie sie ihn nach diesem Fiasko getauft haben? Doktor Klistier, mein Schatz ...«
»Hör auf damit, Vadinho. Wenn du dich anständig mit mir unterhalten willst, einverstanden, aber hier über meinen Mann zu lästern, das geht zu weit ... So wisse, daß ich ihn schrecklich gern habe, ich weiß seine Art, wie er mich behandelt, hoch genug zu schätzen und werde nie seinen Namen entehren ...«
»Wer die Unterhaltung angefangen hat, bist du, mein Vögelchen. Aber sei ehrlich: wen magst du mehr? Lüg nicht ... Mich oder ihn ...?« Dabei legte er seinen Kopf in Dona Flors Schoß, und sie begann mit seinem Haar zu spielen. Nachdenklich geworden, beantwortete sie nicht die verfängliche Frage.
»Ich werde ihn nie hintergehen, Vadinho, das hat er nicht verdient.«
Vadinho atmete kaum merklich, ein unschuldiges Kinderlächeln huschte über sein Gesicht. Dona Flor legte die Hand auf seine Brust, auf den weichen, warmen Buschwald blonder Haare. Er sagte, und es war eine Behauptung und keine Frage mehr:
»Du magst mich mehr, mein Schatz. Ich bin ganz sicher ...«
»Er verdient nichts anderes, als daß ich ihm Liebe schenke ...«
Dona Flors Hand lag auf seiner Narbe: sie liebte es, das Andenken an die vor ihrer Zeit liegende Schlägerei zu spüren, den breiten, tiefen Schnitt, sich an den jugendlichen Zweikampf bald nach seiner Flucht aus der Schule zu erinnern, an den

großsprecherischen, liederlichen Vadinho. Wie hübsch er war!
Wie eine träge Brise drang die Süße des Abends mit Licht und Schatten ins Zimmer.

»Mein Schatz«, sagte er, »ich hab' schreckliche Sehnsucht nach dir gehabt, so große Sehnsucht, daß sie wie eine Tonne Erde auf meiner Brust lastete. Schon lange wollte ich kommen, seit der Zeit, als du mich das erste Mal riefst. Aber du hast mich mit dem Mokan, den Didi dir gegeben hat, festgehalten, und erst jetzt habe ich mich befreien können ... Denn erst jetzt hast du mich wirklich gerufen, aus eigenem Willen ...«

»Auch ich hab' die ganze Zeit Sehnsucht gehabt ... Daß du so ein übler Kerl warst, Vadinho, hat mir auch nichts genutzt, ich bin fast gestorben, als du starbst ...«

Dona Flor fühlte etwas in ihrem Innern, sie verspürte das Verlangen, zu lachen oder zu weinen, gleichviel, doch leise, lautlos. So sanft war Vadinhos liebkosende Hand auf ihrem Arm, auf ihrem Nacken, auf ihrer Wange, und sein Kopf ruhte in ihrem Schoß und suchte eine bequemere Stellung, schwer und warm lag er auf ihren Schenkeln und gab ihr Wärme und Schläfrigkeit. Ein hübscher goldgelockter Kopf. Dona Flor senkte ein wenig das Gesicht, Vadinho hob das seine, und plötzlich nahm er ihren Mund, aber nicht mit Gewalt. Dona Flor riß sich aus dem Kuß und aus den Armen, in denen sie bereits zu vergehen drohte.

»Mein Gott! Ach, mein Gott ...«

Es war somit keine leichte Herausforderung. Sie konnte sich keinen Augenblick gehenlassen, durfte sich keinen Augenblick aus den Augen verlieren, wollte sie nicht zulassen, daß der Gauner sie umgarnte.

Sorglos pfeifend stand Vadinho auf und begann mit mokantem Lächeln in den Schubladen des Kleiderschrankes zu kramen. Vielleicht aus reiner Neugierde oder, wer weiß, um Dona Flor Gelegenheit zu geben, sich zwanglos zu fangen und die Überreste ihrer Willenskraft, ihrer so laut verkündeten Entschlußkraft einzusammeln.

3

Als der Doktor zum Abendessen kam, stand sie wieder fest auf dem Boden ihres angeborenen Anstands und war noch hartnäckiger entschlossen, sich ihres Mannes würdig zu erweisen, seinen Namen und seinen Ruf ohne Makel zu bewahren. Nie werde ich den Namen beflecken, den du mir geschenkt hast, nie werde ich dir Hörner aufsetzen, Teodoro: lieber sterbe ich.

Nun galt es, sich zu beherrschen und dem anderen keine Gelegenheit zu geben, dem Halunken nicht zu erlauben, ihre Sinne zu erregen. Wenn Vadinho vorhatte, sie weiterhin zu sehen, mußte es im Rahmen der Wohlanständigkeit, der platonischen Beziehungen geschehen, denn anderes durfte Dona Flor sich mit ihrem früheren Mann nicht erlauben.

Zwar verbarg sich Dona Flor keineswegs ihre zärtlichen Gefühle für den Ex-Verstorbenen, für ihre erste große Liebe, versuchte es nicht einmal. Denn er hatte sie zum Leben erweckt, hatte aus dem törichten jungen Mädchen von der Alvo-Steige ein loderndes Feuer gemacht und sie Freude und Leid gelehrt. So fühlte sie für Vadinho eine tiefe Zärtlichkeit, etwas ganz Besonderes, ein Gemisch aus Gutem und Bösem, eine Empfindung, die sie sich selber kaum zu deuten und unmöglich zu erklären vermochte.

Sie war zufrieden und glücklich, den Unhold zu sehen, mit ihm zu plaudern und über seine Witzeleien, seine verrückten Späße zu lachen; sie war sogar glückselig über die Achs ihres von neuem geängstigten Herzens, wenn sie ihn in der endlos langen Nacht erwartete und schlaflos auf seine Schritte in der Stille der Straße lauschte. Doch nun war das nicht mehr als eine verliebte Freundschaft ohne Verpflichtungen, ohne Bettgelüste. Das Bett, ja, darin lag die Gefahr! Ein Feld voller Fallen, eine Walstatt der Niederlagen.

Da sie heute von neuem verheiratet und glücklich mit ihrem zweiten Gatten war, durfte sie zu dem ersten nur keusche Beziehungen unterhalten, als wäre jene scham- und hemmungslose Leidenschaft ihrer Jugend mit Vadinhos Tod zu der verschämten Befangenheit eines romantischen Liebespaars geworden und hätte sich von der Gewalttätigkeit des Fleisches in reinen körperlosen Geist verwandelt (was übrigens infolge dieser und aller übrigen Gründe not tat). Bett und Genuß waren nur mit dem zweiten, dem Doktor Teodoro erlaubt, und zwar mittwochs und samstags, mit ›da capo‹ und zärtlicher Liebe. Für Vadinho dagegen blieb die Zeit des Traums übrig, leere Zeit inmitten soviel Glücks und, wer weiß, soviel verstreichenden Glücks.

Wenn Vadinho bereit war, die Lage so anzusehen und diese Abmachung zu achten, ausgezeichnet: denn dieses platonische Gefühl voller Süße und die verschwiegene Gegenwart des jungen Mannes würden Duft sein und Anmut im Leben der zu einem geordneten Dasein gezwungenen Dona Flor und sie für die saftlose Eintönigkeit, die zum Glück zu gehören scheint, entschädigen. Mirandão, Philosoph und Moralist (wie sattsam bewiesen wurde), hatte einmal in seiner waschechten Bahianer Redeweise erklärt:

»Das Glück ist eine Wassersuppe, eine lahme Leier, kurz: Öde . . .«

Wenn Vadinho jedoch nicht bereit war, sich diesen Grenzen zu fügen, würde Dona Flor ihn nicht wieder sehen wollen und ein für allemal die Beziehungen abbrechen und ihre Empfindungen abwürgen müssen – selbst jene so unschuldige geistige Zuneigung, die weder Sünde war noch Rücksichtslosigkeit, von einer Bedrohung der sprühenden Stirn ihres moralisch so einwandfreien und geachteten Gatten gar nicht zu reden.

Beruhigt durch diese Überlegungen und bestärkt in ihrem Gemüt, nahm Dona Flor rasch eine Minzpastille, um den süchtigen Mund vom Pfeffer- und Honiggeschmack jenes unzüchtigen Kusses zu reinigen, und empfing denn ihren Doktor Teodoro mit der gleichen liebevollen Gefügigkeit wie seinen immer gleich zarten allabendlichen Kuß. Sie nahm ihm Rock und Weste ab und reichte ihm die blütenweiße Pyjamajacke. Zum Abendessen, zum Studium am Schreibtisch, zum Fagottüben vor dem Notenpult streifte der Doktor über Hemd und Krawatte die Pyjamajacke; das gehörte zu seiner Abendentspannung.

Während des Essens bemerkte Dona Flor in der Stimme und in der Art ihres Gatten einen ans Feierliche grenzenden Ernst. Bekanntlich war der Apotheker von einer gewissen Förmlichkeit. An jenem Abend jedoch schienen sein verschlossenes Gesicht, seine Schweigsamkeit und seine Abwesenheit beim Essen auf Besorgnis und Unruhe hinzuweisen. Dona Flor beobachtete ihren Mann, während sie ihm die Reisschüssel reichte und ihm von der (mit Eier-Farofa, Speckwurst und Pfefferschoten) gefüllten Rindsroulade vorlegte. Fraglos wälzte der Doktor ein ernstes Problem, und Dona Flor, die gute, mit ihm so innig einverstandene Gattin, wurde gleichfalls unruhig.

Als sie beim Mokka angelangt waren (begleitet von Tapiocamakrönchen, einem Himmels-Manna), sagte Dr. Teodoro schließlich, obwohl mit Überwindung:

»Meine Geliebte, ich möchte mit dir über eine für uns beide höchst wichtige Angelegenheit sprechen ...«

»Dann sag's gleich, Geliebter ...«

Doch er zögerte gehemmt und suchte nach Worten. Was mochte das, fragte sich Dona Flor, für eine schwierige Angelegenheit sein, die dem Doktor all seinen Gleichmut raubte? Ganz an die Unruhe ihres Gatten verloren, hatte sie ihre eigenen Probleme der Doppelehe völlig vergessen.

»Was ist es denn, Teodoro?«

Er blickte sie an und hüstelte:

»Ich möchte, daß du die Sache nach Belieben entscheidest, so, wie es dir am vorteilhaftesten scheint.«

»Aber was ist es denn, mein Gott? Sprich endlich, Teodoro ...«

»Es handelt sich um das Haus ... Es steht zum Verkauf ...«

»Was für ein Haus denn? Das, in dem wir wohnen?«

»Ja. Du weißt, daß ich das Geld beiseite gelegt habe, damit wir dieses Haus kaufen, wie es dein Wunsch war. Aber als wir bereit waren, den Handel abzuschließen ...«

»Ich weiß ... Die Apotheke ...«
»... ergab sich die Möglichkeit, einen weiteren Anteil der Apotheke zu erwerben, genau die Summe, die mir die Majorität eintrug und uns damit den Besitz der ›Científica‹ sicherte ... Ich durfte nicht zögern ...«
»Du hast gut daran getan, hast vollkommen richtig gehandelt, hab' ich's dir damals nicht gesagt? Das Haus läuft uns nicht weg – war es nicht so?«
»Nun aber wird das Haus zum Verkauf angeboten, und zwar zu einem Spottpreis ...«
»Zum Verkauf? Aber wir haben doch das Vorkaufsrecht ...«
»Ja, aber ...«
Und er berichtete: der Hausbesitzer hatte sich in Conquista an einer Fazenda beteiligt, hatte mit Viehzucht begonnen, dabei ein Vermögen in Färsen und Kälbern angelegt und sich am Wettrennen des Zebus beteiligt. Ob Dona Flor wisse, was das ›Wettrennen des Zebus‹ bedeute? Hatte sie schon davon gehört? Nein? Nun gut: bei diesem Rennen ging auch das erträumte eigene Haus verloren ... Der Eigentümer hatte es zu einer minimalen Summe ausgeschrieben. Und was das Vorkaufsrecht betraf, so hatte Dona Flor es trotz ihrer Anwartschaft als alte, solide Mieterin verwirkt, nachdem man damals von dem bereits notariell beglaubigten Kauf zurückgetreten war. Der Mann konnte nicht warten, bis Dr. Teodoro alle noch ausstehenden Apothekenanteile der Erbengemeinschaft erworben hatte, um dann erst an das Haus zu denken. Nun versuchte er, es sofort zu verkaufen. Was nutzte ihm ein Immobilienbesitz mit lächerlich niedriger Mieteinnahme, in dem die Madureiras fast umsonst wohnten? Da war es ein besseres Geschäft, Zebus zu züchten, ein widerstandsfähiges Rind, und ein Kilo Zebufleisch war sein Geld wert. Da er ausschließlich mit seiner Fazenda beschäftigt war, hatte er die Immobilienabteilung der Bank seines Freundes Celestino mit dem Verkauf des Hauses beauftragt. An Käufern würde es angesichts des lockenden Preises wohl kaum fehlen.

Woher wußte Dr. Teodoro das alles? Sehr einfach. Celestino hatte ihm davon erzählt. Er hatte den Pharmazeuten angerufen: »Lassen Sie Ihre Drogen stehen und liegen und kommen Sie auf einen Sprung herüber.« Und er legte ihm die Situation dar und fragte zum Schluß: warum Teodoro nicht versuche, das Haus zu erwerben? Das sei ein Bombengeschäft, ein Gelegenheitskauf, der Wahnsinnige bot seinen Grundbesitz fast umsonst an, nur um weitere Kälber kaufen zu können.

»Wenn das Rennen vorbei ist, Meister Teodoro, werden sich viele Leute die Hände verbrannt haben ... Meine Bank leiht nicht einen Zehner für diese Spekulation. Kaufen Sie das Haus, mein Lieber, und feilschen Sie nicht!«

Der Portugiese hatte recht in dem, was er über das Haus und das Zeburind äußerte, auch der Doktor mißtraute der Jagd auf die Kälber, Kühe und Stiere. Aber wo Geld auftreiben, wenn er erst kürzlich alle seine Ersparnisse auf die Erwerbung des Apothekenanteils verwendet und sich gerade von Celestinos Bank noch Geld gegen kurzfristige Wechsel geborgt hatte?

Der Bankier musterte den Apotheker, der ein ehrlicher Mann war, dazu von äußerster Gewissenhaftigkeit und unfähig, irgend jemanden zu schädigen. Er war nicht der Mann, sich in ein Bankgeschäft einzulassen, ohne hundertprozentig gedeckt zu sein. Dr. Teodoro spielte nie. Celestino mußte insgeheim lächeln: welche Überraschungen das Leben bot! Jene sanftmütige Dona Flor, die so bescheiden war und so unübertrefflich zu würzen verstand, hatte zwei vollkommen verschiedene Männer geheiratet, von denen der eine das absolute Gegenteil des anderen war. Er stellte sich vor, wie es sein würde, wenn er Vadinho das Geld anböte, das er jetzt dem Drogisten zur Verfügung stellte. Der junge Mann würde mit nervöser Hand die Füllfeder ergreifen und alles unterschreiben, was er vor sich sähe, nur um mit seiner Unterschrift ein paar Mil-Réis fürs Roulett zu ergattern.

»Beschaffen Sie sich doch etwas Geld als Anzahlung auf den Verkaufswert, und ich besorge Ihnen den Rest gegen eine Hypothek auf Ihr neues Haus. Sehen Sie ...«

Er nahm einen Bleistift und rechnete ihm das Geschäft schwarz auf weiß vor. Der Doktor brauche nur ein paar Contos de Réis aufzutreiben, alles übrige solle er ihm überlassen: eine Hypothek mit langer Laufzeit zu mäßigem Zinssatz, außerdem alle nur denkbaren Zahlungserleichterungen. Was der Portugiese ihm vorschlug, war ein Geschäft zwischen Vater und Sohn: Celestino kannte Dona Flor seit ihrer ersten Heirat, er hatte ihre Küche gekostet, er hatte viel für sie übrig. Dr. Teodoro schätzte er gleichermaßen, denn dieser war ein Mann von Charakter und Anstand. Vadinho erwähnte er nur nicht aus Rücksicht auf Dona Flors zweiten Mann und weil der Taugenichts tot war. Doch in diesem Augenblick erinnerte er sich an sein Profil und seine Großsprecherei, und diese Erinnerung veranlaßte ihn zu einem nachsichtigen Lächeln und dazu, die Fälligkeit der Hypothek noch einmal um sechs Monate zu verlängern.
»Ich danke Ihnen für Ihr Angebot, ich werde Ihre Großmut nicht vergessen, edler Freund, aber im Augenblick verfüge ich nicht über Geldmittel, um die notwendige Summe zu ergänzen. Ich weiß auch nicht, wo ich es mir beschaffen sollte. Es ist sehr schade, denn Florípedes möchte das Haus ums Leben gern kaufen. Aber ich sehe keine Möglichkeit . . .«
»Florípedes«, murmelte Celestino – was für ein verrückter Name. »Sagen Sie mir eines, Herr Dr. Teodoro Madureira, nennen Sie Ihre Frau zu Hause Florípedes?«
»In der Intimität nicht. Ich nenne sie Flor, wie übrigens alle anderen.«
»Dann ist's gut . . .« Mit einer Geste wehrte der Bankier die Erklärung des Doktors ab, seine Zeit war kostbar. »Ich habe nämlich erfahren, mein Lieber, daß Dona Flor oder Dona Florípedes, wie Sie sie anscheinend lieber nennen, über beträchtliche Ersparnisse bei der Sparkasse verfügt . . . Und zwar mehr als hinreichend, um mit der Hypothek den Kaufpreis des Hauses aufzubringen . . .«
Der Doktor hatte gar nicht mehr an das Geld seiner Frau gedacht:

»Aber dieses Geld gehört ihr, es ist die Frucht ihrer Arbeit, ich werde es nie anrühren ...«

Wieder maß der Bankier den Pharmazeuten auf dem Stuhl vor ihm: Vadinho hatte seiner Frau die letzten Kupfermünzen fürs Spiel abgeluchst, mitunter gewaltsam entrissen. Er hatte sie sogar geschlagen, so jedenfalls war ihm berichtet worden.

»Ehrenhafte Gefühle, lieber Doktor, würdig des Lasttiers, das Euer Gnaden sind ...« Der Portugiese beabsichtigte noch deutlicher zu werden: »Ein Esel sind Sie, ein Maulesel wie jene Ihrer Landsleute, die Klaviere tragen und auf der Straße Steine klopfen ... Sagen Sie mir eines: was nutzt Dona Flor das Geld in einem Sparbuch? Sie wünscht sich ein eigenes Haus, und hier steht ihr Kavalier vor mir, hätschelt seine Scheißbedenken – ja, Scheißbedenken, mein Herr – und läßt sich eine einmalige Gelegenheit entgehen. Sind Sie nicht in Gütergemeinschaft verheiratet?«

Dr. Teodoro schluckte mühsam das Lasttier herunter, den Esel und die Scheiße, er kannte den Portugiesen seit langem und schuldete ihm mehr als einen Gefallen.

»Ich weiß nicht, wie ich es ihr sagen soll ...«

»Das wissen Sie nicht? Dann nutzen Sie die Stunde des Zubettgehens, die eignet sich am besten, um Geschäfte mit der Ehefrau zu besprechen, mein Lieber. Ich rede über dergleichen mit der meinen nur, wenn wir beide im Bett liegen, und habe immer gefunden, daß man sich dabei am besten verständigt. Hören Sie: ich gebe Ihnen vierundzwanzig Stunden. Wenn Sie morgen um die gleiche Zeit nicht hier sind, lasse ich das Haus bestmöglich verkaufen ... Und nun lassen Sie mich bitte wieder an meine Arbeit gehen.«

Nicht im Bett, sondern am Abendtisch, im ersten Dämmerschein, beim weißen, von Kokosmilch übergossenen Tapiocamakrönchen berichtet Dr. Teodoro Dona Flor seine Unterhaltung mit dem Bankier, wobei er freilich Schimpfwörter und Lasttier unterschlägt:

»Wenn es nach mir ginge, würdest du das Geld auf der Sparkasse nicht anrühren.«

»Und was soll ich damit anfangen?«
»Es für deine persönlichen Anschaffungen ausgeben . . .«
»Was für Anschaffungen denn, Teodoro, wenn du mich nichts bezahlen läßt? Nicht einmal das Monatsgeld für Mutter . . . Du zahlst ja alles und wirst noch böse, wenn ich daran Anstand nehme, in der ganzen Zeit habe ich nur Geld auf mein Sparbuch einbezahlt; abgehoben habe ich nur zweimal, jedesmal eine Kleinigkeit, um Albernheiten für dich zu kaufen. Wozu all das Geld aufbewahren? Es sei denn für meinen Sarg, wenn ich tot bin . . .«
»Red keinen Unsinn, Geliebte . . . Tatsache ist, daß ich als Ehemann die Pflicht habe . . .«
»Und warum habe ich nicht das Recht, zum Kauf unseres Hauses beizusteuern? Oder betrachtest du mich nicht als Gefährtin in allem? Bin ich nur gut genug zum Reinemachen, um für deine Kleider zu sorgen, das Essen zu kochen, mit dir ins Bett zu gehen?« Dona Flor ereiferte sich. »Bin ich vielleicht nur ein Hausmädchen oder nur eine Dirne?«
Angesichts ihres plötzlichen Ausbruchs war Dr. Teodoro sprachlos. Er fühlte einen Druck auf der Brust, regungslos hielt seine Hand die Gabel mit dem aufgespießten Stück Makrone. Dona Flor senkte die Stimme, nun klang sie klagend:
»Es sei denn, daß du mich nicht liebst und mich so gering achtest, daß du nicht wünschst, daß ich zum Kauf unseres Hauses beitrage . . .«
Vielleicht war Dr. Teodoro in seiner ganzen über ein Jahr währenden Ehe nie so ergriffen gewesen. Plötzlich rief er schüchtern:
»Du weißt, daß ich dich liebe, Flor, daß du mein Leben bist. Wie kannst du daran zweifeln? Sei nicht ungerecht.«
Noch immer aufgebracht, erklärte sie:
»Bin ich nicht deine Frau, deine Gattin? Schön: wenn du morgen nicht auf die Bank gehst, werde ich das Geschäft mit Seu Celestino abschließen . . .«
Dr. Teodoro stand auf, trat zu ihr und schloß sie leidenschaftlich in die Arme. Dona Flor, gleichfalls leidenschaftlich erregt,

barg ihr Gesicht an des Doktors breiter Brust. Sie setzten sich aufs Sofa, Dona Flor auf des Gatten Knie, Gesicht gegen Gesicht, mit einer fast sinnlichen Zärtlichkeit.

»Du bist die anständigste, seriöseste und hübscheste aller Ehefrauen . . .«

»Die hübscheste nicht, mein Teodoro . . .«

Sie blickte ihm in seine gütigen, in Glück schwimmenden Augen.

»Hübsch nicht . . . Aber ich verbürge mich dafür, ja, das tue ich, daß ich seriös bin, daß ich eine anständige Frau bin.«

Nach diesen Worten suchte sie mit ihren Lippen den Mund des Doktors und nahm ihn mit einem Liebeskuß: er war ihr guter Mann, der einzige, der ihre Zärtlichkeit und die Lust ihres Körpers verdiente.

Nun drang die Nacht mit ihrem Dunkel ins Zimmer und füllte es ganz, und aus seiner dämmrigen Ecke beobachtete Vadinho die Szene. Unruhig fuhr er mit der Hand über seine Stirn; dann machte er kehrt und zog unwirsch auf die Straße hinaus.

4

Das waren wirre Tage voller Rennerei und Plackerei, Tage berstend vor Aufregung. Dr. Teodoro und Dona Flor hetzten von einem Ende der Stadt zum anderen, von der Bank zum Notar, vom Notar zu den verschiedensten Ämtern. Sie sah sich gezwungen, ihren Kochunterricht bis zum Ende der Woche abzusagen; er ließ sich kaum mehr in der Apotheke blicken. Celestino hatte Dona Flor mit seinem üblichen lusitanischen Freimut zu verstehen gegeben:

»Wenn Sie das Haus wirklich kaufen wollen, lassen Sie Ihre Mistschule doch ein paar Tage sausen. Sonst: Häuschen ade . . .!«

Es war nämlich ein zweiter Anwärter aufgetaucht, und nur dem guten Willen des Bankiers hatten die beiden es zu verdanken, daß ihnen diese einmalige Chance nicht zum zweitenmal durch die Lappen ging. Nun aber war praktisch alles geregelt, und es fehlte nur noch die endgültige Urkunde: in wenigen Tagen sollte sie beim Notariat abzuholen sein. Die Anzahlung an den ehemaligen Hausbesitzer war mit Dona Flors Ersparnissen bereits gemacht worden.

Am Arm ihres Gatten, auf seine Kraft und sein Wissen gestützt, hatte Dona Flor an jenem Wochenende halb Bahia abgeklappert. Kaum eine Minute hatte sie zu Hause stillgesessen, kaum die Stunden der Mahlzeiten und der Schlafenszeit, und auch dann hatte sie keine Ruhe gefunden. Denn wie konnte sie ausruhen, wenn Vadinho nicht von ihrer Seite wich und sich neben ihr aufpflanzte, sobald sie auftauchte, und immer frecher, immer entschlossener schien, sie zur Unehre, zum Ehebruch zu verleiten?

Ehebruch? Wieso denn Ehebruch? fragte der Böse. Wenn ich dein Mann bin? Wo hat man schon erlebt, daß man eine Ehebrecherin wird, wenn man sich seinem rechtmäßigen Ehemann hingibt? Hatte sie ihm nicht vor dem Standesbeamten und dem Priester Gehorsam geschworen? Wo hat man, meine Flor aus Maracujá, eine derartige platonische Ehe gesehen? Das ist ja der ungereimteste Widersinn ...

Der Strolch wußte weiß Gott Süßholz zu raspeln, er besaß eine fixe Zunge, Logik und Rhetorik, er verstand sich auf die schlagendsten Beweisgründe, um sie in die Enge zu treiben, und seine Stimme klang wie ein Schlummerliedchen:

»Mein Schatz, haben wir nicht geheiratet, um miteinander zu schlafen? Na also!«

Dona Flor spürte noch auf ihrem Arm das Gewicht des Gattenarms, seinen Schweißgeruch vom Gang über Steilstraßen zu Ämtern und Anwalt. Und schon verwirrte Vadinhos Stimme sie – wie ausruhen, wenn sie wach sein mußte, wenn sie sich nicht eine Sekunde gehenlassen konnte, ohne sich in schlimmste Gefahr zu begeben? Die Gefahr, der Musik seiner Stimme zu erliegen, betört von seinen Worten, berührt von seiner heimtückischen Hand, von seiner zügellosen Zunge. Bevor sie wußte, wie ihr geschah, sah sie sich in seinen Armen und mußte sich gewaltsam losreißen. Aber ergeben hatte sie sich noch nicht und würde sich auch nicht ergeben.

Denn sie hatte sich nicht ergeben, zumindest hatte sie sich noch nicht ganz ergeben, weil sie ihm in jener Zeit der ermüdenden Tage etwas erlaubt hatte: kleine, harmlose Liebkosungen. Waren sie wirklich so klein und harmlos?

So kam Dona Flor an einem bestimmten Nachmittag erschlagen von Ämtern und Notariat nach Hause (der Doktor war noch in die Apotheke geeilt, um einige Rezepte fertigzustellen), sie zog ihr Kleid aus, streifte Schuhe und Strümpfe ab und legte sich auf ihr eisernes Bett. Stille war im leeren Haus und ein Lüftchen, und Dona Flor seufzte.

»Müde, mein Schatz?« Das war Vadinho, der neben ihr lag.

Woher er gekommen war, wo er sich versteckt gehalten hatte, Flor wußte es nicht.

»Hundemüde ... Um ein einziges Dokument auszugraben, verliert man einen ganzen Nachmittag ... Ich hätte nie gedacht ...«

Vadinho berührte ihr Gesicht:

»Du bist aber glücklich, mein Schatz ...«

»Ich habe immer ein eigenes Haus haben wollen ...«

»Ich habe dir immer dieses Haus schenken wollen ...«

»Du?«

»Glaubst du's nicht? Hast recht ... Drum will ich dir sagen, daß ich nichts mehr gewünscht habe, als dir eines Tages dieses Haus schenken zu können. Eines Tages würde ich mit der Nummer Siebzehn genug verdienen, um es zu kaufen. Ich wäre mit der fertigen Urkunde gekommen, ohne dir vorher ein Wort gesagt zu haben ... Es hat eben nicht mehr gereicht ... Sonst ... Du glaubst mir nicht, stimmt es?«

Dona Flor lächelte:

»Warum sollte ich dir nicht glauben?«

Sie fühlte Vadinhos Mund auf ihrem Gesicht und wollte sich aus seinen sie umschlingenden Armen befreien:

»Laß mich ...«

Doch er bettelte so lange, bis sie ihm erlaubte, seinen blonden Schopf auf ihre Brust zu legen. Ganz harmlos, versteht sich.
»Schwörst du, daß du nicht versuchen wirst ...?«
»Ich schwöre es.«
Es war ein süßer Augenblick, als Dona Flor Vadinhos Atem im Nacken spürte und seine Hände, die ihren Schlummer verteidigten. Eine davon liebkoste ihr Gesicht, strich ihr übers Haar und löste ihre Erschöpfung. Sie war so müde, daß sie einschlief.
Als sie erwachte, waren die Schatten der Nacht gekommen und mit ihnen Dr. Teodoro:
»Hast du geschlafen, meine Geliebte? Du mußt todmüde sein. Ärmste ... Erst deine Ersparnisse ausgeben und dann noch diese Plackerei ...«
»Red doch keinen Unsinn, Teodoro.« Schamhaft wie sie war, deckte sie das Leintuch über sich.
Im Halbdunkel suchte sie Vadinho und sah ihn nicht. Sicherlich hatte er sich davongemacht, als er des Doktors Schritte hörte. Ob er eifersüchtig auf den Doktor war? fragte sich Dona Flor lächelnd. Vadinho würde es leugnen, versteht sich, doch Dona Flor hatte ihre Bedenken.
Dr. Teodoro schlüpfte in seine Pyjamajacke, Dona Flor zog den Morgenrock an und stand auf. Ihr Gatte ergriff ihre Hand:
»Was für eine Lauferei, nicht wahr, meine Geliebte? Aber es hat sich gelohnt, nun wohnen wir im eigenen Haus. Doch ich werde nicht eher ruhen, bis ich die Hypothek abgetragen und den ganzen Leihbetrag wieder auf deine Sparkasse einbezahlt habe.«
Die Hand um Dona Flors Taille geschlungen, ging der Apotheker mit Dona Flor aus dem Schlafzimmer ins Eßzimmer. Dort fanden sie Dona Norma, die begierig auf die letzten Neuigkeiten des Hauskaufs wartete.
»Ihr schaut aus wie Turteltäubchen ...«, sagte die Nachbarin, als sie die beiden so verliebt sah, und schon wurde der Doktor verlegen und ließ seine Frau los.

Am nächsten Morgen kam Dona Norma wieder, um Näharbeiten mit Dona Flor zu besprechen. Auf ihren nackten Hals deutend, scherzte sie:
»Die Tändelei mit deinem Mann geht einem langsam auf die Nerven ...«
»Nanu? Wieso denn?«
»Seid ihr gestern nicht idyllisch aneinander geklammert aus dem Schlafzimmer gekommen?«
»Sprichst du von mir und von Teodoro?« fragte sie erschrokken.
»Von wem sollte ich sonst sprechen? Schnappst du langsam über? Und der Doktor scheint seine Seriosität über Bord geworfen zu haben ... Noch vor dem Abendessen, was? Und nachher ging es wohl weiter? Natürlich: der Hauskauf mußte gefeiert werden.«
»Was redest du da, Norma ... Von Weitergehen keine Rede ...«
»Ach, meine Heilige, das meine ich nicht. Du hast den Nacken voller Saugstellen, die eine hübscher als die andere, und willst mir einreden, daß nichts geschehen ist ... Ich wußte gar nicht, daß der Doktor zu den Blutsaugern gehört ...«
Dona Flor fuhr sich mit der Hand über den Nacken und lief zum Schlafzimmerspiegel. Rote, ins Violette übergehende Male bedeckten eine ganze Seite ihres Halses. So ein Skandal! Und Norma mit ihren Witzeleien!
Ach, der meineidige Vadinho, der wahnsinnige, tyrannische ... Sie hatte seine liebkosenden Lippen gespürt und Einspruch erhoben. Doch er hatte nur gefragt, ob er ihr weh tue, wenn er ihren Hals berühre, da es doch nicht einmal ein richtiger Kuß war und er nur mit dem Mund über ihre Haut strich. Doch Dona Flor war von dieser Liebkosung eingeschlafen. Ach unverbesserlicher Vadinho!
Sie riß sich vom Spiegel los und zog eine Bluse mit hohem Kragen an, der ihre verräterischen Male verbarg. Was würde der Doktor sagen, wenn er diese violetten Abdrücke fremder Lippen sah und nicht der seinen, die ohnehin unfähig zu sol-

chen Ausschweifungen und Verderbtheiten waren? Sie ging ins Wohnzimmer zurück:

»Norminha, mein Kind, bitte mach um Gottes willen vor Teodoro keine Anspielungen auf diese Dinge ... Du weißt doch, wie verlegen er gleich wird ... Und er ist doch so zurückhaltend.«

»Natürlich werde ich mir mit dem Doktor keine unpassenden Späße erlauben, Florzinha, daß er aber seine seriöse Art abgelegt hat, mußt du doch zugeben ... Zurückhaltend war er früher, meine Heilige, aber jetzt hat er alle Fesseln abgeschüttelt. Er ähnelt sogar ein bißchen Vadinho, es fehlt nur noch, daß er es vor den Nachbarn tut ...«

Dona Flor hörte ein Lachen und fühlte eine Gegenwart, Dona Norma merkte es nicht, glücklicherweise: der Böse trug zu allem Überfluß das mit nackten Frauen bedruckte Hemd, das Dona Gisa dem Doktor aus Nordamerika mitgebracht hatte. Und wenn das Hemd seine Brust bedeckte, so war der Rest seines Körpers nackt und wirkte dadurch nur noch unzüchtiger.

5

»Was ist Schlimmes daran, mein Schatz? Was ist denn dabei? Laß doch meine Hand, wo sie ist, ich nehm' dir nichts weg, ich drück' nicht einmal, meine Hand liegt ja mäuschenstill!« Seine Hand lag direkt auf der Höhe der runden Hüfte, doch kaum hatte sie stumme Zustimmung erlangt, hielt sie es nicht länger aus und fuhr zwischen Hüften und Schenkeln auf und ab – ein weites, nach und nach erobertes Gebiet.

Und so, mit den Händen, dem Atem, den Lippen, den sanften Worten, dem Blick, dem Lachen, der Erfindungsgabe, dem Scherz, der Beschwerde, dem Streit, der Quengelei, umkreiste Vadinho die von Dona Flor als unbezwinglich hingestellte Festung und riß allmählich die Mauern der Würde und der Scham nieder. Mit einem unermüdlichen Ansturm, mit einer

hartnäckigen Belagerung eroberte er von Stunde zu Stunde Meter für Meter des Schlachtfelds.
Bei jeder Begegnung besetzte er eine neue Stellung, und es fielen Bastionen, die sich der Übermacht oder der List ergeben mußten: der wissenden Hand oder der Zunge mit ihren tausend eitlen Versprechungen – »nur einen Kuß, mein Schatz, nur einen . . .«. Und schon waren die Brüste verloren, die Schenkel, der Hals, die Hüften, der samtweiche Hintern. All das gehörte bereits ihm, ein von der Zensur geräumtes Feld für Vadinhos Hand, für seine Lippen, für seine Liebkosung. Als Dona Flor es merkte, waren ihre Ehrbarkeit und des Doktors Ehre auf ihr letztes, noch unangetastetes Bollwerk geschrumpft. Das ganze übrige glühende Schlachtfeld hatte er genommen, ohne daß es ihr bewußt geworden war.
Dona Flor wollte die roten Flecken am Hals beanstanden, jene atemberaubenden Zeichen seines Übergriffs, sie war entschlossen, sich jedwede Intimität zu verbitten, doch schon umschlang er sie, flüsterte ihr hohle Erklärungen zu oder spottete über ihre Schamhaftigkeit und ihre Seriosität, um kurz darauf an ihrem Ohrläppchen zu knabbern und ihr einen Schauer durch den Leib zu jagen.
Daher war es höchste Zeit, Schluß zu machen mit diesen fragwürdigen Beziehungen, die längst nichts mehr zu tun hatten mit zarter Wertschätzung, mit unschuldig verliebter Freundschaft, mit der platonischen Empfindung, die Dona Flor nach Vadinhos Rückkehr zunächst für möglich gehalten hatte. Als sie das Ausmaß der Gefahr witterte, bebte die tugendhafte Gattin vor Angst und Feuereifer, der widersinnigen Situation ein Ende zu setzen. Wo hatte man schon eine Frau mit zwei Ehemännern gesehen?
Auf ihrem Sofa sitzend, dachte Dona Flor gerade über das Heikle der Angelegenheit nach – es galt, die Diskussion sehr geschickt zu führen, um Vadinho nicht zu kränken, ihn nicht zu beleidigen; schließlich war er auf ihren Ruf hin herbeigeeilt. Während Dona Flor einen Auftakt zum Gespräch suchte, fuhr Vadinho mit der Hand unter ihr Kleid, bemüht, genau

jenes letzte, noch unberührte Bollwerk zu erreichen, die Kassette, die ihre weibliche Würde und die Ehre des Doktors beherbergte.

»Vadinho!«

»Laß mich die kleine Gepellte sehen, mein Schatz ... Ich sterbe vor Sehnsucht nach dem Tierchen ... Und es nach mir ...«

Zornentbrannt stand Dona Flor auf, wütend und außer sich. Auch Vadinho wurde ärgerlich, und es entstand ein derber, lästiger Wortwechsel. Vielleicht hatte Vadinho keine so brüske Reaktion Dona Flors mehr erwartet und gedacht, er habe sie bereits völlig erobert.

»Weg mit der Hand und laß mich ungeschoren. Wenn du mich wiedersehen und mit mir reden willst, mußt du es aus der Entfernung tun, als wären wir gute Bekannte und nicht mehr ... Ich hab' dir bereits gesagt, daß ich eine anständige Frau bin und sehr glücklich mit meinem Mann zusammenlebe ...«

Spöttisch erwiderte Vadinho:

»Dein Mann, dieser Hohlkopf, dieser Trottel ... Was versteht er schon von diesen Dingen, der Weichling!«

»Teodoro ist kein Ignorant wie du, kein Taugenichts, er ist hoch gebildet ...«

»Hoch gebildet ... Mag sein, daß er eine Kapazität für Fruchtsäfte und dergleichen ist ... Aber für das, was gut ist fürs Bummeln, dürfte er eine komplette Niete sein ... Man braucht ihn nur anzusehen, diesen Kapaun ...«

Dona Flor sah Vadinho an, nie hatte dieser eine so empörte Dona Flor gesehen:

»Du bist aber schwer im Irrtum, wer kann über seine Kapazität besser Auskunft geben als ich? Und ich bin mehr als zufrieden ... Ich kenne keinen besseren Mann als ihn. In allem und auch in diesem. Du kannst ihm nicht das Wasser reichen ...«

»Bah!« machte Vadinho mit einem respektlosen, ordinären Geräusch.

»Laß mich in Frieden, ich brauch' dich nicht ... Und berühr mich gefälligst nicht mehr, verstanden ...«

Sie war fest entschlossen: keine einzige Vertraulichkeit würde sie ihm mehr erlauben, keine Umarmung, keine unschuldigen Küsse, auch nicht, daß er sich neben sie legte, damit man »sich besser unterhalten könne«. Sie war eine ehrbare Frau, eine seriöse Gattin.

»Wenn du so zufrieden mit allem warst, warum hast du mich dann gerufen?«

»Ich habe dir schon gesagt, daß es nicht deshalb war ... Ich bereue es auch schon, dich gerufen zu haben ...«

Hinterher, allein, fragte sie sich, ob sie nicht zu grob gewesen war. Vadinho war verbittert, beleidigt, mit hängendem Kopf abgezogen und hatte sich für den Rest des Tages nicht mehr blicken lassen. Wenn er gegen Abend wiederkam, wollte sie ihm ihre Gründe mit gütigen Worten darlegen. So abstoßend und unverschämt er bisweilen sein mochte, mitunter reagierte Vadinho völlig unerwartet und war dann imstande, Dona Flors Bedenken zu verstehen und seine Beziehungen auf die vom Anstand und von der Ehre geforderten Grenzen zu beschränken.

Jeden Nachmittag nach getaner Arbeit badete Dona Flor und legte sich, in eine Wolke von Parfüm und Talkum gehüllt, aufs Bett, um ein paar Minuten auszuspannen. Dann legte Vadinho sich unfehlbar zu ihr, und die beiden plauderten über die verschiedensten Dinge (und während des Geplauders überrumpelte er Bastionen, drückte sie an sich und untergrub ihren Willen). Sobald sie sich aber beschweren wollte, lenkte er sie ab und redete von der Welt, aus der er kam, und Dona Flor, voller Neugierde und überquellend von Fragen, besaß nicht die Kraft, ihm zu wehren.

»Und die Erde, wie sieht sie aus von dort, Vadinho?«

»Ganz blau, mein Schatz.«

Seine Verführerhand glitt an der Hüfte hinunter oder schob sich zu ihrem Busen hinauf.

»Und Gott, wie ist er?«

»Gott ist fett.«

»Hand weg, du willst mich wohl wieder beschwindeln ...«

Vadinho lachte, seine Hand hielt ihre strotzende Brust fest, seine Lippen suchten Dona Flors Mund, wie konnte man da wissen, ob er die Wahrheit sprach? Heißer Atem, glühender, gepfefferter Hauch, süße Brise, Meerwind, ach Vadinho, du schamloser Lügner ... So nahm er nach und nach alles in Besitz, und es fehlte nur das letzte Bollwerk, ihr allerletztes Versteck.

An jenem Tag indes wartete sie vergeblich auf ihn, und er kam nicht. Unruhig wälzte Dona Flor sich im Bett hin und her und schlug sich mit Angst und Zweifeln herum. Ob er in seinem Stolz gekränkt und beleidigt abgezogen war? Ob er für immer fort war?

Bei diesem Gedanken zitterte Dona Flor. Wie sollte sie ohne seine Gegenwart weiterleben? Ohne seine Verrücktheiten, ohne seine Scherze, ohne sein Locken?

Wie dem auch sei, wenn sie ehrbar und eine anständige Frau bleiben wollte, mußte sie ohne ihn auskommen. Das war die einzige Möglichkeit, dieser Engpaß hatte keine andere Öffnung. Eine schlimme Lösung, eine maßlose Prüfung, doch was blieb ihr anderes übrig? Da gab es nur eines: den Bruch. Wenn Vadinho so weitermachte, war keine Macht des Anstands, kein Gelöbnis zur Tugendhaftigkeit imstande, das Unvermeidliche zu verhindern. Dona Flor täuschte sich nicht: was waren seine Unterhaltungen anderes als ein Vorwand zu Liebkosungen, zu diesem so entsetzlichen und köstlichen Kampf?

Wie Vadinhos Zungenfertigkeit widerstehen? Hatte er sie nicht davon überzeugt und hatte Dona Flor sich nicht davon überzeugen lassen, daß mit Ausnahme des vollständigen Besitzes alles andere Spaß ohne bösen Hintergedanken, Spielerei von Vetter und Kusine war und weder Unehre noch Unzüchtigkeit bedeutete? Solange keine Besitznahme stattfand, gab es keine Unehre, und ihre Würde und des Doktors bedeutende Stirn blieben unangetastet.

Zum zweitenmal hatte Vadinho ihre Bedenken mit demselben Schlaflied für Kinder, mit derselben alten Leier eingelullt, mit der er sie in der längst vergangenen Zeit ihrer Liebelei in Rio Vermelho und an der Alvo-Steige übertölpelt hatte.

Und sie war prompt auf das Wiegenliedchen hereingefallen, und als sie die Augen öffnete, hatte er sie bereits vernascht.
Wieder einmal kam Vadinho zum Kai ihres letzten Hafens, an den letzten Saum ihres Seins. Bei der geringsten Unvorsichtigkeit würde er ihr in einem x-beliebigen Augenblick des unbeherrschten Drangs zwar nicht mehr die Jungfräulichkeit rauben, aber zumindest die Ehre eines Ehemannes und den Anstand einer Ehefrau.
Und zwar einer vorbildlichen Ehefrau und eines Ehemanns, der als Beispiel für gute Ehemänner gelten konnte. Wenn der Ärmste am wenigsten daran dachte, würden auf seiner Stirn plötzlich Hörner wachsen, und das wäre die größte aller Ungerechtigkeiten. Und die Saat zu diesen unverdienten Hörnern war von Vadinho bereits gesät worden durch die Küsse seines Mundes und durch die Hitze seiner Männlichkeit, die in Dona Flor Begierde und Sündhaftigkeit entfacht hatten.
Ja, es gab nur eine einzige sichere Lösung: Vadinho mußte dorthin zurückkehren, von wo er gekommen war, nur so waren die Ehrbarkeit der Gattin und die Stirn des Drogisten vor Unheil sicher. Es würde Dona Flor das Herz brechen, sie würde furchtbar leiden, doch wo war ein Ausweg, wo eine Ausflucht? Sie wollte ihm ihre Gründe liebevoll erklären: »Verzeih, mein Schatz, aber so können wir nicht weitermachen, ich kann nicht mehr! Verzeih mir, wenn ich dich gerufen habe, es war meine Schuld, adieu, laß mich in Frieden . . .«
In Frieden? Oder in Verzweiflung? Wie dem auch sei, auf diese Weise blieb sie wenigstens eine anständige, ihrem Ehemann getreue Frau.
Vadinho erschien nicht. Weder im Schlafzimmer zur Stunde der Abenddämmerung noch später im Wohnzimmer zur Stunde des Abendessens. Dann führte er nämlich gerne seine Affereien vor und zwang Dona Flor, sich auf die Lippen zu beißen, um nicht zu lachen, wenn er sich in seinem Nackte-Frauen-Hemd tanzend zur Schau stellte oder hinter des Doktors Stuhl trat und – der lüsterne Lump – diesem seine Finger als Hörner auf die Stirn pflanzte.

Nicht vorhandene Hörner, wohlbemerkt, denn sie hatte sich ja nicht ergeben und den Schlupf, in dem die wahre Ehre ruht, unversehrt bewahrt (alles übrige war Unsinn, wie Vadinho ihr bedeutet hatte und wie jedermann weiß, der sich mit diesen Dingen beschäftigt hat).
Sie wartete bis zur Stunde des Schlafengehens, doch er kam nicht. Sicherlich war Vadinho gekränkt abgezogen, denn er war stolz und imstande, der herbsten Prüfung hocherhobenen Hauptes zu begegnen. Wer weiß, vielleicht war er für immer gegangen. Ach, mein Gott, und er hatte sich nicht einmal von ihr verabschiedet.

6

Vadinho verschwand am Mittwochvormittag, und Dona Flor war den ganzen Tag geknickt; bekümmert, ihn nicht zu sehen, fürchtete sie, ihn von neuem verloren zu haben, außerdem wünschte sie widersinnigerweise, es möge so sein, denn sie wußte, daß nur sein endgültiger Abzug auf Nimmerwiedersehen das Glück ihres Heims retten konnte.
Nun ehrte – wie bereits betont und wiederholt worden ist – der methodische Doktor mittwochs und samstags abends seine Gattin, erfüllte so vergnüglich und bereitwillig seine ehelichen Pflichten, seine dankbare Aufgabe. Und zwar verstärkt durch ein ›da capo‹ am Samstag (dies sei nicht vergessen) und mit einem gleichbleibenden Ritual, bei dem die Lust nicht die Achtung ausschloß, eine von Schamhaftigkeit verhüllte sowie von Zurückhaltung (und dem Leintuch) zugedeckte Lust.
Nach der Entgleisung in der Hochzeitsnacht, der Nacht von Vadinhos Rückkehr, kamen die Bettbeziehungen zwischen Dona Flor und Dr. Teodoro wieder in ihre alte Bahn, und Dona Flor gab sich dem Gatten bescheiden, zärtlich hin und empfing von ihm volle, ungeteilte, samstags sogar wiederholte Befriedigung.
Übrigens hatte Dona Flor sich mit dem braven Pharmazeuten

nie so lebhaft in der Lust gezeigt wie in letzter Zeit: jetzt gab sie sich ihm eher zärtlich als bescheiden, und der Doktor spürte ihr Drängen und ihre Leidenschaft, fühlte, wie sie gelegentlich die diskrete Beherrschung verlor, seufzte und stöhnte. Der Doktor freute sich über derartige Beweise der Liebe und der Befriedigung. Somit schien die Liebe seiner Frau mit der Zeit zu wachsen, und auch er liebte sie, sofern das möglich war, noch mehr.

Es gab sogar eine Nacht des Sondervergnügens außerhalb des strengen Kalenders, nämlich die Nacht jenes Tages, an dem die Verhandlungen für den Hauskauf bei Celestinos Bank und beim Notariat Marback ihren Abschluß fanden. Dieses festliche Ereignis beging der Doktor freudig, und er fand es richtig, zur Feier des Tages die systematische Ordnung des ehelichen Nachtlebens zu durchbrechen.

Hatte er nicht an jenem Abend, als er aus dem Schlafzimmer ins Wohnzimmer trat, den Arm um Dona Flors Taille, den Kopf der Gattin an seiner Schulter, den von Dona Flor ausgehenden, im Raum umgehenden und ihn angehenden Ruf der Liebe vernommen? Daher hatte er sich selber gesagt, daß »eine Extravaganz einmal im Leben und einmal im Tod noch kein Mißbrauch sei und auch keine Bedrohung der körperlichen oder seelischen Gesundheit der Gatten darstellt (vorausgesetzt natürlich, daß sie sich nicht zu einer Gewohnheit auswächst)«.

Wenn der Kauf des Hauses Dona Flor dazu brachte, den Gatten herauszufordern und seine Zustimmung und Mitwirkung an dieser Sonderfeier zu erlangen, so war ihr dies jedenfalls nicht bewußt geworden. Das Feuer, das in ihr brannte, war nicht durch Banktransaktionen, durch die Hypothek, durch Quittungen und Urkunden entfacht worden. Der Hauskauf band sie ganz einfach enger an den Doktor, und ihre Liebe wurde stärker. Was sie indes dazu verleitete, Extemporelust und -besitz zu suchen, war die von Vadinho in ihr zum Lodern gebrachte Glut, seine Liebesbezeugungen, seine Streichelhand, sein Kußmund, seine Übergriffe im Dämmerlicht und ihre violetten Male am Nacken. Wenn sie die Augen schloß, sah Dona Flor nun nicht mehr einen Riesenvogel über sich, sondern Vadinho, der sie letzten Endes doch in Besitz nahm und sie zum Stöhnen und Seufzen brachte. Sie war von tausend Teufeln besessen.

Dona Flor hütete sich, über diese zusätzlichen Unannehmlichkeiten nachzudenken, sie hatte genug Sorgen, mit denen sie fertig werden mußte. Was den Doktor betraf, so erwog er ernstlich, alle vierzehn Tage eine Sondernummer einzuplanen.

Am Abend jenes Mittwochs, an dem sie mit Vadinho gestritten hatte, fühlte Dona Flor sich ratlos und erregt, sie hatte es wahrhaft nötig, ihre Nerven zu beruhigen. Vielleicht war Vadinho für immer verschwunden. Damit kehrte sie in ihr stilles Dasein zurück, und zu Ende waren die spannungsgeladenen Tage, als sie sich zwischen zwei Ehemännern sah, beide mit Anrechten auf ihre Liebe, sie selbst ratlos und in bestimmten Momenten nahe daran, die beiden zu verwechseln. Ob sie jetzt wohl wieder zu dem ruhigen Schlendrian aus der Zeit vor Vadinhos Rückkehr zurückfinden konnte, als ihr Körper nur mittwochs und samstags erwachte?

In dieser Stimmung empfing denn Dona Flor an jenem Mittwochabend, während sie Vadinhos Kußmale auf ihrem Nacken unter dem Leintuch verbarg und in ihrem Herzen die Angst um seine Ferne verschloß, ihren Gatten Teodoro und begann mit ihm das verschwiegen-süße Ritual. Doch kaum beugte sich der Doktor wie ein behaglicher Regenschirm über sie, als Vadinhos Gelächter in ihren Ohren klang und sie erzittern ließ.

Zuerst war sie erfreut, ihn zu sehen, der da auf den Stäben des Bettes balancierte, er war also nicht endgültig fort, wie Dona Flor befürchtet hatte. Dann aber, als sie sein verderbtes Lachen hörte und sein falsches Mitleid in dem mokanten, schnippischen Gesicht sah, verwandelte sich ihre Freude in Zorn.

Der Lausekerl! Hielt er sie doch zum besten und hob tatsächlich das Leintuch hoch, um besser zu sehen und spotten zu können. Ja, Dona Flor hörte seine Stimme in ihrer Brust, sein lie-

derliches Gelächter, berstend von Hänseleien und Foppereien:
»Das nennst du bummeln? Und das ist also der Doktor Allwissend, der Meister der Nutten, der König der Raffinessen? Ist das alles, diese Öde, mein Schatz? Hab' nie was Faderes gesehen. Wenn ich du wäre, ich würde ihn statt dessen um eine Flasche Fruchtsaft bitten: Hustensirup schmeckt besser... Denn was der da treibt, mein Schatz, ist so ziemlich das Trostloseste, was ich je gesehen habe...«
Sie wollte noch sagen: »Aber ich mag's gar zu gern«, aber der Doktor war schon am Ziel, und sie, halbtot vor Scham (und Begierde), ging in Vadinhos Gelächter unter.

7

Unvernünftig und unverschämt! Vadinho war immer noch der gleiche und hatte sich in den Jahren seiner Abwesenheit nicht um ein Haar geändert:
»Heute abend komm' ich und hol' dich aus dem Bett, warte auf mich...«
Als wäre Dona Flor die letzte der Dirnen und so liederlich, daß sie vor dem schlafenden Gatten der Ausschweifung frönen würde! Im eisernen Bett schläft Dr. Teodoro den berühmten Schlaf der Gerechten, seine noble Gestalt ruht in Frieden, sein Atem geht gleichmäßig, als schnarche er zum Rhythmus des Fagotts.
Dona Flor betrachtet das ehrbare Antlitz des Ehemanns, und eine Welle der Zärtlichkeit überwältigt sie: es gibt keinen besseren Menschen, keinen so vollkommenen Gatten. Da sie ein starkes Gemüt besitzt und einen makellosen, angeblich auch diamantharten Charakter, beschließt Dona Flor, diesen fragwürdigen, unhaltbaren, ihres Standes und ihrer Ehrbarkeit unwürdigen Zustand ein für allemal zu beenden.
Daher scheint es ihr angebrachter, im Wohnzimmer zu warten, ihre Nachtwache sicherheitshalber nach dort zu verlegen, so

wird sie keine Gefahr laufen, im selben Zimmer, in dem ihr guter, rechtschaffener Gatte schläft, sich plötzlich von Vadinho umarmt zu sehen. Denn als Sklavin ihrer Sinne fürchtet Dona Flor angesichts ihres liederlichen Leibs und dessen niedriger Materie, daß sie sich plötzlich, unvermutet, hingeben wird. Schon versagt ihr Wille, und sobald Vadinho auftaucht, schwinden ihre Kräfte, sobald er sich ihr nähert, fühlt sie sich von einem Taumel befallen und spürt ihre Tugend der Gnade des Verführers ausgeliefert. Sie ist nicht mehr Herrin ihres Körpers, dessen ungefügige Materie nicht mehr ihrem Geist, sondern Vadinhos Begehren gehorcht.

Freilich, bisher hatte sie sich noch nicht hingegeben, doch vielleicht nur deshalb nicht, weil Vadinho sich in den letzten Tagen kaum hatte blicken lassen, wieder dem Jeu, dem lockeren Leben frönte und allem Anschein nach von der Bildfläche verschwunden war.

So auch in jener Nacht. Er hatte so kategorisch, so unbedingt geklungen: »Warte auf mich, erwarte mich auf alle Fälle, ich werde dich aus dem Bett holen.« Der Kerl konnte überhaupt keine Rücksicht nehmen, erst versprach er zu kommen, dann lungerte er statt dessen beim Spiel herum. Sofern er sich nicht im Frauenhaus herumtrieb. Dona Flor geht im Wohnzimmer umher, sie öffnet das Fenster, späht auf die Straße hinaus, zählt die Minuten.

So viele Liebesschwüre, soviel erklärte Leidenschaft – alles Lügen. Dona Flor ist allein und wartet, und er bringt es nicht einmal fertig, ihr zuliebe ein Spielchen zu opfern. Vielleicht kommt er noch nach der letzten Kugel.

Doch das Spiel ist zu Ende. Dona Flor kennt die Spielzeiten, das Leben der Kasinos ist ihr bis in alle Einzelheiten bekannt – das Warten auf Vadinho war vor vielen Jahren eine gründliche Schule. Wo wird er jetzt sein, welches Fest hat ihn angelockt, wogegen hat er Dona Flors Versprechen eingetauscht? Vadinho, warum mißbrauchst du meine Gefühle, warum kommst du nicht, wenn du's versprochen hast und ich dich unter Mißachtung meines eigenen Wesens erwarte? Was bedeuten mir Ehre,

Anstand, ein glückliches Heim und ein edler Gatte? Nur dein Hiersein bedeutet mir etwas, warum hast du mir nur versprochen zu kommen?

Am nächsten Morgen ist Dona Flor beim Kochunterricht unruhig und unaufmerksam, fast verkocht sie ihren Haussa-Reis. Und im Wohnzimmer weiß Zulmira Simões Fagundes' Stimme ganz aufgeregt zu berichten:

»Kinder, das ist reiner Zauber, ich krieg's mit der Angst ... Wißt ihr noch, als ich neulich im Kochkurs etwas am Busen spürte? Nun geht es schon wieder los ...«

Außer sich vor Verblüffung drehten sich die Schülerinnen um:

»Was denn? Wie? Erzähl!«

»Gestern abend war ich im ›Palace‹ ...«

»Du scheinst keine Soiree im ›Palace‹ auszulassen ...«

»Das gehört zu meiner Arbeit ...«

»So eine Arbeit würde mir auch passen ...«

»Erzähle, erzähle, Zulmira ...«

»Also: gestern abend war ich mit meinem Chef im ›Palace‹, und da passierte eine Sache beim Roulett, es kam nämlich dauernd die 17 ...«

Nachdenklich hörte Dona Flor zu.

»Und als es wirklich hart auf hart ging, fühlte ich wieder, wie der gleiche Unsichtbare mir am Busen spielte und dann ...« – sie senkte die Stimme – »mich in den Popo kniff.«

»Von einem Unsichtbaren gezwickt? In den ...? Was du nicht sagst!«

Eine auf Mysterien wenig geeichte Senhora mit taubem Hintern meldete Zweifel an.

»Glauben Sie's nicht? Ich habe noch das Mal davon.«

Und da Zulmira nicht als Lügnerin dastehen wollte, lüftete sie den Rock und stellte ihre Flanke zur Schau, die selbst die in Hüften gut bedienten Kolleginnen vor Neid erblassen ließ. Schon etwas entfärbt, waren da Fingerabdrücke zu sehen. Schweigend verließ Dona Flor den Raum.

Den ganzen Tag wartete Dona Flor auf ihn, traurig. Vadinho

kam nicht. Auch nicht in der zweiten Nacht. All seine Leidenschaft war also Lüge, sein Liebestaumel Verlogenheit und Heuchelei. Dona Flor wachte und wartete, und der Lump machte sich eine fröhliche Nacht beim Spiel oder unter Zulmiras Rökken, hinternzwickend. Vadinho, verantwortungsloser Zyniker, treuloser Heuchler, herzloses Ungeheuer. Dona Flor, ledig jeden Widerspruchs, befreit von Schamgefühl und Begehren und nur noch traurig.

8

Ein Samstagabend mit Schwermut und Regen. Mit der Traurigkeit allein zu sein fällt schwer.

Mit Regenschirm und Gummimantel ausgerüstet, ging Dr. Teodoro, sein Fagott unter dem Arm, zur Probe, die bei Dr. Venceslau stattfinden sollte. Dona Flor hatte sich entschuldigen lassen: sie litt an einer Migräne und verspürte keine Lust auf Geschwafel über Mode und Empfänge, über das Leben anderer. Auch vermochte sie sich nicht für die Eintönigkeit der Musikprobe zu erwärmen. Das freilich sagte sie ihm nicht, im Gegenteil, sie bedauerte, Maestro Agenor Gomes' neue, ihr ans Herz gewachsene Komposition nicht noch einmal hören zu können, abgesehen von dem schmachtenden Walzer zu Ehren Dona Gisas, mit der sich der Musiker angefreundet hatte: ›Seufzer im Mondschein am Mississippi‹.

Übrigens hatte Dona Gisa Dona Flor vor kurzem zu einer Capoeira-Vorstellung eingeladen, die auf freiem Gelände in der Gegend von Amaralina stattfinden sollte: die Gringa war wirklich gelungen und immer auf der Jagd nach Neuheiten. Doch wie sollte sie mitgehen, wenn sie nicht einmal zur Probe gegangen war und sich körperlich ausgepumpt und seelisch niedergeschlagen fühlte? Das gleiche hatte sie Dr. Ives und Dona Êmina geantwortet, die sie als treue Anhänger der Samstagsnachmittagsvorstellung ins Kino mitnehmen wollten. Auch Dona Norma hatte vor, etwas mit ihr zu unternehmen:

»Komm und kiebitze beim Bisca, Unterhaltung ist beim Spiel erlaubt.«
»Danke dir, Norminha. Wenn ich in Stimmung wäre, hätte ich schon Teodoro begleitet. Ich habe ihn aber allein ziehen lassen ...«
Dona Norma stimmte zu:
»Ich habe ihn auf dem Weg zur Straßenbahn gesehen. Er machte ein Gesicht, als ginge er zu einer Beerdigung. Dein Mann betet dich an, Flor.«
Wie ungerecht, nicht zur Probe mitgegangen zu sein: ihr Mann bat sie um so wenig als Gegenleistung für so viel Liebe und Ergebenheit. Während der andere ... Ach, sie wollte nicht an den Bösen, an den Lumpen denken. Warum ist unser Herz nur so, so widerspruchsvoll? Warum will sie zu guter Letzt doch allein sein? Dr. Teodoros größte Freude war es, bei den Proben in Gegenwart Dona Flors sein Fagott zu spielen, damit sie ihm zuhöre und ihn beflügle. Und wenn sie allein zurückblieb, so doch nur in der Hoffnung, daß der andere kam, selbst wenn er sich von seiner ewigen Nacht des Spiels losreißen mußte.
Vielleicht, aber nur um ihm die ganze Wahrheit zu sagen, um ihn fortzuschicken, um ein für allemal jede Beziehung mit ihm abzubrechen. War es wirklich so? Um ihm diese Wahrheit zu sagen oder die andere: »Nimm mich, Vadinho, nimm mich ganz, ich kann nicht mehr.« Welche der beiden Wahrheiten würde sie ihm sagen? Ach, in diesem Kampf zwischen Geist und Materie ist sie nichts als ein armer, verzweifelter Spielball.
Dr. Teodoro war im Regen ausgegangen, der Gummimantel schützte das Fagott, für ihn gab es nur zwei heilige Dinge auf der Welt: Dona Flor und die Musik. Für seine Frau und den Gesang seines Fagotts würde er notfalls die Apotheke und sein Einkommen, seine wissenschaftlichen Thesen und sein Ansehen in der Gesellschaft opfern. Er war eben ein Mensch der Rechtlichkeit, ein Vorbild für alle Ehemänner.
Der andere war ein Lump, ein Streuner, nicht mehr. Einerseits entschlossen, sie zum zweiten Mal zu entehren, brachte er doch

keinerlei Opfer, um sie zu erringen – nicht eine Minute seiner Bummelzeit gab er für sie auf. Genauso war es das erste Mal gewesen, er hatte auf nichts verzichtet, hatte ihr keine Bitte gewährt – für Dona Flor waren nur die schäbigen Reste seiner Luderzeit übriggeblieben. »Warte auf mich, ich bin gleich zurück« – und weg war er und kam nicht wieder. Ein Beelzebub der Flunkereien und Glattzüngigkeiten.

Lachend kauert er zu Dona Flors Füßen und umschlingt ihre Beine, legt den Kopf auf ihr Knie.

»Laß mich in Ruhe . . .«, sagt Dona Flor erbost.

»Warum bist du so zu mir, mein Schatz? Immer so böse?«

Der Zyniker fragt noch warum, als hätte er nicht zu ihr gesagt: »Ich komme gleich, erwarte mich auf jeden Fall.« Schlaflose Nächte, Tage der Bitternis, bekümmertes Warten. Die einzige Nachricht des Streuners hat Dona Flor in Form von Kniffen in Zulmiras Hintern gesehen. Ja, Senhor, und trotzdem fragt er noch.

»Du hast doch gesagt, du willst mich nicht mehr sehen, ich soll mich fortscheren, oder nicht? Drum hab' ich mich ein wenig mit Pelancchi amüsiert, das war vielleicht ein Theater, ich wäre fast gestorben vor Lachen . . .«

»Mit Pelancchi oder mit seiner Sekretärin?«

»Bist wohl eifersüchtig, mein Negerweibchen? Ich dachte mir: Ich verdufte für ein paar Tage, dann wird sie Gott anflehen, daß ich zurückkomme, sie ist ja versessen drauf, sich mir hinzugeben, und hält es kaum mehr aus . . .«

»Wer hat dir das weisgemacht? Das ist eine aufgelegte Lüge. Ich bin eine anständige Frau, nimm die Hand da weg!«

Hand und Lippen brennen auf ihrer Haut, die Lippen auf ihrem Mund, die Hand versteckt in ihrem Schoß, in ihrem letzten Bollwerk. Im Regen nimmt die Schlaffheit des Körpers zu, der letzte Widerstand bricht zusammen. Im selben Augenblick, in dem sie ehrbar und unbeugsam tut, gibt sie ihm den Mund, ohne ihn für sein Ausbleiben und Zulmiras Seufzer zu strafen. Schwindelgefühl befällt sie, Dona Flor geht die Kraft aus, sich Vadinhos Vorstoß zu widersetzen, die letzten Schranken ihrer

Ehre zu verteidigen. Ach, hätte sie wenigstens jemanden, den sie zu Hilfe rufen könnte! Vadinho hat es eilig, er muß zum Spiel zurückkehren, wie der Wind ist er hereingefegt: »Los, wir bummeln ein bißchen im Bett, mein Liebchen.« In seiner Umarmung steht sie auf, kein Widerstand mehr, was sind ihr Ehre und Mann! »Wo du willst, Geliebter.«

»Kann ich 'reinkommen, Gevatterin?«

Dionísia de Oxóssi trat über die Schwelle und sagte:

»Was haben Sie, Gevatterin! Sie sind so blaß . . .«

Dona Flor setzt sich von neuem, wie durch ein Wunder ist sie gerettet und murmelt:

»Gott hat Sie hergeschickt, Gevatterin Dionísia. Nur Sie können mir helfen. Setzen Sie sich zu mir.«

»Was haben Sie nur, Gevatterin? Sie zittern ja am ganzen Körper . . .«

Dona Flor ergriff die Hände der Iawô von Oxóssi:

»Gevatterin, ich brauche jemand, der mich von Vadinho befreit, der ihn fortschickt und ihm verbietet, mich zu verwirren, denn das tut er seit geraumer Weile; ich bin schon nicht mehr ich, weiß schon nicht mehr, was ich tue, mein Wille ist dahin.«

»Mein Gevatter, der Verstorbene?«

»Sehen Sie zu, daß er in seine Ruhestätte zurückkehrt, denn sonst weiß ich nicht, liebe Gevatterin, was noch alles passieren wird . . . Ich kann's Ihnen nicht erzählen . . . Alle Stunde lang kommt er und will mich verführen, gerade als Sie hereinkamen, wollt' er's wieder tun, er hat mich so weich gemacht, fast wäre ich mit . . . Wenn das so weitergeht, wird er mich noch herumkriegen . . .«

Dionísia preßte die Hand auf den Mund, um nicht zu schreien:

»Ach, Gevatterin, machen Sie rasch, wir müssen sofort was tun. Ich werde gleich mit Vater Didi sprechen, zum Glück weiß ich, wo er seine Pflichtandacht erfüllt. Mit diesem Egun-Zeug ist nicht zu spaßen. Nur der wird damit fertig, der den Ojé-Stab handhabt. Ach, mein Gott, Gevatterin . . .«

»Didi?« Plötzlich erinnert Dona Flor sich an den hageren Neger auf dem Blumenmarkt, der ihr den Mokan für Vadinhos Grab schenkte. »Laufen Sie, Gevatterin, rasch, wenn jemand mich retten kann, ist er's. Sonst bin ich verloren, Gevatterin, sonst wird ein Unglück geschehen, gegen das kein Kraut gewachsen ist.«

»Sofort . . .«

Und fort war Dionísia im Schutz ihres Oxóssi-Halsbands, zwar ganz geschrumpft aus Angst vor den Eguns, doch stark in dem Wunsch, das Leben der Gevatterin zu retten: was kann ein Unglück, gegen das kein Kraut gewachsen ist, anderes sein als der Tod? Rasch, Dionísia, noch rascher, hinaus auf die engen, heimlichen Pfade bis zu den Toren des Reichs von Ifá: dort am Kreuzweg wirst du den Babalaô und seine Mächte treffen.

»Mein Vater«, sagte die Iawô, als sie ihm die Hand küßte, »der Verstorbene will meine Gevatterin holen, rette sie, binde den Egun an seinen Tod!«

Und sie erzählte ihm die Geschichte, zumindest soviel sie von der Geschichte wußte.

In derselben Stunde kehrte Dr. Teodoro klitschnaß zurück. Wegen des Regens war die Probe ausgefallen. So trank er rasch einen Tropfen Likör als Vorbeugung gegen die Grippe, zog seine Pyjamajacke an, nahm sein Fagott und spielte Dona Flor einige ausgewählte Stücke aus seinem Repertoire vor. Als Dona Flor ihn spielen hörte, erholte sie sich von ihrem Schrecken und ihrer Trauer. Brauchst nichts mehr zu befürchten, Teodoro, ich liebe dich und gehöre nur dir, heute, an diesem Samstag mit seinem Anrecht auf ein ›da capo‹, morgen und für immer. Kein Herz darf gleichzeitig zwei Lieben enthalten, und nun bin ich hier, von neuem ganz und ungeteilt, und höre deine Musik auf dem Fagott; hier bin ich, Teodoro, deine ehrbare Frau.

Auf der anderen Seite von Bahias Nacht leuchtete ein Blitz auf, und in ihm vollführte der Babalaô das Spiel der Muschelhörner mit dem Gebet der Dionísia, der Tochter Oxóssis. Schon wurde der Regen zu Gewitter, der Donner grollte, die Lichter erloschen, das Meer stand auf in seiner Wut, und die

Orixás, auf Blitzen und Wettergeleucht reitend, nahten sich nacheinander auf Asobás Ruf. Alle sagten ja, mit Ausnahme von Exu: der sagte nein.

9

Die Tore der Hölle öffneten sich, und der Engel des Aufruhrs überschritt die Türschwelle von Dona Flors Schlaf- (und Liebes-) Zimmer, sein liederlicher Blick war entflammt, sein Mund herausfordernd, er selber splitterfasernackt. Wenn nicht einmal eine Heilige diesem Blick zu widerstehen vermocht hatte, dem Ruf dieses Lachens, dieser entblößten Brust, wie konnte es dann Dona Flor? Wo bist du, Gevatterin Dionísia, mit deinem Oxóssi-Halsband und mit dem von Ojé zusammengestellten Ebó? Rasch, Dionísia, rasch mit dem Babalaô und mit dem Mokan, um den Schandbuben in der Nacht seines ewigen Schlafs zu binden. Wenn er weiterlebt, wird Dona Flor weder für ihre Ehre noch für die Stirn des Doktors weiterhin einstehen können. Ein ganzes ehrbares Leben, beispielhaftes Verhalten, Anstand, Achtbarkeit, plötzlich soll all dies beneidenswerte Kapital aufs Spiel gesetzt werden, morgen soll Dona Flors guter Name, Sinnbild aller Tugenden, in jedermanns Mund sein und verächtlich in den Straßenkot getrampelt werden. Morgen wird sie eine andere Frau sein, auf die man mit Fingern zeigt, ein reue- und schambeladenes Geschöpf.
Dona Flor empfängt den liederlichen Blick und erwidert die Einladung feil und lüstern.
Doch so wie Dona Flor wachsam und wacker die Gefahr wittert und ihr ehrbare, strenge Unnachgiebigkeit entgegensetzt, hat diese selbe Dona Flor es zugleich höchst eilig, sich hinzugeben, bevor es zu spät ist. Welche der beiden ist die echte Dona Flor? Die, welche die Tür donnernd zuknallt, oder die, welche sie leise öffnet, Spalt für Spalt, die Türe ihres Körpers?
Samstagabend nach dem Migräne-Nachmittag, dem Schwindelgefühl, nach Dionísias Besuch und dem Fagottkonzert: all

das scheint plötzlich so fern! Dona Flors Zeit ist eine Kampfzeit, die sie nicht mehr nach Stunden und Minuten mißt, sie ist eine Zeit der Ablehnung und des Begehrens, eine leidende, lange Samstagnacht, Nacht des Doktors mit Anrecht auf ein ›da capo‹: im Badezimmer bereitete sie sich für das verschwiegene, köstliche Fest der Sinne vor. Ausgeruht erwartete ihn Dona Flor, die unterwürfige, dankbare Ehefrau. Doch ach! Der andere pflanzt sich am Fuß des Betts auf und befiehlt ihr mit hocherhobenem Finger:

»Heute schläfst du nicht mit diesem Stückchen Mist, ich will es nicht. Sonst schlage ich einen Mordslärm.«

Das war der reine Widersinn, ein Mißbrauch, eine Geschmacklosigkeit, aber – verstehe wer will das menschliche Herz! – Dona Flor war so glücklich, daß sie herauslachte und (statt ihn beleidigt und empört hinauszuwerfen) fragte:

»Bist wohl eifersüchtig auf ihn, wie? Der Herr da strotzt scheint's vor Eifersucht ...«

»Ich hab' Verlangen nach dir, mein Schatz«, erwiderte er aalglatt und streckte sich genießerisch neben ihr aus. »Hab' schon zu lange gewartet – wo hat man schon gesehen, daß ich meine rechtmäßige Frau, mit der ich sieben Jahre lang geschlafen habe, erst noch erobern muß? Nun ist aber Schluß, und ich warte nicht länger. Wie soll ich eifersüchtig auf diesen Drogendoktor sein, wenn ich mich nicht mit ihm zu messen brauche? Er hat dich geheiratet, er ist dein Mann, und abgesehen von der Bummelei, bei der er nichts aufzuweisen hat, ist er sonst ein braver Ehemann, ich muß es anerkennen. Ich mache ihm auch sein Recht nicht streitig. Nur heute möge er mich entschuldigen: er wird in die Röhre gucken, denn wer bummeln wird, ist der Mordskerl hier, und der kennt sich aus im Rammeln und ist ein alter Hase im Necken und Hecken.«

»Warte nur, du hast allerhand zu erwarten ...«

Splitternackt, der Mund glühend, der liederliche Blick und die Hand unterwegs, so beherrscht er sie: Dona Flor, Vadinhos Sklavin, ist nur frei in ihren Worten, und die sind reines Gewäsch. War es nicht immer so gewesen? Ihr Stolz und ihr

Schamgefühl schwanden unter seinen Händen, und Dona Flor leistete den Befehlen ihres Gatten und Herrn Gehorsam. Stolz und Schamgefühl, Anstand, Moral, Würde, was ist das schon wert, wenn er sie begehrt und ihretwegen gekommen ist (ihr wißt wohl woher, woher man nicht kommt).

»Ich war in den Tiefen, gefangen, gebunden an Händen und Füßen, es hat Arbeit gekostet, mich loszureißen, um zu dir zu kommen, mein Schatz. Aber du hast mich gerufen, ich kam, durchstieß Feuer und Kälte, Nichts und Nein. Ich komme, und du verweigerst mir das Brot, das Trinkwasser, warum nur?«

»Ach, Vadinho . . .«

»Warum behandelst du mich so, so hündisch? Nun ist's aber Schluß, mein Schatz. Heute oder nie. Wenn diese müde Kakerlake kommt, sag ihm, daß du dich nicht wohl fühlst und nicht dazu aufgelegt bist. Dann wollen wir die kleine Gepellte begießen.«

»Ah, bloß nicht . . . Ich bin eine seriöse, ehrbare Frau, meinen Mann hintergehe ich nicht, wie oft hab' ich dir das schon gesagt?«

Im frischen Pyjama kommt der Doktor aus dem Bad und riecht nach Seife. Appetitlich sieht er aus, sein Lächeln ist aufrichtig, ehrlich sein Blick. Vadinho hält die Hand auf Dona Flors blaue Rose. Ach, Dona Flor, wie kannst du nur so gemein sein?

»Teodoro, mein Geliebter, verzeih mir für heute, mir ist nicht gut. Lassen wir's doch für morgen, wenn es dir nichts ausmacht.«

Krank? Der Doktor ist beunruhigt. Schon am Nachmittag hat sie geklagt. Ob sie sich nur einfach unwohl fühlt? Wo ist das Thermometer? Der Sirup, die Pillen, das Medikamentenkästchen? Ich brauche nichts, mein Geliebter, mach dir keine Sorgen, geh schlafen, morgen bin ich wieder auf dem Damm und vollständig in Ordnung.

». . . und stehe ganz zu deiner Verfügung . . .«, verspricht Dona Flor.

Wie kann ich plötzlich so gefühllos sein, so ganz ohne Stolz, ohne Anstand, ohne Moral? fragte sich Dona Flor und fühlt für den bestürzten Gatten dankbare Zärtlichkeit, außerdem ein gewisses Gefallen an der Posse: sie küßt ihn auf die Wange. Aber Dr. Teodoro begnügt sich nicht damit: sie muß eine Tablette einnehmen, ein paar Tropfen, ein Beruhigungsmittel, um wenigstens durchzuschlafen, ausgeruht und erquickt zu erwachen. Er steht auf, um die Medizin und ein Glas Wasser zu holen. Kaum ist er draußen, fühlt Dona Flor sich von Vadinho umhalst.

»Wahnsinniger! Laß mich los, er kommt gleich wieder . . .«

Vadinho betrachtet ihn unparteiisch, objektiv:

»Kein schlechter Kerl, dein zweiter . . . Im Gegenteil. Weißt du, mein Schatz, daß er mir immer sympathischer wird? Mit uns beiden bist du eigentlich recht gut bedient. Er für Kummer und Sorgen, ich fürs Bummeln . . .«

Der Doktor bringt den Trinkwasserkrug, zwei Gläser und ein Fläschchen mit einer farblosen Flüssigkeit:

»Baldriantinktur, zwanzig Tropfen auf ein halbes Glas Wasser, und du wirst seelenruhig schlafen, Geliebte.«

Er hebt den Tropfenzähler und mischt aufmerksam, gelassen das Beruhigungsmittel. Hat jemand die Gläser vertauscht, während der Doktor eine Sekunde den Rücken kehrte? Wer? Vadinho oder Dona Flor? Aber wenn es so war, wie hat der Doktor, Pharmazeut und Fachmann, dann nicht den aufdringlichen Geschmack von Baldrian bemerkt? Ist ein Wunder geschehen? Wenn eines geschehen ist, löst ein Wunder mehr oder weniger in diesem Zeitpunkt der Geschehnisse bei keinem mehr Verwunderung oder Bestürzung aus. Vielleicht ist auch gar keine Verwechslung vorgekommen, und Dona Flor hat nur nicht das Beruhigungsmittel getrunken, und der Doktor verdankt seinen tiefen Schlaf nur dem Regen auf dem Dach und seinem reinen Gewissen. Schon hatte er kaum mehr die Zeit, seine Frau zu küssen.

»Das wäre geschafft«, sagte Vadinho und traf damit den richtigen Ausdruck. »Und nun wir beide . . .«

»Hier nicht«, bat Dona Flor und nutzte ihre letzten Reserven in Scham und Achtung für ihren zweiten Mann. »Gehen wir ins Wohnzimmer ...«

Im Wohnzimmer taten sich die Tore des Himmels auf. »Wo hat einer schon gesehen, daß man im Hemd bummelt?« Dona Flor war so nackt wie er, der eine kleidete und teilte sich in die Nacktheit des anderen. Ein Feuerspeer durchdrang sie; zum zweiten Mal vernaschte Vadinho ihre Ehre, zuerst war es die der Jungfrau gewesen, jetzt die der verheirateten Frau (hätte sie weitere, er würde sie gleichfalls vernascht haben). Und sie zogen über die Weiden der Nacht bis an den Saum des Morgens.

Nie hatte sie sich so gelöst gegeben, so feurig, so entfacht von Begierde, so voller Taumel. Ach, Vadinho, wenn du Hunger und Durst verspürtest, was soll ich dann sagen, die ich bei karger, fader Kost gehalten war, ohne Zucker und Salz, keusche Ehefrau eines nüchternen, achtungsvollen Ehemanns? Was schert mich mein Ruf in meiner Straße und in meiner Stadt, was mein würdiger Name? Meine Ehre der verheirateten Frau, was kümmert sie mich? Nimm alles in deinen wie rohe Zwiebel brennenden Mund, verbrenne in deinem Feuer meinen angeborenen Anstand, zerreiß mit deinen Sporen meine uralte Scham, ich bin deine Hündin, deine Stute, deine Hure.

Sie gingen und kamen, sie stürmten hinaus und eilten herbei, kaum waren sie am Ziel, liefen sie von neuem los, ankommend und wieder umkehrend. Es gab soviel Sehnsucht nachzuholen und soviel Ziel, vieles galt es zu erreichen, manches zu wiederholen.

Unverschämt und vielgeliebt, liederlich und herrlich, hatte Vadinhos Stimme ihr viel Unanständiges zu sagen, hatte sie an Süßigkeiten aus anderen Zeiten zu erinnern.

»Erinnerst du dich an das erste Mal, als ich dich fühlte? Damals zogen die Karnevalsgruppen über den Platz, du lehntest dich an mich ...«

»Du warst's, der mich umarmte und mich streichelte ...«

Er streichelte sie und erkannte sie wieder:

»Dein Sirenenhintern, dein tonfarbener Bauch, deine Birnenbrüste. Du bist gewachsen, Flor, bist fülliger, bist schmackhaft vom Kopf bis zu den Füßen. Ich will dir was sagen: Ich habe schon manches Pfirsichschlitzchen genossen in meinem Leben, hab' eine ganz schöne Ernte gepflückt: aber keine wie meine kleine Gepellte, du bist die beste von allen, ich schwöre es dir, Flor . . .«

»Wie schmeckt es?« Schamlos und zynisch, Dona Flor.

»Es schmeckt nach Honig und Pfeffer und nach Ingwer obendrein . . .«

Er sprach, und Dona Flor zerging in Achs: ganz verrückter Vadinho, Tyrann, Feuerbrand und Meerwind. Geh nicht fort, Vadinho, nie mehr. Wenn du fortgehst, sterbe ich vor Kummer. Selbst wenn ich bitte und flehe, geh nicht fort; selbst wenn ich dir's befehle, dir's gebiete, laß mich nicht . . .

Ich werde nur glücklich sein, wenn du nicht da bist, wenn du fortgehst, ich weiß es; es gibt kein Glück mit dir, nur Unehre und Leiden. Aber ohne dich, so glücklich ich auch sein mag, kann ich nicht leben, ich lebe nicht, ach, laß mich nicht, nie.

10

Sonntag war der Tag des späten Erwachens, und als Dona Flor erwachte an jenem noch immer regnerischen Sonntagmorgen, sah sie des Doktors Gesicht über das ihre gebeugt, sah, wie er, seine Hand auf ihre Wange gelegt, sie andächtig betrachtete:

»Hast du gut geschlafen, Geliebte? Fieber hast du jedenfalls keines mehr . . .«

Dona Flor lächelte und streckte sich, sie war glücklich, einen so guten Mann zu haben, sich so umhegt zu sehen; sie schlang die Arme um seinen Hals und gab ihm dankbar einen Kuß:

»Ich fühle nichts mehr, Teodoro. Das war eine Dummheit von mir . . .«

Eine Schlaffheit, eine Trägheit, eine Freude am Nichtstun, der Wunsch, liegen zu bleiben, in der Wärme und Hingabe des Pharmazeuten zu verharren. Ein Vormittag ohne Pflichten, eine Sprungfedermatratze, Regen auf dem Dach, die Ergebenheit des Gatten, des heiligen Ehemanns. Sie kuschelte sich in die Wärme seiner Arme:

»Ich bin so faul, Geliebter ...«

»So bleib doch liegen. Gestern ging dir's nicht gut, drum ruh dich noch ein wenig aus. Wenn du willst, bring' ich dir dein Frühstück ans Bett.«

Er war so besorgt und bezaubernd:

»Ich bleib' nur im Bett, wenn du da bleibst, Geliebter. Ich will bei dir sein.«

Dr. Teodoro, ein Mensch ohne Arg, ein Kind trotz seiner gesellschaftlichen Stellung, seines Wissens, seines Alters:

»Wenn ich nämlich ...«, er lachte befangen, »... neben dir liegen bleibe, kann ich keine Verantwortung übernehmen, daß ...«

Dona Flor und ihre schmachtende Stimme:

»Ich laufe das Risiko, Teodoro ...« Und sie verbarg ihr Gesicht im Kopfkissen.

Sie lag etwas unordentlich da, eine Brust sah keck den Doktor an, ihr Hüftenschwung von der Farbe alten Tons schaute zwischen den Laken hervor, des Doktors Auge war schüchtern und begehrlich, aber seine Hand war beherrscht.

»Du hast wohl im Bett um dich geschlagen, meine Geliebte, schau das Mal ... Mehr als eines ... Hast wohl schlecht geschlafen.«

Sie wurde ganz klein, und ihr Herz stand still:

»Wo denn?«

»Hier ... Armes Liebchen ...« Und seine Hand glitt genießerisch über ihre Schenkel.

Ihre Münder trafen sich, und sie erzitterte: der Geschmack des reinen (aber glühenden) Kusses, das unerwartete Vergnügen der Umarmung, der Regen auf dem Dach, die Wärme des Betts, die Schüchternheit Dr. Teodoros, seine unerfahrene und daher vielleicht um so köstlichere Hand, das Begehren in den gesenkten Augen des Gatten, in seiner keuchenden Brust, und das alles am hellichten Tag, oh, wie peinlich! Dona Flor erzitterte von neuem: köstlich. »Für Kummer und Sorgen dein guter Mann.« Nur dafür? Jeder Mann hat seinen eigenen Geschmack, sagte schon Maria Antônia, ihre frühere mann- und bettkundige Schülerin, »ein jeder hat seine Herrschsucht, die einen sind durchtrieben, die anderen nicht. Aber wenn man sie zu nutzen weiß, ah, dann sind sie alle gut ...« Dona Flor fühlt sich von Begierde durchdrungen, von einer neuen Begierde, genährt aus Trägheit, aus Teodoros Schüchternheit, aus seiner Befangenheit.

»Du bist mir was schuldig, mein Geliebter ...«

»Ich? Was denn?« fragt der Doktor, unschuldiger Angeklagter, war er nicht ein großer, dummer Junge?

Hohe Stirn des Intellektuellen, Stirn bedeutender Gedanken, und dabei ein so törichtes Mannsbild! Dona Flor fuhr mit ihrer neugierigen Hand darüber, lachte sanft, nie war Dona Flor sanfter, koketter gewesen:

»Du bist mir was schuldig, jawohl, mein Herr, von gestern abend ...«

»Sei nicht ungerecht, wer was schuldig blieb ...«

»Wenn ich's bin, der was schuldet, wird es jetzt bezahlt, ich bleib' nicht gerne etwas schuldig.« Und sie bedeckt das Gesicht mit den Händen, Dona Flor, und lacht einschmeichelnd, anzüglich.

Was will der Pharmazeut noch mehr? Er scherzte sogar:

»Dann werde ich mit Zinsen kassieren ...«

Als methodischer Mensch, als Erfüller von Gesetzen und Riten, brachte Dr. Teodoro sich in die übliche Stellung und griff nach dem Laken, um die Liebe mit Zurückhaltung und mit der Achtung zuzudecken, die Gatten ihr schulden. Doch Dona Flor ließ ihm keine Zeit: unversehens stieß sie mit der Zurückhaltung, mit der Achtung auch das Leintuch fort, und schon sah der Doktor sich in ihren Armen. Nie mehr sollte er diesen Regenmorgen, diesen gesegneten Sonntag vergessen, diesen heiligen Feiertag, diese unvergleichliche Sondernummer, diese Extra- und Superfeier, damit alles gesagt und mit Genauigkeit bestimmt ist.

Hinterher rollte Dona Flor sich auf wie ein Knäuel. Ein Lächeln auf den Lippen und eingelullt vom Regen, schlief sie einen gesunden Schlaf, so beruhigt und befriedigt, daß es eine Freude war, sie anzuschauen.

11

Nichts hatte sich geändert, es war ein Sonntag wie viele andere, und Dona Flor war ganz die alte. Sie hatte die Qualen der Hölle durchlitten, gewiß, daß das Ende der Welt kommen würde: man erlebt seine blauen Wunder im Leben ...

Da die ›Drogaria Científica‹ Dienst und der Doktor eine zahlreiche Kundschaft zu bedienen hatte, fand Dona Flor, als sie aus ihrem Schlafzimmer trat, ihren Mann nicht mehr vor. Trotzdem wurde es ein betriebsamer Vormittag für sie. Sie ging in die Küche, um das Mittagessen zu kochen, an den Sonntagen des Bereitschaftsdienstes fuhr sie nicht zu Onkel und Tante nach Rio Vermelho – und fand dort Dionísia de Oxóssi:

»Mit Verlaub, liebe Gevatterin ...«

Sie kam, um Geld zu holen, und brachte Eile mit, denn der Ebó war bereits im Gange, und der Kreis der Iawôs wartete auf sie, die den ganzen Nachmittag und Abend bis in die Nacht hinein tanzen sollte. Vorher gab es noch mächtig viel zu tun, die Pflichtandacht war lang und mit komplizierten Geboten verbunden. Der Babalaô hatte bereits die Muschelhörner geblasen, und die Orixás hatten geantwortet. Um ihr Ruhe verschaffen zu können, sie vom bösen Blick zu befreien, von jeder Krankheit, von den Drohungen des aufsässigen Egun, der sie in den Tod zu ziehen suchte, mußte Dona Flor eine bedeutende Pflichtandacht erfüllen, nicht etwa nur eine einfache Abfertigung, nicht nur ein beliebiges Ebó. Exu, Kopf des Verstorbenen, hatte sich auf die Hinterbeine gestellt und stand auf dem Kriegsfuß. Dionísia hatte dem Ojé mitgeteilt, er solle nicht aufs Geld sehen. Da es um Leben und Tod ging und Exu zu den Waffen gegriffen und alles umgekehrt, auf den Kopf gestellt hatte, solle er nicht lange rechnen und schnell handeln, sehr schnell: ihre Gevatterin Dona Flor konnte sich kaum noch auf den Beinen halten. In Anbetracht dessen hatte Asobá selbst etliches für die eiligsten Ausgaben vorgeschossen: für einen Widder, zwei Ziegen, zwölf Hähne, sechs Angolahühner, zwölf Meter Stoff. Nicht zu reden von allem übrigen, eine ausführliche, mit Bleistift auf braunes Packpapier gekritzelte Aufstellung. Jeder Einkauf mit seinem Betrag und überdies zwanzig Mil-Réis für den Altar von Ossain, damit dieser die Wege durch den Busch öffnen möge, in dem Exu sich verborgen hielt.

Doch Dionísia fand Dona Flor bei ihrer Ankunft so gut gelaunt, so zufrieden mit sich selber und aller Welt, daß sie mit der Flor vom vergangenen Nachmittag kaum noch zu vergleichen war. Hatte sie demnach vielleicht unrecht daran getan, so große Ausgaben zu erlauben?

Sie hatte recht getan, denn am Vortag hatte die verstörte Dona Flor selber alles angeordnet. Vielen Dank, liebe Gevatterin, für all die Mühe, die ich Ihnen aufgebürdet habe. Nun aber ist sie überflüssig geworden, denn alles hat sich bestens eingerenkt.

»Stört der Verstorbene Sie nicht mehr?«

Dona Flor lächelte verlegen und sagte:

»Vielleicht lasse ich mich nicht mehr stören. Ich brauche nichts mehr!«

Und nun? Die Arbeit einzustellen war unmöglich. Während der Nacht und des Morgengrauens war das Opfer der Tiere bestellt, beim ersten Sonnenstrahl war vor jeden Orixá ein Kopf mit der üblichen Ritualspeise gestellt worden. Den ganzen Sonntagnachmittag und -abend sollten unter Anwesenheit der Orixás auf dem Kultplatz die Gebote weiter befolgt werden. Plötzlich abbrechen, in der Mitte aufhören, nicht fortfahren, das Getane ungeschehen machen, das, Gevatterin, ist beim Zauberritus eines so bedeutenden Kultplatzes unmöglich. Wer würde da angesichts der verhängnisvollen, unabsehbaren Fol-

gen, der grausamen Strafe der Zauberer, mit dem Leben davonkommen? Nicht einmal sie, Dionísia, wenngleich sie in diesem Fall nur als schlichte Mittlerin auftrat.
Nun hieß es bis zum Ende mitmachen. Selbst wenn die Gevatterin sich von unmittelbarer Bedrohung befreit fühlte, war der Ebó eine zusätzliche Garantie für ihre Ruhe. Das Geld war bereits ausgegeben; die Orixás hatten in der Stunde des Schlachtens das warme Tierblut getrunken und im Morgengrauen ihre Lieblingsfleischstücke entgegengenommen; sie waren bereits mit ihren Waffen und Abzeichen geschmückt, und Yansãs Ruf hatte schon durchs Gehölz gehallt. Dona Flor durfte gewiß sein: an seinen Tod gebunden, wie der Verstorbene es jetzt war, würde er nie wiederkehren, um sie zu verstören.
Dona Flor zählte die Scheine auf den Tisch und legte noch eine Kleinigkeit dazu, von neuem dankte sie Dionísia für die undankbare Plackerei und lud sie zum Mittagessen ein: es gab Huhn mit brauner Soße und Schweinelende in Kognac und zum Nachtisch Maiskuchen, Mango- und Sapotifrüchte. Aber Dionísia hatte es eilig, zum Kultplatz zurückzukommen, wo Oxóssi beim Dröhnen der Atabaques nach seinem Lieblingspferd verlangte.
An den Sonntagen des Bereitschaftsdienstes zog Dona Flor sich nach dem Mittagessen um (der Doktor aß rasch, ohne auf den Geschmack der vorgesetzten Leckerbissen zu achten, bemüht, schleunigst in die Apotheke zurückzukehren, die in der Zwischenzeit nur von seinem Laufburschen betreut wurde) und leistete ihrem Mann trotz seines Einspruchs Gesellschaft, um ihn für die Arbeit an einem Ruhetag zu entschädigen. Sie stellte sich neben ihn hinter den Verkaufstisch und half ihm beim Fertigmachen der Bestellungen; sie war so hochfein herausgeputzt, als wäre sie bei Dona Magá Paternostro, der Millionärin, zu Besuch oder bei einem Hausfest der makellosen Komturin Taveira Pires. All ihre Eleganz, all ihre Hübschheit war nur für ihn, und Dr. Teodoro fühlte sich entschädigt, und zwar reichlich entschädigt.

So war es auch an jenem Sonntag: schick und bildschön, zauberhaft und kokett, stellte Dona Flor das alte Türkishalsband, Vadinhos Geschenk, zur Schau. Nichts hatte sich verändert, es war ein Sonntag wie so viele andere am Nachmittag des Bereitschaftsdienstes. Niemand deutete mit dem Finger auf sie, niemand hatte etwas gemerkt, niemand erkannte sie als Ehebrecherin und schuldig, nicht einmal Dona Dinorá, die naseweise, ahnungsvolle, giftige. Die gleiche Sonne wie früher, der gleiche Regen (nur mehr ein feiner Regenstaub), die gleichen Unterhaltungen und das gleiche Lachen, die unveränderte Wertschätzung. Erst hatte sie gedacht, die Welt würde untergehen, die Straße und ihr Inneres: es würde ihr das Herz brechen, noch vor ihrem Tod. Statt dessen war sich alles gleichgeblieben: wie man sich im Leben doch täuschen kann . . .

Während Dr. Teodoro einen Kunden bedient, lächelt er ihr zu, er stellt sich ganz albern und läppisch an, als er sie so schön sieht. Und sie lächelt zurück und wirft einen verstohlenen Blick auf seine Stirn: kein Schimmer von Hörnern. Was für eine Torheit, Dona Flor, was soll diese plötzliche Lust an Possen?

Nichts hat sich zwischen ihr und dem Doktor geändert. Nur die Erinnerung an den Morgen im Bett macht den Nachmittag des Bereitschaftsdienstes intimer. Aber auch die Erinnerung an die auf dem Sofa verbrachte Nacht, an die Liebe aus Gier und Gewalttat, an den schamlosen Ritt im Regen, an Vadinhos Halleluja, all das hält an. Im stillen Sonntagsfrieden nagt der Stachel der Begierde an ihrem Leib. Wann wird sie ihn wiedersehen, den Luftikus, den Tyrannen, den Tunichtgut, den Schwerenöter, ihren ersten? Sicherlich nachts, wenn der Doktor müde von der Arbeit den Schlaf der Gerechten und Glücklichen schläft.

Während sie in dem süßen Frieden als eine mit ihrem zweiten Mann einige Frau beim Bereitschaftsdienst hilft und dabei auf die ausschweifende Nacht mit dem ersten wartet, beunruhigt sie plötzlich ein Gedanke. Gevatterin Dionísia hatte gesagt, Vadinho sei jetzt mit den Stricken der Abfertigung gefesselt, er würde nie wiederkehren, um sie zu verstören. Mein Gott, wenn dem so wäre?

12

Arm in Arm kamen Dona Flor und Dr. Teodoro von der Apotheke zum Abendessen nach Hause. Nach einer kurzen Entspannungspause wollte der Doktor zu seiner Arbeit zurückkehren, da sein Bereitschaftsdienst erst um zehn Uhr abends endete.

»Armer Liebling . . .«, sagte Dona Flor.

»Heute wirst du früh schlafen gehen, meine Geliebte, gestern warst du so fiebrig«, empfahl der gute Gatte.

Dona Flor war zufrieden, plötzlich war sie ganz sie selbst und aus einem Guß, nicht mehr widersprüchlich, zweigeteilt, kein Zwist mehr zwischen Geist und Materie. Nur einen Zweifel hegte sie: wenn er nicht zurückkam, ihr erster? Wenn er nicht kam?

Aber er kam, sobald der Doktor in die Apotheke gegangen war, ausgerüstet mit Regenmantel und Schirm, denn von neuem prasselte es herunter, und nun lagen Dona Flor und Vadinho auf der Sprungfedermatratze des eisernen Betts und bummelten.

»Du siehst bleich aus und müde, kommst mir auch abgemagert vor. Bei diesem Lotter- und Spielerleben schläfst du natürlich viel zu wenig. Du mußt dich ausruhen, Liebster.«

Das sagte sie zu ihm in einer Pause geruhsamer Liebkosungen nach dem Aufruhr aus Feuer und Sturm. Vadinho war blaß, sehr blaß, als entrönne ihm das Blut, aber er lächelte:

»Müde? Ein bißchen. Aber du kannst dir nicht vorstellen, wie ich über Pelancchi gelacht habe. Nachher . . .«

»Nachher? Gehst du wieder spielen? Bleibst du nicht die ganze Nacht bei mir?«

»Unsere Nacht ist jetzt. Später, mein Schatz, kommt mein Kollege, dein anderer Mann, dran.«

Dona Flor wurde ganz aufgeregt und tischte von neuem alte Entschlüsse auf:

»Mit ihm nie mehr . . . Wie könnte ich? Nie mehr, Vadinho. Von jetzt ab nur noch wir beide, siehst du das nicht ein?«

Er lächelte aalglatt und räkelte sich in dem behaglichen Bett: »Sag so was nicht, mein Schatz ... Du liebst nichts mehr, als treu und seriös zu sein, ich weiß. Doch damit ist's nun zu Ende, warum sich also Illusionen hingeben? Nicht mit mir allein, nicht mit ihm allein treibst du's, sondern mit uns beiden, meine trügerische Flor. Auch er ist dein Mann und hat ebensoviel Anrecht wie ich. Dein zweiter ist ein guter Kerl, ich mag ihn immer lieber ... Übrigens, als ich kam, hab' ich dir gleich gesagt, daß wir drei uns ausgezeichnet vertragen würden ...«

»Vadinho!«

»Was denn, mein Schatz?«

»Macht es dir nichts aus, wenn ich dir mit Teodoro Hörner aufsetze?«

»Hörner?« Er fuhr sich mit der Hand über die aschfahle Stirn. »Aber nein, mir wachsen keine Hörner. Ich und er sind miteinander quitt, mein Schatz, wir beide haben Rechte, sind beide kirchlich und standesamtlich getraut, ist's nicht so? Nur daß er dich wenig ausnützt, der Esel. Unsere Liebe, mein Schatz, mag meineidig sein, wenn du willst, und ist drum vielleicht noch pikanter, aber sie ist legal, und seine ist es auch, bekräftigt von Zeugen und Urkunden, ist's nicht so? Wenn wir also beide deine Ehemänner sind und beide die gleichen Rechte haben, wer betrügt dann wen? Nur du, Flor, betrügst beide, weil du dich nicht mehr selber betrügst.«

»Ich betrüge euch beide? Und mich selbst betrüge ich nicht mehr?«

Ich mag dich so gern – o Stimme himmlischen Klangs! –, mit einer so tiefen Liebe, daß ich, um dich zu sehen und dich in meine Arme zu schließen, das Nein durchbrach und von neuem ich geworden bin. Doch wolle nicht, daß ich Vadinho und Teodoro zugleich bin, denn das kann ich nicht. Ich kann nur Vadinho sein und kann dir nur Liebe geben, alles übrige, was du brauchst, muß er dir geben: das eigene Haus, die eheliche Treue, die Achtung, die Ordnung, die Rücksicht und die Sicherheit. All das gibt er dir, denn seine Liebe besteht aus diesen noblen (und langweiligen) Dingen, und sie alle brauchst du, um glücklich zu sein. Aber auch meine Liebe brauchst du, um glücklich zu sein, meine Liebe der Unsauberkeiten, meine krumme und verkehrte, meine liederliche und lodernde Liebe, die dich leiden läßt. Eine so große Liebe, daß sie meinem verkrachten Leben widersteht, eine so große, daß ich nach meinem Nichtsein ins Sein zurückkehrte und nun hier bin. Um dir Freude zu schenken, Leiden und Lust, bin ich hier. Aber nicht, um bei dir zu bleiben, dir Gesellschaft zu leisten, dein aufmerksamer Gatte zu sein, dir Treue zu bewahren, dich zu Besuchen auszuführen, nicht für den festgesetzten Kinotag und die genaue Stunde des Schlafens – für das nicht, mein Schatz. All das gehört zu meinem noblen Kollegen, dem Herrn Weichling. Ich bin der Mann der armen Dona Flor, bin jener, der deine Lust weckt und dein Begehren benagt, tief versteckt in dir, weit weg von deiner Beherrschtheit. Er ist der Mann der Senhora Dona Flor, der deine Tugend umhegt, deine Ehre, deine menschliche Achtbarkeit. Er ist dein Morgengesicht, ich bin deine Nacht, der Geliebte, für den du weder das richtige Geschick hast noch den notwendigen Mut. Wir sind deine zwei Männer, deine beiden Gesichter, dein Ja, dein Nein. Um glücklich zu sein, brauchst du uns beide. Als ich allein da war, besaßest du meine Liebe, und alles fehlte dir, und wie du littest! Als er allein da war, hattest du alles, nichts fehlte dir, und du littest noch mehr. Jetzt erst bist du die ganze Dona Flor, so wie du sein mußt.

Die Liebkosungen mehrten sich, und die Körper loderten aneinander hoch:

»Rasch, mein Schatz, unsere Nacht ist kurz. Laß uns rasch bummeln, gleich ziehe ich wieder ab, in meinen Untergang, der mein Schicksal ist, und dann ist mein Kollege an der Reihe, mein Teilhaber, mein Bruder. Für mich dein Drang, deine geheime Begierde, dein Boden der Schamlosigkeit, dein heiserer Schrei. Für ihn die Überreste, die Ausgaben, der Bereitschaftsdienst, die dir so wichtige Achtung, die noble Seite. Alles ist tadellos eingerichtet, mein Schatz, ich, du und er, was willst du noch mehr? Alles übrige ist Irrtum und Heuchelei, warum willst du dich immer noch selbst täuschen?«

Schon wollte er sie nehmen, sagte aber noch rasch:
»Du glaubst, ich bin gekommen, um dich zu entehren. Statt dessen bin ich gekommen, um deine Ehre zu retten. Wäre ich nicht gekommen, ich, dein Mann mit seinen gesetzlichen Ansprüchen, sag, meine Flor, sprich die Wahrheit und betrüg dich nicht: was würde geschehen, wäre ich nicht gekommen? Ich habe verhindert, daß du dir einen Geliebten nimmst und damit deinen Namen und deine Ehre in den Dreck ziehst.«
Hast du dir nie einen Geliebten gewünscht, nie je mit dem Gedanken gespielt, du, makellose Frau, ehrliche Witwe, ehrbare, gattentreue Gattin? Und wie steht es mit dem Witwenprinz, Eduardo Soundso, auch bekannt als Der Herr Jesus vom Kreuzweg? Erinnerst du dich nicht mehr an ihn, wie er unterm Laternenpfahl Posten bezog? Du standest am Fenster, und hätte ich nicht eilends Mirandão geschickt, du hättest einen Garten mit Hörnern auf mein Grab gepflanzt.
Seine himmlische Stimme, sein Appetit und sein scharfer Geschmack nach Ingwer, Pfeffer, roher Zwiebel und Lebenssalz (und die wahre Wahrheit).
Mein Schatz, vergiß jetzt alles, alles, es ist die Zeit des Bummelns, und du weißt sehr gut, Flor, daß das Bummeln eine heilige Sache ist, eine Sache Gottes, los denn, mein Schatz.
Verwirrendster Vadinho, ketzerischster Vadinho, tyrannischster Vadinho, los denn, rasch!

13

Er wurde von Tag zu Tag niedergeschlagener, bleicher.
»Was hast du, Vadinho, Liebster?« Dona Flor beugte sich über sein Gesicht.
»Ich bin so müde ...«
Die keuchende Stimme, die matten Augen, die abgezehrten Hände. Nach Dona Flors Auffassung lag es an seinem regellosen, ungeordneten Leben; einem so starken, so unablässigen Verschleiß hielt kein Organismus stand.

Damals war es ganz plötzlich gekommen: als alle ihn für kräftig und kerngesund hielten, überschäumend vor Saft und Energie, aufgekratzt und als Bahianerin verkleidet. Plötzlich fiel er um und war mausetot. Noch so jung, jung und hübsch, ein Angeber, ein Aufschneider, und doch innerlich verbraucht und sein Herz in Fetzen. Dona Flor, gestützt auf Dona Norma und Dona Gisa, bahnte sich durch Maskierte und Karnevalsgruppen einen Weg und fand ihn tot, dem Tod entgegenlächelnd. Neben ihm als Wache Carlinhos Mascarenhas im Zigeunerkostüm, verstummt war seine erhabene Fiedel; die Trauer auf dem Platz wurde von Schellen bestritten, von Flitterkram und lebhaften Farben.

Jetzt aber naht der Tod Tag für Tag, der Tod oder was es auch sei. Zunächst bleich und abgezehrt, gleich darauf aschfahl und zerfließend. Ja, zerfließend und fast durchscheinend. Es war nicht die Magerkeit Kranker, er hatte weder Schmerzen noch Fieber. Er verlor nur seine Dichtigkeit, wurde körperlos, schwand.

Anfangs legte Dona Flor dem Fall keine Bedeutung bei; da Vadinho gerne Jux machte und ärgerliche Späße und den Leuten mit Vorliebe einen Schrecken einjagte, wollte er sie vielleicht nur hereinlegen, um nachher über ihre Angst lachen und über ihr Entsetzen spotten zu können. Vadinho hatte seine alten Gewohnheiten keineswegs abgelegt, er war der gleiche Schalk wie früher, der alles verhöhnte und sich auf Kosten anderer amüsierte. Wie Dona Rozilda in panischer Angst gesagt hatte: ein Hanswurst.

Die Alte war unversehens aufgetaucht, und ihr schweres Gepäck schien auf einen längeren Aufenthalt zu deuten. Dr. Teodoro schluckte den Schock hinunter, und wohlerzogen wie er war, empfing er die »in seinem Haus immer willkommene« Schwiegermutter mit bereitwilliger Vornehmheit. Mit den Jahren war Dona Rozilda noch böswilliger, noch härter geworden und ein giftsprudelnder Brunnen. Kaum war sie da, lief ihre Lästerzunge durchs Haus und über die Straße:

»Dein Bruder ist ein Schlappschwanz, eine Banane, er hat Ka-

kerlakenblut in den Adern. Seine Frau hat die Hosen an, die Sauertante. Ich bin für ganz gekommen.«
»Mein Gott, gib mir Geduld ...«, betete Dona Flor, und Dr. Teodoro gab jede Hoffnung auf. Für die ungeheuerliche Drohung »Ich bin für ganz gekommen« gab es nur zwei Lösungen: entweder die Pestbeule zu vergiften, wofür ihm der Mut fehlte, oder auf ein Wunder zu hoffen, aber die Zeit der Wunder war vorbei. Ein Irrtum des Doktors, wie wir wissen und wie ihm bald bewiesen wurde.
Weniger als vierundzwanzig Stunden nach ihrer Landung kehrte Dona Rozilda nach Nazareth zurück und rannte zum Schiff, als gäbe ihr die ganze Hölle Zunder. Freilich nicht die ganze Hölle, doch sicherlich Satan oder Luzifer oder Beelzebub, der Hund, der Schmutzfink, Name und Titel spielten keine Rolle: der Teufel, der schlimmste von allen, jener, der eines Tages zu ihrem und ihrer Tochter Unglück ihr Schwiegersohn gewesen war, dieser zog sie nämlich an den Haaren und warf sie sogar einmal richtig um; den ganzen Tag blies er ihr häßliche Namen ins Ohr, obszöne Schimpfworte, bedrohte sie mit Püffen und Fußtritten in den Hintern, machte ihr unzüchtig-freche Anträge.
»Dieses Haus ist verhext, ich verfluche dich! Nie wieder setze ich den Fuß über eure Schwelle ...!« Und sie packte ihre Koffer.
Ein Wunder ist geschehen, noch herrscht die Zeit der Wunder ..., dachte bescheiden der Doktor, der sich einer so großen Gnade, eines so unverdienten Geschenks nicht für würdig erachtete.
»Der Verfluchte geht um, er hat mich umbringen wollen ...« Nach dieser Bekundung stürzte Dona Rozilda eilends hinaus und auf die Straße.
»Sie ist altersschwach ...«, diagnostizierte Dr. Teodoro erleichtert und fachkundig.
Dona Flor war mit des Doktors befreiendem Ausspruch einverstanden, zustimmend lächelte sie ihm und Vadinhos Augenblinzeln zu. Der Taugenichts stand an der Tür und lachte schallend, doch schon reichlich körperlos und flüssig.

Vadinhos Blässe nahm zu, er wurde immer weniger greifbar, jetzt war er fast gasartig, in gewissen Augenblicken konnte Dona Flor sogar durch seinen Körper hindurchsehen.

»Ach, Liebster, du löst dich in nichts auf . . .«

Zum erstenmal fühlte Dona Flor, daß Vadinho verwirrt, verloren war und zu kraftlos, um zu handeln. Wo war seine Flamme, sein Übermut, seine Schnurrigkeit geblieben?

»Ich weiß nicht, mein Schatz . . . Sie führen mich fort . . . Sosehr ich mich dagegen wehre und hier bleiben will. Willst du mich etwa nicht mehr? Denn nur du kannst mich wegschicken. Solange du mich willst, mich begehrst, solange deine Gedanken mich berühren, bin ich am Leben und hier. Was hast du nur getan, Flor?«

Dona Flor dachte an den Ebó. Gevatterin Dionísia hatte es ihr ja gesagt. Ihr kam alle Schuld zu, denn sie hatte sich an die Orixás um Hilfe gewandt und sie angefleht, Vadinho in seinen Tod zurückzubringen.

»Das war der Zauber . . .«

»Zauber?« Seine Stimme war aus Wasser, aufgelöst zu einem Flüstern.

Und sie erzählte ihm alles, erinnerte ihn an den Samstagnachmittag, als sie, schon in Vadinhos Armen, samt ihrer Ehre von Dionísia de Oxóssi gerettet worden war und in ihrer Verzweiflung bei dieser die Abfertigung bestellt hatte. Der Babalaô Didi hatte die Arbeit übernommen, genau jener Didi, der die Hand über Vadinhos Haupt hielt, sein Kleiner Vater. Was hast du nur getan, Flor, meine verirrte Blüte, und warum?

»Um meine Ehre zu retten . . .«

Es hatte nichts genutzt, es war trotzdem geschehen. Doch drängender als die Abfertigung war die von Vadinhos Lippe entfachte Kraft des Begehrens gewesen. Nachdem es geschehen war, hatte Dona Flor die Pflichtandacht abbestellen wollen, aber es war schon zu spät gewesen, das Opferblut war schon geflossen.

Ah! Du hast mich fortgeschickt, hast mich zurückgeschickt, nun bleibt mir nichts anderes übrig, als zu scheiden. Meine Kraft ist dein Begehren, mein Körper dein Drang, mein Leben dein Wollen; wenn du mich nicht willst, bin ich nicht. Leb wohl, Flor, ich muß fort in diesem Augenblick, man bindet mich mit einem Mokan, alles ist zu Ende.

Und er entschwand ihren Blicken und löste sich auf zu nichts.

4

Fort war Vadinho, Kampfplatz im Krieg der Heiligen, Beute der Orixás, Egun ohne Friedhof.

Dona Flor, warum nutzt du das nicht aus? Es ist deine letzte Chance, deine allerletzte Gelegenheit, die Ehre wiederherzustellen, den Anstand, die Beherrschung, die Tugend, die Moralgesetze deiner Straße, deiner Leute, deiner Klasse. Du hast noch diesen Ausweg, den Ebó, von Dionísia bestellt und ausgeführt von Didi, dem Asobá. Wenn es uns auch schwerfällt, die Rettung der gefährdeten Moral, der Tugend und der gesellschaftlichen Vorurteile, kurz der Zivilisation, mit Zauberspuk und Orixás, mit volkstümlichem Aberglauben zu unterstützen – was bleibt uns denn sonst übrig? Wichtig, Dona Flor, ist, daß du wieder vor Gott und deinem Gewissen bestehen kannst, wieder als geläutertes Schaf in den braven Stall zurückkehrst. Vor den Menschen brauchst du dich nicht zu rechtfertigen, denn die wissen (glücklicherweise) nichts von deinem Fehltritt.

Wenn du Vadinho scheiden läßt, wird es dir leichtfallen, die wenigen Nächte der Ausschweifung zu vergessen, den Wahnsinnsritt und die Achs der Liebe. All das mag auch nur ein Traum gewesen sein, ein Fieberwahn, eine Halluzination, oder es waren lediglich einfache, närrische Gedanken in den Mußestunden eines ganz aus Anstand und Glück bestehenden Lebens. Keine Rechnung wird dir vorgelegt werden, du wirst keine Gewissensbisse haben, in Frieden wirst du mit deinem Gatten und deinem Gewissen leben. Deine letzte Chance, Dona

Flor, Tugend zu üben, ein Pfeiler der Moral zu bleiben und der guten Sitten . . . Laß Vadinho in seinem Todesfrieden, bist du eine ehrbare Frau oder nicht?
Wohin gehst du, Dona Flor, und mit was für Kräften? Warum ihn aus dem Nichtsein befreien?
Ohne Liebe kann ich nicht leben, ohne seine Liebe. Drum wird es besser sein, mit ihm zu sterben. Wenn ich ihn nicht bei mir habe, werde ich ihn verzweifelt suchen; solange noch ein Mann an mir vorübergeht, werde ich seinen Geschmack in jedem Mund suchen, als hungrige, heulende Wölfin werde ich durch die Straßen laufen. Meine Tugend ist er.

15

Die Stadt erhob sich in die Lüfte, und die Uhren schlugen zur gleichen Zeit Mittag und Mitternacht im Krieg der Heiligen: die Orixás waren versammelt, um Vadinho, den rebellischen Egun, und seine Liebeslast zu bestatten; Exu allein verteidigte ihn. Blitz und Donner, Sturm, Stahl gegen Stahl und schwarzes Blut. Die Kampfhandlung fand an der Kreuzung des letzten Weges statt, an den Grenzen des Nichts.
Auf dem Kamm des Ozeans Yemanjá ganz in Blau mit langen Haaren aus Schaum und Krebsen. An ihrem Silberschweif wuchsen drei Geschlechter, ein weißes aus Algen, ein grünes aus Schlamm, ein schwarzes aus Tintenfischen. Mit ihrem Metallfächer, dem Abebé, fächelte sie Todeswinde. Sie befehligte eine Flotte von Schiffsrümpfen, ein Heer von Fischen und grüßte in ihrer stummen Sprache. Odoía!
Die Wälder beugten sich vor Oxóssi, dem Jäger, dem König von Ketu. In jenem Krieg ritt er drei Tiere. Im Ungestüm des Morgens ein Wildschwein, den Schimmel auf dem Bogen des abnehmenden Mondes, im Morgengrauen war sein Pferd Dionísia, die schönste seiner Töchter und sein Liebling. Wohin er auch ritt mit dem Ofá und dem Erukeré, starben die Tiere, alles was umging in diesem gnadenlosen Krieg.

Als Riesenschlange kam Oxumarê in den Farben des Regenbogens, Männchen und Weibchen zugleich. Mit Nattern bedeckt, mit der Klapperschlange und der Jararaca, der Korallenschlange und der Viper, hinter ihm fünf Bataillone von Hermaphroditen. Sie stießen Vadinho mit einer Regenbogenspitze vor sich her, er war ein stämmiger Mann, als er eintrat, und kam als durchtriebene Dirne, als schmachtende Jungfrau wieder heraus. Mit seinem Dreizack zerbrach Exu den Regenbogen. Oxumarê steckte seinen Schwanz ins Maul, Ring und Rätsel.

Ogun schmiedete das Eisen und härtete den Stahl der Schwerter. Euá mit ihren Quellen, Naná mit ihrem Greisenalter. Als König des Krieges war Xangô umringt von Obás und Ogans, seinem glänzenden Hofstaat, und schoß Blitze und Wettergeleucht. Ihm zur Seite Oxun, ganz Gefallsucht, geziert und geschmückt. Omolu mit seinem schrecklichen Heer befehligte die schwarzen Blattern und den Aussatz der Jahrtausende, den fauligen Auswurf und den Eiter, alle Krankheiten. Vadinho, schwindsüchtig und pestkrank, blind und taub. Exu zerkaute die Krankheit, eine nach der anderen, ein Quacksalber afrikanischer Stämme.

Den silbernen Speer in der Faust, die unbezwingbare Lanze, war Oxalá zweierlei: der junge Oxoguiã und der alte Oxolufã. Vor seinem Tanzschritt verbeugten sich alle. Ihm voraus ging Yansã, die Herrscherin über die Toten, die Mutter des Krieges. Ihr Schrei ließ das Volk verstummen, und mit einem Dolch schnitt sie Vadinhos zur Schau gestelltes Herz entzwei.

In geschlossener Formation kamen sie mit ihren Waffen, ihren Werkzeugen, ihrem alten Gesetz. Da sie glaubten, nicht zahlreich genug zu sein, hatten sie die Orixás des Grunci-Volkes und die aus Angola eingeladen, die kongolesischen Inkices und die Caboclos. Alle Stämme vom Süden bis zum Norden gegen Exu und seinen Egun. Und sie zogen aus zum letzten Zusammenstoß.

Jetzt entblößten sich die Jungfrauen der Stadt und boten sich feil auf Straßen und Plätzen. Schon wurden Kinder geboren, zu Tausenden. Lauter gleiche, denn alle waren Kinder Vadinhos, alle linkisch und verquer. Zur See fuhren ein- und zweistöckige Häuser, der Leuchtturm der Barra und das Herrenhaus von União; das Fort vom Meer verpflanzte sich auf den Kultplatz Jesu, und im Park gediehen Fische, auf den Bäumen reiften Sterne. Die Schloßuhr wies die Stunde des Schreckens in gelbgeflecktem, karminrotem Himmel.

Dann erwachte ein kometendurchschossenes Morgenrot über den Bordellen, und jedes Freudenmädchen bekam Ehemann und Kinder. Der Mond stürzte über Itaparica in die Sümpfe, Liebespaare hoben ihn auf, und sein Spiegel gab Küsse und Verzückung wieder.

Auf der einen Seite das Gesetz, die Heere des Vorurteils und der Rückständigkeit unter dem Befehl von Dona Dinorá und Pelancchi Moulas. Auf der anderen die Liebe und die Poesie sowie die Dreistigkeit Cardosos und Co., der zwischen Zulmiras Brüsten lachte, Oberstleutnant des Traums.

Das Volk kam von den Steilstraßen gelaufen mit einem Streik- und Aufruhrkalender. Als es auf dem Platz anlangte, verbrannte es die Diktatur wie ein schmutziges Stück Papier und zündete an jeder Ecke die Freiheit an.

Die Revolte wurde vom Höllenhund angeführt, und um zweiundzwanzig Uhr sechs Minuten brach die Ordnung der Feudaltradition zusammen. Von der herrschenden Moral blieben nur Scherben übrig, die alsbald ins Museum geschafft wurden.

Aber Yansãs Schrei hielt die Menschen in Todesangst. Von Vadinho ohne Hände, ohne Füße, ohne Fessel blieb arg wenig: schmutziger Rauch, spärliche Asche und das im Kampf zerrissene Herz. Ein knappes Bißchen, ein karges Nichts. Das war das Ende von Vadinho und seiner Begierdelast. Wo hatte man schon gesehen, daß ein Verstorbener in einem eisernen Bett bummelte und von neuem ins Sein gelangte? Wo?

In der Schlacht schlug alles um. Exu, umringt an sieben Ecken, ohne Auswege, war machtlos. Der Egun in seinem billigen Sarg, in seinem flachen Grab, lebe wohl, Vadinho, lebe wohl auf immer.

Jetzt schoß eine Gestalt durch die Lüfte, und die versperrtesten Wege durchbrechend, bezwang sie die Entfernung und die Heuchelei – ein von jeder Fessel freier Gedanke: Dona Flor, splitternackt. Ihr Liebes-Ach übertönte Yansãs Todesschrei. In der allerletzten Stunde, als Exu schon den Berg hinabrollte und ein Poet Vadinhos Grabspruch dichtete.
Ein Feuer entzündete sich auf der Erde, und das Volk verbrannte die Zeit der Lüge.

16

An einem klaren, beschwingten Sonntagmorgen sahen die Stammgäste von Mendez' Bar am ›Kopf‹ Dona Flor hochelegant am Arm ihres Gatten, Dr. Teodoros, vorübergehen. Das Ehepaar war unterwegs nach Rio Vermelho, wo Tante Lita und Onkel Pôrto die beiden zum Mittagessen erwarteten. Mit lebhaftem Gesichtsausdruck, aber gesenktem Blick, zurückhaltend und sittsam, wie es einer verheirateten, ehrbaren Frau gebührt, erwiderte Dona Flor den achtungsvollen Guten-Morgen-Gruß.
Seu Vivaldo vom Bestattungsinstitut maß Dona Flor vom Kopf bis zu den Füßen.
»Ich hätte nie gedacht, daß dieser Doktor Fruchtsaft so was fertigbrächte. Er sieht nicht danach aus, und trotzdem . . .«
»Wonach? Als Pharmazeut macht er manchem Arzt noch etwas vor . . .«, unterbrach ihn der Devotionalienhändler Alfredo.
»Seht sie euch an . . . Bildschön ist sie, ein Prachtexemplar von Weib! Ein Mordsfisch, und man sieht, daß sie zufrieden ist, daß ihr nichts fehlt, weder am Tisch noch im Bett. Sie sieht sogar aus wie eine, die einen Geliebten hat und ihrem Mann Hörner aufsetzt . . .«
»Sagen Sie so was nicht!« Moysés Alves, der Kakao-Leichtfuß, erhob Einspruch. »Wenn es eine anständige Frau in Bahia gibt, so Dona Flor.«

»Einverstanden. Wer weiß nicht, daß sie eine ehrbare Frau ist? Ich wollte nur sagen, daß dieser Doktor mit seinem Tölpelgesicht ein Schlauberger ist. Ich ziehe den Hut vor ihm, hätte nie gedacht, daß er das schafft. Für ein deftiges Weibsstück wie die muß einer schon auf Draht sein.«

Und schloß mit feurigem Blick:

»Seht, wie sie sich wiegt. Das Gesicht ganz still, aber die Hüften – seht doch nur! – wie losgelassen, man könnte meinen, er befummelt sie . . . Ein Glückspilz, dieser Doktor . . .«

Am Arm des glückspilzigen Gatten lächelt stillvergnügt Dona Flor: Ah, die Manie Vadinhos, auf der Straße zu bummeln und ihr an die Brüste und Hüften zu fassen, um sie herumzuwehen, als wäre er der Morgenwind! Des sonntäglichen gewaschenen Morgens, durch den Dona Flor spaziert, glücklich über ihr Leben, zufrieden mit ihren beiden Lieben.

Und hier endet die Geschichte Dona Flors und ihrer zwei Ehemänner, geschildert in all ihren Einzelheiten und ihren Geheimnissen, hell und dunkel wie das Leben. All das ist geschehen, glaube es, wer mag. In Bahia geschehen, wo der eine oder andere Zauberspuk vorkommt, ohne daß es jemanden sonderlich überrascht.

Salvador, im April 1966

Worterklärungen des Übersetzers

Abará Bohnenpüree mit Pfeffersauce, Krabben, Dendê-Öl. Afro-brasilianisch.

Abraço Umarmung, ähnlich der französischen »accolade«.

Acaçá Reiskuchen.

Acará Bohnenpüree wie oben, Speise der Jeje-Nagô-Riten.

Acarajé wie Acará; Grundstoff: zerstampfte Bohnen. Zutaten wechseln.

Adjá Metallglocke, mit der zum Heiligenmahl geläutet wird.

Afoniá Nagô-Name von Xangô, dem Orixá von Blitz und Donner.

Afoxé Auch Rancho genannt, Tanzgruppe der Neger beim Karneval. Bunter Schmuck, farbige Gewänder. Gesang in afrikanischer Sprache, meist in Nagô.

Aluá Gegorenes Getränk aus Mais, Ananas, gekochtem Reis, Wasser und Zucker.

Angola Name eines Kultplatzes.

Aratu Kleiner Krebs.

Atabaque Pauke, ausgehöhlter Holzblock, überzogen mit Tierhaut.

Axê Terreiro, Candomblé: Synonyma für Kultstätte, -ort, -raum.

Ayabá Heiligentochter, Tochter von Oxun, von Yemanjá, von Yansã.

Babalaô Priester des Jeje-Nagô-Kultes, Heiligenvater, Seher.

Babalorixá Heiligenvater, Priester, Wächter, irdischer Führer, geistlicher Führer, Verwalter eines Kultplatzes.

Bahianerin Baiana: traditionelle Tracht der Negerin und Mestizin der bahianischen Hauptstadt.

Balangandã Lautmalende Bezeichnung für Armband oder Gürtel, behangen mit verschiedenen Arten des Talisman, vorwiegend aus Silber.

Balzakianisch Anspielung auf Balzacs Roman ›Die Frau von dreißig Jahren‹.

Banane drehen Unzüchtige Handbewegung, gleichbedeutend mit Götz von Berlichingens Aufforderung.

Barbosa Ruy Barbosa: in Bahia geborener Erzieher und Politiker, Diplomat und Jurist, der Held der Republik.
Batida Eine Art »Fizz« aus Zuckerrohrschnaps, Zitrone, Zucker, Eis.
Beiju Kuchen aus Tapioca oder Mandioca.
Berimbau Einsaitiges Zupfinstrument in Form eines Bogens.
Bicho Tier: gemeint ist das illegale Tier- oder Zahlenlotto.
Bicheiro Losverkäufer des Tierlottos.
Bisca Kartenspiel.
Bloco Wie Rancho: gleichkostümierte Karnevalsgruppe mit Standarte und eigener Musikkapelle.

Caboclo 1. zivilisierter Indio. 2. Abkömmling der Mestizen aus Indio und Weißem. 3. Analphabet des Innern, Kleinstbauer. 4. Name der Eingeborenen-Gottheit bei Caboclo-Candomblé, Macumba oder Catimbô.
Cajá Frucht des Cajazeira-Baums.
Candomblé Terreiro oder Kultstätte. Aber auch religiöses Fest der Bahianer Neger. Gegenstück zu Macumba von Rio de Janeiro.
Canjica Brei aus geriebenem grünem Mais, Zucker, Kokosmilch und Zimt.
Capoeira Sport der farbigen männlichen Bevölkerung, von den Bantunegern aus Angola herübergebracht, aber auch für blitzschnelle Abwehr und Verteidigung gedacht (dem japanischen Karate verwandt).
Carioca Einwohner von Rio de Janeiro.
Caruru Eintopf aus Gemüse (Caruru oder Quiabo) mit Krabben, Fisch, Gewürzen und Dendê-Öl.
Chacará Kleines Gemüse- oder Obstgut.
Chuchu Kürbisartiges Gemüse.
Côco Negertanz, aus dem Staate Alagoas stammend.
Conquén Opferhuhn.
Conto de Réis Tausend Mil-Réis. Der Mil-Réis ist heute durch den Cruzeiro abgelöst.
Cosme und Damião Zwillingsheilige.
Crioulo, Crioula Ursprünglich der in Amerika geborene Neger; heute: jede Art von Schwarzen.
Cuscuz Gericht aus Maismehl oder Reis.

Dona Frau, auch als Anrede gebraucht.
Diplomring Der brasilianische Akademiker ist zum Tragen eines edelsteingeschmückten Rings berechtigt. Rechtswissenschaft: Rubin; Medizin: Smaragd; Diplomingenieur: Topas; Pharmazeut: Amethyst – usw.

Ebó Zauber, Zauberspuk, Gegenzauber als Abwehr gegen erlittene Verzauberung.
Efó Gericht aus Zunge, Krabben, Dendê-Öl, Zutaten und Gewürzen.

Efum Bemalungszeremonie.

Egun Seele der Toten, Gespenster, »Revenant«.

Eluô Seher, höchste Form des Babalaô.

Erukerê Gefährte eines Heiligensohnes, untergeordneter Geist.

Exu Ambivalente Gottheit, als Widersacher angebetet und gefürchtet. »Der Mann am Kreuzwege«. Muß rasch »abgefertigt« werden. Störenfried in Gestalt eines Straßenjungen.

Farofa Maniokmehl, gebräunt in Schmalz.

Fazenda Gut oder Großgrundbesitz in Land- oder Viehwirtschaft.

Fazendeiro Guts- oder Großgrundbesitzer.

Gangajti Großer Gott, Herrgott: Candomblé Bahias.

Gringo, Gringa Fremder, lästiger Ausländer (Nordamerikaner), Grünschnabel. Je nach Tonfall feindlich, spöttisch oder herzlich gemeint.

Hidalgo Spanisch; zusammengezogen aus: Hijo de algo: Sohn von einem: Edler, Adliger.

Iakekerê Kleine (Heiligen-) Mutter.

Iawô Heiligentochter in Ausbildung. Neu geweiht oder in Einweihung befindlich.

Ibeje Jeje-Nagô-Orixás, bei den Candomblés vertreten durch die katholischen Zwillingsheiligen Cosme und Damião.

Ifá Gottheit, dargestellt durch zwei Gefäße, die beide sechzehn Dendé-Früchte enthalten. Ifá ist ein Seher-Orixá.

Ipeté Leckerbissen aus Inhame (Pflanze), aufgekocht mit Dendê-Öl, Zwiebel, Pfeffer und Krabben.

Jaca Frucht der Jaqueira.

Jaqueira Fruchtbaum.

Janaína Gleichbedeutend mit Yemanjá, Göttin der Wasser.

Jenipapo Frucht des Jenipapeiro. Ergibt eine schwarzblaue Farbe, die zum Bemalen der Gesichter bei religiösen Riten verwendet wird.

Kakao-Oberst Großgrundbesitzer, der den Titel erwirbt, ohne gedient zu haben. Politischer Führer im Landesinnern.

Macumba Afrikanischer Fetischkult Rio de Janeiros, entspricht Bahias Candomblé. Auch Zauber, Zauberspuk, Gegenzauber.

Macumbeiro(a) Zauberer(in).

Maniçoba Eintopf aus Mandiokablättern, Speck, Schweinefleisch, Gewürzen etc.

Manuês Maisbrei, ähnlich der Canjica.
Marcha Karnevalsmarsch, ein fröhlicher Tanz.
modern Bahianer Mundart: gleichbedeutend mit jung.
Modinha Brasilianisches Lied der traditionellen Art, meist Liebeslied.
Mokan Strohgeflochtene »Küstenschnur« zum Binden von Zaubersträußchen.
Moquecas Fischkroketten aus Fisch oder Krabben mit Dendê-Öl und Gewürzen.
Morena Tanz, von Gesang begleitet; Mädchen vom Lande.
Mungunzá Maissuppe mit Kokosmilch.

Nagô Neger der Sklavenküste, der Ioruba sprach oder verstand. Nagô ist im ganzen afrikanischen Kultwesen Brasiliens gegenwärtig.

Obá Obá de Xangô. Hoher Titel bei den Candomblés von Bahia. Oberhaupt, Minister.
Ogã, Ogan, Oqã Helfer und Beschützer des Candomblé mit beschränkten Rechten und Pflichten.
Ojojó Gebet bei der Bereitung eines Ebó, eines Zaubers oder Gegenzaubers.
Omolú Boshafter Orixá, dämonisch, schädlich, mit phallischen Attributen.
Opô Axê oder Kultstätte von Xangô.
Orixá Gottheit der Ioruba-Religion. Mittler zwischen Gläubigen und höchster Gottheit. Versinnbildlicht Naturkräfte.
Ossaim, Ossem Wöchentliche Zeremonie der Candomblés Jeje-Nagôs.
Oxalá Gottheit des Himmels und der Schöpfung, brasilianisch für Obatalá. Auch Orixalá. Zweigeschlechtlicher Charakter.
Oxoguiã, Oxolufã Oxalá, der größte der Orixás, eine Zweiheit, geteilt in Oxoguiã, den jungen, und Oxolufã, den alten.
Oxóssi Orixá der Jagd, dargestellt durch den Fetisch von Pfeil und Bogen.
Oxum Orixá der Flüsse, Quellen, Göttin des Flusses Oxum (Afrika), Ägide des Süßwassers, wie Yemanjá die des Salzwassers ist.
Oxumarê Orixá des Regenbogens. Iorubano-Heiliger, trägt Wasser von der Erde zum heißen Wolkenpalast ins Reich Xangôs.

Padê Der Candomblé beginnt mit einem Speiseopfer für Exu, damit er das Fest nicht störe: Padê.
Pamonha Kleiner Maiskuchen, siehe Acaçá.
Pavane Spanischer Tanz.
Peji Altar, Altarraum, Allerheiligstes, Kapelle.

Quiabo Nordbrasilianische Gemüseart.

Rabada Ochsenschwanzgericht.

Rancheira Tanz argentinischer Herkunft.
Rancho Gleichkostümierte Tanz- und Singgruppe der Bahianer Volksfeste oder des Karnevals.
Rio Vermelho Vorort von Bahia.
Ruy Barbosa Siehe Barbosa.

Sandkapitän Straßenjunge, der sich am Strand herumtreibt. Aus Jorge Amados Roman ›Os capitães de areia‹.
Sapoti Frucht des Sapotizeiro.
Sarapatél Spezialgericht aus Ochsenblut, Leber, Nieren, Herz vom Schwein oder Lamm, mit Fleischbrühe.
Saudade Sehnsucht.
Senhor Herr, auch Anrede.
Senhora Frau, Dame, auch gnädige Frau als Anrede.
Senhorita Diminutiv von Senhora: Fräulein.
Serra Gebirge, Gebirgszug.
Sertão Das spärlich besiedelte Hinterland, besonders das des Nordostens.
Seu Abkürzung von Senhor: Herr.
Siá Gleichbedeutend mit Sinhá: Abkürzung von Senhora; wurde von der Sklavin als Anrede für ihre Herrin gebraucht.

Teiú Rieseneidechse.
Terreiro Kultplatz, Kultstätte, Komplex von Häusern, Baracken, Tempelchen.
Tostão Alte brasilianische Nickelmünze im Wert von hundert Réis.

Umbu Variation von Imbu. Frucht des Imbuzeiro.

Vadinho Aus Waldomiro. Dona Flors erster Mann. Als Spitznamen abgeleitet von vadiar – bummeln. Daher: der Bummler.
Vatapá Fischgericht mit Reismehl, Pfeffer, Dendê-Öl.

Xangô Gott des Donners der Iorubas.
Xinxim Huhn, traditioneller Leckerbissen der afro-brasilianischen Küche.

Yalorixá Höchste Priesterin des Candomblé.
Yansã Gleichbedeutend mit Oiá: Göttin des Flusses Oiá oder Niger, Frau und Schwester Xangôs.
Yemanjá Wassermutter, Göttin des Meeres, das vergöttlichte Meer.

Zé Abkürzung von José – Josef.
Zitronen-Batida Eine Art »Fizz« aus Zuckerrohrschnaps, Zitrone, Zucker und Eis (siehe Batida).

Inhalt

Jorge Amado

Nächte in Bahia

Roman. Aus dem Brasilianischen von Curt Meyer-Clason.
4. Aufl., 23. Tsd. 1988. 443 Seiten. Serie Piper 411

Jorge Amado, der »brasilianische Boccaccio«, schildert in diesem Buch mit liebevollem Humor und phantastischem Realismus die Halb- und Unterwelt von Bahia, der Stadt mit den 365 Kirchen und den prächtigen Barockpalästen, den Hafenkneipen und Spielspelunken.
Amado, der dank seiner Fabulierkunst und seines sozialen Engagements zum populärsten Autor Lateinamerikas wurde, nimmt sich auch in diesem Buch besonders der Ärmsten der Armen an, deren Vitalität und Lebensfreude über Armut und Not triumphiert.

Viva Teresa

Roman. Aus dem Brasilianischen von Ludwig Graf v. Schönfeldt.
2. Aufl., 19. Tsd. 1985. 452 Seiten. Serie Piper 454

Teresa Batista, die schöne Mulattin, ist die Verkörperung des Lebens, der Liebe, des brasilianischen Volkes. Als Kind wird sie verkauft an einen brutalen Hauptmann, und erst bei einem reichen Magnaten lernt sie ein kurzes Glück kennen. Sie kämpft mit dem Messer, mit den Fäusten und mit dem Verstand gegen Unterdrückung und Ungerechtigkeit, gemeinsam mit einer Schar pittoresker Gestalten, die ihr zur Seite stehen.
»Jorge Amados epischer Belcanto hat mit dieser heißblütigen und blutigen, zärtlichen, sinnlichen Erzählung mehr als eine romantische Moritat geschaffen.« Westermanns Monatshefte

Südamerikanische Literatur

Ruben Fonscea
Bufo & Spallanzani
Roman. Aus dem brasilianischen Portugiesisch von Karin von Schweder-Schreiner.
1987. 283 Seiten. Geb.

Mempo Giardinelli
Heißer Mond
Luna caliente. Roman. Aus dem argentinischen Spanisch von Curt Meyer-Clason.
1986. 130 Seiten. Geb.

Mempo Giardinelli
Leb wohl, Mariano, leb wohl
Exemplarische Lebensläufe.
Aus dem argentinischen Spanisch von Curt Meyer-Clason.
1987. 181 Seiten. Geb.

José Sarney
Die Söhne des alten Antãon
Erzählungen. Aus dem brasilianischen Portugiesisch von Curt Meyer-Clason.
1987. 138 Seiten. Serie Piper 877

Antonio Skármeta
Der Aufstand
Roman. Aus dem Spanischen von Joco Dehmann.
1987. 218 Seiten. Serie Piper 555

Antonio Skármeta
Mit brennender Geduld
Roman. Aus dem Spanischen von Willi Zurbrüggen.
3. Aufl., 15. Tsd. 1985. 150 Seiten. Geb.
(Auch in der Serie Piper 768 lieferbar)

Antonio Skármeta
Der Radfahrer vom San Cristóbal
Erzählungen. Aus dem Spanischen von Willi Zurbrüggen.
1986. 201 Seiten. Geb.